明代詞曲互涉現象論述：
研究、理論、格律與實務

林和君　著

臺灣 學生書局 印行

自　序

　　本書改成於 2015 年的博士學位論文《明代詞曲互涉現象論述》，該論文寫作計畫獲得 103 年科技部「獎勵人文與社會科學博士領域候選人撰寫博士論文計畫」；爾後經過指導教授與諸位學位口試委員精闢用心的指正，完成第一次定稿。2017 年，本論文又經過第二次修改，申請通過「補助人文及社會科學博士論文改寫專書暨編纂主題論文集計畫」(HKR)，但是後來忙於教學工作，於是向教育部辭謝而放棄執行該計畫。直至今年有幸在臺灣學生書局出版，再進行第三次的撰改，才終於讓這本著作面世。

　　在大學時期，我隨著成大中文 96 級的同窗，一起向李勉教授(1919—2015)、王偉勇教授學習詩詞吟唱；研究所時期，向梁冰枏教授、高美華教授、曾子津老師學習崑曲，一起經營成大國劇社。經過這兩個時期詞唱和拍曲的沉澱，常讓我不經意比較這兩者的異同，因而觸發一個想法：同樣是按譜填詞的長短句，那詞和曲有何異同呢？或者說，宋詞的溫婉與豪放，北曲的遒勁和南曲的宛轉，是如何被決定的？

　　這是一個簡單直接卻又複雜的問題。回顧民國以來早期的學者，他們往往擁有廣博的研究眼界與度量，為近代中國文學研究開啟許多面向，其中之一就是詞曲研究。明代不論在詞體或是曲體都有更勝以往的創作量，也充分反映明代士人的社會生活與心靈面貌，但是兩者在近當代的評價卻大不相同，明詞長久以來似乎就被貼上不振、中衰的標籤，更遑論明代散曲，都不如明代戲曲那樣得到許多的關注。當時任中敏先生就已提出許多詞曲併同研究的見解、也提出許多發人省思的論點，更持續提倡詞和曲並重關注的重要性。將前賢的論見與自身的心得歷程相結合後，漸漸凝聚為一個問題意識：明代的作者怎麼看待詞和曲？隱藏在明代詞和曲的文字風格底下的真正面貌又是什麼？

　　這仍舊是一個大哉問。在高美華教授的指導引領下，並呼應現代治學的方法揀選四個切入點，以此為題而進行博士論文的撰寫。在初步把梳資料、建構資料庫時，便已花費極大的心力，而且在臺灣少有以詞曲併同研究為主題專論，某種程度上也帶有開拓和摸索的意義。因此整部論文的撰寫進度既是舉步維艱，也是如履薄冰、戰戰兢兢。期間更經歷了一段人生的低潮，沉寂如十年寒窗之前的一盞風中孤燭，但也只能每每在夜裡孤獨的秉燭前行。

　　直到 2014 年 6 月，科技部來函告知我的撰寫計畫申請通過，給我莫大的鼓舞，像是點亮了窺探論文議題的明窗，放開手腳、大刀闊斧的筆刻出論文全貌，並趕在 2015 年入伍服役前呈交整本論文，順利完成博士學位。

　　在服役期間完成一篇臺灣原住民研究的論文發表後，我仍然不斷構思如何讓這部學位論文有更好的規劃，而不是只塵封在電子資料庫裡。退伍後，正式面對學術職涯的挑戰之際，教育部來訊知會：我第二次申請的博士論文專書改寫計畫，在眾多申請者中正式遞補通過。嘔心瀝血的成果心血再次得到肯定固然十分欣喜，但是，當時我已忙於教學工作，在心繫該學年三百餘位學生的學習之下，我作出艱困的決定：專心執起教職，滿懷歉意與感激地婉辭這份計畫的執行。

　　蒙臺灣學生書局之幸，這本比較明代詞體與曲體之間互涉———異同、互動與影響的專書，得以在經歷三次修改後正式面世。我認為明代是一個很有趣的年代，它是一個娛樂型態成熟、玩賞風氣大盛的時代，也是人們在「天理」和「人欲」之間追求真理與面對考驗的年代。在萬曆皇帝二十餘年不問朝政、只待玩樂的晚明年間，封建制度下的民間社會並沒有因此而瓦解，文學與藝術反而得到充分的成長、發展出震古爍今的小說戲曲風采。因此，我想好好的認識那個時代：有人專門填詞，有人酷嗜譜曲，也有人詞曲兼擅、更沉浸在舞臺曲藝的世界，在那樣的時代裡，看似相近的詞和曲之中分別被寄託什麼樣的精神，又如何在眾多人生的衝突交會中，尋找生命出口、尋找安頓自我身心的一片方塘半畝地？

　　感謝恩師高美華教授十年來的諄諄教誨，感謝王偉勇教授、李國俊教授、潘麗珠教授、陳貞吟教授對我學位論文的指點與建議，也感謝我投稿期刊的審查委員的提點與糾正，給予我莫大的助益和成長。感謝成大國劇社的曾子津老師，引領我走上戲曲的舞臺。感謝我的家人，在我努力尋求獎助學金並汲汲營生之餘，仍然不時給予資助與心靈上的支持。感謝王三慶教授、夏祖焯教授、陳昀昀老師，在學問、生計和人生態度上持續如一的教導和指引。感謝郁袖，陪我一同走向舞臺、田野和未來。感謝所有走到今天的一切。

　　「戲園者，普天下人之大學堂也」，我的初衷是愛戲，也在書本、舞臺和田野間向祖師爺學習學問與人生。本書所論，必然尚有改進與討論之處，祈請諸家學人不吝指正批評。

2018 年 8 月於馬來亞大學(University of Malaya)

明代詞曲互涉現象論述：
研究、理論、格律與實務

目　次

表目次

第一章　緒論：明代詞曲研究篇

第一節　研究動機與問題意識

　　詞與曲為中國古典韻文學之二體，詞興於唐宋，曲起於金元，但就形制、創作與合樂來看，兩者有其共通相近之處，自唐五代詞體確立以來，「詞」與「曲」的名稱與內涵便互相牽繫、密不可分，隨著不同時代的音樂和文學發展而展現不同的風格與面貌。在經歷宋詞、元曲二體的興盛之後，至明代詞曲一稱更產生了彼此相近、相合乃至於相涉的現象，近代學者更將詞體創作受到曲體風格、文字、雅俗影響的現象稱為「明詞曲化」[1]。如果從現今研究的角度將「詞」與「曲」分為兩種文體來看，詞的曲化淵源可溯始至金元時期[2]，到了明代，由於曲體文學如雜劇、傳奇的興盛發展，使得詞的創作漸漸地受到淵源、形式都相近的曲的影響，是以在近代學者的觀察下，嘗論此種有別於唐宋五代詞風格之明詞創作為「僅似南曲，間為北曲」、「率意而作，法律蕩然」。[3]這種論點所反映的問題是：詞在明代受到來自於曲的影響，在

1　參見張仲謀：《明詞史》（北京：人民文學出版社，2002 年 2 月），〈關於明詞曲化的認識〉一節中，指出明代詞與曲在名稱稱呼與創作的實踐觀念上，詞曲彼此相混乃至於相亂不分，頁 14-18。

2　趙維江：〈類詩類曲──詞體特徵的嬗變〉，《金元詞論稿》（北京：中國社會科學出版社，2000 年 1 月），頁 45-57；陶然：〈詞入於曲〉、〈詞的曲化〉，《金元詞通論》（上海：上海古籍出版社，2001 年 7 月），頁 261-268、頁 268-280。

3　劉子庚：〈論明人詞之不振〉，《詞史》，頁 135-136 曰：「蓋自樂府盛而詩衰，詞盛而樂府衰，北曲盛而詞衰，南曲盛而北曲亦衰，董氏西廂，出於金末，元人雜劇，此其先聲，王四琵琶，創為南曲，沈和合套，亦起於同時，故明人小詞，其工者僅似南曲，間為北曲，已不足觀，引近慢詞，率意而作，繪圖製譜，自誤誤人，自度各腔，去古愈遠，宋賢三昧，法律蕩然，第曰詞曲不分，其為禍猶未烈也，根本之地，彼烏

風格、格律、本質內涵上，均有別於唐五代宋詞，銘印於明代詞家、曲家、
或是詞曲兼擅的作家文士觀念之中，使得明代出現了詞與曲在創作與觀念上
的相涉。是以，詞曲產生相近、並稱、相涉的「明詞曲化」，甚至「以詞為曲」
4、「以曲為詞」5等詞曲彼此取法的現象，在明代文壇特別顯著，尤其更不僅
限於民間歌謠之中，連文人創作也受到曲化的影響。

　　綜觀明代文壇，詞與曲在明代主流認知中時時並稱、相稱，甚至從發展
淵源與創作形式上的相近而將詞曲等同而論；但是，明代也有部分文士作家
認為詞跟曲仍應明確區別、不宜相提並論，然而從明人詞話與曲話當中反映：
詞曲並稱、相稱而合稱甚至混稱，相較下是更為明代文壇所認同的主流現象
之一，甚至在創作上更有顯著的相涉，明代的「以詞為曲」，或是後人所論「明
詞曲化」、「曲的詞化」皆是。認為詞、曲仍應有所區別的曲家王驥德曾謂：

> 詞之異於詩也，曲之異於詞也，道迥不侔也。詩人而以詩為曲也，文
> 人而以詞為曲也，誤矣，必不可言曲也。6

雖然王驥德明言詩、詞、曲三者是不相同的文體，不該在創作上「以詞為曲」
混淆，但是他也仍用「以詞為曲」的跨文體相合名義來評贊梅禹金的曲作7。
此類「以曲釋詞」、「詞曲互證」的現象，除了詞曲創作之外，亦常見於明代

知之哉！」

4　(明)王驥德：《曲律・雜論第三十九下》，俞為民、孫蓉蓉編：《歷代曲話彙編：新
　編中國古典戲曲論著集成・明代編》(合肥：黃山書社，2009年3月)第二集，頁127
　曰：「宛陵以詞為曲，才情綺合，故是文人麗裁。」

5　俞平伯：《讀詞偶得・詩餘閒評》，《俞平伯詩詞曲雜著》(臺北：大安出版社，1988
　年11月)，頁499曰：「明朝的詞，大都說都不好，我卻有一點辯護的話。他們說不好
　的原因，在於嫌明人的作品，往往『詞曲不分』，或說他們『以曲為詞』，因為流於
　俗艷。」

6　(明)王驥德：《曲律・雜論第三十九下》，俞為民、孫蓉蓉編：《歷代曲話彙編：新
　編中國古典戲曲論著集成・明代編》第二集，頁119。

7　(明)王驥德：《曲律・雜論第三十九下》，俞為民、孫蓉蓉編：《歷代曲話彙編：新
　編中國古典戲曲論著集成・明代編》(合肥：黃山書社，2009年3月)第二集，頁127
　曰：「宛陵以詞為曲，才情綺合，故是文人麗裁。」

詞集評點之中，8在文學評論上也有此種詞曲相涉的現象。

又如，在文學發展方面，詞曲因為音樂淵源相近，而有所相涉。王世貞在析論古樂源流時即言：

> 宋之詞，今之南北曲，凡幾變，而失其本質矣。9

以音樂文學發展的角度而言，詞、曲都是源於合樂歌唱的長短句韻文體，因此明人多視二者為源出同一、後經代變的聯繫關係，明代先後盛行的南北曲即蛻變於宋詞；尤其明詞因樂聲失傳而不復唐五代宋詞樂、且途經金元明之曲樂興替，遂「變而為曲」，成為明初以來的通見。10詞的發展在淵源上與曲殊途同歸，因而自然相涉。

在文學創作方面，詞曲的填寫規律也被視為相近、相通，屠隆嘗言：

> 譜曲，以詞曲填入譜也，又名填詞。11

8　參見張仲謀：〈以曲釋詞或詞曲互證〉，《明代詞學通論》，頁332-336。又如(明)無暇道人，鄧子勉編：《明詞話全編》(南京：鳳凰出版社，2012年12月)第四冊，頁2127云：「風雅而下，一變為排律，再變為樂府、為彈詞，若元人之《會真》、《琵琶》、《幽閨》、《繡襦》，非樂府中所稱膾炙人口？然亦不過摭拾二書(草堂詩餘、花間集)之緒餘云爾，烏足羨哉！烏足羨哉！」此處藉詞集而評論戲文傳奇之文采，亦是詞曲互證之例。

9　(明)王世貞：《藝苑巵言》卷八，鄧子勉編：《明詞話全編》第三冊，頁1455。

10　(明)朱權：《西江詩法‧作樂府法》，鄧子勉編：《明詞話全編》第一冊，頁138曰：「詞不足以盡其意，變而為曲，名曰樂。」又如(明)陳沂：《拘虛詩談》，鄧子勉編：《明詞話全編》第一冊，頁435，論詩詞曲發展時稱：「古詩自《虞歌》為雅、頌、國風，流為《離騷》，降為漢之五言，別為樂府，至唐為近體，為填詞，宋詞為盛，金、元為曲。……填詞降為南北調，亦各有盛衰也。」又有(明)王文祿稱曲為「詩餘極矣」，其著《詩的》，見鄧子勉編：《明詞話全編》第三冊，頁1986謂：「楚屈原變騷，宋玉變賦，漢變樂府，如《濁漉》題不可解。唐李白、白居易變今樂府，如〈憶秦娥〉、〈長相思〉，宋、元增新題，如〈滿江紅〉之類。又變為曲，艷麗綺靡，詩餘極矣。今則不能變焉，不過述之而已。」都指出詞與曲是淵源相同、歷經遞變的相近文體。

11　(明)屠隆：《鴻苞》卷二十，鄧子勉編：《明詞話全編》第三冊，頁1908。

詞、曲創作，均須依循詞牌、曲牌的格律而制定，在宮調、押韻、字句、四聲平仄各方面皆有所本，將文字填定、以四聲定譜。由於兩者都是按照牌調而填制字聲的音樂文學體裁，形式上又相仿，儘管明代如王驥德者倡言詞曲之道並不相侔，但是在創作上實已相涉而近於相同。於是，詞的形式和內涵，漸漸有如吳衡照所觀察的現象：

> 明詞無專門名家，一二才人如楊用修（楊慎）、王元美（王世貞）、湯義仍（湯顯祖）輩，皆以傳奇手為之，宜乎詞之不振也。其患在好盡，而字面往往混入曲子。12

在清初「尊體」的詞壇風氣下，清人審視明代詞壇由於傳奇曲家舉世皆興、而沒有真正的詞學專家之作，明詞連帶受到曲體文學的影響變化，因此，在明代詞曲相涉、相近的風氣與成果下，在經歷詞學中興、務求詞體明辨的清人眼中被視為「不振」。

清人謝章鋌此論可概括明代詞曲在創作與發展上為何相涉而不分：

> 蓋明自劉誠意（劉基）、高季迪（高啟）數君而後，師傳既失，鄙風斯煽，誤以編曲為填詞。故焦弱侯（焦竑）《經籍志》備采百家，下及二氏，而倚聲一道缺焉。蓋以鄙事視詞久矣，升庵（楊慎）、弇州（王世貞）力挽之，於是始知有李唐、五代、宋初諸作者。13

明初而後詞樂失傳，而在曲體文學的影響下，產生了明詞取法自曲體文學創作的現象；到了明代中葉，如楊慎、王世貞等文人相繼興作，詞在明代才又有了別番氣象。但是，這番氣象與成就、採用編曲之法而為填詞之事，相對上終究有別於唐五代宋詞。

此外，在明代詞集詞選諸書的編成和流行，亦是反映明詞曲化現象的環

---

12 （清）吳衡照：《蓮子居詞話》卷三，《續修四庫全書》編輯委員會：《續修四庫全書》（上海：上海古籍出版社，2002 年 3 月）第 1734 冊，頁 350。

13 （清）謝章鋌：《賭棋山莊詞話》卷九，陳慶元主編：《謝章鋌集》（長春：吉林文史出版社，2009 年 1 月），頁 583。

節之一。其一是《花間集》、《草堂詩餘》諸詞選在明初以來的流行，其內容不免影響明詞的風氣和評價，清代王昶稱：「有明三百餘年，率以《花間》、《草堂》為宗，粗厲媟褻之氣乘之，不能入南宋之舊。」[14]吳梅亦就其內容傳播影響而論：

> 論詞至明代，可謂中衰之期。探其根源，有數端焉。開國作家，沿伯生、仲舉之舊，猶能不乖風雅。永樂以後，兩宋諸名家詞，皆不顯於世，惟《花間》、《草堂》諸集，獨盛一時。於是才士模情，輒寄言於閨闥，藝苑定論，亦揭櫫於香奩，託體不尊，難言大雅，其蔽一也。[15]

於是在明代被保存而流行的詞選內容，相較於原先以文雅為體的宋詞，卻是另一支流的俗艷詞，內容上迎合了明代正視的俗文學之風氣，也成為明人大眾起初對詞的審美認識。除了內容、風格的影響，由於詞樂失傳、《草堂詩餘》所輯錄的唐五代兩宋詞已失卻原本可歌之內涵，所以明詞在音樂上不得不接受當時的曲樂，胡元翎因而提論此乃《草堂詩餘》在音樂因素上促成了「曲化詞」普遍創作之因，[16]實際上，這即是吳梅早先嘗言「詞與曲初無二致」、後世以南北曲之法填詞的折衷之法，[17]曲從音樂層面影響了詞的本質。

---

14 (清)王昶：《琴畫樓詞抄序》，施蟄存編：《詞籍序跋萃編》(北京：中國社會科學出版社，1994 年 12 月)，頁 738。

15 吳梅：《詞學通論》第九章，吳梅著、王衛民編校：《吳梅全集·理論卷上》(石家庄：河北教育出版社，2002 年 7 月)，頁 503。

16 參見胡元翎：〈明代分類本《草堂詩餘》與「明詞曲化」之發生〉，《黑龍江社會科學學報》，2010 年第 5 期，頁 83-87。

17 吳梅：〈詞與曲之區別〉，吳梅著、王衛民編校：《吳梅全集·理論卷中》(石家庄：河北教育出版社，2002 年 7 月)，頁 1084-1085 曰：「然則詞在今日必若何而能歌乎？曰：於無法之中，思得一捷徑焉。其法維何？曰：詞之譜法，雖已亡佚，而南北曲譜法，則固完全也。其六宮十一調，詞與曲初無二致也。兩宋舊譜，既不可復，姑以歌曲之法歌詞，雖非宋人之舊，而按律度以被管絃，較諸瓦釜不鳴，空談音呂者，固高出倍蓰矣。」

其二，從明代詞集的編列與定名亦可知詞曲不分的觀念影響，例如《詞林摘艷》雖名為「詞」，但書中選錄卻是散曲與戲曲選齣，實際上為曲集；瞿佑著有《餘清曲譜》，雖名為「曲譜」，實際上為詞集；或如楊慎的《詞品》、《升菴長短句》及其續集，當中詩餘、散曲兼收，並非誤編、而是楊慎本人認定的詞曲界限之故。[18]甚至，如陳霆評論瞿佑詞時，稱其詩餘〈卜算子〉為「曲」等等[19]。諸此舉隅，都是明人在觀念上影響詞與曲的界定、進而流播的現象。

事實上，所謂的「以詞為曲」、「詞曲互證」、「明詞曲化」或是「曲的詞化」等現象，是在將明代的「詞」與「曲」明確分開為兩種文體看待後始可成立的論述，如果像是唐五代詞樂可歌、詞即是當世歌曲的發展情況下，詞曲本即為一，並沒有詞曲區別、跨文體互動的觀念；而經歷宋詞、元曲兩種音樂截然不同的文學發展，加以明代詞樂漸失、以當世興盛的南曲音樂為歌時，詞便自然而然地為當世曲樂所用，以明代的曲樂與音樂文學觀念進行創作。因此，在明代詞和曲的創作、應用等各種實踐方面，彼此影響極大，即便是劇曲當中也有來自於詞調的引子、慢詞等曲牌；但是若將詞與曲從歷經宋金元明的發展因素與蘊釀沉積來看，兩者在音樂上必然有所不同，二來

---

18 林惠美：〈楊慎論詞的特色與創作實踐〉，《楊慎及其詞學研究》（國立高雄師範大學國文學系博士論文，2003 年），頁 22-23 曰：「升庵的《詞品》和幾種詞選本，都收入（或涉及）了一些散曲作品。與此相應，《升庵長短句》及續集中也收入不少散曲作品。如《升庵長短句》及續集中也收入不少散曲作品。如《升庵長短句》中〈荷葉杯〉、〈天淨沙〉、〈好女兒〉、〈誤佳期〉、〈殿前歡〉、〈黃鶯兒〉、〈水仙子〉；《升庵長短句續集》中〈太平時〉、〈折桂令〉、〈駐馬聽〉、〈四塊玉〉等，均為散曲。而且似乎不是附載，也不是有意地混編；因為另有散曲集《陶情樂府》，以上諸詞調不入《陶情樂府》而入《升庵長短句》，或能說明升之於詞曲的界限是相當模糊的。」

19 (明)陳霆：《渚山堂詞話》卷二，《明詞話全編》第一冊，頁 521 曰：「僧如晦作春歸云：『有意送春歸，無意留春住。畢竟年年用著來，何似休歸去。　目斷楚天遙，不見春歸路。風急桃花也似愁，點點飛紅雨。』瞿宗吉一曲云：『雙蝶送春來，雙燕銜春去。春去春來總屬人，誰與春為主。　一陣雨催花，一陣風吹絮。惟有啼鵑更迫春，不放從容住。』二詞皆詠春歸，皆寄〈卜算子〉。然比而觀之，如晦則意高妙，宗吉則語清峭，殆不相伯仲也。」

在文字形式與音樂形式的配合上也自然有所相別。

　　詞與曲繼唐五代以後在明代被強調相提並稱的主要原因，在於詞、曲二者皆是合樂可歌的長短句韻文，明人多視二者為同源，雖然在格律、內容上仍有差異，但在淵源、形式上的相近，詞和曲在創作上不免相近乃至於相涉——尤其在上不逮宋詞、較之曲體文學又相形不及的情形下，明詞取法當世曲體創作的「明詞曲化」現象由是而生。錢允治《國朝詩餘序》中提及明代的文學觀念曰：「詞者詩之餘也，曲又詞之餘也。」20在文學一代一代的遞進之下，此一說法即代表明代對於詞、曲兩者相近不分的觀念；又如陳子龍審視明詞的問題，提出當時的宗匠鉅子不屑為詞、視詞為荒蕩小品，「且南北九宮既盛，而綺袖紅牙，不復按度」，加以明代曲體文學的興盛影響，原來的填詞吟詠便隨著式微，21這是影響明詞曲化最主要的因素。處在曲學與傳奇小說等俗文學鼎盛發展、而詞被視為「不振」的明代22，詞與曲的互涉、混同現象尤其顯著，同時也代表雅文學與俗文學的推移相涉。

　　關於明代詞曲彼此相涉取法現象的論述，以受到散曲影響的「明詞曲化」蔚成一論，此中又以楊慎作品的曲化跡象與數量最為突出。晚清謝章鋌嘗將王世貞與楊慎二人視為明季的中堅詞家，然而楊慎便是明詞曲化傾向極顯著的一家，即便盛名如王世貞亦是不免。此外，早在明初的凌雲翰、瞿佑的詞作亦已出現曲化的現象。

---

20 (明)錢允治輯：《類編箋釋國朝詩餘・序》，《續修四庫全書》編輯委員會：《續修四庫全書》(上海：上海古籍出版社，2002 年 3 月)第 1728 冊，頁 2120。

21 (明)陳子龍：〈幽蘭草詞序〉，《安雅堂稿》卷三，鄧子勉編：《明詞話全編》第柒冊，頁 4545 曰：「明興以來，才人筆出，文宗兩漢，詩儷開元，獨斯小道，有慚宋轍。其最著者，為青田(劉基)、新都(楊慎)、婁江(王世貞)，然誠意音體俱合，實無驚心動魄之處。用修以學問為巧辯，如明眸玉屑，纖眉積黛，只為累耳。元美取徑似酌蘇、柳間，然如鳳凰橋下語，未免時墮吳歌。此非才之不逮也。鉅手鴻筆，既不經意，荒才蕩色，時竊濫觴。且南北九宮既盛，而綺袖紅牙不復按度。其用既少，作者自希，宜其鮮工也。」

22 (清)吳照蘅：《蓮子居詞話》，見唐圭璋編：《詞話叢編》(臺北：新文豐出版社，1988 年 2 月)第三冊，頁 2461。

　　明初凌雲翰、瞿佑的詞作，均帶有散曲的意味，而且著重在精神意態、並不是指詞本身在格律聲韻上的變化。[23]以瞿佑詞作內容、風格來看，實已不似唐五代宋詞原先的本雅，而帶有明顯的曲中字語；兼且瞿佑編撰的《樂府遺音》一書，已將樂府詩、詞、曲編合為一，顯見「明詞無專門名家」、詞曲相涉的創作現象經已在明初實踐。而在瞿佑之後，明代詞人當中更有通體似曲、以詞調作散曲的創作出現。[24]

　　王世貞在明代文壇的影響力甚鉅[25]，更嘗論詞體之正宗正變，[26]但在詞作方面亦有以曲為詞的跡象，誠如其〈更漏子〉「楚天低」一詞，遣字用語實為通俗文學筆法、充斥散曲之味，是以學者質疑王世貞是否在創作上誤將此詞調作為曲牌而作、以曲為詞。[27]

　　被明人視為詞宗的楊慎[28]，詞作的曲化現象尤其突出。相較於王世貞，

23 張仲謀：《明詞史》（北京：人民文學出版社，2002年2月），頁65曰：「其實詞曲異同之辨，首要的還不是格律聲韻，而在精神意態。……瞿佑似乎頗以知音者自負，然而他的這首〈漁家傲(壽楊復初先生)〉，比起凌雲翰、楊明(按：楊復初)的詞來，散曲味要更濃一些。詞中隱居避世、自足自娛的主題情調，『喜來』、『愁來』、『惟有』所體現的思維方式與句法，以及詞中的意象字面，都散發出濃郁的散曲氣韻來。即使詞律一仍舊格，也掩不住詞的曲化傾向。」

24 張仲謀：《明詞史》，頁66。

25 (清)張廷玉等撰：《明史‧儒林傳二》，《二十四史》（北京：中華書局，1997年11月)第20冊，頁7481曰：「世貞始與李攀龍狎主文盟，攀龍歿，獨操柄二十年。才最高，地望最顯，聲華意氣，籠蓋海內。一時士大夫及山人、詞客、衲子、羽流，莫不奔走門下。片言襃賞，聲價驟起。」

26 參見岳淑珍：〈王世貞的詞學觀及其對明代詞學的影響〉，《南京師大學報》社會科學版，2011年9月，第5期，頁136-143。

27 參見張仲謀：〈王世貞：文壇領袖、詞壇票友〉，《明詞史》，頁200-208。王世貞〈更漏子〉詞：「楚天低，雲葉瑩，飛過畫樓還凝。蘭口慶，雪牙攢，一聲春月寒。　　燈才瑩。香初爐。又被子規催緊。最是你，奈何人。臨岐波眼頻。」

28 (明)周遜〈刻詞品序〉，王文才、萬光治等編：《楊升庵叢書》（成都：天地出版社，2002年2月)第六冊，頁304曰楊慎為「當代詞宗」；後世如清人胡薇元《歲寒居詞話》亦稱：「明人詞，以楊用修升庵為第一。」見唐圭璋編：《詞話叢編》（北京：中華書局，1993年12月)第五冊，頁4037。

楊慎的許多詞作近似小令，多有曲語化合於其中、散曲意味極重的創作，例如詞調〈天仙子〉：

> 憶共當年游冶樂，小小池塘深院落。相親相近不相離，花下約，柳下約，一曲當筵金落索。　　回首歡娛成寂寞，驚散鴛鴦風浪惡。思量不合怨旁人，他也錯，我也錯，好段因緣生誤卻。

又如詞調〈滿江紅〉之作：

> 覆雨翻雲，紛紛輕薄，何須細說。見兒曹富貴，灰消煙滅。百事一隆還有替，一毫無玷元無缺。把濁醪粗飯任吾年，看豪傑。　　也莫羨，炎如熱；也莫笑，涼如雪。自掃雀羅門巷，世情都隔。借問東華塵與土，何如南浦風和月。報山濤不用問嵇康，交情絕。

此二詞若不計音韻，字數、句數均與詞調相合，但是內容讀來卻有如散曲小令；稱其以曲為詞、或是以詞寫曲都未嘗不可。[29]詞與曲的模糊，可說在楊慎的詞作、小令創作中實踐進而趨近於曲，楊慎詞也因為流傳極廣，是影響頗大、並推動明詞曲化傾向的單一作家。而「曲化」由於用語通俗、精神體態難似詞之深沉，不免與「俗化」相提並論，[30]而與宋詞的精神相左，使得明詞帶有衰蔽不振的印象。

綜述言之：明代的詞學發展實與曲學發展關係密切、乃至於相傾，而表現在「詞曲不分」的文體觀念、以及「明詞曲化」的創作實踐上；於是，詞與曲既然相傾相涉，對於該時期的詞學、曲學研究，就衍生了種種尚須深入探究的文體發展問題。本書期從明代詞、曲的相涉背景下，析論詞學與曲學在研究上足以互相取法融通的論點，並且提出必須釐清的問題。分述如下：

---

29 張仲謀：《明詞史》，頁 135。

30 林惠美：〈楊慎論詞的特色與創作實踐〉，《楊慎及詞詞學研究》，頁 21-22 曰：「升庵是明代中期較有成就的詞人，但同時也沾染難以盡除的流弊。一是俗化，一是曲化。所謂俗化，主要指由詞中透露出的精神格調而言。……如同是感慨歷史的興衰，人生的榮辱，在東坡詞中顯得深沉闊大，而升庵的詞卻缺乏深切的感受。」

一、明代「詞」「曲」的觀念分析

　　在明人的詞曲理論與見解之下，如何去界定「詞」與「曲」，而這些觀念又如何在作品的創作與評選中呈現反映。蓋詞與曲的名義界定，將會影響作品文體的定調和創作，在明代的詞話、曲話之中，明代士人學者如何看待詞與曲的內涵、本質以及應用？是否在相近、相涉、而近於相同的並稱之中有其異同的界定——因為有其相異，始有異中求同的相涉現象可論。而今人在明代詞、曲的定義與評議上也仍有不清之處，例如近年出版的《明詞話全編》，雖可因應明代詞學研究而供作參考工具書，但是書中引用者卻時有出於曲話者，例如該書收錄李維楨的《南曲全譜題辭》，但是該文說明的是詞在代降而變為南曲之發展，並不是指詞本身；另外該書又收沈德符「填詞名手」之語，但是該語所謂填「詞」，明顯指為套曲，而不是詩餘。31以上二例僅是該書中的簡要舉隅，但是這種現象是否也普遍發生在明代？會不會影響這些資料的正確性與實用價值？因此，今日在進行明代詞曲的相關研究時，對於明代詞、曲觀念之重整以及重新認識，實有其必要。

二、在詞學研究方面

　　「明詞曲化」被視為詞學在明代發展的特色之一，然而「曲化」一論，由於形式相近之故，至今學界著論幾全關注在詞與散曲的相涉，或是從作家作品的風格論其曲化；但是明代曲體文學的另一重要文體明傳奇，同時容納了套曲的體製、小說的敘事，乃至於詞調的使用——例如開場詞、人物的上場詞，不僅可在傳奇體裁的使用中見出規範襲例，其詞作在風格、格式上也產生了變化——尤其是在詞譜、曲譜上的格律反映，並非只有風格的影響矣矣。是以明詞實際上也在明傳奇的體裁包納運用下，形成源於劇曲的「明詞

---

31 (明)李維楨：《南曲全譜・題辭》，鄧子勉編：《明詞話全編》第三冊，頁2026-2027
　　記：「自樂府詩餘遞變而為雜劇，為戲文，而南北體遂分。北多絃唱，詞不甚繁。……
　　沈光祿伯英輯陳、白兩家九宮十三調譜，以南人度曲小令合者為《南曲全譜》。」又
　　如(明)沈德符：《萬曆野獲編》卷二十五，鄧子勉編：《明詞話全編》第五冊，頁3146
　　記「填詞名手」：「本朝填詞高手，如陳大聲、沈青門之屬，俱南北散套，不作傳奇。」

曲化」，而此論於現今學界仍未見專論。在散曲和劇曲兩者共同影響下的明詞，在形式、格律、應用上又有何異同？由散曲、劇曲兩者在詞調曲化上的詞學問題之反映，亦可相當程度地見出曲學在散曲、劇套之分別。

三、在曲學研究方面

除了詞受到曲的影響，明人撰著曲譜時，亦注意到南曲中直引詞牌而成曲牌者，例如明代沈璟、沈自晉在考訂南曲譜律時，便從南曲中整理直引宋人詞作的「此係詩餘」或「與詩餘同」的曲牌並注語說明，表明了曲牌與詞牌的淵源相承關係。今日學者在詞牌、曲牌格律之分析不遺餘力，論著更是日益增進而精密，但能否從南曲與詞調的淵源之中得見詞曲發展淵源的明確析論，尤其是在曲體文學發展極盛的明代，詞曲相涉現象相當顯著，詞與曲的關係在此時期更有仔細探究之必要。此外，近人談論前述「明詞曲化」、或是南曲和詞體之關係的相關議題時，多從散曲著手，尚未論及劇曲；但是明傳奇劇曲體製中的引子與慢詞，皆與詞調頗有淵源，在分析明代詞和曲的關係之中，實不應忽略劇曲的範疇。

以上諸論，乃是本書的主要問題意識和析論主軸，請詳見後文的進一步說明。本書期望能夠在明代詞、曲相近乃近於相同的文學面貌下，推循出詞學、曲學之所以能夠在明代跨文體但又彼此融會貫通、互動密切的關係下，詞與曲產生哪些互相影響的具體現象以及文體發展問題。

第二節　研究回顧與評述

在進行明代詞曲觀念及其異同之諸項分析之前，關於詞和曲二家文體的相關問題，前賢方家已多有引論，茲此略述近代學者們於相關議題上的研究取向及成果。

一、詞曲研究第一階段：民初至 1990 年

第一階段是前賢學者在詞、曲二體上的總體觀照，為詞曲關係研究之背

景建基，然受限於時代學風、研究方法，提出詞曲兩者異同勾勒之餘，卻未有細部具體入微之分析。以下舉述幾位從民國初年以迄 1990 年止的前輩諸家對詞曲異同的看法：

（一）吳梅（1884-1939）

　　吳梅乃一位精通詞曲學術、實務兩方全璧的學者，嘗於《詞餘講義》之〈曲原〉一章說明詞與曲之間的淵源與分別：吳梅首先提出，自宋代以下詞開始轉變為曲、曲中保留了沿用的詞牌，其發展淵源為：

> 蓋詞之與曲，判然為二，其蟬蛻之漸，不易定斷。雖大曲舞態，與後世不同，而勾放舞隊，已開後人科介之先；大徧諸詞，又為金元套數之始。至如傳奇家記一人一事，備述離合悲愉之況，其體雖為創見，顧如趙德麟〈蝶戀花〉十闋，述《會真記》事，分段詞之，視後代戲曲之格律，更具體而微。金董解元《西廂記》，仍德麟之舊，而雜劇體例，遂因之不變，是曲體雖成於解元，而其因同造端於趙宋。32

吳梅此處所論「曲」，實為劇曲之南北曲；雖然吳梅認為詞與曲二者有明確分別，不過隨著後世的逐漸演進，已漸漸互相趨近，從表演型態來說，明確提出詞曲相傾始於宋朝，到董西廂時則蛻然為曲。

（二）王易（1889-1956）

　　王易於《詞曲史》中稱「然詞曲之名，含義甚複，界限甚寬；非必唐宋間之所謂詞，金元同之所謂曲也。且方曲未興，詞亦泛稱為曲；迨曲既盛，曲又廣稱為詞。」33提及了詞曲在起源上即有泛稱並同的問題，因此要推溯詞曲的分界，必然要從根源以來的發展變化推究。王易對於詞、曲分界的看法，簡述有以下三點：

第一、結構：詞之體製有令引近慢之分，短者十餘字、長者二百四十字止；
　　　　有單調一段者，亦有雙調二段、乃至於三段四段者。曲則有一支之小

---

32 吳梅：《詞餘講義》（臺北：廣文書局，1979 年 4 月再版），頁 1。
33 王易：《詞曲史》（臺北：五南圖書公司，2013 年 10 月），頁 20。

　　　　令、二支四支之重頭全套、有尾之散套大套。其他又如曲調可有襯字、
　　　　韻腳可平仄活動、亦可集調為犯等等，較詞為靈活變通。

第二、音律：詞樂至宋代張炎所論詞樂有七宮十一調，曲樂到明代沈璟則言
　　　　曲有六宮十一調，兩者歌法亦不同。而詞音簡，便於和歌；曲音繁，
　　　　期於悅耳等等。

第三、命意：詞意宜雅、類多述懷紀興之作，曲則稍宜通俗、託之優伶樂人，
　　　　多傳神狀物之篇。再要言之，詞斂而曲放，詞靜而曲動，詞深而曲廣，
　　　　詞縱而曲橫等等。*34*

　　以上三點看似簡要，但卻恰如其分地從作品層面把握了詞曲異同的綱領
原則。

（三）任中敏（1897-1991）

　　任中敏於《散曲概論》中嘗謂：「曲之根本作法於何處見之？曰：見之
於作成之後確實是曲，而非詞非詩，且並非其他一切之長短句也。……茲欲
明散曲之作法，第一步先嚴詞曲之判。」*35*雖然散曲用於清唱，與詞看似異
曲同工，但任中敏卻明指詞、曲仍有涇渭之分。

　　首先，在詞曲創作形式之異，可略述如下：

第一、長短句形式在由詞變而為曲的過程中，詞除了換頭或是特定詞調的句
　　　　式中，多避用單數字之句，但曲之長短句變化則重在多用單數字之句；
　　　　然而，由於襯字在詞中僅為偶見、曲中則常有，因此在不違本來音節
　　　　的前提下，曲的字句更添靈活應變，在必要時雙數字句可以添加襯字
　　　　為單、單數字句可添為雙。

第二、曲調中的叶韻較之詞或其他長短句為密，而且曲韻可平上去三聲互叶，
　　　　但又有每首曲、每套曲一韻到底的規定，既無詩韻之拘牽、亦不如詞
　　　　韻之泛濫。

第三、曲之語言特色，如同元曲不尚文言之藻彩、而重用白話與方言俗語之

34 王易：〈詞曲之界〉，《詞曲史》，頁 26-27。
35 任中敏：《散曲概論》卷二，《散曲叢刊》（臺北：臺灣中華書局，1984 年 6 月）第四
　　冊，頁 1。

　　新詞。在詞而言，例如南宋慢詞之長短句法，不近語調、而運用文言
　　材料；在曲而言，例如金元曲調之長短句法，接近語調、而運用語言
　　材料，兩者各具取材特性。

　　而在創作精神方面，大抵可簡言為：詞靜而曲動；詞斂而曲放；詞縱而
曲橫；詞深而曲廣；詞內旋而曲外旋；詞陰柔而曲陽剛；詞以婉約為主、別
體則為豪放；曲以豪放為主、別體則為婉約；詞尚意內言外，曲竟為言外而
意亦外。此外，曲尚有退居旁觀、唱嘆調侃的代言與批評特質，是詩餘所無。
36此見亦與王易的內容分別所論相似。

　　在創作內容方面，詞曲有寬窄之分：

第一、詞僅用於抒情寫景，而不可以記事，更不能多發議論；曲則記敘抒寫
　　　皆可，作用極廣，更可以演故事。

第二、詞僅宜於悲，而不宜於喜；曲則悲喜兼至，情致極放也。蓋歡愉之辭
　　　難工、言外難有他意，是以抒情本質之詞不喜；曲則以機趣為工，悲
　　　喜情致盡可發放紙上。

第三、詞僅可以雅而不可以俗，可以純而不可以雜；曲則雅俗俱可，無所不
　　　容，意志極闊。例如以題目論，詞集中如「春景、夏景、閨情、送別」
　　　等題，由於字面上淺俗不可成題，後世方家少有為之，而以南宋姜夔
　　　等人刻意成題、字斟句酌的清腴峭拔為雅；曲則不論雅俗，滿眼所見
　　　盡可作題，是為詞與曲的雅俗、寬窄之別。

第四、詞僅宜於莊而不宜於諧，曲則莊諧雜出、態度極活。此即前述詞與曲
　　　的悲喜、雅俗之偏取或兼具之別也。

　　任中敏主要取論於散曲與詞之別，並且藉由散曲與詞看似相近的音樂韻
文學之長短形式，務求在創作實踐上明確地分別詞與曲。「世人但知詞曲二
事，向來並稱，其間必相去不遠；而不知細按之，由詞遞曲，其變遷之驟、
趨向之反，實較其他任何兩種文體為尤甚也。」37任中敏在詞、曲的內涵分

---

36 任中敏：《散曲概論》卷二，《散曲叢刊》第四冊，頁1-5。

37 任中敏：《散曲概論》卷二，《散曲叢刊》第四冊，頁14。

別極為看重，較為縝密地析論詞、曲二體別異。

（四）俞平伯（1900~1990）

　　俞平伯論詞曲之不同，大抵亦從創作、內容、體製簡要把握：

第一、詞、曲之內容不同：詞多為抒情、艷體，敘事者少有、代言者更僅有
　　　　片段。曲則三者均有之、無所不包，而小令、散曲則又與詞相近。

第二、宮調之不同：詞有七宮十二調，北曲有六宮十一調，南曲減為十三調
　　　　而尚不全用；但是俞平伯認為明代時期的北曲宮調已與古音不相合、
　　　　又視南曲宮調為杜撰，故言「故宮調究竟為何而未可知，而詞、曲之
　　　　宮調並不相同，則可得而言也。」

第三、旁譜之不同：詞與曲的記譜本身形式與作法有所不同，簡言之，詞之
　　　　唱法「萬口從同」，同一詞調唱法皆相同，是以詞譜有固定製譜；北
　　　　曲在音樂成式上無二，可視為半固定；南曲以字音為主、音律為從，
　　　　同一曲牌唱法卻多有出入，是為雜亂也。

第四、雅俗正變之不同：詞、曲本皆為口語，但隨著文體的演化，詞之雅化
　　　　甚早、多用口語反成輕倩、別體而不受重視；曲之雅化較遲，始終以
　　　　口語為主。

第五、體製之不同：樂府有大曲、小唱之別，詞較為單純，僅以單調、雙調
　　　　之小唱為主，而鼓子詞只能視為同一牌名的疊用；曲則較為複雜，其
　　　　套數源於古之大曲，而且曲套分為首、腹、尾三段，為詞之所無。

第六、風格之不同：要之詞毗於柔，早入文人之手，已雜詩心，靜斂而縱深；
　　　　曲偏於剛，以歌場舞榭為生，即便文家代作亦不能與伶工絕緣，動放
　　　　而橫廣也。

　　俞平伯認為詞、曲在古樂（樂府）的淵源同出，但是隨之演變而有各自之
分別，例如詞、曲不易兼工，元、明曲作極佳卻無詞之佳作，清人復振詞作
而曲又衰矣，可知二者之間本有犁然之界。*38*

（五）盧前（1905-1951）

---

38 俞平伯：〈詞曲同異淺說〉，《俞平伯詩詞曲雜著》，頁 694-698。

　　相較於詞、曲之別，盧前提出的則是「從詞到曲底轉變」，先瞭解詞與曲之間的淵源為何、承襲為何，然後再從中進行「辨體」；而盧前的著眼點，就在於詞牌、曲牌之間的關係。依其所論詞曲之間「淵源、辨體、計調」的進程，簡述如下：

第一、由詞到曲的淵源：曲牌的宮調牌名、體製等多據詞而來，例如尋常散詞變為曲的小令、詞的犯調成為北曲的帶過曲與南曲的集曲等等，而諸宮調與賺詞屬於詞曲難分之體製。

第二、詞曲之間的辨體：援引任中敏的「詞曲備體」之說，呈現詞、曲之間在歷史(發展過程)與形式(體製)的關係比較，以明兩者消長之原。詞曲在宋元之間本不分，但漸漸發展為兩大體製系統，例如詞有尋常散詞、聯章、大遍、成套、雜劇詞，而曲有小令、套數、雜劇院本傳奇。

第三、詞牌曲牌的計調：此處援引任二北的「詞曲通譜」的理念。若要尋究詞樂、曲樂的變遷之跡，不能不詳究詞曲所寄託的詞調與曲調。而尋究詞調、曲調之間的變遷，則可察知詞曲之間的九種基本關係：名同調同而曲借詞用、名同調同而詞易為曲、名同調異而曲中借名、名同近似而調之同異已不可知、名異調同而曲借詞用、名異調同而曲中略增格異、名異調同而曲中略減格律、名屬相似而牌調確實有關、名雖近似而牌調並無相關。

　　若再依盧前的見解更簡明表示詞曲之間的異同，大致不脫名稱、歷史、體裁這三大要點的比較。[39]雖然盧前的說法尚有商榷空間，但其提出詞牌、曲牌之間關聯的計調循論，則是啟示予後世學者具體析論詞、曲差異的灼見。

（六）鄭騫(1906~1991)

　　鄭騫認為詞曲本是同類，皆是合樂可歌的長短句之形式規律，但是其中差異主要表現在內容風格之上，就詞、曲各自的特質，兩者差異在於：

第一、詞調句式雙多單少，使得詞的音律舒徐和緩、偏向陰柔美。

第二、詞調的語彙表現多為輕靈曼妙之句，諸如「畫屏金鷓鴣」、「碧雲天，

---

39 盧前：〈從詞到曲底轉變〉，《詞曲研究》(臺北：臺灣中華書局，1979 年 5 月)頁 85-106。

黃花地，秋色連波，波上寒烟翠」等句，古樸典重之句幾乎不用。

第三、曲調的句法字數較詞自由，許加襯字而更具變化。

第四、曲韻較詞韻更為合理，四聲通押、入派三聲，更為活潑適用。

第五、曲的文字可用後出新字和方言俗語，更可與典雅的文字互相調和，用字較詞更為寬廣。

第六、詞的體裁短小，大多按字數分為小令、中調、長調，或稱令詞、慢詞，一首至多不過二百餘字；曲在小令之外更有套數，可與賓白之散文合為劇本，較詞更為波瀾壯闊。40

　　除了區分詞曲之異，鄭騫也著墨在詞、曲之間的相似同源，例如：南曲由詞演變而來，去詞較近；北曲雖與詞同樣源出唐宋燕樂、或是由詞而來，但是加上了民間音樂、金元胡樂的成分，去詞較遠，也造成南北曲的牌調、規律各自不同。又，詞雖然不像曲有套數，但曲中散曲專為清唱之用，與詞相同也。41

　　基本上，俞、鄭二家皆同意詞曲在發展上屬於同源，而隨著發展產生了區別，但鄭騫更著眼於兩者在創作實踐上的異同，譬如：詞與曲在斷句、分段、調律的原則是相通的，協韻上南曲除了平上去三聲通協以外，大致與詞相同；而且詞與曲同樣有襯字，僅是少見、兼且清人編譜時不知其理，而產生了詞譜上多見又一體的現象；42此外，更具體地指出同名詞牌與曲牌在創作上「曲不用換頭、只用前疊」、「詞換韻、曲不換韻」等分異。43

（七）盧元駿（1911-1977）

　　盧元駿對於詞曲的分別較為簡明精要，以兩大原則作為區別：

第一、從體製上分：一是襯字之有無，曲有襯字，詞則無襯字；二是押韻之

---

40 鄭騫：〈詞曲的特質〉，《景午叢編》（臺北：臺灣中華書局，1972 年 3 月）上集，頁 58-63。

41 鄭騫：〈詞曲概說示例〉，《景午叢編》上集，頁 70-72。

42 鄭騫：〈詞曲概說示例〉，《景午叢編》上集，頁 66-70。林玫儀亦認為詞實有襯字，詳參其著作：〈論詞之襯字〉，《詞學考詮》（臺北：聯經出版，1987），頁 169-199。

43 鄭騫：《北曲新譜》（臺北：藝文印書館，1973 年 4 月初版），頁 35。

相異，曲為三聲通押，詞除了換韻外則為一韻到底；三是疊數之多少，曲為一疊，詞則使用二至四疊。

第二、從內容上分：一為曲是直爽的，而詞是婉約的；二是曲兼工於抒寫悲歡之情，詞則偏工抒寫愁苦之緒；三是曲在字裡行間很少用起承轉合的字(如「更」、「又」、「且」、「算」等)，而詞的長調常常使用。

但是盧元駿亦指出：曲既是由詞演化而來，就不可能將兩者的關聯斷然畫分，詞和曲並非對立的關係。[44]

至此為止，前述諸家對於詞曲二體的觀念，大致都同意詞和曲在形式與淵源上關係密切而接近，然而，詞曲二體在發展過程中也確實產生了分異，從內容風格中即可見明顯分別；但是在後來的實踐創作上──不論是散曲或是劇曲，皆沿用並保留了詞牌中近似的長短句格律，詞曲在形式與創作上則又逐漸不分，所以詞曲之辨的過程可說是同中求異，也需要細致的區別。明辨詞曲之別異，是正本清源之責；而洞悉詞曲之合同，則是考鏡源流之實，第一階段的前輩賢士們首先提出了詞曲研究的重大綱領與觀念，而更為精細的推索研究，則待後進學者們投注日新又新的研究學風，開啟詞曲的新視野。

二、詞曲研究第二階段：1991 年以下

第二階段則是後出學者在詞、曲二體格律上的專論研究，自宋詞發展以來，詞曲兩種文體的互動與影響即是學界關注的問題之一，從金元以迄明清，詞與曲的發展淵源之追溯、格律體式之明辨，一直受到學者的關注，至今仍有許多值得析論的議題與空間。其中以主題專論之著作，舉隅如下：[45]

（一）專書著作

洛地《詞樂曲唱》[46]為專就格律、音樂深論之專題著作。其他如前述之

---

44 盧元駿：〈詞與曲之分別〉，《曲學》(臺北：國立編譯館，1980 年 11 月)，頁 33-39。

45 其他雖非主題專論、但內容仍涉及明代詞曲關係之論著，諸如專書論著有張仲謀《明詞史》、張仲謀《明代詞學通論》(北京：中華書局，2013 年 3 月)、張世斌《明末清初詞風研究》(天津：天津古籍出版社，2008 年 4 月)等，因牽涉廣泛繁多，不試贅敘。

46 北京：人民音樂出版社，1995 年 8 月。

趙維江《金元詞論稿》、陶然《金元詞通論》論及詞曲關係之外，洪惟助〈論詞牌曲牌之形成及詞曲創作〉47、趙山林〈從詞到曲——論金詞的過渡性特徵及道教詞人的貢獻〉48等涉及詞曲格律之文章，因散見於各類主題專書或是論文集著之中，以詞曲異同為專論主題之專書亦不多，過於紛雜，茲不贅敘。

（二）學位論文

陳素香《論金元時期的詞曲之變》49、盧盈君《《四庫全書總目》詞曲觀研究》50。

（三）期刊論文

趙山林〈金元詞曲演變與音樂的關係〉51、艾立中〈清初詞壇的詞曲之辨〉52、馬琳娜〈試論金元之際詞曲互滲現象——白樸詞與散曲的比較研究〉53、陶然〈論元代之詞曲互動〉54、胡建次〈中國傳統詞學中詞曲之辨的承衍〉55、裴喆〈論明清之際的詞曲之辨〉56、田玉琪〈三聲通協與詞曲之辨〉57、徐朋雲〈《四庫全書總目》詞曲觀念述要〉58、呂薇芬〈從北曲格律看詞曲淵源〉59等。

隨著時代遞進與學術研究的進展，詞與曲的異同研究在各方面都能有更

---

47 洪惟助：《詞曲四論》（臺北：華正書局，1993 年 1 月），頁 75-82。

48 趙山林：《詩詞曲論稿》（北京：中華書局，2006 年 12 月），頁 269-282。

49 河北師範大學中國文代文學碩士論文，2008 年。

50 國立政治大學國文教學碩士在職專班碩士論文，2008 年 12 月。

51 《社會科學戰線》（長春：吉林省社會科學院），2002 年第 5 期，頁 107-111。

52 《貴州社會科學》（貴陽：貴州省社會科學院，2004 年 5 月）總 191 期，頁 94-97。

53 《南京曉莊學院人文學報》（南京：南京曉莊學院，2006 年 9 月）第 5 期，頁 76-80。

54 《浙江社會科學》（杭州：浙江省社會科學界聯合會，2003 年 9 月）第 5 期，頁 181-185。

55 《社會科學輯刊》（瀋陽：遼寧省社會科學院，2013 年第 4 期）總第 207 期，頁 169-173。

56 《鄭州大學學報(哲學社會科學版)》（鄭州：鄭州大學，2010 年 3 月）第 2 期，頁 113-116。

57 《上饒師範學院學報》（上饒：上饒師範學院，2011 年 2 月）第 31 卷第 1 期，頁 6-10+109。

58 《安徽文學》（合肥：安徽省文聯，2010 年）第 8 期，頁 78。

59 《文學遺產》（北京：中國社會科學院文學研究所，2011 年）第 2 期，頁 70-81。

精析的專論，或是從新的考察視野深入分析、開啟新的詞曲異同之議題，其中論及明代詞與曲時，由於明詞曲化現象之故，相對多數的詞學學者認為這是明詞中衰的一個原因，因為明人作詞，不免受到曲的影響，反過來削減詞體本身的藝術特徵。*60*

在詞曲研究的議題上，在認識詞曲為何相涉之前，必須先明瞭詞與曲原來的分野何在；而對於詞曲相涉、甚至不分之現象最盛的明代，其詞曲聯繫的內在關係多著重在「明詞曲化」的論題上。

三、明詞曲化研究

關於「明詞曲化」的研究，著重在明詞的精神意態、內容風格、字句用語等方面，受到明代興盛的曲體文學影響，而產生了有別於唐五代宋詞面貌的變化。然而，由於明初詞樂已失、或散於民間，而不得不襲用南北九宮音樂填詞，是以專論明代詞曲相涉或異同，其實皆在南北曲的研究範疇之中，尚可自明清兩代整理的詞譜、曲譜，從文字格律上尋究明代詞與曲的逐漸相傾。針對「明詞曲化」的詞學研究論著，茲列如下：

（一）專書著作

相關涉論之著作有如張仲謀《明詞史》、《明代詞學通論》*61*；朱惠國、劉明玉《明清詞研究史稿》*62*、張世斌《明末清初詞風研究》*63*、鄭海濤《明

---

60 陳水雲：〈明詞研究二十年〉，《明代研究通訊》（臺北：中國明代研究學會，2003年12月）第6期，頁89-90。但也有學者認為明詞曲化可以是新格調的產生和貢獻，如黃天驥、李恒義：〈元明詞平議〉，即稱：「《蒿漪室曲話》對詞與曲的體性曾有所比較，它指出：『宋詞之所短，即元曲之所長』。這裡所說元曲，實指散曲。如果從散曲與詞的體性互有長短、可以互相補足，可以加強作品的表現能力的角度看，這見解委實高明。元明詞壇許多作者，恰恰能融會散曲之所長，注入詞作，別成一家。在這個意義上，以曲入詞，應該說是對詞壇的貢獻。」見《文學遺產》（北京：中國社會科學院文學研究所，1994年）第4期，頁76。

61 〈以曲釋詞或詞曲互證〉，北京：中華書局，2013年3月，頁332-336。

62 〈明詞的宏觀研究〉、〈明代詞人研究〉，濟南：齊魯書社，2006年8月，頁80-82、頁89-91。

63 〈明詞的曲化〉，天津：天津古籍出版社，2008年4月，頁37-41。

代詞風嬗變研究》*64*、李冬紅《詞體詩化、曲化的批評解讀與詞史進程》*65*等等，以明代詞曲異同為專著論題者尚不多見，而且均以明清兩代交替之際為關注對象，臺灣更還沒有專論明詞曲化、或是明代詞曲併同研究的著作。

（二）學位論文

劉暢《唐寅、祝允明曲化詞研究》*66*以作家文本為專論主體，其他如林惠美《楊慎及其詞研究》*67*、張若蘭《明代中後期詞壇研究》*68*、岳淑珍《明代詞學研究》*69*、鄭海濤《明代詞壇與詞風嬗變研究》*70*、張福洪《楊慎詞研究》*71*、許秋群《中晚明詞的傳承與新變》*72*、張笑雷《楊慎詞曲研究》*73*等均有相關論述。

（三）期刊論文

洪靜云〈明詞曲化現象述評〉*74*；姜秀麗、崔永鋒〈陳霆詞品觀及豪邁激越的詞風〉*75*；胡元翎〈對「曲化」與「明詞衰蔽」因果鏈的重新思考〉*76*、〈「詞之曲化」辨〉*77*、〈從準《草堂詩餘》初選本蠡測文人「曲化」詞之

---

64 北京：中國社會科學出版社，2013 年 8 月。

65 上海：上海古籍出版社，2016 年 12 月。

66 黑龍江大學中國古代文學碩士論文，2008 年。

67 國立高雄師範大學國文學系博士論文，2003 年。

68 中國社會科學院研究生院中國古代文學博士論文，2007 年。

69 河南大學中國古典文獻學博士論文，2008 年。

70 陝西師範大學中國古代文學博士論文，2009 年。

71 西南大學中國古代文學碩士論文，2010 年。

72 廣西師範大學中國古代文學博士論文，2010 年。

73 黑龍江大學中國古代文學碩士論文，2010 年。

74 《韓山師範學院學報》（潮州：韓山師範學院，2008 年 8 月）第 29 卷第 4 期，頁 44-47。

75 《齊齊哈爾大學學報(哲學社會科學版)》（齊齊哈爾：齊齊哈爾大學，2009 年 9 月）第 5 期，頁 77-78。

76 《中國韻文學刊》（湘潭：中國韻文學會、湘潭大學，2007 年 3 月）第 21 卷第 1 期，頁 27-32。

77 《文學遺產》（北京：中國社會科學院文學研究所，2009 年）第 2 期，頁 69-76。

文本標準〉78、〈明代分類本《草堂詩餘》與「明詞曲化」之發生〉79、〈依時曲入歌——「明詞曲化」表現方式之一〉80；胡元翎、張笑雷〈論楊慎詞曲的「互融」「互異」兼及「明詞曲化」的研究理路〉81；鄭海濤、霍有明〈論明詞曲化的表垷和成因——兼談對明詞曲化的評價〉82；裴喆〈論明清之際的詞曲之辨〉83；左芝蘭〈論楊升庵曲與明詞曲化現象〉84等專題期刊論文。

　　明詞曲化專論在中國大陸已初見成果，儘管詞學家尚有以宋詞為本位、而對明詞曲化存有異論，85但也有學者在相關論著中以文體變化的必然之理、明詞之總體為論，建立明詞曲化的正面意義：例如黃天驥、李恒義共同撰著的〈元明詞平議〉一文中對於明詞曲化提出相關的論述，認為「明詞曲化」呈現了文壇的新興發展面貌、值得肯定，鼓勵後續學者的研究。爾後有胡元翎視其為專業領域研究，曾提出「詞曲同觀」等相關論點86，並帶領學生劉暢、張笑雷撰著相關學位論文。其次，鄭海濤、霍有明共同發表之〈論明詞曲化的表現和成因——兼談對明詞曲化的評價〉，則認為「明詞曲化」開啟了清詞「中興」之發展，認同其文學史定位，87則是對「明詞曲化」現象的肯定與研究的推動。相較之下，臺灣在「明詞曲化」的研究相當缺乏，

---

78 《學術交流》(哈爾濱：黑龍江省社會科學界聯合會，2010 年 4 月) 第 193 期，頁 162-168。

79 《黑龍江社會科學》(哈爾濱：黑龍江省社會科學院，2010 年) 第 5 期，頁 83-87。

80 《吉林大學社會科學學報》(長春：吉林大學，2012 年 11 月) 第 52 卷第 6 期，頁 107-112。

81 《文學評論》(北京：中國社會科學院文學研究所，2011 年) 第 5 期，頁 64-74。

82 《長江學術》(武漢：武漢大學，2010 年) 第 1 期，頁 25-30。

83 《鄭州大學學報(社會科學版)》(鄭州：鄭州大學，2010 年 3 月) 第 43 卷第 2 期，頁 113-116。

84 《四川戲劇》(成都：四川省川劇藝術研究院，2010 年) 第 2 期，頁 81-83。

85 同註 1。鄧紅梅則認為明詞受南北曲影響，以致音樂、聲律、語言風格均不合乎詞之本位，認同「明詞不振」的說法，但卻也開啟了清代詞壇對於詞的反思與再興，詳見〈明詞綜論〉，《中國韻文學刊》(湘潭：中國韻文學會、湘潭大學，1999 年) 第 1 期，頁 17-25。

86 同註 80。

87 同註 82，頁 30。

據「臺灣博碩士論文知識加值系統」與「臺灣期刊論文索引系統」的搜尋，除了林惠美的博士論文《楊慎及其詞學研究》曾特別指出楊慎詞的曲化現象等論以外，幾無專論著作。

　　而明詞曲化整體研究最大的空缺在於劇曲。明代話本小說皆有詞調於其中運用的研究，[88]但劇曲不僅少見其論，甚至未論劇曲在明詞曲化的影響。明傳奇是明代文學創作中最能表現作家才情的文體，詩、詞、曲、敘事、抒情、社會寫實或情志抒發無一不可為之，劇曲的創作數量與內涵之豐，對於詞的創作影響實不在散曲之下。而且詞調在明傳奇當中的使用隱然可見規範與襲例，詞是否也成為明傳奇體製之一環、並且受到曲體文學的影響，是否呈現與原來唐宋詞相左的變化，也是本書關切的重點之一。

四、詞牌格律研究

　　詞為曲的來源之一，詞牌與曲牌之間的部分淵源和影響成分，即可從調名的承襲關係、格律的變化之中反映而出，此乃曲學研究當中的一則重要議題。明末鄒祗謨謂：

> 有南北曲與詩餘同名，而調實不同者，又不能盡數。胡元瑞云：「宋人〈黃鶯兒〉、〈桂枝香〉、〈二郎神〉、〈高陽臺〉、〈好事近〉、〈醉花陰〉、〈八聲甘州〉之類，與元人毫無相似。若〈菩薩蠻〉、〈西江月〉、〈鷓鴣天〉、〈一剪梅〉，元人雖用，悉不可按腔矣。愚按，此等《九宮譜》中悉載，然有全體俱似者，又有不用換頭者。至詞曲之界，本有畦畛，不得謂調同而詞意悉同，竟至儒墨無辨也。[89]

88　例如張仲謀：〈明代話本小說中的詞作考論〉，《明清小說研究》（南京：江蘇省社會科學院文學研究所、明清小說研究中心，2008 年）第 1 期，頁 202-216；祝東：〈「三言二拍」多用《西江月》詞原因探析〉，《內蒙古大學學報(哲學社會科學版)》（呼和浩特：內蒙古大學，2009 年 3 月）第 41 卷第 2 期，頁 105-110；鄭海濤、趙義山：〈寄生詞曲與明代中篇傳奇小說的文體變遷〉，《浙江學刊》（杭州：浙江省社會科學院，2013 年）第 5 期，頁 73-79。

89　(明)鄒祗謨：《遠志齋詞衷》，唐圭璋編：《詞話叢編》第一冊，頁 650。

此乃明人討論詞曲同名之間的關連，大致上有同名同調、同名異調、異名同調的關係，而王國維亦據曲牌名目考察，認為南、北曲淵源自唐宋詞者甚多，而南曲的比例又高於北曲，皆是反映南曲與詞調的密切關係，90而實際考察廣浩繁雜的詞曲牌格律、整理詞曲之間的關係互動，因而所建立的基礎和名目索引，實可為後世研究詞曲諸家開啟極具意義的指引途徑。但是真正能整合詞與曲的研究成果、連貫詞曲二家以完整描述詞牌和曲牌之間相承相襲者，或是具體指出明代諸家即已關注的詞曲畦珍分判等，至今仍未見通盤而全面的論著。

　　在前人研究之中，詞牌與曲牌的格律分析，雙方皆有相當可觀的成果，而其中以單一詞牌、曲牌為考查之論著，亦是目前研究詞曲格律愈見增加的論述主流之一。此類研究不乏成績，但多以詞牌一體或曲牌一體為考察對象，雖有精深細微研究之功，卻難見出詞曲相互影響的重要關聯；而此類文章又以單篇期刊論文為最多，也反映了詞曲相涉研究之龐雜、少有以專書的完整貫串篇幅呈現研究成果，尚有許多須要著手的空間——例如前人論著於「詞曲互涉」之論最為缺乏，尤其更缺少明代以降的觀察。

　　詞曲兩方面的研究中，以詞牌為探析對象、研究其格律聲情及其發展遞嬗者，論著簡要明列有：

（一）專書著作

　　除了《詞學研究書目(1912-1992)》列示的〈格律〉類書目91，此類著作以各詞牌的源出、發展與格律例詞查考之檢索工具書為最，例如聞汝賢《詞牌彙釋》92、嚴建文《詞牌釋例》93、田玉琪《詞調史研究》94等。其他雖非主題專論、但內容涉論詞調格律之專書，如王偉勇《詞學專題研究》一書之

---

90 王國維：《宋元戲曲考》（臺北：里仁書局，1993 年 9 月），頁 82、138。
91 黃文吉主編：《詞學研究書目(1912-1992)》（臺北：文津出版社，1993 年 4 月）上冊，
　　頁 71-87。
92 臺北：聞汝賢印行，1963 年。
93 杭州：浙江古籍出版社，2003 年 8 月。
94 北京：人民文學出版社，2012 年 11 月。

〈以唐、五代小令為例試述詞律之形成〉*95*，因卷帙龐雜、主題紛散，不在此贅敘。

（二）學位論文

　　列有林鍾勇《宋人擇調之翹楚：〈浣溪紗〉詞調研究》*96*；王美珠：《〈蝶戀花〉詞牌研究》*97*、施維寧《〈水龍吟〉詞牌研究》*98*；李曉云《唐五代慢詞研究》*99*；謝素真《〈漁家傲〉詞牌研究》*100*；李柔嫻《虞美人詞調研究》*101*；白潔《明清俗曲曲牌研究》*102*；陳揚廣《〈憶江南〉詞調及其內容研究——以唐宋詞為例》*103*；李莉《唐宋詞體溯源——論令引近慢的產生與發展》*104*；馮一諾《明清俗曲〈疊落金錢〉曲牌研究》*105*蘇靜《明清俗曲〈寄生草〉曲牌研究》*106*等。

（三）期刊論文

　　列有莊永平〈《何滿子》詞調拍式與詞曲組合〉*107*；林宜陵〈「更漏子」詞調研究〉*108*；鄭祖襄〈〈洛陽春〉詞調初考〉*109*；岳珍〈《念奴嬌》詞調考原〉*110*；謝桃坊〈《滿江紅》詞調溯源〉*111*；李雅雲〈「西江月」詞牌研

---

95 臺北：文史哲出版社，2003 年 4 月，頁 233-280。

96 國立彰化師範大學國文學系碩士論文，2002 年。

97 國立彰化師範大學國文學系在職進修專班碩士論文，2002 年。

98 國立彰化師範大學國文學系碩士論文，2005 年。

99 首都師範大學中國古代文學碩士論文，2004 年。

100 國立彰化師範大學國文學系碩士論文，2005 年。

101 國立彰化師範大學國文學系碩士論文，2006 年。

102 山東大學藝術學碩士論文，2007 年。

103 國立成功大學中國文學系碩士專班碩士論文，2008 年。

104 武漢音樂學院音樂學碩士論文，2008 年。

105 山東大學音樂學碩士論文，2010 年。

106 山東大學音樂學碩士論文，2012 年。

107 《星海音樂學院學報》（廣州：星海音樂學院，1994 年）第 1 期，頁 12-17+38。

108 《東吳中文研究集刊》（臺北：東吳中文研究所，1996 年 5 月）第 3 期，頁 139-159。

109 《中央音樂學院學報》（北京：中央音樂學院，1996 年）第 2 期，頁 12-17+38。

110 《中國韻文學刊》（湘潭：中國韻文學會、湘潭大學，1997 年）第 1 期，頁 88-92。

究〉112；白靜、劉尊明〈唐宋詞調之冠——《浣溪沙》初探〉113；孫彥忠〈詞調《采桑子》從唐到元的傳承流變情況〉114；呂肖奐〈從琴曲到詞調——宋代詞調創制流變示例〉115；王玖莉〈《念奴嬌》源流考〉116；許淑惠〈〈菩薩蠻〉詞調探析〉117；吳瓊〈《蝶戀花》詞牌研究〉118；吳大順、諶湘月〈論《虞美人》詞調在唐宋時期的流變〉119；張傳剛〈《瑞鷓鴣》詞調淺論〉120；付靖〈試論《江城子》詞調的演變〉121；楊黎明〈論詞調《滿江紅》在宋朝的創作流變〉122；劉棟〈《生查子》詞調探微〉123；金賢珠與朴美淑〈敦煌曲子詞格式演變探析——以〈浣溪紗〉〈山花子〉〈楊柳枝〉〈喜秋天〉〈卜算子〉詞牌為例〉124；劉文榮〈《八聲甘州》音樂考〉125；吳文耘〈詞牌《六州歌頭》研究〉126；趙李娜〈《憶江南》詞調探微〉127；劉尊明、余澤薇〈唐

111　《中國韻文學刊》（湘潭：中國韻文學會、湘潭大學，1997 年）第 1 期，頁 78-82。

112　《東吳中文研究集刊》（臺北：東吳中文研究所，1998 年 5 月）第 5 期，頁 139-161。

113　《湖北大學學報(哲學社會科學版)》（武漢：湖北大學，2004 年 3 月）第 31 卷第 2 期，頁 200-202。

114　《讀與寫(教育教學刊)》（南充：四川省南充市文聯，2007 年 5 月）第 4 卷第 5 期，頁 6+5。

115　《中國韻文學刊》（湘潭：中國韻文學會、湘潭大學，2008 年 9 月）第 22 卷第 3 期，頁 66-71。

116　《雲南農業大學學報(社會科學版)》（昆明：雲南農業大學，2009 年 2 月）第 3 卷第 1 期，頁 106-108+114。

117　《東方人文學誌》（臺北：文津出版社，2009 年 6 月）第 8 卷第 2 期，頁 57-82。

118　《襄樊職業技術學院學報》（襄樊：襄樊職業技術學院，2010 年 1 月）第 9 卷第 1 期，頁 75-77。

119　《懷化學院學報》（懷化：懷化學院，2010 年 1 月）第 29 卷第 1 期，頁 66-71。

120　《宿州教育學院學報》（宿州：宿州教育學院、蘇州職業技術學院，2010 年 8 月）第 13 卷第 4 期，頁 16-19。

121　《雞西大學學報》（雞西：雞西大學，2010 年 8 月）第 10 卷第 4 期，頁 122-124。

122　《內江師範學院學報》（內江：內江師範學院，2010 年）第 25 卷第 7 期，頁 79-82。

123　《邢臺學院學報》（邢臺：邢臺學院，2010 年 12 月第 25 卷第 4 期，頁 30-32。

124　《中國語文》（臺北：中國語文月刊社，2011 年 4 月）第 108 卷第 4 期，頁 70-87。

125　《音樂大觀》（北京：山東省音樂家協會，2011 年）第 5 期，頁 67。

126　《文教資料》（南京：南京師範大學，2011 年 12 月）第 34 期，頁 10-12。

127　《衡水學院學報》（衡水：衡水學院，2011 年 12 月）第 13 卷第 6 期，頁 28-31。

宋《望江南》詞調的創制源流與聲情特徵〉*128*等篇。

　　上述一系列的詞牌探析研究論著，對於建構詞牌格律變化之輪廓軌跡、進而瞭解詞體文學的創作運製，頗有成績。但是以上諸家除專書或少數幾位作者只外，大多只論及唐宋五代詞，至多下逮金元詞調；或間有論及詞曲源出之關係，卻不論金元明清詞的後出變化，也因次未能論及明代曲體文學興盛以後對詞體的影響。*129*

五、曲牌格律研究

　　在曲牌的研究方面，論著的質量與研究方法亦相當豐富。對於單一曲牌的格律變化探析，最早建立影響的研究論著當為鄭騫〈仙呂混江龍的本格及其變化〉*130*，掌握了仙呂〈混江龍〉曲牌的格律析辨，為往後學者確立了研

---

128 《湖北大學學報(哲學社會科學版)》(武漢：湖北大學，2013 年 5 月)第 40 卷第 3 期，頁 56-61。

129 另有學位論文如吳雙：《蘇辛詞牌比較研究》(國立成功大學中國文學系碩士論文，2011 年)。期刊論文如：丁曉梅：〈溫庭筠兩首〈夢江南〉詞牌名考辨〉，《東方人文學誌》(臺北：文津出版社，2009 年 6 月)第 8 卷第 2 期，頁 45-56；楊小春：〈從《鷓鴣天》看辛棄疾小令詞作風格與詞牌的聯繫〉，《作家》(長春：吉林省作家協會，2009 年)第 4 期，頁 129-130；何照清：〈從詞調方面看周邦彥對詞的雅化〉，《寫作》(武漢：武漢大學，2009 年)第 13 期，頁 5-7；李牧遙：〈《菩薩蠻》詞牌探微——以溫庭筠《菩薩蠻》為例〉，《西安社會科學》(西安：中共西安市委黨校；西安市行政學院，2009 年)第 1 期，頁 63-64+78；王娜娜：〈溫庭筠《菩薩蠻》詞十四首研究述評〉，《湖北文理學報》(襄樊：湖北文理學院，2013 年 6 月)第 34 卷第 6 期，頁 49-53；萬賀賓：〈葉夢得《臨江仙》詞簡論〉，《文教資料》(南京：南京師範大學，2009 年)第 18 期，頁 27-29；李俊：〈雄深雅健，如對文章太史公——從《賀新郎》詞調看稼軒詞之「雅」〉，《集寧師專學報》(集寧：集寧師範學院，2010 年 9 月)第 32 卷第 3 期，頁 19-24；劉建茹：〈試論歐陽修、蘇軾《蝶戀花》詞的差異〉，《劍南文學(經典教苑)》(綿陽：四川省綿陽市文聯，2012 年)第 5 期，頁 75-76。研討會論文一篇林宏達〈試析蘇、辛所作〈木蘭花令〉、〈玉樓春〉格律內容之異同〉，《思辨集》(臺北：國立臺灣師範大學國文學系，2010 年 3 月)第 13 期，頁 179-201。以上諸篇雖論及單一詞牌之探析，但均以宋代詞人創作特色為範疇，未可視為單一詞牌之完整發展遞嬗變化。

130 鄭騫：《景午叢編》下集，頁 348-367；並有〈仙呂混江龍篇後記〉補述後來新見之

究曲律的示範；而另一篇〈董西廂與詞及南北曲的關係〉131，亦是討論詞與曲的淵源、連繫乃至於發展的重要著論，其中更從南北曲的宮調、尾聲格式與套式四大要素剖析，該篇文章雖是說明《董西廂》在詞曲發展上的承先啟後之地位，但也論及詞與《董西廂》之關係，已可藉此較具體得知詞曲之間的同異和蛻變之關係。隨著研究工具與研究方法的日新精進，後出諸家開始以斷代為範疇、或以音樂為界定、或以曲譜選本為考察，而專論曲牌的格律或是發展遞嬗者，試舉如下132：

（一）專書著作

馮光鈺《中國曲牌考》133；洪惟助《崑曲宮調與曲牌》134；俞為民《曲體格律》135與《中國古代曲體文學格律研究》136、王正來《新訂九宮大成南

131　鄭騫：《景午叢編》下集，頁 374-406。

132　本書之「單一曲牌格律」，不涉及曲牌聯套格律等相關論著。其他學位論文如楊淑娟：《董解元西廂記研究》（東吳大學中國文學研究所碩士論文，1988 年）、吳賢陵：《《風月救風塵》研究》（玄奘人文社會學院中國語文研究所碩士論文，2001 年）；期刊論文施德玉：〈太古傳宗琵琶調西廂記曲牌音樂之研究〉，《藝術學報》（新北市：國立臺灣藝術大學，1996 年 12 月）59 期，頁 116-156；李林德：〈曲牌體音樂中「旋律母題記憶」之審美作用——以「絮閣」「醉花陰」為例〉，《中國文哲研究通訊》（臺北：中央研究院中國文哲研究所，2001 年 3 月）第 11 卷第 1 期，頁 31-38；羅麗容：〈南北雙璧譜梁祝——顧隨、曾永義曲牌體梁祝劇本評析〉，《戲曲研究通訊》（中壢：國立中央大學中國文學系，2004 年 8 月）第 2 期，頁 136-144；何慧琪：〈馮惟敏〈喜雪〉「雪花兒飛」二首曲牌考證〉，《問學》（高雄：國立高雄師範大學國文學系，2011 年 6 月）第 15 期，頁 127-136；黃慧玲：〈論析崑曲曲牌音樂之體製規律及其變異--以《牡丹亭‧遊園》為例〉，《音樂研究》（臺北：國立臺灣師範大學音樂學系，2012 年 12 月）第 17 期，頁 23-49 諸作，以劇本內的變化運用為範疇，未可稱為完整的曲牌發展遞變，茲此備記。而莊永平：〈論曲牌〉，《戲曲學報》（臺北：國立臺灣戲曲學院，2011 年 6 月）第 9 期，頁 1-19，則以討論曲牌之結構形式的特色為要。而雖非專論、但內容涉及曲牌變化之專書則卷帙龐雜，不在此贅敘。

133　合肥：安徽文藝出版社，2009 年 10 月。

134　臺北：國家出版社，2010 年 6 月。

135　北京：中華書局，2005 年 6 月。

136　北京：中華書局，2012 年 3 月。

北詞宮譜譯註》137、施德玉《板腔體與曲牌體》138、林照蘭《《全明散曲》中的南曲體製研究》139、林佳儀《曲譜編訂與牌套變遷》140、曾永義《戲曲學(四)：「戲曲歌樂基礎」之建構》141等各種與曲牌格律相關之著作，俱從全面關照的角度宏觀審視曲牌格律和音樂因素。其中或有如洪惟助〈論詞牌曲牌之形成及詞曲之創作〉142、曾永義〈北曲格式變化的因素〉143等與曲牌格律相關、卻散見於其他論集的文章，因內容繁雜，於此不多贅敘。

（二）學位論文

　　張鳳俠《北曲雙調曲牌考論》144、陳薇新《集曲[榴花泣]之研究》145、林佳儀《《納書楹曲譜》研究——以《四夢全譜》為核心》146、薄克禮《元散曲體格研究》147、阮志芳《吳江派散曲研究》148等。

（三）期刊論文

　　張繼光〈清代小曲「九連環」曲牌考述〉149、〈明清小曲「剪靛花」曲牌考述〉150、〈明清小曲「銀紐絲」曲牌考述〉151、〈明清小曲「劈破玉」

---

137 香港：香港中文大學，2009 年 10 月。

138 臺北：國家出版社，2010 年 6 月。

139 新北：花木蘭文化出版社，2011 年 9 月。

140 臺北：政大出版社，2016 年 5 月。

141 臺北：三民書局，2017 年 8 月。

142 同註 47。

143 曾永義：《曾永義學術論文自選集》（北京：中華書局，2008 年 7 月）乙編，頁 127-142。

144 安徽大學戲劇戲曲學碩士論文，2007 年。

145 國立臺灣藝術大學表演藝術研究所碩士論文，2008 年。「榴花泣」由【石榴花】、【泣顏回】二支曲牌組成，故視為單支曲牌。

146 國立政治大學中國文學研究所博士論文，2009 年。後出版為專書《《納書楹曲譜》研究—以《四夢全譜》訂譜作法為核心》（新北：花木蘭文化出版社，2012 年 9 月）。

147 河北大學中國古代文學博士論文，2010 年。

148 華中師範大學中國古代文學碩士論文，2010 年。

149 《中國文化大學學報》（臺北：中國文化大學中國文學系暨中國文學研究所，1993 年 2 月）第 1 期，頁 303-321。

150 《民俗曲藝》（臺北：財團法人施合鄭民俗文化基金會，1993 年 11 月）第 86 期，頁 71-96。

曲牌探述〉152、〈小曲「跌落金錢」曲牌探述〉153、〈「玉娥郎」與「粉紅蓮」曲牌初探〉154；東甫〈《錯立身》、《小孫屠》所用曲牌的曲律學考察〉155；潘汝端〈北管散牌「風入松」之探源及其實際應用〉156；張儷瓊〈山東琴書曲牌《鳳陽歌》在箏樂作品中的應用〉157；李國俊〈北曲般涉調【耍孩兒】與【煞】曲研究〉158；林佳儀〈南、北曲交化下曲牌變遷之考察〉159、〈試析《納書楹四夢全譜》相同牌調之曲腔變化〉160；葉添芽〈曲牌【山坡羊】之探討〉161、〈曲牌【尾聲】之研究〉162、〈崑曲曲牌【刮地風】之研究──以集成曲譜為例〉163；許建中〈《錯立身》、《小孫屠》所用曲牌的曲律學考察〉164、〈宋元戲文殘佚劇目所用曲牌的曲律學考察〉165、張藝〈崑曲曲牌結構規律研究〉166；張兆穎〈論明代南音刊本的曲牌和曲牌類別〉167；王麗麗〈〈醉落魄〉曲牌的流變考〉168；曾永義〈論說「建構曲牌格律之要

---

151 《嘉義師院學報》（嘉義：國立嘉義師範學院，1994 年 11 月）第 8 期，頁 251-272。

152 《嘉義師院學報》（嘉義：國立嘉義師範學院，1995 年 11 月）第 9 期，頁 373-410。

153 《嘉義師院學報》（嘉義：國立嘉義師範學院，1996 年 11 月）第 10 期，頁 297-339。

154 《國立編譯館刊》（臺北：國立編譯館，1997 年 12 月）第 26 卷第 2 期，頁 215-237。

155 《閱讀與寫作》（南寧：廣西語言文學學會、廣西大學中文系，2005 年）第 11 期，頁 18-20。

156 《藝術評論》（臺北：國立臺北藝術大學，2004 年 4 月）第 14 期，頁 197-231。

157 《藝術學報（表演類）》（新北：國立臺灣藝術大學，2006 年 10 月）第 79 期，頁 115-140。

158 《國文學誌》（彰化：國立彰化師範大學國文學系，2008 年 12 月）第 17 期，頁 39-58。

159 《戲曲學報》（臺北：國立臺灣戲曲學院，2008 年 12 月）第 4 期，頁 153-192。

160 《臺灣音樂研究》（臺北：中華民國民族音樂會，2010 年 4 月）第 10 期，頁 43-80。

161 《藝術學報》（新北：國立臺灣藝術大學，2009 年 10 月）第 85 期，頁 407-442。

162 《藝術學報》（新北：國立臺灣藝術大學，2011 年 4 月）第 88 期，頁 217-239。

163 《藝術學報》（新北：國立臺灣藝術大學，2011 年 10 月）第 89 期，頁 227-256。

164 《文學遺產》（北京：中國社會科學院文學研究所，2007 年）第 6 期，頁 86-97。

165 《戲曲研究》（北京：戲曲藝術研究院戲曲研究所，2010 年）第 81 輯，頁 365-391。

166 《臺州學院學報》（臨海：臺州學院，2010 年 4 月）第 32 卷第 2 期，頁 69-73。

167 《中國音樂學》（北京：中國藝術研究院，2010 年）第 2 期，頁 80-86。

168 《黃岡師範學報》（黃岡：黃岡師範學院，2011 年 2 月）第 31 卷第 1 期，頁 74-76。

素」〉169；板俊榮〈明清小曲［清江引］的牌名與詞譜考釋〉170；黃振林〈論明代青陽腔的崛起及其曲體變遷的特徵〉171；談欣〈〈寄生草〉與〈南調〉曲牌的比較研究〉172；李江杰〈纖穠佻巧、富麗莊嚴：《鴛鴦絛》傳奇宮調曲牌與布局情境探究〉173；王莉〈論《烏夜啼》曲牌來源及其填製〉174；吳晟〈諸宮調對南北劇文體之影響〉175；王文仁〈河西寶卷的曲牌曲調特點〉176；李佳蓮〈李玉《北詞廣正譜》收錄北曲尾聲曲牌之類型變化及其實際運用〉177；黃慧玲：〈論析崑曲曲牌音樂之規律及其變異——以《牡丹亭・遊園》為例〉；178體製吳志武〈朱有燉雜劇作品的曲樂研究——以《九宮大成》收入的作品為對象〉179等。其他相關研究尚見繁雜，不再贅敘。

　　單一曲牌的格律分析，或是以斷代、譜本、選本、劇本為範圍的曲牌分析，已有相當可觀的成績；但是若從詞曲發展的角度而論，雖然諸家不乏照見詞曲淵源與關係者，更有明白析辨曲牌格律建構之要素，以及變化、運用的論著，但仍未能明確梳理詞曲相涉的影響。若論及詞曲相涉的研究議題，在詞、曲相關的研究中，鄭騫曾於《北曲新譜》中表現詞調入曲的淵源，反映詞牌與北曲曲牌的格律關係，是體現詞曲相涉研究的實踐作為；180而後亦

---

169 《中華戲曲》(臨汾：中國戲曲學會、山西師範大學戲曲文物研究，2011 年)第 44 輯，頁 98-137。

170 《交響(西安音樂學院學報)》(西安：西安音樂學院，2011 年 9 月)第 30 卷第 3 期，頁 61-67。

171 《池州學院學報》(池州：池州學院，2011 年 10 月)第 25 卷第 5 期，頁 8-12。

172 《中央音樂學院學報》(北京：中央音樂學院，2011 年)第 3 期，頁 23-30+43。

173 《戲曲藝術》(北京：中國戲曲學院，2011 年)第 3 期，頁 77-82。

174 《玉林師範學院學報》(玉林：玉林師範學院，2012 年)第 33 卷第 4 期，頁 111-115+151。

175 《浙江學刊》(杭州：浙江省社會科學院，2012 年)第 4 期，頁 73-80。

176 《人民音樂》(北京：中國音樂家協會，2012 年)第 9 期，頁 65-67。

177 《臺大中文學報》(臺北：國立臺灣大學中國文學系，2012 年 12 月)第 39 期，頁 161-212。

178 《音樂研究》第 17 期，2012 年 12 月，頁 23-50。

179 《南京藝術學院學報(音樂與表演版)》(南京：南京藝術學院，2013 年)第 3 期，頁 51-58。

180 鄭騫：《北曲新譜・凡例》，頁 2 曰：「詞調入曲，完全與詞相同而無須說明者，如黃鐘〈人月圓〉之類，一概不收。」

有部分學家論著投入析論，除了前述以諸宮調、宋元南戲、明代小曲與譜本選本考察詞牌曲牌的格律變化之外，另有其他的期刊論著涉及詞曲相涉的議題，例如黃翔鵬〈〈念奴嬌〉樂調的名實之變——宋詞曲調考證三則〉*181*、鄭祖襄〈《九宮大成南北詞宮譜》詞調來源辨析〉*182*、謝桃坊〈宋金諸宮調戲文使用之詞調考略〉*183*、盤莉娜〈試論散曲與宋詞的藝術差異〉*184*、涂茂奇〈詞曲同名異調析論——以「天仙子」為例〉*185*、武秋莉〈詞、曲按「牌」填詞的比較分析〉*186*、張婷婷〈論詞樂及其體製對元曲的影響〉*187*、劉文榮〈《新定九宮大成南北詞宮譜》中的柳永詞《八聲甘州》曲牌考析〉*188*等論著，皆嘗試找出詞曲之間格律的相繫變化；而洛地〈魏良輔、湯顯祖、姜白石——曲唱與曲牌的關係〉*189*則由曲唱、詞唱為切入點，分析詞牌與曲牌在音樂上的異同。

　　近年中詞牌、曲牌關係析論詞曲關聯與淵源，關照較為全面的單篇論文有林逢源〈同名詞牌、曲牌初論〉一文，以《康熙詞譜》、《康熙曲譜》、《北詞廣正譜》和《南詞新譜》為本，檢閱其中南北曲曲牌與詞牌同名者，並且依南北曲之分初步梳理了同名詞牌、曲牌之間的關係，頗有檢索的價值，將其所見簡述如下：

1. 同名同律

　　北曲中以李玉《北詞廣正譜》和鄭騫《北曲新譜》所示，有〈卜算子〉、〈女冠子〉、〈憶秦娥〉、〈憶王孫〉、〈念奴嬌〉、〈行香子〉、〈青玉

181 《音樂研究》（北京：人民音樂出版社，1990 年）第 1 期，頁 32-42。

182 《中國音樂學》（北京：中國藝術研究院，1995 年）第 1 期，頁 38-47。

183 《東南大學學報(哲學社會科學版)》（南京：東南大學，2005 年 7 月）第 7 卷第 4 期，頁 95-101+128。

184 《經濟與社會發展》（南寧：廣西社會科學院，2007 年 10 月）第 5 卷第 10 期，頁 134-137。

185 《東方人文學誌》（臺北：文津出版社，2008 年 3 月）第 7 卷第 1 期，頁 131-150。

186 《語文學刊》（呼和浩特：內蒙古師範大學成人教育學院，2010 年）第 12 期，頁 86-87。

187 《臨沂大學學報》（臨沂：臨沂大學，2011 年 10 月）第 33 卷第 5 期，頁 129-132。

188 《音樂時空》（貴陽：貴州省文學藝術界聯合會，2013 年）第 1 期，頁 92-93。

189 《民俗曲藝》（臺北：財團法人施合鄭民俗文化基金會，2003 年 6 月）第 140 期，頁 5-31。

案〉、〈唐多令〉、〈菩薩蠻〉、〈醉春風〉、〈鷓鴣天〉、〈人月圓〉、〈杏園芳〉、〈桂枝香〉、〈(革呈)紅〉、〈慶清朝〉、〈法曲獻仙音〉、〈西河柳〉、〈鳳凰臺上憶吹簫〉、〈漁家傲〉、〈秋霽〉、〈霓裳中序第一〉、〈少年心〉、〈荷葉鋪水面〉、〈甘州曲〉、〈遍地錦〉、〈祭天神〉、〈商調蝶戀花〉諸調。南曲據沈自晉《南詞新譜》所列，有三種分注：其一即以唐宋詞作譜，沈自晉《南詞新譜》稱「此係詩餘」者，有〈一翦梅〉、〈二郎神〉、〈卜算子〉、〈八聲甘州〉、〈天仙子〉、〈醜奴兒〉、〈生查子〉、〈永遇樂〉、〈行香子〉、〈安公子〉、〈聲聲慢〉、〈沁園春〉、〈尾犯〉、〈青玉案〉、〈柳梢青〉、〈賀新郎〉(南呂宮慢詞)、〈賀聖朝〉(中呂宮慢詞)、〈桂枝香〉(仙呂宮慢詞)、〈搗練子〉、〈剔銀燈引〉、〈哨遍〉、〈高陽臺〉、〈唐多令〉、〈燭影搖紅〉、〈海棠春〉、〈集賢賓〉、〈驀山溪〉、〈虞美人〉、〈解連環〉、〈醉春風〉、〈燕歸梁〉等，多用為引子和慢詞；其二為標注「與詩餘同」者，有〈憶秦娥〉、〈祝英臺近〉、〈點絳唇〉、〈破陣子〉、〈謁金門〉、〈鷓鴣天〉、〈霜天曉角〉；其三為南曲與詩餘相同而不用換頭者，有〈一枝花〉、〈齊天樂〉、〈步蟾宮〉、〈念奴嬌〉、〈絳都春〉、〈浪淘沙〉、〈梅花引〉、〈惜奴嬌〉、〈喜遷鶯〉、〈意難忘〉、〈滿江紅〉。

2. 同名異律

　　北曲以《北詞廣正譜》所列與詞調同名而格律實異者有〈大勝樂〉、〈大石調女冠子〉、〈烏夜啼〉、〈六么令〉、〈應天長〉、〈高平調青玉案〉、〈六么遍〉、〈柳梢青〉、〈賀新郎〉、〈賀聖朝〉、〈搗練子〉、〈剔銀燈〉、〈哨遍〉、〈黃鶯兒〉、〈梅花引〉、〈望遠行〉、〈驀山溪〉、〈感皇恩〉、〈滿庭芳〉、〈醉太平〉、〈踏莎行〉諸調。南曲以《南詞新譜》所列與詞調同名異律者，則有〈人月圓〉、〈千秋歲〉、〈醜奴兒近〉、〈江神子〉、〈阮郎歸〉、〈好事近〉、〈春雲怨〉、〈秋夜月〉、〈洞仙歌〉、〈賀聖朝(雙調引子)〉、〈桂枝香(仙呂宮過曲)〉、〈浣溪沙〉、〈望遠行〉、

〈望梅花〉、〈漁家傲〉、〈錦纏道〉、〈解連環〉、〈醉落魄〉、〈薄倖〉。*190*

　　林逢源教授全盤但簡潔地整述同名詞牌、曲牌的概貌和基本關聯性，而且涵蓋南北曲，對於研究詞曲淵源及發展之學者而言，實為一份不可忽略的基礎論見。

　　其後，中國大陸的呂薇芬教授從北曲格律的角度，較為全面性地審視詞曲淵源之說，循究了詞牌與北曲曲牌之間的關係，進而比較詞曲格律異同的問題。兩者之間種種名目、格律等諸項比較，大致反映如下：

(1)僅是調名相同，格律全不同。如〈三台印〉、〈應天長〉、〈金盞子〉等。

(2)名雖不同，其實卻同。如曲調〈歸塞北〉其實與詞調〈望江南〉同，但多只用一段，有么篇者即為詞調之後段。又如曲調〈落梅風〉即詞調〈搗練子〉，名異而其實同，格律稍有小異，即韻數不同、兼且平仄通叶。

(3)曲調有兩個名字，都可與詞調名對應，但格律有異。如詞調、曲調的〈菩薩蠻〉同樣又名〈子夜歌〉，但是詞調的〈子夜歌〉與曲調不同、詞調〈菩薩蠻〉卻與曲調同，亦只用一段。

(4)詞與曲稍有出入，但大體相同。如詞與曲的〈醉春風〉、詞的〈憶王孫〉與曲的〈一半兒〉。

(5)曲調沿用詞調，兩者相同。如〈人月圓〉、〈太常引〉、〈憶秦娥〉、〈菩薩蠻〉等。但是曲調常用詞調的一段，有時叶韻有不同。

(6)曲調與詞調的正體不同，卻與詞調的變體同。

(7)金元間新創的或自創的曲調，常與詞交叉。

　　呂薇芬教授亦提出清人所著《詞律》、《欽定詞譜》二書在詞曲界定的觀念差異，前者嚴分詞曲之辨，若是與北曲相同的詞調即不收錄，後者則將雅致小令亦視為詞選，而以曲入詞書者除了《詞林萬選》(明楊慎編)、《花草萃編》(明陳耀文編)之外，清代敕編《歷代詩餘》亦是如此，*191*可見詞曲

---

190 參見林逢源：〈同名詞牌、曲牌初論〉，《彰化師大國文學誌》第 12 期(彰化：彰化師範大學國文學系，2006 年 6 月)，頁 43-79。

191 詳見呂薇芬：〈從北曲格律看詞曲淵源〉，《文學遺產》(北京：中國社會科學院文學研究所)，2011 年第 2 期，頁 70-81。

相涉的問題在清初仍有相當程度的餘風延續。而呂薇芬教授透過北曲曲牌與詞牌的比較析論、進而得出的詞曲格律異同見解，大致不出前述俞平伯、鄭騫、任中敏等諸家之說。

此外，侯淑娟《戲曲格律與跨文類之承傳、變異》[192]一書中嘗以《全元散曲》般涉調套式、【耍孩兒】曲段、【哨遍】及其套數，結合宋代樂曲和南戲北劇而探究北曲雜劇與宋詞之間的承傳借鑒與反餽，從跨文體的角度探究詞體與曲體之間的影響關係，藉由詞曲併同關照而開創新視野的研究成果。

　　上述對於現今詞家、曲家諸學者對於詞牌曲牌格律的研究取向以及成果積累，除了詞牌、曲牌格律分析的資料建構，更重要、更能夠推動詞曲研究的議題是：透過詞牌、曲牌的格律異同變化來證實詞、曲的淵源、承襲或是蛻變，尤其是在同名詞牌曲牌上，或是已可證知直接取用詞牌為律的曲牌上，具體而明確的從形式表現上說明「詞曲互涉」的內涵，也就是詞曲在明代如何相近乃至於相同、而在近同之中是否存在相異之別。若以「詞曲互涉」為論而研究其發展關係的角度審視，尚待學者深入研究的部分，亦是本書的研究重心，大致可略結為：

唐宋詞曲淵源研究有成，逮及金元二代，明代以下論著尚見不足。明代是產生「明詞曲化」現象、詞曲互動極為密切的時代，目前所見成果雖已有「承上」之唐宋金元諸論，對於「啟下」的明代詞曲發展，尚未有更精入知微的論見。

單體詞牌、曲牌研究精進，同名詞牌、曲牌相涉研究尚有不足。在盧前與一眾學論析究下，同名甚至同律的詞牌曲牌當是詞曲相涉、乃至於「詞曲不分」最具表彰者；而儘管同名同律，但是細究之下仍可察知同律之中仍有些微變化，而若能從同名詞牌曲牌之中見出格律變化的共同準則或方法，即可證知詞曲格律上的相承淵源。

北曲相關研究益明，南曲尚且不足。諸家學論上逮鄭騫、曾永義，下迄李佳蓮等人，在北曲曲牌的格律變化已漸見明確可循，然而相較之下，南曲

---

[192] 臺北：國家出版社，2013 年 9 月。

仍以傳奇之聯套、劇曲散曲之體製形式的研究為顯見，而曲牌的格律變化未見明瞭。同時，南曲與北曲兩相比較，南曲在音樂的淵源上與詞調更為貼近；兼且南北曲中雖然都有「與詩餘同」的譜例，但南曲在同名同律的曲牌數量上更多於北曲，可知欲深究詞曲相涉的關係，當從南曲的同名詞牌曲牌之格律中先求，但迄今專論詞與南曲之間承續關係者卻相當少見[193]。如果能藉南曲與詞之間的相涉承衍以更精確的析論何謂「與詩餘同」，對於明代「明詞曲化」的論證將有更進一步的突破。

以散曲為主，劇曲尚未深論。由於創作形式與應用上的相似，歷來諸家談論明詞曲化時均以散曲為觀察來源，但實際上劇曲對於詞也存有相當的影響。例如，王易嘗於討論散曲、劇曲分異時謂：「就散曲言，猶與詞近；若云劇曲，則純為代言體之文，作者方當從事於揣摩劇情，不容有我矣。」[194]但實際上詞調亦被包容在劇曲的代言發聲之中，而與劇曲產生了聯繫關係；例如明傳奇體製之家門大意所用的開場詞牌，以及劇中人物的上場詞，在形式、內容和風格上實已與詞有所分別。在傳奇體製當中被使用的詞調，實可視為劇曲的「明詞曲化」影響而論；此外，劇曲當中沿用自詞調的南曲曲牌，亦是研究詞、曲相涉之淵源的重要範疇。是以，本書亦以劇曲為主要著論，不論散曲。

以風格、作家為主，格律尚未發論。在討論明代詞曲關係——諸如「明詞曲化」、「曲的詞化」等，諸家多以作品風格為比較，或以作家如楊慎、陳鐸等人之作品呈現為論述，但俱未論及格律的變化影響，亦未嘗以明代的詞譜、曲譜為其關注重心。明人首創詞譜之制，而曲譜亦是南曲創作的圭臬準則，在討論明代詞曲相涉之議題，若以明代詞譜、曲譜所具備的格律準則為反映，當可獲得較具普遍而代表性的參照結果，也可拓寬詞曲研究之眼界格局。是以，本書所論之「詞曲相涉」，除了在風格上的必要討論，主要著

---

193 例如洛地：〈從詞樂看南、北曲〉，《詞樂曲唱》，頁 268-288，文中曾針對南曲與詞樂的相衍關係而著論。

194 同註 33，頁 27。

重於供作填詞製曲的文字格律譜上的格律影響。

第三節　研究方法與架構

　　本書以明代的詞曲相涉現象為研究主題，先藉耙梳前人的相關論著以瞭解目前的研究大要，並以理論(詞話曲話)、格律(詞譜曲譜之製定)、實踐(創作)為主要綱目，從三大層面探析明代詞與曲的互動與彼此之間的影響為何。其中特別強調兩點：

　　第一點是從詞譜、曲譜中反映的格律相涉問題，由於論及明代的詞曲關係——明詞曲化或是曲的詞化時，學者論著歷來多著重於詞曲之間風格、文字、雅俗的影響，而未有詳細說明詞曲之間格律是否也存在著彼此影響的現象。從詞譜與曲譜的格律訂製上來看，實可發現詞譜、曲譜的格律在各有異同之餘，更有彼此取法、詞律採用曲律或是曲律採用詞律的形式進行創作，進而在詞曲彼此的理論、格律與創作上對實質的影響，特別是具體反映在平仄、句式、體製等格律因素上的變化與作用，而產生詞調創作使用曲律、曲牌創作使用詞律的現象，同時也反映在「詞」「曲」之間名義的相稱、借稱與「詞曲」並稱的觀念上，即是本書所謂的相涉(Interactive)。

　　為了明確呈現並析論明代詞曲的相涉觀念，任中敏早先提出的「異同顯著」比較方法，便是本書採用的主要研究方法及其概念——從詞譜曲譜的歸納訂譜、詞牌曲牌的實際創作來比較並分析明代詞曲格律的相涉，並考辨其現象，更納入戲曲為考察文本。關於明代詞曲之間在格律譜與創作中的格律異同現象，學界尚未有深入明確的論述分析，但在中國古典韻文體的角度而言，是最能具體反映詞曲之間異同與互動關係的切入點，也是本書所欲剖析的主旨核心之一。

　　第二點是劇曲中的詞調運用，同樣地歷來論述明代詞曲之間的關係時，多著眼於詞調與散曲，因為在不論合樂與否的前提下，詞調與散曲在創作的方法與應用上十分相近。然而，在明代成熟的劇曲體製中已有許多詞調的使用，更融入為劇曲體製成法之一，在這些詞調與南曲劇套之中，確實存在著

格律相涉的創作現象，證明詞調與劇曲彼此之間的互動與聯繫實不亞於散曲。若論明代詞曲研究，實不應忽略詞調與劇曲的關係。

　　本書所見的詞曲相涉現象，以考察明代詞曲格律譜、散曲創作、明傳奇的南曲劇套及其使用詞調而來，[195]而此一詞曲比對研究所要強調的是：雖然明代音樂的成分難以在現今明確分析，但是透過詞曲譜以及劇本的記載，仍然可從格律所承載的音樂性質之反映，進而瞭解明代詞曲在創作實踐與格律上的異與同、相互影響或是各自緊守不變的本質——前人評論明詞「不振」、「曲化」的具體現象為何？而詞與曲看似相近、又如何彼此辨別詞曲創作的本質精神？於是分析從文體的格律與體製著手分析便有其必要，因為格律因素實為決定詞牌或曲牌的個性、特徵等內涵的重要關鍵，並藉此發掘明代詞體與曲體在外在文字風格之外、屬於格律及體製等內在因素的連接關係，從而瞭解明詞曲化等明代文體現象的成因和意義。

　　本書的研究進行方式與篇章架構簡述如下：

一、「明代詞曲理論篇」

（一）「明代詞曲理論的觀察」

---

195 本書的劇曲範疇不納入明雜劇。曾永義統計現存明雜劇 295 本(含無名氏《捉袁達》和李逢時《酒懂》)，散佚者 136 本共計可考者 431 本，見其著《明雜劇概論》(臺北：學海出版社，1979 年 4 月)，頁 68；以陳萬鼐編：《全明雜劇》(臺北：鼎文書局，1979 年 6 月)收錄 169 本劇作來看，明雜劇中分為北曲、南北合套、南曲與南北曲間雜的聯套形式，而在雜劇體製亦使用詞調，例如車任遠《蕉鹿夢》、王應遴《逍遙遊》、許潮《同甲會》等劇擁有上場詞，部分如傅一臣《蘇門嘯》雜劇十二種具有開場詞；但是明雜劇在使用上場詞、開場詞的時機和詞調不似明傳奇有固定規範可循，而且更有北曲聯套中夾帶南曲、北曲雜劇使用家門開場形式者，體製難以規範。誠如徐子方：《明雜劇研究》中論及明代文人劇引入南曲形式後在劇本長短、音樂體製的改變所言：「這就是在雜劇由規範向不規範轉化的同時，南曲卻由由不規範的戲文向歸範化的傳奇過渡……在他們(明雜劇作家)那裡，劇本體制是沒有固定框子的，一切安排都隨著自己的取材而定。」見其著《明雜劇研究》(臺北：文津出版社，1998 年 6 月)，〈結構類型的轉變與創新〉，頁 61-66。因此相較於體製規範嚴整的明傳奇，宜再另行著論詳究明雜劇與詞調的關係，不在此納入討論。

時見於明人詞話、曲話中討論的「詞」、「曲」與「詞曲」，甚至與其相關的「南詞」等名稱，實際推溯其論述脈絡，則常有與字面名義出入的現象——詞曲互稱、或是在詞曲並稱中，有時只是詞或曲的偏指等等，這正好反映明代在詞與曲的創作和應用上的相傾相近，乃至於稱謂上的並稱與借稱。此種反映於理論見解之中的名義相近，在現今的詞曲研究和本書的處理範圍內，必須重新耙梳其發展關係與內涵，以反映明代詞與曲在理論見解上的原貌，始可從明代的文學觀念理解詞與曲在創作上為何產生相涉、相近之基礎觀念。本章節將以明代的詞話(鄧子勉《明詞話全編》)以及曲話(王驥德《曲律》等)之中，論及「詞」、「曲」、「詞曲」之名稱者，分析其名稱的內涵，藉以瞭解明代詞曲的名義近同現象和觀念發展。

（二）「明代詞曲相關名義辨」

　　除了「詞」「曲」之稱，在明人的論著中尚有其他值得關注的名稱。例如「樂府」一詞，樂府在韻文學中本是一多義詞彙，可指歌曲、古詩、詩餘、散曲等等；同樣在明代，樂府亦有借指為詞、或借指為曲，或借指為詞曲淵源的古樂等義。俞平伯所述：「詞、曲者，樂府之支流，自有唐迄近代。……就樂府之文辭而言曰『詞』，就其聲音而言曰『曲』，皆樂府之異名耳。詞、曲既為樂府，故兩名每混用。方曲之未興也，詞亦泛稱為『曲』；迨曲既盛行，曲又廣稱為『詞』。」[196] 即是在詞與曲在音樂淵源上的相近而至相稱，其中以詞、曲皆屬稱「樂府」一詞為關竅。而在明人提及的「樂府」之中亦有各種指涉，例如：朱權、何良俊所稱樂府，實指散曲；[197]祝允明、朱諫所稱樂府，皆實指詞等等[198]。明人在追溯詞曲淵源時，時常考察至樂府一名，

---

196 俞平伯：〈詞曲同異淺說〉，《俞平伯詩詞曲雜著》，頁 691。

197 同註 10，朱權曰：「詞不足以盡其意，變而為曲，名曰樂府。」(明)何良俊：《四友齋叢說》謂：「元人樂府稱馬東籬(馬致遠)、鄭德輝(鄭光祖)、關漢卿、白仁甫(白樸)為四大家，馬之辭老健而乏滋媚，關之辭激厲而少蘊藉，白頗簡淡，當以鄭為第一。」鄧子勉：《明詞話全編》第二冊，頁 1012。

198 (明)祝允明：《祝子罪知錄》卷九曰：「今所謂詞者，或呼為南詞，或為慢詞，或長短句、新樂府、詩餘、近代詞曲，名亦不定，妙亦不傳。」朱諫：《李詩辯疑》卷

實際上「樂府」若非指古樂、而指明代當時的「今樂府」*199*時，亦有詞曲相
稱的涵意在內。辨析明代樂府一名，即可得知明人在詞、曲二家的音樂觀念
上的認知與發展。

　　其次，明人詞話、曲話中所稱「小詞」，則指帳詞、壽詞、或是和韻往
來的詩餘，或是沿用宋人說法而稱宋人詞，*200*如此明人謂「小詞」為「詞」，
應無異論；然而至明代後期則有將「小詞」稱為南曲劇套中的引子、*201*或指
散曲的例子，*202*是否與明代「詞」「曲」觀念的發展變化相關——尤其南曲

　　上，鄧子勉編：《明詞話全編》第一冊，頁410-411曰：「唐之樂府，選體是也。宋
　　以後，則以詞調為樂府，命題為辭，其音節始有長短之殊，不專於五言矣，如《菩薩
　　蠻》、《憶秦娥》之類皆是也。」鄧子勉編：《明詞話全編》第一冊，頁408。

199 (明)藍田：《北泉文集》卷三曰：「今之樂府分為南北，北曲皆胡部也，南曲皆俗部
　　也。……余曰不然，北曲自蒙古女真入我中原始有之，南曲則五代宋世所遺慢詞是也。
　　南則流於哀怨，北則極其暴厲，皆非古之樂府之音也。」鄧子勉編：《明詞話全編》
　　第一冊，頁502-503。

200 (明)陳堯：《梧岡文正續兩集合編》卷二，鄧子勉編：《明詞話全編》第二冊，頁
　　969曰：「顧秦(秦觀)之《淮海集》，談禪樂聲伎，而工於小詞，視梧齋子粹然一出
　　於正，若不相及，今秦之集盛行於世，則斯集也，雖欲不傳，不可得已。」(明)王世
　　貞：《藝苑卮言》附錄，鄧子勉編：《明詞話全編》第三冊，頁1463曰：「吾吳中
　　以南曲名者，祝京兆希哲、唐解元伯虎、鄭山人若庸，希哲能為大套，富才情而多駁
　　雜，伯虎小詞翩翩有致，鄭所作《玉玦記》最佳，它未稱是。」(明)梅鼎祚：《青
　　泥蓮花記》，鄧子勉編：《明詞話全編》，頁2079-2080，稱張玉蓮曰：「舊曲其音
　　不傳者，皆能尋腔依詞唱之。絲竹咸精……南北今詞即席成賦，審音知律，時無比
　　焉。……班司儒秩滿北上，張作小詞《折桂令》贈之，末句云：『朝夕思君，淚點成
　　斑。』亦自可喜。」

201 (明)胡應麟：《少室山房筆叢》卷二十五曰：「高(則誠)詩律尚散見元人選中，如
　　〈題岳墳〉、〈采蓮曲〉等篇，雖格不甚超，要非傳奇語。……小詞若《琵琶》諸引，
　　亦多近宋。」鄧子勉編：《明詞話全編》第四冊，頁2155。

202 (明)王驥德：《曲律》卷第三十九下曰：「王美陂詞固多家者，何元朗摘其小詞中『鶯
　　巢濕、春隱花梢』，以為金元人無此一句，然此詞全文：『泠泠象板粉兒敲，小小金
　　杯綠蟻飄，重重畫閣紅塵落。喜豐年，恰遇着，幾般兒景致蹊蹺。鳳團小茶烹寅罐，
　　驢背隱詩吟野橋。』除『鶯巢』句，下皆陳語，後三句對復不整。」其小詞乃指王九
　　思散曲〈水仙子‧席上對雪次韻〉，見俞為民、孫蓉蓉：《歷代曲話彙編：新編中
　　國古典戲曲論著集成‧明代編》第二集，頁123；然鄧子勉將其收入《明詞話全編》

劇套的引子多自詞調而來，而直以小詞稱呼，亦有詞曲相涉的討論性存在。

（三）「明代『詞』、『曲』異同辨」

　　詞曲異同的紛歧，是明代在詞曲相涉的背景下所產生的文學現象之一，並隨著詞、散曲、劇曲的逐步發展而漸趨近同，而在詞話、曲話對詞曲的相稱與並稱，反映了明代詞曲相近乃至於相同的主流認知，同時也反映在創作之上。然而明代仍有如王驥德等提出「詞之與曲，實分二途」的見解，嘗試拿捏出詞與曲之間的分際。因此在爬梳整個明代詞曲名義的內涵與發展之後，瞭解明人如何看待詞與曲的相近乃至於相同，又是否認同詞曲實分二途的看法，明白明代詞與曲之間的同異關係之後始能瞭解明代詞曲相涉、或是後人所論「明詞曲化」等現象的問題根本，並且開啟本書後續篇章的研究主軸。雖然明代有部分的詞家、曲家認知到詞與曲實為不同文體的差異，但是明代的主流論述普遍認為詞與曲在起源、發展與創作上彼此相近，而現今的學術研究更需要重新認識並釐清明代的詞曲關係及其意義：例如《明詞話全編》之中雖稱「詞話」，實際上也收錄了如王世貞《曲律》等相當數量的明代曲論；又如《全明詞》，並未特別辨析詞曲之異同，而將一些本非詞調的曲牌一同收入，[203]此種不辨名義的混淆將會影響資料的可用性與價值。由此可知，明代詞曲的異同與相涉關係至今仍有考述明源的必要，明其異同始得掌握詞與曲之間的相涉與互動關鍵何在、以及兩者的本質與觀念之演變，方能更進一步推動詞曲的研究。

（四）「明代詞曲名義論的變化與發展」

　　透過詞曲名義在明代詞話、曲話等論述中的內涵之探析——詞與曲的源起、發展、格律、流播等見解，以及彼此之間名稱與觀念上的相近與相稱，

　　第五冊，頁3180，其詞曲之判別實有可議之處。

203 田玉琪：《詞調史研究》（北京：人民出版社，2012年11月），頁217曰：「需要指出的是，《全明詞》（按：饒宗頤等編，北京：中華書局，2004年1月）編者並不特別注重辨析詞曲之別，一些本非詞調的曲牌混作詞調收入，如〈天淨沙〉、〈金字經〉、〈沉醉東風〉、〈折桂令〉、〈殿前歡〉、〈長壽仙〉、〈排歌〉、〈詠歸來〉、〈昇平樂〉、〈金環子〉、〈畫眉灣〉等等，皆本曲牌，不當以詞錄入。」

便可得知在明人的討論之中詞與曲的同異為何──在創作和起源上，詞與曲視為同源相近，而在稱謂上相稱；並且在漸漸發展的過程之中，詞與曲的觀念一度分流，一部分的詞家、曲家認為兩者之間仍然存在著分際，而必須予以區別，直到明末清初的鄒祇謨、宋翔鳳才明確指出詞與曲必須區別的差異之存在。本節將就明代的詞、散曲與劇曲的發展年代分期並視，審視三者的興繼衰伏之變化，證實詞、散曲、劇曲的創作與發論皆在嘉靖年間興盛而出，三者同時期的並進發展說明了明代詞曲相涉的發展背景與關係。

二、「明代詞曲格律篇」

（一）「明代詞曲譜述要」

　　本章將選取明代的詞譜與南曲譜，整理南曲譜中注明「此係詩餘」和「與詩餘同」並且與詞調同名之曲牌，並檢視這些同名詞牌、曲牌在由詞譜轉錄至曲譜的格律訂製上，呈現其由詞到南曲的格律變化過程，而藉此分析在訂譜方面所反映的詞曲之同異。此乃任中敏先生於早年關注詞、曲研究時即已振力呼籲的「異同顯著」研究方法：

> 事物之相近者，異多而同少；其異同也本顯著而易知，即不知亦屬不妨。事物之相近者，有異同，亦有不同之同，與不異之異。畢察之，則二者兼得其真，於事亦易求進；若昧其一二，則二者不免混焉雜焉，或各有偏至，或兩失所歸。夫異同見於比較，比較始於兼容；若迎其一而拒其一，則終不能見其異同矣。詞曲必待合併研究，而後異同始顯著，更何待言！*204*

　　如果詞牌與曲牌兩者之間的格律因素差異甚大、或是沒有共同之處，那麼從格律去比較其共同因素的相涉是沒有意義的；因此，在透過詞譜、曲譜之間來觀察詞曲的格律相涉與否，必然須要從具備共通點的同名詞牌曲牌著手，亦即與同名詞調有所本、有其關聯的「此係詩餘」、「與詩餘同」之曲

---

204 任中敏著、金溪輯校：〈詞曲合併研究概論〉，《散曲研究》，頁80。

牌，否則僅落得「兩失所歸」、無從比較。同時，由於詞、曲發展淵遠流長，發展過程中多有變化，為了避免年代跨幅過大、而產生過多的變化因素以至影響結果，本書關注者以明代詞譜、曲譜為主。

　　本節選取詞譜為明代張綖《詩餘圖譜》、程明善《嘯餘譜・詩餘譜》，南曲譜則有程明善《嘯餘譜・南曲譜》、沈璟《南曲全譜(增定南九宮曲譜)》、沈自晉《南詞新譜》，作為本章的討論文本對象。選擇《詩餘圖譜》，在於此為明代明確標注平仄的首本詞譜，可供作明代詩餘格律的參考；選擇程明善《嘯餘譜》之詩餘譜與南曲譜，雖然詩餘譜並無詳訂詞調之四聲、僅有平仄，但《嘯餘譜》同列詞曲二體格律參考之詞譜、南曲譜，足以反映詞調與曲牌之間的格律同異，乃至於由詞調轉錄至曲牌過程的格律變化；選擇沈璟《南曲全譜》與沈自晉《南詞新譜》，在於前者是明代南曲度曲的重要依據，為明代嚴守曲律者之圭臬，即便《嘯餘譜・南曲譜》也多有承襲，而後者則是集明代眾曲家的觀念、以明代曲家眾說改正補益其譜的南曲譜，可謂總結明代南曲聲律訂譜之作，族以適當補益明代曲律之說。

（二）「『此係詩餘』之分析」

　　本節整理南曲譜中注明「此係詩餘」之南曲曲牌，比對其與同名詞牌之詞譜格律、以及明代眾南曲譜訂製之格律的異同，藉其變化之分析以理解「此係詩餘」的真正意涵，和反映在譜本訂律上的詞曲相涉關係：與詞牌同名的「此係詩餘」曲牌，在詞譜中不合格律者，經南曲譜增定可平可仄之聲格後，而可合乎曲律所用，成為詞牌與曲牌之間逐漸相近的格律因素；以及同名詞牌曲牌之間，因為文字句讀和音樂板式的影響，造成分句之差異。詳見後述論文內容。

（三）「『與詩餘同』之分析」

　　本節整理南曲譜中注明「與詩餘同」之南曲曲牌，比對其與同名詞牌之詞譜格律、以及明代眾南曲譜訂製之格律的異同，藉其變化之分析以理解本類曲牌與「此係詩餘」的不同，以及本類曲牌和同名詞牌的相繫關連何在，與其反映在譜本訂律上的詞曲相涉關係。

（四）「明代詞曲譜的格律互涉現象」

　　藉由前述章節的整理與分析，而可得知在明代詞譜、曲譜之中呈現的詞曲同異之見解，並從具體的格律因素來反映南曲和詞調的淵源關係。主要在於：詞曲之同，在格律上見於南曲增訂可平可仄之字格，以使詞律曲律相合，而有共同的聲律標準；詞曲之異，在格律上見於韻位、板式的分節不同，而可知明代詞調在明初詞樂失傳之後、以文字辭句為填詞考量，明代南曲則在鼎盛發展之際、以音樂聲律為度曲準則，甚至就聲律而捨辭句，以至詞曲二體在同名牌調中產生相異的現象。

三、「明代詞曲實務篇」

　　承前章節的研究範疇與方法，在講求統一格律的詞譜、曲譜之廣度比較與析論之後，本章節將透過劇曲體製中運用的同名詞調、曲調之比較而進行「明詞曲化」的深度剖析，探索詞曲相涉之間更為細緻的現象。

（一）「詞調、散曲與劇曲之互涉」

　　本節擬承續前兩節的明傳奇體製中詞調運用之論述，將南曲劇曲套式中使用詞調——包含引用自詞調的同名曲牌，藉此析論詞調與劇曲套式的內在關聯，透過劇曲體製以明瞭詞與劇曲的相涉關係之一。

　　在明傳奇體製之中引用詞牌最為顯著而完整者，即是副末開場、自報家門的開場詞牌。同樣是在作品體製中使用詞調，在小說話本方面已有使用詞調的研究論著，試圖尋究詞調的使用與作品體製的關係。而討論明代戲曲中的詞調使用，據「中國期刊全文數據庫」索引檢索，以此為主題專論者僅有汪超〈明代戲曲中的詞作初探——以毛晉《六十種曲》所收傳奇為中心〉[205]一篇，整理了《六十種曲》之中常用的詞調，而成果顯示《六十種曲》與明代話本小說的常用詞調相同；該文頗見資料建立之功，但是一來未能完整析論文中所稱的「戲曲與詞有著天然的內部聯繫」——這些詞調的使用、聲情、

和戲曲體製的關聯未能繼續詳論，二來以《六十種曲》為樣本仍然有所不足，兼且毛晉在編錄《六十種曲》改動部分曲白之餘，可能也改動了詞調的文字。因此，本節將以《古本戲曲叢刊》二集明傳奇一百種為主，以利於數據上的比例統計，並且適度地援引南戲劇本與《古本戲曲叢刊》三集明末清初傳奇一百種，盡可能地通盤搜見明傳奇之中使用的詞調，析論開場詞與明傳奇劇曲體製彼此的關聯和影響。

　　在家門大意的開場詞牌使用上，抒發作者情志「大意」所用的第一支詞牌，據筆者以《全明傳奇》統計，依序以〈西江月〉、〈臨江仙〉、〈蝶戀花〉為最多；在簡敘故事情節「家門」所用的第二支詞牌，依序以〈滿庭芳〉、〈沁園春〉、〈漢宮春〉為最多，且多為雙調。*206*筆者所計，與汪超一文統計的常用詞牌接近，汪超亦在統計過程中注意到明傳奇中家門大意、人物上場詞的使用詞調有所別異，但是未臻精細，*207*與筆者所見仍有出入。

　　另一種詞曲互涉現象則見於南曲體製中的引子。引子的常用曲牌，例如〈鷓鴣天〉、〈霜天曉角〉與〈西江月〉，亦皆來自於詞調，並且在分屬「此係詩餘」和「與詩餘同」的情形下，各自呈現由詞到曲的變化過程，進而成為劇曲體製之一部分。探究這三支同名詞牌曲牌轉變因素的過程中，可以發現散曲和劇曲的變化狀況、創作流播並不相同，因此在詞曲研究的課題上尚須更多細膩分析與深入討論的地方。

（二）「明代〈滿庭芳〉的詞曲互涉」

　　〈滿庭芳〉為明傳奇開場詞使用頻率最高的詞調，而與詞調相較之下，

---

206 所謂傳奇開場第一支詞牌用於「大意」、第二支詞牌用於「家門」，但時見僅用一支詞牌述說家門、而無交待大意之例，此處亦將此類詞牌納入考量、一併統計於第二支詞牌的家門使用。

207 據汪超〈明代戲曲中的詞作初探——以毛晉《六十種曲》所收傳奇為中心〉統計，《六十種曲》中最常使用的前三個詞調依序為〈鷓鴣天〉、〈西江月〉、〈浣溪沙〉，其中最常用於全劇第二齣的人物上場詞為〈鷓鴣天〉；最常用於副末開場、家門大意的第二支詞牌為〈沁園春〉與〈滿庭芳〉，但該文統計中〈漢宮春〉不在常用詞調之中，與筆者所見出入，此乃取樣對象與樣本多寡之差異所致。

南曲〈滿庭芳〉沿襲宋詞格律者甚多，但是句式則明顯與詞調不同，更無換頭的使用；而開場詞〈滿庭芳〉的格律變化正好介於二者之中，不僅明顯使用襯字、增字或減字，句式變化與聲律亦漸漸地與詞調有別，而在體製、格律變化上近於曲體。

　　本節依格律因素之平仄、句式、字數與換頭分析詞調、開場詞與南曲〈滿庭芳〉的變化，證實開場詞〈滿庭芳〉實有受到曲化影響、而逐漸異於詞體的格律變化，並且在句式的音節形式上更是明確呈現詞體與曲體的不同。

（三）「明代〈沁園春〉的詞曲互涉」

　　〈沁園春〉是繼〈滿庭芳〉之後使用頻率第二高的開場詞調，兼且同名曲牌是格律直取詞調而來的「此係詩餘」之屬，因此在詞曲相涉的分析上亦別具代表意義。

　　相較於詞調，南曲〈沁園春〉在曲譜上的平仄格律實有異於詞調之處，而在實際的創作中則可見到開場詞〈沁園春〉與詞調、南曲均相異的句式表現，而更趨於曲體的句式變化。此外，南曲〈沁園春〉有相當顯著的押韻曲化現象，韻位較詞韻增加，而開場詞〈沁園春〉亦有相同的押韻曲化變化。同時，在開場詞〈沁園春〉中亦可見到大量的增字、襯字與減字變化，顯見開場詞〈沁園春〉的格律不甚固定，卻又有著來自南曲曲律的影響，而趨向曲體的變化。

（四）「明代〈鷓鴣天〉的詞曲互涉」

　　〈鷓鴣天〉除了是宋代以來的常見詞調，於話本小說和明傳奇中亦屬常用詞牌，尤其更是明傳奇冲場的生腳例用詞調，創作極為頻繁；而在明傳奇中更屬於「與詩餘同」之南曲子使用，和詞調頗有淵源，然而在散曲中幾乎不見〈鷓鴣天〉的創作。因此，以〈鷓鴣天〉作南曲的詞曲相涉之研究，因其創作量之高而具備代表性，但是散曲資料不足供作詞曲的對照，而須賴戲曲的反映。本節將說明明傳奇中的冲場概況，並分析〈鷓鴣天〉於詞調、散曲與南曲中的格律暨其詞曲相涉現象。

（五）「明代〈霜天曉角〉的詞曲互涉」

〈霜天曉角〉與〈鷓鴣天〉皆屬「與詩餘同」之曲牌，同時在詞曲相涉的分析上，詞調與南曲的格律之間擁有相當顯著的差異，但是詞調、曲牌又使用彼此的格律差異而填製，在詞曲分析上可見相當程度的反映。本節將以〈霜天曉角〉的詞調、散曲與南曲之格律進行異同顯著的參照分析，並且說明〈霜天曉角〉所構成的詞曲相涉。

（六）「明代〈西江月〉的詞曲互涉」

自宋代以來〈西江月〉的詞調創作量始終居於前茅之列，更是小說話本中使用最多的詞調，相較於前述〈鷓鴣天〉與〈霜天曉角〉，其創作量與應用範疇還更加廣泛。但是相對於詞調的興盛創作，明代南曲中卻罕見〈西江月〉，甚至南曲譜中更無訂譜，散曲則幾乎沒有〈西江月〉的創作，直至清代的《九宮大成南北詞宮譜》，始將〈西江月〉歸入南曲之中、為其訂製格律。因此，〈西江月〉反映的是明代詞調由詞入曲的具體過程，本節將從格律因素的詞曲相涉分析，探究〈西江月〉由詞調轉變為曲牌的過程。

四、「結　論」

經過本書的整理與析論，除了再次審視「明詞曲化」、「曲的詞化」等文學現象內涵，一來透過源於劇曲的詞調使用與內在變化而增進明代詞曲關係的瞭解，二來透過南曲與詞調之間淵源關係的析論，辨別詞調、散曲、劇曲之中的異同變化，進而為明代的詞曲互涉作一更精深的析論，並且明辨明代詞與曲之間是否有所分際、抑或是別中求同，透過明代詞話曲話的觀念發論、詞譜與南曲譜的格律分析、明傳奇中詞調與南曲的創作參照等三大層面，從理論、格律與實踐創作來探清明代詞曲相涉的內容。如此，方能補綴詞曲之間尚有懸缺、進一步推動詞曲內在聯繫的研究空間，並且為詞曲研究提供新的見解。

本書提供之論點、創見及其貢獻，可歸結為下列幾點：

（一）探究「明詞曲化」之突破

「明詞曲化」或「曲的詞化」等明代詞曲關係之研究，目前所見除了數篇期刊論文、與其他專著中的散論，中國大陸的胡元翎以其為專業研究，並

帶領研究生完成學位論文，佔有一席之地；相較之下，透過「臺灣博碩士論文知識加值系統」與「臺灣期刊論文索引系統」的搜尋，臺灣除了以作家、詞曲選本為論的幾部學位論文，或是其他主題的專著曾提及「明詞曲化」的現象以外，幾無專題論著或期刊論文，尚為懸缺。以往關於「明詞曲化」諸論，又皆從散曲與詞著手，而忽略了明代更具影響力、體製內涵龐大之劇曲的影響。本書擬將建立劇曲對於詞的曲化影響，更是臺灣首本探究「明詞曲化」及其相關論述的專著。

(二) 新創詞曲研究的論見

本書藉由「明詞曲化」、「詞曲互涉」為論，也希望經由古今詞、曲兩家的研究見解之融通，提出詞學研究與曲學研究中未發現、或是未能處理的研究論點，諸如詞調於明傳奇之中的運用和內在聯繫、同名詞牌曲牌之間的關聯析論、詞調入南曲以後的承續及衍變等論。而這些析論意欲導向並提出的最終見解，就是在明詞曲化的現象之下，明人對於詞、曲二體有無真正的區別，或是在發展過程中漸漸地同流合宗；詞曲究竟有無分別？唐宋金元的詞曲發展已見成果，但是上承之餘明代卻未見詳論、又有清代詞學中興的發展繼之後起，明瞭明代詞曲內在聯繫的全貌，對於瞭解詞學、曲學二家的發展均有助益，更可提發新見。

(三) 推動詞曲研究的合作

在詞曲發展的研究上，詞牌、曲牌的發展過程與格律析論均有可觀的成果，但是，詞、曲既是初出同源，若止於單一詞牌、單一曲牌的分析而未能互相關照，難以真正貫通詞曲發展的根柢。因此，本書期望透過詞曲互涉的相關主題研究，聯繫詞、曲二家之間的研究眼界，藉此建立詞曲研究新議題的基礎。例如南曲「此係詩餘」暨「與詩餘同」之論，以及劇曲中沿用入傳奇體製的詞調，皆涉及詞曲的承續發展，實需詞、曲二家學說共同參詳。

第二章　明代詞曲理論篇

第一節　明代詞曲理論的觀察

宋詞有「伶工之詞一變而為士大夫之詞」與「以詩為詞」1，改變了詞的特質與風格；明詞亦有「明詞曲化」的轉變，是影響明詞創作與發展最重要的因素，也反映當時曲的盛行，更意謂著詞、曲兩者在形式體製上的接近與互涉。

一代有一代文學之發展與專雄，誠如唐詩、宋詞、元曲；到了明代，既有明太祖朱元璋於開國之初即推盛南戲《琵琶記》，又傳朱元璋召見崑山耆老、提及崑山腔一事，2又有皇親朱權、朱有燉親炙劇曲創作，成為朝廷崇尚曲文的推瀾與發展開端。爾後又因為文人關注並著手南北曲的創作與改良等因素，使得以劇曲為主體的傳奇成為明代文學的亮點。而詞則在代雄之餘，漸漸被南曲取代了主流地位。

明詞出現所謂「明詞曲化」的現象時，風格由本質上的雅逐漸向曲的俗傾近，以致在後世講究尊體的清代詞家眼中，明詞不僅不逮宋詞，更受到明

1　王國維：《人間詞話》，（臺南：南台圖書公司，1984 年 9 月），頁 8 曰：「詞至李後主而眼界始大，感慨遂深，變伶工之詞而為士大夫之詞。」

2　（明）周玄暐《涇林續記》，記：「太祖聞其高壽，特召至京，拜階下，狀甚矍鑠。問今年若干，對云一百七歲……上善其對，笑曰，聞崑山腔甚佳，爾亦能謳否？曰，不能，但善吳歌。命歌之，歌曰：月子彎彎照九州，幾人歡樂幾人愁。幾人夫婦同羅帳，幾人飄散在他州。太祖撫掌大笑，命賞賜酒饌於殿上，又蠲其家丁役，送其還家。」見《叢書集成初編》（北京：中華書局，1985 年）2954 冊，頁 8。但陸萼庭：《崑劇演出史稿》（上海：上海教育出版社，2005 年 11 月）則認為「這種記載未必可靠」，而不盡可信。見頁 6。

代曲學鼎盛之影響，而影響了詞的文體內涵，例如明末清初的陳子龍觀察謂：

> 明興以來，才人輩出，文宗兩漢，詩儷開元。獨斯小道，有慚宋轍。
> 其最著者，為青田（劉基）、新都（楊慎）、婁江（王世貞）。然誠意（劉
> 基）音體俱合，實無驚魂動魄之處；用修（楊慎）以學問為巧便，如明
> 眸玉屑、纖眉積黛，只為累耳；元美（王世貞）取境似酌蘇、柳間，然
> 如鳳凰橋下語，為免時墮吳歌。此非才之不逮也，鉅手鴻筆，既不經
> 意；荒才蕩色，時竊濫觴。且南北九宮既盛，而綺袖紅牙，不復按度。
> 其用既少，作者自希，宜其鮮工也。*3*

而據清人吳蘅照的觀察，大抵意見與陳子龍相同：

> 明詞無專門名家，一二才人如楊用修（楊慎）、王元美（王世貞）、湯義
> 仍（湯顯祖）輩，皆以傳奇手為之，宜乎詞之不振也。其患在好盡，而
> 字面往往混入曲子。*4*

陳、吳二人俱認為，明代尚有少數幾位以詞著名的作家，如明初的劉基、
明代中葉的楊慎與王世貞、乃至於萬曆年間的湯顯祖，但都不免受到俗文學
與南北曲興起的影響，使得詞的意境、造字、用語和品味漸漸遠離大雅之堂，
填詞審律也不再那麼精心講究，時有與宋詞相違的現象。

明人在筆記、詞論與曲論中習稱「詞曲」一名，將兩種韻文學文體合稱，
詞調、曲調在長短句形式上的相似，而在明詞曲化的流煽之下，詞與曲兩者
在明代曲學與俗文學興盛的影響之下而逐漸互相傾軋的現象反映。但是，在
明代詞曲的相稱、並稱之餘，必須從名義的內涵、脈絡乃至兩者在明代的各
自定位，思考詞與曲在當時執筆、品評的文士眼中是否因為彼此相似，以致
在朝野上下崇尚傳奇曲文的風氣中漸趨相合，進而視作相近甚至等同；抑或

3　（明）陳子龍：〈幽蘭草題詞〉，《雲間三子新詩合稿・幽蘭草・倡和詩餘》（瀋陽：遼寧
　教育出版社，2000 年 1 月），頁 2。

4　（清）吳蘅照：《蓮子居詞話》卷三，《續修四庫全書》編輯委員會：《續修四庫全書》
　（上海：上海古籍出版社，2002 年 3 月）第 1734 冊，頁 350。

在詞(曲)家的審字度聲當中，詞與曲在相合傾近的變化下仍舊保留各自明確的歸屬？尤其在明詞曲化成立以後，詞跟曲是否在詞(曲)家的眼中仍然保留本質與特色？詞與曲的明確觀念，即便在今日學界中仍有釐清問題的必要5——認知明代詞曲相涉的來源與脈絡發展，並且從明代的文學觀念與評論尋究其因果，始能從文學暨理論發展針對詞與曲的關係、尤其是南曲與詞以及種種詞調與曲調在創作應用上的關係，獲得進一步的瞭解與研究開創。

　　明確指稱、有其名狀，始能著力探知其發展與定位。詞曲在明人而言有無明確區分或明顯混同，代表詞調與曲調之間的相承淵源、相繫影響的探究，同時也是雅與俗的文體觀念探究，甚至進一步探析明詞曲化的成因。6而這必須建基於當時對於「詞曲」乃至於「詞」、「曲」、「樂府」諸名義的考察，蓋明人所稱「詞曲」、「樂府」實際上多有偏指或歧義，名義、觀念上的轉變是否也成為明詞曲化的成因之一，又如何在明代文學的發展下建立、累積成為一個常用的名義，察知詞與曲在觀念上的分、合，是本章析論的主軸。

　　明詞曲化，或謂詞、曲相涉，是創作實踐的結果，本文將以明代的詞話、曲話等論著為探究對象，從理論與觀念的構成，析論明代「詞曲」及其相關名義的內涵與反映現象，包括詞、曲的相稱與並稱，並且在「樂府」一名歸

5　例如本書引據之鄧子勉：《明詞話全編》（南京：鳳凰出版社，2012 年 12 月），雖曰「詞話」，但是也編錄了許多散曲、戲曲的所謂「曲話」之曲論，例如該編收錄李維楨《大秘山房集》之〈南曲全譜題辭〉，雖然其中提及「樂府詩餘」之遞變，但實為南曲專論，見《明詞話全編》第三冊，頁 2026-2067；又，該編收錄(明)胡應麟《少室山房筆叢》中「西廂記」、「今世搬演戲文」、「優伶戲文」諸條目，俱為戲曲之論，見《明詞話全編》第四冊，頁 2152-2153；又，該編收錄李春熙《道聽錄》中論王磐樂府「新紅軟鞋三寸」之語，但實為散曲、並非詩餘，見《明詞話全編》第四冊，頁 2368。此類詞話卻收曲話之現象，在該編之中屢見不鮮。

6　鄭海濤、霍有明：〈論明詞曲化的表現和成因──兼談對明詞曲化的評價〉，《長江學術》，2010 年 1 期，頁 29-30 曰：「明詞的中興大致是在弘治至嘉靖時期，而明代散曲的中興是在成化後期到弘治年間，就時間而言，明詞中興稍滯於後。這一詞曲發展格局並不是偶然的，它提示我們：明詞中興與明中葉散曲復興不無聯繫，散曲的復興在一定程度上促成了明詞走出成化年間的發展低谷，換言之，明詞的曲化促成了弘治、嘉靖年間詞壇把花爭艷的創作風貌。」

納下的發展源流關係，以反映詞與曲在明代彼此相繫的發展特色。

第二節　明代詞曲相關名義辨

一、「詞曲」名義辨

　　「詞」與「曲」在中國韻文體發展上本是二家，而在明代楊慎等人的創作中出現「明詞曲化」兩種文體特色相傾的現象，同時也在明人的詞論、曲論等論著中提出詞曲並存、甚至並論的評析。除了作品不斷的創作累積，理論的逐步提倡也是詞曲在明代彼此並稱而乃至於相稱、借稱，而成為文體發展現象的反映。

　　「詞」、「曲」的稱呼與定義，在明人時論中往往是相稱或是同稱，在明代詞與曲的別集、選集中即存有詞調、曲牌皆收的現像，任中敏曾對此一現象發論：

> 在《千頃》、《脈望》兩家書目詞曲部所列，雖曲多詞少，而詞曲諸書，實混雜一起，未加分別。茲於集名人名中，明白易辨，確實是詞而非曲者，當然剔除不列；其餘凡在疑似之間者，則已一並列入，其中難保無純粹詞集之誤收，或詞曲合集之混雜，尚待考證刪除也。但如《千頃》目內有林廷玉《南潤詩餘》，既曰詩餘，應從擯却，而林氏頗有小曲，見於《堯山堂外紀》等書內，或並附見於此所謂詩餘之卷中，亦未可知。足見祇憑名目，臆斷內容，每每進退失據，難於盡確耳。7

任中敏舉《南潤詩餘》為例，說明明人選集中詞、曲混雜編錄的情況，不應只從詞、曲、詩餘等名目而作判定，否則難以瞭解此一現象的確切成因，此為本章節所欲爬梳、釐清的問題主旨。又如明代張祿所輯《詞林摘艷》雖名

7　任訥(任中敏)：《散曲概論》，《散曲叢刊》(臺北：臺灣中華書局，1984 年 6 月)第四冊，〈卷一‧書錄第二〉，頁 11。

為「詞」，但書中選錄卻是散曲與戲曲散齣，實際上是「曲」而非「詞」；
馮夢龍《太霞新奏》中論「詞學三法」謂調、韻、詞，但《太霞新奏》實為
散曲選集，從中析論其北詞、南詞之名，書中所稱的「詞」乃是南曲北曲，
並非詩餘之「詞」。8

　　再從明人評論、筆記來看，陳霆嘗稱瞿佑詞〈卜算子〉「雙蝶送春來」
為「曲」9，而沈德符稱馬致遠與張可久兩人「元詞多佳」、稱王九思和李開
先兩人「填詞」，10但此處之「詞」皆指「散曲」，亦非詩餘。

　　深入而論，明代詞、曲合而為「詞曲」一稱，或是將詞、曲二名同時並
論時，根據明人詞話、曲話的述論，可代表以下意涵：

(一)詞與曲的密切相繫發展

　　在討論文學作品時，時有詞、曲二者同時並論者，乃至於承衍相續的發

8　(明)馮夢龍：《太霞新奏‧發凡》：「詞學三法，曰調，曰韻，曰詞。不協調，則歌必扴
　　嗓，雖爛然詞藻，無為矣。自東嘉沿詩餘之濫觴，而效顰者遂藉口不韻。不知東嘉寬
　　於南，未嘗不嚴於北。謂北詞必韻而南詞不必韻，即東嘉亦不能自為解也。是選以調
　　協韻嚴為主，二法既備，然後責其詞之新麗，若其蕪穢庸淡，則又不得以調韻濫竽。」
　　見鄧子勉：《明詞話全編》第五冊，頁3079。

9　(明)陳霆《渚山堂詞話》卷三：「僧如晦作春歸云：『有意送春歸，無意留春住。畢竟
　　年年用著來，何似休歸去。　目斷楚天遙，不見春歸路。風急桃花也似愁，點點飛紅雨。』
　　瞿宗吉一曲云：『雙蝶送春來，雙燕銜春去。春去春來總屬人，誰與春為主。　一陣
　　雨催花，一陣風吹絮。惟有啼鵑更過春，不放從容住。』二詞皆詠春歸，皆寄〈卜算
　　子〉，然比而觀之，如晦則意高妙，宗吉則語清峭，殆不相伯仲也。」見鄧子勉：《明
　　詞話全編》第一冊，頁521-522。

10　(明)沈德符《野獲編》卷二十五，《續修四庫全書》影印清道光七年刻同治八年重校刊
　　補本，謂「若散套，雖諸人皆有之，惟馬東籬『百歲光陰』、張小山『長天落彩霞』為
　　一時絕唱，元詞多佳，皆不及也。元人俱嫻北調，而不及南音，今南曲如《四時歡》、
　　《窺青眼》、《人別後》諸套最古，或以為元人筆，亦未必然。即沈青門(沈璟)、陳大
　　聲(陳鐸)輩南詞宗匠，皆本朝成、弘間人，又同時如康對山(康海)、王渼陂(王世貞)
　　二太史俱以北擅場，並不染指於南。渼陂初學填詞，先延名師，閉門學唱三年，而後
　　出手，其專精不泛如此。章邱李中麓太常亦以填詞名，與康、王俱石友，不嫻度曲，
　　即如所作《寶劍記》，生硬不諧，且不知南曲之有入聲，自以《中原音韻》叶之，以致
　　吳儂見誚。」見鄧子勉：《明詞話全編》第五冊，頁3144。

展變化關係。例如「詩至於唐而格備，亦至於唐而體窮，故宋人不得不變而之詞，元人不得不變而之曲。」[11]同時提到詞與曲的時候，即是說明文體發展的相繫關係。而胡應麟曾將詞集、劇曲一同評論，如：

> 自《花間》、《草堂》之流也，而極於《西廂》、《琵琶》；自《玄怪》、《樹萱》之流也，而極於《剪燈》、《秉燭》。然《西廂》、《琵琶》雖詞場最下伎倆，在厥體中要為絕倒，若今所傳《新(剪燈新話)》、《餘(剪燈餘話)》二話，則鄙陋之甚者也。[12]

　　胡應麟此論旨在述說明代詞、曲、小說眾文體之評價與流行，其中延續雜劇、戲文而來的《西廂記》、《琵琶記》雖被視為不登大雅，但卻是當代最為風行的作品；而胡應麟從流行於民間的各家文學、選集中，提出詞乃至於曲、由詩餘衍變承續至雜劇戲文傳奇的發展關係。由此可知，明代文士已關注詞、曲之間的關係並且討論，詞、曲並稱的涵意之一，即是針對詞曲二體在明代的發展所論，反映了詞與曲的密切關係。又如陳繼儒於湯顯祖《牡丹記》題詞曰：

> 吾朝楊用修長於論詞，而不嫻於造曲。徐天池《四聲猿》能排突元人，長於北而又不長於南。獨湯臨川最稱當行本色，以《花間》、《蘭畹》之餘彩，刱為《牡丹亭》，則翻空轉換極矣。[13]

　　此語論及明代詞曲作家的文學造詣，其中評述楊慎詞、徐渭雜劇與湯顯祖的傳奇，將詞、曲作品並提相論，尤其談到湯顯祖上沿詩餘的文才作為《牡丹亭》傳奇的創發，顯見明人認為詞、曲的內涵實可相沿，關係自然密切。

　　王世貞在曲論中評梅禹金詞為：「宛陵以詞為曲，才情綺合，故是文人麗裁。」[14]即如同陳繼儒點評湯顯祖曲作一般，詞曲密切不分，甚至可彼此互

11　(明)胡震亨：《唐音癸籤》，鄧子勉：《明詞話全編》第四冊，頁 2619。
12　(明)胡應麟：《少室山房筆叢》，鄧子勉：《明詞話全編》第四冊，頁 2156。
13　(明)陳繼儒：《晚香堂集》卷十，鄧子勉：《明詞話全編》第四冊，頁 2296。
14　(明)王世貞：《曲律》，鄧子勉：《明詞話全編》第五冊，頁 3182。

通。此種在明代評點詞集中「以曲釋詞」、「詞曲互證」的現象，詞曲文采彼此緣用、效法並且評賞，除了利於在詞曲比較之中互相闡釋與啟發的空間外，亦是明人評斷詞曲二體「天然互通」、關係相繫的例證。15

(二)詞曲相稱，顯示詞本可歌

　　另一種詞曲相稱的情況，則反映宋詞原本可歌、明人從文獻或是音樂的紀錄追溯的詩餘特質。宋詞可歌之例，如詞人姜夔於〈過垂虹〉一詩曰：「自作新詞韻最嬌，小紅低唱我吹簫。」16即是填詞可合樂而歌的例證；又如沈括《夢溪筆談》當中論述吟唱詞調的要領，諸如「當使聲中無字，字中有聲」、「當使字字舉本皆輕圓，悉融入聲中，令轉換處無磊塊」17等強調字音與聲律的契合，顯示詞的合樂而唱在宋代風行、專論傳敘的盛況。是以，宋人本身即嘗以「曲」稱呼「詞」，酈琥《彤管遺編》中稱引黃昇語「阮逸女」條謂：「春夢《花心動》：按花庵詞客(按：黃昇)云：『阮逸女，工於文詞，惟此曲傳於世。』」18對於阮逸之女的這首詞作，宋人黃昇稱其為「曲」，即是宋人在稱謂上反映詞調實為可歌的例子。詞樂歷經金元兩朝的變化，在明代已有相當程度的佚失，明代茅元儀提及「本朝詩詞俱不可歌，唯填曲一線未絕耳」19的現象，即是明人意識到詞原先與曲都是合樂詠唱的相近性質。

---

15 詳見張仲謀：〈以曲釋詞或詞曲互證〉，《明代詞學通論》(北京：中華書局，2013 年 3 月)，頁 332-336。

16 全詩為：「自作新詞韻最嬌，小紅低唱我吹簫。曲終過盡松陵路，回首烟波十四橋。」見北京大學古文獻研究所編：《全宋詩》(北京：北京大學出版社，1998 年 12 月)51 冊，頁 32044。

17 (宋)沈括：《夢溪筆談》卷五，見《四部叢刊續編・子部》(上海：上海書店，1984 年 12 月)53 冊，頁 8。

18 (明)酈琥《姑蘇新刻彤管遺編》，其詞為：「仙苑花濃，小桃開，枝枝已堪攀折。乍雨乍晴，輕暖輕寒，漸近賞花時節。柳搖臺榭東風軟，簾櫳靜、幽禽調舌。斷魂遠、閒尋春徑，頓成愁結。　　此恨無人共說。還立盡黃昏，寸心空切。強整繡衿，獨掩朱扉，枕簟為誰鋪設。夜長宮漏聲傳遠，紗窗映、銀缸明滅。夢回處，梅梢半籠淡月。」見鄧子勉：《明詞話全編》第四冊，頁 2569。

19 (明)茅元儀：《三戌叢談》卷六：「詩樂之分始於漢，然未有甚於本朝者，漢人短歌原以入歌。……六季皆沿此風，唐樂府皆入管絃，宋詞元曲脫稿，即播歌人。本朝詩詞

明代詞人陳霆稱劉基《寫情集》為「皆詞曲也」、稱朱淑真「其詞曲頗多」，[20]但是從作品的內容仔細審視，陳霆此處所稱「詞曲」的作品實際上皆是「詞」；而比對陳霆對於瞿佑作品集的指稱，即可知道陳霆的詞曲並稱是為了強調「詞」的可歌性質：「瞿宗吉，號山陽道人，有《餘清》及《樂府遺音》等集，皆南詞也。」[21]其中《餘清》乃指《餘清曲譜》，雖稱曲譜但實為詞集，而《樂府遺音》則詞、曲皆收，除了瞿佑本人將「詞」「曲」視為類同性質，陳霆以南詞、亦即詩餘來稱呼樂府諸作，都是強調詞在明代以前原本可歌的音樂性。

明代陸深曾針對包含詞在內的韻文的音樂關聯，而有一番見解和引述，其中亦有「詞曲」並稱之例。陸深在引論鄭樵「樂以詩為本，詩以聲為用」一言時曰：

> （鄭樵）又謂古之詩，今之詞曲也。……漢世樂府如《朱鷺》、《君馬黃》、《雉子斑》等曲，其辭皆存而不可讀，想當時自有節拍、短長、高下，故可合於律呂。後來擬作者但詠其名物，詞雖有倫，恐非樂府之全也。且唐世之樂章，即今之律詩，而李太白立進《清平調》與王維之《陽關曲》，於今皆在，不知何以披之絃索。宋之小詞，今人亦不能歌矣。[22]

陸深藉鄭樵之語，提出自漢樂府諸篇以來，許多原本合樂的詞章、詩歌，由於音樂不存，僅能依字面格律進行文字上的創作，包含唐詩、唐樂府甚至宋詞，原本都可配合絃索而歌詠，但流傳至陸深之時則已失傳而不知音樂面貌。陸深又繼續引用蘇軾佚事證實宋詞本可歌[23]，進而在與明人討論音樂消

　俱不可歌，唯填曲一線未絕耳，名家能之者少，此道愈分，去古愈遠矣。」鄧子勉：
　《明詞話全編》第六冊，頁3830。
20 （明）陳霆：《渚山堂詞話》，鄧子勉：《明詞話全編》第一冊，頁513-514。
21 （明）陳霆：《渚山堂詞話》，鄧子勉：《明詞話全編》第一冊，頁515-516
22 （明）陸深：《儼山外集》卷十五，鄧子勉：《明詞話全編》第一冊，頁483。
23 （明）陸深：《儼山外集》卷二十二，曰：「東坡小詞，山谷亦謂其於音律小不諧。亡友
　徐昌穀禎卿嘗為予道東坡一日顧一優人解音者，問之曰：『我詞何如柳耆卿？』答曰：

亡與詞曲發展的關係時，同時將詞曲相提並論而並稱：

> 何栢齋(按：何瑭)曰：「今世詞曲與古樂同。」此言有理，顧曲折細
> 微，古今須別爾，何者？古樂主聲，詞所以譜其聲也。……唐詞多今
> 律詩，而聲又亡；宋歌詩餘，聲又亡；至金、元時曲子盛行，今所傳
> 者，南北調二聲在耳。謂即此是古樂，深未敢信也。大抵古人審聲以
> 選字，然後鍊字以摛文；後世先結文字，乃損益律呂以和之，去元聲
> 遠矣，恐非古也。即今詞曲論之，亦有聲意二端，聲一定而意無窮。24

陸深於說明古今韻文在創作上的發展與合樂與否的差異時，與何瑭一同
以「詞曲」借稱明代當時的韻文；陸深認為詞與曲在合樂的概念上兩者基本
相同，所以「詞」「曲」並稱而未刻意分別，同時也提出「宋歌詩餘」的宋
詞合樂特質。此外，陸深又提出「小詞」一名，其實「小詞」早見宋人用來
指稱宋詞體製之令、引、近也，但就陸深自己對於詞曲合樂的看法，除了體
製篇幅，小詞更應特別指稱為不合樂歌詠、但重文詞的詩餘。25

除了陸深強調宋詞本可歌韻的文與音樂的關係以外，其他如唐順之等人
在同時稱引「詞」、「曲」或是「詞曲」時，也突顯了宋詞可歌的特質，例

『相公詞，須用銅琵琶、鐵綽板唱「大江東去、浪淘盡、千古英雄」；柳學士詞，卻用
十七八女兒唱「楊柳外，曉風殘月」。』坡為之一笑。胡致堂(按：胡寅)之論曰：『詞
曲至於眉山蘇氏，一洗綺羅香澤之態，擺脫綢繆宛轉之度，使人登高望遠，舉首高歌，
而逸懷浩氣超乎塵垢之外，於是《花間》為皂隸，而柳耆卿為輿臺矣。』」鄧子勉：《明
詞話全編》第一冊，頁484-485。

24　(明)陸深：《儼山外集》卷九十一，〈與康德涵修撰論樂〉，見鄧子勉：《明詞話全編》
第一冊，頁487-488。

25　蔡嵩雲針對宋代沈義父《樂府指迷》所著內容謂：「按宋代所謂大詞，包括慢曲及序子、
三臺等。所謂小詞，包括令及引、近等。自明以後，則稱大詞曰長調，小詞曰小令，
而引、近等詞，則曰中調。」小詞即指宋詞體製也；但依陸深自己的看法，其〈跋龍
江泛舟曲〉中稱：「律詩變小詞，詩餘，小詞之變也；詩餘變為曲子，金、元時人最盛。」
可知小詞在陸深而言是指不披絃索、不合樂的詩餘，亦帶有篇幅短小之意。見(宋)沈
義父著、蔡嵩雲箋釋：《詞源注樂府指迷箋釋》(北京：人民文學出版社，1981年1月)，
頁84。

如唐順之云：「近代詞曲，按《歌曲源流》云：……竊嘗因而思之，凡文辭之有韻者，皆可歌也。第時有升降，故言有雅俗，調有古今爾。昔在童穉時，獲侍先生長者，見其酒酣興發，多依腔填詞以歌之，歌畢，顧謂幼穉者曰：『此宋代慢詞也。』當時大儒皆所不廢，今間見《草堂詩餘》，自元世套數諸曲盛行，斯音日微矣。迨予既長，奔播南北，鄉邑前輩零落殆盡，所謂填詞慢調者今無復聞矣。」26同樣在論述韻文和音樂的創作配合之時，也同樣不特別強調「詞」「曲」之別而提出「詞曲」一名，並在提出宋代詩餘本可歌唱之性質之餘，也指出宋代詩餘與元代套曲之間的區別。

以上在「詞曲」名義上強調「詞」原本可歌之意涵諸例的明代作家，像是陸深、唐順之，皆著重在韻文與音樂的發展關聯，除了在「詞」「曲」相近的長短句形式上，更注意到「詞」原本可歌而與當世盛樂「曲」的相近性質，而逕將二者相提、並論乃至於同稱。

(三)詞曲並稱，實為偏指

在明代的筆記、詞話、曲話、時論中常見「詞曲」之並稱，有時並非固定明確的稱謂，可能偏指宋代以來的「詞」，或是偏指當世流行的「曲」。例如屠隆謂：「譜曲，以詞曲填入譜也，又名填詞。」27此語乃指依譜而編撰曲文戲詞也，但是又將其稱為「填詞」──填詞原係宋人依照詞調格律、審度字聲而撰詞，這是因為「譜曲」和「填詞」同樣都是依循詞調、曲調的長短句格律來循聲定字，而因此兩者互名。所以，屠隆語中「詞曲」所指，實際上當為「曲」。

又如「南詞」一語，據徐渭《南詞敘錄》所述，其謂「南詞」即指「南戲」；魏良輔之《南詞引正》，亦即《曲律》一書，講述改良南曲聲腔的理論總結，自然也不是指詩餘的「詞」，而借指為曲體。在曲學而論，南詞當指南戲，可是明代之「南詞」有時又依其「詞」名而指稱詩餘，例如祝允明、陳霆二家所論：

<hr>

26 (明)唐順之：《唐荊川文集》卷七十三，鄧子勉：《明詞話全編》第二冊，頁1044。
27 (明)屠隆：《鴻苞》卷二十，鄧子勉：《明詞話全編》第三冊，頁1908。

今所謂詞者，或呼為南詞，或為慢詞，或長短句、新樂府、詩餘、近代詞曲，名亦不定，妙亦不傳。蓋其製興於唐，妙亦息於唐，源發漢府，波漸李氏，於時知音之俊，遂能用律而度為之，可弦可管。其初作於明皇、太白，則與詩之盛唐齊出，豈謂粗淺於詩哉？全唐之世，存見無幾。然自其後五代宋初，世稱文弊，而詞學無降。*28*

始余著詞話，謂南詞起於唐，蓋本諸玉林之說。至其以李白菩薩蠻為百代詞曲祖，以今考之，殆非也。隋煬帝築西苑，鑿五湖，上環十六院。帝嘗泛舟湖中，作望江南等闋，令宮人倚聲為棹歌。望江南列今樂府。以是又疑南詞起於隋。然亦非也。北齊蘭陵王長恭及周戰而脅，於軍中作蘭陵王曲歌之。今樂府蘭陵王是也。然則南詞始於南北朝，轉入隋而著，至唐宋昉制耳。*29*

　　二段引言皆是論述詞的起源而提及「南詞」一語，前引祝允明語中已明確指出「詞、詩餘」，後引陳霆語中則更進一步提出詞的源起疑問，提出「南詞」始於南北朝的見解，實際上都是指延續自唐五代宋詞而來的詞；冠以南名，用意當是在地理上相對於中國北方胡樂的曲。在祝、陳二家言中，「南詞」以「詞」的意義而居，後出的徐渭、魏良輔兩大曲家，同樣也以地理位置相對於北曲而取南詞借稱「南戲」、「南曲」，則又與「詞」意相左；而祝、陳二家此處所言的「詞曲」，實則均以詩餘之「詞」為意涵。

　　除了像「南詞」一名意義並非固定、造成名稱的分歧或是相稱之外，尚有其他詞曲名義上詞與曲彼此相稱、偏指的現象，例如：萬曆進士李春熙稱「《琵琶》、《西廂》二記，乃梨園詞曲之祖，常見李中麓《寶劍記》」*30*，所謂詞曲實指劇曲而言。又如王驥德評徐渭劇作時嘗謂：

徐天池先生《四聲猿》，固是天地間一種奇絕文字。《木蘭》之北與

28（明）祝允明：《祝子罪知錄》卷九，鄧子勉：《明詞話全編》第一冊，頁408。

29（明）陳霆：《渚山堂詞話・序》，鄧子勉：《明詞話全編》第一冊，頁508。

30（明）李春熙：《道德錄》卷四，鄧子勉：《明詞話全編》第四冊，頁2369。

《黃崇嘏》之南，尤奇中之奇。……先生好談詞曲，每右本色，於《西
廂》、《琵琶》皆有口授心解。獨不喜《玉玦》，目為板漢。31

　　王驥德此處皆言《四聲猿》、《西廂記》、《玉玦記》等戲曲，並且提
出徐渭在「詞曲」中論及本色之道，所謂「詞曲」亦是偏稱戲曲的「曲」。
　　以上在「詞曲」並稱中詞曲相稱或偏稱的情形，是反映在明代曲學盛行
之下，詞由於形式上的相近、音樂上的佚失，而在創作上逐漸傾向於曲，乃
至於在理論評述上也受到曲學的影響；於是，詞與曲除了發展的淵源，在明
代又產生了另一種相繫的關係，乃至於詞在格律、音樂上也向曲靠攏，或是
取法於曲，進而影響「詞曲」同稱的種種現象。例如前述陳霆稱詞為曲、王
世貞評「以詞為曲」，馮夢龍在曲學格律上稱王驥德「譜詩餘為曲」32，都是
明人注意到詞曲彼此之間關係似有相近相通、而不特別加以區分的情況。也
由於詞、曲在觀念上的相近乃至於相同，在創作上的詞、曲也才有種種相繫
互動的情況。

(四)詞曲並稱，實則有別

　　明代詞曲並稱與偏稱為創作反映的實際現象，但文壇上亦有認為詞、曲
仍應有所分際的作家、學者，而且各自成論，從流播、引述上來說，影響也
不可謂之不小。第一種認為詞曲有別的說法，來自於文體流變論：前述唐順
之藉由引用宋詞、元曲的音樂觀念，將詞曲二者區分而述：

近代詞曲，按《歌曲源流》云：……竊嘗因而思之，凡文辭之有韻者，
皆可歌也。第時有升降，故言有雅俗，調有古今爾。昔在童稺時，獲
侍先生長者，見其酒酣興發，多依腔填詞以歌之，歌畢，顧謂幼稺者

---

31 (明)王驥德：《曲律‧雜論第三十九下》，《中國古典戲曲論著集成》(北京：中國戲劇
　出版社，1959 年 7 月)第四冊，頁 167-168。

32 (明)馮夢龍：《太霞新奏》卷八，謂：「宋人不講韻學，唯作詩宗沈韻，其詩餘率皆出
　入，但取諧音而已。自《中原音韻》既定，北劇奉之唯謹。南音從北而來，調可變而
　韻不可亂也。伯良譜詩餘為曲，共百餘章，然未能盡更其韻。余第於合韻者拔其尤數
　篇。」鄧子勉：《明詞話全編》第五冊，頁 3080。

曰：「此宋代慢詞也。」當時大儒皆所不廢，今間見《草堂詩餘》，
自元世套數諸曲盛行，斯音日微矣。迨予既長，奔播南北，鄉邑前輩
零落殆盡，所謂填詞慢調者今無復聞矣。33

　　唐順之將原本皆可歌的有韻之文辭區分為宋代慢詞與元代的曲套，而曲
在明代又漸分成南北曲，原先宋代的填詞、慢詞，唐順之認為在明代已不復
存。這是從宋詞、元曲的發展升降而區分詞曲，其中的關鍵在於「言有雅俗、
調有古今」——語言文字的風格，以及音樂曲調的差異。其次，李蓘於唐宋
元詞選《花草粹編‧序》中亦論及：「蓋自詩變而為詩餘，又曰雅調，又曰
填詞，又變而為金元之北曲矣。當其變詞也，彼唐末宋初諸公竭其聰明智巧，
抵於精美。……北曲起，而詩餘漸不逮前，其在於今則益泯泯也。」34從詩變
而為詩餘、又將詩餘和金元北曲區別而述，亦是從文體流變而論詞曲之間的
分別何在。

　　明代從文體流變論詞曲之別者，當以王世貞影響最鉅。35王世貞同樣從
宋詞、元曲的發展，而論述詞曲之別，經過文體發展的流變，明代的曲雖由
詞發展而下，但是兩者已再也不同。王世貞曾言：「宋之詞，今之南北曲，
凡幾變，而失其本質矣。唯吳中人棹歌，雖俚字鄉語，不能離俗，而得古風
人遺意。」36即提出明代的曲實與宋代的詞有所淵源，但是歷經變化，兩者的
本質已有所差異，是以王世貞又進一步論：

33　(明)唐順之：《唐荊川集文集》，鄧子勉：《明詞話全編》第二冊，頁1044。

34　(明)李蓘：《花草粹編‧序》，鄧子勉：《明詞話全編》第三冊，頁1864。

35　明代尚有胡應麟提及文體流變代勝論，如：《詩藪‧內篇》卷一引述絕句律詩論曰：「詩
　　至於唐而格備，至於絕而體窮。故宋人不得不變而之詞，元人不得不變而之曲。詞勝
　　而詩亡矣，曲勝而詞亦亡矣。詞不至工於作，而致工於述；不求多於專門，而求多於
　　具體，所以度越元、宋，苞綜漢、唐也。」鄧子勉：《明詞話全編》第四冊，頁2165；
　　《詩藪‧內篇》卷二又謂：「四言不能不變而五言，古風不能不變而近體，勢也，亦時
　　也。然詩至於律，已屬俳優，況小詞艷曲乎？宋人不能越唐而漢，而以詞自名，宋所
　　以弗振也。元人不能越宋而唐，而以曲自喜，元所以弗永也。」鄧子勉：《明詞話全編》
　　第四冊，頁2166。

36　(明)王世貞：《弇州山人四部稿》卷一百五十，鄧子勉：《明詞話全編》第三冊，頁1455。

　　曲者，詞之變，自金、元入中國曲者，所用胡樂嘈雜，淒緊緩急之間，調不能按，乃更為新聲以媚之。而諸君如貫酸齋、馬東籬、王實甫、關漢卿、張可久、喬夢符、鄭德輝、宮大用、白仁甫輩咸富有才情，兼喜聲律，以故遂擅一代之長，所謂宋詞、元曲，殆不虛也。37

　　在金、元胡樂傳入中土以後，胡樂經過「更為新聲」的調整變化，在作家的創作下成為新的曲體文學，而與宋詞有所區分；於是，在唐絕句、詞、北曲而至南曲的文體遞進之下，唐詩、宋詞、元曲、明代南曲均有所分別38，雖然明代亦作前朝的詞和北曲，但是宋代詞樂、元代北曲、明代南曲卻絕不彼此混淆，是以王世貞論明代詞時又稱「元有曲而無詞」、明代詞家「去宋尚隔一塵」、又以辛棄疾為計論高下，即是以宋詞一代文體作為評比標準本位之故，39後世明代之詞乃追步宋詞之後，仍應稱為「宋詞」。王世貞的觀念與唐順之大致相同，在強調宋詞、元曲之際，以一代有一代之文體的觀念作為詞曲的區分基準。而王世貞此段詞曲有別之流變論在明代影響甚大，陳所聞、江旭奇、胡震亨、沈堯中、陳懋學、孫丕顯、吳楚材等人都曾引述此段「曲者，詞之變也」的文體流變，以時代文體為詞曲分別之論。40

37　(明)王世貞：《弇州山人四部稿》卷一百五十二，鄧子勉：《明詞話全編》第三冊，頁 1462。

38　(明)王世貞：《彙苑詳註》卷三十引《曲藻》：「三百篇亡，而後有騷賦，騷賦難入樂，而後有古樂府，古樂府不入俗，而後以唐絕句為樂府，絕句少宛轉，而後有詞，詞不快北耳，而後有北曲，北曲不快南耳，而後有南曲。」(明)王世貞：《弇州山人四部稿》卷一百五十，鄧子勉：《明詞話全編》第三冊，頁 1483。

39　(明)王世貞：《藝苑巵言‧評明人詞》：「元有曲而無詞，如虞、趙諸公輩，不免以才情屬曲，而以氣概屬詞，詞所以它也。我明以詞名家者，劉誠意伯溫，穠纖有致，去宋尚隔一塵。楊狀元用修，好入六朝麗事，近似而遠。夏文愍公謹最號雄爽，比之辛稼軒，覺少精思。」見唐圭璋編：《詞話叢編》(臺北：新文豐出版社，1988 年 2 月)第一冊，頁 393。

40　例如：以鄧子勉《明詞話全編》所錄，陳所聞《新鐫古今大雅北宮詞紀》(第三冊，頁 1964)、江旭奇《朱翼‧調燭部》(第四冊，頁 2558)、胡震亨《唐音癸籤‧樂通》(第四冊，頁 2619)、沈堯中《沈氏學弢‧藝文》(第五冊，頁 2851)、陳懋學《事言要玄‧巵言》(第六冊，頁 3529)、孫丕顯《文苑彙雋‧文學部‧詞》(第六冊，頁 3719)、吳楚材《疆識略‧音樂部》(第六冊，頁 3733)等，皆引用其言。

　　明代曲家王驥德在析論曲樂起源時，即提及詞曲二者相近，但在形式上仍然有其差異。其著作《曲律‧論曲源第一》論述韻文學與南北曲起源發展時稱：截至南北曲以前，樂府、絕句、詞均屬於音樂文學的發展範疇，而王驥德提出宋代盛起的詩餘，比起六朝而起的樂府詩，更近於明代的曲，點出了詞與曲的相近特徵；*41*但是兩者雖然相近，若從詞、曲牌調的承續淵源來看，即可見出兩者區別：

　　　曲之調名，今俗曰牌名，始於漢之〈朱鷺〉、〈石流〉、〈艾如張〉、〈巫山高〉，梁、陳之〈折楊柳〉、〈梅花落〉、〈雞鳴高樹巔〉、〈玉樹後庭花〉等篇，於是詞而為《金荃》、《蘭畹》、《花間》、《草堂》諸調，曲而為金、元劇戲諸調。……然詞之與曲，寔分兩途。間有采入南北二曲者，北則於金而小令如《醉落魄》、《點絳唇》類，長調如《瑞鶴仙》、《賀新郎》、《滿庭芳》、《念奴嬌》類，或稍易字句，或止用其名而盡變其調。南則小令如〈卜算子〉、〈生查子〉、〈憶秦娥〉、〈臨江仙〉類，長調如〈鵲橋仙〉、〈喜遷鶯〉、〈稱人心〉、〈意難忘〉類，止用作引曲，過曲如〈八聲甘州〉、〈桂枝香〉類，亦止用其名而盡變其調。至南之於北，則如〈金玉抱肚〉、〈豆葉黃〉、〈剔銀燈〉、〈繡帶兒〉類，如元〈普天樂〉、〈石榴花〉、〈醉太平〉、〈節節高〉類。名同而調與聲絕不同，其名則自宋之詩餘，及金之變宋而為曲，元又變金而一為北曲、一為南曲，皆

---

41 (明)王驥德：《曲律‧論曲源第一》，謂：「曲，樂之支也。自〈康衢〉、〈擊壤〉、〈黃澤〉、〈白雲〉以降，於是〈越人〉、〈易水〉、〈大風〉、〈瓠子〉之歌繼作，聲漸靡矣。樂府之名，昉於西漢，其屬有〈鼓吹〉、〈橫吹〉、〈相和〉、〈清商〉、〈雜調〉諸曲。六代沿其聲調，稍加藻艷，於今曲略近。入唐而以絕句為曲，如〈清平〉、〈鬱輪〉、〈涼州〉、〈水調〉之類；然不盡其變，而於是始創為〈憶秦娥〉、〈菩薩蠻〉等曲，蓋太白、飛卿筆，實其作俑。入宋而詞始大振，署曰詩餘，於今曲益近，周待制、柳屯田其最也；然單詞隻韻，歌止一闋，又不盡其變。而金章宗時，漸更為北詞，如世所傳董解元《西廂記》者，其聲猶未純也。」鄧子勉：《明詞話全編》第五冊，頁3160。

　　各立一種名色，視古樂府不知更幾滄桑矣。42

　　王驥德所述乃是同名詞調與曲牌之間襲用的現象，南曲與北曲中有採自詞調而來的曲牌，過程中有些為直用其字句、聲調平仄，而有的則僅是稍微改易字句，也有的是只採用調名、但字句格律完全改變。此現象在沈自晉《南詞新譜》中注明南曲「與詩餘同」、「此係詩餘」的各類曲牌有明確的反映，而詞調、曲調各有承襲發展，後世南北曲亦有採自詩餘之小令長調而成曲牌者，但是由宋代詩餘經歷其變為曲、南北曲後，雖然調名、字句沿用，然而聲調、音律在音樂本質上已經「變」為不同，甚至在體製上的某些部分王驥德仍然強調兩者實有分際43。與王世貞從時代文體流變而論，王驥德則從音樂的流變發展而論詞調和南北曲之分別。

　　以上論詞曲之別者，大抵皆由文體與音樂內涵的演變而論詞曲之差別；但是在明代眾家的觀察與剖析之下，在文體、音樂的演變下詞曲彼此相稱、創作漸漸相近更是明代的普遍認知。而兩者相近的原因在於音樂性的傳衍，這條脈絡即可從明代諸論中的「詞」、「曲」、「詞曲」與「樂府」諸名的使用與指稱上追究。

二、「詞」、「曲」名義辨

　　詩詞曲的發展總述至明代，可略結為「至唐為近體，為填詞，宋詞為盛，金、元為曲……填詞降為南北調，亦各有盛衰也。」44詞與曲在明代不僅在創作上時有混同，亦非明確而固定的指稱；而透過觀察明人的詞、曲名稱考述，便能瞭解明代主流文學的觀念，從而對明代詞曲的內涵有更進一步的理解。

---

42 （明）王驥德：《曲律・論調名第三》，鄧子勉：《明詞話全編》第五冊，頁 3162。

43 例如（明）王驥德：《曲律・論襯字第十九》，曰：「古詩餘無襯字，襯字自南北二曲始。」鄧子勉：《明詞話全編》第五冊，頁 3173，此處古詩餘即指相對明代而言的宋詞，詞原本無襯字，曲則有襯字，乃體製之別。然林玫儀已考述詩餘並非無襯字，詳見其著〈論詞之襯字〉，《詞學考詮》（臺北：聯經出版社，1987 年 12 月），頁 169-199。在此不論王驥德所言是否正確，而是為了陳述明代詞的觀念。

44 （明）陳沂：《拘虛詩談》，鄧子勉：《明詞話全編》第一冊，頁 435。

　　自宋詞、元曲發展以來，在明代以前的金、元時期即已產生詞、曲相並同列於詞集曲集之中的現象，在合樂創作的前提下詞和曲實有相近或是不易區辨的可能，例如金人元好問《遺山樂府》詞集中收入曲調仙呂〈後庭花破子〉二首；元代周德清《中原音韻》所列曲調之中亦收列等詞調，但格律已經產生變化；[45]元代王惲撰《秋澗樂府》詞集所收兩百八十三首詞調中，屬入〈天淨沙〉、〈水仙子〉等三十九首曲牌；[46]元代倪瓚《雲林樂府》即從詞調、曲調之相近，而將部分元曲稱為「近詞」以區別傳統曲體等等。[47]此即詞、曲發展之際在兩者間格式與音樂相近而致辨體不清的現象反映。

　　明代的詞曲觀念持續受到這樣的影響，如明代楊慎編《詞林萬選》詞集收入元人王惲越調〈平湖樂〉四首，其編《百琲明珠》詞集誤收元人劉秉忠〈乾荷葉〉七首、倪瓚〈水仙子〉一首、貝瓊〈天靜沙〉十三首，甚至評劉秉忠〈乾荷葉〉曰「猶有唐詞之意也」[48]。由於當時文體發展上的關係，在詞、曲發展相近的諸多論見下，明人不只在創作上產生詞曲相傾的現象與態度，在評論詞、曲時，亦因發展相近、而創作可以相傾的狀況下，詞、曲的名義和指稱上也因此相近相傾，而產生並稱、相稱等衍生的現象，反映明人對於詞、曲的文體觀念。

　　「詞」在中國古典韻文學中，乃專指唐五代發展以來、至宋代而臻成熟的長短句合樂文體，又名「詩餘」、「長短句」、「樂府」等名。再經金、

45　詳見謝桃坊：〈《詞譜》誤收之元曲考辨〉，《東南大學學報（哲學社會科學版）》第 11 卷第 4 期，2009 年 7 月，頁 87-92。

46　唐圭璋編：《全金元詞・發凡》（臺北：洪氏出版社，1980 年 1 月），頁 3 曰：「金元人詞集中，往往羼入曲調，如王惲《秋澗樂府》中，竟有三十九種曲調。其他作家亦多類此。是編於詞集中之曲調如〈天淨沙〉、〈凭闌人〉、〈小桃紅〉、〈乾荷葉〉、〈水仙子〉、〈折桂令〉等皆不輯錄。」

47　元代倪瓚《雲林樂府》於所附元曲〈凭闌人〉、〈殿前歡〉、〈水仙子〉、〈折桂令〉、〈小桃紅〉後標明曰：「壬子九月二十五日訪照庵高士留飲，因書近詞以求是正之益。」見謝桃坊：〈《詞譜》誤收之元曲考辨〉，頁 88。

48　（明）楊慎：《百琲明珠》，《楊升菴叢書》（成都：天地出版社，2002 年 12 月）第六冊，頁 1259。

元之時遞，明人詞在經歷金、元以來而至明代的曲體文學發展，產生了詞漸
向曲傾近的「明詞曲化」現象；然而明人詞仍然繼續發展、亦有屬於明詞的
一番小成。在明人詞話中對於詞的發展記錄與評述，祝允明別有一番詳述：

> 今所謂詞者，或呼為南詞，或為慢詞，或長短句、新樂府、詩餘、近
> 代詞曲，名亦不定，妙亦不傳。蓋其製興於唐，妙亦息於唐，源發漢
> 府，波漸李氏，於時知音之俊，遂能用律而度為之，可弦可管。其初
> 作於明皇、太白，則與詩之盛唐齊出，豈謂粗淺於詩哉？全唐之世，
> 存見無幾。然自其後五代宋初，世稱文弊，而詞學無降。宋自一二輩
> 外，淺薄遼遠，無復前規，雖一時所號文宗詩家，竟不能步驟前輩一
> 迹。及其愈後愈變，遂至頑囂粗贛，細屑破碎，儇浮褊躁，醜怪千狀。49

祝允明提及明人稱詞有各種名目：南詞、慢詞甚至是詞曲等，不僅名稱
不固定，而原先承發於唐五代宋初「可弦可管」的詞學精髓，早在宋代後期
即已漸漸流失或改觀。在祝允明的論記中，首先提出的即是明代對於所謂的
「詞」，在稱謂上是不固定的；而對於「詞」與「曲」的名義，在明代也因
而有各種指稱的意義或是內涵在其中。如明代詞人郎瑛即謂：

> 馬浩瀾洪，杭詩人也，最善南詞，有《花影集》行世。50

> 唐詩晉字漢文章條：若止三事論之，則宋之南詞、元之北樂府，亦足
> 以配耳。51

> 南詞難拘字韻，……南詞似多起於唐也。52

郎瑛論中所稱馬洪，是楊慎稱譽「善詩詠而詞調尤工」53的明代詞家之

---

49 (明)祝允明：《祝子罪知錄》卷九，鄧子勉：《明詞話全編》第一冊，頁 408。

50 (明)郎瑛：《七修類藁》卷四，鄧子勉：《明詞話全編》第一冊，頁 604。

51 (明)郎瑛：《七修類藁》卷二十六，鄧子勉：《明詞話全編》第一冊，頁 607。

52 (明)郎瑛：《七修類藁》卷三十四，鄧子勉：《明詞話全編》第一冊，頁 620。

53 (明)楊慎：《詞品》卷六，「馬浩瀾詞」條，見王文才、萬光治等編注：《楊升菴叢

一，而論中所述「南詞」，可知實是在時代、文學地緣關係上與元代北曲相對之名稱，而用以專指自唐代發展以來、下逮宋代之「詩餘」也。即如王可大所稱「宋之南詞，元之北樂府。」54以時代、地理來區分兩大韻文體。

　　然而，「南詞」亦有像徐渭用以指稱「永嘉雜劇」之「南戲」的情況，這即是同樣對於「詞」或「曲」的稱謂上、明人卻有各種認知與定義上的紛歧而造成使用上的混淆。這現象反映了明人在詞、曲兩大文體上的觀念問題，也反映了明代在所謂「明詞曲化」或是「曲的詞化」等現象的脈絡之一。詞、曲名稱相稱不辨的情形，據《明詞話全編》所輯詞話以及明代曲話所見，可整理如下：

（一）「詞」即指稱「曲」

　　明代「詞」被借指稱「曲」、或是詞曲互稱的情形極多。例如明人陸深引用宋人胡寅詞話稱述明代的南北曲謂：

> 歌辭代各不同，元人變為曲子，大抵分為二調，曰南曲，曰北曲。胡致堂(按：胡寅)所謂「綺羅香澤之態，綢繆宛轉之度」，正今日之南詞也；「登高望遠，舉首高歌，而逸懷浩氣，使人超乎塵垢之表」者，近於今日之北詞也。55

　　此處所謂的歌辭、曲子，明確地指為南曲和北曲，而且引用宋人詞話評語以借述南北曲不同的風格；但是陸深又將南曲、北曲逕稱為南詞、北詞，此處所稱「詞」、「曲」皆指明代的南北曲，是以「詞」借稱、而實際指「曲」的例子之一。而引用詞話來評述南北曲的風格，正是明代「詞曲互證」所表現的詞曲相近現象之一56。

　　又如李開先提及「詞」名時，實際上多指散曲。如《醉鄉小稿序》：

　　書》(成都：天地出版社，2002 年 12 月)第六冊，頁 588。

54 (明)王可大：《國憲家猷》卷三十二，鄧子勉：《明詞話全編》第三冊，頁 1630。

55 (明)陸深：《谿山餘話》引(宋)胡寅《酒邊詞序》之語，鄧子勉：《明詞話全編》第一冊，頁 482。

56 詳見張仲謀：〈以曲釋詞或詞曲互證〉，《明代詞學通論》，頁 332-336。

　　　　單詞謂之葉兒樂府，非若散套、雜劇可以敷演填奏，所以作者雖多，
　　　　而能致其精者亦稀矣。元以詞名代，單詞致精者不過兩人耳，小山張
　　　　可久、笙鶴喬夢符。喬有小套，然亦不多。57

　　李開先於此評述元人散曲小令及小令之創作，將元曲逕稱為「詞」，而
將小令稱為單詞，又稱「元以詞名代」，若以現今的文體觀念來看，曲之小
令與所謂的唐宋詞是明顯有別的兩種文體。在評述他人曲作時，李開先常將
散曲小令稱作「元詞」、套曲稱為「套詞」58；或是將南曲北曲分別稱為「南
詞、北詞」，可知在李開先當時的觀念認為詞與曲是彼此相近互通的。又如
李開先〈西野春遊詞序〉所論：

---

57 (明)李開先：《李中麓閒居集》卷五，鄧子勉：《明詞話全編》第二冊，頁 939。
58 例如：(明)李開先：〈改定元賢傳奇序〉，曰：「夫漢唐詩文布滿天下，宋之理學諸書亦
　　已沛然傳世，而元詞鮮有見之者。見者多尋常之作，胭粉之餘，如王實甫，在元人非
　　其至者，《西廂記》在其平生所作亦非首出者，今雖婦人女子皆能舉其辭，非人生有幸
　　不幸耶？選者如《二段錦》、《四段錦》、《十段錦》、《百段錦》、《千家錦》，美惡兼蓄，
　　雜亂無章，其選小令及套詞者亦多類此。予嘗病焉，欲世之人得見元詞，并知元詞之
　　所以得名也，乃盡發所藏千餘本，付之門人誠庵張自慎選取，止得五十種，力又不能
　　全刻，就中又精選十六種，刪繁歸約，改韻正音調有不協，句有不穩，白有不切及太
　　泛者，悉訂正之，且有代作者，因名其刻為《改定元賢傳奇》。泰泉王詹事所謂以奇事
　　為傳者是已，然又謂之行家，及雜劇昇平樂，今舍是三者，而獨名以傳奇，以其自面
　　稍雅致云，埃有餘力，當再刻套及小令，然此猶細事也。」見《李中麓閒居集》卷五，
　　鄧子勉：《明詞話全編》第二冊，頁 945。又如〈張小山小令序〉，稱：「《太和正音譜》
　　評小山詞：『如瑤天笙鶴，既清且新，華而不艷，有不食煙火氣味。』又謂其『如披太
　　華之天風，招蓬萊之海月』，若是，可稱詞中仙才矣。…世雖慕之，未有見其全詞者。
　　予為之編選成帙，亦有一二刪去者，存者皆如《錄鬼》及《太和》二書所稱許。以其
　　生平鮮套詞，因名之曰《小山小令》云。……以見元詞所由盛，元治所由衰也。」見
　　《李中麓閒居集》卷五，鄧子勉：《明詞話全編》第二冊，頁 941-942。又如〈喬夢符
　　小令序〉，曰：「元以詞名代，而喬夢符其翹楚也。……云夢符不但長於小令，而八雜
　　劇、數十散套，可高出一世。予特取其小令刻之，與小山為偶。元之張、喬，其猶唐
　　之李、杜乎？套詞又不忍輕去，間亦選而取之，附於其後。不改小令原名，以小令多
　　而套詞少耳。」見《李中麓閒居集》卷五，鄧子勉：《明詞話全編》第二冊，頁 942。

詞與詩意同而體異：詩宜悠遠而有餘味，詞宜明白而不難知。以詞為詩，詩斯劣矣；以詩為詞，詞斯乖矣。其法備於《中原音韻》，其人詳於《錄鬼簿》，其略載於《正音譜》。至於《務頭》、《瓊林》、《燕山》等集，與夫《天機餘錦》、《陽春白雪》、《太平樂府》、《樂府群玉》、《群珠》等詞，是皆韻之通用，而詞之上選者也。傳奇、戲文雖分南北，套詞小令雖有短長，其微妙則一而已，悟入之功存乎作者之天資學力耳。……詞肇於金而盛於元，元不戍邊，賦稅輕而衣食足，衣食足而歌詠作，樂於心而聲於口，長之為套，短之為令，傳奇、戲文於是乎侈而可準矣。……用本色者為詞人之詞，否則為文人之詞矣。……音多字少為南詞，音字相半為北詞，字多音少為院本。*59*

　　李開先首先指出在詞與詩的對照下，提出「詞宜明白而不難知」，相較於詩句的凝練，詞更適合鋪敘語意；又稱「詞」曰「其法備於《中原音韻》」等諸曲論曲話之中，至於所謂選錄上等詞作之《陽春白雪》、《太平樂府》，實則皆為曲選集，並非唐宋詞；尤其李開先又稱「詞肇於金而盛於元」、「長之為套，短之為令」，並且同時提及院本、傳奇、戲文，在「套詞小令」與其並提並論的情況下，可知李開先認為詞與曲在內涵上實可互通，亦可相稱。李開先所說的南詞、北詞若從敘述脈絡來看，自然也是指南曲、北曲，而且在評述他人作品時也仍然維持以「詞」來稱呼「曲」的慣例*60*，所以也產生散

59　(明)李開先：《李中麓閒居集》卷五，鄧子勉：《明詞話全編》第二冊，頁954。

60　例如：李開先於〈喬龍谿詞序〉中評述其同鄉喬龍谿作品，其曰：「邑人喬龍溪以僉事致仕後，即擅詞名遠邇，但稱其長於北詞，是豈知詞與先生者耶？……北之音調舒放雄雅，南則悽婉優柔，均出於風土之自然，不可強而齊也。故云北人不歌，南人不曲，其實歌曲一也，特有舒放雄雅、悽婉優柔之分耳。吳歈楚些及套散戲文等，皆南也；康衢擊壤、卿雲南風、三百篇，下逮金元散套雜劇等，皆北也。北其本質也，故今朝廷郊廟樂章用北而不南，是其驗也。龍溪非惟能作，而且善謳南詞，時亦有之，但非其所好，以為非其所長，是豈知詞與先生者耶？如康對山每赴席，稍後座間，方唱南詞，或扮戲文，見其入即更之，其所刻《沜東樂府》，南詞亦參錯其間，以為止長於北，是豈知詞與對山者耶？」其中所指「詞」、「北詞」、「南詞」，都是指「曲」、「北曲」、「南曲」，而且提出了專精北曲、雜劇的康海亦精南曲和戲文的事例，見《李中麓閒居

曲選本中收錄詞作的情況，比如在〈張小山小令後序〉中提及張可久作品在
明初流傳的情況：

> 詞獨愛張小山之作，以其超出塵俗，不但癯勁而已。當時苦於無書，
> 止有楊朝英所集《太平樂府》，及檢舊篋，又得《陽春白雪集》及《百
> 一選曲》兩種。既登仕籍，書可廣求矣。然惟詞書難遇，以去元朝將
> 二百年，抄本、刻本多散亡。洪武初年，親王之國，必以詞曲一千七
> 百本賜之。對山(康海)高祖名汝楫者，曾為燕邸長史，全得其本，傳
> 至對山，少有存者。人言憲廟好聽雜劇及散詞，搜羅海內詞本殆盡，
> 又武宗亦好之，有進者，即蒙厚賞，如楊循吉、徐霖、陳符所進，不
> 止數千本，今宜詞曲少。而小山者，更少也。京師積書家如李蒲汀、
> 沈竹東，詞書成編者不過十餘部，其小山詞載在《樂府群珠》、《詩
> 酒餘音》者僅有數十曲，他所更得《仙音妙選》、《樂府群玉》、《樂
> 府新聲》則有助於小山多矣。*61*

　　此處李開先所提及的楊朝英編選《太平樂府》、《陽春白雪集》與《百
一選曲》均是散套曲選集*62*，引文所說不僅是小山詞(亦即張可久之散曲)及
其相關詞書、詞曲(亦即曲書、散曲也)以及作品載傳的狀況，但相較於元雜
劇有賴於明初賜藏於諸親王、藩王的「詞曲一千七百本」而得以流傳下來，
張可久詞或其他散曲集卻相對匱乏。

集》卷五，鄧子勉：《明詞話全編》第二冊，頁 940-941。又如前述引〈張小山小令後
序〉曰：「《太和正音譜》評小山詞：『如瑤天笙鶴，既清且新，華而不艷，有不食煙火
氣味。』…小山詞既為仙，迄今殆死而不鬼矣。世雖慕之，未有見其全詞者。予為之
編選成帙，亦有一二刪去者，存者皆如《錄鬼》及《太和》二書所稱許。以其生平鮮
套詞，因名之曰〈小山小令〉云。」此處稱「詞」，所指亦為「北曲」。見《李中麓閒
居集》卷五，鄧子勉：《明詞話全編》第二冊，頁 956-957。

61 (明)李開先：〈張小山小令後序〉，《李中麓閒居集》卷五，鄧子勉：《明詞話全編》第
　　二冊，頁 956-957。

62 此處《陽春白雪集》，乃指元朝青城楊朝英所編集《樂府新編陽春白雪集》，為元人散
　　曲之選集。

　　而除了李開先之外，其他精通音律的曲家對於詞、曲也有相近相稱而不做刻意區別的現象。例如「能自度曲協絃管、所作傳奇均無不合律」[63]的曲家張鳳翼，亦同樣用詞來指稱曲：

> 北詞有黃鐘、大石等調，然不可以律南詞也。南詞果有之，則東嘉諸君當先為之矣，何近時妄以八音分別？若「東風一夜列」一闋亦自豔逸，即以〈醉扶歸〉繼〈香羅帶〉啟〈香柳娘〉，原無不諧，而乃妄加刪削，似小兒強作解語，癡人翕然宗之，又何異矮人看場？[64]

　　此處張鳳翼論北曲雜劇與南戲兩者的規律有別，不應在未明南戲格律的情況下而妄加定論刪改，也不宜用北曲雜劇的格律標準來規範高明等人創作的南戲。這是在徐渭《南詞敘錄》之後將「南詞」作為南戲專稱的例子，「詞」實際上指的是劇曲。張鳳翼又指出南戲中仙呂〈醉扶歸〉後聯繫南呂〈香羅帶〉、〈香柳娘〉之聯套現象，雖然看似不協宮調，但並無不妥，在曲律上可用犯調之借宮或是排場變動處理，而且在後出曲作中亦有沿用，[65]不一定

---

63 語見許守白：《曲律易知》（臺北：郁氏印獎會，1979 年 7 月），頁 190 曰：「當時吳中士夫，盛講音律，皆能自度曲協絃管，如張伯起(鳳翼)、顧大典(道行)、沈甯庵(璟)，所作傳奇，均無不合律者。曲律至此時代始告完滿矣。」謂梁辰魚《浣紗記》對明代曲律的影響。

64 (明)張鳳翼：《處實堂集續集》卷四，鄧子勉：《明詞話全編》第三冊，頁 1681。

65 借宮之說，見許守白：《曲律易知》，頁 141 曰：「蓋傳奇每折所聯套數，有時於本宮曲牌之外，亦取別宮之曲牌聯接，是謂借宮。」然頁 144 又言：「至於借宮之法，非熟悉各宮調管色，及曲牌排場性質，尤萬不宜輕用。」另一種產生聯套上宮調變換的原因，在於排場的變化，其頁 145 曰：「夫古人換易宮調，其由於排場變動者，既如前篇所述，若排場無甚變動，而聯接別宮曲調，是謂借宮。」散套中如梁辰魚〈南呂‧天寒澤國秋〉即用李開先所述之【香羅帶】→【醉扶歸】→【香柳娘】再加上【尾聲】成套，即為借宮之用；又如明末清初王翃《紅情言》第三十五齣〈京第〉之聯套，即為正宮引子【破陣子】→仙呂過曲【醉扶歸】→南呂過曲【香柳娘】、【紅納衣】、【解三星】，其中由仙呂【醉扶歸】轉換至南呂【香柳娘】聯套，該處情節為生腳皇甫曾由現實入夢、造成場上情境的變化，因此此處宮調轉換乃是排場變化之故。張鳳翼早在明代即能注意到南戲與傳奇在排場變化與聯套變化之間的關係，而未必是曲律上的謬誤，實不愧吳中曲士「能自度曲協絃管、所作傳奇均無不合律」之譽。

是曲律上的謬誤。

　　陳繼儒於顧正誼的散曲集《筆花樓新聲》中題謂：

> 詞家獨元人升堂，沿及國朝，則楊用修、祝允明庶幾攝齋廊廡，若近
> 代諸家，非不有白雪聲，然核古實則乏才情，工藻繢則鮮本色，……
> 今仲方先生此詞，……藉令馬東籬、關漢卿諸名家與公角逐而赴詞壇，
> 未知鹿死誰手。66

　　此論明言詞家乃元人擅勝，而又提及馬致遠、關漢卿等元代曲家，兼且
在散曲集中提到「詞」，可知此處的「詞」實際為「曲」，可見在陳繼儒的觀
念中，詞、曲並無太大分別。又如王維楨為明代詩人許仲貽著作題跋時嘗言：

> 今在卷者，則皆吳中長老先生之作，往皆有聲詞擅者也。……固天所以
> 界宇宙、限南北，令各不相能，非人為也。且無論他，即詞調亦兩之矣。
> 總之，北尚風骨，南尚色澤。然人好南音者，則十夫而九也。67

　　在此王維楨提及的詞調有兩種區別，同時也論及「北尚風骨」之樸實、
「南尚色澤」之綺麗風格，所指應為南北曲之中、甚至是詞調與曲調之間的
同名異調曲牌，而將詞牌曲牌等同並論。

　　何良俊在評論王實甫《西廂記》與高明《琵琶記》時，同樣也將詞、曲
等同並提：

> 余家所藏雜劇本幾三百種，舊戲文雖無刻本，然每見於詞家之書，乃
> 知今元人之詞往往有出於二家之上者。蓋《西廂》全帶脂粉，《琵琶》
> 專弄學問，其本色語少，蓋填詞須用本色語，方是作家。68

66　(明)陳繼儒：〈題筆花樓詞序〉，《陳眉公集》卷八，見鄧子勉：《明詞話全編》第三
　　冊，頁2286。

67　(明)王維楨：〈跋許石城所藏群公詞翰卷〉，《槐野先生存笥稿》卷十六，見鄧子勉：
　　《明詞話全編》第二冊，頁1025-1026。

68　(明)何良俊：《四友齋叢說》卷三十七，見鄧子勉：《明詞話全編》第二冊，頁1012。

此處所說「元人之詞」更勝於《西廂記》、《琵琶記》之上，原因在於「元人之詞」多用本色之語；是以此處提出的元人之「詞」，或是「填詞」，所指當為曲，並非唐宋詩餘之詞也。

又如顧起元評論「雉山填詞」時謂：

> 邢太史雉山先生填詞多不傳，曾見其牡丹一調云：〈一枝花〉：「雕闌百寶妝，良夜千金價。芳菲三月景，富貴五候家。春色偏佳，賽巧筆丹青畫，勝蓬萊頃刻花。護輕寒，擺列著孔雀銀屏，對芳叢，掩映著鴛鴦繡榻。」〈梁州〉：「紅爛熳瓊枝低簇，碧玲瓏玉葉交加，更有那妖嬈萬種天生下，恰便似藍橋仙侶、金屋嬌娃。湘繡拖翠，蜀錦翻霞，試新妝脂粉輕搽，吐餘芬蘭麝爭誇。喜孜孜相逢著群玉山頭，顫巍巍款步著瑤臺月下，嬌滴滴半籠著翡翠輕紗。仙葩煥發，端的是天香國色非虛假。你看那玉樓人金勒馬，一日笙歌十萬家，江左繁華。」〈尾〉：「從今後，刪抹了芭蕉夜雨燈前話，回避了桃李春風牆外花。早不覺春歸又初夏，我這裏高高的燒著絳蠟，滿滿的斟著玉巵，一般兒倚翠偎紅受用煞。」此詞音節諧暢，詞意艷美，真作家也。[69]

此處引用邢雉山作品，雖稱作「詞」、「填詞」，實際上是北曲散套中南呂套曲〈一枝花〉、〈梁州第七〉與〈尾聲〉，並非詩餘，「詞」的名義由原來的詩餘，而被改稱為「曲」。可見明人在詞、曲兩大文體上的相稱與借稱。

曲家王驥德在「詞」一名上的使用，也時常作為「曲」的借稱，例如：

> 宋詞如李易安、孫夫人、阮逸女，皆稱佳手。元人北詞，二、三青樓人染　指。今南詞僅楊用修夫人〈黃鶯兒〉，所謂「積雨釀春寒，見繁花樹樹殘。泥塗滿眼登臨倦。江流幾灣，雲山幾盤，天涯極目空腸斷。寄書難，無清征雁，飛不到滇南。」一詞稍傳。第用韻出入，亦恨無閨閣婉媚之致，予疑以為升庵代作。自餘皆不聞之，豈真古今人

不相及耶？70

此語乃王驥德評述宋代以來幾位女性文人作家的創作消長與傳聞，其中宋詞指詩餘，但是「元人北詞」、「南詞」均指散曲作品，王驥德在此將詞、散曲同時並提而論。另外王驥德在論及南曲、北曲戲文之異時，稱「北詞連篇，南詞獨限」71，同樣是將「詞」用來稱呼北劇、南戲的混同。又如王驥德品評「今日詞人之冠」時提及：

> 客問今日詞人之冠？余曰：「於北詞得一人：曰高郵王西樓（按：王磐），俊艷工練，字字精琢，惜不見長篇。於南詞得二人：曰吾師山陰徐天池（按：徐渭）先生，瑰瑋濃鬱，超邁絕塵，《木蘭》、《崇嘏》二劇，剋腸嘔心，可泣神鬼。惜不多作。曰臨川湯若士，婉麗妖冶，語動刺骨，獨字句平仄，多逸三尺，然其妙處，往往非詞人工力所及。惜不見散套耳。」72

此處提及的「詞」人、北「詞」、南「詞」，都指曲而言——北曲有散曲名家王磐73，南曲則推崇其師徐渭，以及才情超逸格律的湯顯祖。

---

70 （明）王驥德：《曲律‧雜論第三十九下》，《中國古典戲曲論著集成》第四冊，頁 179-180。

71 （明）王驥德：《曲律‧雜論第三十九下》，曰：「北劇之於南戲，故自不同。北詞連篇，南詞獨限。」此指北曲戲文中每套曲由一人獨唱而致一人連篇、南曲戲文中一套曲可多人分唱而致一人獨限也。見《中國古典戲曲論著集成》第四冊，頁 159。

72 （明）王驥德：《曲律‧雜論第三十九下》，《中國古典戲曲論著集成》第四冊，頁 170。

73 （清）雷應元纂修：《揚州府志》卷二百一十五，稱王磐：「著《西樓樂府》，工題贈，善諧謔，與金陵陳大聲並為南曲之冠。」見《四庫全書存目叢書‧史部》（臺南：莊嚴文化，1996 年 8 月）215 冊，頁 299。但今見王磐所存《西樓樂府》小令 66 首、套曲 9 套，俱為北曲而無南曲；然王驥德又於《曲律‧雜論第三十九下》謂：「近之為詞者，北詞則關中康狀元對山（康海）、王太史渼陂（王九思），蜀則楊狀元升庵（楊慎），金陵則陳太史石亭（陳沂）、胡太史秋宇（胡汝嘉）、徐山人羇仙（徐霖），山東則李尚寶伯華（李開先）、馮別駕海浮（馮惟敏），山西則常延評樓居（常倫），維揚則王山人西樓（王磐），濟南則王邑佐舜耕（王田），吳中則楊儀部南峯（楊循吉）。……諸君子間作南調，則皆非當家也。」以其「間作南調」泛言，但實際上王驥德所論北詞諸君子，康海、王九思、楊慎、李開先等人都有大量南曲作品傳世，王驥德在專作北曲之餘，似

　　有時在明人的詞曲論著中，對詞和曲的分辨並不顯著，不諳詞曲背景者極易混淆不清，因此有明辨、耙梳名義的須要。例如王驥德論楊維楨北雙調〈夜行船序〉（蘇臺弔古）與北大石調〈念奴嬌〉（大江逝去)套曲曰：

> 一日，複取鐵厓詞諦觀之，殊不勝指摘。此詞出入三韻。起語「霸業艱危」句，便腐而迂；下「玉液金莖」二語，事既纖細，語亦湊插。第二調，自「勾踐雄徒」起，至下「身國俱亡」十許語，句句老生陳唾，且雄徒不雅，靈胥生造。〈鬭黑麻〉次調「檇李亭荒」三語，與下〈錦衣香〉起「館娃宮荊榛蔽」四語，又下〈漿水令〉起「採蓮涇紅芳盡死」四語，俱是一意。……蓋此曲之病，用韻雜出，一也；對偶不整，二也；塵語、俗語、生語、重語疊出，三也。此老故以詞曲自豪，今其伎倆乃止如此。吾非好為刻覈，就曲論曲，不得不爾。……以是知曲之為道，其詣良苦，其境轉深。良工不示人以璞，一時草草，掩護無從，可不慎諸！74

　　此處評論楊維楨雙調套曲之作〈夜行船序〉（蘇臺弔古），而評述中詞作、曲作穿插，其中又有詞曲之稱，但在此處皆指稱散曲，並非詩餘之意。可見儘管王驥德嘗強調「詞之與曲，寔分兩途」的辨別必要，但是在詞、曲的名義區別和著論，王驥德也不一定逐一明確區分。

　　因此，若不細究明人詞話曲話、筆記中的詞曲名義內涵，在不明詞曲文理的情況下，極易產生混淆，除了反映前述「南詞」一名在明代曾被指稱為詞、散曲、戲曲的歧義現象，同時也可看出包括王驥德在內的明代文人，有時在名義和稱謂上並不特別強調詞、曲的明確區別。而這正是明代文學與宋詞、元曲有別的時代文體特色。

　　明代科舉出身、精通音律的沈德符，在詞和曲的名義稱謂上也時常相稱

應亦有南曲之作，但「南曲之冠」一稱，恐須商榷。王驥德之說見《中國古典戲曲論著集成》第四冊，頁 162。

74 （明)王驥德：《曲律・雜論第三十九下》，《中國古典戲曲論著集成》第四冊，頁 176-177。

並用，不作刻意的區分，沈德符於「南北散套」一論中嘗曰：

> 若散套，雖諸人皆有之，惟馬東籬「百歲光陰」、張小山「長天落彩
> 霞」為一時絕唱，元詞多佳，皆不及也。元人俱嫻北調，而不及南音，
> 今南曲如《四時歡》、《窺青眼》、《人別後》諸套最古，或以為元
> 人筆，亦未必然。即沈青門、陳大聲輩南詞宗匠，皆本朝成、弘間人，
> 又同時如康對山、王渼陂二太史俱以北擅場，並不染指於南。渼陂初
> 學填詞，先延名師，閉門學唱三年，而後出手，其專精不泛及如此。
> 章邱李中麓太常亦以填詞名，與康、王俱石友，不嫻度曲，即如所作
> 《寶劍記》，生硬不諧，且不知南曲之有入聲，自以《中原音韻》叶
> 之，以致吳儂見誚。同時惟臨朐(音麴)馮海桴差為當行，亦以不作南
> 詞耳。南詞自陳、沈諸公外，如「樓閣重重」、「因他消瘦」、「風
> 兒疏剌剌」等套，尚是成、宏遺音。此外吳中詞人如唐伯虎、祝枝山，
> 後為梁伯龍、張伯起輩，縱有才情，俱非本色矣。75

　　沈德符此段述論提及的「北詞、南詞、元詞、填詞」云云，所指俱非詞
調，而是散曲之填詞；填詞一名用於散曲創作，亦與詞、曲在淵源、形式與
創作上的接近的相關，以致於在「詞化」的影響下也併稱為填「詞」，76因此

---

75 (明)沈德符：《野獲編》卷二十五，見鄧子勉：《明詞話全編》第五冊，頁 3144。

76 任訥(任中敏)：《散曲概論》曰：「南曲又多參詞法以為之，形成所謂『南詞』」，見《散
　　曲叢刊》第四冊，頁 42；又，任訥(任中敏)：《詞曲通義》，謂「南人之曲，實近於詞」，
　　見張高評主編：《民國時期文學研究叢書》(臺中：文听閣圖書，2011 年 12 月)第一編
　　第 79 冊，頁 37；王國瓔：〈散曲詞化與婉麗成風──晚明曲壇〉，提出隆慶、萬曆以
　　至崇禎末年，是南曲詞化顯著、散曲婉麗成風的時期；並評述梁辰魚〈南正宮‧錦纏
　　道〉「九日」一作云：「整篇作品，均顯得文辭精美，描寫細膩，風格婉麗，加上寓情
　　於景的旨趣，儼然是唐宋人填詞的再現，可視為晚明散曲已全然詞化的典型例子。」
　　見王國瓔：《中國文學史新講(下)》(臺北：聯經出版社，2006 年 9 月)，頁 932-934。
　　又明詞曲化的現象不見得晚於隆慶之後，如左芝蘭：〈論楊升庵曲與明曲詞化現象〉，
　　《四川戲劇》，2010 年第 2 期，頁 82 曰：「當曲發展到南曲階段以後，曲的詞化現象
　　便更為顯著。……『南人之曲，實近於詞』、『若將南曲易為詞，則亦異常貼切。』這
　　在嘉靖明代以後的散曲創作中表現尤其明顯。」

所謂「元詞多佳」並不是指元代詩餘。從此例可知，詞、曲在明人的創作觀念上越趨相近——兩者均須各自依照詞牌、曲牌格律按聲填詞，散曲的創作過程幾與詩餘無異，因此逕稱散曲創作為填詞。而沈德符此種詞曲借稱的論述至清初仍被部分沿用，影響甚大。77

其他沈德符所述的本朝詞家，如「今傳誦南曲如『東風轉歲華』，云是元人高則誠，不知乃陳大聲與徐鬊仙聯句也。……本朝詞手似無勝之者。」或如「近代南詞散套盛行者」舉張鳳翼為例，78或如其稱「填詞名手」謂「本朝填詞高手，如陳大聲(按：陳鐸)、沈青門(按：沈仕)之屬，俱南北散套，不作傳奇。」79其中所稱的「詞手」、「填詞」，其實都是指散曲名家或散曲創作，而「南詞」所指則為南曲；又其稱「北詞傳授」中談及南曲北曲之興衰，「北詞」所指為「北曲」也。80詞和曲的名義在沈德符的論述中，「詞」其實常常皆是「曲」而非詩餘詞調。

沈德符在論究曲韻時也仍將詞、曲彼此相稱或借稱。例如在評述沈璟對於曲韻的考究時提到：

> 近沈寧庵(按：沈璟)吏部後起，獨恪守詞家三尺，如庚清、真文、桓歡、寒山、先天諸韻，最易互用者，斤斤力持，不少假借，可稱度曲

---

77 例如：(清)焦循《劇說》卷一引清徐石麒《蝸亭雜訂》曰：「嘉、隆間，松江何元朗畜家僮習唱，一時優伶俱避舍，然所唱俱北詞，尚得蒜酪遺風。何又教女鬟數人，俱善北曲，為南教坊頓仁所賞。」此處北詞與北曲同時並稱，但從何良俊教唱的稱述中，可知北詞實際上也當為北曲。見俞為民、孫蓉蓉編：《歷代曲話彙編：新編中國古典戲曲論著集成·清代編》(合肥：黃山書社，2008 年 8 月)第三集，頁 338-339。

78 (明)沈德符：《野獲編》卷二十五，見鄧子勉：《明詞話全編》第五冊，頁 3144。

79 (明)沈德符：《野獲編》卷二十五，見鄧子勉：《明詞話全編》第五冊，頁 3146。

80 (明)沈德符：《野獲編》卷二十五，謂：「自吳人重南曲，皆祖崑山魏良輔，而北調幾廢。今惟金陵存此調，然北派亦不同，有金陵、有汴梁、有雲中，而吳中以北曲擅場者，僅見張野塘一人，……頃甲辰年馬四娘以『生平不識金閶』為恨，因挈其家女郎十五六人來吳中，唱《北西廂》全本。」見鄧子勉：《明詞話全編》第五冊，頁 3151。

申、韓，然詞之堪選入者殊尟。[81]

雖然沈德符此處指稱為詞家，但是庚清、真文諸韻互用混淆卻是南曲曲韻中旁入他韻的現象，[82]並非詩餘詞調，因此沈德符在此所稱「詞」家實際上帶有「曲」的意涵，顯示詞、曲在明代的創作概念中極其接近，進而影響了理論論述的層面。

與沈德符一樣用「詞」借稱或為「曲」者，尚有曲家王驥德，同樣用「詞」來稱呼散曲：

> 元詞選者甚多，然皆後人施手，醇疵不免。惟《太平樂府》係楊澹齋（按：楊朝英）所選，首首皆佳。蓋以元人選元詞，猶唐人之選《中興間氣》、《河洛英靈》二集，具眼故在也。[83]

此處提及《太平樂府》為散曲選集，所謂「元詞」實為元人散曲也。又如王驥德摘評王九思作品謂：

> 王美陂詞固多佳者，何元朗（按：何良俊）摘其小詞中「鶯巢濕、春隱花梢」，以為金元人無此一句，然此詞全文：「冷冷象板粉兒敲，小小金杯綠蟻飄，重重畫閣紅塵落。喜豐年恰遇着，幾般兒景致蹊蹺。鳳團小茶烹銀罐，驢背隱詩吟野橋。除鶯巢句，下皆陳語。後三句對

---

81 （明）沈德符：《野獲編》卷二十五，見鄧子勉：《明詞話全編》第五冊，頁3146。

82 （明）王驥德：《曲律‧論韻第七》，謂：「獨南曲類多旁入他韻，如支思之於齊微、魚模，魚模之於家麻、歌戈、車遮，真文之於庚青、侵尋，或又於寒山、先天，寒山之於桓歡、先天、監咸、廉纖，或又甚而東鐘之於庚青，混無分別，不啻亂麻，令曲之道盡亡，而識者每為掩口。北劇每折只用一韻。南戲更韻，已非古法，至每韻復出入數韻，而恬不知怪，抑何瞢也！」見《中國古典戲曲論著集成》第四冊，頁110-111。該曲韻現象之論，詳請參考林和君：〈論《瓊林雅韻》於南北曲的應用意義〉，《戲曲研究通訊》第八期，2012年3月，頁61-90。

83 （明）王驥德：《曲律‧雜論第三十九上》，見《中國古典戲曲論著集成》第四冊，頁148-149；亦見鄧子勉：《明詞話全編》第五冊，頁3177。

復不整。*84*

　　此處提及的小詞作品，是王九思的〈水仙子‧席上對雪次韻〉，何良俊直言這是王九思作品中他最欣賞的一句*85*；然而此作實為散曲小令，王驥德卻將其稱為詞、小詞，也是詞曲相稱並稱的現象。而王驥德更將詞、曲兩個名稱同時用於散曲評論：

　　　　近之為詞者，北調則關中康狀元對山、馮別駕海浮，山西則常廷評樓居，維陽則王山人西樓……諸君子間作南調，則皆非當家也。南則金陵陳大聲、金在衡，武林沈青門，吳唐伯虎、祝希哲、梁伯龍。而陳、梁最著，唐、金、小令並斐亹有致。祝小令亦佳，長則草草。陳、梁多大套，頗著才情，然多俗意陳語，伯仲間耳。餘未悉見，不敢定其甲乙也。*86*

　　上述評論的曲家，如北曲之康海、馮海浮、王西樓，或是南曲的陳鐸、沈仕、梁辰魚等人，同時也擅長詞調創作。王驥德不僅將「曲」以「詞」借稱，而且行文間又出現北調、南調、小令、大套諸曲語，可見此處在詞調、散曲的創作與理論範疇上並沒有作太大的區別。

　　而詞曲相稱現象最顯著者，當為馮夢龍選編之《太霞新奏》。《太霞新奏》為散套、小令與部分雜曲之選集，在其〈發凡〉中論曰：

　　　　詞學三法，曰調，曰韻，曰詞。不協調，則歌必振嗓，雖爛然詞藻，無為矣。自東嘉沿詩餘之濫觴，而效顰者遂藉口不韻。不知東嘉寬於

---

84 （明）王驥德：《曲律‧雜論第三十九下》，見《中國古典戲曲論著集成》第四冊，頁163；亦見鄧子勉：《明詞話全編》第五冊，頁3180。

85 （明）何良俊：《曲論》，曰：「王渼陂欲填北詞，求善歌者至家，閉門學唱三年，然後操筆。余最愛其散套中『鶯巢濕春隱花梢』，以為金元人無此一句。」見《中國古典戲曲論著集成》第四冊，頁9。

86 （明）王驥德：《曲律‧雜論第三十九下》，見《中國古典戲曲論著集成》第四冊，頁162；亦見鄧子勉：《明詞話全編》第五冊，頁3179。

　　南，未嘗不嚴於北。謂北詞必韻而南詞不必韻，即東嘉亦不能自為解
也。是選以調協韻嚴為主，二法既備，然後責其詞之新麗，若其蕪穢
庸淡，則又不得以調韻濫竽。87

　　從這所謂詞學三法來看，「調」即為樂聲與字之四聲的配合，「韻」則不
論南詞北詞均須恪守謹嚴、不可寬忽；爾後，才是所謂文采詞藻之「詞」的
講究，若詞藻不能求其新麗，只是嚴守調、韻二法，也不能稱上佳作。此論
所謂「詞」學，以《太霞新奏》的選曲性質而言，實際上也仍是指「曲」學。
其中論及「韻」的問題，實即為南曲的曲韻現象：其中「自東嘉沿詩餘之濫
觴」，東嘉亦即高明，當指自早期南戲（永嘉雜劇）之南曲戲文盛傳以來，南戲
諸套在曲韻上隨口取協、在曲牌應用上保留了詞的形式；88在韻協而言則存
在支微韻與魚模韻通押，或是真文韻、庚青韻、侵尋韻通押，或是先天韻、
寒山韻、桓歡韻、廉纖韻、監咸韻通押諸狀，這些都是南曲當中的韻位通押
現象，而且南戲部分的韻部分合與宋詞十八部接近，除了方言的問題，亦可
能與詞韻有所關繫。89是以馮夢龍對於南曲的曲韻提論，沿從永嘉雜劇與宋
詞的淵源關係和問題源起提述，並且強調南曲有通押旁韻之現象，但不代表
南曲的押韻就可以不像北曲那樣謹嚴分明。所以《太霞新奏》中所謂「詞學、
北詞、南詞」，都是以「詞」來代稱「曲」，馮夢龍在解析南曲的創作法門時
以詞為通篇代稱，可見詞曲相近、相稱之概念。

　　此現象亦見於祁彪佳《遠山堂曲品・敘》，謂其編撰選錄之用意時曰：

　　　　詞至今日而極盛，至今日而亦極衰。……韻失矣，進而求其調，調譌

87　(明)馮夢龍：《太霞新奏・發凡》，見鄧子勉：《明詞話全編》第五冊，頁 3079-3080。
88　曾永義：〈永樂大典戲文三種述評〉，《臺灣戲專學刊》第 12 期，2006 年 1 月，頁 9 曰：
　　「……其次所用曲牌，往往忽略標示『同前』，可見其尚保留詞的形式，正應合了徐渭
　　所謂『宋人詞而益以里巷歌謠』的話語。而其粗細、引子過曲也未分；套式以雜綴、
　　重頭為主，纏令幾於未見；押韻隨口取協，隨意轉韻；排場粗糙，規矩未成立，大
　　抵以腳色上下場為分出的基準。」
89　參考吳萍：〈南戲《小孫屠》用韻考〉，《徐州工程學院學報(社會科學版)》，第 27 卷第
　　1 期，2012 年 1 月，頁 73-78。

矣；進而求其詞；詞陋矣，又進而求其事。或調有合於韻律，或詞有當於本色，或事有關於風教，苟片善之可稱，亦無微而不錄。*90*

敘中「進而求其詞」、「詞陋」或「詞有當於本色」諸語，皆指《遠山堂曲品》收錄諸曲作的詞藻文采、語句風格而言；但是「詞至今日而極盛」之「詞」，在此自然是指「曲」而言。至此可知，從明初以來，詞、曲在明人的評論脈絡中常常相稱、或是將「詞」借稱為「曲」，正代表明代對於詞與曲彼此相近乃至於相通的理解。

（二）「詞」指「劇曲」之雜劇、傳奇

明人有時在詞、曲相稱借稱的情形下，除了以「詞」借稱「散曲」，也有將「詞」借稱於劇曲的例子，亦即是雜劇、傳奇，但是情況相對少見。例如前述沈德符於詞話中稱「填詞有他意」者：

> 填詞出才人餘技，本遊戲筆墨間耳。然亦有寓意譏訕者，如王渼陂之《杜甫遊春》，則指李西涯及楊石齋、賈南塢三相。康對山之《中山狼》，則指李空同。李中麓之《寶劍記》，則指分宜父子。*91*

沈德符此處在「填詞」一名的前提下，用以指稱王九思雜劇《杜甫遊春》、康海雜劇《中山狼》，以及李開先的傳奇《寶劍記》，也就是「填製雜劇、傳奇之曲詞」。又沈德符詞話論「北詞傳授」時曰：

> 自吳人重南曲，皆祖崑山魏良輔，而北調幾廢。今惟金陵存此調，然北派亦不同，有金陵、有汴梁、有雲中，而吳中以北曲擅場者，僅見張野塘一人，……頃甲辰年馬四娘以「生平不識金閶」為恨，因挈其家女郎十五六人來吳中，唱《北西廂》全本。其中有巧孫者，故馬氏粗婢，貌奇醜，而聲遏雲，於北詞關捩竅妙處備得真傳，為一時獨步，

---

90 （明）祁彪佳：《遠山堂曲品·敘》，《古典戲曲論著集成》第六冊，頁5。

91 （明）沈德符：《野獲編》卷二十五，見鄧子勉：《明詞話全編》第五冊，頁3148。「分宜父子」指出身江西分宜之嚴嵩及其子嚴世蕃。

他姬曾不得其十一也。……今南教坊有傳壽者字靈脩，工北曲，其親生父家傳，誓不教一人。[92]

其中論及魏良輔修潤南曲、北曲，在吳地僅有張野塘一人以北曲聞名，後來傳承北曲唱法者有巧孫、靈脩等軼人，其中又以巧孫盡得北曲箇中關竅；而且文中又特別着重於全本《北西廂》，因此條目所稱「北『詞』」，意指偏涉於劇曲之「北曲雜劇」。其他如記述「梁伯龍傳奇」時曰：「同時崑山梁伯龍辰魚亦稱詞家，有盛名，所作《浣紗記》，至傳海外，然止此，不復續筆。」[93]稱撰寫首本崑腔傳奇之梁辰魚為「詞家」，與其說是描述梁辰魚撰寫曲文的辭采，不如說是偏涉「南曲傳奇」之意味，如同前述徐渭《南詞敘錄》與李開先所稱的「南詞」，都是將「詞」借稱戲曲。

造成「詞」與「曲」在名義上或觀念上互相傾近通用者，可能肇因於詞調與散曲的創作形式十分相近，同樣依照牌調格律填製，加上唐宋詞樂在元明之際佚失[94]，而採用當時流行的曲樂填製，[95]成為後續「散曲詞化」、「明詞曲化」現象的先聲；於是「詞」、「曲」便在愈趨相近、相互填製的創作過程中逐漸影響彼此的名義內涵，而以詞借稱散曲。然而，相較於「填詞」與散

---

[92] （明）沈德符：《野獲編》卷二十五，見鄧子勉：《明詞話全編》第五冊，頁3151。

[93] （明）沈德符：《野獲編》卷二十五，見鄧子勉：《明詞話全編》第五冊，頁3149。

[94] 詳見陶子珍：〈唐宋詞樂之散佚〉，《明代詞選研究》（臺北：秀威資訊科技，2003年7月），頁23-26。

[95] 胡元翎：〈依時曲入歌──「明詞曲化」的表現方式之一〉，《吉林大學社會科學學報》第52卷第6期，2012年11月，頁109曰：「明人劉鳳《詞選序》中的話令人關注：『……然詞今亦不能歌，惟曲用焉。則因所習以求聲律不易耶。第所謂九宮十七調，惜知者蓋寡。』……因古樂中，『九宮十七調』知者甚少，失了詞樂後只能『逮近者為曲』，即以當時流行的曲樂代詞樂。」劉鳳原序見（明）劉鳳：〈詞選序〉，《劉子威集》卷三十二，鄧子勉：《明詞話全編》第三冊，頁1832-1833。又如（明）王驥德：《曲律‧雜論第三十九下》，謂「今之詞曲，即古之樂府也。吾友桐柏生嘗取古樂府中所列百餘題，盡易今調，為各譜一曲。其詞亦雅麗可喜，大是佳事，勤之已為刻行。宋詞見《草堂詩餘》者，往往妙絕，而歌法不傳，殊有遺恨。予客燕日，亦嘗即其詞為各譜今調，凡百餘曲，刻見《方諸館樂府》。」見《中國古典戲曲論著集成》第四冊，頁180。

曲本身創作形式上的接近，明人卻較少將「詞」用來直接稱呼「劇曲」，顯見在明代的觀念中詞與散曲之間的互動現象似乎較為顯著，而詞與劇曲、或是散曲與劇曲在明人觀念中區分相對明確。

三、「詞曲」並稱名義辨

除了「詞」、「曲」的名義的相稱借稱之外，明人並稱的「詞曲」亦非皆指兩種文體，而有偏指的現象；雖是詞曲並稱，但是除了泛指音樂性的韻文學之外，有時亦偏指「詞曲」之中的「曲」。比如明初曹安詞話中稱「予家有《陽春白雪》小本，元人如劉時中、關漢卿諸公之作尤多，大抵元之詞曲最擅名。」[96]此處詞曲可從《陽春白雪》選本得知是指元人散曲。再者，蘇祐詞話中提及詩騷賦樂府等韻文學之發展，其中提及「詞曲」一名時，將王實甫《西廂記》與高明《琵琶記》視為「南北詞曲之祖」[97]，使得劇曲與泛稱的「詞曲」之名相涉。明人在「詞曲」稱謂上，也產生了「詞」與「曲」彼此影響的相稱、借稱或偏指之現象。

（一）「詞曲」偏指詞

「詞曲」一名早於宋代已見，例如陸深論述宋詞音律與風格別異時謂：

> 東坡小詞，山谷亦謂其於音律小不諧。亡友徐昌穀禎卿嘗為予道東坡一日顧一優人解音者，問之曰：「我詞何如柳耆卿？」答曰：「相公詞，須用銅琵琶、鐵綽板唱『大江東去、浪淘盡、千古英雄』；柳學士詞，卻用十七八女兒唱『楊柳外，曉風殘月』。」坡為之一笑。胡致堂之論則曰：「詞曲至於眉山蘇氏，一洗綺羅香澤之態，擺脫綢繆宛轉之度，使人登高望遠，舉首高歌，而逸懷浩氣超乎塵垢之外，於

---

96 （明）曹安：《讕言長語》卷上，鄧子勉：《明詞話全編》第一冊，頁335。

97 （明）蘇祐：《逌旃瑣言》卷下，曰：「詩而騷，騷而賦，賦而樂府，樂府而詞，詞而小令。南北曲分，聲韻之變，隨時化遷，要之，達於比興，千古如新。王實甫《西廂記》，《會真詩》演義也；高則誠《琵琶記》，蔡中郎別傳也。南北詞曲之祖，它有作者，莫能尚矣。」鄧子勉：《明詞話全編》第一冊，頁886。

是《花間》為皂隸，而柳耆卿為輿臺矣。」然世必有知言者。*98*

原先在宋人所稱「詞曲」之名義、如同前文引陸深引述胡寅之語時，指的是蘇軾和柳永的詞作在詞樂唱誦上的風格之異，原因在於蘇軾詞已擺脫原來宋詞的溫柔婉約之姿、轉化為文士慷慨之態，表現為詞唱不同的氣質；因此「詞曲」在宋人而言，指的是詩餘之「詞」，和「曲」成為並稱則是表現當時詞可合樂而唱的特質。

到了明代開始有「詞曲」用於指稱「詞」的定義出現，例如前述陳霆稱：「始余著詞話，謂南詞起於唐，蓋本諸玉林之說。……又言『南詞始於南北朝』，詞曲於道末矣，纖言麗語，大雅是病。」在將詞稱為「南詞」、討論其起源時，又稱之為「詞曲」，皆是表現詞原本可歌的用意。然而，從陳霆對於幾則「詞曲」的稱呼上，亦可以看出詞曲稱謂相混的現象，又如陳霆稱南宋女作家朱淑真、明初劉基作品曰：「聞朱淑真前輩，其詞曲頗多。」「劉伯溫有《寫情集》，皆詞曲也。」*99*宋人如稱「詞曲」，所指包涵詞本可和樂而歌的性質，但陳霆稱朱淑真之「詞曲」，而且稱劉基詞集作品「皆詞曲也」，不僅僅是詞本可歌的用意，可能也是明人對於詞曲性質沒有明確分別之故；如同前述陳霆稱瞿佑《餘清曲譜》、《樂府遺音》為南詞之作，但卻以「曲譜」、「樂府」命名的例子一般。

明代詞作數量、質量俱佳的代表詞人之一的楊慎，則稱：

> 昔宋人選填辭曰《草堂詩餘》，其曰草堂者，太白詩名《草堂集》，見鄭樵書目。太白本蜀人，而草堂在蜀，懷故國之意也。曰詩餘者，〈憶秦娥〉、〈菩薩鬘〉二首為詩之餘，而百代詞曲之祖也。*100*

楊慎從宋詞集《草堂詩餘》中試論其名稱之源由，而提及詩餘時，以相傳之李白作品為「百代詞曲之祖」，亦即詩餘的最早作品；楊慎在此提到「詞

98 （明）陸深：《儼山外集》卷二十二，見鄧子勉：《明詞話全編》第一冊，頁 484-485。

99 （明）陳霆：《渚山堂詞話》，見鄧子勉：《明詞話全編》第一冊，頁 513-514。

100 （明）楊慎：《詞品・序》，見鄧子勉：《明詞話全編》第二冊，頁 650。

曲」，同樣也是專指詩餘而稱。

需要另外說明的是，明人提及「詞曲」時也不盡然都是上述的混稱、偏稱情形，本文強調的是在明人提出的各種文學見解中，實際存在的詞、曲混淆情況，不代表明代文壇盡皆如此，而應意識到文學發展累積至明代而勃發之際，明代在厚積前朝文學諸勝的時代條件上，所反映的文學觀念的內涵與特色。例如，明代公安派鉅子袁宏道嘗於〈諸大家時文序〉中抒論文學創作不必貴古賤今時，提及「詞曲」一名，其謂：

> 奴於唐謂之詩，不詩矣！取宋、元諸公之餘沫而潤色之，謂之詞曲諸家，不詞曲諸家矣！大約愈古愈近，愈似愈贋，天地間真文漸滅殆盡，獨博士家言猶有可取，其體無沿襲，其詞必極才之所至，其調年變而月不同，手眼各出機軸，亦異二百年來上之所以取士，與士子之伸其獨往者，僅有此文，而卑今之士，反以為文不類古，至擯斥之，不見齒於詞林，嗟夫！比不知有時也，安知有文？*101*

此處袁宏道的主要論點是反對當時文壇一律崇效以古為貴的文學觀念，其中談及：如果詩必崇唐、詞曲必效宋元諸公，那麼不過是仿效的贋作，真正抒發心性的文學創作將因而消滅不存，僅有博覽古文群家的博士文筆可取，所以強調各人各出機軸、反對沿襲前人。從明人的角度回顧宋、元以來的韻文體創作，宋詞、元曲是必然的兩大著眼點，因此袁宏道在此提出的「詞曲」為宋詞、元曲的並舉，當無歧義。明人于慎行亦在論及詩餘起源時也提到「詞曲」：「宋元詞曲有出於唐者，如〈清平樂〉、〈水調歌〉、〈柘枝〉、〈菩薩蠻〉、〈八聲甘州〉、〈楊柳枝詞〉是也。」*102*上述諸調名在詞調、曲調中皆有，也應視為宋詞、元曲的並舉，同時也反映明人對於詞曲發源關係的見解之一。

(二)「詞曲」偏指曲

前文述及「詞」用以指稱「散曲」的情況在明代較為顯著，而在「詞曲」

---

101 （明）袁宏道：《錦帆集》，見鄧子勉：《明詞話全編》第四冊，頁 2539。

102 （明）于慎行：《穀山筆麈》卷八，見鄧子勉：《明詞話全編》第三冊，頁 1976。

的併稱下亦有相同情形。王驥德論及「詞曲」時先稱：

> 詞曲本文人能事，亦有不盡然者。周德清撰《中原音韻》，下筆便如
> 葛藤，所作「宰金頭黑腳天鵝」〈折桂令〉、「燕子來海棠開」〈寨
> 兒令〉、「臉霞鬢鴉」〈朝天子〉等曲，又特警策可喜，即文人無以
> 勝之，是殊不可曉也。*103*

「詞曲」為文人作家的專職才能，但是在曲之「本色」用語的自然精煉
要求上，卻不是每位文人都作得到的；王驥德舉徐再思之雙調〈折桂令〉（別
友）*104*、周德清越調〈柳營曲（即寨兒令）〉（有所思）及中呂〈朝天子〉（書所
見）為「文人無以勝之」之例，不過全都是「散曲」，可知王驥德此處所述「詞
曲」實指散曲也。因為在進行散曲曲牌創作時，性質、形式實與詩餘之詞牌
創作非常接近，加上講究「詞」采之故，因此「詞曲」在此作為與詩餘創作
方式接近的散曲而稱。

又如蔣一葵詞話中同樣稱「詞曲」的例子：

> 王敬夫與康德涵俱以詞曲名一時，其秀麗雄爽，康大不如也。敬夫將

---

103 （明）王驥德：《曲律・雜論第三十九上》，《中國古典戲曲論著集成》第四冊，頁148；
　　　亦見鄧子勉：《明詞話全編》第五冊，頁3176。

104 見（明）蔣一葵：《堯山堂外紀》卷七十一，「周德清」條：「泰定甲子秋，周德清既作
　　　《中原音韻》，並起例以遺青原蕭存存。未幾訪西域，友人瑣非複初、同志羅宗信見
　　　餉。複初舉觴命謳者歌樂府《四塊玉》，至『彩扇歌，青樓飲』，宗信止其音而言曰：
　　　『「彩」字對「青」字，而歌「青」字為「晴」，吾揣其音，此字合用平字聲，必欲揚
　　　其音，而「青」字乃抑之，非也。』出初因前驅紅袖而自用調歌曰：『買笑金，纏頭
　　　錦。盤遇知音可人心，怕逢狂客天生沁。紐死鶴，劈碎琴，不害磣。』德清聞其歌，
　　　大喜，曰：『予作樂府三十年，未有如今日之遇二公，知某曲之非，某曲之是也。』
　　　遂捧巨觴，口占《折桂詞》（按：折桂令，又名蟾宮曲）一闋，曰：『宰金頭黑腳天鵝。
　　　客有鐘期，座有韓娥。吟既能吟，聽還能聽，歌也能歌。和《白雪》，新來較可，放
　　　《行雲》，飛去如何？醉瞎銀河，燦燦蟾孤，點點星多。』歌既畢，相與痛飲，大醉
　　　而罷。」見鄧子勉：《明詞話全編》第六冊，頁3634-3635。中華書局編輯部編：《全
　　　元散曲》（臺北：臺灣中華書局，1986年9月）未收該作。

填詞，以厚貲募國工，杜門學唱三年，然後操筆。德涵於歌彈尤妙，每敬夫曲成，德涵為奏之，即老樂師毋不擊節嘆賞也。然敬夫作南曲：「且盡盃中物，不飲青山暮。」猶以物為護也。〈折桂令〉云：「望東華人亂擁，紫羅襕，老盡英雄。」此是名語。又有一詞云：「暗想東華，五夜清霜寒駐馬。尋思別駕，一天霜雪曉排衙。」句特軒爽，四押亦佳。*105*

此處蔣一葵評論王九思的散曲作品及其投注在曲學上的用功之深，並認為即便是同時期與王九思來往密切的曲中名家康海，在創作上也不如王九思的造詣，而王九思的成就也獲得其他明人的肯定*106*；但在南曲曲韻上，蔣一葵認為此處〈水仙子帶過折桂令〉*107*中王九思觸犯了曲韻問題，其中「物」與「護」在《中原音韻》中兩者同為魚模韻，但是物為入聲作去聲、護則為去聲，協韻之「暮」為魚模韻去聲，以「物」協「暮」實有不妥，不似後兩首作品的佳作。從本段論述中亦可見出，蔣一葵所稱「詞曲」實指散曲作品，與詩餘、唐五代宋金元明詞並無關連。

而「詞曲」一名有時亦與劇曲相涉。再引用前述何良俊評論《西廂記》、《琵琶記》之語出處，何良俊嘗謂：

> 金元人呼北戲為雜劇，南戲為戲文。近代人雜劇以王實甫之《西廂記》、戲文以高則誠之《琵琶記》為絕唱，大不然。夫詩變而為詞，詞變而為歌曲，則歌曲乃詩之流別。……祖宗開國，尊崇儒術，士大夫恥留心詞

---

105 （明）蔣一葵：《堯山堂外紀》卷九十二，鄧子勉：《明詞話全編》第六冊，頁 3653。「暗想東華，五夜清霜寒駐馬。」一作，見王九思〈駐馬聽〉：「暗想東華，五夜清霜寒駐馬。尋思別駕，一天霜雪（或為「殘月」）曉排衙。路常危與虎狼狎，命乖卻被兒曹罵。到如今誰管咱，葫蘆提一任閒玩耍。」

106 （明）蔣一葵：《堯山堂外紀》卷九十二，注：「敬夫散套中『鶯巢濕，春隱花梢。』何元朗（按：何良俊）以為金、元人無此一句。」見鄧子勉：《明詞話全編》第六冊，頁 3653。何良俊語見註 86。

107 「望東華人亂擁」一作，實為王九思帶過曲〈水仙子帶過折桂令・歸興〉，見謝伯陽編：《全明散曲》（濟南：齊魯書社，1994 年 3 月）第一冊，頁 850-851。

曲，雜劇與舊戲文本皆不傳，世人不得盡見。雖教坊有能搬演者，然古調既不諧於俗耳，南人又不知北音，聽者既不喜，則習者亦漸少。而《西廂》、《琵琶記》傳刻偶多，世皆快睹，故其所知者獨此二家。*108*

對於有「南北詞曲之祖」之稱的《西廂》、《琵琶》，何良俊認為在時代與韻文學的演進之下，以及舊有元雜劇、南戲劇本有所失傳的條件下，明人所見僅以《西廂》、《琵琶》二家為著，雖然有其價值，但是在元代未必稱得上「絕唱」，只是在明代難以見到其他舊戲劇本而無從評比。在何良俊的此段論述中，首先提到詩、詞、歌曲的遞變同源，視歌曲為詩之支流；而後提及明初士人並不甚「留心詞曲」──此處的「詞曲」雖然看似泛稱，但是在前述何良俊所說的雜劇、戲文脈絡中，可知「詞曲」實與劇曲有所關聯，而何良俊將「詞」用來稱呼元人散曲，便可知「詞曲」在何良俊而言其實是對於「曲」的偏指。

其他如凌迪知稱《琵琶記》為「詞曲之祖」*109*，楊儀稱詞曲中所用生、旦、淨、末為土語*110*，或如李春熙稱《琵琶記》、《西廂記》為「梨園詞曲之祖」*111*，皆是將「詞曲」作為劇曲偏稱的例子。「詞曲」偏指戲曲的脈絡影響，可舉詹景鳳對於「詞曲」的見解為例：

---

108 (明)何良俊：《四友齋叢說》卷三十七，見鄧子勉：《明詞話全編》第二冊，頁 1011-1012。

109 (明)凌迪知：《萬姓統譜》卷三十二，謂：「高明，字則誠，崇居儒里。……今所傳《琵琶記》關係風化，實為詞曲之祖，盛行於世。」見鄧子勉：《明詞話全編》第三冊，頁 1685。

110 (明)楊儀：《狠談》，「土語」條謂：「生、淨、旦、末等名，有謂反其事而稱，又或託之唐莊宗，皆謬云也。此本金、元閭闐談吐，所謂鶻伶聲嗽，今所謂市語也。生即男子，旦曰粧旦色，淨曰淨兒，末曰末尼，孤乃官人，即其土音，何義理之有？《太和譜》略言之。詞曲中用土語何限，亦有聚為書者，一覽可知。」見鄧子勉：《明詞話全編》第四冊，頁 2337。

111 (明)李春熙：《道聽錄》卷四，曰：「《琵琶》、《西廂》二記，乃梨園詞曲之祖，常見李中麓《寶劍記》，序云：『永嘉高明則成初編《琵琶》，時坐高樓中，每夜秉二絳炬於前，詐云神助，以冀其傳。曲成自歌，疊足為節，樓板至有足痕。』而未盡其顛末。」見鄧子勉：《明詞話全編》第四冊，頁 2369。

詞曲，非詩也，非文也，第為之亦有法。如風骨過雅，則鄰於文人詩矣；情致過媒，則淪於諢官語矣；以非其本色也。何元朗謂填詞須用本色語，蓋雅而非雅，俗而非俗，去麗則之執戟，直作浪子風流，鬪紅角綠，遊戲濮上桑間，故趣在情勝態勝，而妙在含情含態，其調在雜方言而用小語以致巧，其色在穠麗妖冶而韻在婉至，而飄灑乃其極則。*112*

　　詹景鳳將「詞曲」自詩、文中區別而出，獨立其格範，而借引何良俊的〈本色論〉來強調「詞曲」的本色風格——簡言之就在於恰如其分地表達情態，不刻意偏向於雅、俗二端；然而，何良俊〈本色論〉原指實為戲曲，原文曰：「《西廂》全帶脂粉，《琵琶》專弄學問，其本色語少。蓋填詞須用本色語，方是作家。」*113*從引用的脈絡來看，詹景鳳所謂詞曲，應與戲曲相關。而《明詞話全編》將此論收列為「詞話」，但若細究其中文理脈絡，便可知此論與所謂記論詩餘之「詞話」無關。詹景鳳又謂：

　　王元美曰：詞須宛轉縣麗，淺至儇俏，挾春月烟花，於閨幨內奏之，一語之豔，令人魂絕；一字之工，令人色飛。乃為貴耳。至於慷慨磊落，縱橫豪爽，抑亦其次。走謂慷慨磊落，縱橫豪爽，自是詩歌趣。若詞曲本色，則或在彼不在此。遡彼源流，蓋陳後主、隋煬帝之濫觴，並是衰世流俗人情，盛時定不尚此。故其音出於宋中葉，而金、元為特盛。則以羌胡俗尚如是，彼原不知有詩歌也。元以馬東籬、鄭德輝、關漢卿、白仁甫為四大家，而德輝稱最富。金、元人呼北戲為雜劇，南戲為戲文，如《西廂記》，雜劇也；《琵琶記》，戲文也。*114*

　　此處詹景鳳先引用王世貞對於「詞」的見解，從其強調宛轉縣麗、字句之工為先，而以慷慨磊落、追求如同詩歌旨趣成就者為其次，可知引述的內

---

112 (明)詹景鳳：《詹氏性理小辨》卷三十八，見鄧子勉：《明詞話全編》第五冊，頁2782。

113 (明)何良俊：《四友齋叢說》卷三十七，見鄧子勉：《明詞話全編》第二冊，頁1012。

114 (明)詹景鳳：《詹氏性理小辨》卷三十八，見鄧子勉：《明詞話全編》第五冊，頁2782。

容實以詩餘為對象，正是宋詞「由伶工之詞一變為士大夫之詞」[115]的風格轉變。而提到「詞曲本色」時，詹景鳳首先稱詞曲「則或在比不在此」，與詞的重心不同，再論詞曲源流或可追溯至南北朝與隋朝之際，真正的定型則在宋代，歷經金、元兩代而興盛；但是又提及這「詞曲」以外族風俗為尚、列舉關馬鄭白元曲四大家為最、並舉雜劇戲文為例等，同時論及詩餘和元曲的源流及變化，可知詹景鳳將「詞」和「曲」視為同一源流發展，到了元代則又有雜劇與戲文的出現。不論詹景鳳對於「詞」「曲」源流發展的正確與否，詹景鳳稱「詞曲」一名是將「詞」與「曲」合而為一、相同源起的文體概念；其次，到了元代以後，「詞曲」則包括了雜劇戲文，與戲曲相涉，擴充了詞曲之名在詩餘、散曲以外的定義範圍。

另外也有稱述「詞曲」時不指宋詞元曲、而是泛稱古樂府詩歌的例子，如顧起元曰「古詞曲」，所稱為南北朝時期收為樂府的各類詩歌創作。[116]因此，對於明人討論「詞」、「曲」、「詞曲」諸名義時，由於時代演進、文學的發展累積，稱謂的歧異與混用即反映詞曲在明代彼此交流相涉下的影響。

四、明代「樂府」名義辨

明人詹景鳳謂「詩餘作於宋而唐詩亡，曲盛於元而詩餘喪。」[117]此種文體發展與遞嬗是明人的觀察結果，而明人認知的詞曲發展全貌，則可從樂府的音樂文學淵源探究。唐詩、宋詞、元曲在各個時代各有畦珍與依歸，其中亦有音樂性因素的內在聯繫；然而到了明代，詞的創作與曲學之間的交流與

---

115 王國維：《人間詞話》，頁 8。

116 (明)顧起元：《客座贅語》卷十，「古詞曲」條曰：「晉南渡後，採入樂府者，多取閭巷歌曲為之，亦若今〈乾荷葉〉、〈打棗干〉之類。如吳聲歌曲，則有〈子夜歌〉、〈子夜四時歌〉、〈大子夜歌〉、……晉、宋皆江左俗間所歌。梁橫吹曲，則似閒取北土所詠，傲其音節，衍而成之。然其辭總皆兒女閨房、淫放哀思之語。」見鄧子勉：《明詞話全編》第四冊，頁 2412。

117 (明)詹景鳳：《詹氏性理小辨》卷三十八，又稱：「概自新情繚態之局，文家體始多變，變而詞曲，變斯極矣。嗟夫！詩文之設，古以持志而載道也，後世變體乃爾，是以詞壇同戲局，親畫粉墨而不自知也。」見鄧子勉：《明詞話全編》第五冊，頁 2783。

流變，使得詞、曲二體在明代產生相近而又相傾的發展，使得明人在詞與曲的文體定義上產生彼此影響甚至相涉的現象，亦因此學者曾就此提出受到明代曲體文學影響的明詞創作是「僅似南曲，間為北曲」、「率意而作，法律蕩然」甚至「詞曲不分」的批評。[118]

　　明人詞話、曲話論及「詞」「曲」之敘述，整理歸納為明人對於詞、曲是否等同而論，抑或實際有所區別的論述，提出明人在文體理論上對於詞、曲合別同異的現象，討論明代「詞曲不分」的現象是否允確，以及明人如何看待當時的詞曲關係。而在逐步析論明代詞、曲名義與認定的問題之際，尚有另一音樂文體的觀念「樂府」，與詞和曲的發展息息相關，更是理出詞曲淵源的重要面向。

　　「樂府」一詞，本指漢武帝設置掌管音樂、編製樂曲並且訓練樂工之官署，而後但凡合樂之聲詩俱可稱為樂府，詞、散曲皆曾以樂府稱呼[119]。明人嘗謂「詞曲為古樂府之變」[120]、「夫詩餘者，古樂府之流別，而後世歌曲之濫觴也」[121]，由於韻文詞章與音樂按合的關係，樂府與詞曲的發展淵源密切相關；而明人討論詞、曲時，亦常提及樂府及其關聯。在分析明人對於詞、曲的眾多見解，或是從淵源上溯論其同異時，首先必須瞭解樂府在明代的定義。

(一)合樂之韻文，包括詞曲

　　不論絕句律詩或長短句，只要合樂可歌之韻文，均稱「樂府」。例如王世

---

118 劉子庚：〈論明人詞之不振〉，曰：「蓋自樂府盛而詩衰，詞盛而樂府衰，北曲盛而詞衰，南曲盛而北曲亦衰，董氏西廂，出於金末，元人雜劇，此其先聲，王四琵琶，創為南曲，沈和合套，亦起於同時，故明人小詞，其工者僅似南曲，間為北曲，已不足觀，引近慢詞，率意而作，繪圖製譜，自誤誤人，自度各腔，去古愈遠，宋賢三昧，法律蕩然，第曰詞曲不分，其為禍猶未烈也，根本之地，彼烏知之哉！」見《詞史》（臺北：臺灣學生書局，1973 年 9 月），頁 135-136。

119 例如：宋詞集《東坡樂府》，散曲之稱有朱有燉之《誠齋樂府》等。(明)王驥德《曲律‧論套數第二十四》則稱：「套數之曲，元人謂之『樂府』，與古之辭賦、今之時義，同一機軸。」見《中國古典戲曲論著集成》第四冊，頁 132。

120 (明)吳訥：《文章辨體‧凡例》，見鄧子勉：《明詞話全編》第一冊，頁 98。

121 (明)何良俊：《草堂詩餘‧序》，見鄧子勉：《明詞話全編》第二冊，頁 1016。

貞稱述梁辰魚追溯古樂、定其「返古」之功時，即論及樂府一名：

> 梁伯龍〈古樂府序〉：凡有韻之言可以諧管絃者，皆樂府也。風雅熄而
> 鐃歌鼓吹興，其聽者猶恐臥，而燕、魏、齊、梁之調作；絲不盡諧肉，
> 而絕句所由宣；絕句之宛轉不能長，而《花間》、《草堂》之峭蒨著；
> 《花間》、《草堂》不入耳，而北聲勁；北聲不駐耳，而南音出。*122*

　　梁辰魚曾在論述韻文學發展過程時稱「只要是可以按合樂器的韻文，皆
是樂府」，定義相當廣泛，而王世貞自己又提到古樂、民歌、絕句、詩餘、南
北曲的衍進，可知王世貞實承續梁辰魚之論、將所有「合樂之韻文」與「樂
府」相提並論，而泛指詩詞曲等等。梁辰魚、王世貞都是諳通曲樂的傳奇作
者，從音樂淵源的角度定下「樂府」的廣泛定義，是著重於韻文學的音樂內
在關聯，更視為同一淵源之發續。其他如茹天成亦曰：「上追三代，下逮六朝，
凡歌詞可以被之管絃者，通謂之樂府。至唐人作長短句詞，乃古樂府之濫觴
也。」*123*大抵與梁、王之說相通。

(二)上古至唐的合樂詩歌

　　相較於前述的廣泛定義，明人對於樂府其實有更多的歧義，例如胡震亨
論及詩的淵源曰：

> 詩自風雅頌以降，一變有《離騷》，再變為西漢五言詩，三變有歌行
> 雜體，四變為唐之律詩。詩至唐，體大備矣。……而諸詩內又有詩與
> 樂府之別，樂府內又有往題、新題之別。往題者，漢、魏以下，陳、
> 隋以上樂府古題，唐人所擬作也。新題者，古樂府所無，唐人新製為
> 樂府題也。其題或名歌、亦或名行。……凡此多屬之樂府，然非必盡
> 譜之於樂譜之樂者。自有大樂郊廟之樂章，梨園教坊所歌之絕句，所
> 變之長短填詞，以及琴操、琵琶、箏笛、胡笳、拍彈等曲，其體不一，

---

122 (明)王世貞：《弇州山人續稿》卷四十二，見鄧子勉：《明詞話全編》第三冊，頁
　　 1467-1468。

123 (明)茹天成：《重刻絕妙詞選引》，見鄧子勉：《明詞話全編》第四冊，頁 2527。

　　而民間之歌謠又不在其數，唐詩體名，庶盡乎此矣。*124*

　　胡震亨從詩的文字創作本位提論，認為詩與音樂關聯性強的樂府——上古樂府以及擬作的唐代新樂府等篇實有明確分別。蓋胡震亨認為詩、詞、曲皆與古樂府有淵源，但是詩與古樂府的關聯又更緊密些，主要在六朝以前入樂可歌、以「歌」「行」為名的詩篇方為樂府，爾後擬作篇章、不再入樂、無論沿用樂府題名與否者皆為詩；*125*至於詩餘自唐代倚聲填詞之後即與樂府分流。*126*

　　簡而言之，此論將樂府和詩、詞、曲在音樂上作明確的區別，所指當是最晚起自漢代、下逮六朝以前的樂府詩，而不同於唐代擬作新樂府和詞。此說從詩的文字與音樂的性質而發，同時也涉及明人對於樂府、詞曲的發展觀念。其他與胡震亨相同理念者，如汪惟穌稱：「詩亡而有樂府，樂府闕而有詩餘，詩餘廢而為歌曲」*127*，何良俊曰：「總而覈之，則詩亡而後有樂府，樂府闕而後有詩餘，詩餘廢而後有歌曲，大抵創自盛朝，廢於叔世。」又謂「樂府以皦勁揚厲為工，詩餘以婉麗流暢為美」，*128*即將詩、詩餘、曲和樂府在文學的發展中明確分列而立。

(三)專指宋詞、詩餘

　　「詞者，樂府之變也」*129*是早在議論詞的起源以前即已提出的見解，與前

---

124 (明)胡震亨：《唐音癸籤》卷一，見鄧子勉：《明詞話全編》第四冊，頁 2595。

125 (明)胡震亨：《唐音癸籤》卷十五，謂：「唐人樂府不盡譜樂：古人詩即是樂，其後詩自詩，樂府自樂府，又其後樂府是詩，樂曲方是樂府。詩即是樂，三百篇是也；詩自詩，樂府自樂府，謂如漢人詩。同一五言，而『行行重行行』為詩、『青青河邊草』則為樂府者是也。樂府是詩，樂曲方是樂府者，如六朝而後諸家擬作樂府〈鐃歌〉、〈朱鷺〉、〈艾如張〉、〈橫吹〉、〈隴頭〉、〈出塞〉等，只是詩，而吳聲〈子夜歌〉等曲方入樂，方為樂府者是也。」見鄧子勉：《明詞話全編》第四冊，頁 2621。

126 (明)胡震亨：《唐音癸籤》卷十四，引《困學紀聞》曰：「古樂府者，詩之旁行也。詞曲者，古樂府之末造也。倚聲製詞，起於唐之李世。」見鄧子勉：《明詞話全編》第四冊，頁 2618。

127 (明)汪惟穌：《詞府全集‧後跋》，見鄧子勉：《明詞話全編》第四冊，頁 2344。

128 (明)何良俊：《草堂詩餘‧序》，見鄧子勉：《明詞話全編》第二冊，頁 1016-1017。

129 (明)王世貞：《弇州山人四部稿》卷一百五十二，見鄧子勉：《明詞話全編》第三冊，

述明人注意到「宋詞本可歌」的性質相呼應，而且既以「樂府」稱之，即強調為「可歌之詩餘」。例如陳霆引用馬端臨語曰：「夫後之詞人墨客跌蕩於禮法之外，如秦少游、晏叔原輩，作為樂府，備狹邪妖冶之趣，其詞采非不艷麗可喜也」，[130]以宋代詞人秦觀、晏幾道的作品以樂府稱，即是特別強調宋詞的「樂」的成分。王文祿、曹學佺、彭大翼、蔣一葵俱以「樂府」稱呼宋人詞作，皆是其證[131]。其中彭大翼稱：

> 樂章，即樂府之本。樂歌，即樂之流。自成周制為頌聲三十一篇，厥後鄭康成箋，其每篇皆為樂歌，故知成周之樂章，即後世之樂歌也。至漢世則有樂府，如武帝〈郊祀〉等歌，班固〈明堂〉等詩，猶可以質鬼神而告宗廟也。晉、宋之際，又有所謂古樂府之章，如釋子蘭、釋貫休等作，雖托物以寓興，而其辭終入於鄙俚，又與漢人之樂府異矣。孰知再變而為隋、唐、五代之樂歌乎？當唐之世，如賀知章、白

頁 1456。而何良俊亦於前引《草堂詩餘序》中謂：「詩餘者，古樂府之流別，而後世歌曲之濫觴也。」指出詩餘本身與音樂的關連。

130　(明)陳霆：〈辯詩序不可費‧辯朱〉，《稗編》卷十，見鄧子勉：《明詞話全編》第二冊，頁 1036。

131　(明)王文祿：《詩的》，謂：「楚屈原變騷，宋玉變賦，漢變樂府，如《濁漉》題不可解。唐李白、白居易變今樂府，如憶秦娥、長相思，宋、元增新題，如滿江紅之類。又變為曲，艷麗綺靡，詩餘極矣。今則不能變焉，不過述之而已。」鄧子勉：《明詞話全編》第三冊，頁 1986。(明)曹學佺：《蜀中廣記》卷一百引《丹鉛錄》，曰：「花蕊夫人宮詞之外，尤工樂府。」鄧子勉：《明詞話全編》第五冊，頁 2830。又，(明)彭大翼：《山堂肆考‧角集》卷十五，「尤喜樂府」條謂：「李次山《義倡傳》：義倡者，長沙人，家世娼籍，善謳，尤喜秦少游樂府。」鄧子勉：《明詞話全編》第五冊，頁 3215；又，(明)彭大翼：《山堂肆考‧角集》卷四十二，記晏幾道：「(晏殊)子叔原，號小山，有樂府行於世，山谷(黃庭堅)為序。」鄧子勉：《明詞話全編》第五冊，頁 3221。又，(明)蔣一葵：《堯山堂外紀》卷四十四，稱柳永的新詞作為「新樂府」：「柳耆卿遊東都南北二巷，所作新樂府天下詠之」鄧子勉：《明詞話全編》第六冊，頁 3552；又，《堯山堂外紀》卷四十六，提及張先「張子野以樂府馳名」，見鄧子勉：《明詞話全編》第六冊，頁 3554 等語。以上曹、彭、蔣所提，皆是宋代詞家名，而用樂府稱呼其諸作。

樂天之所述，猶足以發越性情而時寓譏諷也，豈知樂歌又變為宋朝之長短句乎？世卒謂之詞曲，即樂府之異名也。然今世所謂詞曲，即唐人之樂歌，則又愈降而愈下矣。自詞曲之變，又轉而為巷陌市井之歌，則又樂府之不足道云。[132]

此處指述古代樂章、樂歌，皆為樂府之屬也，而有漢樂府、古樂府等分類，所以彭大翼事實上也將樂府視為廣義的合樂之韻文，而用「樂府」來稱呼宋詞；但值得一提的是此論將明朝的「今世詞曲」和「樂府之異名」、「唐人之樂歌」一併納入討論，而認為明代詞曲是更趨近於巷陌市井的俗化曲樂，可知彭大翼認為明代詞曲為俗、唐詩宋詞為相對上的雅，此種雅俗之別即是文體流變的重要變因之一。

（四）專指散曲

元人已將「樂府」用來指稱散曲小令，[133]到了明代，郎瑛所稱「樂府」即是作為曲的指稱；[134]而樂府在明代用來指稱散曲之例，應出於明寧王朱權

---

132 (明)彭大翼：《山堂肆考‧徵集》卷十六，鄧子勉：《明詞話全編》第六冊，頁 3224-3225。

133 (元)楊維楨：《東維子集‧周月湖〈今樂府序〉》云：「士大夫以今樂府成鳴者，奇巧莫如關漢卿、庾吉甫、楊淡齋、盧疏齋，豪爽則有如馮海粟、滕王霄，醞藉則有如貫酸齋、馬昂父。其體裁各異，而宮商相宣，皆可被於絃竹者也。」見俞為民、孫蓉蓉編：《歷代曲話彙編：新編中國古典戲曲論著集成‧唐宋元編》（合肥：黃山書社，2006 年 1 月），頁 412。又，(元)陶宗儀：《輟耕錄‧作今樂府法》，引述元人喬吉作散曲之法曰：「喬孟符，博學多能，以樂府稱。嘗云：『作樂府亦有法。曰：「鳳頭、豬肚、豹尾」六字是也。大概起要美麗，中要浩蕩，結要響亮。尤貴在首尾貫穿，意思清新，苟能若是，斯可以言樂府矣。』」見《叢書集成初編》218 冊，頁 131。又(明)陳所聞：《新鐫古今大雅北宮詞紀》，引述趙子昂語曰：「成文章曰樂府，有尾聲曰套數，時行小令喚葉兒，如無文飾者謂之俚歌，套數當有樂府氣味，樂府不可似套數，街市小令唱尖倩意。」鄧子勉：《明詞話全編》第三冊，頁 1963。以上三者於元代所稱「樂府」、「今樂府」，均指散曲也。

134 (明)郎瑛：《七修類藁》卷二十六稱「宋之南詞、元之北樂府」，鄧子勉：《明詞話全編》第一冊，頁 607；又於該書卷三十八「樂府」條曰：「予不知音律，故詞亦不善。每見古人所作，有同名而異調者，有異名而同辭者，又有名同而句字可以增損者，莫知謂何也？後見元人周德清有《作詞起例》一書，然後知當同當異者自有數調，句字

《太和正音譜》上卷列示樂府十五體而來，而且與雜劇十二科分立，可知樂府並非指敷演故事之劇曲，而是純涉音樂文章之散曲。135如前述李開先《醉鄉小稿序》中稱散曲小令為「葉兒樂府」即是。

其中藍田為胡纘宗的樂府題序時，即提到「樂府」：

> 余嘗文諸先生長者言，今之太常所用樂沿有元，有元襲宋之東都，蓋崇寧樂府之遺瘲。今之樂府，非古之樂府也。今之樂府分為南北，北曲皆胡部也，南曲皆俗部也。……余曰不然，北曲自蒙古女真入我中原始有之，南曲則五代宋世所遺慢詞是也。南則流於哀怨，北則極其暴厲，皆非古之樂府之音也。136

藍田明確提及當時的南北曲亦稱為樂府，北曲傳自北方胡樂，而南曲則由中原的民間音樂、乃至於宋代慢詞傳續而來，因此主要指稱明代的曲樂而言。其他如李春熙稱王磐散曲〈清江引〉(閨中八詠)一作為樂府137，王寅和楊慎分俱稱自己的散曲集為「樂府」138等皆是如此。

可以增損者亦有數調。惜此書已少，又雜記於眾詞名中，一時檢閱亦難也。今特錄出，以便觀覽，庶使知予者可考焉。」見鄧子勉：《明詞話全編》第一冊，頁 624-625。從文中所述的「不知音律」、「同名異調」、「字句增損」，以及周德清《作詞起例》諸語，可知樂府為曲體文詞也。

135 任訥(任中敏)：《散曲概論》卷二曰：「十二科乃雜劇內容之分類，無涉於散曲。至於十五體，則含意未純，有涉文章之派別者、有涉文字之內容者。樂府一名，義本兼包散曲劇曲兩種，茲既謂樂府十五體，而不曰雜劇十五體，可見其所涉及文章派別者，當然不專指劇曲而言也。」見《散曲叢刊》第四冊，頁 18。

136 (明)藍田：《藍侍御集》卷八，〈題胡可泉樂府〉，見鄧子勉：《明詞話全編》第一冊，頁 502-503。

137 (明)李春熙：《道聽錄》卷一：「王西樓(王磐)者，高郵千戶侯也。著有樂府題睡鞋云：『新紅軟鞋三寸，正不落地能乾淨。燈前換晚妝，被裡勾春興。　幾番間、把醉人兒蹬踢醒。』」見鄧子勉：《明詞話全編》第四冊，頁 2368。

138 (明)王寅：《王十嶽樂府小序》，鄧子勉：《明詞話全編》第五冊，頁 3257；　(明)蔣一葵：《堯山堂外紀》卷九十五，曰：「楊用修(楊慎)才情蓋世，所著有《洞天玄記》、《陶情樂府》、《續陶情樂府》，流膾人口，而頗不為當家所許。」鄧子勉：《明詞話全編》第五冊，頁 3659。

　　而樂府專指戲曲的情形，在永樂大典戲文三種之《小孫屠》中已有此例：「想像梨園格範，編撰出樂府新聲。」[139]其中的「樂府」乃專指梨園場上之曲，亦即戲曲。然而此種稱呼在明代較為少見，其他如徐復祚嘗謂張鳳翼的傳奇劇作為樂府；[140]而何良俊《四友齋叢說》中也嘗稱元雜劇為「元人樂府」也，[141]但是何良俊又於《草堂詩餘序》中提出在詩亡之後、詩餘之前的樂府，而曰「樂府以皦勁揚厲為工，詩餘以婉麗流暢為美」，可知何良俊在樂府與詞、曲的並論上，意義實未完全梳理貫通，亦反映何良俊對於詞、曲實持兩者相近相通的廣泛定義。

(五)詞曲的混稱，而特指詩餘、散曲戲曲

　　而在明代的樂府名稱，由於音樂性、詞和曲的相稱並稱，有時樂府亦作為詞、曲的同稱或混稱。與前述第(一)點「合樂之韻文，包括詞曲」定義不同之處，在於此項分類是特別指稱詩餘、散曲戲曲的「詞」「曲」，但不包括詩歌、樂章。

　　李維楨指出，宋元以下即用樂府來稱呼詩餘詞曲：

　　　古詩皆樂也，古樂皆詩也，離詩而稱樂府，自漢始，至唐而詩諸體分，樂府居一焉。至宋、元以詩餘詞曲為樂府，而詩亡矣。[142]

139　古杭書會編撰：《小孫屠》，第一出開場詞〈滿庭芳〉，見錢南揚校注：《永樂大典戲文三種校注》（臺北：華正書局，1985 年 3 月），頁 257。

140　(明)徐復祚：《花當閣叢談》卷四，曰：「伯起有《處實堂集》，著述甚富，詩宗老杜、王摩詰，然不求甚似。晚喜為樂府新聲，天下之愛伯起新聲甚於古文辭，樂府有《陽春堂六傳》(按：《紅拂記》、《祝髮記》、《竊符記》、《灌園記》、《㑇㜑記》、《虎符記》)，而世所最行者，則唐《李藥師》、《紅拂記》也。」鄧子勉：《明詞話全編》第四冊，頁 2350。

141　(明)何良俊：《四友齋叢說》卷三十七，曰：「元人樂府稱馬東籬、鄭德輝、關漢卿、白仁甫為四大家，馬之辭老健而乏滋媚，關之辭激厲而少蘊藉，白頗簡淡，所欠者俊語，當以鄭為第一。鄭德輝雜劇，《太和正音譜》所載總十八本，然入絃索者，惟《㑇梅香》、《倩女離魂》、《王粲登樓》三本。今教坊所唱率多時曲，此等雜劇古詞皆不傳習。」鄧子勉：《明詞話全編》第二冊，頁 1012。

142　(明)李維楨：〈游太初(按：游樸)樂府序〉，《大泌山房集》卷二十，鄧子勉：《明詞話

　　李維楨認為漢代至唐代以前的古詩皆可合樂，而針對其音樂性質來稱呼樂府，至唐代又另立樂府一體；到了宋、元時代，便開始將同樣具備音樂性質的詩餘、詞曲稱作樂府。但李維楨此處特別指稱於詩餘、詞曲，而且詞曲一名尚包含散曲戲曲；另外，以「樂府」特指「詞曲」者，尚有熊明遇所言「元人詞曲」為「樂府」之例，而其中的詞曲依熊明遇所敘，當指民間流行的散曲戲曲諸作。[143]

　　尚有其他以「樂府」作為詞、曲作品的共同指稱，例如：梅鼎祚稱梁園秀的詞調、曲調諸作為「樂府」；[144]袁宏道將宋人詩餘、金元諸宮調與雜劇等一併逕稱樂府；[145]無瑕道人以樂府指稱宋元南戲與傳奇作品，但是實際指涉更為廣泛：

> 風雅而下，一變為排律，再變為樂府、為彈詞，若元人之《會真》、《琵琶》、《幽閨》、《繡襦》，非樂府中所稱膾炙人口？然亦不過摭拾二書(案：《草堂詩餘》、《花間集》)之緒餘云爾，烏足羨哉！烏足羨哉！[146]

　　此語敘論在風雅詩樂、絕句律詩以下而為樂府彈詞之變，而宋元明時期所流行的南戲、傳奇劇本諸作，亦視為樂府中的佳作；但是這樣的樂府亦承續、取源自民間流行的詩餘選集而來，可知無瑕道人的「樂府」是一個自絕

　　全編》第三冊，頁 2023。

143 (明)熊明遇：〈言意草敘〉，《文直行書文》卷六，見鄧子勉：《明詞話全編》第五冊，頁 3310。

144 (明)梅鼎祚：《青泥蓮花記》卷十二，「梁園秀」條謂：「所製樂府如〈小梁州〉、〈青歌兒〉、〈紅衫兒〉、〈扺掌兒〉、〈寨兒令〉等，世所共唱之。」其中包含了詞牌與曲牌，見鄧子勉：《明詞話全編》第四冊，頁 2078。

145 (明)袁宏道：《袁中郎觴政》，「十之掌故」條曰：「詩餘則柳舍人、辛稼軒等樂府。樂府則董解元、王寔甫、馬東籬、高則誠等。傳奇則《水滸傳》、《金瓶梅》等為逸典。」見鄧子勉：《明詞話全編》第四冊，頁 2537。

146 (明)湯顯祖評：《花間集》，內閣文庫藏明刊朱墨套印本湯顯祖評，見鄧子勉：《明詞話全編》第四冊，頁 2127。

句律詩之後便不斷承衍而相續的文體，此文體囊括詩餘、戲曲。

　　是故，詩、詞、曲乃至於其他的民間娛樂文本發展至明代，於時所稱「樂府」，一來反映，包含所謂詩餘、散曲戲曲的各種音樂性文體在明代同樣受到關注與發展，二來也顯示明代對於詞和曲的觀念、定義有所相通，分野並不那麼明確，從「樂府」一名而論，像何良俊、袁宏道當時言據一方的明代文人在論及「樂府」時，不僅視音樂性為各種韻文學之間的相繫關聯，詞、曲亦因其關聯而成為相承相續，甚至相通、相近的發展，而可知明代視詞曲兩者密切不分的脈絡關係之一。

(六)詞曲同源，一脈衍變

　　樂府的名義在明代有諸多歧義，正反映了明人對於歷代韻文體、尤其在音樂文學的關注，其中亦包含明人對於詞與曲的見解。在以音樂性為串聯的樂府一名之中，即可發現明人視詞、曲本為同出，而且相近相似的淵源。誠如何梧齋所說「今世詞曲與古樂同」[147]，由於音樂性的同源發展，因此詞、曲在形式上相近，強調的是音樂淵源上的「同」。又如朱權曰：「詞不足以盡其意，變而為曲，名曰樂府。大概法度與詩法同」，此語雖不盡然正確，卻凸顯詞曲共同的淵源發展之關係，將散曲稱為樂府、又是詞的再發展，甚至與詩的語言文字規律相通。[148]

　　唐順之謂：「古之詩，今之詞曲也，若不能歌之，但能誦其文而說其義，可乎？」[149]從古樂的淵源論及詩、詞曲因為音樂性而可相通，甚至從詩本義進一步言：詩詞曲既是同源，在長短句的形式上亦是相通，若以襯字加附於

---

[147] 見(明)陸深：〈與康德涵修撰論樂〉，《儼山外集》卷九十一，見鄧子勉：《明詞話全編》第一冊，頁487-488。

[148] (明)朱權：《西江詩法・作樂府法》，謂：「嘗謂詩不足以盡其意，變而為詞，名曰詩餘。詞不足以盡其意，變而為曲，名曰樂府。大概法度與詩法同，觀賦體則知作套數之法矣，觀歌行則知小令之法矣。」見鄧子勉：《明詞話全編》第一冊，頁138。

[149] (明)唐順之：〈樂府總序・論後世聲詩不傳〉，《稗編》卷三十七，鄧子勉：《明詞話全編》第二冊，頁1039。

五言詩上，即是由詩發展至詞曲的過程例證。*150*唐順之的這一見解，基本上即是以古樂同源發展的角度而推論詩、詞、曲相近相通。

　　但也有部分明代作家認為，儘管音樂同源而出，但是詞和曲仍應有所區別，更擁有不同的特色。例如劉鳳從詞、曲可歌的本質追溯，認為兩者在音樂性質上為同出，而可從曲樂嘗試推求原來的詞樂：

> 樂府古詩，其漢以來樂乎？被之聲，當必近之。而今亦不可作，降則為詞，為曲，雖愈下，**趄**走然皆樂之遺乎？是由可沿之求律呂也。詞自唐始，元其變也。曲始金大定間，亦至元而變，又分而南北，迄於今。然金之曲，今已不能歌矣。北人不能歌南，南人不能歌北，則雖強之，終亦不可矣，則知師乙所言宜歌商、宜歌齊者，固然哉！　風之趣不可返，猶南北之異音不可通也。則古樂，豈所望哉？然詞今亦不能歌，惟曲用焉。則因所習以求聲律不易耶？則因所習以求聲律不易耶？第所謂九宮十七調，惜知者益寡，似通於音，惜不使之典樂，一求胡明仲(按：胡寅)之遺。逮近者為曲，悵悵乎不能引商流徵，所謂俚工也。*151*

　　劉鳳先從漢代樂府古詩引論，詞、曲乃至於樂府在音樂上實可追溯為同

---

150 (明)唐順之：〈古度曲之源〉，《稗編》卷三十七，曰：「古之詩，今之詞曲也，若不能歌其詩，但能說其義，非詩之本義也。……獨大樂署所掌十七宮調，以不隸太常，故樂官得以世守之而不敢易，但撰辭長短不齊，各限以平仄，為一定之制。學士大夫有作，亦必循其制為之，謂之新樂府。嘗以古辭求之，晉稽康有《風入松》之曲，唐僧皎然擬之為五言詩，今大樂雙調有《風入松》，乃首句七言，末句六言，與皎然之作全不相似，豈此調可五言，亦可七言乎？李賀《申胡子觱篥歌》亦五言，當時工師尚能於席間裁為平調奏之，今人不能也。意者凡曲皆古詩，樂家以其起調畢曲之字偶用一調譜之，遂加襯字為曲，非先定其律而後撰其辭以輳合之，亦非謂此曲必入某調而不可易也。故中呂、雙調皆有《醉春風》，越調、中呂皆有《鬭鵪鶉》，正宮、仙呂皆有《端正好》，若是者不必徧舉，可見凡曲無一定之調，但一詩，而十七宮調皆可更迭奏之矣。」鄧子勉：《明詞話全編》第二冊，頁 1040-1041。

151 (明)劉鳳：〈詞選序〉，《劉子威集》卷三十七，鄧子勉：《明詞話全編》第三冊，頁 1832-1833。

源，然而在元代時詞、曲皆發生變化，尤其曲更分為南北二體，在音樂律呂上因為時代變遷、詞樂又因流失而不能歌，導致追溯上的困難；儘管如此，仍不減詞和曲在音樂上同源的事實。但是論及樂府與詞在歸屬上的分判，劉鳳便認為有分別的必要：

> 夫詞發於情，然律之風雅，則罪也。以綢繆婉變、懷思綿邈、醞藉風流、感結淒怨、艷冶宕逸為工，雖有以激梟撟健、雄舉典雅為者，不皆然也。元人概名之樂府，非也。樂府，雅也，古也；詞，鄭也，今也，何得同？152

劉鳳在《詞選》序文中提出詞和元人所概稱的樂府不當混為一談，因為元人樂府囊括詞、曲二體，尤其可能偏指散曲，和詞在風格上明顯有別；而劉鳳所謂的「樂府」為古雅之樂，與明代時行的「詞」為民間流行音樂，不能等同而論。實際上，這亦是劉鳳對於樂府名義中的詞、曲分判的區別，即便詞曲兩者在音樂追溯為同源，但是亦需承認文體流變的影響，詞不得在樂府的脈絡上以概稱和曲相混。劉鳳此論的出發點與彭大翼相同，同樣以前代的樂府為雅、明代當世之詞曲為俗。

胡應麟亦對詞曲有別諸家的時代文體演變發論，論及樂府的相關範疇，胡應麟則反映了詞、曲在樂府名義下同源而出的現象：

> 宋人之詞，元人之曲，製作紛紛，皆曰樂府，不知古樂府其亡久矣。153

> 樂府之體，古今凡三變：漢、魏古詞，一變也；唐人絕句，一變也；宋、元詞曲，一變也。154

前引宋元詞曲皆稱樂府、後引樂府三變而將宋元詞曲合為一變，即從詞曲皆可歌、皆為長短句的體製內涵反映明代詞曲相近的特質。

---

152 （明）劉鳳：〈詞選序〉，《劉子威集》卷三十七，鄧子勉：《明詞話全編》第三冊，頁 1833。
153 （明）胡應麟：《詩藪・內編》卷一，鄧子勉：《明詞話全編》第四冊，頁 2165。
154 （明）胡應麟：《詩藪・內編》卷一，鄧子勉：《明詞話全編》第四冊，頁 2166。

王圻則提出：

> 詞者，樂府之變也。而曲者，又詞體之餘也。詞俗於詩，曲尤俗於詞，
> 然愈俗則愈雅。詞雅於調，曲尤雅於韻，然愈雅則愈遠。……外殊無
> 聞者，豈以詞能損詩格耶？今觀工詩者，詩便似詞；工曲者，詩便似
> 曲。此兩家語，信不宜多作，求其超然三昧，卓爾大雅，繼李供奉者，
> 獨一坡仙而已。*155*

　　詞與曲均是由樂府變化而來，並且吸收民間文學的俗成分而促成變化，
是謂「詞俗於詩，曲尤俗於詞」也，由於後世文人、文學家的投入，發揮詞
曲二體「詞雅於調」、「曲尤雅於韻」的特色，是以「愈俗則愈雅」，但是文人
投注創作與改變後，反而在變化的過程中「愈雅則愈遠」，遠離了原先吸收自
民間的本質特色，而且詞、曲對於體創作的影響也明顯不同。是以在王圻的
角度來看，詞和曲不僅是同一淵源上的代變結果，更有不同的本質，對於詩
體創作的影響也可以區分何者似詞、何者似曲，所以詞曲雖然同樣是樂府的
變化，卻因風格、雅俗內涵而有別。

　　同樣將詩餘、南北曲共同歸入樂府發展脈絡中的明代文人，尚有萬曆年
間為楊慎發論的周懋宗，其謂：

> 樂府者，三百篇之變也。漢興，唐山夫人、李協律、馬卿、枚叔為最
> 勝，然皆用之於郊廟，蓋猶有姬公考父之遺風焉。至東京當塗之世，
> 逐臣怨子、騷人悲士，如〈董逃〉、〈上留〉諸篇，一彈三嘆，則多
> 慨慷激楚之音矣。靡極於六代，而李唐振之，然自李、杜之外，止能
> 工五七言，而樂府則衰。青蓮《草堂集》復載詩餘，有《菩薩蠻》、
> 《憶秦娥》，則又樂府之變焉。長短成調，參差和律，如唐季《花間
> 集》所錄，則皆《草堂》之濫觴也。……及北風日競，關、白、馬、
> 鄭變詞為曲，而瞿宗吉、聶大年尚存餼羊，然佳者亦不數得也。國朝

人文方盛，錦窠老人、康對山(康海)、王渼陂(王九思)輩皆操北音，
祝希哲(祝允明)、唐子畏(唐寅)皆操南音，歌曲騰而詞學則莠廢矣。
升庵先生慨然思起而存之，於是上迄六朝、下迨國初，搜剔剪裁，穿
引包籠，撮述編綴，為《辭品》四卷，稗官正史所未見之人，《花間》、
《草堂》所未載之筆，莫不粲然畢備，使讀者知詞學焉。*156*

　　此論以詞之發展為主體而總述樂府之源流，從詩經、漢代郊廟音樂直至
唐代詩歌，而唐代詞體律一出，即成樂府之一變；到了元代，「北風日競」、
以北音創作的關漢卿、白樸等作家「變詞為曲」，但是一直到明代的詞曲諸家，
所謂皆操北音的康海、王九思，以及按南曲創作的祝允明、唐寅等人，周懋
宗皆視其為「詞學莠廢」的表現，也反映周懋宗以雅俗來區分唐宋詞和明代
曲樂的觀念。

　　若將詞、曲歸入以合樂為創作宗旨的樂府脈絡之中，由於形式同為長短
句、又可歌唱，時序上又緊隨接續代變，在原來宋代詞樂已有失的背景下，
詞、曲自然而然地會互相靠攏，互相傾涉。這是明代在經歷詞、曲發展的特
殊時代條件，同時也是明代作家較為普遍接受的共識。但是在互相傾涉之餘，
又可見出許多詞曲作家將前朝的唐宋詞樂視為雅、明代當世的南北曲樂為俗
的表現，並且擁有相同的音樂淵源；但同時部分明代作家也意識到詞、曲之
間應有所分別，在眾說紛紜之中，明代的詞和曲實際上是什麼樣的面貌？究
竟有何具體的辨別及其必要？這是本書所欲瞭解的另一個要題。

第三節　明代「詞」、「曲」異同辨

一、明人論詞、曲之流變

　　從文學流變的角度而視，詞、曲為既一個文體代變遞嬗的發展過程，曲
由詞變化而來，而在變化之後，詞、曲的本質、風格和應用便也不同。例如

---

156 (明)楊慎：《詞品‧序》，鄧子勉：《明詞話全編》第五冊，頁3325。

李蓘認為：

> 錦篆老人序詞曲南北之源，蓋其身有之者，曰：……後遂全革古體，
> 專以律呂音調格定聲句之長短緩急，故唐末宋初以來，歌曲則全用詞
> 體，今世呼為南曲是也。自金、元以胡俗行乎中國，董解元、關漢卿
> 輩體南曲而更以北腔，中原盛行之，今呼為北曲者是也。因分而為二，
> 南人歌南曲，北人唱北曲。*157*

此論認為明代的南曲源於唐宋詞樂，而北曲如董西廂諸宮調、元代散曲
雜劇等則出於北方胡樂，指出南曲與詞之間的密切關係；該文主述南北曲之
分，並且強調「唐末宋初以來，歌曲則全用詞體」與明代南曲的淵源，而其
中稱董解元、關漢卿改南曲為北腔，即是明代所稱之北曲，也從此分為南
曲、北曲二途。對於詞與南曲、北曲的關聯，同樣在《花草粹編》裡卻有截
然不同的看法：

> 花草粹編敘：……蓋自詩變而為詩餘，又曰雅調，又曰填詞，又變而
> 為金元之北曲矣。當其變詞也，彼唐末宋初諸公竭其聰明智巧，抵於
> 精美。……北曲起，而詩餘漸不逮前，其在於今則益泯泯也。*158*

此論則認為詩變為詞之後，即變為金元時期之北曲，也由於北曲承自詩
餘而來，是以北曲盛起後，同源前出的詩餘便因代變而消弭，並未提及前述
南曲與詞的承續關聯。王驥德也曾提出北曲由詞更變而來的說法，而且經過
南方音樂的改易，又變為「婉麗嫵媚」的南曲，同時在南曲盛起之後，北曲
也漸漸衰廢不傳。*159*

---

157 (明)李蓘：《黃谷瑣談》卷三，鄧子勉：《明詞話全編》第三冊，頁 1862-1863。
158 (明)李蓘：《花草粹編・序》，鄧子勉：《明詞話全編》第三冊，頁 1864。
159 (明)王驥德《曲律・論曲源第一》謂：「曲，樂之支也。……樂府之名昉於西漢，其屬
　　有鼓吹、橫吹、相和、清商、雜調諸曲。六代沿其聲調，稍加藻艷，於今曲略近。入
　　唐而以絕句為曲，如《清平》、《鬱輪》、《涼州》、《水調》之類，然不盡其變，而於是
　　始創為《憶秦娥》、《菩薩蠻》等曲，蓋太白、飛卿實其作俑。入宋而詞始大振，署曰

認為北曲自詩餘而來的論者，大多著眼於諸宮調之中有許多來自詩餘的牌調名160，乃至於北曲當中也和詞牌有同名同調的曲牌，為「體南曲而更以北腔」的沿續，成為王驥德所言「詩餘漸更為北詞，又變而為南曲」的過程，而在這代變的過程中，王驥德也曾強調「詞之與曲，寔分兩途」，唐宋詞與發展到明代止的南北曲兩者在本質、應用上已經截然不同，斷不可視為同一。

萬曆年間的顧梧芳亦曾提出由近體詩以下而成詩餘、而詩餘受到曲的影響，並且在論述中將詞曲的應用作一明確的區分：

> 今觀古樂府質壞悠蘊，不拘平側，率多協韻。歷攷填詞，舉動按調，音律益嚴。是知古樂府觸類於古詩，而填詞抽緒於近體。然近體造端梁、陳，更唐天寶、開元，其格始純，又況填詞之精工哉！若玄宗之〈好時光〉、李太白之〈菩薩蠻〉、張志和之〈漁父〉、韋應物之〈三臺〉，音婉旨遠，妙絕千古。侂如王、杜、劉、白，卓然名家，下逮唐末群彥若干人，聯其所製，為上、下二卷，名曰《尊前集》，梓傳同好。然先是唐有《花間集》及宋人《草堂詩餘》行，而《尊前集》鮮有聞者，久之，不幸金、元僭據神州，中區污染北鄙風氣，由是曲度盛而詞調微。……余以為額定機軸，畫一成章，是以謂之填詞，縱乏古樂府自然渾厚，往往婉麗相承，比物連類，諧暢中節，未改唐音，尚有風人雅致。非如曲家假飾亂真，千妍萬態，不越倡優行徑。蓋其

詩餘，於今曲益近，周待制、柳屯田其最也，然單詞隻韻，歌止一闋，又不盡其變。而金章宗時漸更為北詞，如世所傳董解元《西廂記》者，其聲猶未純也。入元而益漫衍其製，櫛調比聲，北曲遂擅盛一代，顧未免滯於絃索，且多染胡語，其聲近嘄以殺，南人不習也。迨季世，入我明，又變而為南曲，婉麗嫵媚，一唱三歎，於是美善兼至，極聲調之致，始猶南北畫地相角。邇年以來，燕、趙之歌童舞女咸棄其桿撥，盡效南聲，而北詞幾廢。」《中國古典戲曲論著集成》第四冊，頁55-56。

160 參考謝桃坊：〈宋金諸宮調與戲文使用之詞調考略〉，《東南大學學報》哲學社會科學版第7卷第4期，2005年7月，頁95-101。其中《劉知遠諸宮調》、《西廂記》諸宮調與《張協狀元》戲文諸聯套中，使用詞調者均在總數三成以上，而各詞調使用的字數、句式等格律各有異同。

失在於宣和已還，方厥初新飜小令，猶為警策，漸繹中調，既已費辭；
奈何殫曳蠒絲，牽押長調。遂俾覽聽未半，孰不思睡？固無怪乎左詞
右曲也。*161*

　　此處「古樂府」即指《尊前集》中選錄的唐五代詞作，由詞肇發於近體
詩起敘，直至金、元兩朝的曲傳入後，古樂府之填詞便逐漸式微；顧梧芳針
對《尊前集》選詞而述，強調唐音乃詩餘自然渾厚之本旨，後出的宋詞則尚
能承續其雅韻、「婉麗相承，未改唐音」，但在曲家的作品大量推出之後，也
影響詞作的本旨。顧梧芳並不認同詞和曲源於同一脈絡的發展，甚至也反對
以曲度詞這類「假飾亂真，千妍萬態」的創作現象，所稱「左詞右曲」不僅
是抨擊，也是區別詞和曲的創作特色的定論，在本質與應用、南北曲和詩餘
的關繫更是有所不同。

　　不論這些明人著述的觀念是否完全正確，本文所欲呈現者在於探討明人
對於詞曲的觀念為何？後世學者所謂「明詞不振」、「明詞曲化」諸現象，皆
因曲學興盛並流煽於明詞而起，也是明代在經過詞學、曲學繼興之後的時代
背景，造成明代韻文學有別於唐宋元三朝的特別發展。詞與曲皆為合樂之長
短句形式，尤其在牌調之間亦有密切關繫，因此「明詞曲化」不僅僅是風格、
用語的浸淫問題，更是形式、格律的相傾問題。除了關注詞與曲在形式上的
相傾而在創作上愈趨相近之「同」以外，亦有明人從代變的角度指出在曲體
文學興盛之後，詞因而被取代，既是代變、曲盛詞亡，那麼詞曲自然有「別」，
但是「別」的內涵卻也各自不同。明人在評論、記述詞與曲的見解時，時有
名義相稱借稱的現象，例如以「詞」稱曲、或是以「曲」稱呼詞，或是以「詞
曲」做為偏義的指稱等；而此種詞曲相傾的觀念，與實際創作的「詞曲不分」
或是「明詞曲化」、「曲的詞化」恰為古今前後觀照的表裏，皆是透過創作而
歸納理論、透過理論而觀察創作，彼此影響牽連。

　　在進一步深論明代「詞」與「曲」之間反映在實際創作的關係之前，本

---

161 （明）顧梧芳：《尊前集・引》，鄧子勉：《明詞話全編》第五冊，頁 2855。

章先就明代的相關論述進行耙梳、整理明代詞和曲之間在觀念上為何互相傾近的原因，以及是否確立詞、曲之別的論述及其必要性，藉此瞭解明代詞曲關係的界立。

二、詞曲之相近

明代詞曲的相稱借稱——不論是以「詞」稱「曲」、以「曲」稱「詞」，或是「詞曲」一名的偏指，主因在於明人對於兩種文體彼此接近、類同的見解，並且反應於當時作品的創作實踐和著論。而從明人著論——詞話、曲話、筆記等論述來看「詞」、「曲」與「詞曲」的稱謂使用與見解，可整理出下述三點詞曲相近的關係：

(一)音樂襲用

從明代對於「樂府」的稱述與引用即可反映，不論詞和曲彼此是否創作本質相近，明人認為曲樂與宋代詞樂為一脈相承、傳襲代變的關係，即如「今世詞曲與古樂同」、藍田〈題胡可泉樂府〉所謂「南曲則五代宋世所遺慢詞是也」，甚至更有在詞樂流失之後使用當時的曲樂填詞譜曲的例子，例如前引劉鳳〈詞選序〉中謂「然詞今亦不能歌，惟曲用焉」之「逮近者為曲」；又如王驥德嘗試將《草堂詩餘中》載列的宋詞「各譜今調」，以明代的曲樂為詞填調，其中又提及明人桐柏生將古樂府詞曲百餘題「盡易今調，各譜一曲」等創作現象。因此，詞與曲在明人的觀念而言，由於音樂淵源相近、創作時可用曲樂替代原來的詞樂。

(二)創作相似

在實際創作的應用上，詞與曲在語言文字等風格上愈趨相近、彼此影響，在明代產生了「明詞曲化」與「曲的詞化」兩種文學現象，而從明人將原本用於詩餘創作的「填詞」一名挪用至曲牌的創作時，反映了兩者互相傾軋的實踐結果。關於明詞曲化、曲的詞化落實在格律上的現象，請見後文詳述，茲此簡述關於楊慎和梁辰魚反映在作品上的相關論見作為例證：

1.明詞曲化：楊慎

楊釗嘗分析楊慎在明詞曲化上的具體呈現為：第一，詞之字面混入曲子，

在詞作之中雜有「近俗近巧」的字詞，而且在文字意旨上「好為之盡」、沒有兩宋詞的蘊釀含蓄之意；162第二，詞風香艷無骨，但其中猶有雜於俚俗、有違風雅之作；第三，楊慎詞「煒煜而譎誑」，意即詞藻華麗、內容多元富贍，但是用語直率淺白甚至疏狂，並非詞之風雅原貌。163簡要言之，楊慎在詞中運用了曲的筆法與語言精神，而使詞作具有曲的風貌。

而除了語言、筆法、文字、精神上的曲化，胡元翎、張笑雷又指出楊慎的詞與曲實則在抒情功能、交際功能、娛樂功能上有所交融，使得楊慎詞作時有偏向曲作、甚至詞曲難以分辨的特色。164

2. 曲的詞化：梁辰魚

任中敏曾論散曲之派別分類，其中稱梁辰魚散曲曰：

> 梁辰魚之曲派，為文雅蘊藉、細膩妥貼，完全表現南方人之性格與長處，去北曲之蒜酪遺風、亢爽激越者，千萬里矣。惟此種陰柔之美，實宜於詞之收斂性格之文學，而不宜於曲之放散性格之文學。故其取材取徑，於不知不覺之間，無一不與宋詞相接近，而與元曲相背馳者，結果乃得一種詞不成詞、曲不成曲之物。165

此論提及梁辰魚的散曲表現與宋詞得內斂蘊藉精神極為接近，一反散曲的傳統風格反使梁之曲作在詞與曲之間的界定模糊、不成歸類；然而，此即開創明代散曲三大派別之一「白薴體」風氣之先聲。166

梁辰魚散曲在精神、題材與動機上皆與詞的婉約寄託傳統相合，因而自

---

162 （清）吳照篇：《蓮子居詞話》，見唐圭璋編：《詞話叢編》第三冊，頁2461。

163 見楊釗：〈楊慎「以曲入詞」辨〉，《四川師範大學學報（社會科學版）》，第37卷第3期，2010年5月，頁63-66。

164 見胡元翎、張笑雷：〈論楊慎詞曲的「互融」、「互異」兼及「明詞曲化」的研究理路〉，《文學評論》，2011年第5期，頁65-70。

165 任訥（任中敏）：《散曲概論》卷二，《散曲叢刊》第四冊，頁43。

166 後人編集梁辰魚散曲而名為《江東白薴》，故後世取其名而稱「白薴體」。見吳書蔭編校：《梁辰魚集‧前言》（上海：上海古籍出版社，1998年7月），頁4。

然帶有詞的色彩，*167*具體而言，梁辰魚「以曲入詞」的特點包括：第一，構思、遣詞俱參以詞法，其狎妓閨情的作品敘事迂迴、抒情細膩貼潤，多擇香艷典麗的辭藻入曲；第二，散套一反曲之代言體特徵，轉趨主體意識強、重視抒情的自言體特色，使得曲作傾近詞法。整體而言，梁辰魚散曲實以詞為範式，令曲的內容、語言、風格、情趣向詞靠攏，而成「以詞入曲」的現象例證之一。*168*

(三)發源相近

前引朱權曰：「詞不足以盡其意，變而為曲，名曰樂府。大概法度與詩法同。」凸顯詞曲共同的淵源發展之關係——散曲稱為樂府、兼且是詞的代變發展，甚至與詩的語言文字規律相通；又如前引唐順之於《樂府總序》嘗謂〈論後世聲詩不傳〉：「古之詩，今之詞曲也，若不能歌之，但能誦其文而說其義，可乎？」從古樂的淵源，而論及詩、詞曲實可等同觀論。由於詞與曲皆為長短句、皆可合樂而唱，而且還有同名詞牌曲牌的連繫關係，雖然兩者在發展遞變的過程中逐漸顯現差異，但詞、曲仍為同源發展的音樂文學。

除了前述論及詞曲起源相近而相稱借稱的例子，臧懋循《元曲選後集序》則論詞曲相近而承襲變化的觀察例證：

> ……予不敢知所論，詩變而詞，詞變而曲，其源本出于一，而變益下、工益難，何也？詞本詩，而亦取材於詩，大都妙在奪胎而止矣；曲本詞，而不盡取材焉，如六經語、子史語、二藏語、稗官野乘語，無所不供其採掇，而要歸於斷章取義，雅俗兼收，串合無痕，乃悅人耳。*169*

臧懋循認為詩、詞、曲同源而出，其中強調「曲本詞」的發源關係，而

---

167 趙義山：《明散曲史研究》，四川大學中國文學與新聞學院博士論文，2004 年 9 月，頁 196。

168 鮑曉東、陳志勇：〈「白葦體」與梁辰魚的散曲創作〉，《湖北民族學院學報(哲學社會科學版)》第 25 卷第 5 期，2007 年，頁 52-53。

169 (明)臧懋循：《負苞堂文選》卷三，鄧子勉：《明詞話全編》第七冊，頁 4787。

且詞、曲形式相近，自元曲而逮及明代詞曲，曲才得以自詞「斷章取義，雅俗兼收，串合無痕」，在文字辭藻、語句風格上產生「明詞曲化、以曲釋詞」等種種現象。

　　因此，詞曲在明人認為詞曲之所以相近，主要在於承認音樂襲借、創作相似、發源相近的三大方面。

三、詞曲之相別

　　另一方面，亦有明人認為詞與曲雖然形式、創作、發源上有相似之處，但兩者終須強調分界，並不認同因為創作相近而互相影響的「字面混入曲子」等現象。例如范文若嘗曰：「詞自詞、曲自曲，重金疊粉終是詞人手腳」，詞調與曲牌應有不同的創作考量；170而王驥德亦謂「詞之異於詩也，曲之異於詞也，道迥不相俟也。詩人而以詩為曲也，文人而以詞為曲也，誤矣，必不可言曲也。」171俱強調詞和曲彼此相異，不應混為一談。

　　然而，與明代詞曲相近的論述風氣相比，詞與曲分別相異的說法並不特別突出，而是在明代後期的文學發展伏流中沉澱蘊釀。王驥德嘗從詞曲牌調之間的承襲和分流關係，而提出「詞之與曲，寔分兩途」，並且在《曲律》中整理了部分詞與曲在創作、法式上的不同要求，但是未能詳論其分別究竟為何，而且在「詞」「曲」的名謂上王驥德也並未完全區別；又如前述唐順之從詩詞曲觀點來看詞曲的同源相近，以及王圻、胡震亨、顧梧芳等人從詩法、音樂的發展來看待詞曲的分別，即便同樣從音樂文學的考鏡源流切入，但是

170　(明)范文若：《夢花酣·序》：「獨恨幼年走入纖綺路頭，今老矣，始悟詞自詞、曲自曲；重金疊粉，終是詞人手腳。雖然亦不可為非，情之至也。昔人謂唱柳耆卿中『楊柳岸，曉風殘月』須得十三、四天韶女子，世有紅紅者乎？余且敲檀板與簫而和之矣。」該文實謂製曲之文字詞采與音樂曲律應有所區分，然又謂「重金疊粉，終是詞人手腳」，則指明代填製詞調已流於文字案頭，已少有音樂的考量，若是著重在文字辭采的經營、有如詞調一般地精審字面文句，則有失音律之聲情，是以詞調、曲牌的創作應各有考究，而見當時明人認知中詞與曲的差異。見林侑蒔：《全明傳奇》(臺北：天一出版社，1983年)，第143冊。

171　(明)王驥德：《曲律·雜論第三十九下》，《中國古典戲曲論著集成》第四冊，頁159。

在詞與曲相互牽繫的形式、影響與發展之下，在明人的詞曲論著中並不容易見到詞、曲兩者詳細分別的見解與標準，相對常見的則是詞曲的相稱借稱、乃至於彼此影響的結果。因此，明代詞曲之別、或是明代詞曲的相繫影響，還必須從實際創作的層面進一步探究。

除了明人在詞話、曲話、筆記中對於詞曲名義的各種討論以外，部分明人認為在實際創作而言，詞與曲之間應有不可逾越的分別。在明人論述中反映的詞曲之相異，主要有下列三點：

（一）雅俗有別，風格不同

在許多論及詞曲相異的明代著論中，最常見的區別便是風格的雅俗之別；而這雅俗之別實際上便是從宋詞、元曲的特質延續得來，如王圻詞話從詩的角度論「詞曲雅俗」謂：

> 詞者，樂府之變也。而曲者，又詞體之餘也。詞俗於詩，曲尤俗於詞，然愈俗則愈雅。詞雅於調，曲尤雅於韻，然愈雅則愈遠。……外殊無聞者，豈以詞能損詩格耶？今觀工詩者，詩便似詞；工曲者，詩便似曲。*172*

從文體的興繼代變而論，詞原本起於民間曲樂，加以長短句的形式內涵有別於詩，所以稱「詞俗於詩」，然而雖然同是長短句形式，但是在語言風格上「曲尤俗於詞」，而且曲的語言文字自元曲以來，即以「自然本色」為宜，因此稱「愈俗則愈雅」。也因為詞本宜雅、曲本宜俗，不僅曲「愈雅則愈遠」、越求詞之典雅便越遠離本質特色，亦因雅俗有別，曲也被視為詞之餘。而在明代樂府的定義中，如彭大翼、劉鳳也有意將樂府(指詩餘)與明代當世樂曲訂立雅俗之別，亦是詞曲有所區分的見解之一。

另一方面，程涓從「詞餘」的角度論詞曲之雅俗相別謂：

> 詞之稱詩餘也，詩人不為也。曲之稱詞餘也，詞人不為也。有快語，有壯語，有法語，有濃語，有爽語，有恒語，有淺語，均之不易工者。

---

172 (明)王圻：《稗史彙編》卷一百二，鄧子勉：《明詞話全編》第三冊，頁1718。

　　降詩於詞，降詞於曲，大雅之罪人，新聲之吉士，藝苑之粃糠，梨園
　　之精粒也。173

　　曲之所以為俗而不同於詞之雅者，在於曲中各種自然本色的語言風格，
這些語言風格均出於自然流露，並不容易仿傚創作、甚至精緻化，所以「詞
人不為」，曲因而也被稱為詞餘。然而這些詞人不為的自然本色之語，卻成為
「梨園之精粒」——在戲曲代言飾演的各種人物中，此種反映性情的自然本
色之語相當重要，這種「俗」的成分卻是戲曲演出的精髓。

　　而本色雅俗在詞、曲中的篇章構體影響為何？例如明代王驥德《曲律》
在品評時，即曾曰「亦詞家語，非曲家語也」174，王驥德認為詞家、曲家的
文字辭句本來有別；進一步探論，王驥德評述明代諸曲家的散曲作品時，除
了論及字句、平仄的格律問題以外，還涉及所謂「本色」的評論——本色原
指質樸之本旨，造語自然、各適其體運用語言風格而謹守曲論聲律175——在
王驥德的評論中可反映為「曲家語」應當符合本色。例如：

　　曲之始，止本色一家，觀元劇及《琵琶》、《拜月》二記可見。自《香
　　囊記》以儒門手腳為之，遂濫觴而有文詞家一體。近鄭若庸《玉玦記》
　　作，而益工修詞，質幾蓋掩。夫曲以摹寫物情，體貼人理，所取委曲
　　婉轉，以代說詞，一涉藻繢，便蔽本來。然文人學士，積習未忘，不
　　勝其靡，此體遂不能廢，猶古文六朝之于秦、漢也。大抵純用本色，
　　易覺寂寥；純用文調，複傷琱鏤。……故作曲者須先認清路頭，然後
　　可徐議工拙。至本色之弊，易流俚腐；文詞之病，每苦太文。雅俗淺深之

173 (明)程涓：《千一疏》卷十八，鄧子勉：《明詞話全編》第四冊，頁 2592。

174 (明)王驥德：《曲律·雜論第三十九下》：「李空同、何大復必不能曲，其時康對山、王
　　渼陂皆以曲名，世爭傳播，而二公絕然不聞，以是知之。即弇州所稱空同『指冷鳳凰
　　生』句，亦詞家語，非曲家語也。」見《中國古典戲曲論著集成》第四冊，頁 178。

175 詳見李惠綿：〈本色與當行相輔相成〉，《王驥德曲論研究》(臺北：國立臺灣大學出版
　　委員會，1992 年 12 月)，頁 211-215；以及〈論本色、當行之通達〉，頁 247-248。

辨，介在微茫，又在善用才者酌之而已。*176*

　　王驥德首先強調曲的唯一準則「本色」，便是「摹寫物情，體貼人理」，貼近各色人事物的原來面貌和情理反應，雖可委曲婉轉、更加深入鋪排描寫以力求細膩，可是不宜多加辭藻之文飾，否則便是偏離曲的本質；元雜劇諸作和南戲中的《琵琶記》、《拜月亭》即是符合本色之佳作，但是明傳奇之劇曲作品、尤其是王驥德特別批評的《玉玦記》，則偏重文辭的修飾，掩蓋了曲的本質。但是王驥德也提及，雖然過度文飾會使得曲之辭藻字句失去原有的特色，但是一味專務摹寫、情理的本色，則會流於俚俗庸腐，亦不能稱為佳作；而「雅俗深淺之辨」就在作家匠心運作之間如何微妙地去拿捏，因此，以套式中的過曲而言，「大曲宜施文藻，然忌太深；小曲宜用本色，然忌太俚。」*177*是曲家在場上排演的創作考量時應有的斟酌。雅俗深淺之辨，不只是文飾與本色字句的風格之別，也正是詞家與曲家的創作之別。

　　散曲方面也有相同的論見，《曲律》也舉出當時被世人流傳、認定為佳作的作品評論，其一稱祝允明「多漫語」、稱康海與王世貞等人為「直是粗豪，原非本色」，而其中論及唐寅雙調〈步步嬌〉(閨情)四景套曲之(春景)時，評謂「『綠映河橋』、『月明古驛』，非閨中語。」*178*評高明商調〈二郎神〉(秋懷)套曲時，則謂其：

> 首調以七夕起，而「寒蟬」、「衰柳」、「水綠」、「蘋香」，非七夕語。「得成就」句與上文不接。「真個勝似腰纏跨鶴揚州」，俚甚；又「腰纏」下無十萬貫語，所纏何物？既曰「暮雨過紗窗涼已透」，又曰「雨散雲收」，又曰「西風桂子香韻幽」，又曰「滿城風雨還重九」。

176 (明)王驥德：《曲律‧論家數第十四》，《中國古典戲曲論著集成》第四冊，頁 121-122。

177 (明)王驥德：《曲律‧論過曲第三十二》，《中國古典戲曲論著集成》第四冊，頁 138。

178 (明)王驥德著，陳多、葉長海注釋：《曲律注釋》(上海：上海古籍出版社，2012 年 9 月)，頁 341-343。

〈集賢賓〉首調言中秋，而「聽寒蛩聲滿床頭」，非中秋語。*179*

王驥德指出高明本曲通篇的意境構成有問題，其中包含「非七夕語」諸例：「寒蟬」、「蘋香」等語雖然造景文雅，但是並非七夕氛圍所應有。而本套曲首調〈二郎神〉之末句「真個勝似腰纏跨鶴揚州」王驥德評其用語俚俗，犯了過度的「本色之弊」，而「跨鶴揚州」一語出自喬吉北中呂〈山坡羊〉(寓興)：「鵬搏九萬，腰纏十萬，揚州鶴背騎來慣。」而在高明的(秋懷)套曲中僅有描述暮雨、夕陽等秋景，並無關於富貴榮華的描述，因此王驥德稱該例中「腰纏」之下並無原出處所謂的「十萬貫」，所引原典和全曲意境大相違背。在王驥德本則評論中，以「意庸語腐，不足言曲」、「疵病種種」、「複不成語」批評，甚至懷疑這並非高明的曲作。因為除了語句和全篇意境構成的適當與否，亦可從「本色」之意來推證王驥德所強調的詞家語以及曲家語的雅俗之別，詞可婉約亦可豪放，甚至在明詞發展出曲化而近於俚俗一途，但詞之語境大抵尚雅，婉約、妍情向來為詞家所宗之本色*180*；而曲之語境，在符合聲律的前提下，除了要求符合白描摹情、雅致婉麗中不失自然俗巧，又忌諱過

---

179 (明)王驥德著，陳多、葉長海注釋：《曲律注釋》，頁 343。

180 (明)徐師曾：《文體明辨序說・詩餘》(臺北：長安出版社，1978 年 12 月)，頁 165 曰：「至論其詞，則有婉約者，有豪放者。婉約者欲其詞情蘊藉，豪放者欲其氣象恢宏。蓋雖各因其質，而詞貴感人，要當以婉約為正。否則雖極精工，終非本色，非有識者之所取也。」又如(明)王世貞：《藝苑卮言・詞之正宗與變體》曰：「之詩而詞，非也；之詞而詩，非也。言其業，李氏(李煜)、晏氏父子(晏殊晏幾道)、耆卿(柳永)、子野(張先)、美成(周邦彥)、少游(秦觀)、易安(李清照)至矣！詞之正宗也。溫(庭筠)、韋(莊)艷而促，黃九(庭堅)精而險，長公(蘇軾)麗而壯，幼安(辛棄疾)辯而奇，又其次也，詞之變體也。」見唐圭璋編：《詞話叢編》第一冊，頁 385；而清代如彭孫遹：《金粟詞話》云：「詞以艷麗為本色，要是體製使然。如韓魏公(韓琦)、寇萊公(寇准)、趙忠簡(趙公鼎)，非不冰心鐵骨，勳德才望，照映千古。而所作小詞，有『人遠波空翠』、『柔情不斷如春水』、『夢回鶯恨餘香嫩』等語，皆極有情致，盡態窮妍。」見唐圭璋編：《詞話叢編》第一冊，頁 723；(清)紀昀總纂：《集部詞曲類・東坡詞提要》亦稱：「詞自晚唐、五代以來，以清切婉麗為宗。至柳永而一變，如詩家之有白居易；至軾而又一變，如詩家之有韓愈，遂開南宋辛棄疾等一派。」見《四庫全書提要》(石家庄：河北人民出版社，2000 年 3 月)卷一九八，頁 5449。

度粗豪、俚俗，方為明代曲家所欲樹立的本色典範。

明代雖有種種詞曲相涉的現象及其觀察，但是在明人的見解中，詞、曲之間仍舊有雅俗之別等差異，即從前述臧懋循所稱「曲本詞」的代變之一「雅俗兼收」可知，詞與曲之間的差別之一，就在於一則以雅、一則以俗，所謂「字面混入曲子」，即意謂詞與曲本來即有分界；此種分界體認在明代判然而立，亦即後世學者所提論的「詞意宜雅，曲則稍宜通俗」[181]兩大分野與特色，亦因如此，後世所論「明詞曲化」、「曲的詞化」也才得以成立有據。即便詞在歷經婉約、豪放、曲之通俗本色的風格流煽，雅致仍然是明代詞家確立文體特色與變化的要因。而明代作家在詞、曲作品中不僅有所謂雅俗消長的變化，更有格律上的明顯相涉，詳見後文論述。

（二）實質相異，創作不同

雖然從明人對於詞曲、樂府的著論中可以發現：詞與曲被視為發源相近、在音樂上亦可見其相沿的承襲關係，因此產生詞、曲相近甚至可相襲的論述，但若從詞與曲的實際創作來看，兩者仍有差異存在。

明代在文學創作上存有「詞曲不分」此種創作形式與風格互相傾近的現象，但是在明人進行詞與曲的創作時，仍有部分當分而分的必要性之認知。茲以叶韻和句法兩大格律要因為例，說明詞與曲在格律上作為兩者的區別分判為何。

1. 詞韻與曲韻

簡要而論，詞韻和曲韻在應用上的分別大柢為二：

第一、詞之一調中若押平韻則全調皆平，押仄韻則全調皆仄，除非換韻，否則平仄不互叶。曲則每一首曲或每一套曲之中不得換韻，但可平、上、去三聲互叶。

第二、詞韻入聲單叶，曲韻中北曲入聲可通平上去三聲而叶。[182]

若從各代韻書體例的考察來看詞韻與曲韻的不同，則詞韻在宋代尚未有

---

[181] 王易：《詞曲史》（北京：東方出版社，1996 年 3 月），頁 13-14。

[182] 詳見任訥（任中敏）：《散曲概論・卷二・作法》，《散曲叢刊》第四冊，頁 3。

專門韻書，直至清代始見沈謙《詞韻略》、胡文煥《文會堂詞韻》等著作，爾後以較晚出的戈載《詞林正韻》為詞家所遵，列分詞韻為十九部；明代曲韻分為北曲、南曲二宗，大抵原則為「北叶《中原》，南遵《洪武》」，但實際上南、北曲為求創作上的實用，仍以《中原音韻》韻腳字為協韻依準，*183*而且明代後出之曲韻韻書如朱權《瓊林雅韻》、陳鐸《詞林韻釋》、王文璧《中州音韻》、范善溱《中州全韻》等等，在不計方言語音影響的前提下，皆與《中原音韻》的分韻系統相繫、或以《中原音韻》為參考而編訂*184*，因此明代南北曲韻尚可以《中原音韻》作為協韻的準則，並且參照北曲音韻分為十九部。然而詞韻與曲韻的差異除了語言文字的使用、語言特色的時代變化等，最大的不同在於入聲之有無和聲部通協：詞韻可上、去通押，但平仄押韻仍然分明；北曲入派三聲，可四聲通押；而南曲用韻平、上、去通押，入聲獨押。區別詞韻和曲韻的使用差異甚至是時代變化的影響，必可反映兩者的特色以及詞曲文體的分別。*185*

　　進一步述論明代詞與曲的區分，以楊慎詞曲作品的用韻為例——蓋楊慎不僅詞、曲皆擅，而且作品數量極豐，可作為一種參考——將其詞韻和曲韻的使用區分出下列相異特色：

(1)東鐘韻和庚青韻的相混與否

---

183 語出(明)沈寵綏：《度曲須知・入聲總訣》，《中國古典戲曲論著集成》第五冊，頁 208。然《度曲須知・宗韻商疑》又曰：「凡南北詞韻腳，當共押周韻，若句中字面，則南曲以《(洪武)正韻》為宗，而『朋』、『橫』等字，當以庚青音唱之。北曲以周韻為宗，而『朋』、『橫』等字，不妨以東鐘音唱之。」藉此避免南戲早期用韻雜亂和南曲押韻的種種問題，唯入聲字仍依南音唱作入聲，見《中國古典戲曲論著集成》第五冊，頁 235。馮夢龍與李漁皆有相同的論述以處理南北曲押韻的見解，詳見俞為民：〈南曲曲韻的沿革與流變〉，《曲體研究》(北京：中華書局，2005 年 6 月)，頁 236-243。

184 詳見陳寧：〈元明清曲韻書的傳承與演化〉，《明清曲韻書研究》(武漢：華中師範大學出版社，2013 年 5 月)，頁 13-17。

185 例如，宋詞詞韻中的「三聲通協」使用，可做為辨別詞調與曲調的準則之一，甚至推論部分早期曲牌是否已在宋代出現。詳見田玉琪：〈三聲通協與詞曲之辨〉，《上饒師範學院學報》第 31 卷第 1 期，2011 年 2 月，頁 6-10，109。

在楊慎詞作之中，東鐘韻（《詞林正韻》第一部）和庚青韻（《詞林正韻》第十一部）判然分立；但在曲作中東鐘韻（《中原音韻》第一部）與庚青韻（《中原音韻》第十五部）的一部分喉牙音合口字「瓊、永、橫」三字通押，較詞韻更能反映明代當時的語音現象。

(2)支思韻和齊微韻的相混與否

楊慎詞作中的齊微韻與支思韻（皆為《詞林正韻》第四部）雖然已經開始相混，但是仍有兩韻分押而不相叶的例子；而在楊慎曲作中的支思韻（《中原音韻》第三部）與齊微韻（《中原音韻》第四部）則已然相叶相混。支思韻和齊微韻在原先的詞韻中本為同一部，而至《中原音韻》時始截然分列，是詞韻和曲韻的不同現象之一。在楊慎作品當中詞韻卻未如曲韻一般完全分列，尚保留原先詞韻相押通協的情形，詞韻與曲韻仍有明確的分際。

(3)鼻音閉口韻尾的存在與否

楊慎作品中的詞韻與曲韻，曲韻的鼻音閉口韻-m 和-n 韻尾已經相混、-m 韻尾已不存在，亦即楊慎曲韻中的寒山、桓歡、先天、監咸、廉纖（《中原音韻》八、九、十、十七、十八部）諸韻部皆已相協通叶，而真文韻（《中原音韻》第七部）和侵尋韻（《中原音韻》十九部）也已相混通叶，轉化為-n 韻尾。除了宋代部分的山東、四川詞人受到方言影響所致，從唐代開始、下逮金元諸宮調雜劇以及《中原音韻》都已有-m 韻尾轉變化-n 韻尾的現象。

然而在楊慎詞韻中-m、-n 韻尾仍然有所區別，仍然謹守詞韻的原則，尚未如曲韻已受到明代語音的影響，突顯詞韻、曲韻的不同。*186*

(4)塞音入聲韻尾的存在與否

此即詞韻與曲韻中入聲韻尾是否存在、是否可與平上去聲通押的問題。楊慎詞韻中的入聲韻在實際應用上多為獨押，尚存入聲韻部；而楊慎曲韻中的塞音-p、-t、-k 入聲韻尾均無獨用之例，而且與舒聲韻通押，例如【北正

---

186 詳見劉單單：〈楊慎詞曲用韻所反映的明代官話語音特點〉，《楊慎詞曲用韻考》，吉林大學文學院碩士論文，2011 年 4 月，頁 58-60。其中頁 60 曰：「……因此，在楊慎的時音裡-m 尾韻確實已經不存在了。其詞韻與曲韻相較，詞韻相對保守，而曲韻更能接近楊慎的實際語音。」

宮・醉太平・春雨】*187*的入聲韻字「玉、綠」和舒聲韻字「侶須珠宇跌雨」
（《中原音韻》第五部魚模韻）通押，【南南呂・羅江怨】的入聲韻字「蝶、疊、
月、血、結、熱」和舒聲韻字「斜、也」（《中原音韻》十四部車遮韻）通押
188，已無-p、-t、-k 入聲韻尾單獨存在。*189*

　　由上述諸例可知：除了方言的協韻影響，楊慎在詞、曲的用韻不相混淆，
在創作上實有分際，成為明代在詞韻、曲韻使用上的差異參考。到了清代，
清人詞家嘗視詞曲兩者同源而出，而論詞韻、曲韻可不必區分，與明代的詞
曲觀念有所出入，例如清代毛先舒即謂：「又南曲系本填詞而來，詞家原備有
四聲，而平上去韻可以通用，入聲韻則獨用，不溷三聲。今南曲亦通三聲而
單押入聲，政與填詞家法吻合，益明其源流之有自也。」*190*《詞林正韻》作
者戈載即謂其韻書似與詞韻合一，亦稱「南曲即本乎詞」，雖然有部分入聲合
韻的問題存在，但是兩者「殊流而同源」，承認宋詞與南曲兩者在源流與用韻
上應有相通。*191*又，江順詒亦從《南曲正韻》的擬韻和詞曲源流關係著眼，
引述戈載的見解而認為「詞韻與曲韻可不分」，甚至詞亦可像曲一樣四聲通押。

---

187 (明)楊慎【北正宮・醉太平・春雨】全曲為：「阻鶯儔燕侶。潰蝶翅蜂須。東風簾幌冷
　　珍珠。寒生院宇。響琤崢滴碎瑤階玉。細溪濛潤透紗窗綠。濕模糊洗淡畫闌硃。這的
　　是梨花暮雨。」謝伯陽編：《全明散曲》第二冊，頁 1426。

188 (明)楊慎【南南呂・羅江怨・閨情】：全曲為「空亭月影斜。東方亮也。金雞驚散枕邊
　　蝶。長亭十里，陽關三疊。相思相見何年月。淚流襟上血。愁穿心上結。鴛鴦被冷雕
　　鞍熱。」然此作疑為楊慎夫人黃氏所作，見謝伯陽編：《全明散曲》第二冊，頁 1474，
　　注十七曰：「《吳騷二集》題作『冬思』，《吳騷合編》題作『閨情』，俱屬楊夫人；《名
　　媛詩緯雅集》題作『冬思』，注黃氏。」

189 關於楊慎詞曲的用韻分析，詳述參考劉單單：〈楊慎詞曲用韻所反映的明代官話語音
　　特點〉，《楊慎詞曲用韻考》，頁 57-63。然而，此處列出的楊慎詞曲用韻現象，已排
　　除楊慎本人受西南方言影響之例。

190 (清)毛先舒：《南曲入聲客問》，《中國古典戲曲論著集成》第七冊，頁 130。

191 (清)戈載：《詞林正韻》(臺北：文史哲出版社，1980 年 12 月)，其謂入聲分別問題
　　時，嘗言：「唯毛先舒所撰曲韻似有與詞合者，如一屋單用、二質七陌八緝通用、五
　　屑十藥通用，亦可單用。此為南曲而設，南曲即本乎詞，其於宋詞之用韻信乎殊流而
　　同源。至以三曷六藥通用、四轄九合通用，則又與詞不合矣。」頁 64。

*192*此乃明清兩代對於詞、曲二體內涵與觀念上的差異之一。

2. 詞與曲的長短句法

　　若以同名詞牌曲牌為著眼點，則可見出明顯的詞曲之別，甚至是異同相涉的現象。構成詞調、曲調格律定式的因素，以韻腳、字數句數和四聲平仄為最，但最顯著的表現因素即在於字句，自宋代沈義父即指出：「古曲譜多有異同，至一腔有兩、三字多少者，或句法長短不等者，蓋被教師改換。」*193* 意謂著雖是同一個詞調，在吟唱時是會因歌詞內容、樂曲聲情、個人詮釋等因素而產生變化，亦即同調異體、又一體諸現象；*194*同樣地，在崑曲曲牌中受到「依字傳腔」*195*的訂譜影響，各曲家在不同的聲情排場考量、或是在傳

---

192 （清）江順詒：《詞學集成》卷四，謂「詞韻與曲韻可不分」條按曰：「戈氏謂南曲即本乎詞，夫今之詞與曲異者，詞不能歌耳。而以求詞之源，則詞皆可歌，詞韻與曲韻何必分，詞之用平上去入，何必與曲異。所異者，詞祇一闋，分上下段，多至三段、四段而止，祇一調名。曲則合數闋而為一套，有引子，有尾聲，而以宮商合簫管，以喉舌五音合宮商無二致。詞變為曲，殆所謂言之不足，而長言之乎。」見唐圭璋編：《詞話叢編》第四冊，頁 3258。

193 （宋）沈義父：《樂府指迷》，見唐圭璋：《詞話叢編》第一冊，頁 283。

194 然而，實際上曲牌的所謂的「又一體」，可能是句式有誤、攤破、或是襯字混入正字等現象導致，基本上仍應視為合乎格式變化的「本格」。同一體，詳見曾永義：《戲曲學（四）「戲曲歌樂基礎」之建構》（臺北：三民書局，2017 年 8 月），頁 309-310。

195 詳見俞為民：〈崑山腔的改革與南曲曲體的變異〉，《曲體研究》，頁 62-65 謂：「魏良輔對崑山腔所作的改革，就是將原來依腔傳字的演唱發法，改為用依字定腔的方法來演唱。……也就是說曲調的宮、商、角、徵羽等樂律由字的平、上、去、入四聲來決定。……這也就是說，無論是劇作家，還是演唱者，當時都是按實際的字聲來填詞或唱歌，所謂『曲者，句字轉聲而已』，也就是依字聲定腔。」又，黃振林：《明清傳奇與地方聲腔關係考論》（上海：上海人民出版社，2014 年 11 月），頁 84 曰：「大約在明成化、弘治(1465-1505)年間，甚至更早些，海鹽腔在南戲向傳奇過度的發展過程中脫穎而出，成為南戲和早期傳奇的重要演唱形式。這與文人濡染南戲，整飾和律化南戲的曲調有很大的關係。也就是說，文人逐漸將詩、詞的格律化經驗運用到歌辭體中，把民間曲調無律的文辭規範為句、段有定，平仄有緣，全篇叶韻有格的『律曲』。這也叫『以字聲行腔』。按湯顯祖的話說，叫『按字摸腔』。所謂『以字聲行腔』，即以唱詞、字讀、語音的平仄聲調化為唱腔音樂的旋律。漢語唱的重要特點，就是強調漢字的字聲為聲樂之本。以漢字獨特的平上去入為基礎，將每一唱字樂化，依據四聲調類、調值、調形走

唱各自詮釋之下，除了襯字的影響，同樣的曲牌在字數、平仄乃至於旋律上
也極有可能產生出入——例如同樣是越調〈山坡羊〉，《牡丹亭・驚夢》杜麗
娘所唱「沒亂裡春情難遣」與《玉簪記・問病》潘必正所唱「這病兒何曾經
害」即有明顯不同；又如同樣是北黃鐘〈喜遷鶯〉，《金山寺・水鬥》白蛇青
蛇所唱「恁只顧將虛浮來掉」，與《長生殿・絮閣》楊玉環所唱「休得把虛脾
來掉」之間亦存在差異。*196*而字句的法式、數量更會影響詞調曲牌之格律特
色，如前述王驥德評論高明商調〈二郎神〉（秋懷）曲時稱：「（〈集賢賓〉）次
調起句用八字，非體。」*197*又如王驥德所見正宮過曲〈白練序〉之首句作四
字、黃鐘過曲〈畫眉序〉之首句作三字、中呂過曲〈石榴花〉之首四句盡作
七字等例——亦即所謂的「同調異體」所產生的字句之別，由於影響格律甚
鉅，不得不講究這些曲牌字句的正確性。不過，王驥德卻認為這是經歷長久
演變、創作不斷進行中的自然結果，在這些曲牌格律、或是在字句的變化上，
從古體的「遵古以正今之訛」、或是從新體的「從俗以就今之便」，應當視實

向，聯絡工尺，形成腔調。」即為依字聲編訂曲腔之發展與特色。

196 以下曲例參考上海崑劇團編：《振飛曲譜》（上海：上海音樂出版社，2002 年 8 月）上
　　冊，依筆者自身參與崑劇排演所學見聞，同一支曲牌雖有定譜，但往往會因為創作而
　　產生各種不同的字句與旋律，例如《牡丹亭・驚夢》中，杜麗娘〈山坡羊〉：「沒亂裡
　　春情難遣，驀地裡懷人幽怨。則為俺生小嬋娟，揀名門一例一例裡神仙眷。甚良緣，
　　把青春拋的遠。俺的睡情誰見？則索要因循靦腆，想幽夢誰邊，和春光暗流轉。遷延，
　　這衷懷哪處言？淹煎，潑殘生除問天。」（頁 121-122）《玉簪記・問病》潘必正〈山
　　坡羊〉：「這病兒何曾經害，這病兒好難擔代。這病兒好似風前敗葉，這病兒好似雨過
　　花羞態。我難擺開，心頭去復來。黃昏夢斷，夢斷天涯外。我心事難提淚滿腮。傷懷，
　　不為風寒眼倦開。堪哀，只為憂愁頭懶抬。」（上頁 187-189）兩例差異極大；又見《長
　　生殿・絮閣》楊玉環〈喜遷鶯〉：「休得把虛脾來掉，休得把虛脾來掉。嘴喳喳弄鬼裝
　　妖，焦也波焦！急得咱滿心越惱。別有個人兒掛眼稍。倚著她寵勢高。你明欺俺失恩
　　人時衰運倒。俺只待自把門敲，俺只待自把這門敲。」（頁 270-271）與顧兆琪：《兆琪
　　曲譜》（蘇州：古吳軒出版社，2002 年 8 月）收錄《金山寺・水鬥》白蛇與青蛇〈喜
　　遷鶯〉：「恁只顧將虛浮來掉，恁只顧將虛浮來掉。口咄咄裝甚麼的妖，怎不心焦。激
　　得俺滿胸中氣惱。怎把俺恩愛兒夫來閡着。心懊惱，你明欺俺道法術小。恁如今自把
　　災招，恁如今自把得這災招。」（頁 208-210）兩者同樣存在明顯差異。

197 （明）王驥德：《曲律・雜論第三十九下》，見《中國古典戲曲論著集成》第四冊，頁 175。

際創作情形而取捨。*198*

　　除了同調異體、又一體所造成的詞曲同名牌調的格律差異以外，詞和曲彼此間的字句填製也存有細微的不同，進而在聲情、篇章格局上產生不同的效果與詮釋。例如王驥德嘗論詩、詞、曲在句法篇章上的差異：

> 〈關雎〉、〈鹿鳴〉，今歌法尚存，大都以兩字抑揚成聲，不易入里耳。漢之〈朱鷺〉、〈石流〉，讀尚聱牙，聲定椎樸。晉之〈子夜〉、〈莫愁〉，六朝之〈玉樹〉、〈金釵〉，唐之〈霓裳〉、〈水調〉，即日趨冶艷，然祇是五、七詩句，必不能縱橫如意。宋詞句有長短，聲有次第矣，亦尚限邊幅，未暢人情。至金、元之南北曲，而極之長套，斂之小令，能令聽者色飛，觸者腸靡，洋洋纏纏，聲蔑以加矣！此豈人事，抑天運之使然哉。*199*

　　此處提及：早期的詩歌如《詩經》各篇章，以兩字組合的聲調抑揚為主，不容易為當時普遍接受；而後古詩、樂府與近體詩又侷限在五字句、七字句，語句凝煉、但終究有其限制；到了長短句形式的詞和曲，使得聲調平仄有了更豐富的變化，但在格式篇章上，曲既有長篇套曲的開闊格局、又有單支小令的雋雅韻味，較詞更添聲色。王驥德認為這是詩詞曲「天運使然」的自然演變、在本質與內涵上逐漸演進而成的文體差異，也可從此追索詞與曲在句式上的運用差別。

　　而詞與曲的句法之所以有別，在實際的創作應用上自然各有考量，但唯有潛心鑽研、通達詞曲文理者始可察知這細微的影響。後世學者如任中敏即

---

198 (明)王驥德：《曲律・雜論第三十九下》曰：「各調有遵古以正今之訛者，有不妨從俗以就今之便者。……若〈玉芙蓉〉之第六句用平平仄平、〈白練序〉之首句作四字、〈畫眉序〉之首句作三字、〈石榴花〉之首四句盡作七字、〈梁州序犯〉之第九句作七字、〈劉潑帽〉之第四句作四字、〈駐雲飛〉之第六句作三字、〈綿搭絮〉首句七字與第三句之六字、〈鎖南枝〉之第三句六字與〈換頭〉第一二句之五字、第三句下之多六字一句，則世俗之以新調相沿舊矣，一旦盡返之古，必群駭不從。」見《中國古典戲曲論著集成》第四冊，頁 160-161。

199 (明)王驥德：《曲律・雜論第三十九下》，見《中國古典戲曲論著集成》第四冊，頁 156。

曾歸納並比較詞調、曲牌當中字句的不同運用情況，舉例稱述：

> 譬如一字之句，在詞中除冷僻之調，〈十六字令〉之起拍，與〈哨遍〉
> 之換頭所有者外，其他不見也；在曲中則〈寨兒令〉、〈山坡羊〉、
> 〈醉春風〉、〈駐雲飛〉、〈月兒高〉等慣用之調中，固常見之也。
> 二字之句，在詞中短調，如〈河傳〉所有，半闋之內，凡三、四用之，
> 且與三字句、四字句相鄰接，頗嫌破碎；在長調如〈鎖窗寒〉、〈暗
> 香〉、〈蘭陵王〉、〈沁園春〉等換頭處所有者，又單獨用之。二字
> 之意，截然而止，復嫌板重。若在曲中，與五字句或七字句參互以見，
> 則以上所述詞中之兩嫌，皆躪免矣。200

　　任中敏歸納並比較了一字句、二字句在不同的詞牌與曲牌之間的應用情
況，例如一字句在詞調中罕見，但在曲牌中則屬常見；而二字句在詞調中大
多與三字句、四字句相鄰接，在小令中多半用於第三、四句，在長調中則多
用於換頭、或是單獨成句，曲牌中則常併用於五字句和七字句。在不同的詞
調、曲牌之中，字句的運用存在著不同的考量，即便是同名的詞調、曲牌之
間，字句的運用情況也有所差別，例如此處所舉的〈沁園春〉，詞調與北曲曲
牌的格律、句式即相去甚遠。詞調〈沁園春〉為始創於北宋仁宗時期的「都
下新聲」，聲甚清美201，茲以蘇軾「孤館燈青」為例，參照詞律比對：

　　十　｜　－　－　（句）　｜　｜　－　－　（句）　｜　｜　｜　－　（韻）　｜　十
　　孤　館　燈　青　　，　野　店　雞　號　　，　旅　枕　夢　殘　　。　漸　月
　　－　十　｜　（句）　十　－　十　｜　（句）　十　－　十　｜　（句）　十　｜　－
　　華　收　練　，　晨　霜　耿　耿　　，　雲　山　摛　錦　　，　朝　露　清
　　－　（韻）　十　｜　－　－　（句）　十　－　十　｜　（句）　十　｜　－　－　十

200　任訥(任中敏)：《散曲概論・卷二・作法》，《散曲叢刊》第四冊，頁2。
201　(宋)劉斧：《青瑣高議》(臺北：河洛圖書出版社，1977年4月)前集卷八，頁75
　　　〈續記〉條曰：「聞前客肆中唱曲子〈沁園春〉。肆內有補鞋人傾聽甚久，崔中曰：
　　　『此何曲也？其聲甚清美。』』『乃都下新聲也。』」

清 。 世 路 無 窮 ， 勞 生 有 限 ， 似 此 區 區 長
｜ —（韻）— — ｜（句）｜ ＋ — ＋ ｜（句）＋ ｜ — —（韻）

鮮 歡 。 微 吟 罷 ， 憑 征 鞍 無 語 ， 往 事 千 端 。
— — ＋ ｜ — —（韻）｜ ＋ ｜ — — ＋ ｜ —（韻）

　　當 時 共 客 長 安 。 似 二 陸 初 來 俱 少 年 。
　　｜ ＋ — ＋ ｜（句）＋ ｜ — — ｜（句）＋ ｜ — ＋ ｜（句）

有 筆 頭 千 字 ， 胸 中 萬 卷 ， 致 君 堯 舜 ，
＋ ｜ — —（韻）＋ ｜ — —（句）＋ — ＋ ｜（句）

此 事 何 難 。 用 舍 由 時 ， 行 藏 在 我 ，
＋ ｜ — — ＋ ｜ —（韻）— — ｜（句）｜ ＋ — ＋ ｜（句）

袖 手 何 妨 閑 處 看 。 身 長 健 ， 但 優 遊 卒 歲 ，
＋ ｜ — —（韻）

且 鬥 尊 前 。 *202*

而曲牌〈沁園春〉入北曲般涉調，但是僅在《董西廂》、《劉知遠諸宮調》兩部諸宮調中得見，元劇時已不傳，南曲中亦無〈沁園春〉。以《劉知遠諸宮調》之〈知遠探三娘與洪義廝打〉為例：

> 洪信生嗔，洪義發惡，兩箇妳子忿起，一齊圍定劉知遠，罵：「窮神怎敢這般無知！好飯好食充你驢肚，試想俺咱無弱意，稱鼈氣，喫和不喫，也即由伊。平白便發無明，不改從前窮性氣！」　　四人言訖一齊上，知遠不懼，顯些雄威。傍裏三娘，心中作念，苦告神天少助力。一團兒顫，愁損豔態，蹙破宮眉。*203*

以此比較，便可知詞調、曲牌的〈沁園春〉在字數、句數乃至於平仄皆相去甚遠，格律異變極大，語句風格也是大相逕庭。

---

202 龍沐勛：《唐宋詞格律》（臺北：里仁書局，1995 年 8 月），頁 55-56。

203 藍立蓂校注：《劉知遠諸宮調校注》（成都：巴蜀書社，1989 年 3 月），頁 122。又校注中未有分為上下片，筆者仍按詞調為其分闋。

　　金、元北曲音樂和中原詞樂有所差異，而造成北曲和詞調的歧異；然而在淵源較為接近的南曲與詩餘而言，其差異的比較更具明確的詞、曲辨析意義，尤其是南曲中注明與同名詞調具有淵源者，例如〈滿庭芳〉，若以宋詞、明詞之詞調與南曲曲牌比較，則可見出過片、換頭的下闋首句五字句，明詞〈滿庭芳〉有由二三句式更改為一四句式的現象204，但是南曲〈滿庭芳〉有換頭者，仍多沿用原來宋詞詞調的二三句式；又如明詞中沈樹榮於此即填「記欄干十二」，趙重道填「看門前流水」，焦竑填「況風流令子」等，而明代《嘯餘譜》中載列詩餘、南曲二體，〈滿庭芳〉均以《琵琶記》之〈滿庭芳〉（飛絮沾衣）為體例，該處曰「萋萋芳草色」，明傳奇中所用亦多遵此二三句式。205因此可知，在明代的同名詞調曲牌之間，詞與曲在音樂、字句等創作格律上確實存在可辨的異同跡象，也是瞭解明代詞曲互涉現象的重要例證。本文在此章節暫不贅述，詳文請見後續章節。

四、明代詞曲相近與相別的意義

　　透過本章節在詞曲相近、相別的兩方面討論，可以得知明代詞曲處於相似而彼此影響、卻又有訴求明辨兩者的訴求的狀況。從作品現象以及諸家之評論則可以反映詞、曲又在這兩股不同的作用力之下，不僅各自呈現不同的發展面貌，而且彼此相繫——明代是個通俗文學盛行的時代，曲如戲曲之明傳奇發展鼎盛，詞在唐五代宋時期的婉約、豪放之後，受到曲體興盛的流風影響，產生了近於俚俗的「曲化」現象；相對地，散曲除了原來的本色風格之外，也漸漸走出文雅韻致的「詞化」一途，甚至更有「以曲釋詞」等詞曲互評的見解呈現。

　　詞曲相涉使得詞與曲在明代各有發展變化，堪稱新的文學風貌；然而，

---

204 宋詞〈滿庭芳〉譜例，見龍榆生：《唐宋詞格律》，頁40「山抹微雲」。本例所述的換頭首句，其載「銷魂，當此際」。

205 南曲〈滿庭芳〉罕用換頭，本例所述的換頭首句，在今見明傳奇聯套中使用〈滿庭芳〉換頭者，僅有《雙鳳齊鳴記》第二齣「禹錫空成賦」、《四喜記》第二十齣「行程何日盡」、《麒麟記》第五齣「思之今幾許」與第三十一齣「齊人歸侵地」共四例，均守二三句式。

既然詞曲相涉、互相取法是文體發展的新動力之一，又何以明代後期出現要求明辨詞、曲二體的訴求？例如前述王驥德論元代楊維楨北雙調〈夜行船序〉（蘇臺弔古）與北大石調〈念奴嬌〉（大江逝去）套曲謂：

> 一日，複取鐵厓詞諦觀之，殊不勝指摘。此詞出入三韻。起語「霸業艱危」句，便腐而迂；……蓋此曲之病，用韻雜出，一也；對偶不整，二也；塵語、俗語、生語、重語疊出，三也。此老故以詞曲自豪，今其伎倆乃止如此。吾非好為刻核，就曲論曲，不得不爾。至「大江逝水」一曲，則與此不同。其詞第檃括蘇語，及參入〈赤壁〉二賦語，不必己創，無多瑕隙。特蘇詞元用古韻，假借太甚，不美歌聽。又起處「悠悠萬頃」與「茫茫東去」接用，「古城石礨」、「水落石出」、「穿空亂石」三「石」字疊用，終非作法，為足恨耳。以是知曲之為道，其詣良苦，其境轉深。良工不示人以璞，一時草草，掩護無從，可不慎諸！*206*

其論除了評論楊維楨該曲的平仄、對仗、語境之外，又提及該曲檃括蘇軾詞作前、後〈赤壁賦〉語句，*207*不僅以蘇詞原作剪裁、改寫為曲作，而且「無多瑕隙」，儼然成體；但是在格律來說，除了以元代音韻砌寫至宋詞語句

---

206 （明）王驥德：《曲律‧雜論第三十九下》，《中國古典戲曲論著集成》第四冊，頁176-177。
207 楊維楨北大石調〈念奴嬌‧大江逝水〉套曲：「大江逝水，悠悠萬頃，茫茫東去不息。浪激汀沙，則是淘盡了千古風流人物。聞說，都到西邊崑崙赤壁，故城萬疊。舊三國，人何在，山高月小，水涸石出。〈換頭〉突兀，穿亂石、聳嶙岩、鬱鬱蒼蒼，霄漢凝碧。汹湧波濤，拍斷岸、捲起千堆雪。難別，天地無窮，江山如畫，水光接引共一色。一時事，知他換了，多少豪傑。〈前調換頭〉默默，遙想當年公瑾，雄姿英發，小喬初嫁美標格。巨纜橫舟曹孟德，不料周郎籌策。還憶，羽扇綸巾，笑談之下，軸艫千里火雲烈。思當日，危檣峻櫓，灰飛一旦煙滅。〈前調換頭〉悲咽，還是故國人遊，多情應笑、早不生華髮。堪嘆興亡春夢裏，百歲如駒過隙。奇絕，江上清風，山間明月，取之無窮用不竭。開懷處，一尊酒，還醉江月。〈一撮棹〉眾遊客，對江山，詠不絕。吹簫者，扣舷歌。漾舟楫，重洗盞，飲壺觴，盡殽核，熏醉，杯盤任狼籍。舟中睡，乾坤鈔尤窄。推篷顧，不覺東方朗然白。」

造成的語感衝突，而起調〈念奴嬌〉同字重出連用，是為缺憾。從王驥德對於楊維楨檃括宋詞、改寫為曲的評述來看，王驥德強調是「就曲論曲」，而且改詞為曲在元代已有前例、看似可行，但是回歸到「曲之為道」，詞和曲的意境造詣終有不同，若僅是從詞作摹寫、取法，是難以深入曲作的精深境界；縱使在文辭格律上用心，恐怕也只是拾人牙慧、甚至是俗言妄語，更遑論格律、音韻上的扞格。從王驥德此論作為「明詞曲化」現象的批評來說，該文在格律的要求提出相當具體的警策，看重曲的本質與其創發，也從此可以見出王驥德強調詞家、曲家作品之別的用意。

　　繼明代諸家詞話、曲話的論述之後，明確要求嚴守詞曲之別是在清代詞學中興時期才真正確立的觀念。經歷明代諸家對於詞曲混別同異的各種論見、或是創作實踐後，明代末年沈自晉以《南詞新譜》歸納南曲與詞的淵源，整理並標注南曲之中屬於「此係詩餘」或是「與詩餘同」的曲牌，可見明代對於詞曲淵源的認知。清人對於詞譜、曲譜格律的整理，乃是上承明人而來；但是經歷明代詞曲互動、相涉等創作現象與相稱借稱的理論歸納，瞭解明代的詞曲分際及其在當代的演進與影響，又如何啟發清代詞壇、曲壇的詞曲觀念，尚待深論剖析、進而瞭解明代詞曲如何承上啟下的議題。

第四節　明代詞曲名義論的變化與發展

　　明代的詞與曲在稱呼的名義與認知上有其偏指或混同，反映在明人詞話曲話與評論雜著之中，其中認為「詞」與「曲」為同指的見解佔多數，也同樣都指稱散曲劇曲，例如北詞實指北曲、南詞亦指南戲等，顯見明代詞曲相涉與其相近對於文學發展的影響。但是，亦有部分明人認為詞與曲二種文體應當有明確的區別，儘管在創作方式相當接近，在應用與創作上仍應視為二途、辨明異同。

　　蓋詞曲發展至明代，由於依牌調填製的長短句創作方式以及合樂的需求，明人認為詞與曲乃同源發展，尤其在廣泛的「樂府」名義歸納下，兩者實可並同而論、特別是詞調與南曲，於是產生詞曲淵源、風格與創作形式的互相

影響。而從明代詞、散曲與戲曲的發展年代來看，三者的蓬勃興盛皆在同一時期，提供了詞曲相涉發展背景的定位線索。

　　為了更明確說明明代詞曲相涉觀念的變化，呈現明代詞曲名義的衍變脈絡，茲此分期述說詞曲觀念的特點與發展。本章節所定分期，以明傳奇的發展脈絡為軸，並同時觀照當時詞與散曲的變化，藉此瞭解詞與曲在明人論著中的全面認知。*208*

一、 第一期：明初洪武(1368)至天順末年(1464)

　　此時期在詞壇而言，是上承宋元餘緒、詞作猶重寄託存意，也隨即浮現各種問題之時期；*209*對劇曲而言，是北曲創作興盛而與南曲戲文並行的時期。綜合兩家發展來看，則是詞曲觀念相涉的開始。本期明人看待詞與曲的文體定位時，已有相稱與並稱的現象產生，例如程敏政為瞿佑《樂府遺音》作序、稱其「長短句、南北詞直與宋之蘇辛諸名公其驅，非獨詞調高古，而其間寓意諷刺……」*210*，然就《樂府遺音》作品性質而言，可知長短句與「南北詞」並不單指詞調，而以「詞」之名來共同稱呼詞調與曲調的作品。又如曹安稱「元之詞曲」，其實就是元代的曲作；*211*邵寶稱「北詞南曲」，其中北詞實指

---

208 此處分期，參考郭英德：《明清傳奇綜錄》(石家庄：河北教育出版社，1997 年 7 月)之分期，並經過筆者的調整，達成求更詳細精準的呈現。

209 參考鄭海濤：《明代詞風嬗變研究》(北京：中國社會科學出版社，2014 年 8 月)，頁21-22 曰：「第一期，明開國洪武與建文兩朝(1368-1403)約 40 年間，這是明詞承接宋元餘緒的繼承期，一方面既傳承了宋元以來的詞學統緒，另一方面亦埋下了永樂至成化初明詞不振的眾多因素。　第二期，由永樂(1403-1424)始，歷經宣德(1426-1435)、正統(1436-1449)、景泰(1450-1456)、天順(1457-1464)到成化初年(1465)前後大約 60 年。此期明詞的交際功能交際功能得到極度強化，與詞長於言情的文體內質相去甚遠。詞體文學完全淪落為官僚仕宦交游唱和、歌舞贈答的實用性工具，僅在上層文士中得到傳承，流傳範圍極其狹窄。從詞學活動來看，此期也並未產生影響較大的論詞文字。因此，理應將之視為明詞的衰弊期。」

210 (明)陳敏政，見《明詞話全編》第一冊，頁 254。

211 (明)：曹安：「元人如劉時中、關漢卿諸公之作尤多，大抵元之詞曲最擅名。」見(明詞話全編)第一冊，頁 335。

北曲。而朱諫稱「樂府」，實為詩詞曲俱皆指稱的廣泛名詞，亦即以樂府的廣泛定義來指稱詞與曲。212又如祝允明言：「今所謂詞者，或呼為南詞，或為慢詞，或長短句、新樂府、詩餘、近代詞曲，名亦不定，妙亦不傳。」213顯見當時所謂「詞」的稱呼不一、詞法不定，反映明詞與曲相涉的開始。以上可見明初詞與曲的文體概念已經產生相涉的現象。

若是明確的區分詞和曲兩種稱呼，則當指詞與北曲而言，如李昌祺謂「非但天生絕英姿，填詞和曲尤華瞻。」214可謂是明確區分詞與曲之創作的稱謂；瞿佑稱其詞作與北曲小令分別稱為「詞」與「北樂府」，215其他如賈仲明、楊士奇、朱權、朱有燉、唐文鳳所稱樂府皆指散曲等。明代初期對於詞與曲的指稱，已經在樂府的音樂文學概念下產生相涉的現象；若為兩種不同韻文體的指稱，則指詞與北曲（雜劇、散曲）而言，而在此範疇之下的「樂府」特別強調為北曲的狹義指稱。

若與詞壇之發展互相參照，則可發現詞由於「小詞」之功能性及其創作獲得顯著的強調，加以前朝詞樂流失，使得詞作的創作與流傳大受侷限，更脫離了原本的音樂性；於是，當時尚為興盛的北曲仍然是宮廷、上層文人創作的焦點，而在民間流傳已久、漸漸向上掘起的南曲，也隨著明代曲體文學

---

212 （明）朱諫：「唐之樂府，選體是也。宋以後，則以詞調為樂府，命題為辭，其音節始有長短之殊，不專於五言矣，如《菩薩蠻》、《憶秦娥》之類皆是也。宋之諸儒皆好為之，元為最盛。」見《明詞話全編》第一冊，頁 410-411。

213 （明）祝允明：《祝子罪知錄》卷九，鄧子勉：《明詞話全編》第一冊，頁 408。

214 （明）李昌祺，鄧子勉：《明詞話全編》第一冊，頁 110。

215 （明）瞿佑：《樂府遺音》謂〈跋〈漁家傲〉壽楊復初先生〉：「『喜來不涉邯鄲道』：復初以村居自號，凌仙生彥翀壽以〈漁家傲〉詞，復初從而和之，邀予繼和。……」以及〈跋〈水仙子〉贈雍凱〉：「『五年相守在邊城』等二詞：雍生凱從學五年，最為親密。今被選唱佛名歌曲，每乘夜來過，輒為予歌數首。或留宿不去，嘉其情義之篤，為製〈水仙子〉二首，俾度腔歌之，因以為贈。」皆為詞作；而謂〈跋〈德勝令〉會飲〉：「『瓦盎貯香醪』等十詞：右北樂府十首，己亥歲夏頒降佛曲，從學諸生多被拘集在官歌唱。其於音律素所未習，不免有扞格之患。為製北曲十首，授之，俾度腔按譜，依聲依永以歌焉，恕或得其梗概。」則指北曲小令。以上見鄧子勉：《明詞話全編》第一冊，頁 63-64。

的重視而逐漸發揮影響。

二、 第二期：成化初年(1465)至嘉靖十四年(1535)

此為明代詞壇前期的發展[216]，成化(1465-1487)、弘治(1488-1505)、正德(1506-1521)年間正是明代吳中詞派掘起進而提振明代詞風的時期[217]，也是明傳奇早期體製的建立時代，劇曲創作以整理改編宋元明戲文、並吸收北雜劇之特色而逐步成長，直至嘉靖十四年梁辰魚完成《浣紗記》，不僅象徵崑腔的成熟，也意謂明傳奇體製的確立。

詞與曲在此時期已在詞家、曲家雙方從各種角度上相提並論，但大抵不出文體發展與創作兩大層面。在文體發展的角度上、也就是從廣泛定義的「樂府」來說，明代「詞」與「曲」在並稱相稱的行文脈絡下的名義分別，實則多指「南曲(南詞)」與「北曲」的分別；例如康海所謂的南詞北曲之分，南詞激越流麗而聲調宛轉、但時有宮調轉換，北曲慷慨樸實而循有矩度、卻少有借宮移調的現象，正是南曲與北曲的分野之一。但需要注意的是，康海論及「樂府」與文體的發展議題時，只分為詩與曲，並不特別區分詞一家，是由廣泛的「樂府」定義而出發的論點，也就是視詞曲為同途。[218]陸深所指的「今日之南詞、北詞」之特色，引用胡寅的評述稱南詞「綺羅香澤、綢繆宛轉」，稱北詞「登高望遠，舉首高歌，而逸懷浩氣，使人超乎塵垢之表」，實

216　參考張仲謀、王靖懿：《明代詞學編年史》(北京：高等教育出版社，2015年1月)，洪武至建文(1368-1402)為明初詞壇、永樂至成化(1403-1487)為明前期詞壇。

217　鄭海濤：《明代詞風嬗變研究》，頁22曰：「嘉靖(1522-1566)、隆慶(1567-1572)、萬曆(1644)三朝為明詞全面繁榮的時期。無論是詞學理論、創作實踐、還是詞集刊刻都處於極盛時代。」

218　(明)康海：《沜東樂府・序》曰：「世恒言詩情不似曲情多，非也。古曲與詩同，自樂府作，詩與曲始歧而二矣，其實詩之變也。宋、元以來益變益異，遂有南詞北曲之分。然南詞主激越，其變也為流麗；北曲主慷慨，其變也為樸實。惟樸實，故聲有矩度而難借。惟流麗，故唱得宛轉而易調。此二者，詞曲之定分也。」見鄧子勉：《明詞話全編》第一冊，頁471。

即指稱明代的南曲與北曲之特色；*219*而陸深亦認為詞與曲是為同一文體的遞進演變，詩、詞、曲是為同源遞變，也因此詞與曲自然視為一途，*220*與康海並無太大差異。於是，「南詞」從此開始作為「南曲」的名謂之一。

　　而基於詞曲同源遞變的發展論點，南曲來自於宋詞的觀察與觀念亦開始建立，如藍田稱述古今樂府之流，肯定地表述「南曲則五代宋世所遺慢詞」*221*，是明代提出南曲與詩餘淵源之發軔，亦是明代詞與曲在名謂與觀念上相傾相涉的建基。

　　在文體創作的角度上，譬如陳沂將依樂填製的詞與曲都稱為「填詞」，不過在明代分為南曲、北曲二類；*222*又如顧應祥討論音韻時，將詩韻與詞韻曲韻分開來、詞曲皆一同遵循《洪武正韻》，並且「取其音協、不拘于韻」，將詞、曲並陳一類；*223*或如前述陳霆在詞話中評論劉基、朱淑真、瞿佑等人的詞作，以「南詞」、「詞曲」或是「曲」來稱呼，但則皆指詞而言等等。在創

---

219 鄧子勉：《明詞話全編》第一冊，頁 482：「歌辭代各不同，元人變為曲子，大抵分為二調，曰南曲，曰北曲。胡致堂（按：胡寅）所謂『綺羅香澤之態，綢繆宛轉之度』，正今日之南詞也；『登高望遠，舉首高歌，而逸懷浩氣，使人超乎塵垢之表』者，近於今日之北詞也。」

220 鄧子勉：《明詞話全編》第一冊，頁 487 曰：「《跋龍江泛舟曲》：『律詩變小詞，詩餘，小詞之變也；詩餘變為曲子，金、元時人最盛。有腔有調有板，謂之北曲；南曲，北曲之變也。病餘間一為之，將令小僮歌以陶寫，猶得詩人之意者，風土之音存焉爾。所謂纏綿宛曲之辭，綺羅香澤之態，殆南曲之謂與？』」

221 （明）藍田：〈題胡可泉樂府〉，鄧子勉：《明詞話全編》第一冊，頁 502-503：「余嘗文諸先生長者言，今之太常所用樂沿有元，有元襲宋之東都，蓋崇寧樂府之遺瘤。今之樂府，非古之樂府也。今之樂府分為南北，北曲皆胡部也，南曲皆俗部也。……余曰不然，北曲自蒙古女真入我中原始有之，南曲則五代宋世所遺慢詞是也。南則流於哀怨，北則極其暴厲，皆非古之樂府之音也。」

222 鄧子勉：《明詞話全編》第一冊，頁 435：「至唐為近體，為填詞，宋詞為盛，金、元為曲……填詞降為南北調，亦各有盛衰也。」

223 （明）顧應祥：《虛靜齋惜陰錄》曰：「又謂韻起於江左，多吳音，亦未然。且如回、梅、灰等字，與臺同韻，此江右之音，非吳音也。……今人作詞曲，亦止取其音之協，而不拘于韻，惟作詩則依韻而不敢失，是亦因襲之故也。……今之用韻者宜遵時王之制，以《洪武正韻》為準可也。」鄧子勉：《明詞話全編》第一冊，頁 598-599。

作的角度上，由於詞與曲俱是合樂且依調填製，創作過程與思維相當接近，是以兩者在明代作家的觀念裡逐漸相傾相涉，並且在本時期成形。

較有意識區分詞、曲二體者，本時期有郎瑛所稱「南詞、北樂府」，即分別指詞與曲二家，而且樂府為指稱曲的狹義定義。例如郎瑛稱馬洪「最善南詞，有《花影集》行世」、又言「南詞難拘字韻，……南詞似多起於唐也」，[224]可知南詞指的是詩餘；又稱歷代文體文學時，稱「宋之南詞、元之北樂府」，以及考察樂府名目時舉周德清《作詞起例》之論，即知樂府實指曲體而非專指詩餘。[225]

綜要而論，此時期正是詞與南曲一同振興的時代，因此，詞與曲的相近相涉在本時期的文體論述上有了更明確的立場和見解，明人嘗試從文體的發展演變解釋——在廣泛定義的「樂府」議題下，將詞與曲、甚至包含詩在內的音樂文學形式視為同一進途的演變。所以總結本時期的詞與曲的發展論見，會出現陳霆稱呼劉伯溫、瞿佑等人之詞作為「曲、詞曲」等情形，實為經歷一番沉澱而播發的觀念。

三、 第三期：嘉靖十五年(1536)至萬曆十四年(1586)

此期為明詞全面繁榮發展的時期，嘉靖(1522-1566)、隆慶(1567-1572)、萬曆(1644)年間，是明詞創作、詞譜編訂、詞集刊刻與點評大量出現的時期，[226]

---

224 (明)郎瑛：《七修類藁》，鄧子勉：《明詞話全編》第一冊，頁 604、620。

225 (明)郎瑛《七修類藁》，鄧子勉：《明詞話全編》第一冊，頁 607；以及頁 624-625 曰「樂府」：「予不知音律，故詞亦不善。每見古人所作，有同名而異調者，有異名而同辭者，又有名同而句字可以增損者，莫知謂何也？後見元人周德清有《作詞起例》一書，然後知當同當異者自有數調，句字可以增損者亦有數調。惜此書已少，又雜記於眾詞名中，一時檢閱亦難也。今特錄出，以便觀覽，庶使如予者可考焉。」

226 張仲謀：《明詞史》(北京：人民文學出版社，2002 年 2 月)，頁 195 曰：「明詞在經歷過弘治、正德、嘉靖一段中興氣象之後，在隆慶迄崇禎的六十餘年間，由於特定的社會文化背景，又重新跌入衰颯境地。」所謂特定社會文化背景，乃指通俗文學大量興盛、廣為一般大眾接受，使得典雅文學的詩詞只能在文人之中維持。但此時期也有大量的詞學論助與詞集創作，不見得必然衰微，詳見鄭海濤：《明代詞風嬗變研究》，頁22：「……上述認識除了第一其與張仲謀先生的分法大致相同外，其他各期在時間起

亦是明代詞學的發展後期之開始，227在曲體而言更是《浣紗記》完成、確立
明傳奇的體製之後，開始邁入體有定制而又大量創作的明傳奇生長期後半段，
228最早考鏡南曲戲文源流的徐渭《南詞敘錄》也在此時完成。明代許多重要
的詞曲作家在本時期紛呈輩出，也有許多關於詞曲觀念與定義的評論與見解。

　　本時期眾說紛陳，其中被引用最多、影響最大者，不出何良俊、王世貞
二家。何良俊在詞曲源流發展上，稱「夫詩變而為詞，詞變而為歌曲，則歌
曲乃詩之流別。」將發展於詩餘之後的曲稱為「歌曲」，229看似將詞與曲明白
地區分開來，但在分析何良俊的總體評論後，便能發現何良俊對於詞曲的稱
呼並未貫串統一；「樂府」在何良俊的論見中作為可和樂之曲體文學的總稱，
如稱元人樂府即指散曲230，稱詩與詩餘之間的過渡文體為樂府231，稱古曲亦

止上均有明顯區別：……其中最明顯的區別在於第四期的劃分，我們將嘉靖詞壇與隆
　　慶、萬曆詞壇合為一期，是因為就詞人創作、詞譜編訂、詞集的刊刻和評點等風習而
　　言，隆慶、萬曆時期明詞絕談不上『衰微』，而是在前期詞學的基礎上有了深入發展。」

227 陳水雲：《明清詞研究史》（武漢：武漢大學出版社，2006 年 9 月），頁 10 曰：「弘治
　　以後，明詞由前一時期的衰轉而有復興的跡象，湧現出楊慎、陳霆、陳鐸、張綖、夏
　　言等在明代詞壇上甚有影響的詞人。不過詞學批評要晚於創作一步，當時較有影響的
　　兩部詞話，《渚山堂詞話》（陳霆）陳稿於嘉靖九年庚寅(1530)，《詞品》（楊慎）成稿於
　　嘉靖三十年辛亥(1551)，據有的學者統計，大量有理論價值的明代詞集序跋皆作於嘉
　　靖以後，以嘉靖年間作為後期詞學發展的起點是比較合理的。」

228 郭英德：《明清傳奇綜錄》（石家庄：河北教育出版社，1997 年 7 月），頁 4 曰：「從明
　　成化初年至萬曆十四年(1465-1586)，共 122 年，是傳奇的生長期。……這時期的傳
　　奇作家從整理、改編宋元和明初的戲文入手，吸收北雜劇的優點，探索、總結和建立
　　了規範化的傳奇文學體制。在這種整理和改編的過程中，傳奇作家逐步建立起篇幅較
　　長、一本兩卷、分出標目、結構形式固定、有下場詩等不同於戲文的規範化的文學體
　　製，成為後代傳奇創作的圭臬。傳奇文學體製的定型約完成於嘉靖中後期(1546-
　　1566)，它標誌著傳奇的真正成熟。」

229 (明)何良俊：《四友齋叢說》卷三十七，見鄧子勉：《明詞話全編》第二冊，頁 1011-1012。

230 (明)何良俊：《四友齋叢說》卷三十七曰：「元人樂府稱馬東籬、鄭德輝、關漢卿、
　　白仁甫為四大家。」此指散曲言。見鄧子勉：《明詞話全編》第二冊，頁 1012。

231 (明)何良俊：《四友齋叢說》卷三十七引《草堂詩餘‧序》謂：「宋初因李太白〈憶秦
　　娥〉、〈菩薩蠻〉二詞以漸創製……而詩餘為極盛。然作者既多，中間不無昧於音節。
　　如蘇長公者，人猶以鐵綽版唱『大江東去』譏之，他復何言耶？由是詩餘復不行，而

謂樂府232，但是在稱引樂府與詩餘的風格別異之時，則是為強調曲與詞的不同、並推許詞的「婉麗流暢」之風格，233可知何良俊實有意在評論上將詞獨立為一家，但是何良俊的「詞」有時亦指「曲」作，如稱作曲為「填詞」，或稱「詞曲」時實則有意偏指「劇曲」234，在可知在創作角度上，何良俊實際上較偏重曲論，並且將同樣合樂而歌的詞、曲兩者等同並論，而將不能合樂的「詩餘」獨列一體。

王世貞論詞曲文學發展時即稱「曲者，詞之變也」，上述古樂府而下逮南北曲之分，肯定詞與曲的遞變淵源，並且被明代孫丕顯、吳楚材、胡震亨、陳懋學等人引用；235王世貞認為詞與曲是截然有別的兩種文體——強調宋詞、元曲之分，而且又稱「曲興而詞亡」，但是王世貞在名目稱引上亦將詞、曲互用，並不特別強調名義上的區別，例如稱南曲〈題柳〉為南詞、稱馬致遠曲

金、元人始為歌曲……總而覈之，則詩亡而後有樂府，樂府闕而後有詩餘，詩餘廢而後有歌曲，大抵創自盛朝，廢於叔世。」見鄧子勉：《明詞話全編》第二冊，頁 1016 。

232 (明)何良俊：《四友齋叢說》卷三十七曰：「曲至緊板，即古樂府所謂趨，趨者，促也。」見鄧子勉：《明詞話全編》第二冊，頁 1013。

233 (明)何良俊：《四友齋叢說》卷三十七曰：「然樂府以皦勁揚厲為工，詩餘以婉麗流暢為美，即《草堂詩餘》所載，如周清真、張子野、秦少游、晏叔原諸人之作，柔情曼聲，摹寫殆盡，正詞家所謂當行，所謂本色也。……觀者勿謂其文句之工，但足以備歌曲之用，為實燕之娛而也。」見鄧子勉：《明詞話全編》第二冊，頁 1016。

234 (明)何良俊：《四友齋叢說》卷三十七曰：「祖宗開國，尊崇儒術，士大夫恥留心辭曲，雜劇與舊戲文本皆不傳，世人不得盡見。雖教坊有能搬演者，然古調既不諧於俗耳，南人又不知北音，聽者既不喜，則習者亦漸少。而《西廂》、《琵琶記》傳刻偶多，世皆快睹，故其所知者獨此二家。余家所藏雜劇本幾三百種，舊戲文雖無刻本，然每見於詞家之書，乃知今元人之詞往往有出於二家之上者。蓋《西廂》全帶脂粉，《琵琶》專弄學問，其本色語少，蓋填詞須用本色語，方是作家。」見鄧子勉：《明詞話全編》第二冊，頁 1011-1012。

235 (明)王世貞：《弇州山人四部稿》卷一百五十二曰：「曲者，詞之變，自金、元入中國曲者，所用胡樂嘈雜，淒緊緩急之間，調不能按。乃更為新聲以媚之，而諸君如貫酸齋、馬東籬、王實甫、關漢卿、張可久、喬夢符、鄭德輝、宮大用、白仁甫輩咸富有才情，兼喜聲律，以故遂擅一代之長，所謂宋詞、元曲，殆不虛也。」鄧子勉：《明詞話全編》第三冊，頁 1462。

作為「元詞第一」，236在「小詞」的稱引上又分別指散曲小令與詩餘作品237，可見在應用與論述中，詞曲二體仍然相提同論。何、王二人的詞曲理論是本時期被徵引最多、影響最大者，但是在詞曲觀念的解說與應用上分辨不清、或是在不刻意區分其名義的情形下，詞曲相稱、相近相通的論見便在本時期傳播開來。

本時期已然肯定詩、詞、曲乃同源遞變的發展，認同詞與曲之間的必然承緒關係，不再只是從廣泛定義的「樂府」的音樂性文學上的形式而論其相近而已，是本時期論詞曲相近相傾的最大特色。其他如楊慎、劉鳳、于慎行等人，咸認為詞與曲的共同起源至少可上溯至唐代、甚至最早上逮漢代樂府，238而從該期的文學選集亦可反映詞曲音樂體製與特色相近、同源遞變的觀念，進而透過《花草粹編》、《詞林摘艷》的傳佈而產生影響；李蓘「錦窠老人序詞曲南北之源」謂：

蓋其身有之者，曰：……後遂全革古體，專以律呂音調格定聲句之長短

---

236 (明)王世貞：《弇州山人四部稿》卷一百五十二引「畫南北二詞」曰：「題柳『窺青眼』，相傳國初人作，可謂曲盡張緒風流。至馬致遠『百歲光陰』，有感激超曠之致，而音響節奏又自工絕，元人推以為詞為第一，殆非虛也。」鄧子勉：《明詞話全編》第三冊，頁1478。

237 (明)王世貞：《弇州山人四部稿》卷一百五十二引「張玉蓮」條稱其「南北令詞，即席成賦，審音知律，時無比焉。……張作小詞〈折桂令〉贈之」，乃指曲也；又頁1570引「符郎」條稱：「春娘十歲時，已能誦《語》、《孟》、《詩》、《書》，作小詞。」其中「小詞」當指詩餘。見鄧子勉：《明詞話全編》第三冊，頁1561。

238 (明)楊慎：《詞品·序》曰：「曰詩餘者，〈憶秦娥〉、〈菩薩蠻〉二首為詩之餘，而百代詞曲之祖也。」鄧子勉：《明詞話全編》第一冊，頁650。(明)劉鳳：《劉子咸集》曰：「樂府古詩，其漢以來樂忽？被之聲，當必近之。而今亦不可作，降則為詞，為曲，雖愈下，輒然皆樂之遺乎？是由可沿之求律呂也。詞自唐始，元其變也。曲始金大定間，亦至元而變。又分而南北，迄於今。然金之曲，今已不能歌矣。北人不能歌南，南人不能歌北，則雖強之，終亦不可矣，則知師乙所言宜歌商、宜歌齊者，固然哉！」鄧子勉：《明詞話全編》第三冊，頁1832-1833。(明)于慎行曰：「宋元詞曲有出於唐者，如清平樂、水調歌、柘(音這)枝、菩薩蠻、八聲甘州、楊柳枝詞是也。」鄧子勉：《明詞話全編》第三冊，頁1976。

緩急，故唐末宋初以來，歌曲則全用詞體，今世呼為南曲是也。自金、元以胡俗行乎中國，董解元、關漢卿輩體南曲而更以北腔，中原盛行之，今呼為北曲者是也。因分而為二，南人歌南曲，北人唱北曲。[239]

李蓘引用此論說明明代南曲起源於唐宋詞樂之詞體，即是確認詞與南曲相近的淵源，而李蓘認為北曲與詞也有所淵源，只是北曲興起後，詩餘便因代變繼勝而漸趨消沉。[240] 《詞林摘艷》作者張祿則曰：

今之樂猶古之樂，殆體制不同耳。有元及遼、金時，文人才士審定音律，作為詞調。逮我皇明，益盡其美，謂今之樂府。其視古作，雖曰懸絕，然其間有南有北，有長篇小令，皆撫時即事，托物寄興之言。[241]

此論所稱「今之樂府」，又謂為「詞調」，又言其分南北、分為長篇與小令，可知此處「詞」林、「詞」調，實指明代的南曲與北曲；《詞林摘艷》本身為散曲、戲曲選集，卻以「詞」為名，便是詞曲名義相稱與借稱的現象。

又如李開先，逕稱曲為詞[242]、稱單支曲牌小令為單詞[243]、稱套曲為套詞

---

239 （明）李蓘：《黃谷瑣談》卷三，鄧子勉：《明詞話全編》第三冊，頁 1862-1863。

240 《花草粹編・敘》曰：「蓋自詩變而為詩餘，又曰雅調，又曰填詞，又變而為金元之北曲矣。當其變詞也，彼唐末宋初諸公遏其聰明智巧，抵於精美。……北曲起，而詩餘漸不逮前，其在於今則益泯泯也。」鄧子勉：《明詞話全編》第三冊，頁 1864。

241 鄧子勉：《明詞話全編》第三冊，頁 1812。

242 鄧子勉：《明詞話全編》第二冊，頁 941-942，《張小山小令序》：「《太和正音譜》評小山詞：『如瑤天笙鶴，既清且新，華而不艷，有不食煙火氣味。』又謂其『如披太華之天風，招蓬萊之海月』，若是，可稱詞中仙才矣。…世雖慕之，未有見其全詞者。」

243 鄧子勉：《明詞話全編》第二冊，頁 939，《醉鄉小稿序》：「單詞謂之葉兒樂府，非若散套、雜劇可以敷演填奏，所以作者雖多，而能致其精者亦稀矣。元以詞名代，單詞致精者不過兩人耳，小山張可久、笙鶴喬夢符。喬有小套，然亦不多。查德卿而下，無足比數矣。予自辛丑引疾辭官歸，即主盟詞社，見其前作，俱是單詞，眾友以為只精此散套，雜劇無難事矣。」又如頁 948，《市井艷詞・後序》：「〈山坡羊〉有二，一北一南；〈鎖南枝〉亦有二，有南無北。一北一南者，北簡而南繁，歌聲繁簡亦隨之。然而相類有南無北者，一則句短而碎，一則長短夾雜而歌聲矍然不同。二詞之大致如此。」

244、稱南北曲為南詞與北詞等；*245*又如屠隆稱「譜曲」為「填詞」，不再區分詞與曲的創作分別等論。*246*或如，在本時期開始廣布流傳的《西廂記》、《琵琶記》為詞曲之祖的說法：自明代蘇祐開始，將北曲雜劇之王實甫《西廂記》，與南曲戲文之高明《琵琶記》，並稱為「詞曲之祖」，其謂：

> 詩而騷，騷而賦，賦而樂府，樂府而詞，詞而小令。南北曲分，聲韻之變，隨時化遷，要之，達於比興，千古如新。王實甫《西廂記》，《會真詩》演義也；高則誠《琵琶記》，蔡中郎別傳也。南北詞曲之祖，它有作者，莫能尚矣。*247*

其中以「詞」作為南曲之代稱，亦是詞與曲的名義互稱已在本時期發見，前述凌迪知、江旭奇或是出於下一時期的李春熙等人皆從此說，*248*亦即詞、

244《張小山小令序》：「予為之(按：張可久)編選成帙，亦有一二刪去者，存者皆如《錄鬼》及《太和》二書所稱許。以其生平鮮套詞，因名之曰《小山小令》云。……以見元詞所由盛，元治所由衰也。」又頁 942，《喬夢符小令序》：「元以詞名代，而喬夢符其翹楚也。……云夢符不但長於小令，而八雜劇、數十散套，可高出一世。予特取其小令刻之，與小山為偶。元之張、喬，其猶唐之李、杜乎？套詞又不忍輕去，間亦選而取之，附於其後。不改小令原名，以小令多而套詞少耳。」見鄧子勉：《明詞話全編》第二冊，頁 941-942。又《西野春遊序》：「傳奇、戲文雖分南北，套詞小令雖有短長，其微妙則一而已，悟入之功存乎作者之天資學力耳。」鄧子勉：《明詞話全編》第二冊，頁 954，

245《喬龍谿詞序》：「邑人喬龍谿以僉事致仕後，即擅詞名遠邇，但稱其長於北詞，是豈知詞與先生者耶？……龍溪非惟能作，而且善謳南詞，時亦有之，但非其所好，以為非其所長，是豈知詞與先生者耶？如康對山(康海)每赴席，稍後座間，方唱南詞，或扮戲文，見其入即更之，其所刻《沜東樂府》，南詞亦參錯其間，以為止長於北，是豈知詞與對山者耶？」鄧子勉：《明詞話全編》第二冊，頁 940。

246(明)屠隆：《鴻苞》曰：「譜曲，以詞曲填入譜也，又名填詞。」，鄧子勉：《明詞話全編》第三冊，頁 1908。

247(明)蘇祐：《逌游瑣言》，鄧子勉：《明詞話全編》第二冊，頁 886。

*248*凌迪知、李春熙語見前註。(明)江旭奇：《朱翼》引用王世貞謂「曲者，詞之變也」時謂：「元有曲而無詞，曲者，詞之變也。……北調詞情多而聲情少，南調詞情少聲情多。北力在絃，南力在板。北人合聲，南貴獨奏。北以《西廂記》為宗，南以《琵琶

曲在此時期的混稱已成定見。

較有意識辨別詞曲相異者，本期如王圻從雅俗之別來分判詞與曲的特徵與風格，其謂「詞曲雅俗」曰：

> 詞者，樂府之變也。而曲者，又詞體之餘也。詞俗於詩，曲尤俗於詞，然愈俗則愈雅。詞雅於調，曲尤雅於韻，然愈雅則愈遠。……外殊無聞者，豈以詞能損詩格耶？今觀工詩者，詩便似詞；工曲者，詩便似曲。此兩家語，信不宜多作，求其超然三昧，卓爾大雅，繼李供奉者，獨一坡仙而已。*249*

詞、曲與樂府的演進遞變關係，實與何良俊「詩亡而後有樂府，樂府闕而後有詩餘，詩餘廢而後有歌曲」，或是王世貞「曲者，詞之變也」之論相同；但是王世貞有意說明詞與曲、甚至是南曲與北曲之分野，何良俊並不刻意區分詞與曲，而王圻則以詩為韻文學本位，推崇其大雅之地位，而論曲俗於詞、而詩又雅於詞。此種從推崇詩家而視詞曲同異的論點，尚有馮夢禎，在為田藝蘅《縵園心調》序文、稱述其作品時，提出詞、南曲、北曲之源流皆可推本於詩的作法。*250*同時，如果將詞調視為樂府，便會衍生樂府為雅、而明代當世流行曲樂相對為俗之論見，在彭大翼、劉鳳的言論中即可發現此種見解。

綜要言之，本時期隨著詞、曲論著的紛呈，詞與曲在同源遞變的立論、名義相稱借稱的現象都更為確立，並且更進一步確立了詞與南曲的淵源關係；同時，隨著南曲的創作興盛，與詞之間的互動、相涉也更為顯著。

四、 第四期：萬曆十五年(1587)至明末清初

此期為明代詞壇發展的總結期，延續自嘉靖以來的頻繁活動、更出現了

記》為祖。」見，鄧子勉：《明詞話全編》第四冊，頁 2558。

249 (明)王圻：《稗史彙編》，鄧子勉：《明詞話全編》第三冊，頁 1718。

250 (明)馮夢禎：《快雪堂集》收錄〈序田子藝先生〉，《縵園心調》曰：「《縵園心調》者，吾友田子藝先生所著詩餘、南北詞曲也。詞曲本詩餘，詩餘本唐人之詩，……余不知度曲，興到，以意為之，俗謂之隨心令，以故不敢輕率填詞，子藝之學無所不通，宜筆端遊戲乃爾。」見鄧子勉：《明詞話全編》第三冊，頁 1988。

提升明詞境界與內涵的詞人；*251*同時，本期亦為明代的傳奇勃興期，更有針對曲文格律和辭采之關係而發的「湯沈之爭」，在關注曲律和文詞孰為權重的討論之餘，實際上也有助於探析詞與南曲的關係為何。明代文學範疇雖至孟稱舜為止，但傳奇之勃興實延續至清代順康年間*252*，而且對詞與曲的見解積累至此，更是影響並促成清初詞壇辨體與尊體之基礎。

隨著南曲的創作興盛，本時期對於詞與曲在討論與理解上的相涉現象最為紛眾，加以前期文人的立論影響，使得詞曲相涉之說更為廣傳。例如沈德符稱南曲為南詞*253*、又稱填寫散曲與傳奇為「填詞」*254*；祁彪佳於其《曲品序》中逕稱曲為詞等*255*。其中又有說明詞如何向曲相傾的論見，如陳子龍在《幽蘭草詞序》中提出：

---

251 鄭海濤：《明代詞風嬗變研究》，頁 22。

252 郭英德：《明清傳奇綜錄》，明萬曆十五年至清順治八年(1587-1651)為傳奇的勃興期，而順治九年至康熙五十七年間(1652-1718)為傳奇發展期。見頁 5-6。

253 (明)沈德符：《萬曆野獲編》曰：「若散套，雖諸人皆有之，惟馬東籬『百歲光陰』、張小山『長天落彩霞』為一時絕唱，元詞多佳，皆不及也。元人俱嫻北調，而不及南音，今南曲如〈四時歡〉、〈窺青眼〉、〈人別後〉諸套最古，或以為元人筆，亦未必然。即沈青門、陳大聲輩南詞宗匠，皆本朝成、弘間人，又同時如康對山、王渼陂二太史俱以北擅場，並不染指於南。渼陂初學填詞，先延名師，閉門學唱三年，而後出手，其專精不泛及如此。章邱李中麓太常亦以填詞名，與康、王俱石友，不嫻度曲，即如所作《寶劍記》，生硬不諧，且不知南曲之有入聲，自以《中原音韻》叶之，以致吳儂見誚。同時惟臨朐(音麴)馮海桴差為當行，亦以不作南詞耳。」見鄧子勉：《明詞話全編》第五冊，頁 3144。

254 (明)沈德符：《萬曆野獲編》：「填詞出才人餘技，本遊戲筆墨間耳。然亦有寓意譏訕者，如王渼陂之《杜甫遊春》，則指李西涯及楊石齋、賈南塢三相。康對山之《中山狼》，則指李空同。李中麓之《寶劍記》，則指分宜父子。」又謂：「梁伯龍傳奇」：「梁伯龍傳奇：同時崑山梁伯龍辰魚亦稱詞家，有盛名，所作《浣紗記》，至傳海外，然止此，不復續筆。」見鄧子勉：《明詞話全編》第五冊，頁 3148、3149。

255 鄧子勉：《明詞話全編》第六冊，頁 4117：「詞至今日而極盛，至今日而亦極衰。學究、屠沽，盡傳子墨；黃鍾、瓦缶雜陳，而莫知其是非。」而後文論「詞」者，則指曲文辭藻而言，如：「或調有合於韻律，或詞有當於本色，或事有關於風教，苟片善之可稱，亦無微而不錄。」

明興以來，才人輩出，文宗兩漢，詩儷開元，獨斯小道，有慚宋轍。其最著者，為青田(劉基)、新都(楊慎)、婁江(王世貞)，然誠意音體俱合，實無驚魂動魄之處；用脩以學問為巧便，如明眸玉屑，纖眉積黛，祇為累耳；元美取境似酌蘇、柳間，然如鳳凰橋下語，未免時墮吳歌。此非才之不逮也，鉅手鴻筆，既不輕意，荒才蕩色，時竊濫觴。且南北九宮既盛，而綺袖紅牙不復按度，其用既少，作者自希，宜其鮮工也。*256*

陳子龍指出明代詞人名家尚有劉基、楊慎、王世貞等人，但是意蘊始終不如宋詞，而且「南北九宮既盛」、在南北曲風氣興盛之下，詞調原先的合樂創作已然沉寂罕見，使得明詞成就受到相當的侷限。此論指出由於南北曲的創作取代了詞之創作的動力和關注，而成為詞漸向曲靠攏、影響了宋詞「綺袖紅牙」的內蘊，亦是詞曲相涉的重要關鍵之一。又如臧懋循，於《元曲選》序文中指出詞和曲的本源問題：

予不敢知所論，詩變而詞，詞變而曲，其源本出於一，而變益下，工益難，何也？詞本詩，而亦取材于詩，大都妙在奪胎而止矣；曲本詞，而不盡取材焉，如六經語、子史語、二藏語、稗官野乘語，無所不供其採掇，而要歸於斷章取義，雅俗兼收，串合無痕，乃悅人耳。*257*

此論提出詩、詞、曲皆為同一源出，而曲對詞的取材更為全面，講求雅俗兼收、裁縫無痕而為上品——便將曲和詞的源出視為同一，在創作上更可相通取法。又如蔣孝撰定《南九宮譜》時，以「詞」來指稱曲作；*258*或如馮夢龍以北詞、南詞來指稱北曲與南曲的創作格律，*259*可知在創作形式上南曲

<hr>

256 鄧子勉：《明詞話全編》第七冊，頁 4544。

257 鄧子勉：《明詞話全編》第七冊，《元曲選後集序》，頁 4787。

258 (明)蔣孝：《南小令宮調譜序》謂：「《九宮十三調》者，南詞譜也。……適陳氏、白氏出其所藏《九宮》、《十三調》二譜，余遂輯南人所度曲數十家，其調與譜合及樂府所載南小令者彙成一書，以備詞林之闕。」鄧子勉：《明詞話全編》第四冊，頁 2317。

259 (明)馮夢龍：《太霞新奏發凡》曰：「詞學三法，曰調，曰韻，曰詞。不協調，則歌必

與詞的相涉反映。

此時期的詞曲相涉反映，實受前期立論影響甚深，尤以王世貞、何良俊之說深植本期詞家曲家之影響為最，如徐師曾、《重刻草堂詩餘評林》、沈堯中、陳懋學、孫丕顯、吳楚材諸人都曾引用王世貞「曲者，詞之變也」與何良俊的樂府見解。而本期詞家曲家更以此為立論基礎，作為對詞與曲的關係析論；例如詹景鳳曾針對二人之論提出一番反思，260但大抵接受王、何二人的整體文學觀；張所望亦服膺於何良俊的詞曲之論；261然明末張元徵則就王世貞的文體遞變論指出反對意見，262並以曲之發展為主要依歸。是以，王、何二人的詞曲發展見解，是影響明代中期之後詞曲互涉與其理解的重要因素。

基於前期諸家對於廣泛定義的「樂府」範疇下而視詞曲為同源相近的論

捩嗓，雖爛然詞藻，無為矣。自東嘉沿詩餘之濫觴，而效顰者遂藉口不韻。不知東嘉寬於南，未嘗不嚴於北。謂北詞必韻而南詞不必韻，即東嘉亦不能自為解也。是選以調協韻嚴為主，二法既備，然後責其詞之新麗，若其蕪穢庸淡，則又不得以調韻濫竽。」鄧子勉：《明詞話全編》第五冊，頁3079。

260 (明)馮夢龍：《太霞新奏發凡》曰：「詞曲，非詩也，非文也，第為之亦有法。如風骨過雅，則鄰於文人詩矣；情致過媟(音謝)，則淪於譚官語矣；以非其本色也。何元朗謂填詞須用本色語，蓋雅而非雅，俗而非俗，去麗則之執戟，直俳浪子風流，關紅角綠，遊戲濮上桑間，故趣在情勝態勝，而妙在含情含態，其調在雜方言而用小語以致巧，其色在穠麗妖冶而韻在婉至，而飄灑乃其極則。」又謂：「乃為貴耳。至於慷慨磊落，縱橫豪爽，抑亦其次。走謂慷慨磊落，縱橫豪爽，自是詩歌趣。若詞曲本色，則或在彼不在此。溯彼源流，蓋陳後主、隋煬帝之濫觴，並是衰世流俗人情，盛時定不尚此。故其音出於宋中葉，而金、元為特盛。」鄧子勉編：《明詞話全編》第五冊，頁2782。

261 (明)張所望詞話：「何元朗識音解歌，所著《四友齋叢說》論詞曲最有妙理，如云填詞須用本色，語《西廂》全帶脂粉、《琵琶》專弄學問。又云語關閨閣，已是穠艷，須得以冷言剩句出之，雜以訕笑，方纔有趣。若既姬相，辭復濃艷，則豈畫家所謂濃鹽赤醬乎。畫家以重設色為濃鹽赤醬若女子施朱傅粉，刻畫太過，豈如靚妝素服天然妙麗者之為勝耶？」鄧子勉編：《明詞話全編》第六冊，頁3914。

262 (明)張元徵：《盛明雜劇‧初集序》曰：「弇州云：詞興而樂府亡，曲興而詞亡，即詞亦鄙其婉孌而近情也，何有雜劇？余謂不然，正恐情不至耳。」鄧子勉編：《明詞話全編》第八冊，頁5517。

見，亦為本時期在討論詞曲關係上的另一個重要脈絡，例如袁宏道以此定義泛稱詞、曲為樂府，[263]或如李維楨、胡震亨與凌濛初皆稱詞曲為樂府之脈絡，但要旨皆是以論詩為中心。[264]從此可以發現：明時期討論詞與曲的關係時，若從韻文學、或稱「樂府」的整體發展脈絡來看，時常可見詩家、詩論參與析述，而從詩家的角度將詞曲一併列入廣泛的「樂府」之內，促成詞與曲相近乃至於相涉的動力之一。以詩家起論者，本時期有胡應麟，其《少室山房筆叢》有謂：

> 詩至於唐而格備，至於絕而體窮。故宋人不得不變而之詞，元人不得不變而之曲。詞勝而詩亡矣，曲勝而詞亦亡矣。明不至工於作，而致工於述；不求多於專門，而求多於具體，所以度越元、宋，苞綜漢、唐也。[265]

胡應麟指出詩雖然經歷各代文學遞變，但是著重其表述與流傳，並且上括漢、唐之風，進而傳越宋、元留傳至明代。從此可以見出胡應麟一則以詩為本論，二則因為遞變文學觀念的影響而區分詞、曲為二家。胡應麟在述及樂府發展時同樣將詞、曲列入，[266]但是胡應麟推崇詩家本位的色彩濃烈，而

263　(明)袁宏道：《袁中郎觴政》，「十之掌故」條曰：「詩餘則柳舍人、辛稼軒等樂府。樂府則董解元、王寔甫、馬東籬、高則誠等。傳奇則《水滸傳》、《金瓶梅》等為逸典。」見鄧子勉：《明詞話全編》第四冊，頁2537。

264　(明)李維楨：〈游太初(按：游樸)樂府序〉，《大泌山房集》卷二十曰：「古詩皆樂也，古樂皆詩也，離詩而稱樂府，自漢始，至唐而詩諸體分，樂府居一焉。至宋、元以詩餘詞曲為樂府，而詩亡矣。」鄧子勉：《明詞話全編》第三冊，頁2023；　(明)胡震亨：《唐音癸籤》卷十四引《困學紀聞》曰：「古樂府者，詩之旁行也。詞曲者，古樂府之末造也。倚聲製詞，起於唐之李世。」見鄧子勉：《明詞話全編》第四冊，頁2618；(明)　凌濛初：《譚曲雜箚》曰：「元曲源流，古樂府之體，故方言常語，沓而成章，着不得一毫故實。亦其本色事，如藍橋、祆廟、陽臺、巫山之類，以拈出之，為警俊之句，決不直用詩詞中他典故填實者也。一變而為詩餘、集句，非當行矣，而未可厭也。」見鄧子勉：《明詞話全編》第五冊，頁3262。

265　(明)胡應麟：《詩藪‧內編》卷一，鄧子勉：《明詞話全編》第四冊，頁2165。

266　(明)胡應麟：《詩藪‧內編》卷一：「樂府之體，古今凡三變：……宋、元詞曲，一變

在文體辨別中將詞曲的地位置於詩文之下，從以下二論可見：

> 高則誠在勝國詞人中似能以詩文見者，徒以傳奇故并沒之。同時盧摯處道，亦東甌人，樂府聲價正與高埒，而製作弗傳。世遂以盧為文士而高為詞人，信有幸有不幸也。*267*

> 自《花間》、《草堂》之流也，而極於《西廂》、《琵琶》；……然《西廂》、《琵琶》雖詞場最下伎俩，在厥體中要為絕倒，若今所傳《新(按：剪燈新話)》、《餘(按：剪燈餘話)》二話，則鄙陋之甚者也。*268*

胡應麟批評高明雖有詩文，但獨以戲文《琵琶記》傳世，使得高明在大雅之堂中不見經傳，而更貶抑《琵琶記》、《西廂記》為伎俩之流。胡應麟除了藉由文體之辨與發展遞變來推襯詩的地位，也認為言詞、曲二家在文學發展過程中應視為二家，但是最終也並未詳述詞與曲的區分何在，而逕稱傳奇戲文為詞。這同時也反映在明代推尊詩之大雅地位的詩家眼中，詞、曲同屬樂府之流，並不刻意區別。胡應麟的「詩至於唐而格備」之文體遞變論，胡震亨、許學夷、周珽諸人皆服膺之，亦有視詞曲為「古樂府之末造」，並不特別著論在詞曲的脈絡上，而自然視詞曲為同流。但若從強調合樂可歌的「樂府」而論，或有如王肯堂者，因其可歌而肯定詞與曲為宋、元之真詩；*269*或

也。」鄧子勉：《明詞話全編》第四冊，頁2166。

267 (明)胡應麟：《詩藪·內編》卷一，鄧子勉：《明詞話全編》第四冊，頁2154。

268 (明)胡應麟：《詩藪·內編》卷一，鄧子勉：《明詞話全編》第四冊，頁2156。

269 (明)王肯堂詞話：「三百篇之歌失而後有漢、魏，漢、魏之歌失而後有《選》，《選》之歌詩而後有唐，唐之歌失而後有小詞，則宋之小詞，宋之真詩也。小詞之歌失而後有曲，則元之曲，元之真詩也。若夫宋、元之詩，吾不謂之詩矣。非為其不唐也，為其不可歌也，不可歌矣，又烏取夫五七言而韻之也哉？」鄧子勉：《明詞話全編》第六冊，頁3677：「三百篇之歌失而後有漢、魏，漢、魏之歌失而後有《選》，《選》之歌詩而後有唐，唐之歌失而後有小詞，則宋之小詞，宋之真詩也。小詞之歌失而後有曲，則元之曲，元之真詩也。若夫宋、元之詩，吾不謂之詩矣。非為其不唐也，為其不可歌也，不可歌矣，又烏取夫五七言而韻之也哉？」

如然徐復祚獨以樂府稱明傳奇，將《太和正音譜》以來指稱散曲的狹義樂府觀念改移270，則是肯定其音樂性價值。

此外，本時期在詞與曲的互動影響上，開始關注詞與劇曲傳奇之間的關係。例如晚明倪元路與支如增分別稱雜劇、傳奇為詞，271；沈寵綏討論傳奇中的南北合套時，以「詞」來指稱其劇曲等。272其中更有具體指出劇曲體製取用詩餘牌調者，例如俞彥謂：

> 唐之詩，宋之詞，甫脫穎，已遍傳歌工之口，元世猶然，至今則絕響矣。即詩餘中有可采入之南劇者，亦僅引子；中調以上，通不知何物，此詞之所以亡也。今世歌者惟南北曲，甯如宋猶近古。273

此論指出詩餘詞調引入為南曲劇曲之引子，但是不見中調的使用。又如沈際飛於《詩餘發凡》中指出北曲諸調和南曲引子、慢詞中與詩餘同名同調的曲牌；274方以智更對照樂府古曲的體製，指出明代套數中與其對應、而取

---

270 (明)徐復祚：《花當閣叢談》卷四曰：「伯起有《處實堂集》，著述甚富，詩宗老杜、王摩詰，然不求甚似。晚喜為樂府新聲，天下之愛伯起新聲甚於古文辭，樂府有《陽春堂六傳》（按：《紅拂記》、《祝髮記》、《竊符記》、《灌園記》、《廋廇記》、《虎符記》），而世所最行者，則唐《李藥師》、《紅拂記》也。」鄧子勉：《明詞話全編》第四冊，頁2350。

271 (明)鄭元勳輯著：《媚幽閣文娛》引倪元路《孟子若桃花劇序》：「文章之道，自經史以至詩歌，共菓一胎，然要是同母異乳，維小似而大殊，惟元之詞劇，與今之時文如孿生子，眉目鼻耳色色相肖，蓋其法皆以我慧發他靈，以人言代鬼語則同。」鄧子勉：《明詞話全編》第六冊，頁4154頁；又引支如增謂《小青傳》：「小青讀《牡丹亭》詞，嘆曰：『人間亦有癡於我，豈獨傷心是小青？』」鄧子勉：《明詞話全編》第六冊，頁4156。

272 (明)沈寵綏：《度曲須知》：「蓋南詞中每帶北調一折，如〈林沖投泊〉、〈蕭相追賢〉、〈蚍蜉下海〉、〈子胥自刎〉之類，其詞皆北，當時新聲初改，古格猶存，南曲則演南腔、北曲故仍北調，口口相傳，燈燈遞續，勝國母音，依然嫡派。……特恨詞家欲便優伶演唱，止〈新水令〉、〈端正好〉幾曲，彼此約略扶同，而未憒牌名，如原譜所列，則騷人絕筆，伶人亦絕口焉。」鄧子勉：《明詞話全編》第八冊，頁5066。

273 (明)俞彥：《爰園詞話》，鄧子勉：《明詞話全編》第五冊，頁3743。

274 (明)卓人月《古今詞統》：「詞中名多本樂府，然而去樂府遠矣，南北劇中之名又多本

用宋元詩餘的引子等論，275俱是明人注意詞與曲的關係、而構成創作與觀念
上的實質相涉。

　　而本時期對於詞曲相涉的現象反映，最顯著者即在於詞曲的互評。較為
顯著的以曲釋詞、詞曲互證的例子，多出於本時期，顯見此時期不僅評論詞、
曲之論著量最多，甚至詞、曲兩家的關注與互動也達到了互通乃至於互相通
評的成熟境界。276然而本時期對後繼的詞學發展影響最鉅者，莫過於詞曲有
別的論見之掘起。前述有彭大翼與劉鳳有意識地從樂府（詞樂）為雅、明代曲
樂為俗的分別詞曲，本期則有王驥德論及詞與曲「寔分兩途」，277唯王驥德在

　　填詞，然而去填詞遠矣，今按南北劇與填詞同者。筆者按：有眉批云：更有南北曲與
　　詩餘同名而調實不同者，茲不盡載。如〈青杏兒〉即北劇小石調，〈憶王孫〉即北劇
　　仙呂調，〈生查子〉、〈虞美人〉、〈一剪梅〉、〈滿江紅〉、〈意難忘〉、〈步蟾宮〉、〈滿路
　　花〉、〈戀芳春〉、〈點絳唇〉、〈天仙子〉、〈傳言玉女〉、〈絳都春〉、〈卜算子〉、〈唐（糖）
　　多令〉、〈鷓鴣天〉、〈鵲橋仙〉、〈憶秦娥〉、〈高陽臺〉、〈二郎神〉、〈謁金門〉、〈海棠春〉，
　　〈秋蕊香〉、〈梅花引〉、〈風入松〉、〈浪淘沙〉、〈燕歸梁〉、〈破陣子〉、〈行香子〉、〈青
　　玉案〉、〈齊天樂〉、〈尾犯〉、〈滿庭芳〉、〈燭影搖紅〉、〈念奴嬌〉、〈喜遷鶯〉、〈搗練子〉、
　　〈剔銀燈〉、〈祝英臺近〉、〈東風第一枝〉、〈真珠簾〉、〈花心動〉、〈寶鼎現〉、〈夜行船〉、
　　〈霜天曉角〉，皆南劇引子。〈柳梢青〉、〈賀聖朝〉、〈醉春風〉、《紅林擒近》、〈蕋山
　　溪〉、〈桂枝香〉、〈沁園春〉、〈聲聲慢〉、〈八聲甘州〉、〈永遇樂〉、〈賀新郎〉、〈解連環〉、
　　〈集賢賓〉、〈哨遍〉，皆南劇慢詞，此外，鮮有相同者。」鄧子勉：《明詞話全編》第
　　七冊，頁 4256。

275　（明）方以智詞話：「升庵以豔與和為今之引子，趨與亂與送，若今之尾聲。……智謂：
　　　豔是引子，宋元時詩餘，今皆作引子數版歌之，一曰慢詞。」鄧子勉：《明詞話全編》
　　　第七冊，頁 4601。

276　張仲謀：〈以曲釋詞或詞曲互證〉，《明代詞學通論》，頁 332 曰：「明代評點詞集中有
　　　一個鮮明的特色，就是以曲釋詞或詞曲互證。這種評點方式在湯顯祖評點《花間集》、
　　　錢允治《合刻類編箋釋草堂詩餘》三集以及茅暎《詞的》等詞集中已初見端倪，而在
　　　沈際飛《古香岑批點草堂詩餘四集》、卓人月、徐士俊《古今詞統》等詞集中成為突
　　　出特點。」此處所言諸家，均為本時期之論疇。

277　（明）王驥德：《曲律・論調名第三》曰：「曲之調名，今俗曰牌名，始於漢之〈朱鷺〉、
　　　〈石流〉、〈艾如張〉、〈巫山高〉，梁、陳之〈折楊柳〉、〈梅花落〉、〈雞鳴高樹巔〉、〈玉
　　　樹後庭花〉等篇，於是詞而為《金荃》、《蘭畹》、《花間》、《草堂》諸調，曲而為金、元
　　　劇戲諸調。……然詞之與曲，寔分兩途。間有采入南北二曲者，北則於金而小令如《醉

引述上仍然不免相稱借稱；*278*而顧梧芳則從詞、曲的音樂特徵來區分：

> 先是唐有《花間集》及宋人《草堂詩餘》行，而《尊前集》鮮有聞者，久之，不幸金、元僭據神州，中區污染北鄙風氣，由是曲度盛而詞調微。……余以為額定機軸，畫一成章，是以謂之填詞，縱乏古樂府自然渾厚，往往婉麗相承，比物連類，諧暢中節，未改唐音，尚有風人雅致。非如曲家假飾亂真，千妍萬態，不越倡優行徑。蓋其失在於宣和已還，方厥初新飜小令，猶為警策，漸繹中調，既已費辭；奈何殫曳蠒絲，牽押長調。遂俾覽聽未半，孰不思睡？固無怪乎左詞右曲也。*279*

顧梧芳謂宋詞與金元北曲的風格區別，但在宣和以後詞樂漸受浸染，也是本時期首先意識詞與曲應有明確左右區分之論。其次，俞彥意識到當世南北曲中有以詩餘比之管絃者、亦有詩餘綴入南劇者，*280*而知詩餘與南北曲本為有別。而孟稱舜引用臧懋循之論，申說詞與曲的相類與相別：

> 詩變為詞，詞變為曲，其變愈下，其工益難。吳興臧晉叔之論備矣：「……

落魄》、《點絳唇》類，長調如《瑞鶴仙》、《賀新郎》、《滿庭芳》、《念奴嬌》類，或稍易字句，或止用其名而盡變其調。……名同而調與聲絕不同，其名則自宋之詩餘，及金之變宋而為曲，元又變金而一為北曲、一為南曲，皆各立一種名色，視古樂府不知更幾滄桑矣。」鄧子勉：《明詞話全編》第五冊，頁3162。

278 (明)王驥德：《曲律・論調名第三》：「近之為詞者，北調則關中康狀元對山、馮別駕海浮，山西則常廷評樓居，維陽則王山人西樓……諸君子間作南調，則皆非當家也。南則金陵陳大聲、金在衡，武林沈青門，吳唐伯虎、祝希哲、梁伯龍。」其詞乃指南北曲也，見鄧子勉：《明詞話全編》第五冊，頁3179。又曰：「董解元倡為北詞，初變詩餘，用韻尚間沿詞體，獨以俚俗口語譜入絃索，是詞家所謂本色當行之祖。實甫再變，粉飾婉媚，遂掩前人，大抵董質而俊，王雅而豔，千古而後，並稱兩絕。」其詞乃指曲文也，見鄧子勉：《明詞話全編》第五冊，頁3201。

279 (明)顧梧芳：《尊前集引》，鄧子勉：《明詞話全編》第五冊，頁2855。

280 (明)俞彥：《爰園詞話》曰：「詞於不朽之業，最為小乘，……惟閭巷歌謠即古歌謠，古可入樂府，而今不可入詩餘者，古拙而今佻，古樸而今俚，古渾涵而今率露也。然今世之便俗耳者，止於南北曲，即以詩餘比之笒絃，聽者端冕臥矣。其得與詩並存天壤，則文人學士賞識薪豔之力也。」鄧子勉：《明詞話全編》第六冊，頁3742。

學戲者，不置身於場上，則不能為戲。而撰曲者，不化其身為曲中之人，則不能為曲，此曲之所以難於詩與詞也。若夫曲之為詞，分途不同，大要則宋伶人之論柳屯田、蘇學士者盡之，一主婉麗，一主雄爽。婉麗者，如十七八女孃唱『楊柳岸，曉風殘月』，而雄爽者，如銅將軍鐵綽板唱『大江東去』詞也。後之論詞者，以詞之源出於古樂府，要須以宛轉綿麗、淺至儇俏為上。」……故蘇、柳二家軒輊攸分。曲之與詞，約亦相類，而吾謂此固非定論也。曲本於詞，詞本於詩。*281*

臧懋循由場上戲曲而分詞與曲的創作聲情之別，孟稱舜則認為詞與曲大約相類，但是在文學遞變的追溯上，詞和曲在創作特質上實有不同。潘游龍同樣從創作特質而論詞與曲之分野：

蓋詞與曲異，曲須按腔挨調而後成闋，有意鋪張，此新聲之所以無餘味也。空中之音，水中之月，象中之色，鏡中之境，可摹而不可即者，其詩餘也。蓋無俟較高，平分南北。*282*

潘遊龍指出曲必須在聲律的考量下而鋪張，重在表述而不重餘韻；詞、詩餘則重在「可摹而不可即」的意象凝練，在創作上點明詞曲特色的差異。

其實本時期的詞曲相涉亦在萬曆年間就已達到詞曲互證、以曲釋詞的成熟文學批評，也印證明代詞曲的主流見解，但是從明代後期詞壇興起開始，以及「詞與曲異」的意識見解以降，明代文人真正提出詞與曲兩種文體應當有所區別，爾後才有鄒祇謨、宋翔鳳在清初提出的詞學辨體與尊體之先聲。鄒祇謨謂：

有南北曲與詩餘同名，而調實不同者，又不能盡數。胡元瑞云：宋人〈黃鶯兒〉、〈桂枝香〉、〈二郎神〉、〈高陽臺〉、〈好事近〉、〈醉花陰〉、〈八聲甘州〉之類，與元人毫無相似。若〈菩薩蠻〉、

---

281 （明）孟稱舜：《古今名劇合選序》，鄧子勉：《明詞話全編》第六冊，頁3871。
282 （明）潘游龍：《古今詩餘醉‧序》，鄧子勉：《明詞話全編》第八冊，頁5155。

〈西江月〉、〈鷓鴣天〉、〈一剪梅〉，元人雖用，悉不可按腔矣。
愚按，此等九宮譜中悉載，然有全體俱似者，又有不用換頭者。至詞
曲之界，本有畦珍，不得謂調同而詞意悉同，竟至儒墨無辨也。283

　　鄒氏此言乃自同名之詞牌曲牌而不同調起論，然縱觀明代詞曲之論，可
知此見解在明人經已提出，只是懸而未解，直至鄒祇謨再次提出，嘗試析論
詞與曲之間的本來分別何在。又宋翔鳳謂：

　　宋、元之間，詞語曲一也，語稍不僚，殆即指此而言。……以文寫之
　　則為詞，以聲度之則為曲。284

　　宋翔鳳提出由於詞、曲的音樂形式與創作方式相近，所以在宋、元時期
並不特別指稱詞與曲之分別；但在詞樂流失、脫離音樂性而曲樂盛行以後，
在創作上專營文字案頭者為詞，按板合樂者謂曲，以音樂性而簡單劃分詞與
曲二家的論點。基於明代諸家對於詞曲關係、互動與互涉的論見積累，詞與
曲的分別、以及詞壇後續的發展，詞曲之別在本時期才真正提出了具體的創
作分別，更是下開清代詞學中興、尊體與辨體之先聲的重要時期。

　　總體來說，明代詞、散曲與劇曲的創作興盛年代幾乎重疊並進，在文體
發展上支持了詞曲相涉的合理性與背景條件。在散曲與詞的發展部分，明代
嘉靖以後的南曲詞化現象格外顯著，王國瓔更稱明代隆慶、萬曆以至崇禎末
年，是南曲詞化顯著、散曲婉麗成風的時期，並舉梁辰魚為晚明散曲全然詞
化的範例，285因此嘉靖年間實為明詞與散曲彼此影響的開始。而在戲曲與詞
的發展部分，嘉靖以後至萬曆是明代詞人創作、詞譜編訂、詞集刊刻與點評
大量出現的時期，286亦是明代詞學的發展後期之再開，更是明傳奇完成《浣

283　《遠志齋詞衷》，唐圭璋：《詞話叢編》（北京：中華書局，1986）第一冊，頁 650。
284　《樂府餘論》，唐圭璋：《詞話叢編》第三冊，頁 2498。
285　王國瓔：〈散曲詞化與婉麗成風──晚明曲壇〉，《中國文學史新講(下)》，頁 932-934。
286　鄭海濤：《明代詞風嬗變研究》，頁 22 曰：「嘉靖(1522-1566) 、隆慶(1567-1572)、
　　萬曆(1644)三朝為明詞全面繁榮的時期。無論是詞學理論、創作實踐，還是詞集刊刻
　　都處於極盛時代。」

紗記》、體製成熟且進入大量創作的時期，許多曲學論著也在此時期開始發論，由此可知明詞與明傳奇戲曲體製的成熟發展實為同一時期。至於散曲與戲曲，兩者的密切關係從明初即已開始，從成化、弘治年間的南曲復興起，至嘉靖年間即已進入鼎盛發展的階段。[287]

　　從以上諸論可知，明代詞、散曲、戲曲的成熟發展與大量創作、相關的論著皆在同一時期蓬勃興盛，皆在嘉靖年間以後，三者的發展彼此緊密相繫，為明代詞曲相涉提供了彼此交流的背景。

第五節　小　結

　　在中國韻文學發展來看，明代可謂是兼容並蓄的一個時代：在詩必盛唐的擬古摹仿，與獨抒性靈、不拘格套的兩種理路之間，文壇先後出現「以詩為詞」、「以詞為曲」等各種文體特色風格交互蓄用的創作理念；而在明代蔚為主流的明傳奇，體製形式中包納了詩、詞、曲、劇等各種文學要素呈現，在這兼容並蓄的時代條件下，不同文體之間的交流、互動甚至是相涉的情形更為顯著、也更能呈顯文體之間的影響。

　　明代詞曲相近、相稱借稱乃至於相涉等現象，除了創作的實踐以外，在明代對於「詞」、「曲」的評論和見解——明人詞話、曲話、筆記等紀錄之中，而可得知明人對於詞與曲兩種文體之間的界定並不明顯，在淵源、音樂、形式上頗有相近之處；雖然亦有劉鳳、胡應麟、王驥德等人曾強調詞與曲仍須有別，但像曲律名家如王驥德、沈德符都不免有詞曲名義相混淆的情況，詞和曲兩大文體之間的區別與界限在明代看似並不明確；在創作上，則有明詞曲化、以曲為詞、甚至檃括宋詞作為散曲填製的種種相涉應用；而在評論上，雖然部分明人認為詞跟曲仍應區別而論，但多數評論支持詞與曲兩者之間的相近關聯，此點可從明人對於「樂府」名義的各種見解反映而出，尤其是在

---

287 趙義山：〈明代成化、弘治年間南曲之盛行與曲文學創作之復興〉，《文藝研究》12 期，2005 年，頁 100。

南曲與詩餘的關係上，明代南曲譜中已然表明了南曲和詩餘之間的承襲關係。

就實際考辨成果來看，詞與曲在明代並非沒有顯著的差異，值得討論的議題應是：詞與曲的異同分合，對於明代詞家、曲家的意義是什麼？在創作上有無影響？而在理論上的見解又如何反映明代的文學觀念？若詞與曲在明代真是相近而無甚差異，那麼「明詞曲化」、「曲的詞化」便是初始的成因，而不是發展積累的結果，而同名詞牌曲牌之間的承襲與變化，也就難以凸顯；明代的詞曲相近的觀念是促成詞曲得以相傾相涉、彼此取法的先決條件，並且從追溯詞與曲的觀念發展變化而進一步明瞭散曲、戲曲在體製規律上如何運用並區別詞與曲的創作，並且與清代的詞壇尊體討論相銜接。因此對於明代詞曲名義辨析的用意，及其後續推衍與深論的得益。

第一在於明瞭詞家、曲家之間尚未解決的種種疑問，貫通詞曲的內涵問題。例如李開先嘗於《烟霞小稿序》謂：

> 南北詞名同而音節字面變者多矣，惟〈風入松〉、〈浪淘沙〉，唐、宋迄今一也。有志古樂者於此求之，庶幾近之矣。嘗集《浪淘沙》兩卷，名以《古今歇指調》，復欲集《風入松》，未暇也。[288]

李開先提出在唐代以來、直至明代當世的詞曲發展以來，同名詞牌曲牌在音節、格律上時有變化，也就是詞曲同名異調的問題；李開先更觀察到〈風入松〉、〈浪淘沙〉是唐宋以來俱無變化者，亦即詞曲之間的同名同調現象。如果要探求古樂的發展、亦即詞樂與曲樂的別同異合，當從此類同名同調者著手考究，但是首先務須分辨詞與曲的名義認定，也必須先瞭解明代對於詞和曲的觀念為何、如何變化。例如李開先此處所稱「南北詞」，從前述可瞭解應指宋詞與元曲、南曲與北曲、南戲與北劇等相對上的稱呼，雖然稱為「詞」，但在明人而言更可能是指曲；〈風入松〉與〈浪淘沙〉在詞調、南北曲中俱有，而且格律字句相當接近，[289]於是可知兼擅南曲北曲的李開先此處所稱的「南

---

288 （明）李開先：《李中麓閒居集》，鄧子勉：《明詞話全編》第二冊，頁 937。

289 〈風入松〉詞調入雙調，有七十二、七十三、七十四、七十六字平韻諸體；北曲則入

北詞」問題，便是指宋詞與明代南北曲之間同名同調的發展。確認明代詞、曲在論述中的名義與指稱，始能明確掌握明人在詞與曲的見解和視野範疇，也更能確知詞和曲之間的關係。

　　而後世學者任中敏特別提出詞曲之別對於詞曲研究的重要性：

> 特謂作曲者誤入齊梁長短句，乃就極疏者而言；若普通之誤，大都誤入兩宋長短句者為多，即與詩餘之詞不能判別也。曲家第一，若能盡脫詞法，則所作雖不中亦不遠矣。沈雄柳塘詞話曰：「前人有以詞而作曲者，斷不可以曲而作詞。」其意若謂以曲作詞斷不可，以詞作曲則並非不可，並非斷不可也，殆亦知其一不知其二耳。彼元曲何以謂當行，蓋奔騰馳驟、一毫不受詞法之拘束也。崑腔以後之曲又何以弊？即曲體本應流動者。梁辰魚輩復返之於凝靜，而與詞為隣也。茲欲明散曲之作法，第一步先嚴詞曲之判，分形式與精神兩方面略論之。*290*

　　任中敏提及六朝的樂府小令與兩宋詞的混淆，就在於詞和曲的觀念不明；論中又引用清代沈雄「前人有以詞而作曲者，斷不可以曲而作詞」一語，沈雄所指，即是前述王世貞曾提出「宛陵以詞為曲，才情綺合，故是文人麗裁。」強調以詞作曲的特色與可行性，任中敏解讀沈雄之意為「以詞作曲則並非不可」；但前述引用明代王驥德稱：「詩人而以詩為曲也，文人而以詞為曲也，誤矣，必不可言曲也。」則又強調詞、曲不宜相混，否則在創作、鑑賞、批評皆會失準。*291*任中敏因而總結歸納：曲的本質原是來自於不受拘束的風格呈現，應當追求曲原來的面貌、亦即當行之特色，雖然曲體的格律、風格與

雙調、南曲屬仙呂入雙調，兩者與詞牌七十六字體半闋略同。〈浪淘沙〉詞調入雙調，五十四字平韻；北曲入雙調、南曲則入越調，與詞牌五十四字體半闋相同。〈浪淘沙〉另有南曲羽調，但字句格律與詞牌大異。

290 任訥（任中敏）：《散曲概論・卷二・作法》，《散曲叢刊》第四冊，頁 1。

291 李惠綿：《王驥德曲論研究》，頁 108 謂王驥德此語之解釋：「故凡以詩、詞為曲者，則非『當家』，當然不可言曲。所謂『不可言曲』包含創作者、鑑賞者與批評者，意即必先知曲之本質方可以作曲、賞曲、評曲也。」

形式體製會有所演進變化，但是仍須明確分別詞和曲的不同，否則崑曲、散曲亦只能是「與詞為隣」，而與詞混淆、失去曲腔的原來特色。因此強調詞曲之別，在創作上實有其必要。

　　第二則在於釐清正確的詞曲觀念，除了前述的「以詞為曲」而影響詞曲本質的創作與評賞以外，在歸列與傳播上也應明確辨別詞與曲。如前述所言，明人書目中時有詞曲混雜者，即便如現在出版的詞話，也可能連曲論、劇論一同收入，正是不明白明代當時對於「詞」與「曲」發展緊密相繫的關係認知，僅從名稱上著手歸納，觸犯「祇憑名目，臆斷內容」之誤。如果詞與曲在理論與分析上不能明確地辨別文體特色，那麼對於詞與曲的理解和研究將會發生極大的謬誤。明代詞曲以相近、相通為主流認知，亦是詞與曲得以彼此合流、取法進而相涉的先決條件，而瞭解詞曲在明代相同別異之背景，更有助於釐清詞和曲的本質概念，同時也更能界定兩者在文學史發展上的意義。

　　第三在於分析明代的文學發展理念，以開啟後續清代文學發展的脈絡。以前述「釐清正確的詞曲觀念」為前提，近而瞭解詞曲在文學史的發展演進時，可以更明確地認知明代文學的精神與理念，乃至於接續至清代的詞曲發展之啟發。詞、曲在宋元兩代俱是一代文學之代表，到了明代，從「詞」、「曲」的名義析論，反映了明代對於詞曲的觀念在理論上也漸漸地傾近相混，在這相傾的過程當中，明人對於詞、曲在當時的文體功用與意義何在？孰輕孰重？這將決定「明詞曲化」、「以詞為曲」兩大現象的成因與詞曲兩大文體之間相涉的比重，近而得知詞曲產生相涉乃至於混淆的各種面向——形式、評論、實踐創作與應用等。另一方面，明代有部分文士特別強調詞曲之別，曲學名裔沈自晉《南詞新譜》更直接注明某些同名詞牌曲牌實有「此係詩餘」、或是「與詩餘同」的相承關係，這不僅是詞調和曲牌之間的淵源相襲關係，實際上還有作家是否能夠明確辨別並且正確運用詞調、曲牌本質的問題。

　　王驥德嘗就「詞之與曲，寔分兩途」而論及詞調曲牌之間的同名同調與同名異調的相承沿用關係，而在詞曲分辨的理路上，除了前述金元詞集中誤收曲牌、造成詞調曲牌混淆的情況以外，直至清代仍有此種未能明確辨別詞、曲的情況，反映了清初在建立詞、曲觀念以前，仍然延續自明代而來的文學

觀念，例如前述清初朱彝尊編《詞綜》，收列劉秉忠〈乾荷葉〉、王惲〈平湖樂〉、趙孟頫〈後庭花破子〉、馬致遠〈天淨沙〉等元曲，延續楊慎《詞林萬選》的收例之誤；汪森《詞綜補遺》又收入馮子振〈鸚鵡曲〉與〈黑漆駑〉、喬吉與孟昉的〈天淨沙〉、倪瓚的〈憑闌人〉；康熙十八年查培繼編《詞學全書》收列的賴以邠《填詞圖譜》，其中混收姚燧〈醉高歌〉、楊慎與徐渭〈天淨沙〉諸曲；康熙五十四年(1715)王奕清等人奉旨編訂「取其尤雅者，非以曲混詞」的《詞譜》，收錄八百二十六調、兩千三百體之中，仍然誤收元曲〈慶宣和〉、〈憑闌人〉、〈梧葉兒〉、〈壽陽曲〉、〈天淨沙〉、〈乾荷葉〉、〈喜春來〉、〈金字經〉、〈後庭花〉、〈平湖樂〉、〈殿前歡〉、〈水仙子〉、〈醉高歌〉、〈木筆〉、〈折桂令〉、〈鸚鵡曲〉、〈小聖樂(驟雨打新荷)〉共十七調。對於清初種種詞曲相混並收的情況，朱彝尊自稱：

> 元人小曲，如〈乾荷葉〉、〈天淨沙〉、〈凭闌人〉、〈平湖樂〉等調，平上去三聲並用，往往編入詞集。然按之宋詞，如〈戚氏〉、〈西江月〉、〈換巢鸞鳳〉、〈少年心〉、〈惜分釵〉、〈漁家傲〉諸闋，已為曲韻濫觴矣。是集間有采錄，蓋仿楊氏《詞林萬選》之例，賢者幸勿以詞曲混一為訕。[292]

朱彝尊認為部分詞調押韻的平仄互押，是後來曲韻平上去三聲並用之濫觴，是以將這些詞調、曲牌的格律形式視為互通而相近，並列同收；但是詞韻的平仄互押和曲韻的三聲並用不可視同並論，朱彝尊此論乃是沿襲自明代楊慎的謬誤。[293]萬樹嘗明詞曲之辨，認為不應將詞韻平仄互押、曲韻三聲並用視為詞曲同例標準：

> 詞上承於詩、下沿為曲，雖源流相紹、而界域判然。……夫曲調更不

---

292 (清)朱彝尊著，周毅龍、王遠生主編：《詞綜・發凡》(呼和浩特：遠方出版社，1998年 2 月)，頁 13。

293 詳見謝桃坊：〈《詞譜》誤收之元曲考辨〉，《東南大學學報(哲學社會科學版)》第 11 卷第 4 期，2009 年 7 月，頁 87-92。

可援以入詞。本譜因詞而設，不敢旁及也。或曰：子以元人而置，則
〈八犯玉交枝〉、〈穆護沙〉等，亦間收金元矣；以曲調而置之，而
〈搗練子〉已通於詞曲矣；以為三聲並叶而置之，則〈西江月〉等亦
多矣，何又於此致嚴耶？余曰：〈西江月〉等，宋詞也；〈玉交枝〉
等，元詞也；〈搗練子〉等曲因呼詞者也，均非曲也。若元人之〈後
庭花〉、〈乾荷葉〉、〈小桃紅〉、〈天淨沙〉、〈醉高歌〉等俱為
曲調，與詞聲響不侔，倘若採取，則元人小令最多，收之無盡矣；況
北曲自有譜在，豈可闌入詞譜以相混乎？若《詞綜》所言仿升庵《萬
選》例故採之，蓋選句不妨廣擷，訂譜則未便旁羅耳。*294*

　　萬樹特別強調嚴格區分詞和曲，對於其中如元曲〈乾荷葉〉、〈後庭花〉
等混淆之例，或是明代以來即時常混淆的〈西江月〉、〈搗練子〉等積習，都
務須明確分辨而不可相混；萬樹一方面注意到曲調之小令和詞調時常發生相
混的情況，另一方面則從訂製詞譜的角度來排除曲譜相混的可能，聲籲詞曲
之明辨；同時，也有意從詞曲明辨的立場修正前朝詞曲相近不分的文體觀念
之誤解，而與明代詞曲觀念有別。

　　從朱彝尊、賴以邠等人沿效明代詞曲相近的襲例，到萬樹有意明辨詞曲、
跳脫明代詞曲觀念侷限並訂製詞譜，可總結為：嚴明詞曲之辨是識別清代詞
學建立的開始，而嚴明詞曲之辨的發軔，對於釐清沿襲自明代詞曲觀念實為
必要。明識明代的詞曲相涉之文學觀念及其過程，更能瞭解詞、曲至清代的
發展前因與深層脈絡。

---

294 (清)萬樹：《詞律・發凡》(上海：上海古籍出版社，1984 年 2 月)，頁 17-18。

第三章　明代詞曲格律篇

第一節　明代詞曲譜述要

　　明代是劇曲興盛、曲律學說蓬勃發展的時代，在南曲和詩餘之間也有互動密切、乃至於相涉影響的現象產生。近人劉師培曰：「宋、元以降，南劇起於南方，南方為古樂僅存之地，以調之出於古樂府也，故其調亦多出於詞。」1從地域關係提出南劇音樂曲調源於詞樂的關聯；又任中敏謂：「南曲又多參詞法以為之，形成所謂『南詞』」2，又稱「南人之曲，實近於詞」3，認為南曲中有源自詞調的創作方式，在明代盛行的南曲創作，必然與詩餘有所淵源。而在明代眾家詞論曲論中，對於詞與曲的音律、體式、牌調多有關注，尤其是嚴於審音度律的吳江派曲家。

　　吳江派曲家是明代萬曆年間形成於吳中地區、以沈璟為首的曲學流派，包括吳越兩地的著名曲家，呂天成、葉憲祖、王驥德、馮夢龍、范文若、袁于令、卜世臣、沈自晉、沈自徵、徐復祚皆為中堅成員。4而吳江派成員當中，

1　劉師培：《論文雜記》（北京：人民文學出版社，1984 年 5 月），頁 136。

2　見任訥（任中敏）：《散曲概論》，《散曲叢刊》（臺北：臺灣中華書局，1984 年 6 月）第四冊，頁 42。

3　見任中敏著、金溪輯校：《詞曲通義》，《散曲研究》（南京：鳳凰出版社，2013 年 10 月），頁 103。

4　吳江派成員，以沈自晉《望湖亭》傳奇的〈臨江仙〉中所列名：「詞隱（沈璟）登壇標赤幟，修將玉茗稱尊。郁藍繼有槲園人，方諸能作律，龍子在多聞。香令風流成絕調，慢亭彩筆生春。大荒巧構更超群，鯫生何所似，頻笑得其神。」沈璟（詞隱）以下有呂天成（郁藍）、葉憲祖（槲園）、王驥德（方諸）、馮夢龍（龍子）、范文若（香令）、袁于令（慢亭）、卜世臣（大荒）、沈自晉（鯫生）八位。歷來學者則又以地緣之故與其他因素，而補列汪廷訥、臧晉叔、沈自徵等人於其中。此處所論吳江派，則指曲律

沈璟《增定查補南九宮十三調曲譜》（題辭稱《南曲全譜》）、沈自晉《南詞新譜》都注意到與詞調同名的「此係詩餘」、「與詩餘同」之曲牌，是反映詞曲二體之間有著密切關係的要點。在瞭解明代詞、曲名義相稱相涉乃至於相混的脈絡後，本章節將從格律譜的角度來審視、歸納詞與曲之間的同異，而沈璟與沈自晉標注的「此係詩餘」、「與詩餘同」同名詞牌曲牌，便是觀察明代詞曲相涉的一個重點。因此，本章節就《增定查補南九宮十三調曲譜》與《南詞新譜》的內容為發軔，整理二譜中集注「此係詩餘」、「與詩餘同」的曲牌及其與詩餘之關係為主要析論內容，釐清「與詩餘同」或是「此係詩餘」、「與詩餘不同」等注解含意，並同時徵引現存明代詞譜中實用性較高的張綖《詩餘圖譜》、程明善《嘯餘譜》的訂譜，從中瞭解詞與曲之間的相同別異之內涵。

明代南曲譜以吳江派曲家之沈璟、沈自晉之二譜為完善，而沈自晉《南詞新譜》以及程明善的《嘯餘譜》均依據《南曲全譜》修刪補訂而來，《南詞新譜》既前有所承、也集益當時其他曲家論見而加以改定，既能反映相續相承的詞曲變化現象，也能明確表現明代詞曲相涉在理論與作品上的反映。

近代任中敏在詞曲合併的研究範疇上提出以「異同顯著」的研究方法，剖析詞與曲之間的兼容關係而比較其異同，在有所本又有其同的關係之下討論詞曲之間的關聯，從中探求兩者的本質異同；5因此本章節乃是建基、並且實行任中敏的研究觀念基礎而進行深入研究。以下簡述本章節進行詞曲格律考訂比較的明代各家詞譜與曲譜：

發論上以沈璟為從、又有劇作問世的曲家。參考林深：〈論崑曲吳江派〉，《蘇州科技學院學報（社會科學版）》第 23 卷第 2 期，2006 年 5 月，頁 77。

5　任中敏著、金溪輯校：〈詞曲合併研究概論〉，《散曲研究》，頁 80 曰：「事物之相近者，異多而同少；其異同本亦顯著而易知，即不知亦屬不妨。事物之相近者，有異同，亦有不同之同，與不異之異。畢察之，則二者兼得其真，於事亦易求進；若昧其一二，則二者不免混焉離焉，或各有偏至，或兩失所歸。夫異同見於比較，比較始於兼容；若迎其一而拒其一，則終不能見其異同矣。詞曲必待合併研究，而後異同始顯著，更何待言！」

一、張綖《詩餘圖譜》

　　明代詞學歷來的印象多為「中衰」，但是對於考訂詞律依歸的詞譜卻有開創之功；在詞體源起與興盛的唐、宋兩代並沒有真正規範律腔的詞譜，因為當時詞樂流行、人人解歌，不須所謂詞譜亦可自行度腔，6到了明代詞樂有相當程度的佚失，無法依樂度腔，為了規定詞調之字數、句式、平仄、押韻作為填詞的依據，詞譜便顯得相當重要，使人們得以「按譜」填詞，7因此在詞樂流失的明代，詞譜的編製與依賴便蔚然成風。其中最為著名而且具背實用價值者，為張綖《詩餘圖譜》與程明善《嘯餘譜》，此二譜即便至清代也仍是人們學習填詞與批評詩詞的重要準則。8

　　張綖(1487-？)，字世文、一作世昌，號南湖，生於明憲宗成化丁未(二十三年，1487)，明武宗正德癸酉(八年，1513)舉人，卒年不詳。先陝之合水人，高祖仕元，後歸返而居高郵，乃詞曲家王磐之婿。張綖對於填詞十分用功講究，後人稱述「先生從王西樓游，早傳斯技之旨。每填一篇，必求合某

6　(清)王奕清編：《御定詞譜‧提要》曰：「詞萌於唐，而大盛於宋，然唐宋兩代皆無詞譜。蓋當日之詞，猶今日里巷之歌，人人解其音律，能自製腔，無須於譜。」見《文津閣四庫全書》(北京：商務印書館，2005 年)第 500 冊。

7　(清)王奕清編：《御定詞譜‧序》：「詞寄於調，字之多寡有定數，句之長短有定式，韻之平仄有定聲，詞寄于調，字之多寡有定數，句之長短有定式，韻之平仄有定聲，杪忽無差，始能諧合。……按譜填詞，颿颿乎可赴節族而諧管絃矣。」

8　張宏生：《清詞探微》(上海：上海古籍出版社，2008 年 5 月)，頁 83-84，曰：「《詩餘圖譜》和《嘯餘譜》的出現，應該是對明代詞風不振，缺少規範的一種糾正，因此被明人視為填詞之圭臬，清代萬樹描述《嘯餘譜》一書在明代『通行天壤，靡不駭稱博核，奉作章程矣。百年以來，蒸嘗弗輟』，當非虛言。批評家討論詩詞之學，也每引此書為證。這種情況一直延續到清初……起碼在順治初年及其以後相當一段時間內，《詩餘圖譜》和《嘯餘譜》二書仍是人們重要的學詞導引。」萬樹原文，見其《詞律》(上海：上海古籍出版社，1984 年 2 月，清光緒二年本影印)，頁 6 云〈詞律自敘〉：「明興之初，餘風未泯，……蓋緣數百年來士大夫葦帖括之外，惟事於詩，長短之音多置弗論，即南曲盛行於代，作家多擅其名，而試付校讐類皆齟齬，況乎詞句不付歌喉，歷已號通材摹仿，莫求精審。故維揚張氏據詞而為圖，錢唐謝氏廣之；吳江徐氏去圖而著譜，新安程氏輯之，於是嘯餘譜一書通行天壤，靡不駭稱博核，奉作章程矣。百年以來，蒸嘗弗輟。」

宮某調、第幾聲、出入第幾犯，務俾抗墜圓美合作而出，故能獨步於絕響之
後，人稱再來少游。」可知其填詞工夫，在撰成《詩餘圖譜》之後，更號稱
為「詞家之指南」，9為目前所見最早又可實用的詞譜，10編訂為：

> 詞譜各有定格，因其定格而之以為詞，故謂之填詞。今著其字數多
> 少，平仄韻腳，以俟作者填之，庶不至臨時差誤。11

也就是令作詞者能夠從文字遵循聲律、按譜填製合於詞律之詞作。《詩餘圖譜》
以「○」表示為平聲字格，「●」為仄聲，平而可仄者為◐，仄而可平者為◑。
每調定式之後皆收錄宋人詞作為範例，如有體式不同者亦另外著錄於後，例
如大石調引子〈少年遊〉，錄晏幾道「綠勾欄畔」詞為例，但又另外著錄晏幾
道「雕梁燕去」、張先「碎霞浮動」（按：收錄不全）、蘇軾「去年相送」諸詞
備參；12又如南呂調引子〈滿庭芳〉，同時著錄秦觀「晚見雲開」、「山抹微雲」
二詞為例。13

9　(清)錢謙益撰、錢陸燦編：《列朝詩集小傳》，見周駿富輯：《明代傳記叢刊》（臺北：
　　明文書局，1991 年 10 月）第 11 冊，頁 388「張光州綖」條。

10　《詩餘圖譜》刊刻於嘉靖十五年(1536)，乃現今可見最早的詞譜刊本。參考丁放、甘
　　松、曹秀蘭著：《宋元明詞選研究》（北京：商務印書館，2012 年 12 月），頁 144。而
　　明代周瑛編纂之《詞學筌蹄》，雖然編定於弘治甲寅(1494)年、較《詩餘圖譜》為早，
　　但是因其缺陷，在影響與使用上不如《詩餘圖譜》。參見岳淑珍：〈《詞學筌蹄》〉、〈張
　　綖《詩餘圖譜》〉，見《明代詞學批評史》（北京：社會科學文獻出版社，2014 年 9 月），
　　頁 55-59。

11　(明)張綖：《詩餘圖譜‧凡例》，《續修四庫全書》（上海：上海古籍出版社，2002 年 4
　　月）1735 冊，頁 472。

12　(明)張綖：《詩餘圖譜》，頁 492。

13　(明)張綖：《詩餘圖譜》，頁 524-525。然，丁放等著：《宋元明詞選研究》曰「張綖《詩
　　餘圖譜》於所選每一詞牌後僅附一首詞」（頁 145），非也；據明嘉靖丙申十五年刊本，
　　其如〈憶秦娥〉即收李白〈樂游原〉與孫夫人「花深深」詞，〈生查子〉收張先、張泌、
　　魏承班、孫光憲諸詞，故應當為「每一詞牌僅附一體，而旁錄其他不同體式之詞」，合
　　乎〈凡例〉所敘「圖後錄一古名詞以為式，間有參差不同者，惟取其調之純者為正，
　　其不同者亦錄其詞於後，以備恭考。」；其又稱《詩餘圖譜》「其中選錄較多的為秦觀、
　　張先、晏殊、柳永、周邦彥等偏於婉約一路的詞人，而蘇軾、辛棄疾的豪放詞則未選

　　張綖《詩餘圖譜》不僅流行於明代，後續更有為其補訂之作，可見明人對《詩餘圖譜》的重視與實際使用情況。為便於呈現，本章節所據版本為明萬曆二十七年(1599)謝天瑞編《詩餘圖譜補遺》，間採明嘉靖丙申十五年刊本以作特定參照和說明*14*。此外另有萬惟檀著《詩餘圖譜》二卷，但應據張綖譜而作，*15*不另作參照。

二、程明善《嘯餘譜》

　　程明善，字若水，號玉川，生卒年不詳，為明熹宗天啟年間(1621-1627)監生，歙縣人。程明善精研詞曲音律，明人馬鳴霆稱其編《嘯餘譜》為「大而音樂之微，細及詞曲之紗，無不殫精研究，分門部居，各極其至」*16*，可知頗受當時文壇重視。據書中題曰「萬曆己未仲夏程明善」，可知《嘯餘譜》應成於明神宗萬曆四十七年(1619)，本文引用明萬曆刻本影本。

　　《嘯餘譜》凡十卷，首列《嘯旨》、《聲音度數》、《律呂》、《樂府原題》一卷，次列《詩餘譜》三卷、《北曲譜》一卷、《中原音韻》與《務頭》一卷、《南曲譜》三卷、《中州音韻》與《切韻》一卷。其中《詩餘譜》依詞調字面之義而分，例如歌行題、慢字題、天文題、聲色題等；或依調名之字數而分，例如二字題到七字題。詩餘譜不用《詩餘圖譜》之平仄黑白圖圈，而以選詞為式，在字句間標記平仄聲格、字句數與韻腳，若有不同者，另立一體區別。

入」(頁 176)，其說出自〈凡例〉「大抵詞體以婉約為正，故東坡稱少游為今之詞手，……今所錄為式者必是婉約，庶得詞體。」但是《詩餘圖譜》中除蘇軾〈少年遊〉之外，尚收辛棄疾〈念奴嬌〉「野塘花落」與〈沁園春〉「三徑初成」詞，可知亦符合〈凡例〉所言「其不同者亦錄其詞於後，以備恭考」之用意，亦為丁放等人著論之誤也。

14 臺北國立中央圖書館藏，三卷。其他尚有明萬曆二十九年(1601)游元涇編《增正詩餘圖譜》三卷、明崇禎八年虞山毛氏汲古閣刊《詞苑英華》本、明崇禎十一年萬惟檀刻本《詩餘圖譜》。見陶子珍：《明代詞選研究》(臺北：秀威資訊科技，2003 年 7 月)，頁 243-246。

15 見陶子珍：〈明代兼具選詞與訂譜作用之譜體詞選——《詩餘圖譜》、《詩餘》、《嘯餘譜》試論〉，《中國古典文學研究》第 6 期，2001 年 12 月，頁 60。

16 (明)程明善：《嘯餘譜·序》，《續修四庫全書》(上海：上海古籍出版社，2002 年 4 月，明萬曆年間刊本)1736 冊，頁 4。

　　而《南曲譜》部分，體例上以宮調、體製而依序歸列每支曲子——收列
仙呂調、羽調、正宮調、大石調、中呂調、般涉調、南呂調、黃鐘調、越調、
商調、小石調、双調與仙呂入双調，而分引子、過曲、近詞、慢詞，並且在
每支曲牌後編示一支曲例及又一體，也標明四聲、板眼。程明善自述用意在
於：「做曲必先審聲、按譜、合韻更要識務頭，不然徒灾本耳。」[17]但是《南
曲譜》實依據沈璟《南曲全譜》而增刪改換編訂所成，[18]是以論南曲譜者多未
詳述程明善的《南曲譜》。

　　《嘯餘譜》中的《詩餘譜》實依據徐師曾《詞體明辨》之重新排訂而來，
在明代影響較《詞體明辨》為大、流傳也更為廣佈，[19]所以萬樹稱述《嘯餘譜》
在明代「通行天壤」、「蒸嘗弗輟」，清人俞樾也稱「舉世奉《嘯餘》、《圖譜》
為準繩」[20]，可見《嘯餘譜》仍然有其價值，也可知《詩餘圖譜》與《嘯餘譜》
對明清兩代詞學發展與研究的重要性。

三、沈璟《增定查補南九宮十三調曲譜》

　　沈璟（1553-1610），字伯英，晚字聊和，號寧庵，別號詞隱生，蘇州吳
江人。對於曲律的鑽研備受當代各曲家推崇，堪稱曲學中興之功臣，[21]著有傳

17　(明)程明善：《嘯餘譜·凡例》，頁 6。
18　周維培：《曲譜研究》（南京：江蘇古籍出版社，1999 年 9 月），頁 114 曰：「它與原刊
　　本（《南九宮十三調曲譜》，即本書所稱《南曲全譜》）的主要區別在於：其一，內容排
　　列上有所變動；其二，取消原刊的點板標記；其三，改換原刊平仄注釋為簡筆字，如
　　『平』作『｜』，『上』作『卜』，『去』作『厶』等；其四，將原刊眉批移入譜式例曲
　　之尾，與原注文綴合一體；其五，改換個別例曲，如仙呂引子，原刊輯蘇軾詞，《嘯餘
　　譜》改引《拜月亭》曲文，等等。」
19　岳淑珍：《明代詞學批評史》，頁 61 曰：「《詞體明辨》所選詞調、詞作皆超越《詩餘圖
　　譜》，使詞人在創作詞時有了更大的選擇空間，為明代詞學的中興及繁榮作出了很大的
　　貢獻。……程明善的《嘯餘譜》是按照不同體例對徐師曾《詞體明辨》大得多，因此
　　客觀上為明詞的繁榮作出了很大的貢獻。」
20　(清)萬樹：《詞律》，頁 2，俞樾序：「詞即樂也，可易言手？……蓋以有明以來詞學失
　　傳，舉世奉《嘯餘》、《圖譜》為準繩，但取其便手吻，而不知其庋乎古。」
21　例如：(明)呂天成：《曲品》，稱：「沈光祿（按：沈璟）……運斤成風，樂府之匠石；游
　　刀餘地，詞部之庖丁。此道賴以中興，吾黨甘居北面。」見《中國古典戲曲論著集成》

奇《屬玉堂傳奇》十九種，散曲集《詞隱新詞》、《南詞韻選》、《情癡》等，以及曲論《正吳編》、《論詞六則》、《唱曲當知》、《詞林辨體》等，另有改定《還魂記》、考定《琵琶記》、並撰著曲譜《南曲全譜》等眾多著作，22也曾與湯顯祖有過曲律、詞采孰輕孰重的「湯沈之爭」輿論，影響明代曲壇極鉅。

　　對於沈璟的曲學成就與貢獻，歷來不乏學者著說發微，但多著重在沈璟的曲論影響或是湯沈之爭的激盪上，對其著作《南曲全譜》23的專論研究卻相對少見，24因此先簡述《南曲全譜》在成書、內容上的貢獻及其影響：

（一）南曲曲譜成書之先聲

　　現今所知最早編撰的南曲譜，始於元代天歷年間（1328-1330）刊刻的《大元天歷間九宮十三調譜》，但是在明代已僅存名目；25現今所見最早的南曲譜，僅及於明代嘉靖進士蔣孝的《舊編南九宮詞譜》，而沈璟的《南曲全譜》即是依據蔣孝舊譜而編訂。蔣孝舊譜雖然是第一部體制較為完備的南曲譜，但是曲體收列格式不廣、無法反映曲調的變格，所收曲例亦難以堪稱典範標準，在曲例上也沒有標注平仄、正襯、句讀、韻位、板式等曲牌格律的重要因素；再者，蔣孝舊譜收列的曲文少有古本舊例，也缺乏考究而存在許多錯誤，尚

　　（北京：中國戲劇出版社，1959 年 7 月）第六冊，頁 212。（明）王驥德：《曲律‧雜論第三十九下》，稱：「松陵詞隱，沈寧庵先生，諱璟。其於曲學、法律甚精，汎瀾極博。斤斤返古，力障狂瀾，中興之功，良不可沒。」《中國古典戲曲論著集成》第四冊，頁 163-164。

22　其中《屬玉堂傳奇》十九種，今存《紅蕖記》、《埋劍記》、《雙魚記》、《義俠記》、《桃符記》、《墜釵記》、《博笑記》七種，殘存《分錢記》、《十孝記》二種，佚失《合衫記》、《鴛衾記》、《分柑記》、《四異記》、《鑿井記》、《珠串記》、《奇節記》、《結髮記》、《同夢記》、《新釵記》十種。

23　沈璟《增定查補南九宮十三調曲譜》，以下註腳引用參考書目統稱為《增定南九宮曲譜》，正文統稱為《南曲全譜》。

24　詳見李冠然：《沈璟《南曲全譜》研究》，河北師範大學中國古代文學碩士論文，2011 年 4 月，「沈璟曲譜、曲論研究」節，頁 3-6。近年則有黃思超〈論沈璟《增定南九宮曲譜》的集曲收錄及其集曲觀〉以《增定南九宮曲譜》為單篇專論，《戲曲學報》第 6 期，2009 年 12 月，頁 63-99。

25　（明）王驥德：《曲律‧論調名第三》，《中國古典戲曲論著集成》第四冊，頁 61。

有許多改進之處。26

　　沈璟《南曲全譜》針對這些缺失一一改正，第一是增補蔣孝舊譜不足的曲例共 191 曲，包括蔣孝舊譜沒有收列的宋元舊曲以及新出集曲；第二是擴大曲調的收列格式，首創南曲譜「又一體」的格律，將不同於正格、但為曲律所允許的變格也收列其中，為曲家提供更多視野與參考方向；第三是明確標示曲調的平仄、正襯、句讀、韻位乃至於板式，並且注明具體的字音與唱法，建立南曲曲譜完備的體例，而可作為實際應用上的參考，亦是首本對後世南曲格律產生規範作用的南曲譜。27

（二）崑曲格律規範之建立

　　《南曲全譜》中對於每一體曲例的平仄、句讀、板式、韻位乃至於「又一體」的變格均詳細標注，此乃蔣孝舊譜之所無，也是崑曲格律規範建立的重要成就。在強調平仄、板式、句讀、韻腳等曲牌格律因素之嚴明的要求下，「依字定腔」便是崑曲得以有所規範的方法之一，此乃依照曲文字聲來確定曲調旋律、使字聲與音樂旋律緊密相繫的演唱方式，即如周德清所謂「歌其字，音非其字者，合用陰而陽，陽而陰也」者，必然「不能傳久」；28又如魏良輔所言「五音以四聲為主，但四聲不得其宜，則五音廢矣。平、上、去、入，務要端正。」29旨在告誡曲家唱者務須注意聲腔之旋律，必須切合字音的聲調，端正字音，也才能端正崑曲的唱腔；而沈璟《南曲全譜》針對蔣孝舊譜的缺失，一一標示字聲、規範句式、分清正襯、注明韻位、點明板位等等，均是為切合依字定腔原則下的訂譜方式，30亦是建立崑曲格律規範的要點。

26　(明)王驥德：《曲律・雜論第三十九下》，謂：「南九宮蔣氏舊譜，每調各輯一曲，功不可沒。然似集時義，只是遇一題，便檢一文備數，不問其佳否何如，故率多鄙俚及失調之曲。」見《中國古典戲曲論著集成》第四冊，頁 169。

27　詳見俞為民：〈沈璟對崑曲曲體的律化〉，《東南大學學報（社會科學版）》第 10 卷第 6 期，2008 年 11 月，頁 110-115。

28　(元)周德清：《中原音韻・序》，見《中國古典戲曲論著集成》第一冊，頁 177。

29　(明)魏良輔：《南詞引正》，俞為民、孫蓉蓉編：《歷代曲話彙編・明代編》（合肥：黃山書社，2009 年 3 月）第一集，頁 527。

30　詳見俞為民：〈沈璟《南九宮十三調曲譜》對南曲曲律的規範〉，《文化遺產》，2013 年

　　除了標注平仄、板式、韻腳等曲牌的格律因素，沈璟亦提出詳實的注解，在建立格律規範之餘，也說明變格或是曲律的深入問題，例如平仄的更易，在黃鐘過曲〈降黃龍〉眉批曰：

> 古人詞曲，只要句法合調，其韻腳多不拘平仄，觀此二曲（〈降黃龍〉及其二換頭），「望若雲霄」仄仄平平，而後用「眼前窮暴」乃仄平平仄，「遷」字平聲，而後用「倚」字，是仄。「君去民逃」平仄平平，而後用「危途相保」是平平平仄；「怎生恁消」平平平平，而後用「敢忘分毫」，是仄仄平平。綜用之，正使人易學耳，「怎生恁消」不若用仄平平仄為妙。31

　　沈璟提出古人詞曲在格律吻合的前提下，韻腳字多不拘平仄的現象，例如此處所舉《拜月亭》第二十二齣〈降黃龍〉「宦室門楣」為曲例，指出其韻腳字「霄、逃、嬌、小、消」與其二換頭「勞、暴、保、報、草、毫」，兩者之間的平仄便不盡相同；而第一首所用「時移事『遷』」與換頭第二首所用「身無所『倚』」，句末之字平仄亦不同。此種韻腳字平仄不拘的現象在元末明初戲文時期即已出現，沈璟認為這是沿用古人之舊例，並不視為出格。而在本

---

1 月第 1 期，頁 13 曰：「由於魏良輔對南戲四大聲腔之一的崑山腔作了改革，採用了樂府北曲依字聲定腔的演唱方式來演唱南曲，依據不同字聲所具有的發聲特徵，形成曲調腔格上的起伏變化，使得原來因採用依腔傳字的方式演唱而『平直無意致』的南曲曲唱，具有了『紆徐綿渺，流麗婉轉』的風格。因此，一方面，對於曲文來說，更注重字聲搭配歸範、平仄合律，所謂『聲則平、上、去、入之婉協，字則頭、腹、尾音之畢勻』；而另一方面，由於採用了依字定腔的演唱方式後，只定字聲，不定句式，故一曲之句數也可增可減，一句之字數也可多可少，由原來的腔定字聲不定，改為字聲定而腔不定。……正因為字聲定而腔不定，因此，劇作家在作曲填詞時，雖然仍是按曲牌來填詞，但不必顧及該曲調原有的腔格；『但正目前字眼，不審詞譜為何事；徒喜淫聲聒聽，不知宮調為何物』。即只要顧及字聲的搭配合律，如『宜上不得用去，宜去不得用上，宜上去不得去上，宜去上不得上去。』每一曲調的句數的多少、每句字數的多少則可不必顧及。」

31 (明)沈璟：《增定南九宮曲譜(二)》，王秋桂主編：《善本戲曲叢刊》(臺北：臺灣學生書局，1984 年 7 月)第 28 冊，頁 476。

曲〈降黃龍〉當中，沈璟也提出修改平仄的意見，認為將第一首「怎生恁消」一句的平仄改為仄平平仄，配合換頭第二句末「敢忘分毫」的平仄錯綜變化，更易於習曲記憶之便。此乃沈璟令眾人有所依歸、益於師法，進而建立眾人得以依循崑曲格律規範的訂譜理念。實際上，透過「依字定腔」來建立各項曲牌格律要素，亦是吳江派曲家樹立曲律規範的重點。

(三) 南曲聯套分析之啟迪

　　最早關注南戲發展並且提出見解的徐渭，對於其中的南曲結構，謂其「本無宮調，亦罕節奏」、「烏有所謂九宮」，又稱：「南曲固無宮調，然曲之次第，須用聲相鄰以為一套，其間亦自有類輩，不可亂也」。[32]認為當時的南曲各曲之間雖然不成宮調，但似有一套聯繫方式。蔣孝舊譜將其歸列入九宮十三調，直到沈璟才正式提出南曲聯綴成套的觀念。

　　《南曲全譜》於每一宮調末均著〈尾聲總論〉，指出在該宮調下使用各種不同曲子的情況下，是否使用尾聲、或是如何切合尾聲的平仄格律。例如〈南呂尾聲總論〉：

　　　若用〈瑣窗寒〉二曲〈太師引〉二曲，不用尾聲。

　　　若用〈瑣窗寒〉或二、或四〈賺〉或一、或二〈金蓮子〉或一、或二〈小醉太平〉或一或二，〈尾聲〉云：平可仄平仄可平仄平平仄仄可平仄平平仄可平仄平仄可平仄平平平可仄仄平。

　　　若用〈石竹花〉二曲〈紅衫兒〉或二或四，起調與換頭不同不用尾聲。若再用〈園林杵歌〉或二或四，則〈尾聲〉云：仄可平仄平平平仄仄仄可平仄平平仄可平仄平仄可平仄平平可平仄平。[33]

　　在同一宮調下，依據聯綴曲子的組合與次序，而有其相應的尾聲格式，這正是曲調聯套的基本概念之反映。沈自晉沿用此一體例至《南詞新譜》中

32　(明)徐渭：《南詞敘錄》，《中國古典戲曲論著集成》第三冊，頁 241。

33　(明)沈璟：《增定南九宮曲譜(二)》，頁 434-435。

的各宮調總論，而真正明確提出各宮調套曲聯繫的具體舉例，直到清代徐于室、紐少雅的《九宮大成》才真正歸納完成。沈璟從尾聲的格式而歸納出初步的同宮調套曲聯繫面貌，可謂為開啟南曲聯套分析的先聲。

　　雖然沈璟《南曲全譜》未能完全改正擅自補改、曲例版本不善的缺點，但是瑕不掩瑜，仍是實質上第一本體式較為完備的南曲格律譜。[34]在沈璟《南曲全譜》成書以後，明清兩代才得以依循較為完整的體例，進而逐漸完成更多後出的南曲譜。徐復祚評其《南曲全譜》「訂世人沿襲之非，鑱俗師扭捏之腔，令作曲者知其所向，皎然詞林指南車也」[35]，令曲家有所依循，而為《嘯餘譜》、《南詞新譜》所承繼，便可知沈璟《南曲全譜》對於建立南曲曲律具體規範的意義及貢獻。

四、沈自晉《南詞新譜》

　　沈自晉(1583-1665)，字長康、伯明，號鞠通生，乃明代曲學名家沈璟之侄，吳江派曲家之一。著有傳奇《望湖亭》、《翠屏山》、《耆英會》三種，以及散曲集《鞠通樂府》。其輯《廣輯詞隱先生增定南九宮十三調譜詞二十六卷》，常稱《南詞新譜》，乃是依據沈璟《南曲全譜》為基礎，參酌馮夢龍《墨憨齋詞譜》以及范文若、沈自繼等親友的協助集採眾書論見完成。[36]沈自晉與馮夢龍相識，明唐王隆武元年(1645 年，亦為清順治二年乙酉)馮夢龍來訪沈氏，鼓勵沈氏為沈璟《南曲全譜》盡全善之功，也配合當時的新調、新劇與新曲，重新整理曲譜；沈自晉開始修訂工作以後，遭逢明清易代戰亂，期間為躲避戰禍而一度遷居，經歷將近十年的勤奮勉力，始完成《南詞新譜》，而於明永曆九年刊刻(1655 年，清順治十二年乙未)面世。[37]《南詞新譜》所謂「南詞」

34 參考俞為民：〈南曲譜的產生與沿革〉，《中國古代曲體文學格律研究》(北京：中華書局，2012 年 3 月)，頁 444-447。以及李冠然：《沈璟《南曲全譜》研究》，河北師範大學中國古代文學碩士論文。

35 (明)徐復祚：《曲論》，《中國古典戲曲論著集成》第四冊，頁 240。

36 參見武藝：《晚明曲家沈自晉研究》，蘇州大學戲劇戲曲學碩士論文，2008 年，頁 48-49。

37 詳見王昭洲：〈《南詞新譜》刻本問題初探〉，《西北大學學報》哲學社會科學版，1989 年第 1 期，頁 91-93。原序見(明)沈自晉：《南詞新譜(一)‧重定南詞全譜凡例續紀》，

即指南曲，亦是當時詞曲名義相涉之反映；而所謂「新譜」，則指依據沈璟《南詞全譜》之舊著而新訂。

《南詞新譜》成書於明末清初之交，除了沈自晉本人的家學淵源基礎，更博徵古曲舊調，並且參佐其他曲家的學論、向其他傳奇作家徵稿訂譜，馮夢龍、吳偉業、孟稱舜、尤侗、李玉、李漁等 95 人都是《南詞新譜》請益與徵訪的對象，38 務求廣博弘全；也因此《南詞新譜》在南曲曲牌的聲律、源流、辨體、訂譜等考證上，都有明確而具體的例證，更注意古今曲調的比較而以新興曲調為體，進一步糾正曲律上沿襲許久的謬誤，以求達成「備於今」而變通於時用的訂譜目標。39

《南詞新譜》中收錄明初傳奇 12 種 12 支曲、明中後期傳奇 72 種 187 支曲子，以及明代散曲 19 人 83 支，而收錄的明傳奇曲作中有 36 種僅存劇名與佚曲，也具有輯佚的貢獻，也因為「備於今」的要求，更收錄許多當時流行的新興曲調作品，從該譜中收錄大量的明中後期傳奇曲作即可反映。但是沈自晉並未因此而「略於古」，《南詞新譜》中另有〈古今入譜詞曲傳劇總目〉，

曰：「重修詞譜之役，昉於乙酉仲春。而烽火須臾，狂奔未有寧趾，丙戌夏，始得僑寓山居，猶然旦則攤書搜輯，夕則捲束置牀頭，以防宵遁也。漸爾鞭次，乃成帙焉。」見王秋桂主編：《善本戲曲叢刊》(臺北：臺灣學生書局，1984 年 7 月) 第 29 冊，頁 39。而沈自晉之弟沈自南於書序中提及乙酉年馮夢龍來訪，相談共為《南詞新譜》之發，見(明)沈自晉：《南詞新譜(一)‧原定南九宮新譜序》曰：「歲乙酉之孟春，馮子猶龍氏過垂虹造吾伯氏君善之廬，執手言曰：『詞隱先生為海內填詞祖，而君家家學之淵源也；《九宮曲譜》今茲數十年耳，詞人筆出，新調劇興，幸長康作手與君在，不及今訂而增益之。子豈無意先業乎？余即不敏，容作老蠹魚，其間敢為筆墨，佐茲有雪川之役。』返則聚首留戻齋以卒斯業。……乙未菊月第自南述。」王秋桂主編：《善本戲曲叢刊》第 29 冊，頁 13-16。

38 參見《南詞新譜(一)‧參閱姓氏》，頁 21。

39 (明)沈自晉：《南詞新譜(一)‧重訂南詞全譜凡例續記》曰：「……愚謂以臨川之才，而時越於幅，且勿論；乃如范如王以巧筆出新裁，縱橫百變而無踰先詞隱之三尺，固當多曲芳模，為詞壇鼓吹。染指斯道者，其舍諸，今既從馮參舊，且不惜以所收新曲，時取証墨憨，仍恐作者趨今忘古，失我友遺意也。大抵馮則詳於古而忽於今，于則備於今而略於古。考古者謂不如是則法不備，無以盡其旨而析其疑。從今者謂不如是則調不傳，無以通其變而廣其教。兩人意不相若，實相濟以有成也。」見頁 42-43。

將採錄的曲集出處、作者姓氏出身詳注其名下，而兼具歷史文獻價值。明清曲家或是近代曲目輯著如王國維《曲錄》、傅惜華《明代傳奇總目》與《清代傳奇總目》、莊一拂《古典戲曲存目彙考》等，皆以此總目為重要參考，[40]其中不僅採錄沈璟不傳的遺稿曲文[41]，收錄的曲譜例體中亦常引錄自《荊釵記》、《琵琶記》等宋元南戲或是早期的明傳奇作品，並在例體旁加注說明該例體在聲律、字句等格律使用上的古今異同，力求觀照於曲律發展前後的變化及其糾謬，可說是瞭解明代曲體變化與曲學的大成之作。

　　目前學界對於《南詞新譜》的關注，大多是在論及明清曲律時談及《南詞新譜》對於曲學沿革發展的影響與貢獻，並兼論沈自晉家學淵源的吳江派曲學背景；對於《南詞新譜》的主要關注論題不外有兩點：一是《南詞新譜》的曲學貢獻，例如周維培嘗撰文勾勒《南詞新譜》增補沈璟《南曲全譜》及其採錄曲文之出處，說明曲譜撰定的補益價值；俞為民於南曲曲譜的沿革發展上論及《南詞新譜》增補沈璟前作的體例特色，與周維培同樣肯定《南詞新譜》對於後續清代南曲發展有一定的貢獻；[42]在曲律方面，黃思超則就《南詞新譜》中新增收的集曲討論其體例，並分析沈自晉重視通變、進而反映出時代的曲學觀念，[43]對《南詞新譜》及其著書背景有更進一步的深入研究。

　　二是《南詞新譜》的相關歷史考證，也就是對《南詞新譜》相關的出版、作者家世交遊淵源的研究。例如王昭洲〈《南詞新譜》刻本問題初探〉[44]、歐陽代發〈《南詞新譜》的初刻時間〉[45]以其刊刻時序為討論主題；或如李真瑜

---

[40] 周維培：〈南曲格律譜論略（上）〉，《曲譜研究》頁 140-141。

[41] 例如，仙呂引子〈望遠行〉，沈自晉取沈璟未刻之《珠串記》「三冬二酉」一曲為例，見其《南詞新譜（一）》，頁 122；又如越調過曲〈浪淘沙〉，沈璟原無錄，沈自晉取沈璟未刻稿《結髮記》「一葉忽驚秋」一曲為例，見其《南詞新譜（二）》，王秋桂主編：《善本戲曲叢刊》第 30 冊，頁 619。

[42] 俞為民：〈曲調格律譜研究〉，《中國古代曲體文學格律研究》，頁 448。

[43] 參考黃思超：〈沈自晉《南詞新譜》集曲增訂論析──「備於今」的做法與價值〉，《中央大學人文學報》第 46 期，2011 年 4 月，頁 145-184。

[44] 《西北大學學報》哲學社會科學版，1989 年第 1 期，頁 91-93。

[45] 《讀書》，1987 年第 7 期，頁 116。

〈清初曲學典籍《南詞新譜》的家族文化元素〉*46*反映文人群體的文化特色為題，進而考論吳江派曲家的曲學脈絡等。此外，學位論文如劉穎《沈自晉研究》*47*、武藝《晚明曲家沈自晉研究》*48*等皆以篇章呈現《南詞新譜》的體例介紹與曲學影響，兼且涉及沈自晉本人家世出身與《南詞新譜》的相關背景。

（一）《南詞新譜》之曲學發論

　　《南詞新譜》厚積明代諸家的曲學論說、以「備於今」而審於古的理念訂譜，更處於明清兩代交迭之際，實有承上啟下、總結明代曲論並啟發清代曲學論見之意義。《南詞新譜》凡例中提及撰著譜例的十點方針，也是沈自晉著論的理念，簡要列述如下：

　　一是「遵舊式」，在音律、字句部分大致遵循前人嚴訂之格律，並且修訂可平可仄、可用韻可不用韻者等爭議處，再另行詳加註解，同時也釐清曲中前腔、換頭的混淆情況。

　　二是「稟先程」，書中著論以沈璟論見為主軸，不因與時更新、隨俗冶化而妄改音律。

　　三是「重原詞」，書中所採曲例均以音律為重、不以詞誇為取，而且在補正板腔之餘，盡量保存曲例原有的古詞。

　　四是「參增註」，對於沈璟於原書中的註解，作者在保留與尊重原意之餘，益以增補、或是參酌其他曲家的論點，並在書中特別標明新補意見之處。

　　五是「嚴律韻」，嚴訂曲中之平仄、音律，並且以《中原音韻》為圭臬，訂正曲韻。其中「夫泛言平仄易，易而深求微妙實難，精之在上去、去上之發於恰當，更精之尤在陽舒陰斂之合於自然」，*49*對於音律中的上聲去聲、陰陽閉合聲口之審校尤其看重。

　　六是「慎更刪」，此處所言更刪，指的是舊譜中同一曲調卻有多體並存的冗雜現象，其中更混雜錯誤與拗律的曲例，作者刪去被孱入正體的錯誤體例，

46　《廈門廣播電視大學學報》，2012 年第 4 期，頁 51-55；68。
47　西北師範大學中國古代文學碩士論文，2006 年 11 月。
48　蘇州大學戲劇戲曲學碩士論文，2008 年。
49　(明)沈自晉：《南詞新譜(一)》，頁 31。

並且參考前人舊曲補正。

七是「採新聲」，自沈璟定譜以來，同一曲例可能已有許多的創作新調出現，甚至愈出愈為奇特；其中若是合乎曲律、譜曲接縫完美無暇者，本就值得推許，但若是不識曲理、強行插湊，就應該釐清指正。此為沈自晉採取時調新曲的主旨。

八是「稽作手」，在沈自晉以前的眾曲集，時常錄有無名氏的曲作，或是僅錄別號而不詳作者，《南詞新譜》為其發覆鉤沉，讓更多曲家的成就得以被世人知悉。

九是「從詮次」，將舊調新聲之眾曲以正確的次序排列，各從其類而便於檢閱。

十是「俟補遺」，由於《南詞新譜》撰集時經歷兵禍，導致著論過程中仍不免有所殘闕，希望日後再行增補，進行續編。

大抵來說，沈自晉著譜旨在補益與訂正，大部份的曲譜材料仍以沈璟《南曲全譜》為主，既修訂舊有曲譜的錯誤並且詳細說明之餘，也適時的增益新曲例。因此，《南詞新譜》在南曲曲譜上的體系上或許無甚創見，但是卻在集結明代曲學的文獻與評論視野之餘，更求精確與改正，同時比對舊譜未見的時曲新調，既不略於古、也更重視「備於今」的實務用意。

（二）《南詞新譜》的曲學貢獻

前人討論《南詞新譜》時，多著重在沈自晉凡例的十項原則，此外則是肯定《南詞新譜》依據沈璟訂譜的基礎予以明確的增注與修正，並結合當時曲壇的實際現象訂下譜曲的規範，[50]也補正《南曲全譜》當中的曲例，例如中呂過曲〈駐馬聽〉，《南曲全譜》原錄二體，《南詞新譜》不僅補上另一《雙魚記》之〈駐馬聽〉又一體而增為三體，並且將沈璟原來載錄自《琵琶記》的〈駐馬聽〉「書寄鄉關」以「用韻甚雜，不足為法」之故捨去，而改以楊慎的散曲作品「嗚櫓沙頭」為曲例；[51]又如中呂過曲〈漁家傲犯〉，原先沈璟譜中

50　俞為民：《中國古代曲體文學格律研究》，頁448。

51　（明）沈自晉：《南詞新譜（一）》，頁313。

作為〈漁家傲〉正格，沈自晉斟酌馮夢龍的見解而訂正為〈漁家傲犯雁過聲〉，並且修改板式。52

　　沈自晉《南詞新譜》的真正貢獻與實際功益，詳見下列三點：

1. 增補前人曲論之佚文

　　除了增益沈璟《南曲全譜》不及見載的新曲以外，53《南詞新譜》立基於沈璟《南曲全譜》而編訂，除了承繼吳江沈氏曲學的理念，同時也採錄了前人遺稿、或是未行刊刻的曲文，而別有補益價值。例如，仙呂引子〈望遠行〉之體例，採用自沈璟《珠串記》傳奇，注曰「先詞隱未刻稿」，乃取自於沈璟未見於世的傳奇曲文；又如中呂引子〈漁家傲〉採錄宋人歐陽修詩餘為體例，其注曰「此詩餘，《詞林辨體》所載，故錄之。」意思是〈漁家傲〉曲牌之所以取用宋人詞作為體，是沿襲自沈璟《古今詞林辨體》的載錄，但是《古今詞林辨體》今已佚失，此舉正可補見沈氏曲學的原有觀念，尤其是「曲譜引用宋人詩餘為體例」的明辨意義。

　　除了補益沈璟的曲論，沈自晉也參佐了其他曲家的論見，尤其是馮夢龍的遺佚曲論。例如《南詞新譜》補錄明代九宮十三調中已不用之商黃調，其注謂：

> 新移補。按十三調中，有商黃調，乃商調、黃鐘二調合成，方諸樂府中，特標之，予茲另列以備其一體，及查墨憨齋稿亦然，因參訂其曲之合調者錄入，然必先商而後黃，乃不犯前高後低之病。

---

52 (明)沈自晉：《南詞新譜(一)》，頁 336-337。

53 然沈自晉新增多為集曲，見黃思超：〈沈自晉《南詞新譜》集曲增訂論析——「備於今」的做法與價值〉，《中央大學人文學報》第四十六期，頁 149 曰：「《南詞新譜》原名《廣輯詞隱先生增定南九宮曲譜南九宮十三調詞譜》，其編纂的出發點，在於補充沈璟《增定南九宮曲譜》以降曲牌的大量創作，亦即在《增定南九宮曲譜》的基礎上，增輯大量的新曲牌。《南詞新譜》收錄的集曲共 438 種（不含又一體），較沈璟《增定南九宮曲譜》增加了 274 首集曲，含又一體共 302 種體式，反映了萬曆到順治年間集曲大量創作的現象。」例如正宮過曲〈刷子帶天樂〉、〈朱奴插芙蓉〉、〈秦娥賽觀音〉，即是沈璟《南曲全譜》所不及載的新入曲調。

眉批：「先詞隱所著《古今詞林辨體》，予近得其遺稿，原備載商黃調
之說，俱未及編於譜，今補錄為當。」[54]

此段提及《南詞新譜》補錄商黃調即是參考馮夢龍的《墨憨齋詞譜》，以
及沈璟《詞林辨體》的遺稿；然而《墨憨齋詞譜》與《詞林辨體》今已佚失，
透過《南詞新譜》的載錄因而保存了馮、沈二人的相關見解。其他又有參酌
馮夢龍所見而補入大石調慢詞〈夜合花〉、依沈璟《詞林辨體）所錄而補上《南
曲全譜》原本不載的中呂調引子〈漁家傲〉、黃鐘調引子〈絳都春〉、商調引
子〈憶秦娥〉又一體等補錄。[55]

除了增補，《南詞新譜》亦有刪修除錯，例如双調引子〈真珠馬〉，乃由
〈真珠簾〉、〈風馬兒〉二調集成，原載於沈璟《南曲全譜》之中，但是沈璟
雖然懷疑該調格律有誤，卻因為其他舊譜皆有載錄，所以未敢刪除；至沈自
晉《南詞新譜》即明指「與原調多不相似」，依馮夢龍之見而將其刪去。[56]因
此，參酌了前人、親友各家曲論的《南詞新譜》，亦可視為吳江曲派在明代的
大成之作。

2. 詳解曲調格律之方針

《南詞新譜》於每一曲調的格律都有詳細的古、今比較，尤其在句法、
聲律上的針砭都提出具體的評點。例如正宮引子〈齊天樂〉，採錄《琵琶記》
之例：

鳳凰池上歸環珮。袞袖御香猶在，綮戟門前，平沙堤上。何事車填馬隘，
星霜鬢改，怕玉鉉無功。赤舄非才，回首庭前。淒涼丹桂好傷懷。[57]

同一處注文指出：「『珮』字借韻。『袞袖、馬隘』上去聲，『鬢改、桂好』，

---

54 （明）沈自晉：《南詞新譜(二)》，頁 709。

55 （明）沈自晉：《南詞新譜(一)》，頁 297〈夜合花〉，頁 308〈漁家傲〉。

56 （明）沈璟：《增定南九宮曲譜(二)》，頁 614 注曰：「〈真珠簾〉第二句，既不相似，而
〈風兒馬〉三句亦不相類，姑據舊譜載之耳。」 （明）沈自晉《南詞新譜(二)》頁 728
眉批曰：「原〈真珠馬〉一曲與原調多不相似，從馮刪。」

57 （明）沈自晉：《南詞新譜(一)》，頁 215。

去上聲俱妙。」指出本例的借韻之處，以及去上、上去的音律之妙，而這正
合乎曲中「務頭」看重聲律平仄變化之講求58。再如講解曲律中的聲韻變化，
例如商調過曲〈高陽臺〉，以《琵琶記》第十三齣「宦海沉身」為又一體曲例，
在眉批中論及「閒藤野蔓休『纏也』」，以及換頭第二首之「紅樓此日招『鳳
侶』」，二處俱用去上聲為妙；同時引用《琵琶記》第十五齣淨唱〈桂枝香〉
「非爹胡纏，怕被人傳」之句「纏」字作去聲為援例，因此「纏」字在此應
作為去聲，59以此說明字句聲律中以去上連用的變化為佳。另外又提及「入作
平聲」韻法，沈璟、沈自晉均注云：

> 凡入聲韻，止可用之以代平聲韻，至於當用上聲、去聲韻處仍相間用
> 之，方能不失音律。高先生喜用入聲，此曲如脫字、越字、眐字、閲
> 字、列字、潔字、悅字處用入聲作平聲唱，妙矣。至於葛字、舌字、
> 伐字、髮字處，既用兔絲、謾勞、持來、早諧等仄平二字在上，則其
> 下當用平去，或平上二聲，所謂以去聲上聲韻間用之，乃妙。今既用
> 入聲，則入聲作平者與入聲作去上者混雜，音律欠諧矣，後人有獨見
> 者，還宜不用入聲韻為事。60

　　沈自晉以此例指出譜曲在聲律上的兩大實務：第一，南曲中尚可「入聲
作平」、以入聲替代平聲協律，但在唱腔時則以平聲之腔法唱，此是為實際唱

---

58 「務頭」一詞出於元代周德清《中原音韻·作詞十法》，明確指出某字、某句或某調為
　　務頭，歷來對於務頭亦有各種解說和討論，大抵為：調中最緊要而響亮的字句、每調
　　大約一至三字或一至三句、音律和音樂最為動聽或高揭曲折之處，或是劇情關目最重
　　要的部分。詳見李惠綿：〈務頭論〉，《戲曲批評概念史考論(增訂本)》(臺北：國家出
　　版社，2009 年 10 月)，頁 31-111。
59 (明)沈自晉：《南詞新譜(二)》，頁 648 眉批。
60 見(明)沈璟：《增定南九宮曲譜(二)》，頁 563-564；與(明)沈自晉：《南詞新譜(二)》，
　　頁 648。

曲之必須。此法在王驥德〈論平仄〉即已提及「入聲字可作平聲用」之法[61]，沈璟在訂譜時亦以平聲代替入聲，而不用去聲、上聲。[62]此法在清代毛先舒《南曲入聲客問》亦有提及：「凡入聲俱單押，不雜平、上、去三聲韻中」，但在平聲韻中押入聲字者，便須以「腔變音不變」的方式協調，亦即發聲時仍以入聲的短促音吐聲、但必須旋即以平聲作腔揚音舒長，[63]否則無以成腔。第二，句法中的聲律變化，在仄平二字之後，宜以平上、平去相間為妙，亦即添加上聲或去聲的變化，但是若以入聲替代上、去二聲協律時，便須注意可能造成上去不分的狀況。如同本例中的「兔絲瓜葛、謾勞饒舌、特來執伐、早諧結髮」即是仄平平上或仄平平去──「執、結」二字乃是以「入聲作去上」替代仄聲韻之用；但是此例雖然注意到平仄相間的箇中變化，卻忽略了以入聲協代仄聲時唱腔須以平聲腔法舒揚的實際情況，如此在唱曲時將造成

---

61 李惠綿：〈從音韻學角度論述王驥德南曲度曲論之建構〉，《戲劇研究》創刊號，2008 年 1 月，頁 147 謂：「就句中而言，沈璟借用北曲『入作平俱屬陽』的特點，提出南曲『入聲字可作平聲用』的獨秘之方；故《南九宮曲譜》中凡入作平之字，皆標注『作平』。就韻腳而言，沈璟強調：『凡入聲韻止可用之以代平聲韻，至於當用上聲、去聲韻處，仍要以上聲、去聲韻相間用之，方能不失音律。』主張用韻處亦可『以入代平』，至於當用上聲、去聲韻處，仍要以上聲、去聲韻相間用之。這就是王驥德所謂：『詞隱謂入可代平，為獨洩造化之秘。又欲令作南曲者，悉遵《中原音韻》，入聲亦止許代平，餘以上、去相間。』」。

62 例如，(明)沈璟：《增定南九宮曲譜(二)》，頁 614 雙調引子〈花心動〉眉批曰：「適字、月字俱可用平聲。」又頁 615 雙調引子〈謁金門〉眉批曰：「綠字、此字（非入聲）、骨字俱可用平聲。」

63 (清)毛先舒：《南曲入聲客問》，謂：「客問：『子著《南曲正韻》，凡入聲俱單押，不雜平、上、去三聲韻中，是已。然單押仍是作三聲唱之，如《畫眉序》單押入聲者，首句韻便應作平聲唱，末句韻便應作去聲唱，《絳都春序》單押入聲者，首句韻便應作上聲唱，豈非仍以入作平、上、去耶？則又何不仍隸入三聲中邪？』余曰：『此論極妙，然卻又有說：北曲之以入隸於三聲也，音變腔不變；南曲之以入唱作三聲也，腔變音不變。……《畫眉序》首句韻，應是平聲，歌者雖以入聲吐字，而仍須微以平聲作腔也，此變腔也。其《尾聲》云『可惜明朝又初六』，六字竟作六音，不必如北之作溜，此不變音也；然《畫眉序》《尾聲》末句韻，應是平聲，則歌者雖以入聲吐字，而仍須微以平聲作腔者也。』」見《中國古典戲曲論著集成》第七冊，頁 129。

「入聲作平」與「入聲作去上」兩者混淆不分的現象：原本「執、結」二字本格之去、上仄聲韻，必須以去聲和上聲的唱腔為之，然而此處以執、結二字之入聲協代其韻、必須以「入聲作平」的方式改為平聲唱腔，造成場上唱腔的平仄不分。此論的核心觀念在於南曲本有四聲，不似北曲無入聲而有入派三聲之法，保留南曲入聲韻的單押與變腔方式，才能突出南曲之當行本色。

在音韻方面，沈自晉亦提出了舊有曲作中沿用現象與觀察，有利於明辨曲律。例如双調引子〈謁金門〉注云：「雜用桓歡、先天、寒山三韻，此高先生痼疾。」64指出高明著作中南曲用韻寬泛的現象，但實際上這是以《中原音韻》的北曲用韻來規範南曲而產生的旁入他韻現象，亦即王驥德所謂「如支思之於齊微、魚模，魚模之於家麻、歌戈、車遮，真文之於庚青、侵尋，或又之於寒山、桓歡、先天，寒山之於桓歡、先天、監咸、廉纖，或又甚而東鐘之於庚青」等混無分別的南曲用韻現象，此乃南曲語音發展特色而影響曲律所致。65

又如商調引子〈二郎神慢〉注謂：「家麻、車遮二韻混用，詞則可，曲則不可。」66此即詞與曲在聲韻上的差異，吳梅嘗謂曲韻家麻、車遮明分為二，在詞中則通用而不相分別，67考察家麻韻、車遮韻的相混現象，詞韻中以《集韻》分部而視，此二韻原本皆歸入第十部之中；在曲韻而言，北曲自《董西

---

64 (明)沈自晉：《南詞新譜(二)》，頁729眉批。

65 (明)王驥德：《曲律·論韻第七》，曰：「獨南曲類多旁入他韻，如支思之於齊微、魚模，魚模之於家麻、歌戈、車遮，真文之於庚青、侵尋，或又之於寒山、桓歡、先天，寒山之於桓歡、先天、監咸、廉纖，或又甚而東鐘之於庚青，混無分別，不啻亂麻，令曲之道盡亡，而識者每為掩口。」見《中國古典戲曲論著集成》第四冊，頁110。而李惠綿：《王驥德曲論研究》(臺北：國立臺灣大學出版委員會，1992年12月)，頁196-197曰：「王氏(王驥德)以作北曲者守韻者兢兢，無敢出入為典範，而感『南曲多旁入他韻』，他列舉六種借韻類型，說明南曲用韻混亂，以至『曲之道盡亡』。……而南戲傳奇中之所以有『旁入他韻』的現象，是因南北語音差異及其發展變化之故，不能視之為曲道盡亡。」

66 (明)沈自晉：《南詞新譜(二)》，頁641。

67 吳梅：《詞學通論·論韻》(臺北：臺灣商務印書館，1988年4月)，頁16曰：「曲中如寒山、桓歡分為兩部，家麻、車遮亦分為二。詞則通用，不相分別。」

廂》乃迄關漢卿北曲雜劇中即已存在車遮韻，而《中原音韻》則分為明確兩韻部(第十三家麻韻、第十四車遮韻)，南曲在早期南戲如《張協狀元》、《琵琶記》中的混用情形尚不明確，或稱車遮韻此時尚未完全獨立成部，到了後出的傳奇作品如《幽閨記》、《玉簪記》始漸有家麻韻歸入獨列的車遮韻的現象。68因此詞韻與南曲皆有家麻、車遮二韻的混用現象，北曲則明確分列，沈自晉認為詞和曲在此聲韻現象上必須明確分別。

3. 砭正曲調沿襲之謬誤

　　《南詞新譜》可謂反映明代後期眾曲家曲學理論之大成，而且除了強調「備於今」的採錄大量時曲新調以外，也一併改正曲壇上沿襲的錯誤慣例。例如，在明代曲律中，引、近、慢各有其體製與應用，猶如詞調中令、引、近、慢的音樂體製一般；詞調的令、引、近、慢本為源出大曲的樂曲類別，旋律結構、節奏韻拍，甚至樂器演奏皆有所不同，69而發展到至明代的南北曲，在調名與音樂的沿襲下，詞調中的引、近、慢諸名也沿用入曲牌，其中沈自晉特別著重的一點，便是釐清引子、過曲的混用。例如黃鐘引子〈天仙子〉，《南詞新譜》以宋人張先作品為曲例，並注曰：「此詞原載過曲中，今改入引子，馮稿亦朕」70，訂正〈天仙子〉在曲律中的體製運用；又如黃鐘引子〈點絳脣〉，引用《琵琶記》「月淡星稀」之例，其注謂：

> 此調乃南引子，不可作北調唱，北調第四句平仄平平，南曲第四句仄平平仄；北無換頭，南有換頭；北第一第二句皆用韻，南直至第三句方用韻。今人凡唱此調及〈粉蝶兒〉，俱作北腔，竟不知有〈南點絳脣〉及〈南粉蝶兒〉也，可笑，況〈北點絳脣〉就用在此調之前，有何難辨也。71

---

68 詳見范俊敏：〈張協狀元音系特點〉，《《張協狀元》韻部研究》，寧波大學漢語言文字學碩士論文，2011 年 1 月，頁 29-42。

69 林玫儀：〈令引近慢考〉，《詞學考詮》(臺北：聯經出版社，1987 年 12 月)，頁 166。

70 (明)沈自晉：《南詞新譜(二)》，頁 519。

71 (明)沈自晉：《南詞新譜(二)》，頁 523。

　　此論同樣見於沈璟《南曲全譜》72，指出了南北曲同名異調〈點絳脣〉的分別與誤用，也點出南北二調實則大相逕庭，在平仄、換頭、用韻、換頭之有無均不相同，明人卻常常誤用為北曲格律，而不明南曲曲調之〈點絳脣〉，出現了南曲引子用北曲曲調唱的謬誤。

　　又如在双調引子〈風入松慢〉與過曲〈風入松〉二者的區別與使用，《南詞新譜》之〈風入松慢〉引用傳奇《墜釵記》「博陵族望著中原」為體例，其注謂：

> 今人不知此調為引子，皆以「不須提起蔡伯喈」音調唱之，謬甚矣。及《還帶》、《寶劍》，生衝場引子〈風入松〉，何獨以引子唱之耶？非知其為引子也，特以生初上場，不敢不以引子唱之耳。識曲者能幾人哉。73

　　明人不知此首〈風入松慢〉實為引子，應以散板譜曲，卻以《琵琶記》第三十八齣之末所唱過曲〈風入松〉「你不須提起蔡伯喈」為參考，而依前人襲用如《還帶記》、《寶劍記》之慣例將〈風入松〉唱為引子。此中問題在於，詞牌與南曲〈風入松〉又名〈風入松慢〉，兩者看似為同一，實際上〈風入松慢〉作為散板引子使用，而〈風入松〉作為過曲之用，在曲律體製上實有區別；是以，沈自晉跳脫傳奇人物上場、生之衝場多使用引子的慣例，而改正〈風入松〉之誤，將〈風入松慢〉改為引子之用。雖然亦有曲家認為「慢」非指引子，而是過曲之首曲，但也證明〈風入松〉與〈風入松慢〉兩者在曲律上絕不相同。74

---

72 （明）沈璟：《增定南九宮曲譜(二)》，頁452。

73 （明）沈自晉：《南詞新譜(二)》，頁732。

74 明人曲律以「慢」作為引子、「近」作為過曲，見（明）王驥德：《曲律・論調名第三》，頁60云：「又登場首曲，北曰楔子，南曰引子；引子曰慢詞，過曲曰近詞。」沈自晉此例亦承襲前人之說，見（明）沈璟：《增訂南九宮曲譜(二)》，頁619曰双調引子〈風入松慢〉：「今人不知此調為引子，故於《香囊》、《浣紗》各引子，皆以『不須提起蔡伯喈』音調唱之，謬甚矣。及至《還帶》、《寶劍》，生衝場引子，亦〈風入松〉矣，何獨以引子唱之耶？非知其為引子也。特以生初上場，不敢不以引子唱之耳。識曲者能

又如商調引子〈鳳凰閣〉，採用《琵琶記》「尋鴻覓雁」之例，並點出〈鳳凰閣〉被用作過曲的謬襲：

> 按此調本引子，今人妄作過曲唱，即如〈打毬場〉本過曲，而唱作引子也。舊譜卻將第二句改作五字、又將家山改作家鄉，又去和那二字，遂不成調；況想鏡裏云，乃因思親而思妻，妙在一想字，乃改作粧鏡，即是五娘自唱之曲，非伯喈遙想之意矣，此皆舊譜之誤也。*75*

此處說明〈鳳凰閣〉本為引子，明人除了誤用為過曲之外，還改動字句、影響譜例中曲文的意境。除了指正曲律中引、近、慢混用之例，也一併提及引、近、慢在名義上的稱謂別異及其疑問，例如注解越調引子〈祝英臺近〉：

> 凡引子皆曰慢詞，凡過曲皆曰近詞，此當作〈祝英臺慢〉，但此調出自詩餘，元作〈祝英臺近〉，不敢改也。*76*

南北曲中「慢」指的是引子，「近」則指過曲；而《南詞新譜》注解越調過曲〈祝英臺〉時謂「或作〈祝英臺序〉。」*77*於此可知「序」亦指過曲。從此觀之，越調引子〈祝英臺近〉應當稱為「祝英臺慢」，但是此名自元代以來

幾人哉。」而（明）沈采《千金記》於〈霸王夜宴〉一折，亦將〈風入松〉作為引子，亦屬此誤，見劉有恒：《集粹曲譜・初集（一）》（2011 年，臺北出版），「千金記・夜宴」頁 5 註曰：「於《千金記》原劇本及《崑曲大全》，皆作〈風入松〉，惟〈風入松〉，只有正曲曲牌，並無引子曲牌，引子曲牌內有〈風入松慢〉，但其句法與此齣的〈風入松〉不相同；而查今《崑曲大全》所配第一句末三字的腔，與〈風入松慢〉引子的第一句末三字的聲腔格律全合，但第二句的腔則無格律可正，故此支《崑曲大全》內的〈風入松〉曲牌易名為泛稱〈引〉，並從《崑曲大全》的戲場演出唱腔。」然吳梅：《南詞新譜》（臺北：學海出版社，1997 年 5 月），頁 540 記双調引子〈風入松〉案曰：「舊譜作『慢』，不知『慢』是起板曲，不當列諸引子也。且此調有引子有過曲，是過曲為慢詞、引子為散板也。今諸譜皆以引子為慢，不其慎乎。」

75 其例為：「尋鴻覓雁。寄箇音書無便。漫勞回首望家山。和那白雲不見。淚痕如線。想鏡裏孤鸞影單。」

76 （明）沈自晉：《南詞新譜（二）》，頁 578。

77 （明）沈自晉：《南詞新譜（二）》，頁 608。

因襲已久、兼且「祝英臺近」之名又出於早前的宋代詩餘，沈自晉未能明辨箇中緣由，因此保守地以注解備記。近代學者吳梅於《南北詞簡譜》中亦記為〈祝英臺近〉。

　　而沈自晉又據沈璟的曲論基礎，進一步論及曲律的「慢」、引子與詩餘三者之間的關係。例如商調引子〈二郎神慢〉，其中其曰：

> 此調或無慢字，然凡詩餘，皆可作引子唱，即所謂慢詞也。與《拜月亭》引子皆同，但多換頭耳，錄此以證拜月亭一曲，確乎亦引子也。78

　　沈自晉據沈璟《南曲全譜》注論指出，在套曲中詩餘均可作為引子之用，因而在曲律上也稱為慢詞，並且比較譜所引用例的柳永〈二郎神〉「炎光謝」詞調和《拜月亭》第三十二出的〈二郎神慢〉「拜星月」兩相對照，證明兩者格律字句相同，79〈二郎神〉與〈二郎神慢〉應指同一曲調。但是〈二郎神〉為何又添加「慢」字，稱為〈二郎神慢〉？沈璟《南曲全譜》原注謂：

> 此調本是引子，故刻本多一慢字，凡有慢字者，皆引子也，況舊譜亦取於引子內矣，今人強謂其非引子，獨不思舊板《周羽》戲文內，亦有〈二郎神慢〉是引子乎？況今人唱到「悄悄輕將」一句，又不免作引子唱；況古人〈二郎神〉，未有只作一曲者，此套〈鶯集御林春〉尚有四曲，豈於〈二郎神〉而止一曲乎？況〈二郎神〉過曲，如《琵琶記》云：「誰知他去後釵荊裙布無些」共十一字，而此處止有「得再覩同歡同悅」七字，甚不同也。若曰《拜月亭》與《琵琶》諸記不

---

78 (明)沈自晉：《南詞新譜(二)》，頁 641。

79 柳永：「炎光謝。過暮雨、芳塵輕灑。乍露冷風清庭戶爽，天如水、玉鉤遙掛。應是星娥嗟久阻，敘舊約、飆輪欲駕。極目處、微雲暗度，耿耿銀河高瀉。　　閒雅。須知此景，古今無價。運巧思穿針樓上女，抬粉面、雲鬢相亞。鈿合金釵私語處，算誰在、回廊影下。願天上人間，占得歡娛，年年今夜。」《拜月亭》第三十二齣：「拜星月。寶鼎中、名香滿爇。願拋閃下男兒疾較些。得在覩、同歡同悅。悄悄輕將衣袂拽。卻不道小鬼頭、春心動也。那喬怯，只見他無言俛首，(疑缺)紅滿腮頰。」見(明)沈自晉：《南詞新譜(二)》，頁 640-643。

同，何為與詩餘又相同也？若曰前已有〈青衲襖〉諸曲，不可又用引子，則《琵琶》諸記之「撇呆打墮」、「嫩綠池塘」等引子，及《拜月亭》之「淒涼逆旅」、「久阻尊顏」等引子，皆過曲後另起者也，況〈高陽臺〉、〈祝英臺〉、〈桂枝香〉、〈五供養〉等諸曲，皆有引子、又有過曲，何獨於〈二郎神〉而疑之，斷斷乎必為引子矣。*80*

　　〈二郎神慢〉在明代曲律中常被作為過曲，但實為引子，而且與過曲〈二郎神〉並不相同。此處提出的論點在於：其一，除了以詩餘常作為引子而稱為慢詞之外，在早期舊譜當中的〈二郎神慢〉也被列於引子之中；其二，引子只作單支曲子，但〈二郎神〉在舊譜中並沒有只作單支曲子的用例，往往綴入曲套、與其他曲牌聯用；其三，南戲《琵琶記》的〈二郎神〉，與此處引例的《拜月亭》之〈二郎神慢〉，格律字句有很大的出入，兩者不是同一支曲牌，而〈二郎神〉自然也不會與源自詩餘慢詞的〈二郎神慢〉一樣作為引子，在淵源應用上已經不同。

　　其四，〈二郎神慢〉可能是過曲〈二郎神〉作為引子時的用法，也並不是只有〈二郎神〉同時存在引子與過曲兩種用法存在，譬如〈高陽臺〉、〈祝英臺〉、〈桂枝香〉、〈五供養〉等曲，一如《南詞新譜》中大石調過曲的〈念奴嬌序〉，其眉批謂：「引子是〈念奴嬌〉，而此曲即〈念奴嬌序〉，故曰本序，非別名本序也。」*81*此即王驥德《曲律》所說的「一調名而兩用」、同一曲調有「引曲」與「本序」兩種用法的例子*82*。此外，也有因為「序」之名而誤入

---

80 (明)沈璟：《增定南九宮曲譜(二)》，頁 557-558。沈璟又於〈商黃調總論〉言〈鶯集御林春〉曰：「按《拜月亭》此套先用〈二郎神慢〉，乃引子也，學者勿誤視之。」見同書頁 722。

81 (明)沈自晉：《南詞新譜(一)》，頁 291。

82 (明)王驥德：《曲律・論調名第三》，頁 60 曰：「至有一調名而兩用，以此引曲，即以此為過曲，如《琵琶記》之〈念奴嬌〉引曲『楚天過雨』云云，而下過曲『長空萬里』，則省曰〈本序〉，言本上曲之〈念奴嬌〉也。《拜月亭》之〈惜奴嬌〉引曲『禍不單行』云云，而下過曲『自與相別』，亦省曰〈本序〉；又〈夜行船〉引曲『六曲闌干』云云，而下過曲『春思懨懨』，亦省曰〈本序〉，亦言本上之〈惜奴嬌〉與〈夜行船〉也。然

引子、但實際上為過曲的例子，例如仙呂入双調中的〈曉行序〉。即是。83

　　其五，在《琵琶記》與《拜月亭》中均有引子用於過曲之後的例子，〈二郎神慢〉作為引子、卻用在〈青衲襖〉等過曲曲牌之後，不見得是違反曲律，亦非罕見；蓋過曲之後使用引子，一種情況是場上的排場轉換──另有人物上場、或是故事情境改變時，以引子再起另一套曲作為區隔。沈自晉引用沈璟在注解中列舉的例子，都是因為人物上場、排場轉換而以引子區隔的情況，例如《琵琶記》第三十一齣生唱南呂引子〈稱人心〉「撇呆打墮」，即在南呂過曲〈大聖樂〉之後，正好是生上場之時；第二十二齣貼旦唱南呂引子〈滿江紅〉「嫩綠池塘」，即在南呂〈一枝花〉套曲的〈懶畫眉〉前腔之後，蓋此時正是末丑淨諸角下場、貼旦上場之際；《拜月亭》第二十六齣老旦唱双調引子〈新水令〉，接於仙呂入双調過曲〈灞陵橋〉前腔之後，而本套曲正值仙呂入双調之音樂轉換，此時老旦所唱〈新水令〉，亦是全場情境氣氛轉換、述說自身飽受戰火分離之苦的；第二十八齣生唱双調引子〈惜奴嬌〉「久阻尊顏」，在双調過曲〈惜黃花〉前腔之後，亦是生上場的時機。

　　因此，曲牌中的「慢」、「慢詞」之名，實用於引子，格律來自詩餘詞調，而像是〈二郎神〉與〈二郎神慢〉、或如前述〈風入松〉與〈風入松慢〉等在原曲牌名加上一「慢」字者，與原曲牌的關係可歸於「一調名而兩用」，在格律未必相同，在套曲體製上也各有使用方式，並非單純另作他名的異名同調或同名異調關係。

　　詩餘中的令、引、近、慢出於唐宋大曲體製之遺，而曲律中的引、近、慢、序在明代曲律於此可解，尤其曲調有中許多與詞牌同名的曲牌，在同名異調或是同名同調的關係之中，沈自晉一一點出「此係詩餘」、「與詩餘同」，

則《琵琶記》之〈祝英臺〉、〈尾犯〉、〈高陽臺〉三曲，皆以此引、以此過，皆可謂之〈本序〉。今卻不然，而或於『新篁池閣』一曲，則亦署曰〈本序〉，不知前有〈梁州令〉引，則此可曰〈本序〉；今前引係他曲，而亦以〈本序〉名之，則非也。」然而，黃鐘過曲〈絳都春序〉則可能本無「序」字，而與引子相混，見(明)沈自晉：《南詞新譜(二)》，頁 527 曰：「或無序字，即混於引子矣。」

83　(明)沈璟：《增定南九宮曲譜(二)》，頁 670 注曰：「舊譜在引子中，今查得當入過曲。」

亦非僅是名目上的聯繫，其中像引子多出自詩餘、「慢」與「序」的各自運用意義等等，瞭解這些注解的曲律內涵和用意，方是釐清明代曲學之發展、詞與曲的互涉關係之第一步。

此外，辨正曲誤是沈璟與沈自晉的共同目標，而沈自晉更進一步釐清曲調體例與換頭的謬誤。例如正宮過曲〈傾杯序〉注謂「今時尚散曲『思着掩翠屏冷絳綃』一支，乃用此調換頭，非起調也，識者辨之。」[84]而如黃鐘過曲〈絳都春影〉，沈璟原譜作〈絳都春換頭〉，但沈自晉考該曲是〈絳都春〉與〈疏影〉合成的集曲，讓句讀、文理得以合理通順。[85]

沈璟訂定《南曲全譜》，使後世曲家有所依循，完成了實質上的首部南曲曲譜，令鑽研者能夠明確認識南曲諸曲的格律；同時力求砭正辨誤，雖然未臻全善，但已堪為後代曲家所師法。而沈自晉《南詞新譜》以源於吳江曲派的家學為據，參酌同時期眾曲家的意見，在沈璟《南曲全譜》的基礎上同時參見古今諸曲體，費盡心力完成備於今而不略於古的曲譜著作，較《南曲全譜》更為精練，遍集明代曲家諸論大成，具備曲學發展的時代意義。

對於本書論述而言，沈氏二譜另有一個重要的關鍵特色：為同名的詞牌曲牌注解並分類出「此係詩餘」和「與詩餘同」，但是沈璟和沈自晉都沒有詳細說明這兩項注解的名義。對於同名詞牌曲牌，王驥德嘗論：

> 然詞之與曲，寔分二途。間有采入南、北二曲者：北則於金而小令如〈醉落魄〉、〈點絳唇〉類，長調如〈滿江紅〉、〈沁園春〉類，皆仍其調而易其聲，於元而小令如〈青玉案〉、〈搗練子〉類，長調如〈瑞鶴仙〉、〈賀新郎〉、〈滿庭芳〉、〈念奴嬌〉類，或稍易字句，或止用其名而盡變其調；南則小令如〈卜算子〉、〈生查子〉、〈憶秦娥〉、〈臨江仙〉類，長

---

84 (明)沈自晉：《南詞新譜(一)》，頁 256。

85 原見(明)沈璟：《增定南九宮曲譜(二)》，頁 456。又，(明)沈自晉：《南詞新譜(二)》，頁 528 注曰：「原作〈絳都春換頭〉，今改定。」注曰：「此曲坊本或題〈絳都春〉、或題〈疏影〉，當是二調合成。及查『鼻中』以下全不似〈絳都春〉，而與〈疏影〉正合，特改定之。」

調如〈鵲橋仙〉、〈喜遷鶯〉、〈稱人心〉、〈意難忘〉類，止用作引曲，過曲如〈八聲甘州〉、〈桂枝香〉類，亦止用其名而盡變其調。*86*

王驥德認為詞與曲之間有其不可忽略的分別，但是仍有其相繫淵源存在，部分曲牌由詞調衍入而來，其中既有同名同調，但也有同名異調、止用其名而盡變其調等關係，而南曲、北曲更是各自採用詞調成律，成為詞曲相涉的成因之一。《南曲全譜》、《南詞新譜》中對這些曲牌注明「此係詩餘」、「與詩餘同」，但是，既是「此係詩餘」，為何部分曲牌的格律與詞譜不同？又何謂「與詩餘同」？在格律或是選體的意義為何？這便是本章節將要深入探究的答案。

沈氏二譜對於南曲曲律的規範進行全面性的建立與改正，沈璟注意到南曲與詩餘的關係，而在各宮調的曲牌上標注「與詩餘同/不同」或「此係詩餘」等語，甚至直接引用詞調作為曲譜的範例。沈自晉編改之餘也對此進行修正，將原先部分引用自傳奇作品中的曲例抽換為詞調，反映了詞調與曲牌之間的關聯。本章節將觀察明代沈氏二譜中所訂定的「此係詩餘」、「與詩餘同」等同名詞牌曲牌的注解，一同參照《嘯餘譜》諸譜的體例和說明，析論這些同名的詞牌曲在明代詞譜與曲譜之間的關係，從曲家的角度觀察詞與曲的辨別、混同和關係；此外，注解中對於南曲格律、曲學襲例的說明與砭正等語，亦是重要的參考論述。

第二節　「此係詩餘」之分析

一、明代詞曲譜中的「此係詩餘」

茲選程明善《嘯餘譜・詩餘譜》、《詩餘譜・南曲譜》、沈璟《南曲全譜》、沈自晉《南詞新譜》等四本詞曲訂譜，*87*從中選出在《南曲全譜》和《南詞新

86（明）王驥德：《曲律・論調名第三》，頁58。

87（明）程明善《嘯餘譜・詩餘譜》以下於本書中皆作《詩餘譜》，而《嘯餘譜・南曲譜》皆作《南曲譜》。

譜》注明為「此係詩餘」及「與詩餘同」的南曲曲牌，並與張綖《詩餘圖譜》的同名詞牌格律與《嘯餘譜》的詞律曲律相比對，分析「此係詩餘」和「與詩餘同」的意義，進而檢視明代詞曲相涉的程度與現象，又涉及哪些格律的層面。

表 3-2-1：明代「此係詩餘」之詞曲譜參照

凡例：

1. 譜中所題作者，有名、字、別號者，於表中一律以本名題示。
2. 凡譜中原題作者有誤者，以《全宋詞》修正。

仙呂調引子					
調名	詩餘圖譜	詩餘譜	南曲譜	南曲全譜	南詞新譜
卜算子	秦湛「春透水波明」		《拜月亭》「病染身著地」		蘇軾「缺月掛疏桐」
注解備註	無。				與引子同。換頭同前。原載《拜月亭》曲，因句字不美，錄此詞易之。
糖多令	劉過(重過武昌)		張孝祥「花下鈿箜篌」		
注	無。		與引子同。		

解備註					

<table>
<tr><td colspan="6" align="center">仙呂調慢詞</td></tr>
<tr><td>調名</td><td>詩餘圖譜</td><td>詩餘譜</td><td>南曲譜</td><td>南曲全譜</td><td>南詞新譜</td></tr>
<tr><td>聲聲慢</td><td colspan="2" align="center">辛棄疾「開元盛日」</td><td colspan="3" align="center">李清照「尋尋覓覓」88</td></tr>
<tr><td>注解備註</td><td colspan="2" align="center">無。</td><td colspan="3" align="center">與引子同。</td></tr>
<tr><td>八聲甘州</td><td colspan="2" align="center">蘇軾(寄參寥)</td><td colspan="3" align="center">柳永「對瀟瀟暮雨」</td></tr>
<tr><td>注解備註</td><td colspan="2" align="center">無。</td><td colspan="3" align="center">與引子同。</td></tr>
<tr><td>桂枝香</td><td>王安石
(金陵懷古)</td><td>第一體
張輯89
「梧桐雨細」</td><td colspan="3" align="center">張輯「梧桐雨細」
又一體：《一夜鬧》傳奇「停杯注目」</td></tr>
</table>

---

88 三部南曲譜均誤作康與之作。

89 《詩餘譜》誤作張宗端(張宗瑞，即張孝祥)，見(明)程明善：《詩餘譜》，頁163。

		第二體 王安石 （金陵懷古）	
注解備註	《詩餘譜》注：「第二體前段與第一體同，後段亦與第一體同，唯第三句作五字」	一名疏簾淡月。《一夜鬧》傳奇曲注：「比前曲，但不用換頭，此曲用入聲韻。」	

正宮調引子				
調名	詩餘圖譜	詩餘譜	南曲譜	南曲全譜	南詞新譜
燕歸梁	柳永「織錦裁篇寫意深」		無名氏「十載圓扉信未通」		柳永「織錦裁篇寫意深」
注解備註	無。		與詩餘同但少換頭。		注：「曰：「此詞系先詞隱《詞林辨體》所載，與原曲體同，因併載換頭，故錄之。」並改注曰「此係詩餘」。

正宮調慢詞				
調名	詩餘圖譜	詩餘譜	南曲譜	南曲全譜	南詞新譜
公	無		柳永「長川波瀲灩」		

安子					
注解備註	無。			亦可唱。	

大石調引子					
調名	詩餘圖譜	詩餘譜	南曲譜	南曲全譜	南詞新譜
燭影搖紅	張掄「雙闕中天」		無		孫道絢「乳燕穿簾」（按：《全宋詞》無此詞）
注解備註	無。				此係詩餘，與引子同。原曲用韻甚雜，故易之。

大石調慢詞					
調名	詩餘圖譜	詩餘譜	南曲譜	南曲全譜	南詞新譜
醜奴兒	康與之「馮夷剪碎澄溪練」				
注解	詩餘譜又選和凝「蟾蟬領上訶梨子」、李後主「轆轤		亦可唱。馮音憑。		

備註	金井梧桐晚」為例詞。				
中呂調引子					
調名	詩餘圖譜	詩餘譜	南曲譜	南曲全譜	南詞新譜
行香子	張先(閒情)	蘇軾「北望平川」	蘇軾「清夜無塵」		
注解備註	無。		換頭字句皆同。		
青玉案	賀鑄「凌坡不過橫塘路」				
注解備註	《詩餘譜》另有第二體，選陳瓘「碧空黯淡同雲繞」為例詞，和第一體賀鑄詞同，唯下闋第二句第一體作七字、第二體作八字。		亦可唱。		
尾犯	柳永〈秋懷〉				
注解備註	無。		亦可唱。又一體乃《琵琶記》第五齣「懊恨別離輕」。		
剔	柳永「何事春工用意」				

銀燈引					
注解備註	無。		亦可唱。舊譜較《琵琶記》一曲全似過曲，使人難辨，今特錄此調。換頭字句同故不錄。		

中呂調慢詞					
調名	詩餘圖譜	詩餘譜	南曲譜	南曲全譜	南詞新譜
醉春風	朱敦儒「夜飲西真洞」	無名氏「陌上清明近」（按：原譜注趙德仁，《全宋詞》作無名氏，《類編草堂詩餘》誤選）			
注解備註	無。		亦可唱。		
賀聖朝	葉清臣「滿斟綠醑留君住」				
注解備註	無。		亦可唱。與双調不同。		
沁園春	辛棄疾（帶湖新居將成）	第一體辛棄疾（帶湖新居將成）	黃庭堅「把我身心」		

		第二體秦觀（春思）	
注解備註	又選辛棄疾「宿靄迷空」為詞例。	第二體與第一體同，唯上闋第八句作七字、第九句作八字。	亦可唱。與詩餘譜第一體同。

柳稍青	仲殊「岸草平沙」	仲殊「岸草平沙」 又一體謝逸「香肩輕拍」 又一體《想當然》傳奇
注解備註	無。	亦可唱。謝逸「香肩輕拍」用入聲韻。南曲譜無《想當然》傳奇「何曾親近」體，沈氏二譜注「與前二曲絕不同，不之何所本，姑附於此。」

漁家傲	王安石「平岸小橋千嶂抱」	無	歐陽修「楚國纖腰元自瘦」
注解備註	無。		注曰：「此詩餘，詞林辨體所載，故錄之，與引子同。」「換頭字句皆同。」

般涉調慢詞				
調名	詩餘圖譜	詩餘譜	南曲譜	南曲全譜	南詞新譜
哨遍	蘇軾「睡起畫堂」	第一體蘇軾「為米折腰」 第二體辛棄疾	蘇軾「睡起畫堂」	無	蘇軾「睡起畫堂」

		「池上主人」			
注解備註	《詩餘譜》第二體上闋與第一體同，惟第六句作八字；下闋亦與第一體同，惟首句至第六句用平韻，又第十三句至第十七句改作第十三、十四句皆五字，十五句七字，十六句六字，十七句八字。		亦可唱。與《詩餘譜》第一體同。		

南呂調引子					
調名	詩餘圖譜	詩餘譜	南曲譜	南曲全譜	南詞新譜
一剪梅	虞集「荳蔻稍頭春色闌」	李清照「紅藕香殘玉簟秋」	蔣捷「一片春愁帶酒澆」		
注解備註	《詩餘圖譜》另選虞集〈嬌紅〉、詩餘譜另選辛棄疾〈游蔣山呈葉丞相〉為詞例。		與今引子同。換頭字句與前皆同，以其詞佳，故備錄之。		
生查子	張先「含羞整翠鬟」	共收四體90	宋人「新月曲如眉」（按：應為趙彥端）		
注解	《詩餘譜》四體字句皆有不同，第一體同《詩餘圖譜》。		與今引子同。同《詩餘譜》第一體。		

---

90 第一體魏承斑「煙雨晚晴天」，第二體唐牛希濟「春山煙欲收」，第三體唐孫光憲「暖日策花驄」，第四體張泌「相見稀」。

| 備註 | | | | | |

南呂調慢詞

調名	詩餘圖譜	詩餘譜	南曲譜	南曲全譜	南詞新譜
賀新郎	劉克莊（端午）	第一體蘇軾（夏景） 第二體李玉（春情） 第三體劉克莊（端午）	辛棄疾「瑞氣籠清曉」		
注解備註	《詩餘譜》第二體與第一體同，唯下闋第九句作八字；第三體與第一體同，唯下闋第四句作七字，第八句作八字，末句作五字。		亦可唱。換頭不錄。		

黃鐘調引子

調名	詩餘圖譜	詩餘譜	南曲譜	南曲全譜	南詞新譜
天仙子	張先「水調數聲持酒聽」	第一體皇甫松「晴野鷺鷥飛一隻」 第二體張先「水調數聲持酒聽」	張先「水調數聲持酒聽」		
注解	《詩餘譜》第一體為單調小令，第二體上下闋俱與		《南曲全譜》記於黃鐘調過曲，南曲譜與《南詞新譜》因該調皆作引子唱，皆改入		

備註	第一體同。		引子。		

	商調引子				
調名	詩餘圖譜	詩餘譜	南曲譜	南曲全譜	南詞新譜
高陽臺	王觀「紅入桃腮」 （按：王觀原記為僧如誨）		王觀「紅入桃腮」（按：王觀原記為僧如誨） 又一體《琵琶記》「夢遠親闈」		
注解備註	無。		與引子同。不用換頭亦可。又一體用入聲韻。		
二郎神慢	徐幹臣 （春怨）	第一體柳永 「炎光謝」 第二體徐幹臣 （春怨）	柳永「炎光謝」 又一體《拜月亭》「拜星月」		
注解備註	無。		亦可唱。此調或無慢字，然凡詩餘，皆可作引子唱，即所謂慢詞也。與拜月亭引子皆同，但多換頭耳。又一體用入聲韻。		

	商調慢詞				
調名	詩餘圖譜	詩餘譜	南曲譜	南曲全譜	南詞新譜
集賢賓	無。		柳永「小樓深巷狂游徧」		

注解備註	無。	亦可唱。此後尚有換頭，因太長不錄。
永遇樂	\multicolumn{2}{c}{解昉「風暖鶯嬌」}	
注解備註	無。	亦可唱此後尚有換頭，因太長不錄。
解連環	黃水春〈春夢〉	周邦彥「怨懷難託」
注解備註	無。	亦可唱。此後尚有換頭，因太長不錄。

双調引子				
調名	詩餘圖譜	詩餘譜	南曲譜	南曲全譜	南詞新譜
搗練子	\multicolumn{2}{c}{秦觀「心耿耿」}	馮延巳「深院靜」（按：應為李煜） 又一體《琵琶記》「嗟命薄」		
注解備	無。	亦可唱。然又一體較詩餘少一句，且與《琵琶記》之〈胡搗練〉「傷風化」（第二十六齣）、「辭別去」（第二十九齣）二曲		

註			同，一字不差，疑〈胡搗練〉為誤刻。	
風入松慢	康與之「一宵風雨送春歸」	第一體康與之「一宵風雨送春歸」第二體虞集「畫堂紅袖倚清酣」	《臥冰記》「深沉庭院度年華」又一體俞國寶「東風巷陌暮寒驕」（按：又一體原記為張先）	《墜釵記》「博陵族望著中原」又一體俞國寶「東風巷陌暮寒驕」（按：又一體原記張先）
注解備註	詞調原名〈風入松〉，第二體與《詩餘圖譜》同。		第一體《臥冰記》、《墜釵記》曲皆為「與詩餘同」體，二調皆同詩餘第一體；又一體俞國寶詞為「此係詩餘」，亦可唱，同詩餘第二體，換頭字句皆同故不錄。	
海棠春			秦觀「流鶯窗外啼聲巧」	
注解備註		無。	亦可唱。換頭不錄。	

上表列述在《南曲全譜》與《南詞新譜》中注明「此係詩餘」而與詞調同名的南曲曲牌總計 31 個，在明代九宮十三調之中，此類曲牌皆用於引子和慢詞，而集中在仙呂、正宮、大石、中呂、般涉、南呂、商調、双調以上諸調。

二、「此係詩餘」的選例與分類

若從字面上來看，「此係詩餘」當可以理解為該曲牌即是詩餘、也就是直取詩餘詞調而成為同名曲牌者，但實際反映在詞譜、曲譜中則有以下幾種

情況：

(一)同調同體同作

　　例如：大石調慢詞〈醜奴兒〉，在上述詞譜、曲譜中皆選詩餘康與之「馮夷剪碎澄溪練」為範例，或如中呂調引子〈尾犯〉、〈剔銀燈引〉，中呂調慢詞〈賀聖朝〉與〈柳稍青〉，以及商調引子〈高陽臺〉、双調引子〈海棠春〉等，直接取用詞譜中同名同調的同一詞作成為南曲曲牌的格範。此種宋詞挪為曲體使用的現象，多見於傳奇劇曲中人物上下場時，吟詠的詩餘作品，或是音樂已非宋詞詞樂、逕以南曲曲調吟唱詞調，格律幾近完全相同，從此類曲牌加注「亦可唱」即知。此類可視為詞曲相涉中與詞調最關切者。

(二)同調同體異作

　　另一類是取用與詞譜同名同調、但並非同一作品的詞作，例如仙呂調引子〈糖多令〉，《詩餘圖譜》及《詩餘譜》選用劉過〈重過武昌〉為詞例，而《南曲譜》和沈氏二譜則選用張孝祥「花下鈿箜篌」為詞例；又，仙呂調慢詞〈聲聲慢〉，兩部詞譜都選用辛棄疾「開元盛日」為詞例，而三部曲譜則選李清照「尋尋覓覓」作為詞例。其他如仙呂調慢詞〈八聲甘州〉、南呂調慢詞〈賀新郎〉、双調引子〈搗練子〉等皆是，此類同名同調、但並非同作的詞曲譜選例現象，說明了詞曲相涉中仍然同中有異的一層意義。

　　此外，詞譜之間如《詩餘圖譜》、《詩餘譜》也有選用不同的詞作作為範例者，或是詞調另出體例、但不妨曲體變化者。例如中呂調引子〈青玉案〉，詞譜曲譜皆選賀鑄「凌坡不過橫塘路」，然《詩餘譜》另有第二體選陳瓘「碧空黯淡同雲繞」為詞例，格律與第一體賀鑄詞稍有出入。又如中呂調引子〈行香子〉，《詩餘圖譜》選張先〈閒情〉為例，而詩餘譜選蘇軾〈與白守過南山晚歸作〉為例，三部南曲譜則皆選蘇軾「清夜無塵」為例。又，般涉調慢詞〈哨遍〉，《詩餘圖譜》與《南曲譜》、《南詞新譜》俱選蘇軾〈春情〉（《南曲全譜》無載）；而《詩餘譜》則選第一體蘇軾「為米折腰」、第二體辛棄疾「池上主人」，與《詩餘圖譜》所選體例不同。又，商調引子〈二郎神慢〉，《詩餘圖譜》選徐幹臣〈春怨〉為詞例，《詩餘譜》選柳永「炎光謝過」作第一體、

徐幹臣〈春怨〉做第二體，而三部南曲譜俱選柳永「炎光謝過」為第一體曲例，而又另選《拜月亭》「拜星月」為第二體曲例。又，南呂引子〈一剪梅〉，《詩餘圖譜》選虞集〈嬌紅〉、李清照「紅藕香殘玉簟秋」為詞例，《詩餘譜》除李清照該次外，另改選辛棄疾〈游蔣山呈葉丞相〉為詞例；三部南曲譜則俱選蔣捷「一片春愁帶酒澆」為曲例。又如仙呂調慢詞〈桂枝香〉，《詩餘圖譜》選王安石〈金陵懷古〉為體例，《詩餘譜》作第一體張輯「梧桐雨細」、第二體為王安石〈金陵懷古〉；而三部南曲譜作第一體張宗瑞詞、第二體為《一夜鬧》傳奇「停杯注目」。[91]此類尚可見出詞譜、曲譜在選詞定譜上，由詞到曲的體例轉換及其延續關係，亦反映詞曲之間雖有相近、但是仍有需要釐清界限的脈絡。

(三)同調異體

　　詞譜中同一詞調時有「又一體」的體例，而收錄於《詩餘譜》之中，因此在詞譜與曲譜的詞例揀選比對上，會產生選錄同一詞調、但是卻又有體式格律不盡統一的現象，而此類在體例變化之間較前項「同調同體異作」複雜，較難見出詞曲體例之間的轉換脈絡。例如：有選詞體例中另見又一體者，如仙呂調〈卜算子〉，《詩餘圖譜》與《詩餘譜》俱選秦湛「春透水波明」為例詞，但詩餘譜則有第二體，以徐俯〈春怨〉為第二體例詞，並注明與第一體秦湛「春透水波明」的不同之處[92]；而《南曲譜》選《拜月亭》「病染身著地」為例，沈氏二譜則選蘇軾「缺月掛疏桐」為曲例；又如南呂慢詞〈賀新郎〉，《詩餘圖譜》與《詩餘譜》皆選劉克莊〈端午〉為詞例，而《詩餘譜》又另有二體，各選蘇軾〈夏景〉、李玉〈春情〉為體例，字句稍異；而三部南曲譜皆選辛棄疾「瑞氣籠清曉」為體例。又如黃鐘調引子〈天仙子〉，諸譜俱選張

---

91 (明)程明善《詩餘譜》將張宗瑞誤作張宗「端」，王安石詞與張宗瑞詞體例之異，在於王安石詞於下闋第三段作五字句，南曲諸譜所選《一夜鬧》傳奇曲例，則與張宗瑞詞體同。見(明)程明善：《詩餘譜》，《續修四庫全書》(上海：上海古籍出版社，2002年4月，明萬曆年間刊本)1736冊，頁163。

92 (明)程明善：《詩餘譜》，頁131注曰：「前段與第一體(秦湛詞作)同，後段詞首句末用仄字不叶韻，末句作六字。」

先「水調數聲持酒聽」，唯《詩餘譜》另選一體皇甫松「晴野鷺鷥飛一隻」為詞例，而張先詞作第二體。[93]

　　也有詞譜曲譜在同一調中各選不同詞例的例子，例如南呂調引子〈生查子〉，《詩餘圖譜》選張先「含羞整翠鬟」為詞例；《詩餘譜》共有四體，第一體與《詩餘圖譜》同，但四體均無選張先該作，[94]而三部南曲譜均選宋人詩餘「新月曲如眉」。

　　此即反映同名同調的詞牌曲牌之間在承續關係上的不同分支脈絡，以及在宋代詞樂佚失的情況下，明人無法以原先的音樂來釐定詞調格律，對於字句、平仄更異也無法掌握其發展時，只能逕以「又一體」暫為備存，反映明代詞人漸漸地將詩餘視為脫離詞樂的文字章句注解的現象。

(四)異調同體

　　意指同名詞牌曲牌之間分別選用詩餘、南曲的不同文體作品為例，而格律相合者。但此類應歸入後文詳述的「與詩餘同」當中，本例有仙呂調引子〈卜算子〉，兩部詞譜俱選秦湛「春透水波明」為詞例；曲譜中沈氏二譜皆選蘇軾「缺月掛疏桐」為體例，唯《南曲譜》選《拜月亭》「病染身著地」之南曲曲文為體例，並非詩餘，程明善將其注為「與詩餘同」之調，而非此係詩餘之屬。另一例為仙呂調慢詞〈聲聲慢〉，兩部詞譜俱選辛棄疾「開元盛日」詞為例，而三部南曲譜俱選李清照「尋尋覓覓」[95]為第一體詞例，又另選《南西廂記》「只將悲雨」曲為又一體體例，則南曲中〈聲聲慢〉第二體實應歸為「與詩餘同」。

三、詞曲相涉的聲律

　　在注為「此係詩餘」的同名南曲曲牌與詞調之間，既是同詞同調之作，格律方面當是相契無違。但再從格律細論，則可見出南曲曲牌在取用詞調為

---

93 二體差異在於皇甫松詞體為單調小令，張先詞體為雙調中調，但前後闋格律盡同。

94 (明)程明善：《詩餘譜》選第一體魏承斑「煙雨晚晴天」，第二體牛希濟「春山煙欲收」，第三體孫光憲「暖日策花驄」，第四體張泌「相見稀」，句式、平仄皆異。

95 (明)程明善：《南曲譜》誤記為康與之作，頁362。

體時，在平仄格律上的些許修改。例如例如双調引子〈海棠春〉，詞譜、南曲譜俱選秦觀「流鶯窗外啼聲巧」為例，並且標注詞曲譜之間增訂可平可仄聲格之處96：

ⓐ鶯ⓐ外啼聲巧。ⓐ未足ⓐ人驚覺。ⓐ被曉寒輕，ⓐ篆沈煙裊。97

南曲譜注「換頭不錄」，是以僅有原來詞調之上半闋，此例在詞調、曲牌的選例及平仄格律彼此俱相符。或如大石調慢詞〈醜奴兒〉，詞曲各譜皆選康與之「馮夷剪碎澄溪練」為體例，同樣標注《詩餘圖譜》、《嘯餘譜》與《南曲全譜》所訂注的可平可仄聲格，並以南曲譜所載曲例呈現：

ⓐ夷ⓐ碎澄溪練，ⓐ下同雲。ⓐ地無痕。ⓐ絮梅花ⓐ處春。山陰此夜明如畫。月滿前村。莫掩溪門。恐有扁舟乘興人。98

此例保留原詞調雙調之體製，一併載錄為南曲換頭之體。而在各詞曲譜中，所選皆為同一詞作、增訂之可平可仄聲格亦皆相同。又如南呂引子〈一剪梅〉，《詩餘圖譜》、《嘯餘譜》詩餘譜俱選有李清照「紅藕香殘玉簟秋」為詞例之一，三部南曲譜皆選蔣捷「一片春愁帶酒澆」為例：

ⓐ片春愁ⓐ酒澆。ⓐ上舟搖。ⓐ上簾招。ⓐ娘ⓐ與泰娘嬌。ⓐ又飄飄。ⓐ又蕭蕭。　ⓐ日雲帆ⓐ浦橋。ⓐ字箏調。ⓐ字香燒。ⓐ光ⓐ易把人拋。ⓐ了櫻桃。ⓐ了芭蕉。99

---

96 以下所引之詞牌、曲牌分析，文字、句讀均以《嘯餘譜》之《詩餘譜》、《南曲譜》為依據，保留原譜之呈現樣貌；０字處為《詩餘圖譜》、《詩餘譜》標注之可平可仄，□字處為《南曲譜》標注之可平可仄，▓灰底字為合乎詞律平仄、但與南曲曲律不合之處，並酌予參考《南曲全譜》、《南詞新譜》之見解。

97 見(明)程明善：《南曲譜》，頁458。

98 見(明)程明善：《南曲譜》，頁385。然《詩餘譜》另選和凝「蟠螭領上訶梨子」、李煜「轆轤金井梧桐晚」為詞例，然俱為同一詞體，見同書頁118。

99 見(明)程明善：《南曲譜》，頁402。

從南曲譜所示譜例可知，詞調與曲調的例詞雖不同，但在平仄格律上完全吻合，可見此處乃南曲直取詞調格律為用。以上三例可謂南曲譜中最契合「此係詩餘」直用同名詞牌為曲體的例證。

然而，經由詩餘轉換為南曲所用時，因為音樂、語言、編撰版本等影響，產生差異的狀況其實更為常見，其中詞曲相涉的關係在於經過增訂平仄聲格之後，原來曲律中與詞律之間平仄差異因此被修訂，而可合為南曲所用。例如商調引子〈高陽臺〉，《南曲譜》即注「此係詩餘」，其選例為王觀之作：

> 紅入桃腮，青回柳眼，韶華已破三分。人不歸來，空教草怨王孫。平明幾點催花雨，夢半闌欹枕初聞。問東君因甚將春，老卻閒人。　　東郊十里香塵，旋安排玉勒，整頓雕輪。趁取芳時，共尋島上紅雲。朱衣引馬黃金帶，算到頭總是虛名。莫閒愁一半悲秋，一半傷春。*100*

明代詞譜、曲譜皆選該例，而訂譜的字句、平仄幾與《詩餘圖譜》相同，但是在平仄上，則經過轉化為南曲格律的考量——《詩餘圖譜》所訂之詞格聲律，經《南曲譜》參考沈璟《南曲全譜》而訂譜時，增加了可平可仄的字句聲格，是南曲在取為「此係詩餘」為同名曲牌格律時所進行的格律變化。又如中呂調引子〈青玉案〉，諸譜俱選賀鑄「凌坡不過橫塘路」為例，同樣標注《詩餘圖譜》與《詩餘譜》之可平可仄聲格後，以南曲譜體例呈現：

> 凌波不過橫塘路。但目送芳塵去。錦瑟年華誰與度。月樓花院，綺窗朱戶。惟有春知處。　　碧雲冉冉蘅皋暮。綵筆空題斷腸句。試問閒愁知幾許。一川煙草，滿城風絮。梅子黃時雨。*101*

從此可見，《詩餘圖譜》於上闋原注「凌、不、但、錦、年、月、惟」為可平可仄，除了南曲譜增訂「目、綺、朱、戶」可平可仄聲格之外，其餘字

---

100 見(明)程明善：《南曲譜》，頁443。
101 因換頭字句皆同，僅有首句換韻、不換韻兩種，故換頭不再另行標注可平可仄。

句、分讀皆相同。

　　然而南曲譜增訂可平可仄之聲格，用意便在於取用詞調之際、將其改訂為符合南曲聲律，使詞曲格律相通。例如仙呂引子〈糖多令〉，《詩餘圖譜》與《詩餘譜》俱選劉過〈重過武昌〉為詞例，而三部南曲部選張孝祥「花下鈿箜篌」：

> ⓕ下鈿箜篌。樽前白雪謳。記ⓠ中朱李曾投。鏡約釵盟心已許，詩寫在小紅樓。*102*

　　經過《詩餘譜》與南曲譜的增訂聲格，原先在上闋第五句第一字「詩」原作仄聲，南曲譜改訂為可平可仄，便與南曲格律相符。同時，第四句「已」字南曲譜注「『已』字換去聲尤妙」*103*，也反映南曲譜的聲格較詞譜更為精細，如此「心已許」即成為平聲、去聲、上聲的搭配，符合南曲聲律的要求，亦是詞曲有所不同之處。

　　發生在「此係詩餘」同名詞曲牌調之間的格律變化，使部分詞調中不合曲律的聲格，經過南曲譜訂譜、增加可平可仄之聲格後，而可合於南曲曲律。如果單從南曲譜考訂，難以明瞭格律變化的成因，但是從明代詞譜、曲譜進行上下縱橫的比對參照，便能發現這一層詞曲相涉現象的脈絡。而在修訂格律、建立詞曲聯繫關係的過程中，如果詞調原本就與詞譜格律相左，在南曲譜中也一併修訂、令其合乎南曲聲律。例如在又如仙呂調慢詞〈桂枝香〉，《詩餘圖譜》選王安石〈金陵懷古〉、《詩餘譜》分別選王安石詞與張輯〈疏簾淡月〉為兩種詞例體式；而《南曲譜》亦列二體，第一體為張輯〈疏簾淡月〉：

> ⓜ桐雨細。漸滴作秋聲，被風驚碎。潤逼衣篝，線裊蕙爐沉水。悠悠歲月天涯醉一分秋一分憔悴。紫簫吹斷，素箋恨切，夜寒鴻起。　　又何苦淒涼客裡，草堂春綠，竹溪空翠。落葉西風，吹老幾番塵世。從前譜盡江湖味。聽商歌歸興千里。露侵宿

---

102 (明)程明善：《南曲譜》，頁349。

103 (明)程明善：《南曲譜》，頁349。

酒，疏簾⟨淡⟩月，⟨照⟩人無寐。*104*

「此係詩餘」者延用到南曲譜後，修訂該詞例原先不合詞律的「被、風、蕙、竹、溪、落、宿」諸字，即可合於曲律；針對此例，再比對《南曲譜》採錄第二體《一夜鬧傳奇》「停杯注目」曲例：

⟨停⟩杯注目。⟨正⟩⟨秋⟩高⟨夜⟩凝，寒氣肅肅。⟨虹⟩散雲收。⟨霧⟩斂⟨遠⟩山鳴瀑。⟨玉⟩律⟨西⟩中回南呂，⟨見⟩征鴻⟨數⟩⟨點⟩相逐。好⟨風⟩時送，⟨輕⟩舟⟨浪⟩穩⟨片⟩帆高蠹。*105*

其中「遠」字不合乎詞律平仄、但是經過曲譜的增訂可平可仄後而可合於曲律。又如仙呂調慢詞〈聲聲慢〉，兩部詞譜俱選辛棄疾「開元盛日」為詞例，而三部曲譜皆選李清照「尋尋覓覓」為例：

⟨尋⟩尋⟨覓⟩覓，⟨冷⟩冷清清，⟨淒⟩淒⟨慘⟩慘戚戚。乍暖還寒⟨時⟩⟨候⟩，最難將息。三杯兩盞淡酒，怎敵他晚來風急？雁過也，正傷心，⟨卻⟩是舊時相識。　　⟨滿⟩地⟨黃⟩花⟨堆⟩積。憔悴損，如今⟨有⟩誰堪摘？⟨守⟩著窗兒，⟨獨⟩自⟨怎⟩生得黑？⟨梧⟩桐⟨更⟩兼細雨，到⟨黃⟩昏⟨點⟩點滴滴。⟨這⟩次第，怎一個、⟨愁⟩字了得。*106*

在經過《南曲譜》增訂可平可仄的聲格之後，南曲譜例中的「淡、敵、晚、過、細、一」均可為合律，但是整體看來仍與詞律差異頗大。此外，三部南曲譜又另選《南西廂記》「只將悲雨」為又一體曲例，格律、分句也不盡相同。

又如中呂調引子〈尾犯〉，詞譜與曲譜俱選柳永〈秋懷〉為例詞，但三部南曲譜注謂：「又一體『懊恨別離輕』。」而未明注是哪一支曲作；該曲為《琵

---

104 (明)程明善：《南曲譜》，頁 363。

105 (明)程明善：《南曲譜》，頁 363。

106 (明)程明善：《南曲譜》，頁 362。因「懊恨別離輕」不用換頭，故柳永詞只錄上闋。

琶記》第五齣〈尾犯引〉，茲與南曲譜引柳永詞例比較：

⊙夜雨滴空堦，⊙孤館⊙夢回⊙情緒蕭索。□一片閒愁，⊙想⊙丹青難貌音莫。⊙秋⊙漸老⊙蟲聲正苦，⊙夜將闌⊙燈花⊙旋落。□最⊙無端處，⊙總把良宵，⊙祗恁孤眠卻。　□佳人應怪我，□別後寡信輕諾。□記得當初，⊙翦香雲為約。⊙甚⊙時向⊙幽閨⊙深處按⊙新詞流霞共泛。⊙再同⊙歡笑，⊙肯把金玉珠珍博。*107*

⊙懊恨別離輕，⊙悲豈⊙斷弦⊙愁非分鏡。□只慮高堂，風燭不定。⊙腸已斷⊙欲離⊙未忍，淚難收言⊙自零。□空留戀，□天涯海角，□只在須臾頃。*108*

《琵琶記》「懊恨別離輕」不用換頭，於第四句作四字句、第七句作三字句，皆較南曲譜體例少一字，而與詩餘相左；不過該例雖然注明為「此係詩餘」，但是格律、分句仍然差異甚大；而且南曲多不用換頭，與詩餘不類，因此該例注曰「換頭不用亦可」。*109*

各個例子中以大石調慢詞〈燭影搖紅〉較為特別，在《南曲譜》與《南曲全譜》中原先被認定為「與詩餘同」，而舉王煥「終日尋芳」作為曲例，然《南詞新譜》將其改注為「此係詩餘」，並更換詞例，以孫道絢「乳燕穿簾」為體例，茲將南曲譜所載王、孫二例附引：

⊙終日尋芳，⊙怎知⊙迤邐歸來晚。⊙遠山⊙低處夕陽斜，⊙郊外遊人散。⊙恐遇⊙風流臉。⊙向花⊙前⊙頻頻顧盼。□中⊙不道，⊙心下思量，⊙何時⊙得見。*110*

⊙乳燕穿簾，⊙亂篁⊙嬌樹清明近。⊙隔簾⊙時見柳花飛，⊙猶覺寒成陣。

---

107 (明)程明善：《南曲譜》，頁 443。

108 曲牌原名〈尾犯引〉。柳永詞例見(明)程明善：《詩餘譜》，頁 115；《琵琶記》曲例見(明)沈自晉：《南詞新譜(一)》，頁 306-307。引用譜例中標注「‥‥」者，表示兩譜例中同樣位置、但句式不同之處，後文亦同。

109 (明)程明善：《南曲譜》，頁 443。

110 (明)程明善：《南曲譜》，頁 381。

長記眉峰隱。臉桃紅難藏酒暈。背人微笑，半韡鸞釵，輕籠蟬鬢。[111]

　　此二例在經過詞譜與曲譜的增定平仄之後，兩者聲律幾全相同，原本在第五句第三字的「風/眉」處皆不符詞律平仄，也經過《詩餘譜》與南曲諸譜的改訂後而合乎南曲曲律。

　　在「此係詩餘」的例子中，各式與曲牌同名同調的詞牌在取用為曲體時，有平仄格律完全相同者，亦有漸合於曲律者，呈現詞體聲律平仄被融入於南曲曲體的過程，而各詞曲譜修改的關鍵在於集詩餘、南曲二譜為一的《嘯餘譜》，是改詞律為曲律之始，亦是後出南曲譜的參考來源。

四、詞曲有別的分句

　　詞調與同名北曲曲牌之間的格律同異變化，自元代周德清《中原音韻》訂定北曲音律時即已產生不同，而元人將其視為曲調使用，並非詞調；[112]明代考訂南曲譜時，檢視詞調與同名南曲曲牌之間的關係與變化，曲譜中除了注明「與詩餘不同」者，更有「此係詩餘」、「與詩餘同」此二類存在。在「此係詩餘」的認定上，南曲直取詩餘為曲體之用，更將詞調格律漸改為南曲格律，使得詞調在格律上更接近於曲律，也成為曲牌訂譜的來源；但是，在句讀、分句上，則因音樂成分的增減、或是詞樂曲樂之異，而造成句式上

---

111 （明）沈自晉：《南詞新譜（一）》，頁 287-288。

112 謝桃坊：〈《詞譜》誤收之元曲考辨〉整理周德清《中原音韻》曲譜例中誤收之詞調，有〈醉花陰〉、〈喜遷鶯〉、〈菩薩蠻〉、〈晝夜樂〉、〈侍香金童〉、〈柳梢青〉、〈念奴嬌〉、〈還京樂〉、〈驀山溪〉、〈八聲甘州〉、〈點絳脣〉、〈鵲踏枝〉、〈憶王孫〉、〈瑞鶴仙〉、〈太常引〉、〈滿庭芳〉、〈刮銀燈〉、〈齊天樂〉、〈烏夜啼〉、〈感皇恩〉、〈賀新郎〉、〈駐馬聽〉、〈夜行船〉、〈風入松〉、〈行香子〉、〈減字木蘭花〉、〈青玉案〉、〈魚游春水〉、〈離亭宴〉、〈調笑令〉、〈梅花引〉、〈看花回〉、〈南鄉子〉、〈糖多令〉、〈集賢賓〉、〈望遠行〉、〈黃鶯兒〉、〈踏莎行〉、〈應天長〉、〈哨遍〉等 40 支詞調，格律多已產生變異，即便像〈人月圓〉此種罕見與宋詞格律完全相同者，「而它們的音譜則是不同的。…元曲使用之詞調已與宋詞面目全非，元以來的詞人不將它們視為詞調而是曲調了。」《東南大學學報(哲學社會科學版)》第 11 卷第 4 期，2009 年 7 月，頁 87-88。

的變化。

(一) 詞牌與曲牌的分句依據

　　詞牌與曲牌的分句依據，對前者來說主要在於韻文的韻位與句讀，對後者而言則是音樂唱腔上的板眼。而韻位既為詞句曲文斷句之依據，也是決定句式與字數的重要格律因素。

　　蓋詞牌與曲牌除襯字外，句數與每句字數皆為固定，如果正字字數與句數產生變化，即有可能歸列為又一體；而詞的句式之長短、音調「可以顯示語氣的急促與舒徐，聲情的激越與和婉。」113是表現詞調聲情與個性的重要因素，其中字數的斷句、句數的分讀，即由韻位決定。因此詞調中的分句字數成為判別詞曲的標準。同樣地，曲牌之所以有相應的聲情個性，亦來自於相對固定的曲式、調式和調性，以及字格、句式、聲韻等格律內容，114其中的字格、句式便由音樂板式決定。

　　然而曲中之押韻，亦同詩韻、詞韻一般，既是斷句之標準，也是格律體式的判別要素之一。清人徐大椿即云：「牌調之別，全在字句及限韻。某調當幾句，某句當幾字，及當韻、不當韻，調之分別，全在乎此。唱者遵之不失，自然事理明曉，神情畢出，宮調井然。」115曲文韻位亦是曲牌之間的重要格律音素，該曲牌有幾句、每句該有幾字、那一字押韻與否、怎麼斷句，全由韻位決定；不同的曲調在韻位設定上也有所不同，若是韻位不能確定，不僅極易造成斷句的錯誤，也將影響曲調在文學和音樂上的表現。雖然嚴格說來，曲韻與

---

113 龍榆生：〈論句度長短與表情關係〉，《詞學十講》（北京：北京出版社，2005 年 5 月），頁 39。

114 吳新雷：《中國崑劇大辭典》（南京：南京大學出版社，2002 年 5 月），「曲牌 (曲調)」條，頁 492。

115 (清)徐大椿：《樂府傳聲》，《中國古典戲曲論著集成》第七冊，頁 180。

詩韻、詞韻的設置仍有所不同，但皆是作為斷句、牌調之別的重要標準。[116]

1. 韻位與板眼的分句關係

　　詞之句讀依據在於韻位，而曲之分句準則在板眼。[117]南曲之板眼和其韻位、分句有重要關聯，因為曲中韻位即為板位之所在，如俞為民謂：

> 曲調的句式有句與逗之分，這是確定板位的重要依據，如凡韻位處必是板位，必須點板，而曲是句還是逗，是以韻位來確定的，若改變曲調的韻位，必然會引起曲調節奏的變化，從而導致曲調腔格的變異。[118]

　　因此從分句的角度來看，詞與曲之間的比較異同，當以韻位、板眼為先，這將影響到詞牌與曲牌在音樂形式、意義形式組合上的不同。其中一個分別，在於詞牌分句以韻位為主，而曲牌分句以板眼為主，曲牌的句尾字多在頭板上，例如《西廂記‧佳期》之〈臨鏡序〉：

> 彩雲開，月明如水浸樓臺。原來是風弄竹聲，只道是金珮響，月移花影疑是玉人來。意孜孜双業眼，急攘攘那情懷，倚定門兒待。只索要

---

[116] 詳見俞為民：〈曲韻韻位的特徵〉，《曲體研究》（北京：中華書局，2005 年 6 月），頁 244-251。曲韻的設置特徵大抵為：第一，用韻較詩韻、詞韻為密，不用韻處亦可押韻、甚至可句句押韻，而曲的句中藏韻形式亦更為豐富多變；第二，與詩詞的韻位相比，曲韻韻位上之韻字可四聲通押——詞韻雖偶有四聲混押之例，但並非通則，仍與詩韻一般嚴守平聲韻、仄聲韻體為準則。

[117] 唯詞調創始之初亦可歌、與音樂緊密相繫，徐信義：《詞譜格律原論》（臺北：文史哲出版社，1995 年 1 月），論及詞譜格律與音樂的關係，頁 68 曰：「張炎《詞源‧板眼》說：『蓋一曲有一曲之譜，一均有一均之拍。若停聲待拍，方合樂曲之節。所以眾部樂中用拍板，名曰「齊樂」，又曰「樂句」，即此論也。』沈義父《樂府指迷》也說：『詞腔謂之均。均即韻也。』與張炎說同。在每均之末，歌詞必押韻；唱曲必打拍，此拍也就稱為拍。」頁 74 又謂「韻與均」：「歌曲有均，均必有拍；但一均未必只有一拍。下拍板處可押韻，因此一均之中的歌詞，未必只有一處韻腳。」由此可知，詞在與音樂相繫時板位亦是押韻的重要標準，因此詞調之押韻同時意謂文字之分句與音樂之分節。但在失卻詞樂、以文字記載的明代詞譜中，即以韻腳作為分句之依據。

[118] 俞為民：《中國古代曲體文學格律研究》，頁 196。

呆打孩，青鸞黃犬信音乖。*119*

　　該首〈臨鏡序〉的韻字有臺、來、待、乖，「彩雲開，月明」為散板，而從「如」之贈板處上板；其中句中字在頭板者為「金、玉、双、那、黃、信」諸字，句尾字在頭板者為「臺、響、來、眼、懷、待、孩、乖」等字，囊括本首曲牌的全部韻字，而「如、竹、花、孜、(第一個)攘、犬」則為贈板；*120*因此在曲牌中韻位和板眼的關係密不可分，更須顧及其他如贈板、句讀等因素來決定斷句，相較於今日所見詞譜中考訂的韻位和分句，實有很大的不同。是以詞牌與曲牌的分句實為詞曲之間的差異因素之一，而視各曲牌訂譜之音樂要素而定，其中曲牌的板眼在曲唱的要求和規範極為縝密，即便句末韻字在板上、節奏上又需緊接後續唱詞，在唱腔中亦應斷出氣口、以停頓表現句讀之分。例如《西樓記‧錯夢》之〈步步嬌〉「階前鼓架斜」之「斜」字，位於句尾而又落於下一樂段的頭板之上，而緊接續下一句「却不道樹暗朱扉」，則「斜」字仍應斷住氣口，表示此為句讀之處；*121*例如本首〈臨鏡序〉之「急攘壞那情懷」之「懷」字，同樣是位於頭板上而緊接下一句「倚定門兒待」，則應於「懷」字斷口換氣，表示其句讀之分。本章節引用的曲牌多為引子，雖然引子為散板曲，不上板而無眼，但皆在句末下底板，因此板眼依舊是曲牌分句的重要依據。

　　前述押韻與板眼詞牌與曲牌斷定句讀的重要格律因素，但在明代詞壇與曲壇的流傳情況而論，詞牌因為詞樂漸失、而漸漸傾向案頭文字創作，南曲曲牌則按板傳唱，恰為所謂文體與樂體之分別；但是詞的分句結構與曲仍然相近，而在曲調之中的文體結構與樂體結構仍然彼此相應，文句意義上的句讀常常也是樂段在音樂結構上的結束之處，因此在句段末使用同樣聲韻之字，

---

119 〈臨鏡序〉屬南仙呂宮，又名〈傍妝臺〉，本例曲文參考上海崑劇團編：《振飛曲譜》（上海：上海音樂出版社，2002 年 8 月），頁 143-144。

120 王季烈、劉富樑：《集成曲譜》（臺北：進學書局，1969 年 1 月）聲集，頁 915-916。

121 蘭庭崑劇團榮譽駐團藝術家溫宇航於蘭庭崑劇團 2015 年「崑劇小生唱腔及身段研習班」課間講授，2015 年 3 月 13 日。

不僅代表文句上的押韻分段，更能表現樂體結構上的停頓分節，如此一來便能保持整支曲調旋律的完整統一。*122*而代表文理之分句、樂體之分節者，正是韻位與板眼。

「此係詩餘」之曲牌都用於南曲的引子與慢詞，引子為不上板的散板曲，節奏緩急由唱者自行斟酌尺寸；*123*而慢詞乃是依慢曲格調填寫，於戲曲中多用為引子，*124*在南曲譜中亦只標注底板與頓句。然底板仍多為曲文意義、音樂斷句處，因此在「此係詩餘」所用的引子、慢詞中，底板處多與韻位相同。而明代沈璟強調嚴守板眼法度，*125*在沈璟的審板度韻之下，韻位、分句也多與板式相切相符，尤其是在出於詞調的引子、慢詞上的板眼拿捏，足以作為參考依據*126*。因此，板眼與韻位關係相當密切，可作為明代詞調與南曲曲牌

---

122 俞為民：〈曲韻韻位的設置〉，《曲體研究》，頁 251-258。

123 俞振飛：〈習曲要解〉，上海崑劇團編：《振飛曲譜》，頁 11 謂：「崑曲中的散板曲，不上板，只是偶爾在一句中間略作停頓，打一板『扎』，在每句下面則打兩下鼓『多多』，總的節奏完全由唱者自己掌握，鬆、緊、快、慢，必須按照詞意和氣氛來準確處理。」王耀華：《中國傳統音樂樂譜學》（福州：福建教育出版社，2006 年 12 月），頁 252 曰：「散板多用於引子或套曲的開頭和結尾。譜中無板眼標記，只在樂句結尾處的譜字右下方以底板符號『一』標明其界限。譯成簡譜或五線譜時一般用『ザ』標記。」

124 (明)王驥德：《曲律·論調名第三》曰：「引子曰慢詞，過曲曰近詞。」《中國古典戲曲論著集成》第四冊，頁 60；以及李惠綿：《王驥德曲論研究》，頁 157。然慢詞於詞調中則指分韻較多、節奏較為緩慢者，見(宋)張炎：《詞源·謳曲要旨》（臺北：新文豐出版社，1988 年 2 月）頁 253 謂：「歌曲令曲四掯勻，破近六均慢八均。」；而(宋)沈義父：《樂府指迷·詞腔》稱「詞腔謂之均，均，即韻也。」即知慢詞為全調分有八韻之詞調者。見唐圭璋編：《詞話叢編》（臺北：新文豐出版社，1988 年 2 月）第一冊，頁 283。

125 (明)王驥德：《曲律·論板眼》謂：「古今之腔調既變，板亦不同，於是有『古板』、『新板』之說。詞隱於板眼，一以反古為事……古腔古板，必不可增損。歌之善否，正不在增損腔板間。」又言：「板必依清唱，而後為可守，至於搬演，或稍損益之，不可為法。具屬名言。其所點板《南詞韻選》，及《唱曲當知》、《南九宮譜》，皆古人程法所在，當慎遵守。」《中國古典戲曲論著集成》第四冊，頁 118。

126 (明)王驥德：《曲律·論引子》謂：「自來唱引子，皆於句盡處用一底板；詞隱於用韻句下板，其不韻句止以鼓點之，譜中只加小圈讀斷，此是定論。」見《中國古典戲曲論著集成》第四冊，頁 138。而(清)徐大椿：《樂府傳聲》亦言：「南曲惟引子

之間的參照。

　　然而韻位雖然與板眼關係密切，但明代南曲不免有就聲律而捨辭理的現象，有時成為詞牌、曲牌之間格律差異的因素之一，如清代徐大椿曰：

> 今乃只顧腔板，句韻蕩然，當連不連，當斷不斷，遇何調則依工尺之高低，唱完而止，則古之鑿鑿分別幾句幾字舉韻，全然可以不必也。蓋言語不斷，雖室人不解其情；文章無句，雖通人不曉其義，況唱曲耶？如《琵琶・辭朝》折〈啄木兒〉「事親事君一般道，人生怎全忠和孝？卻不道母死王陵歸漢朝。」當時唱者，「道」字拖腔，連下「人」字，「孝」字急疾，並接「卻」字，是句韻皆失矣！試令今之登場者，衣崑腔之唱法，聽者能辨幾句幾韻？百不能得一也。句韻之法，不幾盡喪耶？127

　　在曲中有時為了唱腔上板眼節奏的連結順暢，板眼的斷句分節有時和文章辭義的句讀韻位不同，若不是精通曲腔字韻者，很難明辨箇中之細節。因此，在同名的詞牌與南曲曲牌當中，詞牌的押韻分句與南曲曲牌的板眼分句吻合者，可視為由詩餘轉變到曲體時、文章辭句與音樂聲腔皆相符相契的詞曲相傾之範例；倘若有異，便成為明代詞曲判別相異的依據之一。

（二）詞曲韻位與板式析例

　　再如黃鐘調引子〈天仙子〉，詞譜與曲譜俱取張先「水調數聲持酒聽」為體例，茲以詞譜、曲譜先後增訂平仄，以《南曲譜》譜例呈現：

用板，餘皆有定板。北曲則底板甚多。何也？蓋南曲之板以節字，不以節句；北曲之板以節句，不以節字。節字則板必繁，節句則一句一板足矣。惟著議論描寫，及轉折頓挫之曲，亦用實板節字，然亦不若南曲之密。凡唱底板之曲，必音節悠長，聲調宏放，氣緩辭舒，方稱合度。又必於轉接出落之間，自生頓挫，無節之中，處處皆節，無板之處，勝於有板，如鶴鳴九皋，干雲直上，又如天際風箏，宮商自協，方為能品。此可意會，非可言罄也。」是為南曲、北曲均以板作為節句分句之參考依據，見《中國古典戲曲論著集成》第四冊，頁182。

127 (清)徐大椿：《樂府傳聲・句韻必清》，《中國古典戲曲論著集成》第四冊，頁180-181。

水調數聲持酒聽。午醉醒來愁未醒。送春春去幾時回。臨晚鏡。傷流景。往事後期空記省。　　沙上並禽池上瞑。雲破月來花弄影。重重翠幕密遮燈。風不定。人初靜。明日落紅應滿徑。*128*

　　由於〈天仙子〉屬同調同體同作，在格律上符合「此係詩餘」的定義，平仄大抵和詞調相符，但在句式方面則異於詞調：《詩餘圖譜》與《詩餘譜》第三句「送春春去幾時回」，此句不作韻；但《南曲譜》於此注曰「回字用韻亦可」，蓋此處為曲牌落板之處，也是曲中字句用韻之處，而不同於詞韻。綜合前述引例，是以可知：曲中的韻位多和落板同一字格，韻位亦為曲體分句、板眼的準則之一，從曲韻與曲律落板的意義而言，也是詞曲相異的判斷標準之一。

　　又如南呂引子〈生查子〉南曲譜所載「新月曲如眉」的譜例呈現：

新月曲如眉。未有團圓意。紅豆不堪看，滿眼相思淚。*129*

　　首句原於詞律中不合的「月、如」二字，經《詩餘譜》與南曲譜的增訂格律後變為合乎曲律；然而，從韻位來看，南曲譜上的板眼顯示，首句末字「眉」字落板（圖示為「—」）是為韻腳字，而第三句末字「看」字注曰「看字不用韻」，因此以眼點注（圖示為「。」）。但是，若以《詩餘圖譜》詞例之張先「含羞整翠鬟」體示相比對：

含羞整翠鬟，得意頻相顧。雁柱十三弦，一一春鶯語。　　嬌雲容易飛，夢斷知何處。深院鎖黃昏，陣陣芭蕉雨。*130*

　　首句末字「鬟」此格並非韻位，因此標注為頓句而非句號，與曲例同一字格處的「眉」施以韻位所在的板並不同；而第三句末字「弦」亦非詞律韻位，與曲例中同一字格的「看」也注明此處不用韻，而施以眼作為分句之用。

---

128 （明）程明善：《南曲譜》，頁 431。

129 （明）程明善：《南曲譜》，頁 403。

130 （明）張綖：《詩餘圖譜》，頁 479。

在同名同調的詞牌曲牌中韻位與板眼差異，亦可見於黃鐘調引子〈天仙子〉，詞曲諸譜皆以張先「水調數聲持酒聽」呈現，其中上闋第三句、第四句的韻位與板眼的標注為：

　　　　送春春去幾時回，臨晚鏡。（《詩餘圖譜》）131
　　　　㊛春㊞去幾時回。臨㊝鏡。（《南曲譜》）132

　　詞律中第三句「回」字並非韻腳字，因此標注為讀；而在南曲曲律中同一字格，南曲譜注曰：「回字用韻亦可。」所以在曲譜上便標注代表韻位的板。此乃詞律與南曲曲律之分句產生差異之故。

(三) 詞曲句讀與板式析例

　　韻位決定句式的分斷，在曲牌而言則是以板式為依歸。在詞牌、曲牌的句讀與板式兩方面分屬文字和音樂的考量下，一如文字意義與音樂節拍的分別，而可能產生同名同調卻在句式上有所差異的現象，成為明代詞體與曲體的判別要素之一。

　　以中呂調慢詞〈賀聖朝〉為例，詞譜、曲譜俱選葉清臣「滿斟綠醑留君住」為例，選《南曲譜》之體例呈現說明：

　　　　㊝斟㊟醑留君住。㊤匆匆㊤去，三分㊤色二分愁悶，一分風雨。
　　　　㊛開㊛謝都來幾日，且高歌休訴。知他來歲，牡丹時候，相逢何處。133

　　曲例中的「二、一、牡」諸字，原與詞律不符，經過南曲曲律的增注平仄，而可合於南曲之用。然而，詞譜與曲譜在分句上也不盡相同，《詩餘圖譜》與《詩餘譜》在上闋第三、四、五句時作「三分春色，二分愁悶，一分風雨。」但三部南曲譜俱作「三分春色二分愁悶，一分風雨。」較詞譜少去一句分句；若非該體於詞牌另有又一體，那麼便是詞牌引入南曲曲牌時由於文辭、音樂

131 （明）張綖：《詩餘圖譜》，頁 511。
132 （明）程明善：《南曲譜》，頁 431。
133 （明）程明善：《南曲譜》，頁 397。

在分句上所產生的出入。

　　有時詞調的句讀、南曲曲牌的板式分句歧異極大，甚至會影響格律句式，尤其在明代失卻原有詞樂而創作閱讀的環境之下。例如商調引子〈高陽臺〉，詞曲譜皆取王觀「紅入桃腮」為例，但是在詞調上闋的第八、第九句，便與南曲譜中有所不同。以《詩餘圖譜》與《南曲譜》之示例呈現：

　　　　問東君因甚將春，老卻閒人。（《詩餘圖譜》）*134*
　　　　問東君。因甚將春，老卻閒人。（《南曲譜》）*135*

　　此處「君」字在《南曲譜》為板位所在，亦是韻位之一，使得南曲中的〈高陽臺〉前段，較詞調中的〈高陽臺〉上闋還多出一句。然而，南曲譜注謂「『君』字不用韻亦可。」*136*除證實此字格本為韻位之外，也可能是受詞調分句的影響，但是由於字句多寡將影響曲調唱腔的節奏，因此不論是否為韻位，落板仍在此字格之上，並非純粹考量押韻而落板。再看該調下闋換頭的分句例：

　　　　莫閒愁一半悲秋，一半傷春。（《詩餘圖譜》）
　　　　莫閒愁，一半悲秋，一半傷春。（《南曲譜》）

　　南曲曲牌換頭共有十句，依此分句，較詞調下闋多出一句，但《南曲譜》注明「愁」字不用韻，故標注為頓句而非落板，實際上在不影響韻位、樂段的情況下，與《詩餘圖譜》所注斷句無甚分別；此處頓句可使唱腔舒緩、放慢節奏，實為「字多而調促，字少而調緩」的音樂訴求，《南曲譜》在此頓句、減少每句中的字數，用意在於放慢引子作散板曲唱的速度。此乃曲牌板式在分句上的音樂節奏考量，不全等同於詞調的文字句讀之較。

　　又如南呂調慢詞〈賀新郎〉，《詩餘譜》選蘇軾詞為詞例體式，《南曲譜》

---

134 （明）張綖：《詩餘圖譜》，頁 530。
135 （明）程明善：《南曲譜》，頁 443。
136 （明）程明善：《南曲譜》，頁 443。

和沈氏二譜則選辛棄疾「瑞氣籠清曉」為例，不錄換頭，且與《詩餘圖譜》、《詩餘譜》所列各式詞體的上闋相同，茲此節錄詞曲諸譜中上闋、前段的末四句：

> 乳燕飛華屋。悄無人槐陰轉午；晚涼新浴。手弄生綃白團扇，扇手一時似玉。漸困倚孤眠清熟。簾外誰來推繡戶；枉教人夢斷瑤臺曲。又卻是；風敲竹。（《詩餘譜》第一體蘇軾(夏景))137

> 瑞氣籠清曉。捲珠簾次第笙歌一時齊鬧。無限神仙離蓬島。鳳駕鸞車初到。見擁箇仙娥窈窕。玉珮丁當風縹緲；望嬌姿一似垂楊裊。天上有，世間少。（《南曲譜》及沈氏二譜，辛棄疾「瑞氣籠清曉」)138

本例詞調上闋總共十句六韻，南曲前段則計七句七韻，句數上曲牌將原先詞調的第二、三句合為一句；而曲調前段的末一句「天上有世間少。」《南曲譜》注：「『有』字不用韻。」特別強調此處句中不藏韻，若與詞調原來分為兩句三字句的「又卻是，風敲竹。」相比，即可知南曲此處與詞調在此考量有別。又南曲將詞調上闋不押韻的第七句(戶)改為押韻(緲)，而成為句句用韻。與詩餘同名同調的南曲曲牌，在經過南曲譜的增訂平仄與板式之後，格律明顯和詞調不同。

五、「此係詩餘」釋義

總合本章節所列述分析明代南曲譜中「此係詩餘」源於同名詞牌的曲牌，在格律上泰半相近、甚至相契合；但是從詞律轉入南曲使用時，增訂了可平可仄的聲格，以合於南曲格律，更取用前人詞調作品來作為體例示範。但是，部分曲牌卻在由詞調轉入南曲使用時，板式與原先詞調的韻位分離、音樂形式已脫離原先詞調的文字形式，是以，進一步考訂明代南曲譜的「此係詩餘」，乃是直取同名詞調為南曲曲牌、格律源自於詩餘者，並經過聲律的增訂、或

---

137 (明)程明善：《詩餘譜》，頁 148。
138 (明)程明善：《南曲譜》，頁 421。

是板式與韻位的重訂，以合乎曲律使用。此類曲牌用於南曲中的引子與慢詞，正吻合引子來自於詞調的說法。

　　雖然聲律、板式在語言和音樂等方面造成詞與曲的差異，但經過比較，融入南曲曲律而合乎板式者，數量相對上稍多，統計如下：

第一、聲律、板式幾乎完全契合者有：仙呂調引子〈糖多令〉；正宮調慢詞〈燭影搖紅〉；大石調慢詞〈醜奴兒〉；中呂調引子〈行香子〉、〈青玉案〉、〈剔銀燈引〉；中呂調慢詞〈醉春風〉、〈柳稍青〉；南呂調引子〈一剪梅〉；双調引子〈搗練子〉、〈海棠春〉。共計 11 例。

第二、聲律經過增訂平仄仍有差異者，但板式與詞調分句相合者有：仙呂調引子〈卜算子〉；中呂調引子〈尾犯〉；般涉調慢詞〈哨遍〉；商調引子〈二郎神慢〉；双調引子〈風入松慢〉。共計 5 例。

第三、板式與詞調分句有所不同者有：仙呂調慢詞〈聲聲慢〉、〈八聲甘州〉、〈桂枝香〉；中呂調慢詞〈賀聖朝〉、〈沁園春〉；南呂調引子〈生查子〉；南呂調慢詞〈賀新郎〉、〈天仙子〉；商調引子〈高陽臺〉。共計 9 例。*139*

　　由分類數量分布可知，聲律經過南曲譜增訂而為合律者為多，是詞調進入南曲體製中相融相涉的決定性因素之一。蓋影響四聲平仄的因素甚多，地區、方言、流傳版本、音樂訂譜等都可能使譜律產生變化，詞譜、曲譜僅是一個相對固定的聲律參考；也因此增訂平仄、亦即增加可平可仄之聲格，是轉寰詞律、轉變為合乎南曲曲律使用的重要現象，既反映聲律、音樂的變化過程，也反映詞和曲在格律上透過何種方式而呈現具體的詞曲相涉。

　　而造成「此係詩餘」曲牌和詞調有所差別的決定性因素在於句式之別，也就是詞調韻位與曲牌板式的不同考量。除了聲律，如果文字辭句與音樂結構也能夠兩相吻合，就表示該類曲牌仍然透過訂譜形式而保留了大部分的詞調格律因素，此類曲牌如〈糖多令〉、〈燭影搖紅〉等，始是真正意義上的「此係詩餘」；但是決定曲文分句的韻位、板式如果不相契合——格律上的音樂分句與文辭意義有所差異，代表在詞調的文字辭句與曲牌的音樂結構並不符合，

---

139 其中正宮調慢詞〈公安子〉，《詩餘圖譜》與《詩餘譜》無載，不列入比對。

成為詞曲有別的重要因素之一。尤其南曲中常見為遷就音樂聲律而捨棄文句辭意通順的現象，更容易與詞調記錄的文字形式脫離而相違。

和詞譜選用同調同作的「此係詩餘」之南曲曲牌，在平仄、句式均有可能產生變化以符合曲律，其實更像是詞調的又一體。所以，在分析「此係詩餘」的來源及意義的過程中，顯示的是詞體如何融入曲體體製的過程，以及明人對於詞體、曲體的分辨何在。而仙呂調引子〈卜算子〉、正宮調慢詞〈燭影搖紅〉亦因為平仄、句式格律相涉的因素，在沈自晉重審曲律時，由沈璟所定的「與詩餘同」改列入「此係詩餘」，便可知道「與詩餘同」的意義內涵與「此係詩餘」必然有所分別。

第三節　「與詩餘同」之分析

一、明代詞曲譜中的「與詩餘同」

前述章節透過明代詞譜、曲譜中的「此係詩餘」曲牌之分析，瞭解該類曲牌與同名同調詞牌的淵源與變化過程，以及該類曲牌所呈現的詞曲相涉概況。而在明代《南曲全譜》中又另注明「與詩餘同」之南曲曲牌，並且在後出的《南詞新譜》中將仙呂調引子〈卜算子〉、正宮調慢詞〈燭影搖紅〉由「與詩餘同」一類，改注明列入「此係詩餘」，即可知「與詩餘同」必然與「此係詩餘」的內涵和意義必然有別。因此，本章節將就《詩餘圖譜》、《詩餘譜》與《南曲譜》、沈璟《南曲全譜》與沈自晉《南詞新譜》的記載譜例，分析「與詩餘同」之南曲曲牌與詞調的淵源關係，以及箇中反映的明代詞曲相涉現象。

表 3-3-1：明代「與詩餘同」之詞曲譜參照

凡例：

1.譜中所題作者，有名、字、別號者，於表中一律以本名題示。

2.凡譜中原題作者有誤者，以《全宋詞》修正按記。

<table>
<tr><th colspan="6">仙呂調引子</th></tr>
<tr><td>調名</td><td>詩餘圖譜</td><td>詩餘譜</td><td>南曲譜</td><td>南曲全譜</td><td>南詞新譜</td></tr>
<tr><td>鵲仙橋</td><td colspan="2">秦觀(七夕)
「織雲弄巧」</td><td colspan="3">《琵琶記》
「披香隨宴」</td></tr>
<tr><td>注解備註</td><td colspan="2">無。</td><td colspan="3">字句與詩餘同。</td></tr>
<tr><td>鷓鴣天</td><td colspan="2">秦觀
「枝上流鶯和淚聞」</td><td colspan="3">《琵琶記》
「萬里關山萬里愁」</td></tr>
<tr><td>注解備註</td><td colspan="2">《詩餘譜》另選晏幾道「彩袖殷勤捧玉鍾」為例詞。</td><td colspan="3">字句與詩餘同。</td></tr>
<tr><th colspan="6">正宮調引子</th></tr>
<tr><td>調名</td><td>詩餘圖譜</td><td>詩餘譜</td><td>南曲譜</td><td>南曲全譜</td><td>南詞新譜</td></tr>
<tr><td>燕歸梁</td><td colspan="5">見表 3-2-1</td></tr>
<tr><td>注解備</td><td colspan="4"></td><td>此詞系先詞隱《詞林辨體》所載，與原曲</td></tr>
</table>

註			體同，因併載換頭，故錄之。
破陣子	晏殊「海上蟠桃易熟」	辛棄疾（峽石道中有懷吳子似縣尉）	《賈雲華傳奇》「客道天和日暖」
注解備註		無。	
齊天樂	無名氏「疏疏幾點黃梅雨」		《琵琶記》「鳳凰池上歸環珮」
注解備註	無。		《南曲譜》與《南曲全譜》載又一體《江流傳奇》「榮膺丹詔瓜期逼」，《南詞新譜》因其僅第八句平仄句法稍異，故不錄。
喜遷鶯	胡浩然（立春）	第一體唐薛昭蘊「金門晚」第二體毛文錫「芳春景」第三體無名氏	《拜月亭》「紗窗清曉」又一體《琵琶記》「終朝思想」

注解備註	另選韋莊「人洶洶」為詞例。	第一體與第二體俱為小令，字句亦與第三體不同。	與詩餘同但少換頭，與《詩餘圖譜》第一體、《詩餘譜》第三體同。		
			（端午）		

大石調引子

調名	詩餘圖譜	詩餘譜	南曲譜	南曲全譜	南詞新譜
燭影搖紅			見表 3-2-1		
注解備註	無。		與詩餘同。		此係詩餘。
東風第一枝	瞿佑（官人折梅圖）	無	《拜月亭》「宮日添長」		
注解備註	無。		韻腳平仄異。第七句較《詩餘圖譜》體上闋第七句多一字。		
少	晏幾道	第一體	《陳巡檢》		《三生傳》

年游	「綠勾欄畔」晏幾道 「雕梁燕去」張先 「碎霞浮動」蘇軾 「去年相送」	林仰 「霽霞散曉月猶明」 又并張先 「碎霞浮動曉朦朧」 第二體 蘇軾 「去年相送」 第三體 晏幾道 「雕梁燕去」 第四體 晏幾道 「綠句欄畔」	「常學無違」	「笑臉開花」
注解備註	《詩餘譜》第三體上闋與第二體同，第四體則上下闋俱與第二體上闋同。《詩餘圖譜》錄張先「碎霞浮動」分句有誤；詩餘譜第一體選錄同作與《全宋詞》同。	《南曲譜》、《南曲全譜》注「與詩餘不同」；《南曲全譜》因原曲句中多訛字，更易曲例，改注「與詩餘同」。		

念奴嬌	辛棄疾 「野塘花落」		《琵琶記》 「楚天過雨」	
注解備註	《詩餘譜》共收九體，第八體與《詩餘圖譜》同。		不用換頭。	新補入〈念奴嬌換頭〉，選李清照「樓上幾日春寒」。
玉樓春	無。			《紫釵記》 「嬋娟此會真奇絕」
注解備註	無。			新入。
南呂調引子				
調名	詩餘圖譜	詩餘譜	南曲譜	南曲全譜	南詞新譜
戀芳春	無。		《荊釵記》 「寶篆香消繡窗永」		
注解備註	無。		與詩餘同但無換頭。		
意難忘	周邦彥 「衣染鶯黃」		《琵琶記》 「綠鬢仙郎」		

注解備註	無。		
步蟾宮	汪存「玉京此去春猶殘」	無。	《荊釵記》「胸中豪氣衝牛斗」
注解備註	無。		與詩餘同但無換頭。末句較詞牌上闋末句少一字。
滿江紅	蘇軾（東武會流杯亭）	第一體康與之（杜鵑）第二體周邦彥（春閨）第三體趙元積（秋望）	《琵琶記》「嫩綠池塘」
注解備註	《詩餘譜》第二體與《詩餘圖譜》同。		與《詩餘圖譜》、《詩餘譜》第二體同。
虞美人	李煜「春花秋月何時了」	《琵琶記》「青山今古何時了」	李煜「春花秋月何時了」

注解備註	無。		孤字、鄰字俱可用仄聲，了與少是一韻，苔與來是一韻，一調二韻，引子之中最有古意者。		此係詩餘，與引子同。一調二韻，引子之中最有古意者。

南呂調引子					
調名	詩餘圖譜	詩餘譜	南曲譜	南曲全譜	南詞新譜
絳都春	丁仙現 （上元）		《琵琶記》 「擔煩受惱」		
注解備註	無。				
點絳脣	無名氏 「春雨濛濛」	林逋 （詠草）	《琵琶記》 「月淡星稀」		
注解備註	無。		強調南北點絳脣之不同：此調乃南引子，不可作北調唱。其北調第四句平仄平平，南曲第四句仄平平仄；北無換頭，南有換頭；北第一第二句皆用韻，南直至第三句方用韻。明人唱此調及粉蝶兒有俱作北腔者，如《琵琶記》有南北〈點絳脣〉於同一齣而俱混為北調者。[140]本例載有換頭。		

---

140 第十六齣，有〈北點絳脣〉「夜色將闌」（末唱），與〈點絳脣〉「月淡星稀」（生唱）。

越調引子				
調名	詩餘圖譜	詩餘譜	南曲譜	南曲全譜	南詞新譜
浪淘沙	李煜 （春暮）		《江流記》 「烏兔走如飛」		王九思 「秋意晚侵尋」
注解備註	《詩餘圖譜》與《詩餘譜》第二體同，第二體選康與之「蹙損遠山眉」、「愁撚斷釵金」，與李煜〈春暮〉為例詞。		同《詩餘圖譜》、《詩餘譜》第二體。		原載《江流記》一曲，因渼波詞佳韻嚴，故錄之。此調又入過曲。
霜天曉角	無	辛棄疾 （旅興）	《琵琶記》 「難捱怎避」		
注解備註	《詩餘譜》記辛棄疾〈旅興〉上闋末句「長亭今如此」，若為「長亭樹今如此」，則與《琵琶記》「難捱怎避」同處「公公病又將危」同。南曲載有換頭。				
祝英臺近	辛棄疾 「寶釵分」		《琵琶記》 「綠成陰」		
注	無。		凡引子皆曰慢詞，凡過曲皆曰近詞，此當作		

見《新刊元本蔡伯喈琵琶記》，林侑蒔編：《全明傳奇》（臺北：天一出版社，1983 年）168 冊，頁 20-21。

解備註			〈祝英臺慢〉，但此調出自詩餘，元作祝英臺近，不敢改也。《南詞新譜》於越調過曲〈祝英臺〉則注「或作〈祝英臺序〉。」		
			商調引子		
調名	詩餘圖譜	詩餘譜	南曲譜	南曲全譜	南詞新譜
憶秦娥	李白「簫聲咽」		《琵琶記》「長吁氣」		
注解備註	《詩餘圖譜》又選孫夫人〈閨情〉為詞例；《詩餘譜》除孫夫人〈閨情〉外，再選康與之〈春思〉、張孝祥〈詠雪〉、周邦彥〈佳人〉為詞例。		《南詞新譜》載又一詞例，選李白「簫聲咽」，乃沈璟《詞林辨體》所載，與引子同，其源遠矣。		
			双調引子		
調名	詩餘圖譜	詩餘譜	南曲譜	南曲全譜	南詞新譜
謁金門	馮延巳〈春閨〉		《琵琶記》「春夢斷」		
注解備註	《詩餘譜》另選韋莊「空相憶」、「春雨足」兩首小令為詞例。		雜用桓歡韻、先天韻、寒山韻，為作者高明痼疾。錄有換頭。		
惜	無		《江流記》		

奴嬌		「老子淒涼」
注解備註	無。	無換頭。
寶鼎現	康與之(上元) （按：一說為宋人范周）141	《琵琶記》 「小門深巷」
注解備註	無。	與詩餘同但詩餘多換頭二段。
風入松慢	見表 3-2-1	
注解備註		

---

141 唐圭璋：《宋詞互見考》謂「案此首范周詞，見《中吳紀聞》。《類編草堂詩餘》誤作康
與之詞。」見唐圭璋：《詞學論叢》(上海：上海古籍出版社，1986 年 6 月)，頁 328。
(宋)龔明之：《中吳紀聞》(臺北：廣文書局，1986 年 3 月)，卷五「范無外」條，頁
6-7 曰：「范周，字無外，文正公之姪孫，贊善大夫純古之子。少負不羈之才，工于詩
詞，不求文達，士林甚推之，所居號范家園亭。……嘗于元宵作〈寶鼎現〉詞投之，
極蒙嘉獎，因遣酒五百壺，其詞播于天下，每遇燈夕，諸郡皆歌之。」

梅花引	万俟雅言 （冬景）	《琵琶記》 「傷心滿目故人疎」
注解備註	兩者差異極大，亦不似北曲越調〈梅花引〉，南曲出於《琵琶記》第四十一齣生、旦、貼上場。	

　　以上總計亦有 27 支注明「與詩餘同」、與詩餘同名的南曲曲牌，用於仙呂、正宮、大石、南呂、商、黃鐘、双、越諸調。另，曲譜中尚載有「與詩餘大同小異」的双調引子〈夜行船〉（《詩餘圖譜》無）與〈秋蕊香〉，以及双調過曲〈畫錦堂〉，但平仄、字句數皆與詩餘相差極大，故不列入。*142*

二、「與詩餘同」之詞曲互涉分析

　　在南曲譜中注明「與詩餘同」的南曲曲牌，將其與同名詞牌相對照，並且援引張綖《詩餘圖譜》比較進行跨詞譜、曲譜的分析，可發現以下情況：

（一）明代詩餘與南曲體式的區分：換頭之有無

　　即使明代詞體有所謂的「明詞曲化」或詞曲相涉的現象存在，但是對於詞曲的格律體式和源流脈絡仍然分辨明確，譬如《嘯餘譜》的詩餘選例中，多以蘇軾、秦觀、李煜等五代宋詞為體式，即便是被認定為「與詩餘同」的曲牌，或是詞調在風格、語言、雅俗內涵逐漸產生曲化的影響，明代詞家始終以宋詞為其宗法，不因為曲化而產生文體體式的混淆；在「此係詩餘」曲牌中，此類曲牌乃指引用詩餘體式為曲律者，像是南呂引子〈糖多令〉引宋人張于湖「花下鈿箜篌」、仙呂慢詞〈八聲甘州〉引柳永「對瀟瀟暮雨灑江天」、般涉調〈哨遍〉引蘇軾、商調引子〈高陽臺〉引王觀「紅入桃腮」等，俱引

---

142 沈自晉補正新入「此係詩餘」之正宮調引子〈燕歸梁〉與正宮調慢詞〈燭影搖紅〉不計入。

宋詞作為南曲譜的體例示範，*143*顯見明人在某種程度上依然推崇並取法宋詞。

而與「與詩餘同」者，則指字句與詩餘相同、格律相近，但是不以詩餘為曲律體式，和詞調的淵源不若此係詩餘者緊密；例如正宮引子〈喜遷鶯〉引《拜月亭》佚曲「紗窗清曉」、南呂引子〈虞美人〉引《琵琶記》「青山今古何時了」、越調引子〈祝英臺近〉引《琵琶記》「綠成陰」等等，俱引南曲為「與詩餘同」的體例示範，顯見在「此係詩餘」和「與詩餘同」的認定與歸納之間，明代詞曲譜對於詩餘和南曲仍有一個辨別的分際*144*。

其中一個分際便在於換頭的有無，詞調若為雙調，俱有上闋下闋的體製，「此係詩餘」者保留詞調原有的雙調體製而將下闋稱為換頭；然「與詩餘同」者在曲調中便只保留原來詞調的上闋使用，不錄下闋而曰「不用換頭」或是「少用換頭」，相較之下更貼近南曲的體製。例如双調引子〈寶鼎現〉，其詞曲譜之體律為：

> 夕陽西下，暮靄紅隘，香風羅綺。乘麗景華燈爭放，濃焰燒空連錦砌。睹皓月浸嚴城如畫，花影寒籠絳蕊。漸掩映芙蓉萬頃，邐齊開秋水。（康與之（上元））*145*

> 小門深巷，春到芳草人間清晝。人老去星星非故，春又來年年依舊。幸喜得今朝新酒熟，滿目花開似繡。願歲歲年年，人在花下常酌春酒。（《琵琶記》，與詩餘同但詩餘多換頭二段）*146*

---

143 然仙呂慢詞〈聲聲慢〉，沈氏二譜與《南曲譜》俱引李清照（俱誤引為康伯可作）「尋尋覓覓」為體例；沈璟與《南曲譜》也列載又一體，以李日華《南西廂記》古曲「只將非雨」為體例而非以詩餘為例，且沈自晉《南詞新譜》未列載該體。可知，詩餘與曲之間的同異實有細微差異，而且隨著時代曲學的進展和發掘，各人認定亦有出入。

144 其中大石引子〈念奴嬌〉，《詩餘譜》載有九體，《詩餘圖譜》以其中第八體、即辛棄疾「野塘花落」為體例，而《南曲譜》引《琵琶記》「楚天過雨」為例，格律與該體相近，注曰「與詩餘同但不用換頭」。見(明)程明善《南曲譜》，頁381。

145 (明)張綎：《詩餘圖譜》，頁624。

146 (明)程明善：《南曲譜》，頁457。同沈氏二譜。

　　本例詞體與曲體的差異在於，曲體將詞體的二、三句合為一個八字句，而詞體則將首、二、三句的四字句鼎足句對合為「夕陽西下暮靄，紅隘香風羅綺」的兩個六字句。*147*由此可見詞體與曲體的「音節形式」與「意義形式」的組合*148*，在明人來說是不同的，而且南曲譜中亦注明詞體與曲體不同在於換頭的有無，詩餘往往有換頭，但曲體在同一曲牌內卻甚少使用換頭。本例〈寶鼎現〉適可反映明人對於詞與曲的不同分句觀念。

（二）「與詩餘同」與南曲格律的平仄影響

　　在「與詩餘同」的例子中可見到南曲音律仍保留相當程度的詩餘格律，例如越調引子〈祝英臺近〉，南曲譜注「與詩餘同」，以《琵琶記》為體：

綠成陰，紅似雨，春事已無有。🔲說西郊，🔲馬尚馳驟。怎如柳絮簾櫳，梨花庭院，好天氣清明時候。*149*

　　《詩餘譜》與《詩餘圖譜》均引辛棄疾〈春曉〉（〈晚春〉）詞為例，比對詩餘譜格律為，並標出《詩餘譜》點注為可平可仄之處：

寶釵分，桃葉渡，🔲柳🔲南浦。🔲上層樓，🔲日🔲風雨。🔲腸🔲點飛紅，🔲無人管，🔲誰勸一作喚🔲鶯聲住。　　🔲邊覷。🔲把🔲卜歸期，🔲篸又重數。羅帳燈昏，🔲咽🔲中語，🔲他🔲帶愁來，🔲歸🔲處，🔲不解帶將愁去。*150*

　　《南曲譜》注曰：「凡引子皆曰慢詞，……聞字、車字俱可用仄聲，雨字、郊字、櫳字俱不用韻」*151*，其中「聞、車」改為平仄皆可，則是依據宋詞詞

---

147 （明）程明善：《詩餘譜》，頁 200。

148 音節形式與意義形式之詳論，見曾永義：〈中國詩歌中的語言旋律〉之一節「音節形式」，曾永義：《曾永義學術論文自選集・甲編學術理念》（北京：中華書局，2008 年 7 月），頁 51-60。

149 （明）程明善：《南曲譜》，頁 433。

150 （明）程明善：《詩餘譜》，頁 114。

151 （明）程明善：《南曲譜》，頁 433。

律改訂、使曲律符合《詩餘譜》與《詩餘圖譜》甚至是宋詞。[152]

又如南呂引子〈齊天樂〉，南曲譜注「與詩餘同但少換頭」，引《琵琶記》第六齣「鳳凰池上歸環珮」為體式：

> 鳳凰池上歸環珮。袞袖御香猶在，縈戟門前，平沙堤上。何事車填馬隘，星霜鬢改。怕玉鉉無功，赤烏非才。回首庭前，淒涼丹桂好傷懷。[153]

而比照《詩餘譜》與《詩餘圖譜》所載，二譜均以周邦彥〈端午〉為例：

> 疏疏幾點黃梅雨。佳時又逢重午。角黍包金，香蒲切玉，風物依然荊楚。衫裁艾虎。更鈒就朱符，臂纏紅縷。撲粉香綿，喚風綾扇小窗午。　　沈湘人去已遠，勸君休對酒，感時懷古。慢囀鶯喉，輕敲象板，勝讀離騷章句。荷香暗度。漸引入陶陶，醉鄉深處。臥聽江頭，畫船喧疊鼓。[154]

例體中《詩餘圖譜》注明可平可仄之字，即有「(第一個)疏、幾、佳、又、角、香、風、依、鈒」諸字；而《南曲譜》中改訂為可平可仄之字，即「時、更、裊」諸字，如此《南曲譜》中的「袖、鉉」二字便可合乎曲律。

大石引子〈念奴嬌〉，《南曲譜》注「與詩餘同但不用換頭」，引《琵琶記》第二十八齣「楚天過雨」為例：

> 楚天過雨，正波澄木落秋容光淨。誰駕玉輪來海底，碾破琉璃千頃。環珮風清。笙歌露冷。人在清虛境。真珠簾捲，小樓無限佳興。[155]

然詞調〈念奴嬌〉在《詩餘譜》中共載九體，其中第八體與《詩餘圖譜》

152　宋詞中，如張炎：「非霧非煙，生氣覆瑤草」、王嵎：「樓倚花梢，長記小垂手」、史達祖：「紅藥開時，新夢又溱洧」等作，南曲此處均與其相合。

153　(明)程明善：《南曲譜》，頁 367。

154　(明)程明善：《詩餘譜》，頁 103。

155　(明)程明善：《南曲譜》，頁 381。原《琵琶記》題為〈念奴嬌引〉。

選辛棄疾「野塘花落」相符，並與《南曲譜》最為契合，其體例為：

> ⊠棠⊠落，又匆⊙、⊙了清明時節。⊙地東風欺客夢，⊙枕⊠一作雲屏⊙怯。⊠岸持觴，垂楊⊠馬，⊙地曾輕別。⊠空⊠去，⊙游⊠燕能說。　　聞道綺陌東頭，行人長見，簾底纖纖月。舊恨春江流不斷，新恨雲山千疊。料得明朝，尊前重見，鏡裡花難折。也應驚問，近來多少華髮？*156*

　　比對詞譜、曲譜中標注可平可仄之處後，可發現原先不合詞律的「過、環」兩字，在南曲譜中改訂為可平可仄（花、曲），而與詞律相合；而《詩餘圖譜》中原屬仄聲格的「野、銀」二字，在《詩餘譜》中改注為可平可仄，《南曲譜》注在相同的字格處曰：「楚字可用平聲」、「琉字可用仄聲」*157*，而與詞律相合。

　　又如仙呂調引子〈卜算子〉，《南曲譜》引《拜月亭》第二十五齣「病染身著地」為例，若與《詩餘譜》所引秦湛「春透水波明」之詞律的平仄聲格比較參照：

> ⊙⊠⊠著地，⊙咽魂離體。⊠散鴛鴦兩處⊠。⊙⊙銜冤氣。*158*

> ⊙⊙⊙⊙明，⊠峭花枝瘦。⊙目煙中百尺樓，⊠在樓中否。*159*

　　在詞牌與曲牌中的上闋第三句末字（樓/飛）、第四句第二字（在/少）原本不符宋詞詞律，但在《南曲譜》增訂可平可仄聲格後，即與南曲曲律相合。

　　由此可見，在《詩餘圖譜》與《詩餘譜》載列的詞調格律，和《南曲譜》的「與詩餘同」曲牌進行格律比對後，便可發現《詩餘圖譜》、《詩餘譜》中

---

156 （明）程明善：《詩餘譜》，頁 172。

157 （明）程明善：《詩餘譜》，頁 381。

158 （明）程明善：《南曲譜》，頁 348，注曰：「體字、少字上聲，兩處二字上去聲相連，俱妙。病字、氣字、拆字可用平聲，多字可用仄聲，首句不用韻乃是。」

159 （明）程明善：《詩餘譜》，頁 131。因曲牌不錄換頭，故此處詞牌不列下闋。後文亦同。

同名詞調的平仄聲格產生了變化——由平聲、仄聲而變為可平可仄，並且部分為《南曲譜》所沿襲、成為同名南曲曲牌的聲律定譜。《南曲譜》大多沿承沈璟《南曲全譜》的見解而來，在《詩餘譜》與《南曲譜》同名同調的詞牌曲牌當中的共通平仄變化，可視為詞與曲在定譜觀念漸趨相近、格律也彼此影響的例證之一，而反映在「與詩餘同」此類曲牌之中。

此外，「與詩餘同」中也有平仄、分句等格律因素與詞調幾近相同的曲牌，看似與「此係詩餘」類曲牌相近。例如仙呂引子〈鷓鴣天〉，南曲譜注「字句與詩餘同」，《詩餘圖譜》與《詩餘譜》皆取秦觀（春閨）為詞例：

　　⊚枝上流鶯⊚和淚聞，⊚新啼⊚痕間舊啼痕。一春⊚魚鳥無消息，千里關山⊚勞夢魂。　無一語，對芳樽。⊚安排⊚腸斷到黃昏。⊚甫能⊚炙得燈兒了，⊚雨打梨花深閉門。*160*

《南曲譜》取《琵琶記》第五齣「萬里關山萬里愁」為曲例，：

　　⊚萬里關山⊚萬里愁。一般⊚心事一般憂。親闈⊚暮景應難保，⊚客館風光⊚怎久留。　他那裡，漫凝眸。正是⊚馬行⊚十步九回頭。⊚歸家⊚只恐傷親意，⊚閣淚汪汪⊚不敢流。*161*

比較兩者在平仄聲律的變化，即可知南曲與詩餘詞律的可平可仄聲格幾乎相同，但是和「此係詩餘」不同之處，即在於「此係詩餘」直取唐五代宋詞調為體例格律，以詞調為本位，而「與詩餘同」仍然舉早期南戲、明代傳奇作品中的曲作為例，尚以南曲為本位，與詩餘的淵源不若「此係詩餘」密切。又如越調引子〈滿江紅〉，《詩餘圖譜》舉蘇軾「東武南城」為例，《詩餘譜》共有三體，而南曲諸譜均取《琵琶記》「嫩綠池塘」為例，其格律與《詩餘譜》第二體的周邦彥「畫日移陰」相同：

---

160 （明）程明善：《詩餘譜》，頁132。
161 （明）程明善：《嘯餘譜・南曲譜》，頁349，注曰：「第一箇萬字、第一箇一字、暮字、客字、怎字、十字、閣字、不字可用平聲，歸字可用仄聲，保字里字意字不必用韻。」

畫日移陰，攬衣起春帷睡足。臨寶鑒綠雲撩亂，未忺妝束。蝶粉蜂黃都褪了，枕痕一線紅生玉。背畫欄脈脈悄無言，尋棋局。（《詩餘譜》第二體周邦彥「畫日移陰」）162

嫩綠池塘，梅雨歇薰風乍轉。驀然見清涼華屋，巳飛乳燕。簟展湘波紈扇冷，歌傳金縷瓊巵煖。是炎蒸不到水亭中，珠簾捲。（《琵琶記》第二十二齣）163

　　在〈滿江紅〉的詞牌與南曲曲牌之格律譜例比對之後，兩者的平仄格律亦幾乎相同，唯可平可仄的聲格訂律不同，但是並不影響詞律、曲律的相符，是「與詩餘同」曲牌之中詞曲相涉現象較顯著的例子。

　　另外尚有南呂引子〈滿庭芳〉，南曲譜並未標注為「此係詩餘」或「與詩餘同」，但經比對之後，可知〈滿庭芳〉亦應列屬「與詩餘同」——格律明顯由同名詞牌改訂為曲律、而在南曲譜中引用曲例的曲牌。《南曲譜》以《琵琶記》為例：

　　飛絮沾衣，殘花隨馬，輕寒輕暖芳辰。江山風物，偏動別離人。回首高堂漸遠，歎當時恩愛輕分。傷情處，數聲杜宇，客淚滿衣巾。
　　萋萋芳草色，故園人望，目斷王孫。謾憔悴郵亭，誰與溫存？聞道洛陽近也，還又隔幾座城闉。澆愁悶，解鞍沽酒，同醉杏花村。164

　　圖中標示灰底字者是詩餘與南曲格律相左之處。若依詩餘譜載列秦觀「山抹微雲」的格律平仄所示，並標注《南曲譜》改訂的平仄聲格為：

　　山抹微雲，天連衰草，畫角聲斷譙門。暫停征棹，聊共飲離樽。多少蓬萊舊事，空回首、煙靄紛紛。斜陽外，寒鴉數

162　(明)程明善：《嘯餘譜・南曲譜》，頁165。

163　(明)程明善：《嘯餘譜・南曲譜》，頁404，其注曰：「嫩字、乍字、驀字、乳字、簟字俱可用平聲。」

164　(明)程明善：《南曲譜》，頁385。

點，⟨流⟩水繞孤村。　銷魂。⟨當⟩此際，⟨香⟩囊⟨暗⟩解，⟨羅⟩帶輕分。⟨謾⟩⟨贏⟩⟨得⟩秦⟨樓⟩、薄倖名存。⟨此⟩去⟨何⟩時⟨見⟩也，⟨襟⟩⟨袖⟩上⟨空⟩染啼痕。⟨傷⟩情處⟨高⟩城⟨望⟩斷，⟨燈⟩火已黃昏。*165*

　　經此比對，在《南曲譜》中換頭的「悴、亭、洛、解」亦可合乎《詩餘譜》格律的平仄，呈現由詞律改訂為曲律的過程，亦合乎「此係詩餘」的歸類定義。

（三）「與詩餘同」與南曲韻位／板式的分句影響

　　前述「此係詩餘」的論述中提及南曲中韻位與板式關係之密切，詞調中以韻位為文字分句，曲調則以板式為樂調分句，兩者實可彼此參考，同時也反映詞的文字意義分句、曲的音樂形式分句的不同內涵。在中國古典韻文學的體製中，詩歌、詞調、曲牌的聲情特質主要反映於格律因素之中——字數、平仄、句式等等，*166*因此考量到文字的意義形式與音樂形式的搭配，句式的不同即代表詞曲間的不同特質。

　　「與詩餘同」和「此係詩餘」在南曲譜中呈現的不同之處在於，「此係詩餘」直接取用唐五代宋人詞作為曲牌格律的體例示範，傾向以詞為本位；而「與詩餘同」則取用早期南戲、明傳奇中的劇本，例如《琵琶記》、《荊釵記》、

---

165 （明）程明善：《詩餘譜》，頁 161。

166 曾永義：〈中國詩歌中的語言旋律〉，《曾永義學術論文自選集‧甲編學術理念》，頁 37-
　　38 舉王之渙〈出塞〉詩為例，其曰：「由於〈出塞〉這首詩句中藏韻，所以可以改成
　　這種讀法：『黃河遠上，白雲間一片，孤城萬仞山。羌笛何須怨，楊柳春風，不度玉
　　門關。』將這種讀法和原來讀法作比較，很顯然的，其間的『聲情』有很大的不同。
　　為什麼呢？其字數、平仄、對偶雖然不變，但是句數由四句變為六句，句長由整齊的
　　七言變為四五雜言，句式由純單式音節變為單雙式間錯的音節，韻協由三韻變為四韻
　　且平仄通押；可見其間『聲情』之所以不同，乃是因為構成體製規律的因素本身起了
　　變化。明白了這種現象，那麼唐詩宋詞元曲之遞變，就『聲情』而言，也就可以舉一
　　反三了；那麼傳達聲情的『語言旋律』其最主要而可完全掌握的也就依存在這體製規
　　律之中了。」

《拜月亭》、《陳巡檢》與《賈雲華還魂記》等作167，或是明代流傳的《臥冰記》、《江流記》等傳奇作品中的曲作為例，體例呈現以曲為本位。由此可見，兩者一為直取唐五代宋詞、一為參鑒南曲戲文作品作為曲牌格律的參考依據，「此係詩餘」和詞調的淵源較「與詩餘同」為緊密，可視為直接承襲，而「與詩餘同」經過更多的改訂，也顯示這些曲牌和同名詞牌之間的關係存在較多的差異。

　　除了前述的平仄增訂，在板式與韻位的分句上也可見出「與詩餘同」曲牌與同名詞牌之間的關係。例如越調引子〈祝英臺近〉，《詩餘圖譜》與《詩餘譜》均選辛棄疾「寶釵分」為例，而《南曲譜》與沈氏二譜均選《琵琶記》曲作為例：

　　　　寶釵分，桃葉渡，煙柳暗南浦。怕上層樓，十日九風雨。斷腸點點飛紅，都無人管，更誰勸、流鶯聲住。168

　　　　綠成陰，紅似雨，春事已無有。聞說西郊，車馬尚馳驟。怎如柳絮簾櫳，梨花庭院，好天氣清明時候。169

　　兩者在句式、斷句上幾乎相同，而詞調末句作「更誰勸、流鶯聲住」以頓號區分七字句中的上三下四，與曲牌中的「好天氣清明時候」不作頓號區分、但是仍為上三下四之句式結構相同，也未影響韻位，兩者差異不大。又如双調引子〈風入松慢〉，《詩餘圖譜》與《詩餘譜》均選康與之「一宵風雨送春歸」為詞調格律的體例，而南曲諸譜多選《臥冰記》「深沉庭院度年華」為曲律體例，兩者在詞律韻位與曲律板式之分句也完全相同：

　　　　一宵風雨送春歸。綠暗紅稀。畫樓整日無人到，與誰同撚花枝。門外

167　其中《陳巡檢》即《陳巡檢梅嶺失妻》，參考錢南揚：《宋元戲文輯佚》（北京：中華書局，2009 年 11 月），頁 201。

168　(明) 程明善：《詩餘譜》，頁 114。

169　(明) 程明善：《南曲譜》，頁 433。

薔薇開也，枝頭梅子酸時。(《詩餘譜》第一體康與之) *170*

深沉庭院度年華。詩禮傳家。日長鎮把珠簾掛。愛清幽樂事桑麻。雅意觀書覽史，嬌容閉月羞花。 *171*

〈風入松慢〉此體在詞牌分韻、曲牌板式的分句上相同，反映兩者在韻位的意義形式與板式的音樂形式上彼此相涉的關聯；但是南曲引子〈風入松慢〉尚有另一體，歸列為「此係詩餘」、以宋人張孝祥「東風巷陌暮寒驕」詞為例，分句詞曲亦相同，也可發現〈風入松慢〉同時涉及「此係詩餘」、「與詩餘同」兩種體例，可見〈風入松慢〉與詞調之間確實關係密切。

又如大石調引子〈滿江紅〉，《詩餘譜》和《南曲譜》的韻位與板式分句，兩者亦彼此相符：

畫日移陰，攬衣起春帷睡足。臨寶鑒綠雲撩亂，未忺妝束。蝶粉蜂黃都褪了，枕痕一線紅生玉。背畫欄脈脈悄無言，尋棋局。(第二體周邦彥「畫日移陰」) *172*

嫩綠池塘，梅雨歇薰風乍轉。瞥然見清涼華屋，已飛乳燕。簟展湘波紈扇冷，歌傳金縷瓊卮煖。是炎蒸不到水亭中，珠簾捲。(《琵琶記》第二十二齣) *173*

與詞牌同名的南曲〈滿江紅〉，在韻位和板式的對應上，詞牌、曲牌兩者完全相符。而南曲〈滿江紅〉除了韻位、板式對應的契合，在前述的平仄格律參照也幾乎相同，可謂「與詩餘同」曲牌與詞牌兩者最為接近的例子。

而「與詩餘同」曲牌類屬中，詞牌的文字韻位、曲牌的音樂板式彼此相異的例子卻更多。例如仙呂調引子〈鵲橋仙〉，《詩餘圖譜》與《詩餘譜》俱

170 (明)程明善：《詩餘譜》，頁 193。

171 (明)程明善：《詩餘譜》，頁 458。沈自晉《南詞新譜》改列沈璟《墜釵記》曲作為例。

172 (明)程明善：《詩餘譜》，頁 165。

173 (明)程明善：《南曲譜》，頁 404。

選秦觀「纖雲弄巧」為詞律體例，而南曲譜均選《琵琶記》「披香隨宴」為曲律體例：

> 纖雲弄巧，飛星傳恨，銀漢迢迢暗度。金風玉露一相逢，便勝卻人間無數。174

> 披香隨宴。上林遊晌。醉後人扶馬上。金蓮花炬照迴廊。正院宇梅梢月上。175

　　此例在詞牌與曲牌的分句認定上便產生了不同：第一句詞調不用韻，因此「纖雲弄巧」此處標注為逗；然南曲此處「披香隨宴」儘管注明在此並不押韻，但仍以樂段分節的底板作結，與詞調的文字創作以韻位作韻均分節的情形不同；而詞調第二句、第四句皆不押韻，亦標注為逗，而南曲在此每句為樂段分節而用底板，也是韻位所在，與詞調在此不押韻的狀況不同。由此可見詞調曲牌在意義形式、音樂形式的考量上實有不同。

　　又如南呂調引子〈虞美人〉，其詞譜與曲譜之訂譜為：

> 春花秋月何時了。往事知多少。小樓昨夜又東風。故國不堪回首，月明中。（南唐李煜）176

> 青山今古何時了。斷送人多少孤墳誰與掃青苔。鄰塚陰風時送紙錢來。（《琵琶記》）177

　　詩餘體律如《詩餘圖譜》與《詩餘譜》均選李煜「春花秋月何時了」為體例，而上闋四、五二句，《詩餘圖譜》合為一九字句178；南曲體律如《南曲

---

174 （明）程明善：《詩餘譜》，頁 139。
175 （明）程明善：《詩餘譜》，頁 348。
176 （明）程明善：《詩餘譜》，頁 188。
177 （明）程明善：《南曲譜》，頁 402。
178 （明）張綖：《詩餘圖譜》，頁 498：「◎◎◎●○○●首句七字仄韻起◎●○○●二句五字仄叶◎○○●●○○三句七字平韻換◎●◎○○●●○○四句九字平叶；後段同前。」

譜》與《南曲全譜》均選《琵琶記》第三十八齣〈張公遇使〉之〈虞美人〉
為例，將詩餘體之二、三句合為一句，原四、五句合為一九字句，而《南詞
新譜》則改選為李煜「春花秋月何時了」。從此例亦可見出南曲「與詩餘同」
和詞的格律關係，兩者差異發生在音節形式的不同；而沈自晉一改《嘯餘譜》
與《南曲全譜》的訂定，捨棄原《琵琶記》之南曲曲體，改列李後主詞作為
例，成為「此係詩餘」之列。從此亦可知「此係詩餘」和「與詩餘同」的主
要差異，即在引用宋詞或是引用南曲為例。

　　而從詞、曲音節形式的關係來看，可再舉如前引仙呂調引子〈卜算子〉
為例：南曲「病染身著地」與《詩餘譜》所引秦湛「春透水波明」之第三句，
南曲標注為底板且押韻，而詩餘在此雖用韻，但是不以句號作結、不視為音
節結束之處。因此儘管同為押韻處、板式和押韻密切相關，但從音樂的角度
考量，文字的押韻與音樂的分節兩者在概念仍有差異。此乃從南曲「與詩餘
同」中反映詞曲不同之處。

　　然而，在「與詩餘同」的例子之中，亦可見出詞與曲的聯繫相近關係，
例如正宮調引子〈喜遷鶯〉，比較詞曲二體之分句：

> 譙門殘月。正畫角曉寒，梅花吹徹。瑞日烘雲，和風解凍，青帝乍臨
> 東闕。暖響土牛簫鼓，夾路珠簾高揭。最好是，看彩幡金勝，釵頭雙
> 結。(胡浩然〈立春〉)179

> 梅霖初歇。乍絳蕊海榴，爭開時節。角黍包金，香蒲切玉，是處玳筵
> 羅列。鬥巧盡輸少年，玉腕彩絲雙結。纖彩舫，看龍舟兩兩，波心齊
> 發。(第三體〈端午〉)180

> 紗窗清曉，睡覺起傷心有恨無言。淚眼空懸。愁眉難展。還又度日如
> 年。他那裡相思無限。我這裡煩惱無邊。是怎生，夢魂中欲見無由得

179 (明)張綖：《詩餘圖譜》，頁 536。
180 (明)程明善：《詩餘譜》，頁 183。

見。（《拜月亭》）181

終朝思想。但恨在眉頭，人在心上。鳳侶添愁，魚書絕寄，空勞兩
處相望。青鏡瘦顏羞炤，寶瑟清音絕響。歸夢杳，繞屏山烟樹那是
家鄉。（另一體，《琵琶記》）182

　　〈喜遷鶯〉於詩餘、南曲中各有異體，其中南曲第一體引《拜月亭》為
曲例，標注「與詩餘同，但少換頭」；另一體則引《琵琶記》，不作與詩餘同。
若與格律較為相近的詩餘第三體相比較，則可發現：除了最末二句詩餘分為
二句、而南曲皆作為一句以外，南曲另一體分句與詩餘體相同；但是南曲第
一體又明顯與詩餘體有別，將詩餘體第二、三句合為一句，而第一、四、五、
六句皆作句韻處，亦即底板之處，不似詩餘體和南曲另一體。從此例可以發
現，明人為〈喜遷鶯〉訂譜時察覺同樣為南曲，但是引自《琵琶記》的另一
體還更接近詩餘體，所以明代蘇祐等人稱《琵琶記》與《西廂記》並為「南
北詞曲之祖」確實有其原因，183在〈喜遷鶯〉的體例格律上來看，《琵琶記》
的音節形式上承詩餘、下啟南曲，介於二者之間，可視為南曲之前身；而胡
應麟稱「小詞若《琵琶》諸引，亦多近宋。」184也提及《琵琶記》的格律具
有宋詞遺音，蓋南曲格律確有沿續自詞的地方，而在〈喜遷鶯〉南曲另一體
的《琵琶記》中可見其關係，到了《拜月亭》的南曲第一體即與詞的音節形
式產生分別，但是字句平仄大抵仍和詞相同，而與詞的關係已不若另一體的
《琵琶記》相近，是以標明「與詩餘同」以凸顯其南曲體律之特徵。王世貞
稱「曲者，詞之變」185，曲體由詞體衍變而來，實可從本處諸例中見出道理。

181　（明）程明善：《南曲譜》，頁 368。同沈氏二譜。
182　（明）程明善：《南曲譜》，頁 368。同沈氏二譜。
183　（明）蘇祐，見鄧子勉：《明詞話全編》（南京：鳳凰出版社，2012 年 12 月）第二冊，頁 886。
184　（明）胡應麟：《少室山房筆叢》，見鄧子勉編：《明詞話全編》第四冊，頁 2154。
185　（明）王世貞：《曲律》，見鄧子勉編：《明詞話全編》第三冊，頁 1462。

三、「與詩餘同」釋義

　　總合本章節所列述分析源於同名詞牌的「與詩餘同」曲牌，可知此類曲牌乃是指「格律和同名詞牌相近甚至相同，而引用曲作為體例」之曲牌，與「直取同名詞牌格律，亦引用詞作為體例」的「此係詩餘」曲牌，在詞曲關係上仍有不同。「與詩餘同」曲牌和同名詞牌相對比，在聲律、韻位句式上有更多的修訂或改變。「與詩餘同」和同名詞牌參照的統計情況如下：

第一、聲律、板式幾近完全契合者有：仙呂調引子〈鷓鴣天〉、大石調引子〈意難忘〉、南呂調引子〈滿江紅〉、越調引子〈浪淘沙〉、〈祝英臺近〉。共計 5 例。

第二、聲律大抵契合，而在板式、字句上有異者有：正宮調引子〈破陣子〉、南呂調引子〈步蟾宮〉、黃鐘調引子〈點絳脣〉、越調引子〈霜天曉角〉、商調引子〈憶秦娥〉。亦為 5 例。

第三、聲律經過增訂平仄仍有差異，但板式與詞調分句相合者有：仙呂調引子〈鵲仙橋〉、正宮調引子〈齊天樂〉、大石調引子〈少年游〉、〈念奴嬌〉、双調引子〈謁金門〉。共計 6 例。

第四、聲律、板式與詞調分句均有所不同者，有：正宮調引子〈燕歸梁〉、〈破陣子〉、〈喜遷鶯〉；大石調引子〈東風第一枝〉；黃鐘調引子〈絳都春〉；双調引子〈寶鼎現〉、〈風入松慢〉、〈梅花引〉。共計 8 例。

　　另外，大石調引子〈玉樓春〉，至沈自晉《南詞新譜》始列為與詩餘同，南呂調引子〈虞美人〉至沈自晉《南詞新譜》改列為「此係詩餘」。大石調引子〈戀芳春〉、双調引子〈惜奴嬌〉，詩餘譜則無載。

　　透過前述的分析與統計分布情況，可以將其和「此係詩餘」比較得「與詩餘同」的具體意義：

第一、「與詩餘同」之中和同名詞牌格律完全契合者僅有 5 例，不到「此係詩餘」的一半數量；在聲律與板式分句上產生變異的情況，則較「此係詩餘」者為多。在數量上即反映了「與詩餘同」較之「此係詩餘」與詞體之間的關聯相對較遠，「與詩餘同」雖然也參考了詞體的格律，但是在考訂曲律變化時以南曲為依據。

第二、「與詩餘同」者皆為引子，並不似「此係詩餘」者尚有慢詞之例，與詞體的關聯性不若「此係詩餘」廣泛。由此亦可證明南曲中的慢詞確實與詞體的關係特別親近，甚至是直從詞體而來，但部分也經過了某些程度的聲律變化。

第三、「與詩餘同」的南曲曲例沒有以宋人詞為體例訂譜者，除了其中部分例子如大石調〈燭影搖紅〉、双調引子〈風入松慢〉等經過明人的改訂以外，顯見在明人當時的詞曲觀念裡，即便詞曲相涉成為理論觀念上的既存現象，但是在南曲譜中仍然明確表現與詞體之間的差異；「此係詩餘」以宋詞為本位，和「與詩餘同」以南曲為本位訂定格律體例的關係即可見出兩者在詞曲關係上的層次分別。

第四、「此係詩餘」和「與詩餘同」對於換頭體例的使用不同。在與雙調詞牌同名的南曲曲牌中，「此係詩餘」屬之仙呂調引子〈卜算子〉[186]，仙呂調慢詞〈八聲甘州〉，正宮調慢詞〈公安子〉，大石調慢詞〈驀山溪〉、〈醜奴兒〉，中呂調引子〈行香子〉、〈青玉案〉、〈尾犯〉、〈剔銀燈引〉、〈漁家傲〉，中呂調慢詞〈賀聖朝〉、〈醉春風〉、〈沁園春〉、〈柳梢青〉，般涉調慢詞〈哨遍〉，南呂引子〈臨江仙〉、〈一剪梅〉，黃鐘引子〈點絳脣〉、〈天仙子〉，商調引子〈高陽臺〉、〈憶秦娥〉、〈二郎神慢〉皆用換頭[187]，其中注明換頭字句皆同者有中呂調引子〈行香子〉、〈漁家傲〉，双調引子〈風入松慢〉，南呂調引子〈臨江仙〉。而注明不錄換頭者有中呂調慢詞〈賀新郎〉，注明「換頭不用亦可」者有商調引子〈高陽臺〉，双調引子〈海棠春〉。而不錄換頭者有仙呂調〈糖多令〉、双調引子〈風入松慢〉（東風巷陌暮寒驕）。而「與詩餘同」屬之仙呂調引子〈鵲仙

---

[186] 《南曲譜》中記為「與詩餘同」，引《拜月亭》「病染身著地」曲為例而無換頭；沈氏二譜皆記為「此係詩餘」，並引蘇軾「缺月掛疏桐」詞為例，注明「換頭同前」。今從沈氏二譜。

[187] 然而，仙呂調引子「字句與詩餘同」屬之〈鷓鴣天〉，引南曲為例，亦有換頭，將於後文另述。

橋〉，正宮調引子〈燕歸梁〉188、〈破陣子〉、〈齊天樂〉、〈喜遷鶯〉，大石調引子〈東風第一枝〉、〈念奴嬌〉、〈燭影搖紅〉189，南呂調引子〈戀芳春〉、〈意難忘〉、〈步蟾宮〉、〈滿江紅〉、〈虞美人〉、〈生查子〉，南呂調慢詞〈賀新郎〉，黃鐘調引子〈絳都春〉，越調引子〈浪淘沙〉、〈祝英臺近〉，双調引子之〈寶鼎現〉、另一體〈風入松慢〉（深沉庭院度年華）、〈梅花引〉，皆是同名雙調詞牌錄有換頭、但在南曲曲牌中不用換頭或是少用換頭者。而注為「與詩餘同」亦錄換頭者，有仙呂調引子〈鷓鴣天〉，越調引子〈霜天曉角〉，商調引子〈憶秦娥〉，双調引子〈謁金門〉；而雖注明「與詩餘同但無換頭」、然明代詞譜無載前例者，有双調引子〈惜奴嬌〉。從詞曲譜中「此係詩餘」和「與詩餘同」認定換頭之有無的情形，即可發現：與詞體淵源較近似的「此係詩餘」曲牌多有換頭，較接近詞調原有的雙調體製，但如為「此係詩餘」而有南曲體例作又一體者，則無換頭；而在淵源上相對近於南曲的「與詩餘同」曲牌多不用換頭，反映了明代詞體多有換頭、曲體少有換頭的體製觀念。從此便可明確反映兩者對於詞曲關係的說明和意涵，同時也反映了詞與曲在體製使用上的實質不同。

第四節　明代詞曲譜的格律互涉現象

透過前文對於南曲譜「此係詩餘」、「與詩餘同」的分析統計，以及兩相對比後，可以得出此二類南曲譜中所屬曲牌之定義：

第一、「此係詩餘」乃南曲之中直接引用同名詞調格律而成曲牌格律依據者，並以宋詞詞作為體例，以宋詞為本位考訂格律，令其合乎南曲曲律而使用，幾全作引子與慢詞。

第二、「與詩餘同」亦為南曲之中參考詞調格律而成同名曲牌者，但是從詞譜

---

188 沈自晉改為「此係詩餘」，引用柳永「織錦裁篇寫意深」詞為例，並載換頭。

189 沈自晉改為「此係詩餘」，但亦無換頭。

與南曲譜的對照來看，「與詩餘同」之南曲體例並非直接取用詞調為例，而是以南曲曲作為體例，參酌詞律後仍以南曲為訂定格律之本位。該類曲牌中全作為引子而沒有慢詞，和詞調的淵源上也不若「此係詩餘」親近。

從前述章節中已可見南曲譜中「此係詩餘」和「與詩餘同」反映的詞曲相涉與相異之關係，並標注在沈璟《南曲全譜》與沈自晉《南詞新譜》之中，而程明善《嘯餘譜》不僅收錄沈璟的《南曲全譜》並承襲其訂例，也同時編錄詞譜於其中；而藉由《嘯餘譜》之中的《詩餘譜》與《南曲譜》之比對，便能發現明代詞曲譜中詞與曲相互取法、但又彼此相異的關係；再透過《嘯餘譜》與明代其他詞曲譜的參照比較，便可發現明代詞譜與南曲譜之中詞曲彼此為何相涉、又如何相異的現象，同時也可發現部分清人批評明詞的問題癥結。將其析論所見引申列述如下：

一、詞曲聲調音律的相涉

詞與南曲在填詞訂譜方面極為接近，乃至於格律四聲也有相通之處，甚至直取同名詞牌格律作為南曲曲牌的體例，然多見於南曲的引子和慢詞。在明代詞人、曲家對於聲律的觀念之中，同是長短句，詞調、曲牌的平仄格律要求實可互通，例如明代詞人曾經提出詞調依照樂律嚴分平仄的必要，如俞彥《爰園詞話》謂：

> 詞全以調為主，調全以字之音為主。音有平仄，多必不可移者，間有可移者。仄有上去入，多可移者，間有必不可移者。儻必不可移者，任意出入，則歌時有棘喉澀舌之病。故宋時一調，作者多至數十人，如出一吻。今人既不解歌，而詞家染指，不過小令中調，尚多以律詩手為之，不知孰為音，孰為調，何怪乎詞之亡已。*190*

俞彥認為詞調之平仄、聲格不可妄改，如果不解音樂而只是依照平仄字

數填詞，那便無法凸顯詞調的特色而有如律詩一般；此即反映詞調原先和詞樂、文學結合之特色所在，也因此宋代每一詞調即便有數十人同作該調，聲調辭律皆有不可更移的部分；而明代詞人在不解詞樂的情況下，難以辨別宋詞當中字聲與音調關係，失卻宋詞原有的音律特色。這正是詞牌強調格律平仄和音樂務須結合參照之故，詞到了清代對於平仄的講究原則大至不變，但是更加強調詞調的聲律變化，尤其在同歸仄聲的上聲與去聲，如萬樹謂「蓋上聲舒徐和緩，其腔低；去聲激勵勁遠，其腔高。相配用之，方能抑揚有致。」[191]明辨上聲與去聲的運用，以確實表現四聲音律的抑揚頓挫；或如李漁《窺詞管見》謂：「填詞之難，難於拗句。拗句之難，只為一句之中，或仄多平少，平多仄少，或當平反仄，當仄反平。……最忌連用數去聲，或入聲，並去入亦不相同。」[192]此論同樣見於明代的南曲，如王驥德《曲律》即稱：「四聲者，平、上、去、入也。平謂之平，上、去、入總謂之仄。曲有宜於平者，而平有陰、陽，有宜於仄者，而仄有上、去、入。乖其法，則曰拗嗓。」[193]同樣講究平仄四聲、甚至於陰聲陽聲的分別，以求音聲之美而避免拗嗓的缺陷。

　　明代的詩餘和南曲在平仄聲律上實有許多共通之處，使得兩者在明代詞與曲的訂譜中經過改訂而合乎曲律，成為詞曲創作上互通的現象。例如南呂調引子〈齊天樂〉，《南曲譜》引《琵琶記》曲為例：

> 鳳凰池上歸環珮。衰袖御香猶在，綮戟門前，平沙堤上。何事車填馬隘，星霜鬢改。怕玉鉉無功，赤烏非才。回首庭前，淒涼丹桂好傷懷。[194]

　　據前述「與詩餘同」的詞曲聲律相涉分析，其中第二句「衰袖」之「袖」在詞體中應為平聲格，而南曲體在此改為可平可仄，於是據此例「衰袖」不

---

191 (清)萬樹：《詞律‧發凡》，頁 15。

192 (清)李漁：《窺詞管見‧詞忌連用數去聲或入聲》，見唐圭璋編：《詞話叢編》第一冊，頁 558。

193 (明)王驥德：《曲律‧論平仄第五》，頁 105 曰：「上上、去去、不得疊用」，其注「上上二字尤重。蓋去去即不美聽，然唱出尚是本音；上上疊用，則第一字便似平聲。」

194 (明)程明善：《南曲譜》，頁 367。

僅在南曲體中合律，更成為上去搭配的聲律佳例。

又如仙呂調引子〈糖多令〉，《南曲譜》注為「此係詩餘」，取張孝祥「花下鈿箜篌」為例：

> ㊀下鈿箜篌。㈹前㊁雪謳。㈰㈭中㋒李曾投。㋛約㋚盟心已許，㊟㊢在小紅樓。*195*

據前述分析，第五句之「詩」字原本不合詩餘律，但在南曲譜中將其改為可平可仄的聲格後即合乎曲律；其中較為細緻的修訂，在於第四句之「已」字，南曲譜原定為上聲格，但另注「已字換去聲尤妙」*196*，即是在曲律中避免兩上聲字疊用、又可為去聲、上聲搭配之佳用，雖然這不違反原來的詞牌格律要求，但卻是南曲譜在此詳加改訂為曲牌聲韻的轉寰。同時，在詞律而言的聲律特色也是如此，《詩餘圖譜》與《詩餘譜》均取南宋劉過(重過武昌)為體例，第四、五句作「柳下繫舟猶未穩，㊟㊌日又中秋。」其中第四句「未穩」與南曲中的「已許」同樣律位，但詞律早已作去上聲之搭配。*197*可知此例的聲律調整，來自於詞曲聲律上的共通特色。

又如前述仙呂調慢詞〈聲聲慢〉，為南曲譜「此係詩餘」之屬，明代詞譜與曲譜分別選用辛棄疾「開元盛日」詞與李清照「尋尋覓覓」詞為例，而在聲律上有許多的調整。其中上片第六、七兩句分別作：

> 管弦凝碧池上，記當時風月愁儂。*198*

> ㊂杯㈤盞㊟酒，怎㊛他㊋來風急？*199*

據前述分析，南曲譜中改選李清照詞作為南曲體例，改了許多聲格為可

---

195 (明)程明善：《南曲譜》，頁349。

196 (明)程明善：《南曲譜》，頁349。

197 (明)張綖：《詩餘圖譜》，頁503；以及(明)程明善：《詩餘譜》，頁108。

198 (明)張綖：《詩餘圖譜》，頁527。

199 (明)程明善：《南曲譜》，頁362。

平可仄；光是其中上片第六、七句就有六個字更動了聲格。其中關竅在於第
六句第五字「池/淡」上，該處詞律本作平聲格，而李清照作去聲格，使得「淡
酒」成為去上聲搭配，在明代南曲中則將調整該句聲格，增改可平可仄聲格
之餘，亦使得「盞淡/淡酒」成為兩個去聲上聲搭配之字，增顯字句與聲韻之
佳妙。200 可知在去上搭配的聲韻講究，在詞體曲體皆同樣看重。

　　然而詞與曲的聲律何以互通，而得以調整四聲以之合律？又有何不同之
處？在不計音樂與地方語音變異的情況下，就詞牌與曲牌的格律呈現來分析
詞與曲的四聲音律，兩者之間相通與相異的大略準則如下：

(一)曲律明辨四聲陰陽

　　曲體從元代北曲始即有陰陽之辨的說明，見顧瑛《製曲十六觀》：

> 曲中用字，有陰陽法。人聲自然音節，到音當輕清處，必用陰字，音
> 當重濁處，必用陽字，方合腔調。用陰字法，如〈點絳脣〉首句，韻
> 腳必用陰字。試以「天地玄黃」為句歌之，則「黃」字為「荒」字，
> 非也。若以「宇宙洪荒」為句，協矣。蓋「荒」字屬陰，「黃」字屬
> 陽也。用陽字法，如〈寄生草〉末句七字內，第五字必用陽字。以「歸
> 來飽飯黃昏後」為句歌之，協矣。若以「昏黃後」歌之，則歌「昏」
> 字為「渾」字，非也。蓋「黃」字屬陽，「昏」字屬陰也。201

　　顧瑛所言，如「黃」與「荒」在特定曲牌中的行腔，因其分屬陽平聲、
陰平聲而各有協律上的不同；又如「昏」與「渾」，前者為陰平聲、後者為陽
平聲，在曲牌各自的聲律之中，也各有諧聲與否的情形。到了南曲發達的明
代，王驥德除了前述的明辨平仄四聲，更專論南曲中的四聲陰陽：

---

200 (明)程明善：《南曲譜》頁 362 注：「此用入聲韻。此詞妙甚，歡希兼切，意所欲也。
　　末一句略拗些。」而《嘯餘譜・南曲譜》與沈璟《南曲全譜》皆錄《南西廂記》古曲
　　「只將非雨」為南曲又一體，然沈自晉《南詞新譜》將其刪去，卻誤記李清照「尋尋
　　覓覓」詞為康與之作。
201 (元)顧瑛：《製曲十六觀》，見俞為民、孫蓉蓉編：《歷代曲話彙編：新編中國古典戲
　　曲論著集成・唐宋元編》(合肥：黃山書社，2006 年 1 月)，頁 518。

古之論曲者曰：聲分平、仄，字別陰、陽。陰、陽之說，北曲《中原音韻》論之甚詳；南曲則久廢不講，其法亦淹沒不傳矣。近孫比部始發其義，蓋得之其諸父大司馬月峰先生者。夫自五聲之有清、濁也，清則輕揚，濁則沉鬱。周氏(按：周德清)以清者為陰，濁者為陽，故于北曲中，凡揭起字皆曰陽，抑下字皆曰陰；而南曲正爾相反。南曲凡清聲字皆揭而起，凡濁聲字皆抑而下。今借其所謂陰、陽二字而言，則曲之篇章句字，既播之聲音，必高下抑揚，參差相錯，引始貫珠，而後可入律呂，可和管弦。倘宜揭也而或用陰字，則聲必欺字；宜抑也而或用陽字，則字必欺聲。陰陽一欺，則調必不和。欲詘調以就字，則聲非其聲；欲易字以就調，則字非其字矣！毋論聽者迕耳，抑亦歌者棘喉。*202*

　　此論中提及南曲和北曲同樣有字聲陰陽之分，而且南曲與北曲的陰陽字聲與揚起抑下之聲調恰好相反，亦即北曲遇陽之濁聲而揚、南曲則須抑下，北曲遇陰之清聲而抑下、南曲則須揭揚而起。王驥德承續周德清當時所見的北方語音現象——全濁聲母因為濁音清化，而和入聲歸入陽平聲，而指出南方語音中尚保留濁音聲母發聲低抑的特徵，因此南曲中的平聲字在合樂的唱腔中便必須注意：並非陰平聲就是低抑、陽平聲就是高揚而起，必須明辨平聲中的全清、次清與全濁聲母，如果是全清、次清平聲，則唱腔仍須高揭而起；若是濁音平聲，即便字音聲調為揚起，但是唱腔仍須低抑。例如，《玉簪記‧琴挑》中潘必正所唱的〈懶畫眉〉，其中「閒步芳塵數落紅」，「芳」字為陰平聲，腔格為「尺工尺上四」，有揭起的變化；而「塵」字為陽平聲，腔格為「合四」，但是聲調高揚的陽平字「塵」的腔格，卻比聲調平抑的「芳」還要低，*203*便是因為「芳」字屬於次清聲母，而「塵」字屬於全濁聲母。又如，《牡丹亭‧遊園》中的〈步步嬌〉，其中「裊晴絲」的「晴」字腔格為「工」，

202 (明)王驥德：《曲律‧論陰陽》，頁107。

203 《玉簪記‧琴挑》，見王季烈、劉富樑編：《集成曲譜》(臺北：進學書局，1969年1月)第8冊，頁667。

較「絲」的腔格「五」來得低抑204，便是因為「晴」為全濁聲母，即便為陽平聲但仍須低抑。所以在南曲中對於語音陰陽四聲的辨別格外重要205，字聲與陰陽聲的搭配同樣是行歌度腔時的合律重點，尤其在南曲而言，否則字聲與腔格便會互相扞格。王驥德進一步說明其原則：

> 大略陰字宜搭上聲，陽字宜搭去聲，如「長空萬里」換頭，「孤影、光瑩、愁聽」，「孤」字以陰搭上，「愁」字以陽搭去，唱來俱妙，獨「光」字唱來似「狂」字，則以陰搭去之故；若易「光」為陽字，或易「瑩」為上聲字，則又叶矣。206

　　由於南曲中陰平聲字之腔格須揭起，所以在行腔上宜搭配揭揚而起的上聲字，因此曲例中的「『孤』影」正合南曲聲格；而南曲中陽平字之腔格須低抑，在行腔上宜搭配音調下墜的去聲字，是以「『愁』聽（聽為去聲）」亦合南曲聲格。「光瑩」在陰陽的搭配上便不符合，以至行腔唱曲時「光」字聽來有如陽平聲的「狂」字，此乃不察陰陽之辨、以致歌唱捩腔之故。

　　從此點來看，南曲注重四聲陰陽之辨，在聲律要求上卻較詞律精細、亦與詞律不同，蓋詞譜不注四聲、僅標平仄，而在平聲始分陰陽，仄聲則無區分陰陽之必要207；但在南曲之中，如王驥德便主張南曲四聲皆需分陰陽：

---

204 《牡丹亭・遊園》，見王季烈、劉富樑編：《集成曲譜》第1冊，頁527。

205 一說北曲不分陰陽，如王季烈：《螾廬曲談・論度曲》曰：「北曲入聲之字，俱叶入平上去三聲中，即依所叶之聲唱之，但北曲三聲之唱法，亦不盡同於南曲。如平聲在南曲，祇陰平須直唱，陽平則須字端低出，而轉聲高唱，故陰平字之譜以工字者，陽平須譜以尺工；陰平字之譜以四字者，陽平須譜以合四。而在北曲，則平聲不論陰陽，大都直唱，蓋北音本無陽聲，故陰陽在北曲中，不必分別也。」見王季烈、劉富樑編：《集成曲譜》第1冊，頁85-86。

206 （明）王驥德：《曲律・論陰陽》，頁108。

207 （宋）張炎：《詞源・音譜》（臺北：新文豐出版社，1988年2月），頁256曰：「先人（按：張樞）曉暢音律，有《寄閒集》，旁綴音譜，刊行於世。每作一詞，必使歌者按之，稍有不協，隨即改正。曾賦〈瑞鶴仙〉一詞云：『捲簾人睡起。放燕子歸來，商量春事。芳菲又無幾。減風光都在，賣花聲裡。吟邊眼底。被嫩綠、移紅換紫。甚等閒、半委東風，半委小橋流水。　還是，苔痕滿雨，竹影留雲，待晴猶未。繁華迤邐，

蓋字有四聲，以清出者、亦以清收，以濁始者，亦以濁斂，以亦自
然之理，惡得謂上、去之無陰、陽，而入之作平者皆陽也。又言：
凡字不屬陰則屬陽，無陰、陽兼屬者。[208]

　　王驥德認為依字音的自然之理，既然平、上、去三聲皆有清濁，則不應
僅有平聲分陰陽，四聲包含入聲皆應有陰陽之分。此論可能是出於北方與南
方語音系統不同之故，北曲、南曲在語言的聲調字音方面本有歧異，[209]近代
學者亦多認為南曲四聲皆有陰陽之分，更較詞調、北曲嚴格。[210]

　　總而言之，詞與曲的語言文句在音樂文學合律的考量之下，曲對於四聲
與陰陽的辨別與詞有別。詞律在南宋張樞、張炎之時已提出平聲之中尚可再
作區分，但是直到清代才有完整的四聲陰陽論見[211]，在明代《詩餘圖譜》與

　　西湖上、多少歌吹。粉蝶兒、撲定花心不去，閒了尋香兩翅。那知人、一點新愁，寸
　　心萬里。』此詞按之歌譜，聲字皆協，惟『撲』字稍不協，遂改為『守』字乃協。始
　　知雅詞協音，雖一字亦不放過，信乎協音之不易也。又作〈惜花春起早〉云：『瑣窗
　　深』，『深』字意不協，改為『幽』字，又不協，再改為『明』字，歌之始協。此三字
　　皆平聲，胡為如是？蓋五音有唇、齒、喉、舌、鼻，所以有輕清重濁之分。」在平聲
　　字之中已提出「輕清重濁」、亦即平聲中的陰平、陽平辨別與否會影響協聲的說法。

208　(明)王驥德：《曲律‧論陰陽》，頁 110。

209　李惠綿：《王驥德曲論研究》，頁 188 曰：「吳語聲調大致有兩派：一派平上去入依聲母
　　之清濁各有陰有陽兩類，共八類；一派把陽上歸入陽去，只有七聲(參趙元任《現代吳
　　語的研究》第三章)。由此知王氏之語音系統屬四聲八調類。王驥德〈論陰陽〉又云：
　　『平之陽字，欲揭起甚難，而用一入聲，反圓美好聽，何也？以入之有陰也。』蓋『南
　　曲凡清聲字皆揭而起，凡濁字皆抑而下，以揭者為陰，以抑者為陽』(北曲反之)，若以
　　入作陽平，則難以揭起，而以入作陰平，則圓美好聽，王氏更從演唱南曲的特性說明入
　　做平亦有陰。王氏以吳方言立論，則《南詞正韻》當是四聲各有陰、有陽。」

210　詳見盧元駿：〈北曲、南曲用字陰陽之辨〉，《曲學》(臺北：黎明文化，1980 年 11 月)，
　　頁 57-59。

211　例如(清)況周頤即論：「凡協宮律，先審清濁。陰平、清聲、陽平、濁聲，亦如上去不
　　可通融。」見況周頤：〈二雲詞‧綺寮怨序〉，見曾德珪編：《粵西詞載》(桂林：漓江出
　　版社，1993 年 7 月)，頁 865；又如(清)戈載：《詞林正韻‧跋》(臺北：文史哲出版社，
　　1980 年 12 月)，頁 205 曰：「夫詞為古樂府歌謠變體，……當其末造，詞已有不能歌
　　者，何論今日。故居今日，詞韻實與律相輔，蓋陰陽、清濁，捨此更無從協律，是以聲

《詩餘譜》等詞譜中並未注明四聲陰陽，至多注明「可平可仄」，比之南曲的
沈氏二譜與《南曲譜》強調的上聲、去聲乃至於去上、上去連用的講究不同；
明代詞調訂譜僅講求平仄之分，而南曲之中已有明確的四聲陰陽的辨別，曲
家甚至主張除了平聲以外、仄聲之上去入三聲皆應有陰陽之別，亦是明人在
「此係詩餘」、「與詩餘同」的曲牌聲律當中，考訂詞律為南曲曲律的過程中
產生並且嘗試協調詞曲的原因之一。

(二)詞曲講究上、去搭配

　　南曲講究字句平仄變化，其中以上聲、去聲的連用為最佳，也最謹慎。
在仄聲而言，「上聲促而未舒，去聲往而不返」[212]，上聲、去聲分別代表仄聲
的兩種特徵，因此在聲調上讀變化也最為顯著，是以在上去兩聲的調度最為
看重；所以「一調中有數句連用仄聲者，宜一上、一去間用。」[213]藉由上聲、
去聲的高低跌宕變化，可以充分展現唱腔聲律的抑揚頓挫之韻致，所以王驥
德又舉沈璟填詞的評語稱：「曲以婉俏俊為上。詞隱譜曲，於平仄合調處，曰
『某句上去妙甚』、『某句去上妙甚』，是取其聲，而不論其義可耳。」[214]將上
去兩聲的聲韻考量，優先於文詞義理之前。

　　而詞與曲聲律共通相涉的現象之一，即是共同看重上、去兩聲的變化。

亡而韻始嚴。」又如(清)謝元淮：《填詞淺說・中原音韻論陰陽》，曰：「《中原音韻》論
陰陽字，惟平聲有之，上去俱無。吳江沈君徵，識其尚欠精詳。乾隆中，崑山王履青著
《音韻輯要》一書。於平聲陰陽之外，又增出去聲陰陽，較證反切，極為允當。然每字
皆具四聲，平去既分陰陽，上入何以獨闕。再四推尋，而後歎周氏之專論平聲陰陽，非
無故也。蓋平聲字，陰陽清濁不同，出口便可定準。其上去入三聲字，則皆隨平聲而定
者，雖亦可分陰陽，而其聲由接續而及，介在兩者間居多。……愚謂四聲中，平聲字可
高可低，故陰陽必分。其去聲字最高最長，故亦須分別陰陽，俾歌者有悠揚綿邈之致。
若上聲字低而短，稍加高長，便非本聲。而入聲字則最低最短，出口急須唱斷，方肖入
聲字眼。是以皆不必再分陰陽，並非上入二聲無陰陽也。」見唐圭璋編：《詞話叢編》
第一冊，頁251-252。

212 (明)王驥德：《曲律・論平仄》，頁105曰：「上上、去去、不得疊用」，其注「上上二
　　字尤重。蓋去去即不美聽，然唱出尚是本音；上上疊用，則第一字便似平聲。」
213 (明)王驥德：《曲論・論平仄》，頁105。
214 (明)王驥德：《曲律・雜論第三十九》，頁160。

戈載謂：「故詞中之宜用上，宜用去，宜用上去，宜用去上，有不可假借之處，關係非淺，細心參考，自無混施之病」[215]，實則與王驥德論曲的平仄「其用法，則宜平不得用仄，宜仄不得用平，宜上不得用去，宜去不得用上，宜上去不得用去上，宜去上不得用上去」之理相同。而詞律甚至有取法自南曲曲律的例子，萬樹云：「余嘗見有作南曲者，於〈千秋歲〉第十二句五字語用去聲住句，使歌者激起打不下三板。因知上去之分，判若黑白，其不可假借處，關係一調，不得草草。」[216]即是從南曲的板式與四聲訂律而知上聲、去聲之辨，可知詞律亦有取法自南曲的關竅之處。《南曲譜》中即注明許多上去、去上聲連用的曲例，例如：

仙呂調過曲〈春從天上來〉注曰：「『算我、道我、恁改、漏永、淚滿、是歹』俱去上聲，『把這、也要』俱上去聲，俱妙。」[217]又如中呂調過曲〈好事近〉注曰：「『旦杏、又打、漏詠、夜短』俱去上聲，『响又』上去聲，俱妙。」[218]

而在「此係詩餘」、「與詩餘同」曲牌中，一樣強調上聲去聲的搭配運用，更可說明詞、曲在格律聲韻上的共通現象。例如：

「此係詩餘」之曲牌，如仙呂調慢詞〈八聲甘州〉，注曰：「『暮雨、事苦、誤幾』俱去上聲，俱妙。」[219]又，〈桂枝香〉注曰：「細雨上去聲，線裊去上聲俱妙。」[220]

中呂調引子〈尾犯〉，注曰：「『館夢、寡信』俱上去聲，『夜雨、漸老、正苦、怪我、後寡』俱去上聲，俱妙。」[221]

商調引子〈二郎神慢〉注曰：「『暮雨、露冷、戶爽、運巧、上女』俱去上聲，『巧思、粉面、語處、影下』俱上去聲，俱妙。」[222]

215 （清）戈載：《詞林正韻・發凡》，頁 62。

216 （清）萬樹：《詞律・發凡》，頁 15。

217 （明）程明善：《南曲譜》，頁 361。

218 （明）程明善：《南曲譜》，頁 386。

219 （明）程明善：《南曲譜》，頁 363。

220 （明）程明善：《南曲譜》，頁 363。

221 （明）程明善：《南曲譜》，頁 383。

222 （明）程明善：《南曲譜》，頁 444。

「與詩餘同」之曲牌，如仙呂調引子〈卜算子〉，注曰：「『體字、少字』上聲，『兩處』二字上去聲相連，俱妙。」[223]又，〈鵲仙橋〉注曰：「『院宇』二字去上聲，妙。」[224]又，〈鷓鴣天〉注曰：「『萬里、暮景、那裡』俱去上聲，『久字、馬字、九字、恐字、敢字』，五箇上聲俱妙。」[225]

又如正宮調引子〈破陣子〉，注曰：「『上舉、畫裡』俱去上聲，妙。」[226]又，〈齊天樂〉注曰：「『衰袖、馬隘』俱上去聲，『鬢改、桂好』俱去上聲，俱妙。」[227]又，〈喜遷鶯〉第一體「紗窗清曉」，注曰：「『覺起、淚眼、那裡、這裡、是怎』俱去上聲，『有恨』上去聲，俱妙。」[228]第二體「終朝思想」注曰：「『兩處、那是』俱上去聲，『鳳侶、夢杳』俱去上聲，俱妙。」[229]

南呂調引子〈戀芳春〉注曰：「寶篆二字、永又二字俱上去聲，案裏二字、換老二字、且晚二字、定省二字俱去上聲，俱妙。」[230]又，〈意難忘〉注曰：「『弄柳、勸酒、事苦』俱用上聲，『有恨』上去聲，俱妙。」[231]

《南曲譜》上承沈璟《南曲全譜》而來，藉由「此係詩餘」、「與詩餘同」的同名詞牌曲牌兩者之間相近的聲律要求，可見出詞曲之間彼此沿用的共同之處，而構成詞與曲之間相涉的格律現象。

(三)詞曲避免上、去疊用

詞調避免上聲疊用、去聲疊用之論，清初李漁嘗論：「最忌連用數去聲，或入聲，並去入亦不相同。」[232]謝元淮亦謂上去疊用為「詞禁」：「上去字須

---

223 (明)程明善：《南曲譜》，頁 348。
224 (明)程明善：《南曲譜》，頁 348。
225 (明)程明善：《南曲譜》，頁 349。
226 (明)程明善：《南曲譜》，頁 367。
227 (明)程明善：《南曲譜》，頁 367。
228 (明)程明善：《南曲譜》，頁 368。
229 (明)程明善：《南曲譜》，頁 368。
230 (明)程明善：《南曲譜》，頁 401。
231 (明)程明善：《南曲譜》，頁 402。
232 (清)李漁：《窺詞管見・詞忌連用數去聲或入聲》，頁 558。

間用，不得連用兩上兩去，兩上字連用，尤為棘喉。」233

　　而在南曲之中，即如前述王驥德〈論平仄〉所說「上上、去去、不得疊用」：「上上二字尤重。蓋去去即不美聽，然唱出尚是本音；上上疊用，則第一字便似平聲。」而許守白《曲律易知》稱：「兩上兩去，能不疊用固佳，但兩上必須檢點，兩去尚可通融。」234都提到去聲疊用雖然不宜、但相較於上聲疊用尚有轉寰餘地，蓋去聲字表現於曲唱時，則是在上、去的搭配中更精較的作法。謝元淮所論「詞禁」，和王驥德《曲律》的「曲禁」當中，與詞調同禁的十一條而成，此種詞曲聲律共同迴避上去疊用之理一直沿續至清初。

(四)詞與南曲講究入聲

　　詞調中自有四聲、而且獨列入聲韻部；北曲並無入聲而入派三聲，與南曲有所分別；而南曲與詞調同樣看重入聲的運用，蓋以音樂唱腔而論，入聲在唱腔的收促變化上特別明顯，更會影響唱腔的舒緩，在聲律與字之四聲的搭配上同樣須要講究入聲在唱腔上的影響。

　　是以，詩餘和南曲在字句平仄、四聲變化的既有精緻細微的辨別，也有相通的聲理原則，都是為了達成語言文字的聲律和音樂唱腔的精緻配合，尤其以仄聲的上去、去上的謹慎搭配，以及去去、上上等拗句避忌等等，在共通現象上特別顯著。詩餘和南曲在搭配音樂的發展前提下，實則不出「音律所當參究，詞章先宜精思，俟語句妥溜，然後正之音譜」之二者兼美的要旨；235亦當如龍榆生所言，詞律實有受南曲聲律啟發的見解，足見二者實有一脈相承之處，在創作上亦有互相取法相融同的現象。236

　　然而，在明代的兩大詞譜《詩餘圖譜》、《詩餘譜》中卻沒有記錄詞調的

---

233 （清）謝元淮：《填詞淺說》，頁 2515。

234 （清）許守白(許之衡)：《曲律易知》（臺北：郁氏印獎會，1979 年 7 月）卷下，頁 47。

235 （宋）張炎：《詞源・雜論》，頁 265。

236 龍榆生：《詞學十講・論四聲陰陽》，頁 140 曰：「萬樹《詞律》就是在崑山腔盛行和明代聲樂理論家沈寵綏(所著《度曲須知》尤多精闢的見解)、王驥德等的影響下，得到不少啟發，從而體會到『高下抑揚、參差相錯』的基本法則，所以他在《詞律・發凡》裡，對四聲字調的安排問題也就有了一些創見。」

四聲變化，而在詞調平仄和曲律不符之處，透過協調詞與曲之間的異同之處，在不同程度上漸漸地與南曲格律相合。此點反映在沈璟《南曲全譜》、以及承襲而來的程明善《南曲譜》和沈自晉《南詞新譜》當中，對標注「此係詩餘」、「與詩餘同」這些與詞牌同名的曲牌當中的考訂。而對於這些曲牌在《嘯餘譜》中詞曲的體例和格律，有時又與遵循唐宋詞律的《詩餘圖譜》不同，便是《嘯餘譜》在訂製詞律時受到南曲的影響，或是在聲律的考量下取法於詞的形式，而產生的詞曲相涉現象。

例如仙呂調慢詞「此係詩餘」屬之〈聲聲慢〉，《詩餘圖譜》上片第六、七句「管弦凝碧池上，記當時，風月愁儂。」的「池」、「風」兩字訂為平聲格，237至《詩餘譜》第一體中亦為同詞例，卻將「池」、「風」二字改為可平可仄之聲格；238而再參見《南曲譜》的「尋尋覓覓」詞之曲例、以及南曲又一體之《南西廂記》古曲曲例，在同樣二字的聲格上亦與《詩餘譜》相同，皆訂為可平可仄的聲格（淡/煞，晚/落）239。《詩餘譜》詞格之所以有此種變動，可能即受當時南曲聲律的影響，而更改原先宋詞之詞律。

又如仙呂調引子「此係詩餘」屬之〈糖多令〉，末兩句「鏡約釵盟心已許，詩寫在小紅樓。」《南曲譜》注「已字換去聲尤妙」，240強調將「已」字句替為去聲，除了講究去上搭配之外，此種聲律組合與詞譜引用的劉過詞「柳下繫舟猶『未』穩」之「未」字聲格相同，亦即南曲之「已」字的去上搭配講究，實與詞律相同。又如仙呂調引子「與詩餘同」屬之〈鷓鴣天〉，換頭第四句「歸家只恐傷親意」之「歸」，《南曲譜》和沈氏二譜俱注「歸字可用仄聲」，241此處《詩餘圖譜》將同樣聲格「『甫』能炙得燈兒了」之「甫」標注為仄聲，而《詩餘譜》中則改為可平可仄聲格242；南曲譜特別注明此處另可用仄聲，

237 （明）張綖：《詩餘圖譜》，頁 527。
238 （明）程明善：《詩餘譜》，頁 110。
239 （明）程明善：《南曲譜》，頁 362。
240 （明）程明善：《南曲譜》，頁 349。
241 （明）程明善：《南曲譜》，頁 349。
242 （明）程明善：《詩餘譜》，頁 132。

即是協調自詞律的校訂而來。

又如双調引子〈風入松慢〉，即詞調之〈風入松〉按體有「此係詩餘」和「與詩餘同」之別，其中《詩餘圖譜》與《詩餘譜》皆選康與之〈春晚〉詞，《南曲譜》與沈氏二譜均收張孝祥「東風巷陌暮寒驕」為「此係詩餘」體，而《南曲譜》與沈璟《南曲全譜》收《臥冰記》「深沉庭院度年華」曲為「與詩餘同」體，沈自晉《南詞新譜》則以沈璟《墜釵記》「博陵族望著中原」曲為「與詩餘同體」。其中《詩餘圖譜》於第一句「一宵風雨送春歸」之第三字「風」為平聲格，而在南曲諸譜中的與詩餘同體處則皆改作可平可仄聲格，如《南曲譜》之「深沉庭院度年華」注曰：「深字、庭字俱可用仄聲」[243]，亦是依據宋詞詞律考訂而成曲律相通之處。[244]

在詞、曲聲律彼此影響下，《嘯餘譜》在訂譜時改易聲律，使南曲與詞牌同名、成為「此係詩餘」或「與詩餘同」反映的詞曲關係，並且在聲律改訂的要求下，使其格律合乎南曲曲律，同時從《嘯餘譜》中的詞曲訂譜和《詩餘圖譜》的比對參照，也可發現《詩餘譜》的訂譜受《南曲譜》格律影響，使得《嘯餘譜》的詞律和《詩餘圖譜》稍有相左、而漸與南曲相近，產生詞曲相涉的現象。也因為詞曲相涉、聲律共通的互相影響，成為清代詞人批評《詩餘譜》「聲律不諧」[245]、「但取其便乎吻，而不知其戾乎古」[246]的原因之一。而從詞譜與南曲譜的聲律比較上亦可發現：南曲中的可平可仄聲格較《詩餘譜》中為少之餘，更在減少原來詞調中可平可仄聲格為固定的四聲、以契合曲律「依字行腔」的嚴格要求，可知南曲的聲律要求實較詞調更為嚴格，清人黃周星謂「詩律寬而詞律嚴，若曲，則倍嚴矣」、「三仄更須分上去，兩

---

243 （明）程明善：《南曲譜》，頁458。

244 （明）程明善：《詩餘譜》，頁193。而宋詞中如康與之「碧苔滿地襯殘紅」、劉克莊「槖泉夢斷夜初長」、李從周「霜風連夜做冬晴」等人所作，南曲聲律均與其相合。

245 （清）田同之：《西圃詞說》曰：「自國初至康熙十年間，填詞家多沿明人，遵守《嘯餘譜》一書。詞句雖勝於前，而音律不諧，即《衍波》亦不免矣，此《詞律》所由作也。」見唐圭璋編：《詞話叢編》第二冊，頁1473。

246 （清）萬樹：《詞律》，俞樾序，頁2。

平還要辨陰陽」，*247*在辨明詞譜與南曲譜異同的過程中即可證實。

二、 板眼與韻位句式之異

在跨詞譜曲譜的格律分析所見，從「此係詩餘」、「與詩餘同」的同名詞
牌曲牌之間平仄的異同，產生了詞律與曲律上聲律的協調、甚至逐漸相傾的
變化，可以視為詞與南曲在創作上與觀念上的相涉；然而，在文辭分句上的
不同——亦即詞調的句讀分韻，與南曲曲牌的板眼節奏，則反映兩者之間在
音樂形式與意義形式搭配上的實際區分。而在觀察明代詞曲譜本《詩餘圖譜》、
《嘯餘譜》乃至於沈氏二譜，在眾譜本考訂詞曲句式變化的過程中，除了反
映詞樂和曲樂的分別，也反映詞曲異同之間的互涉與分際。

(一)詞譜之間句讀的變異

明代詞譜中，《詩餘圖譜》與《詩餘譜》的格律體式，多依據北宋詞人之
作考訂，但即便是同一詞調、甚至選同一首詞作為例，除了平仄的變化，有
時連分句也不同。例如：

仙呂調慢詞〈八聲甘州〉，《詩餘圖譜》與《詩餘譜》俱選蘇軾(寄參寥、
送參寥子)為例，但是，前者對於訂譜之分句作「有情風萬里，卷潮來，無情
送潮歸。」後者對於同處之分句作「有情風萬里捲潮來，無情送潮歸。」將
《詩餘圖譜》所記的首句五字、二句三字、三句五字平韻的句格，合為首句
八字、二句五字平韻的句格。如此，在《詩餘譜》中的〈八聲甘州〉便少去
一句一韻。*248*

又如商調引子〈高陽臺〉，二譜俱選王觀「紅入桃腮」為例，《詩餘圖譜》
作前段八、九句句格「問東君因甚將春，老卻閒人。」八句七字、九句四字
平韻；《詩餘譜》作「問東君因甚，將春老卻閒人。」易為八句五字、九字六
字平韻。*249*

---

247 (清)黃周星：《製曲枝語》，《中國古典戲曲論著集成》(北京：中國戲劇出版社，1959
　　　年7月)第7冊，頁119。

248 (明)張綖：《詩餘圖譜》，頁529；(明)程明善：《詩餘譜》，頁168。

249 (明)張綖：《詩餘圖譜》，頁530；(明)程明善：《詩餘譜》，頁152。

又如双調引子〈寶鼎現〉，二譜俱選宋康與之(一說為范周)詞為例，然《詩餘圖譜》於首三句作「夕陽西下，　暮靄紅隘，香風羅綺」；而《詩餘譜》則作「夕陽西下暮靄，紅隘香風羅綺。」改為兩句六字句。*250*

而仙呂調慢詞〈聲聲慢〉，在《詩餘圖譜》與《詩餘譜》中皆選辛棄疾「開元盛日」詞作為例，但兩者分句大有出入；甚至連《南曲譜》中「此係詩餘」之一體，也與兩譜相去極大，*251*詳請參考本書附錄列表詳載。

(二)詞譜與曲譜分句的變異

詞調與南曲在韻位、板眼、句式上之所以產生變化歧異，在於詞調的文辭義理之分句與曲牌音樂聲腔的考量不同。例如，南曲譜注解中有許多更改字聲的建議，然而此種聲韻的講究，若以的角度來看待，未必符合文辭義理上的分句，亦即講究唱腔拍曲的南曲，看重旋律字聲的「音節形式」更甚於文辭字句的「意義形式」，也就是前述沈璟、王驥德所說的「是取其聲，而不論其義可耳。」如仙呂調引子〈望遠行〉，《南曲譜》載《江流傳奇》曲為例：

> 名韁利鎖。歷盡程途凄楚。翠減紅銷。何日此身安妥。過了疊疊山崖，又見迢迢野渡。回首望長安日下。*252*

《南曲譜》注「『野渡、首望』俱上去聲，俱妙。」其中「首望」乃自「回首/望/長安/日下」之意義形式句中摘出，「首望」的上去聲音節形式實與意義形式不相符。又如仙呂過曲〈春從天上來〉，載散曲「巡官算我」為體式，於「夜永更長，不由人淚滿腮。」一句，注曰「淚滿」的去上聲組合為妙，但是與其「不由人/淚滿腮」的意義形式組合不契合；*253*而南呂引子〈戀芳春〉，以《琵琶記》「寶篆香消」一曲為體式，在其「寶篆香消，繡窗日永，又還節近清明。」注解「永又」二字的上去聲為佳例，但是也違反文理上的分句。

---

250 (明)張綖：《詩餘圖譜》，頁 624；(明)程明善：《詩餘譜》，頁 200。

251 (明)張綖：《詩餘圖譜》，頁 527；(明)程明善：《南曲譜》，頁 362。

252 (明)程明善：《南曲譜》，頁 349。

253 (明)程明善：《南曲譜》，頁 361 注曰：「算我、道我、恁改、漏永、淚滿、是歹俱去上聲，把這、也要俱上去聲，俱妙。」

　　又如中呂調過曲〈駐馬聽〉，《南曲全譜》與《南曲譜》列《琵琶記》「書寄鄉關」，於第二句「說起教人心痛酸」，其中『酸』字格注「可用上聲」，如此即成去上聲的組合。

　　又如仙呂調慢詞〈八聲甘州〉，為「此係詩餘」之屬，除《詩餘圖譜》、《詩餘譜》在首二句不同之外，《南曲譜》另取柳永詞為例，首二句作「對瀟瀟暮雨，灑江天一番洗清秋。」而沈氏二譜同南曲譜選柳永該詞為例，但此處分句皆與《詩餘譜》同，作「對瀟瀟暮雨灑江天，一番洗清秋。」[254]

　　要注意的是，南曲引子是不上板的散唱、來源也多與詩餘相涉，但是南曲唱腔仍講究字聲與唱腔旋律的契合，因此為求南曲音樂之美聽的音韻跌宕，音節形式和意義分句便與詩餘有所不同，也反映詞樂和曲樂的差異。

　　然而有的分句問題涉及點板的爭議，顯示詞與曲在韻位分句和點板分節的觀念之不同，也可能是音樂的流傳變異所致。例如仙呂調慢詞〈桂枝香〉，亦為「此係詩餘」之屬，《南曲譜》作二體，第一體取張宗瑞(疏簾淡月)詞為例，第四、五句作「潤逼衣篝，線裊蕙爐沉水。」與《詩餘譜》所載相同詞例的第一體「潤逼衣篝線裊，蕙爐沉水。」不同，卻與第二體所選王介甫(金陵懷古)詞之分句相同；《南曲譜》又一體以《一夜鬧傳奇》「停杯注目」為例，該處分句亦作「虹散雲收。霧斂遠山鳴瀑。」則又與《詩餘譜》第一體相同。在此例中的〈桂枝香〉詞體第一體在分句上即明顯與南曲相近，蓋《南曲譜》於第四句「潤逼衣篝」句注謂「篝」字不用韻，表示該處在詞體第一體不為韻位，在南曲中是點板之處，如同南曲諸譜《一夜鬧傳奇》之例在此分句。

　　又如正宮調引子〈喜遷鶯〉，《詩餘圖譜》(胡浩然(立春))與《詩餘譜》第三體(端午)同樣格律，而《南曲譜》分別選錄《拜月亭》「紗窗清曉」與《琵琶記》「終朝思想」為兩種體例，但是在韻位或點板的考訂卻有所差異：如詞體第一句「譙門殘月/梅霖初歇」均作韻句，同樣為樂段分節，但南曲第一體「紗窗清曉」卻明注「曉」字不用韻，但南曲另一體「終朝思想」卻於此處作韻位底板，兩者的分節意義不同；而詞體上片末三句之分句作「纖彩舫，

---

254 見(明)沈璟：《增定南九宮曲譜(一)》，頁163；(明)沈自晉《南詞新譜(一)》，頁191。

看龍舟兩兩，波心齊發。」而《南曲譜》二體則作「是怎生，夢魂中欲見無由得見。／歸夢杳，繞屏山烟樹那是家鄉。」在末兩句之間不再分節。[255]又如前引商調引子〈高陽臺〉，乃此係詩餘之屬，明代詞曲譜俱選王觀「紅入桃腮」為例，詞譜與南曲譜分別分句為「問東君因甚將溫，老卻閒人。」「問東君因甚，將春老卻閒人。」「問東君。因甚將春，老卻閒人。」[256]而在《嘯餘譜》的記載中，詞體並無又一體，曲體載又一體《琵琶記》「夢遠親闈」，該處分句亦同王觀詞。[257]由此可知，詞體的字句韻位和曲體的板式分句實有不同的考量存在，而所謂的又一體，也可能出於板式、音樂節奏的不同所致。

　　例如正宮引子「與詩餘同」屬之〈齊天樂〉，將沈璟《南曲全譜》所錄，以及《嘯餘譜》的詩餘、南曲二體參照比較，亦可發現同樣現象：

> 鳳凰池上歸環珮。袞袖御香猶在，綮戟門前，平沙堤上。何事車填馬隘，星霜鬢改，怕玉鉉無功。赤舃非才，回首庭前。淒涼丹桂好傷懷。（《南曲全譜》）[258]

> 鳳凰池上歸環珮。袞袖御香猶在。綮戟門前，平沙堤上，何事車填馬隘。星霜鬢改。怕玉鉉無功，赤舃非才。回首庭前，淒涼丹桂好傷懷。（《南曲譜》）[259]

> 疏疏幾點黃梅雨。佳時又逢重午。角黍包金，香蒲切玉，風物依然荊楚。衫裁艾虎。更釵裊朱符，臂纏紅縷。撲粉香綿，喚風綾扇小窗午。

255　(明)張綖：《詩餘圖譜》，頁536；(明)程明善：《詩餘譜》，頁183；(明)程明善：《南曲譜》，頁368。

256　(明)張綖：《詩餘圖譜》，頁530；(明)程明善：《詩餘譜》，頁152。

257　(明)程明善：《南曲譜》，頁444，其謂：「守寒窗，一點孤燈，照人明滅。」然「守寒窗」處不用板、不用韻，而原王觀詞「問東君」注謂：「君字不用韻亦可。」故為分句同而板式不同之又一體。

258　(明)沈璟：《增定南九宮曲譜(一)》，頁185。

259　(明)程明善：《南曲譜》，頁367。

（《詩餘譜》）260

　　《南曲全譜》與《南曲譜》所收〈齊天樂〉之例相同，但是在句讀、板式的訂譜上卻不相同；從上述引文可見第三句「在」、第四句「上」、第五句「隘」、第六句「改」、第七句「功」、第八句「才」、第九句「前」之句讀，皆是《南曲譜》與《南曲全譜》不同、卻又《詩餘譜》相同的部分，由此可知《嘯餘譜》受到詞曲兩家彼此相涉、以至「此係詩餘」之曲牌和同名同調詞牌相近句式相同的現象。前引任中敏所述「南人之曲，實近於詞」，亦可從此角度析論，此即詞與曲在觀念理解上的逐漸相傾，而同時反映在創作、格律之中的結果。

　　而詞體韻位和曲體板式的分句，有時亦因音樂形式的不同而與意義形式有所差異。「係詩餘之屬」中的中呂調慢詞〈賀聖朝〉，明代詞曲譜均選宋人葉道卿詞「滿斟綠醑留君住」為體例，但是詞體的分句、韻位，與南曲的分句板式不同：

　　　　滿斟綠醑留君住。莫匆匆歸去。三分春色，二分愁悶，一分風雨。　　花開花謝都來幾，日且高歌休訴。知他來歲，牡丹時候，相逢何處。261

　　　　滿斟綠醑留君住，莫匆匆歸去。三分春色二分愁，更一分風雨。　　花開花謝，都來幾許？且高歌休訴。不知來歲牡丹時，再相逢何處？262

　　選例中的詞體「三分春色，二分愁悶，一分風雨。」與曲體之分句、意義形式都不同，沈自晉《南詞新譜》作「三分春色二分愁，更一分風雨。」不僅在節奏上稍添緊湊、情境融為一景，「更一分風雨」則將整體意象緊扣在憑添愁緒之上，較詞體更強調「愁」之情境。而換頭的下片字句在詞、曲二體的句式結構與字數有所出入，也是詞、曲二體在音樂形式與意義形式組合

260　(明)程明善：《詩餘譜》，頁103。

261　(明)程明善：《詩餘譜》，頁141。

262　(明)沈自晉《南詞新譜(一)》，頁365。

的差異。

(三)南曲的「寧聲叶而辭不工」

　　從明代詞譜與曲譜的詞曲格律訂譜中，可以發現詞與曲在聲律上有相通的考量，而分句因為音樂節奏(板式)形式與文字意義形式(分韻)的不同考量，而有不同的句式形式。其中一個原因在於南曲中的「寧聲叶而辭不工，無寧辭工而聲不叶」263之說，為求音樂美聽、合乎依字定腔的聲格，寧可捨文辭而就聲律，而反映音節形式與意義形式的比對上。例如，仙呂調引子屬「此係詩餘」之〈糖多令〉，其《嘯餘譜》之南曲譜引張于湖詞為曲例，其中五、六句「鏡約釵盟心已許，詩寫在小紅樓。」其注曰：「『寫在小』三字用上去上，妙。」264其上去搭配的旋律與字句四聲的關係，與意義形式不相吻合。

　　又如双調引子「此係詩餘」屬之〈海棠春〉，南曲譜引秦觀〈春曉〉為曲例，其三、四句曰：「翠被曉寒輕，寶篆沉煙裊。」其注謂：「寶篆上去聲，被曉去上聲」，265在講究去上聲的四聲搭配上，前者「寶篆」與意義形式相符，但後者「被曉」則不符合意義形式。

　　又如仙呂調慢詞「此係詩餘」屬之〈八聲甘州〉，其首句「對瀟瀟暮雨」，與換頭第五句「何事苦淹留」、第七句「誤幾回天際識歸舟」，《南曲譜》注曰「暮雨、事苦、誤幾俱去上聲，俱妙。」266其中「暮雨」符合意義形式，但是「事苦、誤幾」的音節形式與意義形式亦不符合。此種音節形式與意義形式不相符的情形，便來自於曲律、詞律的音樂在文字辭句組成結構上的差異。

　　蓋南曲在崑曲規範建立、以「依字定腔」的方式訂譜後，字之四聲與旋律必須互相契合；但是在旋律美聽的音樂考量之下，字聲與其意義的句式組合不盡然相符，或是強調上聲、去聲搭配的音樂形式之講究，先於文字上的意義形式，於是產生了南曲譜注解中評點聲律搭配時，卻無法顧及字句意義的組合，尤其是合於前人文字辭句早已完成的宋詞作品而言。簡言之，詞調

263　(明)何良俊：《曲論》，見《中國古典戲曲論著集成》第四冊，頁12。

264　(明)程明善：《南曲譜》，頁349。

265　(明)程明善：《南曲譜》，頁458。

266　(明)程明善：《南曲譜》，頁363。

與南曲在訂譜上呈現的分句之異，即在於南曲「寧聲叶而辭不工，無寧辭工而聲不叶。」南曲為求音樂美聽、合乎依字定腔的聲格，寧可捨文辭而就聲律，以致在南曲譜的聲律評點中，符合上去搭配要求的例子中卻常常違反字句的意義形式，甚至反映於句讀和板眼的搭配之上；而明代詞調已失原來的詞樂，是以從詞譜謹守原來的句讀，專就文字辭句入手，與合樂而唱的曲牌所重視的音樂形式便產生了出入。

三、體製形式的相異：換頭

在明代詞曲譜中詞、曲二體最顯而易見的分別，當在於換頭之有無。在宋元南戲中，引用自詞調之双調體式入劇者，對於上、下闋有兩種稱呼方式，一則稱先、後，如「憶秦娥先、憶秦娥後」，或是「卜算子先、卜算子後」等等；二則稱下闋為「前腔」或是「前腔換頭」，此亦為南曲中的稱呼。換頭者仍應與前腔同韻，是以有一說認為南曲在換頭的使用結構上實質與詞調相近。267然而，在明代詞曲譜中的詞調、曲牌的換頭使用卻有明顯不同。

與詞擁有淵源的「此係詩餘」或「與詩餘同」曲牌，據前撰章節所述，前者與詩餘相對上有著更近似的淵源，在訂譜格律中仍多維持與詞相似的換頭體製；後者則相對與曲體更為接近，多不用換頭。但是細究「此係詩餘」屬曲牌中的換頭使用現象，可以發現詞與曲在體製觀念上的相異。例如：仙呂慢詞之「此係詩餘」屬〈聲聲慢〉，沈璟《南曲全譜》與《南曲譜》皆引李清照(誤記為康與之作)「尋尋覓覓」為例，並引《南西廂記》古曲「只將非雨」作又一體之體例；但是「尋尋覓覓」體例載錄換頭，而引曲例之又一體則不錄換頭，注曰「比前，但不用換頭」。268

又如仙呂慢詞之「此係詩餘」屬〈桂枝香〉，《詩餘圖譜》與《詩餘譜》分別選王安石(金陵懷古)全闋詞、張宗瑞(疎簾淡月)全闋詞為例，沈氏二譜

---

267 洛地：《詞樂曲唱》（北京：人民音樂出版社，1995 年 8 月），頁 295-296。
268 (明)程明善：《南曲譜》，頁 362。然《南詞新譜》刪去又一體，見(明)沈自晉：《南詞新譜(一)》，頁 190 注曰：「又平聲韻一曲(按：南西廂記古曲)，韻太雜，不可學，刪之。」

與《南曲譜》則除張宗瑞(疏簾淡月)全闋詞以外，又選《一夜鬧傳奇》「停杯注目」為又一體；而《南曲譜》中的又一體即不錄換頭，其注「比前曲，但不用換頭。」269亦即在明代訂譜的觀念中，詞體多保留換頭的使用，若為南曲曲牌則多不使用換頭，從此明顯見出南曲在換頭的使用上僅是看似結構與詞接近，但在體製格律的使用上，詞與曲的概念並不同。

　　因為明代詞與曲在換頭的概念之分別上，詞乃是以「雙調」體製視其為同一詞牌之結構，但在曲的引子中以「隻曲、小令」體製視為同一曲牌之重複疊用，也就是「前腔換頭」的使用方式。此種概念在清代的曲譜亦可發現因為詞、曲的體製之別而產生又一體的誤解，例如《九宮大成南北詞宮譜》中的中呂調隻曲〈滿庭芳〉三體，皆不用換頭而在字句上略有增減；然〈滿庭芳〉的別名曲牌〈滿庭霜〉，在《九宮大成南北詞宮譜》中以《董西廂》「幽室燈清」為曲例、而以「循環，成雅弄」為又一體，但實際上後者乃前者之換頭，若不計襯字，兩者合併即與宋詞黃公度「一徑又分」之九十三字體相合，編者於此注明「〈滿庭霜〉二闋，句法雖異，亦復各自成體。」亦即在與詞牌同名的〈滿庭霜〉曲牌，其換頭已被視為又一體、成為另一獨立的隻曲，而非詞體中兩闋合於同一支詞中的雙調體製。270

---

269 （明）程明善：《南曲譜》，頁 363。

270 （清）周祥鈺、鄒金生編：《九宮大成南北詞宮譜》影印清乾隆內府本，王秋桂主編：《善本戲曲叢刊》第六輯，頁 1479，〈滿庭霜〉：「幽室燈清，疏簾風細，獸爐香熱龍涎。抱琴拂拭，清興已飄然。此簡閣兒雖小，其間趣不讓林泉。初移軫，啼鳥怨鶴，飛上七條弦。」又一體：「循環，成雅弄，純音合正，古操通元（按：原字為「玄」，避諱改「元」）。漸移入新聲，心事都傳。一鼓松風瑟瑟，再彈巖溜涓涓。空庭靜，鶯鶯未寐寢，須到小窗前。」黃公度原詞為：「一徑又分，三亭鼎峙，小園別是清幽。曲闌低檻，春色四時留。怪石參差臥虎，長松偃蹇拏虬。攜笻晚，風來萬里，冷撼一天秋。（換頭）優游。消永晝，琴樽左右，賓主風流。且偷閒、不妨身在南州。故國歸帆隱隱，西崑往事悠悠。都休問，金釵十二，滿酌聽輕謳。」

第五節　小　結

　　在明代的詞曲發展背景之下，從明代詞曲譜來觀察詞曲在當時的互涉、異同關係，略可得下述結論：

　　第一點，與詞牌同名之「此係詩餘」和「與詩餘同」的南曲曲牌，皆是引子或慢詞，而過曲如有標注者，皆為「與詩餘不同」。由此可知，詞與曲在格律上互涉淵源最深者，南曲的引子與慢詞。而要論究明代詞和曲的異同分別相涉或分別，當可從「此係詩餘」、「與詩餘同」之南曲引子與慢詞，其與同名詞牌之間的格律關係著手。所謂詞曲異同之辨，在文字辭句營造的精神意態上固然重要，但格律是掌握牌調聲情特質的重要因素，若是忽略了格律因素的內涵，即難以明白真正的詞曲之辨為何、詞曲相涉的具體過程又為何，而侷限在作品的風格意象之中。271

　　第二點，從明代詞曲譜的格律記載來看，標注「此係詩餘」和「與詩餘同」者有不同的層次之分，可知明人雖然在明代中期便對於詞和曲在觀念、理論相近為主流認知，但是對於「詞」與「曲」在使用上仍然有明確分別的認識，不一定與名義上往往混用互稱的情形相同。此點可從跨詞譜曲譜的比對考察中反映格律的互相影響，尤其以程明善《嘯餘譜》最顯而易見。

　　第三點，從明代詞曲譜之中的詞與曲之相涉異同分析所見，詞與曲相近、相通者在於聲律，亦因此而使得南曲譜中「此係詩餘」和「與詩餘同」之曲牌，產生修改原來宋詞格律、使之合於南曲曲律，成為詞與曲在格律上的相涉；此一相涉現象便反映在程明善《嘯餘譜》的詞譜與南曲譜之中，使得《詩

---

271 張仲謀：《明詞史》（北京：人民文學出版社，2002年2月），頁65曰：「其實詞曲異同之辨，首要的還不是格律聲韻，而在精神意態。……瞿佑似乎頗以知音者自負，然而他的這首〈漁家傲（壽楊復初先生）〉，比起凌雲翰、楊明（按：楊復初）的詞來，散曲味要更濃一些。詞中隱居避世、自足自娛的主題情調，『喜來』、『愁來』、『惟有』所體現的思維方式與句法，以及詞中的意象字面，都散發出濃郁的散曲氣韻來。即使詞律一仍舊格，也掩不住詞的曲化傾向。」然而格律聲韻之中亦有重要的詞曲之辨的判斷標準，不宜輕忽。

餘譜》在聲律上受到影響，反為詞家批評其聲與詞律不諧，同時也在南曲減訂可平可仄聲格、改訂為嚴格的四聲要求，而證實明代諸曲家論「詩律寬而詞律嚴，若曲，則倍嚴矣」、「三仄更須分上去，兩平還要辨陰陽」的曲律特質。詞曲之間的一項顯著差異，在於詞以韻位作為文字分句的標準，曲則以板式(引子中以底板為節)作為音樂分句的依據，造成詞譜與曲譜中引用同樣的例體與字句、卻有不同的句讀分段。明代論著以詞、曲兩者相近為主流，更有詞曲名義互稱混用的現象，至晚期始漸漸蘊釀詞曲有別的論見；而經過明代曲譜的考訂，詞曲在聲律上相近、在分句上相異——由於詞樂與曲樂仍有不同，在板式與韻位的分句便也不同，造成音樂形式與意義形式的搭配不同，而南曲「寧聲叶而辭不工」以聲律要求先於文字的譜例評點，即知詞與曲在音樂形式與意義形式的考量實不相同。這些詞曲因相近而在聲律、分句上相涉，或是因相異而有別乃至於修改為曲律者，亦是前引劉師培所論南劇曲調多出於詞之旁證的遺迹，也是任中敏稱「南人之曲，多近於詞」的映證。

　　第四，從換頭的有無亦可見出詞與曲在體製觀念上的差別。在明代詞譜與南曲譜的交互參照下可知，與詩餘相對更為接近的「此係詩餘」曲牌，多用與詞體上、下分闋相似的換頭體製；但與曲體相對接近的「與詩餘同」曲牌，則多不用換頭，或是不用換頭亦可。於此亦可反映詞與曲在體製觀念上的相異。張宏生嘗就清詞的角度來審視明代詞譜編訂的問題，其謂「從清人的觀點來看，也許是由於繁簡的問題，人們多認為《詩餘圖譜》較之《嘯餘譜》為佳，如《御選歷代詩餘》引《古今詞話》：『維揚張世文著《詩餘圖書館》，絕不似《嘯餘譜》詞體明辨之舛錯，而為之規規矩矩，真填詞家功臣也。……』」而論《嘯餘譜》的編訂之失；並就萬樹《詞律》之見，稽總明人詞譜之誤，大要有：分類不倫、分體序次無據、辨析調式有誤、斷句錯誤、失校而致調舛、隨意標注平仄、任意命名詞牌等七點。[272]然而透過詞律、曲律的比較，尤其是《嘯餘譜》中《詩餘譜》與《南曲譜》的比對，可發現《詩餘譜》在相當程度上受到南曲的平仄、句式的影響，以致和宋詞的平仄、斷

---

272 詳見張宏生：《清詞探微》，頁 85-95。

句皆有出入，甚至部分與曲律相合。因此，除了所謂明人功力不足之弊，更有觀念與創作上的詞曲相涉、曲律影響詞律的成因在內。

　　綜述而論，明代詞曲相關論著裡以詞曲相似為主流，但是從詞譜、曲譜的參照比較，仍可看出詞與曲雖有相近、但也有相異之處，而彼此影響、共同構成詞曲在觀念與創作格律上互涉的現象。任中敏的「南人之曲，實近於詞」、「南曲又多參詞法以為之」說法，除了風格與觀念之外，事實上在格律既有相近而相通、也有相異而彼此取法的成因。

第四章　明代詞曲實務篇

第一節　詞調、散曲與劇曲之互涉

　　明代的詞曲互涉現象，亦即明代詞與曲的互動與影響，並不僅限於詞調與散曲，在明傳奇劇曲體製中亦能見到詞曲的互涉——如家門大意的開場詞、人物的上場詞、源於詞調的引子以及其他使用於南曲曲套中的詞調等等。然而，至今學界所論詞曲之相涉——例如明詞曲化、曲的詞化*1*等，皆以散曲和詞調為主，卻很少論及劇曲與詞調的關係。主因可能出於：以明代時人而論，南曲的散曲創作在形式上與詞調之填詞相當接近，尤其是小令，在宋代詞樂不傳的背景下，南曲的散曲小令創作與酬對，幾與詞調無異，甚至是「多參詞法以為之」；以現代研究而論，一來南曲與詞的創作、形式相當接近，因此極易連結相繫，二來則是明代詞與明代劇曲的研究各自分開，而少有合併關注，所以不易發現詞調在劇曲當中的運用和淵源。其實劇曲與詞調彼此之間

1　「明詞曲化」相關論述極多，可見張仲謀：〈關於明詞曲化的認識〉，《明詞史》（北京：人民文學出版社，2002 年 2 月），頁 14-18，以及第一章〈緒論〉中的相關引論，不在此贅述。「曲的詞化」相關論述，例如：任訥：《散曲概論》曰：「南曲又多參詞法以為之，形成所謂『南詞』」，見《散曲叢刊》（臺北：臺灣中華書局，1984 年 7 月）第四冊，頁 42；見任中敏著、金溪輯校：《詞曲通義》，《散曲研究》（南京：鳳凰出版社，2013 年 10 月），頁 103 謂「南人之曲，實近於詞」；王國瓔：〈散曲詞化與婉麗成風——晚明曲壇〉，提出隆慶、萬曆以至崇禎末年，是南曲詞化顯著、散曲婉麗成風的時期；並評述梁辰魚〈南正宮・錦纏道〉「九日」一作云：「整篇作品，均顯得文辭精美，描寫細膩，風格婉麗，加上寓情於景的旨趣，儼然是唐宋人填詞的再現，可視為晚明散曲已全然詞化的典型例子。」見《中國文學史新講(下)》（臺北：聯經出版社，2006 年 9 月），頁 932-934。

的影響，未必在散曲與詞調之下。

　　本章節擬以在明傳奇體製中使用的各式詞調為例，分析其同名詞調曲牌之格律，以探究在劇曲體製之下使用的詞調，其格律是否受到曲律的影響？又有何相涉的現象發生？其中〈滿庭芳〉、〈沁園春〉是明傳奇最常用的開場詞詞調，而〈滿庭芳〉、〈沁園春〉在同名南曲中俱為引子，尤其〈沁園春〉曲牌更是「此係詩餘」之屬；其次，〈鷓鴣天〉和〈霜天曉角〉也是明傳奇中常用的引子，前者屬於「與詩餘同」、後者屬於「此係詩餘」，在劇曲和散曲之中各有不同的詞曲相涉影響；最後，〈西江月〉雖不屬於前述任何一種歸類或使用形式，但卻能從中發現明代由詞調轉變為曲牌使用的過程。這些同名同調的詞牌曲牌在詞曲相涉的變化現象、或是應用情況不僅各具代表性，從格律的角度來看詞曲淵源的關係，也能見出異同顯著的相涉變化。

　　本章節對於〈滿庭芳〉、〈沁園春〉、〈鷓鴣天〉、〈霜天曉角〉與〈西江月〉的詞曲關係析論，在散曲方面以《全明散曲》為參考文本，劇曲方面則以明代傳奇文本──《古本戲曲叢刊》二集《明代傳奇一百種》為主要文本，蓋明代詞、散曲、劇曲並立興盛發展於嘉靖以後，至萬曆時又是明傳奇的重要興盛時期，劇本體製至此既已成熟、又有大量的創作，《古本戲曲叢刊》二集一百本的年代跨幅包含嘉靖乃至崇禎、甚至清初的作品，適可反映明代劇曲體製的發展過程，以及在這過程中詞與曲在劇本體製中的相涉關係；同時再適當輔以《全明傳奇》與三集《明末清初傳奇一百種》，以及《古本戲曲叢刊》未收錄之四大南戲《荊劉拜殺》與《琵琶記》等劇，儘可能補齊並剖析明傳奇中使用詞調的發展脈絡，藉此探析詞調、散曲、劇曲體製中的影響與互涉，同時也確立劇曲與詞之間的互動關係的重要性。

一、明傳奇中的家門開場

　　傳奇的家門開場，據明代徐渭所述，乃是出於宋代勾欄說唱演出的遺制，《南詞敘錄》稱「開場」曰：「宋人勾欄未出，一老者先出，夸說大意以求賞，

謂之開呵。今戲文首一出謂之開場，亦遺意也。」2亦即在正式演出之前，必有一人先行登場述說故事大意；其中「一老者先出」，在傳奇開場之中演變為末、副末，成為「副末開場」。就其體製而論， 李漁所說「家門」即是劇本的故事大意，劇作家必然先將故事布局、穿插、設計安排妥當，始能以「開場數語」簡略扼要的說明，而此處開場看來，當指以吟誦為主。在家門之前則有一支簡短的曲子，大多是〈西江月〉、〈蝶戀花〉此類的小令，內容與劇作故事無關，而是梳發作者自身的創作意圖或是處世態度，多與按譜作樂、抒憤言志有關，但是使用何種曲子沒有成規，視曲家的需要與創意而定。3

　　元雜劇並無開場，僅有穿插於其間的楔子；南而戲自永樂戲文三種始即有末的家門上場，並且以兩支曲子依序述說作者的創作構想與劇情故事大意，明傳奇的開場承襲此例沿用，唯永樂戲文三種的「題目正名」列於家門開場之前，與明傳奇將其列於全本劇末不同。其他相關的開場形式，像是以絕句形式略述故事大意的下場詩，在南戲中原作為開場題目所用、置於上場小曲之前，至晚出的南戲《荊釵記》後即已變為末色下場之用。4

　　此外，家門開場中尚會穿插「後房子弟答話」，用以提示觀眾現在敷演的劇目為何，此例亦先見於永樂戲文三種之中，至明傳奇而沿續使用。永樂戲文三種之《小孫屠》，於開場兩支〈滿庭芳〉之間插入：「（末）後行子弟，不知敷演甚傳奇？（眾應）《遭盆吊沒興小孫屠》。」5後出的梁辰魚《浣紗記》，

---

2 （明）徐渭：《南詞敘錄》，見《中國古典戲曲論著集成》（北京：中國戲劇出版社，1959年7月），第3冊，頁246。

3 （清）李漁：《閒情偶寄》謂：「未說『家門』，先有一上場小曲。如〈西江月〉、〈蝶戀花〉之類，總無成格，聽人拈取。」見《中國古典戲曲論著集成》（北京：中國戲劇出版社，1959年7月）第7冊，頁66。

4 曾永義：〈宋元南戲體製規律的淵源與形成〉，《戲曲源流新論（增訂本）》（北京：中華書局，2008年7月1版），頁207-209曰：「戲文一開頭有韻語四句，用來總括劇情大意，叫做『題目』，其後末色上場念詞兩闋。……但自虎林容與堂刻本《李卓吾先生批評琵琶記》以下，則將四句題目移在【沁園春】之後，作為末色下場詩，從此反成為傳奇定格。」

5 錢南揚校注：《永樂大典戲文三種校注》（臺北：華正書局，1970年9月初版），頁257-258。

即沿用完整的「問答內應」：

> （末）（問內科）借問後房子弟，今日搬演誰家故事，哪本傳奇？（內應科）今日搬演一本：范蠡謀王圖霸，勾踐復越亡吳，伍胥揚靈東海，西子扁舟五湖。（末）原來此本傳奇，待小子略道家門，便見戲文大意。6

爾後再吟誦講述家門大意的〈沁園春〉。完整記載開場念白者，除《浣紗記》外，僅有《鳴鳳記》、《繡襦記》、《紫簫記》三例，在大部分的明傳奇中，問答內應因其為常例、念白內容亦屬套語，在劇本中往往被簡記為「問答照常」（《繡襦記》、《灌園記》等）、「問內如常」（《錦箋記》）等語，或是演出時再依例念答、而在劇本中省略不記之例（《八義記》、《邯鄲記》等）。有時連大意一併省去不用、僅以一支曲子敘說家門之例（《精忠記》、《玉簪記》、《焚香記》等）；有時反而也有增加曲牌的情形，《香囊記》與《明珠記》即運用了三支曲子。

綜觀上述，明傳奇中完整的開場演出的形制，應如許守白的說明：

> 正生出場之前，必以副末開場，略述全書大意，謂之家門，可作為第一折，亦可不入各折之內。所填者必為詞而非曲，普通兩首，其一虛詞，隨意揮灑，其二敘述通部關鍵大要。二詞既畢，以四語總括之，謂之題目正名，宜叶韻。元人以傳奇總名，嵌入第四句之下，如「崔鶯鶯待月西廂記」之類是也。但以後亦多不拘此例，詞後亦有接以白者。場上問而場內答，不外籠括全部之語，後有用問答照常等字者，嗣嫌其套，乃刪去。更有僅用詞一首，領起大意，並題目正名不用者，然究非古法。7

由此可知，在明傳奇中完整的開場演出的形制，應為：大意、家門詞牌各一，中間穿插「問答內應」，在劇中本多省記為「問答照常」。然而像《南

6　林侑蒔編：《全明傳奇》（臺北：天一出版社，1983 年）第 163 冊，頁 1。

7　許守白（許之衡）：《曲律易知》（臺北：郁氏印獎會，1979 年 7 月）卷上，頁 10。

柯記》將問答照常置於家門的〈南柯子〉之後，或如《繡襦記》在穿插後房答話、又在家門的〈沁園春〉後再標記「問答照常」，都是不合正例的。至於省去大意而僅存家門一支曲子的現象，在《浣紗記》完成之後始出現。

二、明傳奇家門開場詞牌的性質

開場詞牌的形式與性質，據李漁所述為：

> 開場數語，謂之「家門」，雖云為字不多，然非結構已完胸有成竹者，不能措手。……未說家門，先有一上場小曲，如〈西江月〉、〈蝶戀花〉之類，總無成格，聽人拈取。此曲向來不切本題，只是勸人對酒忘憂、逢場作戲諸套語。……然家門之前另有一詞。今之梨園，皆略去前詞，只就家門說起，止圖省力，理沒作者一段深心。[8]

此處李漁所述「家門」，指的是念誦〈水調歌頭〉、〈沁園春〉、〈滿庭芳〉諸類的長調；而家門之前又有一小「曲」，如〈西江月〉、〈蝶戀花〉之類，但是看來均應為詞調。所謂的上場小曲、另有一詞，究竟標準如何，李漁未有明說。

近年學者對於傳奇開場的形式理解並不一致，前述許守白謂「所填者必為詞而非曲」，肯定傳奇開場所用必為詞調。然而蔣星煜整理傳奇「副末開場」運用形式，則稱開場詞為「不唱的曲牌」，少則一支，一般為兩支，至多不超過三支，或是一支曲牌用於副末上場前。[9]但是「不唱的曲牌」的說法，卻讓

8　(清)李漁：《閒情偶寄》，見俞為民、孫蓉蓉編：《歷代曲話彙編：新編中國古典戲曲論著集成・清代編》(合肥：黃山書社，2008 年 9 月)第一集，頁 287-288。

9　蔣星煜：〈南戲、傳奇的演出與「副末開場」〉，《杭州師範學報》，1996 年 7 月第 4 期，頁 1 曰：「『副末開場』一般都不唱，而是由副末念〈水調歌頭〉、〈沁園春〉、〈滿庭芳〉等曲牌，介紹所演出劇目的故事梗概，或對創作意圖以及主題思想有所闡發，有的還對劇中人物作些分析或評判。曲牌少則一支，一般用兩支，最多不超過三支。也有不少明清戲曲刊本，在末或副末上場之前有一曲牌，是副末在後台念的，還是寫在戲台旁邊的招子上的，就不知道了。在曲牌與曲牌之間，一般還有副末或末與別人的對話，由對方說出劇目名稱。最後往往是四句話結束這個開場。這四句話有時是類似雜劇的

詞調與曲牌、吟誦與唱腔更無從釐清；而且除了明代的邵璨《香囊記》、陸采《明珠記》，以及李漁的《奈何天》、《意中緣》、《比目魚》使用三支曲牌以外，其他極為少用，應視為罕例；而且何者用一支曲牌、何者用三支曲牌，使用上有何差異，均未有詳解。

其次，洛地嘗就南曲的體製觀察五部南戲的副末開場，開場詞牌均是以律詞入劇、也都是北宋詞調，在劇本上指示由末念「白」，是一種既文且律的吟誦，10也是南曲與詞相近的結構現象。蓋第一齣末色上場必然為不上板的詞牌念誦，並不是念白；古人刊刻上有時混淆不清，在明刊本《荊釵記》以小字標明其詞牌11，可知其為吟誦形式的詞調，而湯顯祖《還魂記》第一齣的〈漢宮春〉就因為被誤認為說白而以小字排印12。洛地此說肯定了南戲傳奇的開場詞牌源自北宋以來的詞調，並從傳奇劇本的體制呈現上著眼，明判詞牌、曲牌之別。

元鵬飛依《六十種曲》中的開場形式，認為「一詞、一曲、一下場詩」方為通式：「通過李漁的論述可以看出，開場和家門是兩個不同的範疇……其次，具體到開場的形式，一般確實為一曲一詞。」13 但是實際檢閱明清傳奇的開場形制之後，即可發現此論是受到李漁影響，因為從南戲與明傳奇的早期作品檢視起，在使用常例上並不是所謂的一曲一詞。

廖奔提出了較為明確而具體的見解：明傳奇的一首詞、兩首詞開場之定例，見於明代中葉以後，而南戲之中並無此種定例；檢視現今存見的南戲乃至於明代前期的作品，其開場詞調使用情形為：

題目正名的聯語，有時不是聯語，類似下場詩的性質。」

10 洛地：《詞樂曲唱》（北京：人民音樂出版社，2001 年 3 月），頁 275-276。

11 《新刻原本王狀元荊釵記》，林侑蒔編：《全明傳奇》第 1 冊，頁 1。

12 (明)湯顯祖：《還魂記》，見黃竹三、馮俊杰編：《六十種曲評注》（長春：吉林出版社，2001 年 9 月)第七卷，頁 264 注曰：「朱墨本、明獨深居點定《玉茗堂四種曲本》、竹林本、冰絲本均誤作為小字說白。」今林侑蒔編：《全明傳奇》收錄者為茅元儀批點朱墨本。

13 元鵬飛：〈明清傳奇開場考源〉，《中華戲曲》，2005 年第 2 期，頁 178。

表 4-1-1：南戲開場詞使用詞調表14

名稱	使用詞調	題目正名、問答照常
張協狀元	滿庭芳、水調歌頭	題目正名在前
宦門子弟錯立身	鷓鴣天	題目在前
小孫屠	滿庭芳兩支	題目在前
劉智遠白兔記	滿庭芳	無
殺狗記	滿江紅	問答如常
琵琶記	水調歌頭、沁園春	題目在後
荊釵記	臨江仙（葉刻本為滿庭芳）、沁園春	題目在後；毛刻本有問答照常
五倫全備記	鷓鴣天、臨江仙、西江月	後台問答
五倫傳香囊記	鷓鴣天、沁園春、風流子	無
双忠記	滿江紅、滿庭芳兩首	無
白袍記	西江月、沁園春	無
寶劍記	西江月、鷓鴣天、滿庭芳	無
明珠記	聖無憂、南歌子、望海潮	無

　　從上述整理可知，題目正名、問答照常是南戲與明傳奇在早期可見的常例，後來則漸漸簡略或省去。而廖奔所謂的南戲無其定例，乃指「詞牌支數」，直至萬曆時期，文人大量參與傳奇的創作以後，才有意識地進行一支、兩支詞牌形式的規範。廖奔此說來自於觀察劇本早期、後期版本與前後發展的形式呈現，以及舞臺面貌和案頭劇本的差異，已可隱見明代以來規範後的開場詞牌運用趨勢：〈滿庭芳〉、〈沁園春〉、〈鷓鴣天〉為其常例，與洛地論見有所呼應。

　　再從南戲與《六十種曲》的開場詞牌使用概況檢視，並且以《浣紗記》

14 廖奔：〈南戲體制變化二例〉，《周口師範高等專科學校學報》，2001 年 1 月，第 18 卷第 1 期，頁 24。

問世作為明傳奇前、後期的階段分野：

表 4-1-2：《六十種曲》開場詞使用統計

	南曲戲文		六十種曲（浣紗記前）		六十種曲（浣紗記後）	
	立言大意	故事家門	立言大意	故事家門	立言大意	故事家門
滿庭芳	4	2	1	0	1	13
沁園春	0	2	1	3	0	8
西江月	0	0	3	0	5	0
漢宮春	0	0	0	0	0	6
蝶戀花	0	0	1	0	1*	0
其它	3（玉樓春）			4（漢宮春）		

＊按：〈蝶戀花〉一支為湯顯祖《還魂記》所用，碩園本刪去。

　　藉此可知：明清傳奇在開場運用的詞調，實有固定常用之襲例，除了副末開場、上場念一段引詞以交代故事大意等形制的沿用，從南戲到明傳奇後期的開場詞調也有固定常用的取向。

三、明傳奇家門開場之使用概況

(一)詞牌使用的種類

　　據李漁所論，在家門前用作敘述勸勉忘憂、逢場作戲諸語之大意者，多屬〈西江月〉、〈蝶戀花〉一類小曲，多半「總無成格，聽人拈取」，甚至也有使用自度曲的例子存在。在檢視《六十種曲》的家門開場概況後，可以發現開場詞牌在使用上有幾種現象：

1. 直用詞調者

　　有〈西江月〉、〈玉樓春〉、〈鷓鴣天〉（〈思嘉客〉）、〈水調歌頭〉、〈臨江仙〉、〈風流子〉、〈法曲獻仙音〉、〈聖無憂〉、〈南歌子〉（〈南柯子〉）、〈望海潮〉、〈意難忘〉、〈漢宮春〉、〈鳳凰臺上憶吹簫〉、〈燕臺春〉（〈燕春臺〉）、〈紅林擒近〉（周邦彥創）、〈看花回〉 15、〈謝池春〉、〈滿庭慶宣和〉、〈小重山〉、〈東風齊着力〉、〈玉女搖仙珮〉、〈瑞龍吟〉。此類在平仄、增字減字襯字稍有異於詞調，但在句數、句式上仍符合。例如《馮京三元記》的〈西江月〉：

　　　　秋月春花似水流，等閒白了少年頭。玉津金谷無陳迹，漢寢唐陵失故丘。　　　對酒當歌須慷慨，逢場作樂任優游。紅塵滾滾迷車馬，且向樽前一醉休。 16

　　〈西江月〉詞調為「六六七六」的上下兩片句式，此處全增為七字句；又〈西江月〉於上下片的第三句協平聲韻、第四句協仄聲韻，而此處第三句未協韻、第四句則協平聲韻。而《宦門子弟錯立身》之〈鷓鴣天〉末句：「宦門子弟錯立身」，有違詞律平仄（十｜－ － 十｜－），應是為了嵌入劇名之故。詞調的聲律、字數時因創作者的用心或是音韻變化，而有各種增襯減省，而是否使格律產生劇烈改變，則以句數、句式是否變化為依歸。

2. 由詞調入南北曲者

　　南曲、北曲中存在與詞調同名的曲牌，計有下列幾種情況：

---

15 此處直引北宋柳永詞（屈指勞生百歲期），非北越調之〈看花回〉。
16 （明）沈受先：《馮京三元記》，林侑蒔編：《全明傳奇》第 171 冊，頁 1。

第一、入南曲者：〈漁家傲〉（南中呂）、〈鳳凰閣〉（南商調）、〈沁園春〉（南
　　　中呂慢詞）*17*。
第二、入北曲者：〈蝶戀花〉（北雙調）。
第三、南北曲皆有：〈滿庭芳〉（南中呂；北中呂、北正宮）、〈滿江紅〉（南北
　　　仙呂）、〈青玉案〉（南中呂、北雙調）、〈齊天樂〉（南正宮、北中呂）。

　　其中〈滿庭芳〉、〈蝶戀花〉、〈青玉案〉雖然在《六十種曲》編著的註解
中多注明同詞調，但實際上已產生變化，如〈蝶戀花〉雖同詞調，但入北雙
調後再無分上下闋，僅以原詞調上片作為散套首曲；〈青玉案〉詞調第二、三
句（｜十｜（豆）－ －｜（韻）），至《紅拂記》（世事悠悠等飛絮）、《懷香記》
（得失何須苦惆悵）與《雙烈記》（世事悠悠等飛絮）開場所使用時，均已合成
一句。

3. 未明或自度曲者

　　有〈鴛鴦陣〉、〈沐恩波〉、〈散漫詞〉，或是徐復祚的自度曲〈瑤輪第五曲〉、
〈瑤輪第六曲〉。

　　李漁雖謂「聽人拈取，總無成格」，但在明傳奇開場之中實有幾支常用
的詞牌，在《六十種曲》與《古典戲曲叢刊》所輯明末清初傳奇一百種整理
表列：

表 4-1-3：明末清初傳奇開場詞統計表

開場詞牌	立言大意	家門故事
沁園春	1	12
滿庭芳	0	21
蝶戀花	7	0
臨江仙	6	0
西江月	8	0
漢宮春	0	6

---

17 〈沁園春〉入諸宮調中的北般涉調，但至元、明南北曲時已不見於般涉調。

　　從南戲到明末清初的傳奇作品，運用〈滿庭芳〉、〈沁園春〉為開場詞牌的數量最多，[18]其次是李漁所說的〈西江月〉、〈蝶戀花〉，以及〈臨江仙〉。在明傳奇體制發展完成以後，〈滿庭芳〉與〈沁園春〉最常用於故事家門，實隱有取捨並發展為常例的傾向。

　　前文述及開場形式的完整運用，應有：敘述大意、家門的詞牌各一，並於其中穿插問答照常，以及簡括故事大意的下場絕句。然而問答照常被省去不記，而為免演出的繁褥，大意、家門的詞牌亦有被簡省的狀況。如李漁所說，家門之前的小曲大多不切本題，多是作者的自我表述，於是如同前引「今之梨園，皆略去前詞，只就家門說起，止圖省力，埋沒作者一段深心。」為求演出迅速進入故事正題，劇場在演出時往往刪去作者自我表意的詞牌，[19]尤其是保持早期南戲形式的《張協狀元》，開場形式最為複雜，混合諸宮調的說唱、樂器演奏和舞蹈；或如《劉希必金釵記》與成化本《白兔記》的開場，也受到說唱淵源的影響。[20]

　　刪去作者大意而僅用一支曲牌作為家門開場的例子，例如《白兔記》僅用〈滿庭芳〉一支敘述家門，而無作者自己傳達的大意；又如《尋親記》、《精忠記》、《焚香記》、《贈書記》等，均只用〈滿庭芳〉一支。其他只用一支曲子表述家門者如《鸞鎞記》（〈漢宮春〉）、《玉環記》（〈滿庭慶宣和〉）、《獅吼記》（〈東風齊着力〉）等等。但是也有保留作者大意而刪去家門的詞牌，僅用下場絕句交代劇情大要者，如《東郭記》只用一支〈西江月〉敘述作者大意，劇情大要僅用十言絕句簡單交代；或是像《灌園記》只用一支〈東風齊着力〉來分述作者大意與故事家門。開場的簡省與用意有各種變例，就劇場演出的需求而言，漸漸以刪去和本題較無關連者為要，不再需要繁複的開場而影響觀眾對於劇作本身的興趣和注意力，進而也開始將開場的詞調簡省為一支，如明萬曆汲古閣本《白兔記》即刪去原著開場前的詞文，而碩園本

---

18 除永樂戲文三種外，尚有《琵琶記》、《荊釵記》、《白兔記》與《殺狗記》。《荊釵記》六十種曲本中以〈臨江仙〉為大意，葉刻本則用〈滿庭芳〉，亦列入計算。

19 見廖藤葉：〈論「副末開場」與「開場詞」〉，《國文學報》第 6 期，2007 年 6 月，頁 35-75。

20 曾永義：〈宋元南戲體製規律的淵源與形成〉，頁 208。

刪定《還魂記》亦刪去原著中開場前一支的〈蝶戀花〉。

　　使用兩支以上曲牌的例子，則有《浣紗記》之前的《香囊記》與《明珠記》在開場中連用三支曲子，而用其中兩支的篇幅表述作者大意。

(二)詞牌使用之情形

　　為便於呈現詞調在明傳奇中使用的頻率與比例，茲附《古本戲曲叢刊二集》之明傳奇一百種的開場詞使用表如下：

表 4-1-4：《古本戲曲叢刊二集》之明傳奇一百種開場詞使用表

使用詞牌	第一支(大意)	第二支(家門)	數量/備註
滿庭芳	蕉帕記、鸞鎞記、荷花蕩	鸚鵡洲、彩舟記、八義記、夢磊傳奇、龍膏記、琴心記、續精忠記、縮春園傳奇、嬌紅記、翠屏山、荷花蕩、鳳求凰、鴛鴦棒、鸊鷉裘記、金鈿盒、元宵鬧、磨忠記、白兔記	21支
西江月	范雎綈袍記、錦箋記、四喜記、偷桃記、雙紅記(2支)、四美記、三桂聯芳記、麒麟記、酒家傭、嬌紅記、東郭記、鴛鴦縧、花筵賺、燕子箋、春燈謎、金榜記、元宵鬧	拜月亭	19支
沁園春	無	青袍記、靈寶刀、錦箋記、玉鏡臺記、粧樓記、冬青記、四美記、灑雪堂、鸚鵡墓貞文記、青虹嘯、芙	17支

		蓉影、花筵賺、牟尼合、西樓夢、詩賦盟、荊釵記、琵琶記	
漢宮春	無	種玉記、三祝記、鸞鎞記、驚鴻記、旗亭記、四喜記、金蓮記、題紅記、雙紅記、風流院、喜逢春、夢花酣、燕子箋、春燈謎、金榜記、靈犀錦	16支
臨江仙	金蓮記、題紅記、粧樓記、望湖亭記、西樓夢、鸜鵒裘記、金鈿盒、荊釵記、	千祥記、劉知遠	10支
玉樓春	夢磊傳奇、龍膏記、冬青記、鸚鵡墓貞文記、鳳求凰、喜逢春、鴛鴦棒	無	7支
水調歌頭	青袍記、綵樓記、雙盃記、芙蓉影、琵琶記	投桃記	6支（雙盃記注為「水調歌樓」）
鷓鴣天	珍珠記、香山記、袁文正還魂記、劉秀雲臺記、七勝記、雙盃記	無	6支
滿江紅	萬事足、拜月亭、殺狗記	量江記、酒家傭	5支
蝶戀花	旗亭記、精忠旗、風流院、醉鄉記、夢花酣		5支

東風齊着力	雙雄傳奇	獅吼記、三報恩	3支
鳳凰臺上憶吹簫	春蕪記	雙雄傳奇、竹葉舟	3支（雙雄傳奇作「鳳凰臺上學吹簫」）
紅藥歌	無	厓山烈、望湖亭記	2支
金菊對芙蓉	西湖記	麒麟記	2支
柳梢青	和戎記	無	1支
百字令	天書記	無	1支
看花回	青衫記	無	1支
謝池春	無	青衫記	1支
水龍吟	全德記	無	1支
清平樂	驚鴻記	無	1支
燕臺春	玉鏡臺記	無	1支
何陋子	忠孝記	無	1支
錦纏道	雙鳳齊鳴記	無	1支
訴衷情近	無	雙鳳齊鳴記	1支
漁家傲	量江記	無	1支
青玉案	雙烈記	無	1支
望海潮	無	雙烈記	1支
紅芍藥	遍地錦	無	1支
如夢令	異夢記	無	1支

慶清 朝慢	無	異夢記	1支
月下笛	琴心記	無	1支
千秋 歲引	箜篌記	無	1支
風流子	灑雪堂	無	1支
花心動	綰春園傳奇	無	1支
春雲怨	無	鴛鴦縧	1支
浣溪紗	竹葉舟	無	1支
鴛鴦陣	無	殺狗記	1支
引	無	櫻桃記	1支
疎簾 淡月	無	明月環	1支
種桃歌	四艷記	無	1支
七言 古詩	張子房赤松記	無	1支
長短句	無	珍珠記	1支
賦	桃林賺	無	1支
有開場 而無詞	櫻桃夢、麒麟罽、偷桃記、上林春、十錦塘		5支 (末上場 報家門)
無開場	櫻桃夢、麒麟罽、釵釧記		3支 (沒有末 上場而 直上第 一齣， 或僅有

		「來者某某某登場、是也」）
闕佚	義烈記、鬱輪袍	

　　對於明傳奇中詞調的使用分析，有汪超〈明代戲曲中的詞作初探——以毛晉《六十種曲》所收傳奇為中心〉[21]進行初步的統計，其中提及〈滿庭芳〉與〈沁園春〉集中於副末上場、敘述家門大意部分，及其陳述情節的用意；據本文統計，在四大南戲、《琵琶記》與明傳奇一百種之中使用頻率前三位的開場詞依序為〈滿庭芳〉、〈西江月〉與〈沁園春〉，分別為 21 次、19 次和 17 次，與汪超的分析結果大抵相符，但汪超取樣未足精細，細究之下仍可見其差異。[22]

　　以上為明代劇曲中開場詞牌的概貌，以下將以〈滿庭芳〉、〈沁園春〉為分析對象——〈滿庭芳〉為明傳奇一百種中作為開場詞牌使用頻率最高者，分析結果具備代表性；而〈沁園春〉使用頻率雖低於〈西江月〉，但是明代南曲譜中並無〈西江月〉（詳見後文析論），在本節中無法供作詞律、曲律之比較，因此改取南曲譜中「此係詩餘」之〈沁園春〉進行詞曲相涉的比對。

---

21 《中國石油大學學報(社會科學版)》第 27 卷第 5 期，2011 年 10 月，頁 87-91。

22 在家門大意的開場詞牌使用上，抒發作者情志「大意」所用的第一支詞牌，據筆者以《全明傳奇》統計，依序以〈西江月〉、〈臨江仙〉、〈蝶戀花〉為最多；在簡敘故事情節「家門」所用的第二支詞牌，依序以〈滿庭芳〉、〈沁園春〉、〈漢宮春〉為最多，且多為雙調。據汪超〈明代戲曲中的詞作初探——以毛晉《六十種曲》所收傳奇為中心〉統計，最常用於副末開場、家門大意的第二支詞牌為〈沁園春〉與〈滿庭芳〉，但該文統計中〈漢宮春〉不在常用詞調之中，與筆者所見出入，此乃取樣對象與樣本多寡導致的差異。

第二節　明代〈滿庭芳〉的詞曲互涉

一、詞調〈滿庭芳〉概述

　　〈滿庭芳〉詞牌名出於唐代吳融〈廢宅〉詩句：「幾樹好花開白晝，滿庭芳草易黃昏。」[23]明代《詩餘圖譜》記秦觀「晚見雲開」與「山抹微雲」詞為例，以前者為體例列示如下：

> 曉見雲開，春隨人意，驟雨才過還晴。高臺芳榭，飛燕蹴紅英。還困榆錢自落，秋千外綠水橋平。東風裡朱門映柳，低按小秦筝。　　多情行樂處；珠鈿翠蓋，玉轡紅纓。漸酒空金榼，花困蓬瀛。豆蔻梢頭舊恨，十年夢屈指堪驚。憑闌久疏煙淡日，微映百層城。[24]

　　而明代《詩餘譜》亦記秦觀「山抹微雲」為詞例之一，體式為：

> 山抹微雲，天連衰草，畫角聲斷譙門。暫停征棹，聊共引離樽。多少蓬萊舊事，空回首煙靄紛紛。斜陽外寒鴉數點，流水繞孤村。　　銷魂。當此際香囊暗解，羅帶輕分。謾贏得秦樓、薄倖名存。此去何時見也，襟袖上空染啼痕。傷情處高城望斷，燈火已黃昏。[25]

　　比對《詩餘圖譜》與《詩餘譜》兩者的格律，可發現有兩者明顯不同：

23　聞汝賢：《詞牌彙釋》（臺北：聞汝賢，1963 年 5 月），頁 612。

24　(明)張綖：《詩餘圖譜》，《續修四庫全書》（上海：上海古籍出版社，2002 年 4 月）1735 冊，頁 524-525。○字處為《詩餘圖譜》、《詩餘譜》標注之可平可仄，□字處為《南曲譜》標注之可平可仄，■灰底字為合乎詞律平仄、但與南曲曲律不合之處，標注「…」者，表示兩譜例中同樣位置、但句式不同之處。以下引文格式俱同。

25　(明)程明善：《詩餘譜》，《續修四庫全書》（上海：上海古籍出版社，2002 年 4 月，明萬曆年間刊本）1736 冊，頁 161。以下凡引用《嘯餘譜‧詩餘譜》者，俱稱為《詩餘譜》；引用《南曲譜》者，俱稱為《南曲譜》。

　　第一是可平可仄的聲格增加，《詩餘譜》於「人/衰、芳/征、榆/蓬、自/舊、千/回、東/斜、映/數、多/銷、稍/何、舊/見、十/襟、憑/傷、疏/高、淡/望」諸字均添改為可平可仄，而取消了「金/秦」、「楛/樓」的可平可仄聲格；第二是分句的不同，同樣以秦觀詞為例，但下闋第一、二句，《詩餘圖譜》作五字句和四字句，《詩餘譜》則作二字句叶韻和七字句，斷句方式與《詩餘圖譜》不同；而下闋第四句，《詩餘圖譜》作「漸/酒空金楛」的領調字一四句式，而《詩餘譜》作「謾贏得/秦樓」上三下二句式，分句方式亦不相同。

　　再引清人萬樹《詞律》訂譜比較，便能更突顯《詩餘譜》的訂譜特色。《詞律》載〈滿庭芳〉共有三體，分別是黃公度「一徑又分」九十三字體、又名〈鎖陽臺〉或〈滿庭霜〉的九十五字體、以及黃庭堅的「脩水柔藍」九十五字體。其中又名〈鎖陽臺〉、〈滿庭霜〉之九十五字體，為《詞律》所稱通用體[26]，亦與南曲譜所載中呂調引子〈滿庭芳〉同律，而與另一體九十五字體有所差異：除了部分可平可仄之出入，顯著差異者在於過片二字是否叶韻、是否與下句三字句合併為五字句。《詞律》所舉詞例曰：

　　　㊟月驚烏，西風㊟雁，又㊟㊟滿平湖。㊟蓮人盡，寒色戰菰蒲。㊟信江南好景，一㊟里、㊟覓蓴鱸。誰知道，吳儂未識，㊟客已情孤。　憑高增悵望，湘雲盡處，㊟是平蕪。問㊟鄉㊟日，㊟見吾廬。㊟有荷紉茝制，終㊟似、㊟短籬疎。歸情遠，三更雨夢，依舊繞庭梧。[27]

　　至萬樹《詞律》的考訂後，較為顯著的改動其一在於減少可平可仄的聲格，和《詩餘譜》相比，《詞律》減去了「天/西、晝/又、征/人、聊/寒、蓬/江、舊/好、斜/誰、外/道、寒/吳、數/未、當/增、香/湘、暗/盡、謾/問、得/鄉、何/荷、襟/終、傷/歸、高/三、望/雨、燈/依」諸字的可平可仄之格，

---

26 閔汝賢：《詞牌彙釋》，頁611謂〈滿庭芳〉：「《詞律》三體，雙調，正黃公度一體，九十五字，又程垓，黃庭堅二體，亦均九十五字。」疑待商榷之。

27 (清)萬樹：《詞律》(上海：上海古籍出版社，1984年2月，清光緒二年本影印)，頁313。

而另外增添「秦/何」為可平可仄，使得《詞律》的平仄格律與《詩餘圖譜》較為接近。此舉反映了《詩餘譜》在訂譜時增加更多的可平可仄聲格，而《詩餘圖譜》與後出的《詞律》並不像《詩餘譜》大量的增加可平可仄聲格。

第二是《詞律》亦修改了詞調的句式，和《詩餘譜》相較之下，除了以句逗的方式確立本詞調中七字句的上三下四之句式（「空回首暮靄紛紛/一萬里、輕覓蓴鱸」、「襟袖上空染啼痕」/「終不似、菊短離疎」），甚至將該處截為三字句與四字句「斜陽外寒鴉數點」/「誰知道，吳儂未識」、「傷情處高城望斷」/「歸情處，三更雨夢」）之外，也確立下闋過片處起首的五字句接續四字句之句式（「銷魂。當此際香囊暗解」/「憑高增悵望，湘雲盡處」），並保留原來過片二字句藏韻的格式，與《詩餘譜》的分句也不同。龍榆生《唐宋詞格律》即參酌《詞律》中的九十五字體為正格。28

二、明傳奇中的開場詞〈滿庭芳〉

用於明傳奇副末開場、以一兩支詞牌解說家門大意的開場詞，在明代中葉以後經文人寫定而為定例，29使詞牌正式納入明傳奇體裁運用。在此之前，四大南戲與《琵琶記》即已使用〈滿庭芳〉、〈鷓鴣天〉、〈水調歌頭〉、〈望江南〉等詞調於劇曲之中，用於開場詞牌與人物上場詞等等；30而在明傳奇一百種當中的開場詞牌，又以〈滿庭芳〉、〈沁園春〉、〈漢宮春〉與〈西江月〉最為常用，31 其中〈滿庭芳〉的使用頻率幾近三分之一，詳細概況表列如下：

---

28 參見龍沐勛：《唐宋詞格律》（臺北：里仁書局，1995 年 8 月），頁 39。

29 廖奔：〈南戲體制變化二例〉，頁 24。

30 洛地：《詞樂曲唱》，頁 275。

31 《古本戲曲叢刊》二集明傳奇 100 種中，包含大意、家門者，〈滿庭芳〉共計 20 例、〈沁園春〉13 例、〈漢宮春〉15 例、〈西江月〉17 例。其次為〈臨江仙〉8 例、〈玉樓春〉7 例。

表 4-2-1：《古本戲曲叢刊二集》之明傳奇一百種開場詞〈滿庭芳〉[32]

劇作齣目	開場詞〈滿庭芳〉正文	變化
彩舟記 第一支	江子才華，吳姬窈窕，兩舟風阻淮安。氤氳賜配，月底正酣眠。清曉帆開失父，露踪跡太守應嫌。憐玉貌翻招為壻，暫令返鄉園。　中途遭陷溺。龍王報德，救護生還。更攜丹療病，父母團圓。從此氤氳怒釋，秋闈捷名姓驚傳。登及第重逢京兆，宦邸續前緣。	過片處不藏韻
鸚鵡洲 第一支	京兆韋郎，漢陽姜俠，樽前立贈紅顏。愆期墜命，爭羨玉簫賢。因埋青城狃犴，聞消耗、痛殺詩篇。尋方士，輪迴攝召，缺月再圖圓。　勳名當此際，薛濤艷冶，金榸留連。但冤銷渺渺，夢逐鶺鴒。六十封王拜相，盧八座薦女賓筵。看指上，玉環隱起，兩世好姻緣。	過片處不藏韻
八義記 第一支	左氏春秋，晉靈當國，趙盾七世忠臣。岸賈讒佞，殺害趙家人。駙馬將身逃匿，遇靈輒一處安身。把公主冷宮囚禁，生下小郎君。　程嬰藏出禁。韓厥自刎，杵臼遭刑。十八年孤兒觀畫，夫妻子母再完成。除奸佞，冤冤相報，傳說到如今。	1. 過片處藏韻 2. 下闋第四、五句減句 3. 原下闋第六句增字 4. 「夫妻子母再完成」句式改變

---

[32] 表中標注「⋯」者，即與詞律句式、字數不合之處；標注●者，則為闕佚。以下皆同。

五鬧 蕉帕記 第一支	淨洗鉛華，單填本色，從來曲有他腸。作詩容易，此道又荒唐。屈指當今海內，論詞手、幾個周郎。笑他行，非傷綺語，便落腐儒卿。　不才嗟落魄，胸中無字，一味疎狂。但酒間花畔，長聽商量。也學邯鄲腳步，胡謅美、幾曲登場。知音客，休言鮑老，不會舞郎當。	過片處不藏韻
續精忠記 第一支	岳代金昆，英雄冠世，精忠克紹前人。牛臯設祭，林下遇仙人。避跡桃花閬苑，念時艱復奮雄心。朝堂上，忠魂顯聖，親自殄妖氛。　宋庭。多厄運，區區秦檜，誤國欺君。奸險自焚身，賊子遊魂。謀叛紹奐郡也，幸群英歡抱君親。抒忠憤，除奸乞亂，從此奠妖氛。	1. 過片處藏韻 2. 下闋第四句改句式：一+四→二+三
翠屏山 第一支	石秀英豪，飄零薊北，萍逢締結楊雄。桃莊別後，家信隔西東。暫向屠間混跡，為良朋、閫內私蹤。遭讒謗，潛身操刃，智勇足欽崇。　楊雄。同設計，翠屏山斬卻花容。劉氏尋蹤遠遁，遇英豪、指引重逢。幸水滸堪歸；急難相從。蒙丹詔，招安山寨，兄弟受恩榮。	1. 過片處藏韻 2. 下闋第二、三句之四字句，合為一七字句 3. 下闋原第六、七句，與原第四、五句句式互易
荷花蕩 第一支	舊譜新翻，權將消夏，摘來幾種奇緣。拈成一片，興致果堪傳。最恨依文落	1. 過片處藏韻 2. 過片句式變

	套，當場演、痛癢無關。斯傳也，從空鑿出，思路寔幽玄。　更刪繁削冗，私心自媿，句拙詞單。有一般堪喜，花樣新頒。總是悲歡離合，把別譜蹊徑都推。淶發願，期逢識者，重與訂瑤篇。	化：二+三→一+四
夢磊傳奇第二支	儒雅文郎，天成姻婭。石媒私許劉達。緣因從宦，草草結雙褵。豈料嫌貧岳母，把亭亭奪取回歸。賢內相，空施計策，巧處卻成非。　從此禍因花石，遁逃真偽，無意春闈。恰遇權奸蔡相，弄機關錯中高魁。又喜昭功一頌，顯真才立賦丹墀。名成後，重譜雙偶，石上遇來奇。	1　過片處不藏韻 2. 過片處增字 3. 下闋第四、五句增字
龍膏記第二支	淑女湘英，才郎無頗，仙都暫謫人間。暖金盒內，藏着巧姻緣。就裏龍膏起死，閨中秀再整芳顏。酬恩處，新詩寫意，邂逅訂盟言。　一朝嫌隙起，恩將讐報，獄底含冤。幸脫離患難，上苑臚傳。縱得一枝梅信，還隔着楚水巫山。塵劫滿，重逢金盒，指點証僊緣。	過片處不藏韻
琴心記第二支	蜀郡相如，臨邛卓氏，風流兩愛琴聲。當筵挑動，私約去都亭。可奈家徒壁立，勉當壚滌器營生。一旦題，橋奮志，詞賦動朝廷。　時來君寵渥，持旌奉使，太守郊迎。從此主孫獻食，	1. 過片處不藏韻 2. 上闋第八、九句合為一六字句

	誵奉文君。不道姻緣寧貼，白頭吟詞，尚自伶仃。感長門，千金一賦，重洽舊時情。	3. 下闋第四句增字 4. 下闋第七句由七字句改為四＋四之八字句
綰春園傳奇第二支	邦水崔娘，錢江阮氏，與楊生皆有奇緣。花間先遇，崔媛贈詩篇。名似芳園才女，移庵寓、癡祕瓊仙。權奸陷，滿門抄戮，空泣一湖煙。　誰知逢難女，隨尼逃竄，空五庵間。詩復歸崔手，再遞楊船。得第雪冤相配，燈下認另一嬌顏。維楊亂，之杭聊避，重會綰春園。	1. 上闋第三句增字 2. 過片處不藏韻
鴛鴦塚嬌紅記第二支	王女嬌娘，厚卿申子，天生才貌無雙。心期密訂，彼此繫衷腸。笑把梨花擲處，擁爐語、生久情長。姻緣好，分爐斷袖，風月兩相將。　為求親問阻，天愁地恨，無計成雙。更飛紅暗妬，屢致參商。帥子豪華慕色，挾家勢、強結鸞凰。男和女，情同鐵石，並塚配鴛鴦。	1. 過片處不藏韻 2. 過片句式更改：二＋三→一＋四
望湖亭記第二支	萬選錢生羨芸窗，篤志感格文星，閨淑白英高氏，二八娉婷，顏秀諧遊，妙香陡遇傾城。倩少梅頻頻作伐。高公欲，面覷郎君，伯雅自慚貌醜。　托子青表弟，代往相親。覆挽錢生，迎	1. 過片處不藏韻 2. 格律句式相異

	娶天阻，良辰強令合●，操德行誓保清名。望湖亭，令公明斷，成全百歲姻盟。	
荷花蕩第二支	李素書狂，負娘情種，蓮盟終結鸞凰。無心醉觸，西席變東床。父子金陵奇會，赴秋試，兩冠文場。險屈死，淫僧毒手，神祐脫災殃。　堪笑果非常，師生興致無雙。設巧計紫詐，一命先亡。天使貫盈事敗，報前讎救出嬌娘。榮歸娶，芳流翰苑，千載姓名香。	1. 過片處不藏韻 2. 下闋第二、三句本為兩個四字句，合為一個六字句
鳳求凰第二支	蜀郡文豪，臨邛女俠，才情雅合成雙。幽居作賦，書劍偶遊梁。回馬都亭訪故，逢奇艷、獨怨秋孀。瑤琴裏，芳情暗度，邂逅奪孤凰。　窮愁無計遣。解裘賣酒，四壁淒涼。其當壚滌器，任笑清狂。鳳詔寵徵入侍，酬知遇、諫獵長楊。標奇績，通夷定蜀，歸隱茂陵鄉。	過片處不藏韻
鴛鴦棒第二支	薛子迍邅，一身落魄，錢家有女芳妍。因貧留帳，便許結良緣。豈料秋闈名捷，遭譏訕遂把盟寒。春闈後，攀高帥府，不記舊嬋娟。　痛錢翁漂泊，家綠破蕩，此際堪憐。又把糟糠舊婦，推落江邊。天遣同官搭救，賺喬才再上花筵。鴛鴦棒，驚蛇打草，骨肉再團圓。	1. 過片處不藏韻 2. 下闋第四句增加襯字
鸐鸈裘記	司馬相如，林邛訪故，都亭暫駐游輈。	過片處藏韻

第二支	●●●飲，一奏鳳求皇。怪底文君心動，憑俠氣自嫁才郎。●都去，家徒四壁，光景最淒涼。　鸕鷀裘貰酒，當壚滌器，薄寄清狂。幸賢王徵召，賦獻明光。建節通夷定蜀，中郎將威震遐荒。還堪羨，白頭吟寄，偕隱茂陵鄉。	
金鈿盒第二支	淑女媯英，慈親兄妹，分開金盒相盟。權生年少，翰苑播才名。偶售半邊金盒，開觀玩、書寫分明。因休沐，閒遊茂苑，邂逅見娉婷。　訪多嬌名氏，因真作假，傳得姻成。奉命文闈典試，羈滯神京。妖婦聖姑劫擄，禁嬌娥、破賊重生。歸家後，華室合巹，金盒露真情。	1. 過片處不藏韻 2. 下闋第四句增加襯字
元宵鬧第二支	宋室衰微，皇綱凌替。梁山潛集豪英。軍師學究，休說玉麒麟。李固妄圖姿產，嗔規諫、怒逐燕青。盧俊義，苦辭眾俠，遇僕訴衷情。　招成戍遠逃生：排難二進司門。宋公明患毒，兵解東平。賈氏含酸怨偶，張文遠兼御春英。元宵鬧，報冤劫獄，詔取赴神京。	1. 過片處不藏韻 2. 下闋第一句增加襯字 3. 下闋第二、三句原為兩句四字句，合為一六字句
磨忠記第二支	烏臺重望，封章直上，二十四欵明書。穢狀因此，上觸犯權奸。頃刻間身亡家喪，一時忠憤共交章。　個個盡授	1. 過片處不藏韻 2. 上闋自第六

	羅網，喜書生冒死，陳言幸聖。主犀照當陽，剪除權惡。折毀淫房流徙。盡懷鄉、忠魂承岬。典日月，重光河清鳳現，復見個大明景象遐取僻壤處處祝明王。	句起，更異詞律為兩句七字句 3. 下闋格律句式與原格律相異

　　依據稱上表揀擇的開場詞牌變化，與詞律相比較，可得出下列析述：

（一）換頭句式的改變

　　開場詞牌〈滿庭芳〉與明詞〈滿庭芳〉相比，有一個共同的句式變化：過片句五字句，均有從原先的二三句式更改為一四句式。

　　宋詞、明詞〈滿庭芳〉於過片處皆有藏韻與不藏韻的兩種作法，如果從曲體文學包含音樂因素的角度來看詞曲的句式變化，音樂的板位、亦即音樂的樂句分節，恰與句式相呼應，[33]而韻位即是音節與句式的共同分節依據[34]，所以此處若藏韻，則音節句式便自然成為二三句式，那麼在意義形式上自然也應以二三句式相應，方得相符，是以宋詞於換頭處均以二三句式處理。進而至南曲，若是有換頭形式的〈滿庭芳〉亦如此經營。

　　換頭句式的更異，明顯反映了音樂板式的不同。南曲〈滿庭芳〉雖然是散板、僅在句末點出底板，仍多保留原來宋詞二三句式的音節形式，明詞、

---

33 吳梅：《詞餘講義》（臺北：廣文書局，1979 年 4 月），頁 46：「一調有一調句法，當視板式為衡。如七字句，有宜上四下三者，有宜上三下四者，此間分別，都在板式。……故作者當知句法，句法一誤，無從下板矣。」而板式又與句式、韻位息息相關，如俞為民：《中國古代曲體文學格律研究》（北京：中華書局，2012 年），頁 167 謂：「在依字定腔的演唱情況下，不同的句法有不同的板式，曲調的板式是依據字節即節讀來安排的。字節的不同，板位也有異。」

34 俞為民：《中國古代曲體文學格律研究》（北京：中華書局，2012 年 3 月），頁 196 曰：「曲調的句式有句與句讀之分，這是確定板位的重要依據，如凡韻位處必是板位，必須點板，而曲句是句還是讀，是以韻位來確定的，若改變曲調的韻位，必然會引起曲調節奏的變化，從而導致曲調腔格的變異。」

開場詞則從意義形式上的一四句式反映出音節形式的變化，尤其是在過片「一字句+四字句」的一四句式下兼施第二字藏韻的問題。明詞中前述趙重道、焦竑均是過片句式更改為一四句式的領調字作法，而明傳奇開場詞中如此經營者，即有《荷花蕩》（兩支）、《鴛鴦塚嬌紅記》、《望湖亭記》、《鴛鴦棒》、《金鈿盒》諸例。又明詞中過片藏韻者，如沈樹榮在此類一四句式下又於第二字施韻，從其意義形式（「記㘶干十二」）來看，即便是偶然合韻，也仍是音節、意義二者脫軌之處，明傳奇開場詞中的《鴛鴦棒》亦如是。尤其是明傳奇中的《鸙鷉裘記》，為遷就意義形式改變句式為「三字句+二字句」、又在第二字藏韻（「鸙鷉裘貰酒」），與原來的音節形式相背，不僅影響了韻位與板位的位置，更反映意義形式、音節形式的變異。

　　顯見詞調〈滿庭芳〉於過片處改句式為一四句式，是明詞、明傳奇開場詞〈滿庭芳〉共有沿襲的格律變化。若以宋詞〈滿庭芳〉為本位而言，這即是後續明詞不明宋詞原先音樂板式與字節韻位相繫之故，也凸顯了宋詞、明詞與曲樂之間音樂性與文學性的變異。

　　明詞〈滿庭芳〉中尚有一則變化：下闋五四句式轉變為四五句式，僅有朱有燉、王世貞、文徵明、李禎四人如此作，而不見於他體，可知這並非宋詞的固有變化；由於朱、王、文三人俱作傳奇或雜劇，當如鄭騫所言：明人填詞不僅沒有精確的譜律和詞樂可參考，也在曲學背景浸淫之下採用「習於曲的音節格律」[35]，使得詞律訂譜受到曲律的影響。但是從〈滿庭芳〉實例來看，並未全面煽及〈滿庭芳〉的詞作，可視為「明詞曲化」的具體個案。

（二）增襯減字的使用

　　襯字乃是在不妨礙詞曲腔調節拍之下，於格律正字外增添陪襯、達成轉

---

[35] 詳見鄭騫：〈論詞衰於明曲衰於清〉，論明詞兩大問題一「律的破壞」曰：「明人的詞，辭藻意境兩無可取，更有一種很普遍的毛病，就是不合格律，長調尤甚。……讀者試把那兩種諸宮調裏所用的詞調，以及元明南北曲裏與詞調同名的曲牌，逐一比勘，便可知道自金至明，詞律是怎樣的逐漸混淆破壞。明人填詞，既無精確的譜律可以遵循，詞的唱法又已失傳，他們只習於曲的音節格律，以這種手眼習慣來填詞，當然無怪其顛倒錯亂。」鄭騫：《景午叢編（上編）》（臺北：臺灣中華書局，1972 年 1 月），頁 165-166。

折聯續或是形容之字，因此增添襯字不可不考究板眼。而增字亦由襯字而來，由陪襯地位進展至與原律正句渾然為一、成為不可或缺的格律因素之一，兩者在韻文學的發展中均有一定的規範，並非隨意妄添。36大要而言，曲之襯字應以虛字為宜、不可施於點板之上，南曲、北曲皆有襯字，但兩者對於襯字的運用情況仍有些許出入37，例如曲家認為南曲應遵守「襯不過三」之法38。

　　至於詞之用襯，乃是因為合樂而產生之自然現象，始自敦煌曲、下迄南宋吳文英，在詞樂未亡佚以前即有襯字的現象。39而自襯字入詞入曲以來、尤其在曲律上，成為韻文學作品中與節奏、意義、音節均密不可分的考究因素之一，而明代王驥德謂「古詩餘無襯字，襯字自南北二曲始」，可知明代曲家對於詞曲分辨的標準之一便在於襯字的有無。從明詞〈滿庭芳〉來看，明代詞家也使用襯字，可視為有明以來諸家嘗試進行的詞句變化，但是在《全明詞》中實屬少見，而且沒有成立一個固定的體例，也未對整個明詞造成實質影響。40

---

36 詳參鄭騫：〈論北曲之襯字與增字〉，《鄭騫戲曲論集》（臺北：國家出版社，2012），頁618-644。

37 (明)王驥德：《曲律‧論襯字》，《中國古典戲曲論著集成》（北京：中國戲劇出版社，1959 年 7 月）第四冊，頁 125 曰：「北曲配弦索，雖繁聲稍多，不妨引帶。南曲取按拍板，板眼緊慢有數，襯字太多，搶帶不及，則調中正字，反不分明。大凡對口曲，不能不用襯字；各大曲及散套，只是不用為佳。細調板緩，多用二三字尚不妨；緊調板急，若用多字，便躲閃不迭。」

38 許守白：〈論聲韻襯字〉，《曲律易知》卷下，頁 185：「南曲句讀，固須嚴守譜法，北曲亦然。惟北曲襯字，多少不拘，雖虛實字並用亦無妨。襯字不拘四聲，南曲襯字，總以勿過三字為妙。」

39 參考林玫儀：〈論詞之襯字〉，《詞學考詮》（臺北：聯經出版社，1987 年 12 月），頁 169-199。

40 在饒宗頤初纂、張璋總纂：《全明詞》（北京：中華書局，2004 年 1 月）中，〈滿庭芳〉諸作，上起朱有燉（換頭句首增襯）、楊慎（下闋第二句增襯）、李應策（下闋第四句增襯，二例）、朱翊（下闋第三字增襯，孤例）、王瓊奴（下闋第六句增襯，孤例）、李天植（下闋第二句增襯一字）、王夫之（二作中一例）、陸嘉淑（下闋第二句增襯一字）、顧貞立（下闋第七句增襯一字）、而下逮時嫻（下闋第四、五句之五字句與四字句，變成三字句與七字句之增襯）為止，均在滿庭芳中使用襯字，而張旭所作三首均於下闋第五句固定增襯一字；劉三吾、王越、陳霆（眾作中僅用一例）、顧貞立（與增字例同一作品）用減字，

明傳奇開場詞雖曰為「詞」，從其開場吟誦，以及襯字、襯字實化為增字的常用現象來看，即知開場詞正是在音樂考量下「明詞曲化」的顯例。從襯字、減字的使用情況來看，明詞與開場詞牌〈滿庭芳〉諸例多集中在下闋使用，乃是僅用詞調前半段為正體譜律的南曲〈滿庭芳〉所無──南曲〈滿庭芳〉的襯字減字較無固定落識處，此與南曲〈滿庭芳〉本身作為引子散板、僅於每句下底板的體例相關，較無板眼疏密的考究，用襯可較自由。其次，明詞〈滿庭芳〉少用襯字，但在襯字的使用比例上，開場詞調〈滿庭芳〉的用襯次數大增，並非明代曲家原來認知的「古詩餘無襯字」形式。是以，雖稱開場「詞牌」，但是卻使用在曲中較常見襯字、減字的創作方式，屬於所謂「曲化」的現象之一。

　　從明詞、南曲、開場詞牌三例的〈滿庭芳〉關注著眼，可發現三者之間存在著共同的增減變化：

第一、南曲與開場詞牌，均於下闋第二、三句減字，使得兩句四字句合為一句。（「萋萋芳草色，故園人望，自斷王孫。」）例如：《四喜記》第二十齣：「行程何日盡，五雲天闕猶迷。」與《翠屏山》開場第一支：「楊雄同設計，翠屏山斬卻花容。」

第二、明詞、南曲與開場詞牌三者，均於下闋第四、五句添加襯減變化。（「漫憔悴郵亭，誰與溫存。」）如明詞李應策：「文得羽觴佐飲，粥餳供筵。」、「更有前輩英豪，還憶仲連。」以及張旭的「幸千年喬木，新長拂雲枝。」「看鳶飛魚躍，都在笑談中。」南曲的《麒麟記》第五齣：「三日不朝郊祭，膰肉不臨。」與開場詞牌的《夢磊傳奇》開場第二支：「恰遇權奸蔡相，弄機關錯中高魁。」《琴心記》開場第二支：「從此王孫獻食，詔奉文君。」以及《金鈿盒》開場第二支：「奉命文闈典試，羈滯神京。」

　　從曲律、或是韻文學音樂性考量的角度來檢視該二例的變化，正是反映「明詞曲化」的具體現象：襯字或減字的變化，必需考慮板眼的音節疏密問

　　文徵明增句，楊慎、王瓊奴減句（下闋減去原詞調第七句）。

題，不可落於板眼之上，若是添襯太多將造成搶帶不及並危戾音腔，而減字則會產生節奏的減緩甚至拖腔。若是詞、曲之間具備增襯減緩的共同變化，表示詞樂、曲樂在此處擁有共同的音樂概念，認同此處是可進行增襯的音節空隙；也可能是後出者仿效前出者而製譜定腔，套用同樣的音腔樂句的處理方式。

詞調本有襯字，但脫離了音樂性的考量，襯字便失卻原來的內涵，[41]甚至被誤認為增字，而成為詞調又一體的來源之一；而明代曲家提出「古詩餘無襯字」一說，可知明詞的襯字運用，在當時曲家來看並非古詩餘之原貌，都反映當時作家對於明詞的認知與觀念。開場詞牌對於這些曲家來說，是以接近於曲的觀念和認知而經創作，可謂曲家理念中的「明詞曲化」──因為在《全明詞》中〈滿庭芳〉諸詞作的增襯減字現象並不常見，以作品比例而視，開場詞牌〈滿庭芳〉的增襯減字現象比起明詞增加許多，當是曲家在填寫開場詞牌時受到南曲的觀念影響。

而明詞〈滿庭芳〉格律依循宋詞而來，南曲〈滿庭芳〉作為散板引子、字句譜律亦遵宋詞而定，相同的變化運用，說明了詞曲在明代互相影響的淵源，亦可說是明詞在創作過程中受到南曲（板式樂句）的影響，而產生了與南曲一致的字句變化（韻位句式），是為詞家之中的「明詞曲化」。尤其明代諸家多有詞曲兼擅者，諸如朱有燉、楊慎等人，在其詞作、曲作二體當中反映的相近格律變化即是此理；而從明詞、南曲與開場詞調〈滿庭芳〉三者來看，明詞與開場詞調的變化較為相近、也有近於南曲的格律變化，是以開場詞調是「明詞曲化」、並且銜接在明詞和南曲之間的明確示範。

羅麗容嘗謂：「南曲起初受到宋詞的影響是微乎其微的，若有影響，當在

---

41 見（清）江順詒：〈詞有襯字〉，《詞學集成》，唐圭璋編：《詞話叢編》（臺北：新文豐出版社，1988 年 2 月）第 4 冊，頁 3233。周玉魁：〈詞的襯字問題〉，施蟄存、馬興榮等編：《詞學》第 10 輯（上海：華東師範大學出版社，1992 年 12 月），頁 143 謂：「綜觀詞的發展歷史可以看出：詞在不斷向前發展的進程中，其音樂性即歌辭的屬性在逐漸減弱，而文學性即詩體的屬性在逐漸增強。……襯字是音樂文學中的概念。詞既離開了音樂，襯字也就失去了其固有的意義和作用。」

宋以後乃至於明代」一說42，以〈滿庭芳〉而言，南曲〈滿庭芳〉始見於宋金
時期的《董西廂》，而且參據宋人黃公度詞體定律，更成為後世南曲譜的體例
之一。但是在宋元南戲的南曲聯套中尚未得見〈滿庭芳〉，影響也不大；到了
明代，南曲〈滿庭芳〉直取宋詞文字、再以曲樂觀念製譜定律，是以漸漸產
生平仄、襯字減字與句式等變化，並且多以詞調前半闋成體、不一定有換頭
的呈現；而明代詞家、或是曲家填寫詞調時，也因而受南曲「在習於曲的音
節格律下」的影響，產生相近的平仄襯減字句與句式變化，尤其是在曲體體
裁中運用的開場詞調上。

（三）文體風格的改變

　　任中敏謂詞曲之別的要點之一在於：「詞僅可以抒情寫景，而不可以記事。
曲則記敘、抒寫皆可。」43將詞、曲兩大文體的主要風格與功能點明而概括區
分，詞主要著重在抒情，曲則尚得敘事之能，亦可視為詞、曲二體歷來的主
流創作與印象。

　　如果從「詞調」的角度來看，開場詞牌是個特別的類型：第一，用於家
門的開場詞牌，例如較為常用的〈滿庭芳〉、〈沁園春〉和〈漢宮春〉，其中〈滿
庭芳〉、〈沁園春〉在南曲中有其同名曲牌，然而〈漢宮春〉純是詞調，南曲
沒有這支曲牌；再與其他用於家門大意的詞調一併檢視，可知明傳奇開場詞
牌在運用本質上為「詞」而非曲。44其次，開場詞牌的功用在於「敘說家門大

---

42 羅麗容：〈宋詞元曲之音樂與文學承傳疑義辨析〉，《彰師大國文學誌》第 17 期，2008
年 12 月，其論總結於頁 35 曰：「南曲之起源在宋代，是以既無宮調亦無曲牌的隨心
令、村歌俚曲之姿態出現，難登大雅，其源頭與宋詞可說毫無瓜葛。直到魏良輔改良
崑腔、沈璟作《南九宮譜》之後，南曲才有宮調曲牌可言；在此之前的南曲，大約就
是徐渭所看到的情況，論其淵源，在初起之時，是以隨心令起家，受到宋詞的影響是
微乎其微的。王國維所論的南曲淵源之現象，是以《南九宮譜》為基準，這些現象都
是宋以後到明代才發生的。」

43 任訥（任中敏）：《散曲概論》，《散曲叢刊》第 4 冊，頁 14。

44 其他例常用於第一支大意、第二支家門的開場詞調，如常用的〈西江月〉、〈蝶戀花〉、
〈玉樓春〉等，或是罕用的〈看花回〉、〈水龍吟〉、〈清平樂〉等，均是純為詞調，而
不見於(明)王驥德《曲律》中〈論調名〉的曲牌；但亦有常用的開場詞牌像〈臨江仙〉，

意」並交代故事大要，所以多是適於鋪敘的雙調形式詞牌──諸如〈滿庭芳〉、〈漢宮春〉、〈沁園春〉等皆是，著重的反而是在敘事，而非原來的抒情寫景。以〈滿庭芳〉為例，揀擇明詞中質量俱精、詞曲皆擅的陳鐸作同調（和周美成）：

> 醉傍清谿，坐臨明月，月中扇影向圓。熏鑪深夜，不斷水沉焉。何處清聲到耳，粉墻邊、流水濺濺。飲歡在，笑攜尊俎，重上納涼船。　忽時豪興發，停鐙拂練，揮筆如椽。向藕花香裏，楊柳橋前。桃葉桃根何在？歎銀箏、零落朱絃。風光好，不須歸去，且對白鷗眠。45

作詞「以宋人為圭臬」、亦作雜劇的茅維46，作同調（詠初開牡丹）：

> 花惹殘煙，草縈纖雨，林芳照眼分明。燕泥銜墜，爭共落花輕。別有天香艷質，芳心簇、細瓣重英。梳臺曉，珊瑚掛鏡，半面試妝成。　碧闌干外月，亂翻玉珮，斜嚲珠纓。紫金盞酡顏，微帶朝酲。莫道嬌姿猶怯，柔風度，秋水神清。留連處，高遮油幕，未嫁惜娉婷。47

以及明代專力著詞、存詞最多的易震吉48，作同調（沅陵道上）：

> 司厩愁驅，督郵倦迕，崎嶇路走沅陵。峰巒却好，蔥翠午煙凝。漫說山陰道上，聊騁望、遠近千層。尤堪悲，溪流幾曲，徹底湛秋澄。　旅懷殊落拓，悲來阮籍，嘯去孫登。倩征車暫駐，塵想如冰。祇意雲霞窟宅，快殺那、趺坐高僧。前途暝，歸飛眾鳥，棲盡峭巖藤。49

以上列舉明代詞人作品的例子反映在創作的風格，在和作、詠物、寫景三大方面，明詞〈滿庭芳〉仍以抒情為主，即便有敘寫成分，仍不脫描寫景

同時見於南曲中的南呂宮之例。

45 饒宗頤初纂、張璋總纂：《全明詞》第2冊，頁463。

46 參考張仲謀：《明詞史》，頁215-218；今傳茅維雜劇《鬧門神》。

47 饒宗頤初纂、張璋總纂：《全明詞》，第3冊，頁1296。

48 張仲謀：《明詞史》，頁218。

49 饒宗頤初纂、張璋總纂：《全明詞》，第4冊，頁1985。

物。而明傳奇中的開場詞牌〈滿庭芳〉，自南戲起即因文體體裁的功用需求，相較於抒情之寫筆、更重視變諸敘事之口吻，來鋪展說明全本傳奇的家門故事。例如自南戲《劉智遠白兔記》始用之開場詞牌〈滿庭芳〉曰：

> 五代殘唐，漢劉知遠，生時紫霧紅光。李家莊上，招贅做東牀。二舅不容完聚，生巧計、拆散鴛行。三娘受苦，產下咬臍郎。　知遠投軍卒，發跡到邊疆。得遇繡英岳氏，愿配與鸞凰。一十六歲，咬臍生長。因出獵、識認親娘。知遠加官進職，九州安撫，衣錦還鄉。50

該首詞作通篇述說《劉智遠白兔記》全本故事大要，並無抒情、寫景成分，而且下闋第二句產生減句變化。又如《鸚鵡洲》開場詞牌〈滿庭芳〉：

> 京兆韋郎，漢陽姜俠，樽前立贈紅顏。愆期墜命，爭羨玉簫賢。因埋青城狌狂，聞消耗痛殺詩篇。尋方士，輪迴攝召，缺月再圓圓。　勳名當此際，薛濤艷冶，金樨留連。但蒐銷渺渺，夢逐鶼鶼。六十封王拜相，盧八座薦女賓筵，看指上，玉環隱起，兩世好姻緣。51

此篇〈滿庭芳〉在格律上大致符合宋詞詞律，過片處「勳名當此際」採用不藏韻形式，通篇也全是述說《鸚鵡洲》的故事內容。而在《鴛鴦棒》的開場詞牌〈滿庭芳〉則是：

> 薛子迍邅，一身落魄，錢家有女芳妍。因貧留帳，便許結良緣。豈料秋闈名捷，遭譏訕遂把盟寒。春闈後，攀高帥府，不記舊嬋娟。　痛錢翁漂泊，家綠破蕩，此際堪憐。又把糟糠舊婦，推落江邊。天遣同官搭救，賺喬才再上花筵。鴛鴦棒，驚蛇打草，骨肉再團圓。52

除了全篇鋪敘傳奇故事為主，過片首句使用藏韻形式，但是句式與明詞

---

50 林侑蒔編：《全明傳奇》第 177 冊卷上，頁 1。
51 （明）程明善：《南曲譜》列為「新增換頭」，見《續修四庫全書》）1736 冊，頁 385。
52 林侑蒔編：《全明傳奇》第 76 冊，頁 1。

同樣變為一四句式「痛/錢翁漂泊」，下闋第四句亦增添一襯字。除了增襯、減字，以及平仄的出入，開場詞牌與原先詞調的〈滿庭芳〉最顯著的差異，便在於風格、目的的轉變，由抒情、寫景轉變為通篇敘事，用來作交代故事大要；與任訥所言詞主抒情的性質而言，明傳奇體裁當中的開場詞牌是一個特別的轉變，但也同樣承續了明詞、南曲兩方的字句音節變化。這是詞調衍入明傳奇曲體體裁後，反映在詞調上的曲化影響，改變了文體的風格目的與字句音節，有甚者如《鸝鸝裘記》一般，過片句式為了遷就納入劇名「鸝鸝裘」，產生了與明詞、南曲皆不同的三二句式變化（「鸝鸝裘賞酒」）。

三、南曲〈滿庭芳〉概述

《爰園詞話》謂：「即詩餘中，有可采入南劇者，亦僅引子。」[53]而〈滿庭芳〉的同名曲牌，在北曲入正宮調、在南曲中即作為中呂調引子之用，然不論南北曲的〈滿庭芳〉都屬於常用曲牌。[54]不過，比起用於南戲的開場詞，南曲〈滿庭芳〉還更早見於《董西廂》之中，亦用於早期明傳奇的南曲聯套裡，而在現今所見永樂戲文三種當中都沒有南曲〈滿庭芳〉的使用。從現存曲文來看，在宋元之交的永樂戲文三種曲套中未見南曲〈滿庭芳〉，可能是南曲〈滿庭芳〉直逮元末南戲與明初傳奇之交、南曲聯套發展漸成之時，才被綴入劇曲當中聯用。

《全明散曲》中未見南曲〈滿庭芳〉作單支小令，僅見北曲單支小令，或見於北中呂粉蝶兒聯套、北正宮端正好聯套之中，亦有北中呂上小樓帶過〈滿庭芳〉之帶過曲[55]。而北曲〈滿庭芳〉譜式格律迥異於南曲、詞調，因此散曲、北曲譜並不列入本文考究範圍，也因此若欲探知〈滿庭芳〉的詞調、曲調關係，必由劇曲中的南曲中呂宮著手。

南曲中的引子獨立於正曲相聯之外，僅與劇情相呼應，而且為了發揮導

---

53 （明）俞彥：《爰園詞話》，唐圭璋編：《詞話叢編》第 1 冊，頁 400。
54 洪惟助：《崑曲宮調與曲牌》（臺北：國家出版社，2010 年 6 月），頁 132-133。
55 張錬〈北中呂上小樓帶過滿庭芳‧偶題〉，謝伯陽編：《全明散曲》（濟南：齊魯書社，1994 年 3 月）第 2 卷，頁 1677。

引場面的功用，腔格並不複雜，以免影響主曲氣氛；因此引子以散板為之，既無節拍亦無定格，僅於每句下一截板表示曲句的分節。56明代《南曲譜》引用《琵琶記》之〈滿庭芳〉作為例體，在字句上均同詞律，但在平仄上稍有不同：

> 飛絮沾衣，殘花隨馬，輕寒輕暖芳辰。江山風物，偏動別離人。回首高堂漸遠，歎當時恩愛輕分。傷情處，數聲杜宇，客淚滿衣巾。萋萋芳草色，故園人望，目斷王孫。譙憔悴郵亭，誰與溫存。聞道洛陽近也，又還隔幾座城闉。澆愁悶。解鞍沽酒，同醉杏花村。57

　　在南曲〈滿庭芳〉中，可平可仄之聲格較《詩餘圖譜》與《詩餘譜》都還少，暗也調整了部分聲格為可平可仄。《爰園詞話》謂詞調字音，論「音有平仄，多必不可移者，間有可移者。仄有上去入，多可移者，間有必不可移者。」58即謂字音平仄有其當平當仄、可仄可平之處，而仄聲包含三聲，但是有精推至明分上、去、入聲格者。本例中，「『輕』寒輕暖芳辰」、「嘆當『時』恩愛輕分」、「故園『人』望」三字，與詞律平仄相左、改仄為平；其次，「漸遠」、「杜宇」、「淚滿」、「近也」則注明需為「去上」，「幾箇」需為「上去」，59雖然不妨原先詞律的仄聲，但曲律在四聲平仄的考量上已更為精細，此乃反映詞曲之異，以及南曲樂腔四聲變化分明之故——最值得注意的聲律比較，在於詞律與曲律中上闋的「自落／舊事／漸遠」、「映柳／數點／杜宇」，以及下闋的「舊恨／見也／近也」、「屈指／空染／幾座」，原本在詞律中只要求平仄吻合、或是改為可平可仄，但是到了曲律中則嚴格明定為上聲去聲搭配，即是為了呼應南曲的上去搭配而定。嚴格說來，南曲〈滿庭芳〉與詞律相較，除了改

---

56 張敬：〈南曲聯套述例〉，《文史哲學報》第 15 期，1966 年 8 月，頁 349-350。

57 (明)程明善：《南曲譜》，頁 385。□字處為《南曲譜》標注之可平可仄，以下皆同。

58 (明)俞彥：《爰園詞話》，唐圭璋編：《詞話叢編》第 1 冊，頁 400。

59 (明)程明善：《南曲譜》，頁 385 注曰：「飛字、回字、誰字、聞字、沽字、同字俱可用仄聲；杜字、故字、目字俱可用平聲；漸遠、杜宇、淚滿、近也俱去上聲；幾箇上去聲。俱妙。」

仄為平之外，與其說整體平仄產生變異，不如說是更嚴於曲律的精致要求，也說明南曲〈滿庭芳〉與部分慢詞來源相同，由詩餘原來的格律加上點板、改化為曲腔而來的現象。60

四、〈滿庭芳〉的詞曲互涉

　　《古本戲曲叢刊》二集明傳奇一百種中，聯套用南曲〈滿庭芳〉者共有29例61，從詞律、曲譜考究同名詞牌曲牌南曲〈滿庭芳〉的差異時，有下列問題：

(一)罕見雙調全律

　　在詞體、曲體而言，詞之過片在形式上即等同於曲之換頭，但是在意義上則不同：詞調體製由單調而至多四闋，但皆視為一首完整詞作；而曲牌即便不用換頭、或是獨用換頭，皆可獨立視為一支曲子，此法早見於宋元戲文之中62，顯然為南曲成立以來之常法。而傳奇開場詞均維持原先詞律單調、雙

60　張敬：〈南曲聯套述例〉，頁350曰：「慢詞為詩餘原格，在南曲初期係附帶唱出，有如今日皮簧班偶爾附唱崑曲一樣。而曲中譜律，原係搜羅曲中流傳的原始資料而成，自不得不備存當時附唱各類慢詞的牌目。可是至水磨調興啟後，此類慢詞，除極少部份改點成水磨調板式變成曲腔外，其餘均成絕響。」

61　《張子房赤松記》第23齣、《鸚鵡洲》第19齣、《靈寶刀》第1齣、《獅吼記》第10齣、《三祝記》第20齣、《投桃記》第30齣、《玉鏡臺記》第2齣、《忠孝記》第6齣、《雙鳳齊鳴記》第2齣、《春蕪記》第2齣、《四喜記》第20齣、《金蓮記》第2齣、《雙烈記》第42齣、《異夢記》第23齣、《劍俠傳雙紅記》第10齣、《三桂聯芳記》第22齣、《笠篋記》第4齣、《麒麟記》第5齣與第31齣、《灑雪堂》第40折、《精忠旗》第9折、《風流院》第2齣、《東郭記》第35齣、《醉鄉記》第2齣、《雙雄傳奇》第36折、《燕子箋》第2齣、《春燈謎》第2齣、《磨忠記》第17齣、《三報恩》第35齣。另，聯套中用北曲滿庭芳者有《貞文記》第24齣、《風流院》第15齣、《東郭記》第43齣、《醉鄉記》第17齣、《西樓夢》後附〈劍嘯〉北曲聯套。

62　今見《南詞敘錄》載《崔君瑞江天暮雪》的南呂近詞〈吳小四換頭〉（夫人聽啟），《永樂大典》載《崔鶯鶯西廂記》的中呂〈泣顏回換頭〉（淒清，良夜正三更）、《薛雲卿鬼做媒》的中呂〈泣顏回換頭〉（淒然，顒望正懸懸）、《鎮山朱夫人還牢旦》的南呂〈梁州序換頭〉（唱春詞春景堪題），均以原曲之換頭而單獨成一曲。見錢南揚：《宋元戲文輯佚》（北京：中華書局，2009年11月），頁151、170、291、305。

調的完整性，不似南曲〈滿庭芳〉罕用換頭一段、甚至只用兩三句而成一曲。明傳奇中，南曲聯套的〈滿庭芳〉用換頭者僅有表列四例：

表 4-2-2：明傳奇一百種南曲劇套的〈滿庭芳〉換頭四則

傳奇齣目	正文	變化
雙鳳齊鳴記 第二出	(生)二帝塵蒙，群雄雲擾，幾回夜惜元龍。壯慄哽咽，豪氣壓華峰。(小生)寶劍含光射斗，又何須彈鋏王公。(合)尋英俊，談兵講武，養盛待時庸。　(生白)禹錫空成賦，問釣陳平，六出奏奇勛鵬程。欲奮封侯志，虎穴寧探報主心。(小生)調鼎羈盪妖氛，兩般事業，許生平西風。潸淚休，回首忍見，中原逐鹿爭。	下闋第三句增字為七字句
四喜記 第二十齣	雲斷青山，烟消綠野，離人最怕芳時。鳥啼花落，偏惹客心悲。總有遊絲萬丈，恨無由絆住遷思。高堂杳，鸞闈寂寞，淚向暗風垂。　(小生)行程何日盡，五雲天闕猶迷。(淨)望杏花深處，風蕩酒旗。(末)且開懷一醉。垂柳下，暫繫羣驪，(合)還期望宴瓊林宵衣錦。	1. 下闋二、三句原為兩句四字句，合為一六字句 2. 下闋六、七句原為六字句與七字句，合為一句五字句 3. 末句原為五字句，增為九字句
麒麟記　第五齣	(外)淑氣英英，祥雲靄靄，晴窗早愛朝曦。春光無際，萬物正亨時。吾以大夫告老，從笑傲娛樂山溪。蒙天佑，烏紗白髮，鷗鳥忘機。	1. 上闋末句原為五字句，減為四字句 2. 下闋第六句原為

		(老)思之今幾許，行年七十，追昔良時。禱尼丘吾子，生知為兒。戲常陳俎豆，談禮容中矩中規。喜今日，又生孔鯉，賢達孫●。	六字句，減為五字句 3. 末句原為五字句，減為四字句
	第三十一齣	周室衰微，侯邦迭霸，先王政教不行。較強契弱，爭戰日紛紛。魯用孔丘為相，會齊侯夾谷同盟。樽俎上，一言威重，談笑却來兵。　齊人歸侵地，又歸女樂，君臣荒淫。三日不朝郊祭，膰肉不臨。予乃見機明決，不脫冤微罪而行。至衛國，靈公問陳，不遇更遭陳。	下闋第四句原為五字句，增為六字句

　　由此可知，南曲聯套〈滿庭芳〉罕用換頭一段、也就是只用原來詞調的上闋，因此多無下闋格律變異可論，也少有明詞過片藏韻與否及其衍生的句式問題。而使用換頭者，產生變化處亦多在換頭的下闋，而且屬於可視樂腔彈性添刪的增字、襯字，或是減字的變化，尤其南曲〈滿庭芳〉本身即是不上板、尺寸適度自斟的散板曲，於樂腔的增減伸縮又較為自由。

　　同時，原來在宋詞調中屬於雙調形式的〈滿庭芳〉，在南曲中僅用原詞調上闋一段，而罕用換頭一段、甚至僅用數句即成一曲，是〈滿庭芳〉詞調、曲調的差異之一。此種現象，當與南曲〈滿庭芳〉作為引子，用來引導、發起全套曲情之用，兼且又是不上板的散板曲，不宜過長，是以精簡為一闋；更甚者如《三桂聯芳記》第二十二出中呂〈滿庭芳〉：「鼎鼎躬調，絲綸手掌，不負平生夙望。」或如《雙雄傳奇》第三十六折中呂〈滿庭芳頭〉：「鐵券榮華，玉音褒美，堪誇年少封侯。」減省至第一韻節(樂段)止矣，並將其形式反映在曲調名當中。63但是在曲體之中，皆可視為一支單獨的曲子。

---

63 《赤松記》第23齣〈滿庭芳〉：「(末上)欲往禪宮，倩取修齋供。」僅用二韻句，文句亦異。

　　然而，在清人所撰《九宮大成南北詞宮譜》中，載示諸宮調《董西廂》
中的〈滿庭霜〉（按：即〈滿庭芳〉）有二體，但是將此二體合併而視，其實
就是原來詞律的上闋與下闋，清人卻視原詞調體式的「下闋」為各自成體的
又一體64。此例應視為洛地所稱的「南曲中的雙調」，而且南曲曲牌即便運用
了前腔換頭，不論有幾次換頭，都應視為一個曲牌。65《九宮大成》譜的南曲
〈滿庭霜〉又一體，實際上是「前腔換頭」、也就是詞調〈滿庭芳〉的雙調形
式。由清人定譜誤將南曲前腔換頭者誤列又一體，一來可知在曲體的發展中
「換頭」被視為單獨隻曲使用的概念之呈現，二來即知南曲〈滿庭芳〉循例
罕用換頭，卻導致後人訂譜的誤解，誤將換頭視為又一體。而曲之換頭與詞
的雙調形式意義亦不相同，詞之雙調必須包含換頭始為完整的一闋，而曲之
換頭、或是不用換頭僅用上闋皆可視為單獨支曲。

（二）曲化的平仄變化

　　前述比較〈滿庭芳〉之詞律與曲律的平仄異同時，詞律與曲律中上闋的
「自落/舊事/漸遠」、「映柳/數點/杜宇」，以及下闋的「舊恨/見也/近也」、
「屈指/空染/幾座」，原本在詞律中只要求平仄吻合、或是改為可平可仄，但
到了曲律訂譜時，皆被要求為上聲去聲、去聲上聲的搭配，以符曲律的需求。
這項聲格的需求，同樣反映在明傳奇的開場詞諸作當中，一改詞律而就曲律
之上聲去聲搭配，例如：

例一、《鸚鵡洲》之「六十封王拜相，盧八座『薦女』賓筵。」（屈指/空染/
　　　幾座）本例在《詩餘圖譜》和《詩餘譜》均將前字聲格訂為平聲可仄；

64　（清）周祥鈺、鄒金生編：《九宮大成南北詞宮譜》，見王秋桂主編：《善本戲曲叢刊》（臺
　　北：臺灣學生書局，1987 年 11 月）第六輯，頁 1478-1479 載：「幽室燈清，疎簾風細，
　　獸爐香蒸龍涎。抱琴拂拭，清興已飄然。此箇閣兒雖小，其間趣不讓林泉。初移斡，
　　啼烏怨鶴，飛上七條絃。（又一體，同前）循環。成雅弄，純音合正，古操通元。漸移
　　入新聲，心事都傳。一鼓松風瑟瑟，再彈巖溜涓涓。空庭靜，鶯鶯未寐寢，須到小窗
　　前。」注曰：「〈滿庭霜〉二闋，句法雖異，亦復各自成體。」
65　見洛地：〈南曲中的換頭〉，《南樂曲唱》，頁 295-297。其中頁 296 謂：「這一類『前腔換
　　頭』宜作為『南曲』中『雙調』看待。『南曲』的結構近詞，律化，即實際上成為詞調。」
　　認為南曲換頭形式仍應視為同一個曲牌結構，有如詞調的雙調形式包含上下兩闋。

而《南曲譜》明訂為去聲上聲搭配，將前字聲格由平聲可仄改為去聲。

例二、《五鬧蕉帕記》之「屈指當今『海內』，論詞手、幾個周郎。」（自落/舊事/漸遠）；《鸞鎞裘記》之「建節通夷『定蜀』，中郎將威震遐荒。」（自落/舊事/漸遠）；《元宵鬧》之「賈氏含酸『怨偶』，張文遠兼御春英。」（自落/舊事/漸遠）此處聲格特別凸顯詞律與曲律的平仄聲格之異，在《詩餘圖譜》中該處原注為仄仄，《詩餘譜》將前字聲格改注為仄聲可平；而《南曲譜》則改注為去上聲，將其仄聲可平明定為去聲。

以上開場詞中一改詞律而產生符合曲律要求的平仄變化，即可呼應前引鄭騫所述：明人填詞習於曲的音節格律之影響，而在句式上與詞律相左。

(三)相近的句式變化

南曲〈滿庭芳〉在明傳奇之中多不用換頭，亦即使用原詞調雙調的上闋，在句式、押韻亦多合原詞調格律。而在明傳奇中的南曲〈滿庭芳〉不同於詞調的字句增減變化有：

表 4-2-3：明傳奇一百種南曲劇套的〈滿庭芳〉字句變化

劇作齣目	正文	變化
赤松記 二十三齣	欲徃禪宮，倩取修齋供。	僅用兩句。
玉鏡臺記 二齣	且慇勤菽水，供子職膝下承歡。	上闋第六句減一字。
四喜記 二十齣	五雲天闕猶迷。	下闋第三、四句原為兩個四字句，合為一六字句。
	且開懷一醉。	下闋六、七句原合為一七字句，合為一五字句
雙紅記十齣	幸逢元老，猶念同寅。	上闋第五句減一字。
箜篌記四齣	早別却，碧雲深處，尺五長安。	上闋末句減一字。

麒麟記五齣	蒙天佑，烏紗白髮，鷗鳥忘機。	上闋末句減一字。
	戲常陳俎豆，談禮容中矩中規。	下闋第六句減一字。
麒麟記三十一齣	三日不朝郊祭，膰肉不臨。	下闋第五句增一字
三桂聯芳記二十二出	鼎鼎躬調，絲綸手巾，不負平生夙望。	至第一韻止。
雙雄傳奇三十六折	鐵券榮華，玉音褒美，堪誇年少封侯。	至第一韻止。（〈滿庭芳頭〉）
磨忠記十七齣	經綸康濟，時乖文隔風雲。	上闋第五句增一字
	回首檢書燒燭，那堪魂斷三春。	上闋第七句減一字
	何時得售連城。	上闋末句增一字

　　大致來說，明傳奇中南曲〈滿庭芳〉句式大多與詞調相合，除了《赤松記》僅用兩句、以利傳奇曲套中劇情的推展，其他各例變化大多都是增字襯字或是減字。然而，引子作為散板曲而使用襯字是為了樂腔自由伸縮的變通，二、三字的增減並無不妥[66]，在格律中可供增襯減字變化處亦較無定例可循。蓋引子散板曲的自由度較高、不能佔上全套過多分量，兼且南曲中襯字處不得上板[67]，〈滿庭芳〉既為散板、僅在截句處加底板，而何處應施加襯字也較無拘束。

　　前述因為詞樂佚失，明代詞人創作僅能循聲按譜、依譜填詞，南曲〈滿庭芳〉中字數句式大抵與宋詞格律相符，可知南曲在詞樂中輟的情形下，字句上實亦有依譜填詞之現象——上溯至現今可見的三部諸宮調，南曲〈滿庭

66　（明）王驥德：《曲律・論襯字》，頁 125 謂：「古詩餘無襯字，有之，自南北二曲始。北曲配絃索，雖繁聲稍多，不妨引帶。南曲取按拍板，板眼緊慢有數，襯字太多，搶帶不及，則調中正字，反不分明。大凡對口曲，不能不用襯字；各大曲及散套，只是不用為佳。細調板緩，多用二三字，尚不妨；緊調板急，若用多字，便躱閃不迭。凡曲自一字句起，至二字、三字、四字、五字、六字、七字句止。」

67　許守白（許之衡）：〈論聲韻襯字〉，《曲律易知》卷下，頁 185：「蓋南曲有一定之板，襯字上不能加板。襯字過多，則搶板不及；北曲無一定之板，襯字上亦可加板，故也。」

芳〉亦僅有《董西廂》存見〈滿庭霜〉（〈滿庭芳〉），又與宋詞滿庭芳黃公度體字數、句式相同，若非依詞調字句填製、直以詞句編入曲樂，是不會有這種現象的。所以在明代詞樂中輟之際、明人自唐宋諸詞作直襲句法平仄押韻之律，重新作為詞譜的準則，[68]但是為符合曲樂和陰陽四聲的原則，平仄部分稍有更易，而更增精細變化。

南曲〈滿庭芳〉在句式上直襲宋詞，而有不同於明詞的句式變化，同時明詞的句式也明顯受到南曲的變化影響。明詞中句式變化異於宋詞而突出者，以楊慎為甚：

> 天地側身，風塵回首，何年夢落南荒。家山千里，烟月記微茫。萍水蓬風無定，隨處倘佯。葛藤話、浮生半日，且臥老僧房。　門前來往路，嘆迷踪羈旅，混迹漁商。看海波渺渺，曲似回腸。玉關外、多愁易老，算不如沉醉為鄉。旗亭下，千金斗酒，一擲買春芳。[69]

楊慎此首〈滿庭芳〉共有三處不同於原詞調的變化：第一，上闋第七句原為七字句，減字為四字句；第二，下闋第二句原為四字句，增添一字為襯；第三，下闋第六句原為六字句，楊慎改為上三下四的七字句，而與下一句「算不如沉醉為鄉」相對。此類字數、句式的變化，是明詞與宋詞不同、受到南曲音樂影響的例子。除了字句的影響，又或有明詞在語言風格、詞語成句上漸與曲相近，以王屋〈邨居漫興〉一首為例：

> 醉月秋林，眠雲夜浦，天教老混漁樵。白駒空谷，誰與賦逍遙。打算晴薪雨釣，牀頭窖、滿瓮村醪。尋常裏，都無一事，細揀栢枝燒。　花朝將雪夕，谿翁偶過，田父相招。有黃魚帶甲，紫蟹連糟。問我生平

---

68 陶子珍：《明代詞選研究》（臺北：秀威資訊科技，2003 年 7 月），頁 252 曰：「當詞樂失傳之際，音律之譜亦不復見，歌唱之法，成為絕響，令填詞之人無所適從；而張（綖）、徐（師曾）、程（明善）等三人，深感作詞時所面臨之窘境，並體會出唯自唐宋諸人詞作中，析其平仄、句法與押韻之格律體式，予以總結歸納，制為準則，方不致舛誤謬亂，徒費心思。」

69 饒宗頤初纂、張璋總纂：《全明詞》第 2 冊，頁 828。

活計，書千軸、詩稿盈瓢。親曾重，七松五柳，大者已如腰。70

此首〈滿庭芳〉，通篇造語、意境頗具元人散曲意味，與詞的綺麗典雅印象不同。同時也因為明詞曲化的現象影響極大，詞曲之間又有再進一步「以曲釋詞」、「詞曲互證」之文體相通的批評觀念，而漸漸成為明代詞學批評的特色。71

綜上所述，以〈滿庭芳〉為引，綜覽明詞、南曲與傳奇開場詞牌，可以歸納出明代詞作、曲作的同異及其相涉。茲此以「詞調入曲」、「衍入曲體」之命意，總述其內涵：

1.〈滿庭芳〉的以詞入曲

「與詩餘同」的〈滿庭芳〉詞曲牌調之間的分際和分際，有以下三點：

(1)過片、換頭的形制

詞調〈滿庭芳〉為雙調形式，南曲〈滿庭芳〉雖直依詞調字句定律，但以摘取原詞調的上闋為體，而少用用原詞調上、下闋者，從《南曲譜》定其為「新增換頭」可知使用換頭並非南曲原來的慣例。在體制上，明詞、南曲〈滿庭芳〉同樣都屬雙調形式(換頭)的上下闋，但南曲多取上闋者運用，蓋南曲〈滿庭芳〉為引子，散板曲不宜過長。也因為南曲的罕用換頭，以致後出的《九宮大成》將原屬〈滿庭芳〉之下闋(換頭)改稱為「又一體」。

(2)反映於句式的音節觀念

句式的變化，實與板式、韻位相涉，而明詞、南曲之間的句式變化相異甚大，可知兩者音樂沿襲的不同。例如過片換頭首句，原宋詞此處為二字句與三字句搭配的形式，而且擁有第二字藏韻與不藏韻的兩種作法，使音節形式與意義形式互相契合；而明詞卻產生了一字句+四字句的不同於宋詞之句式變化；南曲〈滿庭芳〉雖罕用換頭一段、以原來宋詞之上半闋體式為宗，但使用換頭者首句一仍遵守宋詞藏韻的二字句+三字句句式，未改其體。南曲〈滿庭芳〉為引子，只在截句處下板以表示韻位，在字句的分節上其實可不必依

<hr>

70 饒宗頤初纂、張璋總纂：《全明詞》第 4 冊，頁 1585。
71 張仲謀：《明代詞學通論》(北京：中華書局，2013 年 3 月)，頁 322-336。

循句中藏韻的作法，但是南曲不僅依循詞調字句定譜，除卻襯增減字，在句式上也仍舊比照詞調而填。由此可知，南曲〈滿庭芳〉「與詩餘同」所指，在於曲譜依照「古詩餘」宋詞調的字句、句式定譜，而與同時期發展的明詞字句變化有別；然而南曲、明詞繼續發展，明詞的音節格律卻又受到南曲的影響，即是所謂「明詞曲化」的風格；而且明詞產生異於宋詞句式變化的時期，亦與明詞產生曲化現象的時期一致，大約都在明代中晚期以後、曲體盛行的年代開始。

(3)反映於襯字的詞曲觀念

　　明代曲家提出「古詩餘無襯字」一論，是詞曲分判的標準之一；而從明詞、南曲使用襯字的頻率而視，亦可供佐證。由音律可知襯字必然加添於音節空隙、板眼空疏之處，明詞〈滿庭芳〉實則罕用襯增減字，南曲〈滿庭芳〉雖多用詞調上闋、兼且直依詞律字句者，但基於散板曲之樂律，也增添了襯增減字變化；而且南曲〈滿庭芳〉僅在截句處上板，襯增減字的變化在字句之間較不受板眼之限、較無固定成見。這些變化亦可見於新增換頭、亦即完整全闋的南曲〈滿庭芳〉之中。

2. 衍入曲體的開場詞牌

　　開場詞牌雖稱為詞，承續明代詞作的變化，但同時也受南曲的影響；除了前述的句式、字句變化，最顯著者在於文體風格的改變。文體風格與襯字增減，即是衍入劇曲體裁的開場詞牌之曲化現象，其要如下：

(1)與明詞相同的句式變化

　　反映開場詞牌與明詞之間關係最為顯著的句式變化、又與板式韻位密切相關處，在於過片首句。宋詞〈滿庭芳〉此處原來的作法，是二字句+三字句組程的五字句形式，且為符合意義形式的搭配，第二字下另有藏韻的作法，使得句式、分節、押韻與意義彼此契合。到了明詞〈滿庭芳〉則句式更異為一字句+四字句的領調字處理方式，開場詞牌亦有相同的作法，而不見於南曲之中。由此可知開場詞牌與明詞的淵源關係。

　　但是此種變化句式之法，也可能反映了詞家、曲家是否明究詞律的句式、韻位和板眼契合的問題。例如明詞中沈樹榮：「記⑭干十二，桂花叢下，分

劈紅箋。」之「記欄干十二」，此種一四句式與第二字藏韻的組合，便是不明意義、音節的契合變化；而在開場詞牌中除了過片首句相同的一四句式變化之外，《鸂鶒裘記》開場詞牌第二支中的「鸂鶒裘賈酒，當壚滌器，薄寄清狂。」之「鸂鶒裘賈酒」為獨有的三字句+二字句之變化，可知是為嵌入劇名主題而遷就，但是亦在第二字處藏韻，同樣觸犯意義、音節形式脫軌的問題。

(2)與明詞、南曲相同的襯增減字變化

開場詞調〈滿庭芳〉與明詞、南曲皆有相同的襯增減字變化，其中以「下闋第二、三句減字，使兩句四字句合為一句」為南曲和開場詞牌所共有，又以「下闋第四、五句添加襯減變化」為三者通用；襯增減字反映的是音節板式的疏密性，南曲〈滿庭芳〉為引子、散板的襯字變化較為自由，從此可觀察開場詞牌與南曲在字句、音律觀念實較為相近。

(3)與抒情、寫景相左的敘事文體風格

詞作主旨，或以寫景為鋪敘，但以抒情為主，〈滿庭芳〉原本亦屬搖曳變化、抒發纏綿別情之調[72]，但是在明詞〈滿庭芳〉納入曲體明傳奇的體裁、作為開場詞牌使用時，為了達成家門大意的功能，一改抒情為敘事，反而藉其行文格局描述跌宕起伏的家門大意，在句式、平仄等格律因素上也有相應的調整，成為開場詞牌與明詞相異最顯著的表徵。在開場詞牌當中，敘述故事家門者又多用雙調等長調形式，如〈滿庭芳〉、〈漢宮春〉、〈沁園春〉等等，以盡其敘事之能，卻改變了原來的詞作宗旨。

第三節　明代〈沁園春〉的詞曲互涉

一、詞調〈沁園春〉概述

北宋時期除了傳自盛唐以來的教坊大曲、或是中唐以後民間流行的樂曲——例如教坊的〈楊下采桑〉、〈怨胡天〉，以及中唐民間新傳的〈憶秦娥〉、

---

[72] 林克勝：《詞譜律析》（北京：商務印書館，2013 年 4 月），頁 283 曰：「（滿庭芳）此調原屬婉約詞，行文格局搖曳多姿，前人多用以抒發纏綿綿的離情別緒。」

〈楊柳枝〉、〈卜算子〉等等，[73]且多以小令為主，但是在宋朝時期也有慢詞與新詞調的產生，〈沁園春〉即是其中之一。

　　〈沁園春〉據載是起於北宋仁宗時代的「都下新聲」[74]，唐五代未有創作填製，北宋時期也尚未大量流行。今見兩宋詞人可考者有一百三十七人曾填製〈沁園春〉，共計 428 首，[75]張先〈沁園春〉「心膂良臣」為其填製之始。[76]全詞長調共一百十四字，上闋十三句，三、七、十、十三句押韻；下闋十二句，首、二、六、九、十二句押韻，平聲韻。其中上闋四、五、六、七與下闋三、四、五、六句作隔句對，而上闋第八、九句與下闋第七、八句亦常作對偶，南宋後大多採用上下闋相同的對仗方式。[77]在此以辛棄疾「三徑初成」為例：

> 三徑初成，鶴怨猿驚，稼軒未來。甚<u>雲山自許，平生意氣</u>；<u>衣冠人笑，抵死塵埃</u>。<u>意倦須還，身閒貴早</u>，豈為蓴羹鱸膾哉。秋江上，看驚弦雁避，駭浪船回。　　東岡更葺茅齋。好都把、軒窗臨水開。要<u>小舟行釣，先應種柳</u>；<u>疏籬護竹，莫礙觀梅</u>。<u>秋菊堪餐，春蘭可佩</u>，留待先生手自栽。沉吟久，怕君恩未許，此意徘徊。[78]

　　即是上下闋均採相同隔句對與兩句相對的對仗形式。又如畢生專著〈沁

---

73 吳熊和：《唐宋詞通論》(杭州：浙江古籍出版社，1985 年)，頁 140-141。

74 (宋)劉斧：《青瑣高議》(臺北：河洛圖書出版社，1977 年)前集卷八，頁 75〈續記〉條曰：「聞前客肆中唱曲子〈沁園春〉。肆內有補鞋人傾聽甚久，崔中曰：『此何曲也？其聲甚清美。』『乃都下新聲也。』」

75 填製〈沁園春〉數量前十名之詞人——李曾伯、陳人傑、劉克莊、劉過、姚勉、陳著、葛長庚、辛棄疾、方岳、黃機，均為南宋人，被列為正體之一的北宋詞人蘇軾亦僅有兩首，可見〈沁園春〉在北宋時期仍是少有文人創作甚至駕馭的新詞調，見陳翠穎：〈兩宋長調〈沁園春〉審美略探〉，《宿州教育學報》第 11 卷第 2 期，2008 年 2 月，頁 54-56。

76 《全唐五代詞》中有署名唐末呂岩之〈沁園春〉詞二十首，然均為宋元時後人偽作，見曾昭岷、王兆鵬等編：《全唐五代詞》(北京：中華書局，1999 年)，頁 1284。

77 丘海洲：〈〈沁園春〉形式要點淺談〉，《長白山詩詞》，2005 年第 4 期，頁 114。

78 鄧廣銘箋注：《稼軒詞編年箋注》(臺北：華正書局，1982 年 8 月)，頁 76。

園春〉詞的陳人傑之「詩不窮人」：

> 詩不窮人，人道得詩，勝如得官。有<u>山川草木，縱橫紙上</u>；<u>蟲魚鳥獸，飛動毫端</u>。<u>水到渠成，風來帆速</u>，廿四中書考不難。惟詩也，是乾坤清氣，造物須慳。　　金張許史渾閑。未必有、功名久後看。算<u>南朝將相，到今幾姓</u>，<u>西湖名勝，只說孤山</u>。<u>象笏堆床，蟬冠滿座</u>，無此新詩傳世間。杜陵老，向年時也自，並凍衣寒。[79]

上闋的四、五、六、七句，與下闋的三、四、五、六句均作隔句對，而上闋八、九二句，和下闋七、八二句亦皆對仗。張先為填製〈沁園春〉之第一位詞家，其「心膂良臣」詞有 115 字，[80]較蘇軾、賀鑄正體於上闋第十句添一字（「又」），且下闋首句增韻，由六字句斷為二字句與四字句。各式體例中張先雖為填詞之先，但無對仗，詞調也還未成立明確風格，所以古今詞家以蘇賀二體為正。[81]

綜上所述，〈沁園春〉為北宋時期創製的新調，但至南宋後才在文人之間有了大量的創作；對仗方式亦與北宋稍異，除了上、下闋均有相同的兩句對仗，亦均有四句相對的隔句對，乃是最能代表其詞調個性之處，亦可謂稼軒確立此詞調的個性。

明代《詩餘圖譜》以辛棄疾「三徑初成」與秦觀「宿靄迷空」為詞例，茲此以辛棄疾詞作列示其體例：

> ㉜徑初成，㉡怨猿驚，㉢軒㉠來。甚雲山自許，平生意氣，㊁冠

---

79 見唐圭璋編：《新校標點全宋詞》（臺北：文光出版社，1983 年 1 月），第五冊，頁3079。

80 全詞為：「心膂良臣，惟幄元勳，左右萬幾。暫武林分閫，東南外翰；錦衣鄉社，未滿瓜時。易鎮梧台，宣條期歲，又西指夷橋千騎移。珠灘上，喜甘棠翠蔭，依舊春暉。　須知。系國安危。料節召、還趨浴鳳池。且代工施化，持鈞播澤，置盂天下，此外何思。素卷書名，赤松遊道，飄馭雲軒仙可期。湖山美，有啼猿唳鶴，相望東歸。」

81 丘海洲：〈〈沁園春〉形式要點淺談〉，頁 113。閩汝閑：《詞牌彙釋》引《詞譜》曰〈沁園春〉：「此調以此（蘇軾）詞及賀詞為正體；若葛詞，林詞之添字，張詞之襯字，李詞之減字，皆變格也。」頁 119。

人笑，抵死塵埃。意倦須還，身閑貴早，豈為蒓羹鱸膾哉。秋江上，看驚弦雁避，駭浪船回。　東岡更葺茅齋。好都把軒窗臨水開。要小舟行釣，先應種柳，疏籬護竹，莫礙觀梅。秋菊堪餐，春蘭可佩，留待先生手自栽。沈吟久，怕君恩未許，此意徘徊。82

然而在《詩餘圖譜》的格律制譜下，辛棄疾本例在下闋的「先、疏、留」處均應作仄聲格。在《詩餘譜》中同樣選辛棄疾、秦觀該二詞為例，但更動了平仄聲格：

三徑初成，鶴怨猿驚，稼軒未來。甚雲山自許，平生意氣，衣冠人笑，抵死塵埃。意倦須還，身閑貴早，豈為蓴羹鱸膾哉。秋江上，看驚弦雁避，駭浪船回。　東岡更葺茅齋。好都把軒窗臨水開。要小舟行釣，先應種柳，疏籬護竹，莫礙觀梅。秋菊堪餐，春蘭可佩，留待先生手自栽。沈吟久，怕君恩未許，此意徘徊。83

《詩餘譜》中較《詩餘圖譜》增添了可平可仄聲格，有「怨、甚、雲、自、平、生、意、身、貴、驚、雁、更、好、要、行、先、種、疏、護、可、留、君、未」諸字，而其中在《詩餘圖譜》中本有違律疑慮的「先、疏、留」，更因此而合律。此乃《詩餘譜》的訂譜特色之一。

取清人萬樹《詞律》收陸游「孤鶴歸飛」、秦觀「宿靄迷空」的詞例再作比較、並以前者為正格，其體例如下：

孤鶴歸飛，再過遼天，換盡舊人。念纍纍枯塚，茫茫夢境，王侯螻蟻，畢竟成塵。載酒園林，尋花巷陌，當日何曾輕負春。流年改，歎圍腰帶剩，點鬢霜新。　交親。散落如雲。又豈料、

82　(明)張綖：《詩餘圖譜》，頁539。

83　(明)程明善：《詩餘譜》卷三，頁137-138。其注秦觀第二體曰：「前段與第一體同，唯第八句作七字，九句作八字。」

如今⦿此身。幸⦿明⦿健，⦿甘⦿軟，⦿惟⦿老，⦿有人貧。⦿盡危機，⦿殘⦿志，⦿艇湖中⦿采蕁。吾何恨，有⦿翁⦿醉，⦿友為鄰。*84*

在《詞律》的訂譜中，取消了《詩餘譜》中的「再/鶴、怨/過、稼/換、未/舊、甚/念、生/茫、看/歡、東/交、好/又、要/幸、怕/有」諸字的可平可仄，而增加「意/夢、人/螻」為可平可仄之格。然而據萬樹的觀察，〈沁園春〉首三句、「念纍纍枯冢」與「幸眼明身健」諸句之平仄，自由彈性大，組合不拘，實與《詩餘譜》的可平可仄聲格訂律相近。*85*而萬樹所列正格之中，訂定過片有一藏韻，而將原來的六字句截分為二字句與四字句（「東岡更葺茅齋。」/「交親。散落如雲。」），但是並不常見，在詞調創作中仍以不藏韻為常例。*86*

二、 明傳奇中的開場詞〈沁園春〉

〈沁園春〉屬於明傳奇開場詞中極常使用的詞牌，在《古本戲曲叢刊》二集明傳奇一百種中的使用比例僅次於〈滿庭芳〉。以下整理部份《古本戲曲叢刊》二集中全部使用的開場詞〈沁園春〉詞例，並揀選部分初集、三集的開場詞〈沁園春〉作為參酌補充。

---

84 （清）萬樹：《詞律》，頁 433。

85 （清）萬樹：《詞律》，頁 433 曰：「首起三句平仄不拘，惟此篇為正。大約首句俱同，第二句則或用仄平平仄，或用平平平仄，或用仄平仄平，或用平平仄平，或用仄平平平，或用仄平仄平，或用平平仄平……以上皆不拘。『纍纍枯冢』與『眼明身健』間有用仄仄平平者，亦不拘。然數十中之一也。」

86 （清）萬樹：《詞律》，頁 433 曰：「親字可以不叶，其叶者亦一二而已。」杜文瀾校注曰：「又後起『交親』之『親』字叶韻，統考百餘闋中僅六、七首相叶，恐係偶合。」

表 4-3-1 ：明傳奇中的〈沁園春〉開場詞

古本戲曲叢刊初集			
劇名	使用	原文	備註
古城記	開場	漢室玄孫，孤窮劉備，德性自天成。關張結義，誓同死同生。不意彭城失計，旅鵬分飛異處。踪跡逐飄萍。雲長能義勇，護嫂拒曹軍，遭勢窘明降漢曹，安身接光待旦，凜然大節震乾坤。漸將報恩奔主，古城相會，聚義表前盟。	增減字句變化
舉鼎記	開場	周室衰頹，干戈列國，秦主謀為。百里獻計，讒譖起心虧。十條斷龍截虎，害諸侯插翅難飛。若不虧淮南勇將，休想生回。難伏紅山寇，結金蘭義士，道破因依。舉金鼎懸牌挂劍，割衫襟秦楚于飛。黃河套展雄助力，方脫灾危。	上闋五四句變四五
玉簪記	開場	陳女娉容。潘生俊雅。姻親指腹。奈兵戈驚散。子母天涯。女娘指引。寄跡烟霞。張公借宿。詞調空誇。王郎鬧會惹嗟呀。潘生投觀。天遣會嬌娃。　堪佳。美女才華。暗寫情詞怨出家。豈知才郎邂逅。詞章入手。相思情逗。到此難遮。鳳鸞方就。姑意曾差。秋江逼試泪如麻。榮歸處。夫妻子母。重喜會蒹葭。	1.上闋減句 2.過片藏韻 3.七字句改上四下三 4.下闋第三句增字

千金記	開場	勇士年垂，佳人命薄，淮陰同受淒涼。狂秦暴虐，六國併吞，四海干戈擾攘。英雄困何處顯名揚。　遭無賴低頭，胯下寄食好恓惶。使夫妻分別，拆散兩鸞凰。投奔西楚，官軍執戟，未露輝光。運至風雲際會，逢蕭相方得佐明皇。功成就，築壇拜將，衣錦耀劉邦。	格式大異
繡襦記	開場	鄭子元和，榮陽人氏，雋朗超羣。應長安鄉試，李娃眷戀，追歡買笑，暮雨朝雲。忽爾囊空，李娘計遣，路賺東西怨莫伸。遭磨折，殘生幾喪，進退無門。　貧寒徹骨傷神。嘆饑吻號猿衣結鶉。幸逢娃痛惜，繡襦護體，乳酥滋胃，復振精神。剔目勸學登科，參軍之任，父子萍逢訴此因。行婚禮，重諧伉儷，天寵沐殊恩。	增字
薛仁貴跨海東征白袍記	開場	昔日仁貴，博覽古今書，父母雙亡。柳氏招贅，美滿和諧，不料麓國中葛蘇文用機謀，剌詩辱罵唐君。上怒臣賢，苦諫休征遼兵。君不聽，憑夢中詳論，率鼎立功勳。朝廷。黃榜招兵。各州君來仕貴奸心。讀意害忠良，白袍將苦，被埋藏在營中覷，擎堂察探，賞校問原因。白袍將刀鞭兩下定輸贏。天從	格式大異

| | | 人意救唐君。離災厄脫甎庭平遼，盡封官賜職衣紫腰金，妻榮夫貴耀顯門庭。 | |

古本戲曲叢刊二集

劇名	使用	原文	備註
靈寶刀	開場	優汝前來，悲懽離合，在爾安排。演林沖壯士，因刀疊起，張娘烈婦，擊鼓冤開。叵奈陸謙，挑唆高尉，兩次三番釀禍胎。看今古，那狼牙薑尾，豈一謙哉。　人中人外難猜。有多少包天蓋地材。更鄰居一嫗，堪依生死，路逢一傑，肯活裙釵。寫景教真，驚危欲化，無負詞林着意裁。銀蠟下，庶當杯笑語，恍在蓬萊。	合詞律
錦箋記	開場	吳下梅生，錢唐柳氏，萱親並●。因相依登覽，情惹春詞，虔婆撮合，侍女傳私。鄒君留學，日久心期，堅貞百伎縱難移。奸尼巫藥，僅折借春枝。　遊嬉。洩露微機。好事多磨是又非。千里空勞命駕，杏園感泣。趙公戲筆，齒錄曾題，佳人陷選，義女捐軀，金門協奏賜完歸。歌嘽彼。室家咸遂，畫錦樂于飛。	1. 減字 2. 增字 3. 下闋押韻曲化
玉鏡臺記	開場	潤玉佳人，太真才子，下鏡成婚。適五湖作釁，神州陸沉，懷愍北	減字

		狩，天馬南奔。奉詔勤王，絕裾辭母，夫婦萱堂兩處分。與，同心協力，百戰淨邊塵。　不意王敦叛逆，詭將心腹誘強，臣俾丹陽。出守聲罪，至討妻挈陷獄，難屈堅貞。義感說客，持書寄鏡，一怒鯨波盡削平離鸞合，門迎具慶，天祿永承恩。	
粧樓記	開場	宜中陳生，意娘周氏，雙璧崑良。姻親指腹，遭兵信絕，天涯寄跡，邂逅燒香。雲得傳書，春梅通信，粧樓相見訴衷腸。驚散鸞，飛上苑，金榜名揚。　承麟兵託錢塘。周埋縲紲為儲糧。賈似道誤國，鄭虎臣誅佞，吳元兇惡，天怒殛身亡。授水神扶重會，金蘭張呂續媒良，羨出將，功成入相，麟閣姓名香。	1. 減字 2. 格式頗異 3. 下闋押韻曲化
冬青記	開場	唐玨人豪，德陽國士，氣壓東南。奈才高數蹇，棘圍久困，上書見逐，世態都諳。胡馬長驅，寢陵發盡，●產收骸●石函。傷心處，喬裝乞丐，險路各疑探。　歸驂。天鑒奇男。怪午夜觀燈一夢酣。遇袁公慕義，甫諧伉儷，尋招俠侶，臭味相甘。詔戮奸僧，空山瀝血，洗耳羞將虜命俘，憑君聽，冬青舊	過片藏韻

		事，滿座濕羅衫。	
四美記	開場	蔡氏興宗，文才滿腹，寄跡山門。遇明惠祥師，指點前程，因做蘭盆勝會，得識吳君。自此永為刎頸。陰中賜子，賴得神明，一舉科闈得意，奉旨把王封。　誰料蠻夷猖獗，拘禁黑水岩。中吳自戒，捨生尋友，得返朝中。蔡端明屈從母願，造洛陽，天助成功。試看臣忠子孝，四美受褒封。	格律大異
灑雪堂	開場	娉娉情癡，寓言學海，君謂何如。況此時擇壻，龍堪乘否，當年指腹，盟可寒與。邊孺空言，邢國執性，不肯相離一處居。直弄得，佳人命絕，死後寄音書。　神人夢不云乎。有灑雪、堂中再世圖。幸多情不死，雨雲耿耿。遺骸物化，蝴蝶蘧蘧。賈得月娥，宋生娉娉。兩女還同一乳無。咸陽會，死生離合，人是姓名殊。	無
鸚鵡墓貞文記	開場	張女情深，沈郎情重，許結絲蘿。奈親心中變，盟辭相左，黃姑織女，隔斷銀河。豪俊王郎，強求配合。好事從來生折磨。相催挫，義男負女，兩下枉磋跎。　天生鸚鵡雙娥。並列香閨錦繡窩。嘆人間惟有，情根難破。綠衣好鳥，一樣情	押韻曲化

		多。同死同生，兩情相和。風世前身在普陀。重來麼，負文留記，證果無訛。	
青虹嘯	開場	漢祚衰微，曹瞞秉政，篡逆凌夷。羨董承泣詔，伏完歃血，吉平囓指，議鳩奸回。悍慶淫英，成姦慮罪。暗首權奸起禍魁。忠王事，極刑拔舌，剮目不心灰。　堪悲。宮禁多危。伏后屍夷，絞貴妃痛君絕乳。高公存漢，送姑撫養，得認皇姨，忠矣董圓。更名司馬，整旅中興復帝畿。將冤雪，簪頭滴水，毫髮不差移。	過片藏韻
芙蓉影	開場	茂苑韓生，章臺謝氏，道院相逢。感芙蓉相訂，眉留目亂，關心兩下，意美情濃。為西臺杜浩，持書相●，鴛鴦暫且各西東。湖上多情牽滯，復戀嬌容。　母子負債●●，豪勢牢花墮計中特。倩新篁天涯，尋訪誰知，遠駕懸望，總成，空幸盧靖，窮途勸試，曲江方得馬嗁紅。對芙蓉，傷心感舊，成就鳳鸞功。	1.增字 2.減句 3.下闋押韻曲化
花筵賺	開場	優汝前來，演太真姑女，玉鏡粧臺。更幼興風月，風月芳姿，巧慧謝溫，隨稱各有心懷。謝假溫郎，溫粧謝婿，小姐夫人兩不猜。尤堪	減字增字

		笑，芳偷團扇，擲過牆來。　花朝合叠雙排。鬧起蘭房、識破纔。把芳姿捉弄，喬才未識；閨房鬧逗，郎恰如呆。謝子求妻，溫郎索妾，引得詞人笑口歪。殲逆後，團團紈扇，寫付優排。	
牟尼合	開場	大江東去，天門之內，一座青山。有古今才子，玄暉供奉；臨風捉月，于此盤桓。枳殼飛香，櫻桃滴雨，青旗燕尾酒爐寒。遙集堂，步兵子建，閒把詞刪。　詞編。武德年間。聖人有道，辯賢奸。梁王孫●氏，其名思遠。懷珠遭難，竄泊烏蠻。一子幾填血海，千牛義救，騰蛟射隼更乘鸞。走馬俠，黃花簪隙，唧取報恩環。	1. 上下闋減字 2. 過片藏韻
西樓夢	開場	穆氏于生，西樓曲意，兩逗情腸。奈庭幃起譖，禍因歌譜；拆散鸞凰，寄跡錢塘。被奸掇賺，羨殺佳人節似霜。于叔夜，鍾情特甚，一病幾亡。　訛傳計報堪傷，穆氏聞之縊繡房旅。邸又驚鶯樓，虛信無心，待榜星夜，走還。鄉豈俠士，捐姬奪穆，送至京師遍覓郎。除奸黨，重逢舊玉，千載播詞場。	減字
詩賦盟	開場	才俊文魔，德容如玉，瀟洒娉婷。偶畫樓驀會，秋闈一詠；私締酬	過片藏韻

		廖，姻憑母許。諜豪謀娶，祇因餞別起紛爭。永興勢，勳天炙手，重聘嚴尊。　駱生買舟隨送，兩下申盟誓不更。赴京投謁，相見唏噓。施乘冊選，六出運機，神共陳情，交章停冊，綸恩欽錫合前姻。身榮貴，婚聯燕爾，詩賦遂初盟。		
荊釵記繼志齋刊屠赤水評	開場	才子王生，佳人錢氏，賢孝溫良。以荊釵為聘，配為夫婦。春闈催試，拆散鸞凰。獨步蟾宮，高攀仙桂，一舉鰲頭姓字香。恭丞相。不從招贅，改調潮陽。　修書遠報萱堂。中道奸謀變禍殃。岳母生嗔，逼凌改嫁，山妻守節，潛地去投江。幸神道匡扶撈救，同赴括期佺異卿。吉安會，義夫節婦，千古永傳揚。	1. 上闋減字 2. 上闋押韻曲化
琵琶記	開場	趙女姿容，蔡邕文業，兩月夫妻。奈朝廷黃榜，遍招賢士，高堂嚴命，強赴春闈。一舉鰲頭，再婚牛氏，利綰名牽竟不歸。飢荒歲。雙親俱喪，此際實堪悲。　堪悲。趙女支持，剪下香雲送舅姑。把麻裙包土，築成墳墓；琵琶寫怨，逕往京畿。孝矣伯喈，賢哉牛氏，書館相逢最慘凄。重盧墓，一夫二婦，旌表門閭。	1. 過片藏韻 2. 押韻曲化

古本戲曲叢刊三集			
劇名	使用	原文	備註
蝴蝶夢	開場	莊子名周，暨妻韓氏，慕道耽幽。感地司保奏，天仙接引，半生蝶夢，喚醒骷髏。雲水尋師，等閒悟道，乞與金丹返故丘。思廣度，攜妻及友，同赴瀛洲。　佳人銳意雙修，為恐塵情不耐勾，更馳神出舍，移名作姓，故相挑構。重締鸞儔，半晌迷真，這回破幻，苦練勤糸不掉頭。功圓後，全家輕舉，驂鶴玉宸遊。	下闋押韻曲化
療妒羹	開場	吏部夫人，因夫無嗣，日夕憂皇。遇小青風韻，鄰家錯嫁，苦遭奇妬，薄命堪傷。讀曲新詩，偶遺書底，吏部偷看為斷腸。輕舟傍。借西湖小宴，邂逅紅粧。　山庄。臥病身亡。賴好友投舟竟起僵。反假稱埋骨，乘機夜遁，繡幃重晤，故意潛藏。遣作遊魂，畫邊虛賺，悄地拿姦笑一場。天憐念，喜雙雙玉樹，果得成行。	1. 上闋押韻曲化 2. 過片藏韻
西園記	開場	楚國張郎，武林遊學，偶過園亭。遇玉真鄰女，把梅花折贈，賦詩見報，一見留情。俠友聞之，認為園主，錯說嬌名是玉英。嗟薄命為因緣不遇，負恨捐生。　娉婷報作螟	1. 襯字 2. 過片藏韻

		蛉。兩姓糾纏再不清。奈旅愁難遣，追思舊事，把鬼名夜喚，現出真形。貪卻幽婚，堅辭明配，賴鬼語因依始剖明。痴迷醒，笑差訛到底，反證姻盟。	
情郵傳奇	開場	才子劉生，黃河題驛，自訴情腸。有王家二美，後先來至，各和詩章，三地思量。賴故人仗義，不惜千金買鸝鶒。遣侍婢暫承奸命，先效鸞凰。　無端屈害忠良。翁壻參商未審詳。對策披忠，聖明虛納，除斥魍魎。再過驛亭，傍豈王氏，難歸寓驛，重和前詩得遇郎。妻和妾、雙雙碧玉，千載擅詞場。	下闋第三句由五字句變四字句
意中人	開場	雙流史弘，玉郎小字，刻意求凰。游學到山陰劉鑑湖，年誼不忘，夢花奇遇，詩逗情腸。紅絲締就，隔窗訂別，吳聞妒美獻權璫。生離侯，認小鬟為妹，留書慘傷。　徬徨榜眼辭婚，觸奸故薦海外封王。夢花女黃河，來死青篠僕救到，川江玉郎見書悲痛，淚下千行。次女先成花燭，為守義恥做東床，還朝覆命，帝眷方新准給假衣錦還鄉。正逢送女到成都，意中人還添意外，合巹成雙。	諸多增字襯字
秣陵春	開場	次樂徐生，四海無家，客游雒陽。	上下闋末第二

傳奇		喜展娘小姐，玉杯照影，買來金鏡，卻是紅粧。後主昭儀，兼公外戚，倩女離魂出洞房。招佳婿，仙官贊禮，王母傳觴。　東都拆散鸞凰，賜及第春風夢一場。待狀元辭職，貂嬋獻婢，裊烟相見，話出行藏。給假完婚，重修遺廟，舊事風流說李唐。凄涼恨，霓裳一曲，萬古傳芳。	句各減一字
琥珀匙	開場	吳士胥生，進香天參，假寓園亭。遇多情桃女，新絃調撥，詞箋答和，締結三生。豈桃家父母，霹遭奇陷，孝女捐身始償親。嗟薄倖，托姻小妹，不負前盟。　娉婷惜金陵，節守閨房立志貞。義夫棄我，天涯負骨，鬼逗真情。更逢奇妒，挾刺江濱。賴俠盜、金髻指證明。天門上，先應坊表，敕爾嘉旌。	句式變動，上闋第八句、下闋第九句增襯，上闋末二句、下闋一、二、四、十一減字。減去原下闋第三句。
未央天	開場	米子安貧，周姬守儉，家室粗康。為元宵妖讖，遠投千里，兄亡嫂歹，恨返家鄉。狂侶施謀，殺妻易婦，烈士無端受禍殃。悲老嫗，捐軀授首，李代桃僵。　堪傷。忠僕釘板親嘗。冤感天庭夜未央。痛孝子伶仃，賣身救父，快登天府，巧結鸞凰。黑獄身羈，烏臺鬼斷，一露神光奸未莫藏。聯姻婭，驛中遇	上闋末第二句、下闋第二句與末第二句減字，下闋第一句增襯二字

		子，冤雪公堂。	
十五貫	開場	熊氏二難，以家貧廢學，受值為傭。●金環偶得，村即誤救，無辜士女，屈陷樊籠。旅客晨歸，閨貞曉遁，邂逅高橋片語通。十五貫，冤沉獄底，兄弟宵逢。　況公入夢，雙熊乞命，烏子夜中。往淮陰踏堪，明探鼠穴，錫山廉訪，暗獲窮兇。兩案重翻，四冤同白，桂杏齊攀帝眷榮。喬姐妹，共聯姻婭，並沐恩榮。	上闋第二句襯字，上下闋末第二句俱減一字。 上下闋相同，為上闋聯章也。
翡翠園	開場	舒子善良，為捐金完配，甘受淒涼。恨勢宦生端，計圖佔產，盜陵誣陷，父子逃亡。子鬻朱門，父投法網，反覆成招最可傷。賴俠女，令牌夜竊救，免雲陽豪強，助逆披猖。　逆耳忠言負女郎。啟窮隸恩累遭刑辱，改移八字，運際飛常。師弟同心，叛臣受縛，並奏膚功沐寵光。翡翠園，共膺冠誥，雙綰鸞凰。	格式大異。上闋第二句增襯一字，末增一句。下闋句式大異、韻結亦出入
錦衣譜	開場	瑞鳳毛郎，筠●白氏，匹配相當。奈遭逢獸岳，寒盟易轍，安排巧計，陷盜誣贓。認罪公堂，羈身黑獄，良友醻恩一死償。賴俠女，操兵救士，大鬧雲陽。　萱堂飄泊往	上闋末二句減字；下闋第一句增襯、第二句與末第二句減字

		他鄉，貞女中宵訴悶腸。喜志士從戎，班荊話應，群雄奉詔，解甲歸降。壻勘親翁，母倚假子，恩怨分明政學堂。巧相逢，錦衣歸里，仝效鸞凰。	
雙蝶夢	開場	沈子名端，陳留人氏，學富才高。嘆家徒壁立，四方離亂，蓬茅淹蹇，困頓英豪。董宅花園，吟詩弄月，天巧相逢譏阿嬌。蝴蝶夢、雙飛逐引，許配桃夭。　兒曹。洩露根苗。卻分散鴛鴦兩處飄。幸寇平功立，尋親解組，買舟南下，興致蕭蕭。賣蝶杭州，訪知消息，媒妁參軍結凰交。雙蝶夢、莊周作合，千載話風騷。	下闋末二句由五四變為四五過片藏韻

　　明傳奇中的開場詞〈沁園春〉與宋詞相比，除了增減字與部分格律變異較為劇烈，大致上仍以宋詞為正格，而完全符合宋詞〈沁園春〉格律者，《古本戲曲叢刊》二集明傳奇一百種當中僅有《靈寶刀》一例。在其他格律變化上，較常見者有：

第一、上下闋結句處的末兩句，分句上與宋詞相左，由宋詞的五字句、四字句，改易為四字句、五字句。而此種變化並不見於詞調之中。

第二、過片藏韻處的比例較宋詞高出許多。

第三、上下闋三字句處出現押韻的現象。

三、南曲〈沁園春〉概述

　　南曲〈沁園春〉入中呂調，為慢詞之用，在明代南曲譜中為格律直引宋詞而來的「此係詩餘」之屬，引用宋人黃庭堅詞為詞例，與詞律詳加比對格

律後如下：

把我身心，為伊煩惱，算天便知。恨一回相見，百方做計，未能偎倚，早覓東西。鏡裏拈花，水中捉月，覷著無由得近伊。添憔悴。鎮花銷翠減，玉瘦香肌。 奴兒。又有行期。你去即無妨我共誰。向眼前常見，心猶未足，怎生禁得，真箇分離。地角天涯，我隨君去，掘井爲盟無改移。君須是。做些兒相度，莫待臨時。[87]

　　而南曲譜中的〈沁園春〉格律與詞譜相比較者，有以下兩則顯著差異：第一、平仄的變化。與《詩餘圖譜》、《詩餘譜》的詞律比較起來，南曲譜的格律闋有幾處與詞律相異的變化：

　　「我隨『君』去」之「君」（可），《詩餘圖譜》原作仄聲，《詩餘譜》改為仄聲可平。

　　「『掘』井為盟『無』改移」的「掘」（留）和「無」（手），「掘」字為入聲，《詩餘圖譜》原作平聲，《詩餘譜》改為平聲可仄；「無」字注為平聲，《詩餘圖譜》與《詩餘譜》均作仄聲可平。

　　「做些兒『相』度的「相」（未），「相」作平聲，《詩餘圖譜》原作仄聲，《詩餘譜》改為仄聲可平。

　　在南曲曲律中原本不符詞律者，若以「此係詩餘」的關係而與《詩餘譜》增注的可平可仄聲格而視，便與詞律相合，此乃《嘯餘譜》當中反映的詞曲相涉現象之一：「此係詩餘」、「與詩餘同」之南曲曲牌的訂譜，格律實與同名詞牌互相影響，詞譜的訂律受到曲譜的相涉而有逐漸相合的現象。再進一步探析詞律和曲律的聲律特徵，南曲聲格「你去」之「去」處由詞律平聲可仄更改為去聲，而「我共」之「我」由詞律平聲可仄更改為上聲，可見曲律在平仄的要求更較詞律嚴格。

---

[87] （明）沈自晉：《南詞新譜（一）》，王秋桂主編：《善本戲曲叢刊》（臺北：臺灣學生書局，1984年7月）第29冊，頁366-367。

第二、韻位的變化。詞調〈沁園春〉押平聲韻，上闋四韻、下闋五韻合計九
　　　個韻位，而過片可藏韻。在南曲譜中，南曲〈沁園春〉上闋五個韻位、
　　　換頭包含藏韻計有七個韻位，共十二個韻位，較詞調還增加「悴/上、
　　　兒/岡、是/久」三個韻位。可知在曲律中，〈沁園春〉的樂段還較詞律
　　　更為細分，並且例常在過片處藏韻。

　　然而，雖然明代南曲譜訂有〈沁園春〉曲律，但今見《全明散曲》中僅
有一首南北合套中的〈沁園春〉創作[88]，在明傳奇中則幾乎不見南曲〈沁園
春〉的創作。因此，明代同名詞牌曲牌〈沁園春〉的詞曲相涉，需以明傳奇
體製中的開場詞和詞調創作為參考文本，並與南曲譜互相參照分析其曲化的
可能影響。

四、〈沁園春〉的詞曲互涉

　　在綜觀明代詞曲譜中〈沁園春〉的格律訂譜，以及明詞與明傳奇中開場
詞的創作後，本文將在此分析〈沁園春〉開場詞在各種詞律變化的可能淵源，
及其曲化影響的可能性：

(一) 襯字、增字、減字

　　〈沁園春〉詞調記載於北宋仁宗時成立，自宋詞以來創作者繁多、膾炙
人口，通篇以四言句為基調之餘，增添三言、領調字之五言、六言換頭、七
言的長短句交叉錯落格局，既得鋪敘之功，更有節奏變化之益。[89]然而詞調
〈沁園春〉在元代詞中即有各種增字或襯字、減字的字數變化，例如宋末元
初的熊禾〈自壽〉：

　　　　自笑生身，歷事以來，垂六十年。仿浮沈閭里，半非識面，交遊朋友，
　　　　各已華顛。富貴不來，少年已去，空見悠悠歲月遷。雖然是，壯心一

88　謝伯陽編：《全明散曲》，頁 2174，明教坊樂伎曹氏作〈南北中呂合套•冬至〉，引子南
　　曲〈沁園春〉：「瑞靄祥雲環禁闥。黃鍾應六琯動浮灰。迎長又喜一陽回。萬國衣冠朝
　　帝畿。太平逢嘉會。嵩祝讚鴻禧。」
89　林克勝：《詞譜律析》，頁 336。

點，猶自依然。　新陽又長天邊。人指似山間詩酒仙。算胸次崔嵬，不勝百楛，筆端枯槁，難足千篇。隱幾杖藜，相耕聽誦，聊看諸郎相後先。餘何事，但讀書煮茗，日晏高眠。*90*

此例於上闋結句「三、五、四」句式處，作「三、四、四」句式而減去一字。熊鉌為南宋末年進士*91*，在當時宋末元初的〈沁園春〉詞作即已見減字的格律變化。又如元代吳鎮的〈題畫骷髏〉：

漏洩元陽，爺娘搬販，至今未休。吐百種鄉音，千般扭扮，一生人我，幾許機謀。有限光陰，無窮活計，汲汲忙忙作馬牛。何時了，覺來枕上，試聽更籌。　古今多少風流。想蠅利蝸名誰到頭。看昨日他非，今朝我是，三廻拜相，兩度封侯。採菊籬邊，種瓜園內，都只到邙山土一邱。惺惺漢，皮囊扯破，便是骷髏。*92*

該詞於上下闋結句處均作減字處理，更改為「三、四、四」句式，又於下闋第九句句首增加一襯字「都」。而宋末以來的〈沁園春〉字數增減變化之例，尚可見元代的完顏璹「壯歲耽書」、許衡〈東館路中〉、沈禧「臨死不懼」、洪希文〈壽東泉郡公〉、章凱〈武夷行跡〉，無名氏「不喜輕裘」、「昨夜南京」、「自古神仙」等詞；以及明代楊慎〈送卞蘇溪歸敘州〉，夏言〈留題費漸齋清湖新居〉、〈送內弟詹瑩南還〉、〈送劉侍禦僉憲閩臬〉、〈甲武除夕〉等詞作，均有減字的現象，但與整體創作數量相比仍然屬於少數。

而詞調中常見的減字例，在於上、下闋的末句處。詞調〈沁園春〉於上、下闋末句處均作「三、五、四」字句之處理，而且五字句以「一/四」之領字句式增添語氣力度，是該詞調的語句特色之一。然而，元詞以來在末句出現了減去五字句改為四字句的方式，同時也改變原來五字句處作一/四領調字的作法，成為二二句式的四字句。如此反而減損了〈沁園春〉的語氣變化，復

---

90 唐圭璋編：《新校標點全宋詞》，第五冊，頁3414。

91 宋度宗咸淳十年(1274)，亦為南宋末年。

92 唐圭璋編：《全金元詞》(北京：中華書局，1979年10月)，頁936。

趨於前述四字句連續排比的平緩語氣，不見得是有益的處理方式。

　　明傳奇的〈沁園春〉開場詞中亦可見到減字、甚至減句的詞例，例如《何文秀玉釵記》的開場詞：

> 文秀何生，江陰人氏，父宦山東。辭母親納監。南京尋樂，月金相戀，囊匣虛空。選別長亭，江釵為記，路遇冤家閃命窮。辜何●，傳知凶信，避難入吳中。　瓊琨王世相逢。半日相逢意更濃。奈風波頻起，中流遇梭，逃居別境，奸惡相容。監禁杭州，獄官超救，奮發青雲建大功。伸冤恨，二妻重會，旌表顯英雄。[93]

　　該詞例於換頭第二句時，將八字句減為七字句。另外又如《花筵賺》開場詞：

> 優汝前來，演太真姑女，玉鏡粧臺。更幼興風月，風月芳姿，巧慧謝溫，隨稱各有心懷。謝假溫郎，溫粧謝婿，小姐夫人兩不猜。尤堪笑，芳偷團扇，擲過牆來。　花朝合巹雙排。鬧起蘭房識破纔。把芳姿捉弄，喬才未識；閨房鬧逗，郎恰如呆。謝子求妻，溫郎索妾，引得詞人笑口歪。殲逆後，團團紈扇，寫付優排。[94]

　　該詞例於上闋第二句、第七句皆增字，而在下闋第二句與上下闋結句處均作減字處理。而增減較為劇烈者，如《粧樓記》開場詞：

> 宜中陳生，意娘周氏，雙璧崑良。姻親指腹，遭兵信絕，天涯寄跡，邂逅燒香。雲得傳書，出梅通信，粧樓相見訴衷腸。驚散鸞飛上苑，金榜名揚。　承麟兵託錢塘。周瑝縲絏為儲糧。賈似道誤國，鄭虎臣誅佞，吳元兇惡，夫怒殛身亡。投水神扶，重會金蘭。張呂續媒良。

---

93 林侑蒔編：《全明傳奇》第 28 冊，頁 1。

94 《古本戲曲叢刊》編輯委員會：《古本戲曲叢刊》二集(上海：上海商務印書館，1955 年 7 月) 第 82 冊，頁 1。

　　羨出將，功成入相，麟閣姓名香。95

　　本例於上闋第四句、下闋第二句、第六句、第九句均作減字，而於上闋結句處的「三、五、四」句式減去一句成「六、四」句式；另外又於下闋第四句作增字。雖然仍維持〈沁園春〉的基調格律，但是在字句上出入甚大，已經影響整體曲律。

　　〈沁園春〉詞調是明傳奇開場詞的常用詞調，像此類的增字、減字變化亦屬常見，其他如《玉簪記》「陳女嫽容」、《繡襦記》「鄭子元和」、《白袍記》「昔日仁貴」、《錦箋記》「吳下梅生」、《玉鏡臺記》「潤玉佳人」、《芙蓉影》「茂苑韓生」、《牟尼合》「大江東去」，或是南戲中的《荊釵記》「才子王生」等例，均有增字減字、甚至影響句數的格律變化。但是與宋元明詞相比，明傳奇開場詞的增減字並沒有一個變化規律可循，前者多於上下闋結句處將五字句減為四字句，但後者的增減字並沒有固定的變動，在其他字句處皆有可能產生增減伸縮或是添加襯字的使用。此種現象即意謂明傳奇開場詞中的〈沁園春〉並非以固定的文字形式進行創作，而更接近於配合音樂進而伸縮字數腔格的譜曲。

(二) 句式改變

　　承前述，在〈沁園春〉上下闋末句處的「三、五、四」字句中，除了因為減字而產生「三、四、四」的句式，在明傳奇開場詞中普遍出現「三、四、五」的句式變化。例如《雙蝶夢》的開場詞〈沁園春〉換頭：

　　　　兒曹。洩露根苗。卻分散鴛鴦兩處飄。幸寇平功立，尋親鮮組，買舟南下，興致蕭蕭。賣蝶杭州，訪知消息，媒妁參軍結鳳交。雙蝶夢，莊周作合，千載話風騷。96

　　下闋結句處，在詞調中原作「三、五、四」句式，然而此處開場詞則作

95 《古本戲曲叢刊》編輯委員會：《古本戲曲叢刊》二集，第 48 冊，頁 1。

96 《古本戲曲叢刊》編輯委員會：《古本戲曲叢刊》三集(上海：上海商務印書館，1957年 2 月)，第 93 冊，頁 1。

「三、四、五」之句式，雖然韻均、樂段長度與字數並未改變，但是在文字形式與意義形式的搭配上已然不同。又如《灑雪堂》開場詞之例：

> 娉娉情癡，寓言學海，君謂何如。況此時擇壻，龍堪乘否，當年指腹，盟可寒與。邊孺空言，邢國執性，不肯相離一處居。直弄得，佳人命絕；死後寄音書。　神人夢不云乎。有灑雪、堂中再世圖。幸多情不死，雨雲耿耿。遺骸物化，蝴蝶蓬蓬。賈得月娥，宋生娉娉。兩女還同一乳無。咸陽會，死生離合；人是姓名殊。[97]

該例於上下闋結句處均作「三、四、五」句式。此種〈沁園春〉的句式改異，並不見於一般的〈沁園春〉詞調創作，《全明散曲》中唯一一首的〈沁園春〉格律亦因僅有數句、無法供作完整格律比對，更非詞譜或南曲譜之句式；但在南戲《琵琶記》與《荊釵記》的開場詞裡已有此例，[98]可說是〈沁園春〉詞調在南戲、明傳奇之劇曲體製下獨有的句式變化。此種句式變化造成〈沁園春〉格律因素的影響，在於前述的減字之法，原來此處的五字句已不再作領調句式，更改為上二下三如同詩律一般的句式，在文字、音樂的形式搭配上已有不同。而在此開場詞與南曲的相同之處，在於五字句都已不作詞律的領調字一/四句式，是開場詞〈沁園春〉異於詞調、而與曲律相涉之處。

其他例子如：《鸚鵡墓貞文記》開場詞「張女情深」、《青虹嘯》開場詞「漢祚衰微」、《芙蓉影》開場詞「茂苑韓生」、《西樓夢》開場詞「穆氏于生」、《詩賦盟》開場詞「才俊文魔」、《蝴蝶夢》開場詞「莊子名周」、《情郵傳奇》開場詞「才子劉生」等，均作此種句式變化。

(三) 押韻曲化

〈沁園春〉詞調與南曲在格律上的顯著不同在於韻位，南曲較詞調多出三個韻位，分別在換頭藏韻、以及上下闋的三字句句尾處。而在明代詞調中

97　《古本戲曲叢刊》編輯委員會：《古本戲曲叢刊》二集，第61冊，頁1。

98　《琵琶記》「趙女姿容」其上闋結句作：「飢荒歲。雙親俱喪，此際實堪悲。」《荊釵記》繼志齋刊本「才子王生」其下闋結句作：「吉安會，義夫節婦，千古永傳揚。」

則產生與南曲曲律相同的結句處三字句句尾押韻之方法，成為〈沁園春〉詞曲相涉的現象之一。此例早見於元代無名氏「瑞雪長空」詞：

> 瑞雪長空，佈滿周天，色似銀。況此物不論貧富，應無深遠，觸處皆均。片片不教塵汙，落處冥冥不聽聲。江天靜，見天華宇宙，景物皆新。　教人驀地歡欣。似一派銀河徹底清。聚時節如鋪玉，散來後，無跡無影無形。此是天機真造化，一比尋常假造成。陰消盡，待三陽數足，別換新春。99

以元代《中原音韻》而視，該詞押真文韻平聲，不僅過片處藏韻（「人」），在下闋結句處的三字句句末「盡」，同樣亦是真文韻，不過因為平仄規定，改押仄聲。然而若從明人的角度再次審視本詞例，上闋結句處三字句句末「靜」字同樣也可視為協韻——「靜」為庚青韻，蓋明人南曲中有開口、閉口韻不分的現象，因此庚青韻可旁借與真文韻通押，100在明人認知中實可視為協韻。

---

99 唐圭璋編：《全金元詞》，頁 1280。

100 此種現象在南戲即可見，詳見俞為民：《宋元考南戲論》（臺北：臺灣商務印書館，1994年 9 月），頁 320 曰：「對於《琵琶記》的曲律，前人曾多加抨擊，尤其是由於早期南戲用韻較寬，高則誠不僅用溫州土音來押韻，而且多有犯韻，如先天多與寒山、桓歡相犯，真文、庚青不分，歌戈、家麻雜用。」此係出於明人方言中開口、閉口不分之情況，在明人仍然遵循的《中原音韻》當中無法完全反映簡中分別所致，詳見林和君：〈論《瓊林雅韻》於南北曲的應用意義〉，《戲曲研究通訊》第八期，2012 年 3 月，頁 84-85 曰：「南曲中因為吳地方音已無閉口音，以致開口韻、閉口韻混淆，成為南曲中開口韻閉口韻通押的現象。如徐渭《南詞敘錄》曰：『吳人不辨情、清、侵三韻』，情、清為開口韻尾（【-n】），而與侵之閉口韻尾混淆（【-m】）。王驥德列述其所見的南曲旁入他韻問題在於：『獨南曲類多旁入他韻，如支思之於齊微、魚模，魚模之於家麻、歌戈、車遮，真文之於庚青、侵尋，或又之於寒山、桓歡、先天，寒山之於桓歡、先天、監咸、廉纖，或又甚而東鐘之於庚青，混無分別……北劇每折只用一韻。南戲更韻，已非古法，至每韻復出入數韻，而恬不知怪，亦何窘也！』其中提及的真文旁入庚青、侵尋，寒山旁入桓歡、先天、監咸、廉纖諸韻，即是以《中原音韻》韻系借入南曲曲韻造成開口韻、閉口韻混淆的狀況，而相對於北劇每折一韻到底，南曲中所謂『每韻出復出入數韻』，亦是借用北韻而無法完全對應南方音韻之故。」

　　明人詞作中亦可發現此種不同於宋詞的押韻現象，例如明代楊爵〈沁園春〉「金風轉律」詞下闋：

> 生平努力相高，都做了，灰蕩與塵消。看世事多般，奇奇巧巧，于人何有，也自逍遙。狂風回亂，亂雲翻轉，莫休末歇枉分撓。適懷抱。抬頭窗外，秋雨蕭蕭。101

　　於結句處三字句句尾「抱」，與通篇韻字皆押《中原音韻》蕭豪韻。因此，在〈沁園春〉詞調中從元代起即可見此種押韻現象，至明代南曲譜中訂為押韻正格；但也因為聲律平仄之故，原本押平聲韻的〈沁園春〉在此處需押仄聲韻。

　　明傳奇開場詞中的〈沁園春〉亦作此種與南曲同律的押韻方式，此法首見於南戲《琵琶記》之例：

> 趙女姿容，蔡邕文業，兩月夫妻。奈朝廷黃榜，遍招賢士，高堂嚴命，強赴春闈。一舉鰲頭，再婚牛氏，利綰名牽竟不歸。飢荒歲。雙親俱喪，此際實堪悲。　堪悲。趙女支持。剪下香雲送舅姑。把麻裙包土，築成墳墓。琵琶寫怨，徑往京畿。孝矣伯喈，賢哉牛氏，書館相逢最慘凄。重盧墓。一夫二婦，旌表門閭。102

　　該例中上下闋的三字句句尾「歲」與第二個「墓」，與其他的押韻字「妻、闈、歸、悲、持、畿、凄、閭」一樣皆屬《中原音韻》之齊微韻，與明代南曲譜中的押韻方式相同。

　　明傳奇中例如《鸚鵡墓貞文記》，上下闋的結句處「相催『挫』。義男負女，兩下枉磋跎。」「重來『麼』。負文留記，證果無訛。」其中三字句句尾之「挫、跎」與其他押韻字皆押《中原音韻》之歌戈韻。其他尚有：
第一、《錦箋記》下闋結句處：「歌囀『彼』。室家咸遂，晝錦樂于飛。」同押

101　饒宗頤初纂、張璋總纂：《全明詞》第二冊，頁839。
102　(明)高明原著、錢南揚校注、李殿魁補注：《琵琶記》(臺北：里仁書局，1998年1月)，頁1-2。

《中原音韻》齊微韻。

第二、《粧樓記》下闋結句處：「羨出『將』。功成入相，麟閣姓名香。」同押

　　　《中原音韻》江陽韻。

第三、《芙蓉影》下闋結句處：「對芙『蓉』。傷心感舊，成就鳳鸞功。」同押

　　　《中原音韻》東鍾韻。

第四、《蝴蝶夢》下闋結句處：「功圓『後』。全家輕舉，驂鶴玉宸遊。」同押

　　　《中原音韻》尤侯韻。

第五、《療妒羹》上闋結句處：「輕舟『傍』。借西湖小宴，邂逅紅粧。」同押

　　　《中原音韻》江陽韻。

　　以上都是〈沁園春〉在南曲和詞調的實作中反映的不同叶韻，但是開場詞調卻出現南曲叶韻現象的曲化實例。

　　綜上所述，詞調〈沁園春〉自宋代以來即有各種格律上的變化，比對明代的詞譜、曲譜及其創作即可發現：〈沁園春〉的詞調格律變化部分來自於南曲曲律的影響，這些變化在明詞中相對少見，但是在常用〈沁園春〉為開場詞牌的明傳奇之中，來自曲律影響的曲化現象較詞調創作更加明顯。在明傳奇開場詞〈沁園春〉格律變化中所見詞曲格律相異相涉現象，大致可歸結為：

1.　增字、襯字與減字

　　在開場詞〈沁園春〉之中最常見的格律變化即是字數的伸縮增減，詞調雖有使用襯字的可能性，但宋詞以來畢竟相對少見；然而用於傳奇開場詞的〈沁園春〉卻時有字數增減的現象，可視為開場詞〈沁園春〉受到明代南曲的音樂影響、而產生字腔伸縮的曲化變化。

2.　句式的變化

　　〈沁園春〉詞調於上下闋結句處以「三、五、四」字句句式為正體，其中五字句作領調字之一/四句式；但在元詞以來產生的減字變化，使得該處五字句減為四字句而無領調字，成為復趨平緩的二二句式之四字句。南曲譜中所見該處雖仍為「三、五、四」句式，但五字句已不作詞律強調的一/四領調字句式，而做「鎮花/銷翠減」、「做些兒/相度」的上二下三、或是上三下二之句式變化。但是明傳奇開場詞〈沁園春〉該處句式變化又異於詞調與曲譜，

作「三、四、五」句式，而五字句亦不再作一/四領調字句式，與曲律同樣作
上二下三、或上三下二之句式變化。

3. 押韻的曲化

　　此指南曲〈沁園春〉較詞律增加的韻位，在上下闋結句處的三字句句尾
押韻，但因為該處作仄聲字，使得原來押平聲韻的〈沁園春〉在此處改押仄
聲韻。此種押韻現象在元、明詞中皆可見，但是並未落實為詞律之中的韻位，
而在明代南曲譜中確立為韻腳。自南戲《琵琶記》的開場詞〈沁園春〉在上
下闋三字句尾均押韻以來，在明傳奇開場詞〈沁園春〉中亦可見到此種叶韻
方式。

第四節　明代〈鷓鴣天〉的詞曲互涉

　　〈鷓鴣天〉屬於與詞調同名的「與詩餘同」曲牌，也是明傳奇人物上場
中使用頻率最高的詞調。本論文於明傳奇中揀取使用頻率高、又於詞調頗具
淵源的〈鷓鴣天〉曲牌，藉以分析詞牌、曲牌的格律相涉及其體製使用的相
異，在同異之間反映詞與曲的異同關係以及相涉現象。

　　本節將以明傳奇當中常用的詞曲同名同調的曲牌〈鷓鴣天〉為例，進行
形式、內容上的種種比對，並嘗試整理出同名詞牌曲牌之間的同異，藉由劇
曲引用、影響下的分析比對，以明瞭詞與劇曲的相涉關係之二。此一分析，
擬將尋究來自於劇曲的「明詞曲化」影響，更進一步映證南曲「此係詩餘」
和「與詩餘同」的本質內涵。

一、明傳奇的上場詞與冲場

　　中國古代的說唱與大戲演出在發展過程中彼此相繫，在宋金時期完成的
諸宮調有引辭、元雜劇有上場詩[103]、南戲與明傳奇皆有開場等形式，俱是大
戲引用說唱的表演方式而來；而在明傳奇分齣演出的第二齣，人物上場往往

---

[103] 參考陳富容：〈元雜劇上場詩之階段性差異研究〉，《國文學報》第 18 期，2013 年 6 月，
　　頁 105-130。

有其固定的表演循例，見李漁《閒情偶寄‧格局第六》：

> 開場第二折，謂之「冲場」。冲場者，人未上而我先上也，必用一悠長引
> 子；引子唱完，繼以詩詞及四六排語，謂之「定場白」，言其未說之先，
> 人不知所演何劇，耳目搖搖，得此數語，方知下落，始未定而今方定也。
> 此折之一折一詞，較之前折家門一曲，猶難措手。[104]

明傳奇中全劇第二齣稱為「冲場」，此處上場腳色必為劇中的重要人物，
例定由全劇主角的生腳唱本齣引子、並念誦上場詩詞。[105]而第二齣冲場的引
子與上場詩詞重要性在於：

> 務以寥寥數言，道盡本人一腔心事，又且蘊釀全部精神，猶家門之括
> 盡無遺也。同屬包括之詞，則分難易於其間者，以家門可以明說，而
> 冲場引子及定場詩詞全用暗射，無一字可以明言故也。非特一本戲文
> 之節目全於此處埋根，而作此一本戲文之好歹，亦即於此時定價。何
> 也？開手筆機飛舞，墨勢淋漓，有自由自得之妙，則把握在手，破竹
> 之勢已成，不憂此後不成完璧。如此時此際文情艱澀，勉強支吾，則
> 朝氣昏昏，到晚終無晴色，不知不作之為愈也。然則開手銳利者寧有

---

[104] (清)李漁：《閒情偶寄》，《中國古典戲曲論著集成》（北京：中國戲劇出版社，1959
年7月）第7冊，頁67。

[105] 依(清)李漁：《閒情偶寄》言，在此處上場唱引子與念誦上場詩詞者，往往是生或
旦，《中國古典戲曲論著集成》第7冊，頁68謂：「本傳中有名腳色，不宜出之太
遲。如生為一家，旦為一家，生之父母隨生而出，旦之父母隨旦而出，以其一部之
主，餘皆客也。雖不定在一出二出，然不得出四五折之後。太遲則先有他腳色上
場，觀者反認為主，及見後來人，勢必反認為客矣。即淨丑腳色之關乎全部者，亦
不宜出之太遲。善觀場者，止於前數出所記，記其人姓名；十出以後，皆是枝外生
枝，節中長節，如遇行路之人，非止不問姓字，並形體面目皆可不必認矣。」但實
際情況亦有由外末唱念的例子，例如《玉簪記》第二折由外上場，唱引子〈一剪
梅〉與上場詞〈鷓鴣天〉；《破窯記》第二齣由末唱引子〈滿庭芳〉及上場詩；《繡
襦記》第二齣由外唱引子〈滿庭芳〉及上場詩等。

幾人？不幾阻抑後輩，而塞填詞之路乎？*106*

　　與前述家門開場的總括全劇情節與作者立意精神之作用相比較，冲場人物在此處的引子與上場詩詞必須能夠緊貼劇情、恰如其分的表現主要人物的心聲與神態，但是又得不限於短短的引子、詩詞字句之中，以有別於家門開場的明述而隱誨暗述，透過人物心聲與神態的詮釋來表現劇情與人物的精神核心。在李漁的歸納與審訂下，冲場在運用上具有難以言喻、卻又至關緊要的地位，也因此，冲場的上場詩詞如果有固定使用的詞牌或形式，便需要注意是什麼樣的詞牌、形式能夠勝任冲場的「寥寥數言，道盡心事，又且蘊釀全部精神」的重要性質，而被曲家襲用為常例。

　　上場詩詞雖非專用於冲場，在其他的情節齣目、人物腳色的上場時，也會使用〈浣溪沙〉、〈滿庭芳〉、〈西江月〉、〈憶秦娥〉等等各類詞牌，也都在人物的引子唱完以後，在劇本中以小字標注、示意為念白上場，例如：《荊釵記》第三齣即由外上場念誦〈鷓鴣天〉詞，《金貂記》第四十二折由淨上場念誦〈滿庭芳〉詞、《浣紗記》第九齣由旦上場念誦〈憶秦娥〉詞、《牡丹亭》第十六齣由老旦上場念誦〈清平樂〉詞等等；然而唯獨冲場處的上場詞，幾乎全為生腳念誦〈鷓鴣天〉。如果冲場使用的上場詞與腳色具有固定的使用規律，就說明了冲場有其重要性以及被體製規範形塑的獨特性。比較特別的冲場設計，可見南戲《張協狀元》第二齣生腳的上場：

> （生上白）訛未。（眾喏）（生）勞得謝送道呵！（眾）相煩那子弟！（生）後行子弟，饒個〈燭影搖紅〉斷送。（眾動樂器）（生踏場數調）（生白）〈望江南〉多忔戲，本事實風騷。使拍超烘非樂事，築毬打彈謾徒勞，設意品笙簫。　諳諢砌，酬酢仗歌謠。出入須還詩斷送，中間惟有笑偏饒，教看眾樂陶陶。適來一派樂聲，不知誰教調弄？（眾）〈燭影搖紅〉。（生）暫藉軋色。（眾）有。（生）罷！學個張狀元似像。（眾）謝了！（生）畫堂悄最堪宴樂，綉簾垂隔斷春風。波艷艷盃行泛綠，夜深深燭影搖

106（清）李漁：《閒情偶寄》，《中國古典戲曲論著集成》第 7 冊，頁 67。

紅。(眾應)(生唱:)

〈燭影搖紅〉燭影搖紅,最宜浮浪多忔戲。精奇古怪事堪觀,編撰於中美。真個梨園院體,論詼諧除師怎比?九山書會,近目翻騰,別是風味。 一個若抹土搽灰,趁鎗出沒人皆喜。況兼滿坐盡明公,曾見從來底。此段新奇差異,更詞源移宮換羽。大家雅靜,人眼難瞞,與我分個令利。

(白)祖來張協居西川,數年書卷雞窗前。有意皇朝輔明主,風雲未際何慷慷。一寸筆頭爛今古,時復壁上飛雲烟。功名富貴人之欲,信知萬事由蒼天。張協夜來一夢不祥,試尋幾個朋友扣它則個。……*107*

　　第二齣在生腳上場以後,尚以跳脫劇中人物的身分,與觀眾、後台有一番互動,解說其精神用意;在唱罷〈望江南〉與〈燭影搖紅〉後,從生白「祖來張協居西川」起,生腳才正式轉換開場引戲的身分,而成為劇中人物。因此在《張協狀元》這齣回目中〈望江南〉與〈霜天曉角〉即是「蘊釀全部精神」的引子,而生腳成為劇中人物後旋即念誦的詩句道白,便是「道盡本人一腔心事」的上場詩詞。

　　冲場所用的上場詩詞,一般常用〈鷓鴣天〉,或有使用〈減字木蘭花〉(《冬青記》)、〈蝶戀花〉(《量江記》、《丹桂記》)、〈菩薩蠻〉(《西湖記》)、〈阮郎歸〉(《張子房赤松記》)、〈沽美酒〉(《千金記》)等;不用詞牌而用詩句者,有七言絕句(《白袍記》、《鸚鵡記》)、七言律詩(《千祥記》)等例子。在不同人物的運用下,上場詩詞也必須仿肖劇中人的個性口吻而發語,以求貼合聲情,也有各種不同的形式。例如《陸天池西廂記》在第二折的生腳冲場處,上場詞牌為〈朝中措〉;第二十九折始用〈鷓鴣天〉詞牌作為該折人物的上場詞牌,其詞為:

　　(老旦) 此去慇勤折桂枝。佇看五馬耀門楣。(生)彤庭獻賦時應到,

---

107 錢南楊校注:《永樂大典戲文三種校注》(臺北:華正書局,1985 年 3 月),頁 13。

繡閣看花日未期。(貼)心戚戚，淚依依。臨期不忍奉離巵。(小外)何
須更學鬼曹態，壯士長征仗劍舞。*108*

此折情節為張生告別崔家、赴京應試之時，而在〈鷓鴣天〉上場詞牌中
即有老旦、生、貼、小外四個腳色共同分唱，而且聲情、口吻、心緒各自不
同，一首〈鷓鴣天〉裡呈現了四種不同人物的詮釋。又如《鳴鳳記》第三十
五齣，由小外、旦、貼分誦一首〈浣溪沙〉詞：

(小外)昔日曾叼駐柳橋。(旦)幸逢車駕過江皋。(占)鳳城佳報入東郊。(小
外)羽扇乍揮江上棹。(旦)旄旗常望北來標。(占)三年消息在今朝。*109*

從本詞眾腳的頌詞可知三人各自不同的心情與口吻：殷切急盼的旦總是
關切車駕與北望的訊息，貼則在一旁安撫、以必有佳訊到來的口吻安慰勸解，
而與事無干的小外則只是一味的專注在眼前景色之上。因此，戲曲中強調「肖
其口吻」，不只是著重在唱詞的聲情或賓白，在上場詞等細微之處都應顧慮周
全。此種眾腳分誦上場詞的情形，尚有《牡丹亭》第十齣由旦、貼分誦〈烏
夜啼〉詞，《鳴鳳記》第十九齣由生、旦分誦〈青玉案〉詞等例。

而同樣是生腳的冲場上場詞牌〈鷓鴣天〉，在不同的劇情、人物個性與背
景等差異下，為了肖其聲情口吻，自然也有不同風格的〈鷓鴣天〉。以《鳴鳳
記》、《還帶記》與《焚香記》的冲場詞為例：

雄才銳氣丈夫豪。寄跡衡門嘆未遭。袖裡虹霓沖霽色，筆端風雨駕雲
濤。業孔孟，志禹皋，不效尋常士子曹。養就經綸康濟策，須教明主
躋唐堯。(鳴鳳記第二齣)

五典三謨苦窮心。姓名今已落詞林。懷中空有卞和玉，囊底愧無蘇季
金。流水淨。落花深。村居風致助高吟。密雲不雨君休訝，擬作菑家

---

108 (明)陸天池：《陸天池西廂記》，林侑蒔主編：《全明傳奇》154 冊，頁 18。

109 (明)張鳳翼：《鳴鳳記》(下)，林侑蒔主編：《全明傳奇》167 冊，頁 67。

歲旱霖。（還帶記第二齣）

筆底煙霞夢未真。爭先暫避曲江塵。桃花三月龍門雨，芳草經年蝸角
名。山外霧，隴頭雲。天涯極目愁東君。絲絲吹作征人淚，誰道春風
不世情。（焚香記第二齣）110

　　同樣是用於生腳上場詞的〈鷓鴣天〉，除了敘述內容因劇情而異以外，三
首〈鷓鴣天〉所描述的人物心緒、情感也各自不同：《鳴鳳記》描述楊繼盛意
圖效力明主的慷慨激昂意志，語句豪壯；《還帶記》則敘說裴度自身懷才不遇、
暗自藏斂以待明沽的潛居心態；《焚香記》則表述王魁會試不第、暫時避轉他
鄉的愁緒，言語中實有抑壓欲語的愁苦。因此，在明傳奇中常用的冲場詞〈鷓
鴣天〉，在各個劇本不同的人物背景、個性情感的影響下，呈現各種不同的風
格與辭采，而成為詞牌在劇曲體製中的另一種面貌呈現，同時也反映〈鷓鴣
天〉詞牌在明傳奇體製中應用於各種聲情的多元特質。

　　明傳奇中冲場使用的上場詞也隱然具有固定的規律與使用習慣，據前述
析論，使用於明傳奇中的開場詞〈滿庭芳〉、〈沁園春〉之格律與句式，已和
原先的詞調創作有所不同，本章節將分析同樣用於明傳奇中的上場詞詞牌是
否也同樣產生格律上的變化、是否受到南曲或其他因素的影響，並以最具代
表性、冲場時由生腳念誦的〈鷓鴣天〉為分析對象。

二、詞調〈鷓鴣天〉概述

　　詞調〈鷓鴣天〉之名採自鄭嵎詩：「春遊雞鹿塞，家住鷓鴣天。」別名〈思
越人〉、〈思佳客〉、〈於中好〉、〈剪朝霞〉、〈驪歌一疊〉、〈醉梅花〉等名，體
式為雙調五十五字，而有別於五十四字之〈於中好〉，亦與另名〈歸國謠〉之
〈思佳客〉不同。《樂章集》注為正平調，《太和正音譜》注為大石調，而蔣

---

110 (明)張鳳翼：《鳴鳳記》（上），林侑蒔主編：《全明傳奇》166 冊，頁 2；(明)沈采：
　　《裴度香山還帶記》，林侑蒔主編：《全明傳奇》152 冊，頁 2；(明)王玉峰：《玉茗堂
　　批評焚香記》，林侑蒔主編：《全明傳奇》100 冊，頁 1。

孝《九宮譜》則歸入仙呂引子。*111*

　　詞調〈鷓鴣天〉在各家標譜中大致相同，字數、句型、格式較為統一。由於〈鷓鴣天〉詞調以七言句成篇，具有律詩構體之平穩嚴整，熟悉律詩者在聲律、句式上容易掌握，而又間以三字句增添長短句的變化，亦為詞家喜用。*112*明代《詩餘圖譜》引秦觀「枝上流鶯和淚聞」詞為例，其體式為：

> ㊀上流鶯㊉淚聞，㊟啼㊟間舊啼痕。㊀春㊚鳥無消息，㊀里關山㊐夢魂。　無一語，對芳樽，㊀排㊐斷到黃昏。㊒能㊐得燈兒了，㊒打梨花深閉門。*113*

　　而《詩餘譜》和清人萬樹《詞律》同樣也以秦觀詞為例，但《詩餘譜》謂：「前段即七言絕句，首句末用平韻。」*114*《詞律》則言：「『和、勞、深』不妨用仄。然各調中此等七字句，第五字古人多用平，即如北曲〈賞花時〉、南曲〈懶畫眉〉等調，亦有此義，可為知者道也。」*115*格律上除了下闋「深」字增為可平可仄聲格外，其餘皆和《詩餘圖譜》相同。

三、明傳奇中的上場詞〈鷓鴣天〉

　　在明傳奇的劇曲體製中，〈鷓鴣天〉屬於相當常用的詞牌，除了主要人物的上場詞之外，也用於家門開場，例如《精忠記》（筆底龍蛇走篆虫）、《鸚鵡記》（戲曲相傳已有年）、《伍倫全備忠孝記》（書會誰將雜曲編）……等等，但相較之下，使用在開場詞的頻率不及〈滿庭芳〉、〈沁園春〉二詞，主要仍用於人物上場詞，而幾乎成為明傳奇冲場之定律。

　　使用〈鷓鴣天〉作上場詞的腳色多為生腳，*116*例常用於第二齣、或前十

---

111 閔汝賢：《詞牌彙釋》，頁 788。

112 林克勝：《詞譜律析》，頁 191。

113 (明)張綖：《詩餘圖譜》，頁 497。

114 (明)程明善：《詩餘譜》，《續修四庫全書》，頁 132。

115 (清)萬樹：《詞律》(上海：上海古籍出版社，1984 年 2 月，清光緒二年本影印)卷八，頁 203。

116 亦有其他腳色使用〈鷓鴣天〉作上場詞者，例如：《陸天池西廂記》第二十七折(此去

齣內上場時由生腳念誦，並維持〈鷓鴣天〉的完整雙調形式，而且字句、平仄等格律因素也遵循明代詞譜之規定，與詞調可謂一體遵行。

(三)明傳奇中的南曲〈鷓鴣天〉

　　南曲〈鷓鴣天〉入仙呂調引子，亦可用於尾聲[117]；其曲始用於南戲，例如《琵琶記》第五出由生、旦下場分唱〈鷓鴣天〉(萬里關山萬里愁)，明代徐渭《南詞敘錄》即稱：「今曲用宋詞者，〈尾犯序〉、〈滿庭芳〉、〈滿江紅〉、〈鷓鴣天〉、〈謁金門〉、〈風入松〉、〈卜算子〉、〈一剪梅〉、〈駕新郎〉、〈高陽臺〉、〈憶秦娥〉，餘皆與古人異矣。」[118]指出〈鷓鴣天〉以宋詞入曲，反映了宋代詞樂與曲調的淵源。

　　南曲〈鷓鴣天〉的格律大抵與宋詞、北曲相同，但在明代的詞譜、南曲譜參照之下，仍可見出聲律上的細致差異，茲舉《南曲譜》為例：

萬里關山萬里愁。一般心事一般憂。親闈暮景應難保，客館風光怎久留。　他那裡、漫凝眸。正是馬行十步九回頭。歸家只恐傷親意，閣淚汪汪不敢流。[119]

　　和詞律相較，南曲〈鷓鴣天〉在平仄、句數、字數、句式等格律因素都和詞調相合，唯可平可仄之聲格較詞律減少，上闋的「和/萬、痕/心、一/親」以及下闋的「安/馬、炙/只」均不作可平可仄聲格，而使得「安/馬」成為詞律、曲律相左的聲格，明代南曲譜更注明為上聲；而「深/不」原於明代《詩餘圖譜》中僅用平聲格，至《詩餘譜》又改注為可平可仄，清代萬樹《詞律》則融通古人詞調與南曲的平仄句法，始注為「不妨用仄」。

懇勤折桂枝)為老旦，《玉簪記》第二齣(解組歸來十有季)、《鳴鳳記》第三齣(金闕岧嶤電影重之外)為外，《鳴鳳記》第二十七齣(年少曾耽萬卷餘)為末等等。

[117]《琵琶記》中已見此用法，見(明)高明原著、錢南揚校注、李殿魁補注：《琵琶記》，頁53註：「〈鷓鴣天〉為引子，這裏引子作尾聲用；一般遇戲情悲哀時，有此用法。」

[118](明)徐渭：《南詞敘錄》，《中國古典戲曲論著集成》第3冊，頁245。

[119](明)程明善：《嘯餘譜‧南曲譜》，頁349。方框字為南曲譜注明為仄聲可平、或平聲可仄之處之聲格。

四、〈鷓鴣天〉的詞曲互涉

　　〈鷓鴣天〉詞調的創作量極多，在明代小說與明傳奇中的使用頻率也很高，是明傳奇冲場使用最多的上場詞，同名的南曲曲牌亦作為引子或尾聲使用。從明代詞譜與曲譜的比較分析可以發現：〈鷓鴣天〉詞牌與曲牌幾可稱為同名同律，唯平仄部分稍有出入；[120]由於「依字傳腔」的關係，字聲平仄與南曲旋律、聲情緊密相扣，在明代南曲譜中字聲平仄已有明確規定，因此從詞譜、曲譜定製聲律的前提下來比較〈鷓鴣天〉的格律因素，可以發現詞律、曲律中仍有細緻的差異，此即為詞牌、曲牌在格律上的辨別，或是融同詞曲二體進而相涉的影響。

　　此外，詞牌和曲牌在創作及其應用的場合也有相當的出入，在明傳奇體製的規範之下，作為上場詞使用的〈鷓鴣天〉，與作為南曲引子、尾聲使用的〈鷓鴣天〉，在體製上的使用也有所不同。茲此列述：

（一）換頭使用之別異

　　同名同調的詞牌、曲牌使用上的首要決定性差異，即在於過片、換頭的處理與其定義。在詞牌而言，雙調者以上下兩闋、具備過片者為完整體製；但在曲牌中的換頭並非如此，在明傳奇中則時見南曲引子不用換頭、僅填前半闋的情況，前賢任中敏以詞調不可無下闋、曲調可無換頭而視為「由詞變化，其體退化者」[121]。明傳奇中例如《鸞鎞記》第五齣尾聲（尋生替死德無倫）、《櫻桃記》第三齣〈賽鷓鴣天〉曲牌（按：即〈鷓鴣天〉，「私筆遙遙人夢花」）、《古城記》第三齣許褚唱引子（許褚聲名號螭虎）、《黃孝子尋親記》第十四折尾聲（虎狼當道阻人行）、《周羽教子尋親記》第十七齣引子（夫配邊城已喪身）等，皆不用換頭而僅用上半闋；有時更標注為「鷓鴣天前」以明示僅用前半

---

120 林逢源：〈同名詞牌、曲牌初論〉中將〈鷓鴣天〉視為與詞同名同律的南曲曲牌之一，但嚴格細究之下，平仄部分仍有出入。見《彰化師大國文學誌》第 12 期，2006 年 6 月，頁 49。

121 任訥（任中敏）：〈詞曲通義〉，《散曲研究》頁 91-92 謂「由詞變曲，其體退化者」條：「蓋在詞中，凡體調雙疊、三疊、四疊者，必不容割去下疊或下數疊不填；一至曲中，則雖有么篇或么篇換頭嚮例略而不填也（惟有少數例外）。」

閣者，例如《黃孝子尋親記》第十二折（只為尋親走四方）、第二十四折（幾年好惡最相知）、第二十六折（自別伊家數載餘）等例。

除此之外，明傳奇中南曲亦有獨用換頭、只用下半闋體式者，但較為罕見。獨用換頭之例早於宋元戲文中即可發現[122]，明傳奇中例如《千金記》第九折尾聲（情痛切），即是直用原〈鷓鴣天〉換頭而成一支曲子。從此可見，曲牌的換頭在作為「前腔」或「前腔換頭」的使用下，實可視為另一支完整的曲子。此種觀念可在清代《九宮大成南北詞宮譜》中獲得映證。[123]

第二點，是曲牌為了因應劇曲「專為登場」、登臺扮飾演出的需要，而在換頭體製上配合人物上下場、或是排場轉換所做的變化。在明傳奇中，為了表演的考量，同一支曲牌時有由各色人物腳色一同合唱、或是分唱的情形，而在換頭處進行符合劇情的排場轉換或是人物的上下場。例如《龍膏記》十六齣尾聲，敘說元載一家（淨、老旦）被捕下獄，小旦冰夷冒充頂替元載之女湘英被發給汾陽王府為奴：

> （小旦）竊弄威權意氣豪。誰知一旦似冰消。（老旦小旦）華堂目斷情難斷，繡閣香銷恨不銷。（小生押淨老旦先下）（省略道白）（丑押小旦介。小旦）凝望處，白雲高。侯門一入粉容憔。沉沉幽恨何時了。渺渺游

122　今見《南詞敘錄》載《崔君瑞江天暮雪》的南呂近詞〈吳小四換頭〉（夫人聽啟），《永樂大典》載《崔鶯鶯西廂記》的中呂〈泣顏回換頭〉（淒清，良夜正三更）、《薛雲卿鬼做媒》的中呂〈泣顏回換頭〉（淒然，顒望正懸懸）、《鎮山朱夫人還牢旦》的南呂〈梁州序換頭〉（唱春詞春景堪題），均以原曲之換頭而單獨成一曲。見錢南揚：《宋元戲文輯佚》（北京：中華書局，2009 年 11 月），頁 151、170、291、305。

123　(清)周祥鈺、鄒金生編：《九宮大成南北詞宮譜》，見王秋桂主編：《善本戲曲叢刊》（臺北：臺灣學生書局，1987 年 11 月）第六輯，頁 1478-1479 載：「幽室燈清，疎簾風細，獸爐香篆龍涎。抱琴拂拭，清興已飄然。此箇閣兒雖小，其間趣不讓林泉。初移軫，啼烏怨鶴，飛上七條絃。（又一體，同前）循環。成雅弄，純音合正，古操通元。漸移入新聲，心事都傳。一鼓松風瑟瑟，再彈嚴溜涓涓。空庭靜，鶯鶯未寐寢，須到小窗前。」注曰：「〈滿庭霜〉二闋，句法雖異，亦復各自成體。」

魂甚處飄。*124*

　　在〈鷓鴣天〉換頭轉換之間另有一番故事情節的進展變化，在此敘說小旦冰夷被遣發他處為奴，與元載一家失散，而另行發展一段情節，下闋換頭即是小旦唱述這段遭遇的心聲，而換頭的轉折正好配合人物上下場及其劇情的變化。又如《金蓮記》三十齣尾聲，蘇轍（穎濱居士）與秦觀等人一同唱完〈鷓鴣天〉前半闋、將起換頭之際，蘇轍即下場，由秦觀等人接唱換頭：

　　　　（坡）朔風吹雪滿征裘。（穎）一片幽情付水流。（黃）咫尺俄驚迢遞路，
　　　　（秦）相逢頓作別離愁。（眾攙穎下）（黃）回首望，獨雲浮。（秦）人生聚
　　　　散渾蜉蝣。（眾上）（坡）今朝空有鱸蓴想，指日還乘蝦菜舟。*125*

　　配合換頭的轉換而安排一段包含蘇轍在內的人物下場，讓劇中人隨著這段換頭的間隙繼續敷演〈鷓鴣天〉的唱詞。此種換頭與人物上下場的配合安排，是為了切合劇曲體製與演出形制之要求，而在人物上下場、劇情關目變化之間，運用曲牌的換頭形式作出區分。其他如《三桂聯芳記》二十七出的〈鷓鴣天〉曲牌（只為功名要遠離）由生唱前半闋後下場、換頭起唱時由貼接唱；《青虹嘯》第十五折尾聲（母子夫妻生別離）由末、老、貼三腳合唱前半闋，換頭起唱時安排老、貼的人物下場，再由末接唱下闋；《雙雄傳奇》第二十四折尾聲（暫爾相逢又遠遷），由兩位生腳與末合唱前半闋，換頭之際作「二生下，內鳴鑼作開船末望介」，再由末唱換頭，並接續劇情的演出等等，皆是曲牌唱詞的換頭配合人物上下場、甚至排場轉換的表演考量。

　　對於以吟詠、文字創作為主要考量的詞調而言，過片是在意象與感情交融的文筆情境之間所做的轉折變換，因此在情境的起承轉合經營上是增益詞

---

124 （明）楊珽：《龍膏記》，《古本戲曲叢刊》（上海：上海商務印書館，1955 年 7 月）二集
　　第 39 冊，卷下頁 2-3。其中道白為：「（外）還有元載之女湘英在那裡？（小旦背介）呀，
　　小姐也不免了，幸喜不在此間，妾身就認了，倘有患難我自承當。（轉介）妾身就是湘
　　英。（外）奉聖旨，給發汾陽王府中為奴。」

125 （明）陳汝元：《金蓮記》，《古本戲曲叢刊》二集第 38 冊下卷，頁 44。

調內蘊的重要手法；而有的詞牌不因過片改換下闋的格律，繼續沿用上闋的相同格律再起一段，類似詞律中「重頭」的手法；有的詞牌則因過片而改換下闋的格律，改變語言與音樂的節奏，稱其為「換頭」，令詞調的上下闋在文字的頓挫跌宕間更添情境轉折變化的美感。但是對於曲牌來說，除了唱詞與聲情在換頭變化上的經營，尚須考慮劇中人物的上下場以及劇情行進，令文字唱詞與舞臺演出緊密相扣，在人物、排場轉換之間一同呈現換頭起承轉合的變化意義。

（二）聲律相涉之承續

　　從明代詞曲譜來看〈鷓鴣天〉的詞律與曲律比較，最大的差異即在於下闋第三句句首之平仄。宋詞於此即有平聲、仄聲二律*126*，明代《詩餘圖譜》、《詩餘譜》於此作可平可仄，而南曲譜則均作上聲格，是詞與曲在〈鷓鴣天〉的格律中最顯著的不同。

　　字聲平仄對於曲律的重要性在於：崑曲水磨腔成立以後採用「依字行腔」之記譜形式，改動字之四聲即是改動其腔格旋律*127*，因此更動平仄四聲將直接影響曲唱的旋律，是填製曲譜時務須嚴分的要點。明代王驥德在論曲之平仄時稱：

> 其用法，則宜平不得用仄，宜仄不得用平(此仄兼上去)；宜上不得用去，宜去不得用上；宜上去不得用去上，宜去上不得用上去。*128*

　　明代曲律訂譜於四聲陰陽極為看重，尤其仄聲又分上聲、去聲，適宜填

---

126 例如宋秦觀〈春閨〉作「『安』排腸斷到黃昏」，而晏幾道「彩袖殷勤捧玉鍾」作「『幾』回魂夢與君同」。

127 詳見俞為民：〈崑山腔的改革與南曲曲體的變異〉，《曲體研究》（北京：中華書局，2005年6月），頁62-65謂：「魏良輔對崑山腔所作的改革，就是將原來依腔傳字的演唱發法，改為用依字定腔的方法來演唱。……也就是說曲調的宮、商、角、徵羽等樂律由字的平、上、去、入四聲來決定。……這也就是說，無論是劇作家，還是演唱者，當時都是按實際的字聲來填詞或唱歌，所謂『曲者，句字轉聲而已』，也就是依字聲定腔。」

128 (明)王驥德：《曲律》，《中國古典戲曲論著集成》第4冊，頁106。

用哪一種聲調，便不應改用其他聲調。曲律如此強調四聲不可任意調換，王
驥德又引沈璟的南曲四聲唱法詳論：

> 遇去聲當高唱，遇上聲當低唱，平聲、入聲，又當斟酌其高低，不可
> 令混。或又謂：平有提音，上有頓音，去有送音。蓋大略平、去、入
> 啟口便是其字，而獨上聲字，須從平聲起音，漸揭而重以轉入，此自
> 然之理。至調其清濁，叶其高下，使律呂相宜，金石錯應，此握管者
> 之責，故作詞第一吃緊義也。*129*

此論提及字之四聲與曲唱腔格的關係，例如去聲必須將旋律提至高處再
遽降、以表現去聲由高而低墜迭之聲調；又如上聲，聲調必須轉由低處揭起，
使旋律產生跌宕的變化——崑曲中的「嘽腔」便只用於上聲格與陽平聲，才能
符合腔格變化又不違背自然聲律之理。*130*是以在字聲、旋律乃至於腔格的搭
配考量下，曲譜之平仄不可妄動，宜用何種字聲便不宜任意改替。清初李漁
亦強調填詞(曲)「則句之長短、字之多寡，聲之平上去入、韻之清濁陰陽，
皆有一定不移之格。……當平者平，用一仄字不得；當陰者陰，換一陽字不
能。」*131* 便是聲明遵守曲譜的四聲乃填詞製曲的要務之一。因此在南曲而言，
改動一字之平仄亦是影響格律的重大因素，旋律、腔格都可能為此而改動，
若是不明字聲訂律的關係，便極易違反曲律和樂理。

南曲〈鷓鴣天〉在明代南曲譜中的訂律，換頭第三句「馬行十步九回頭」
之「馬」，曲譜注其「久字、馬字、九字、恐字、敢字，五箇上聲俱妙。」即
是強調「馬」字的聲格以上聲為準，而且曲譜舉注的五個字都是上聲、平聲
之組合，尤其多為上聲與陽平聲之搭配(久留、馬行、九回、恐傷、敢流)，
在字聲上正好合乎曲唱行腔的承轉起伏。完全合曲律者，有《冬青記》第五

---

129 (明)王驥德：《曲律》，《中國古典戲曲論著集成》第 4 冊，頁 107。
130 俞振飛〈習曲要解〉，《振飛曲譜》(上海：上海音樂出版社，2002 年 8 月)，頁 16 謂
　　其：「陰上聲及陽平聲濁音字，出口時要用力噴吐，出音比本工尺稍高一些，但時間
　　很短，最多不能超過半眼，就要回到本工尺」，因此僅能用於上聲和陽平聲。
131 (清)李漁：《閒情偶寄》，《中國古典戲曲論著集成》第 7 冊，頁 32。

齣尾聲「『倚闌』目斷水雲程」、《鸚鵡洲》第十二齣尾聲「正是『滿』天風雨下西樓」、《題紅記》第三齣尾聲「『此』生無處問行蹤」、《麒麟記》第二十二齣引子「『魯』邦威振執豪雄」與第二十八齣引子「『古』今聖智共愚頑」、《鸚鵡墓貞文記》第二十六齣「『幾』番欲去又躊躇」等等，均與南曲譜強調的「上聲為宜」相同。

詞調〈鷓鴣天〉詞譜在此注為可平可仄，自宋詞始即有平、仄兩格者。但是南曲中如同詞律作平聲或去聲之〈鷓鴣天〉者，有《金蓮記》三十齣尾聲「『人』生聚散渾蜉蝣」、《龍膏記》十六齣尾聲「『侯』門一入粉容憔」、《三桂聯芳記》二十七齣「『莫』把泥金報喜遲」、《箜篌記》第十一齣尾聲的「『一』朝西去一朝東」、《麒麟記》第八齣引子「『惟』清惟靜樂天真」、《酒家傭》第十九折尾聲「『除』非再世得相逢」、《雙雄傳奇》第二十四折尾聲「『沙』場雨雪苦難言」等等，明傳奇中作南曲〈鷓鴣天〉者約有將近一半的比例在此同詞律作平聲格，而非南曲譜強調的上聲。

以合乎創作統一標準的南曲譜而言，一字之平仄是曲律中錙銖必較的重點，不宜妄改，但用於明傳奇中的〈鷓鴣天〉曲牌在該處平仄則有將近一半採用詞律的平聲格，可視為參酌詞律而來、反映為詞曲相涉的現象之一。

(三)宋詞字面之借鑑

詞曲相涉實質上是跨文體之間的沿用與變化，除了風格之外，更有格律因素的承續及變異；而「借鑑」正是一種跨文體之間的聯繫關係，「借鑑」原謂借取他人事物對照以供己身取長補短之用，在宋詞之中可說是「最工文學，非徒善創，亦且善因」132之「善因」的體現，宋詞中早有借鑑唐詩之法，大致有四：

第一、字面之借鑑：截取或鎔鑄唐詩字面、句意而入詞句。

第二、句意之借鑑：增損、改易唐詩字面，或是化用唐詩句意、或是合集唐詩成句而入詞句。

第三、詩篇之借鑑：就唐詩予以剪裁或改寫入詞、或襲用全首詩句而間雜其

---

132 王國維著、施議對譯注：《人間詞話譯注》(臺北：貫雅文化，1991 年 5 月)，頁 447。

他詞句，或是就唐詩而檃括為詞者。

第四、其他：援引唐詩人故實或綜合運用技巧等。*133*

　　而借鑒的技巧同樣存在於詞與曲之間，例如北曲雜劇《謝天香》、《東坡夢》、《風光好》分別對宋詞之柳永〈定風波〉、蘇軾〈滿庭芳〉、陶穀〈風光好〉之借鑒承傳，運用宋詞篇章鋪陳劇情，或是擷取詞句變化重組，並藉雜劇的搬演而傳播宋詞，即是戲曲借鑒自宋詞的一種關係。*134*而戲曲之借鑒既是來自宋詞之字面、句意，當是詞曲相涉在文字內容上最為顯著的「南人之曲，實近於詞」之表現。

　　明代南曲〈鷓鴣天〉借鑒宋詞字之例，舉隅如下：

第一、《釵釧記》第十六出尾聲「慇勤囑咐東流水，斷送香魂返故園。」截自宋代嚴仁詞〈鷓鴣天〉「請君看取東流水，方識人間別意長。」

第二、《鸚鵡洲》第十二齣尾聲句首「五兩風輕不自由。復看津舍隱離舟。」截自晁端禮詞〈滿江紅〉「五兩風輕，移舟向、斜陽島外。」又其上闋三、四句「一尊酒盡青山暮，千里書來碧樹秋。」分別出自賀鑄詞〈漁家傲〉「殘陽映帶青山暮」，與葛郯詞〈洞仙歌〉「碧樹秋來暗消暑」。

第三、《靈寶刀》十三齣尾聲上闋「閨中只嘆庭邊月，馬上應憐『故苑花』。」出自朱敦儒詞〈木蘭花慢〉「歎『故苑花』空，春遊夢冷，萬斛堆愁。」

第四、《義烈記》第三十一齣尾聲上闋「好從逆旅加食飯，末動離愁怨『落暉』。」出自黃庭堅〈鷓鴣天〉「宜將酩酊酬佳節，不用登臨送『落暉』。」第五、《鸞鎞記》第五齣尾聲「剖玉分釵各愴神」一句，鎔鑄晏幾道〈鷓鴣天〉「新擲果，舊『分釵』」與陸游〈沁園春‧洞庭春色〉「尚棘暗銅駝空『愴神』」而成句。

第六、《四喜記》第四齣尾聲句首「骨肉團團樂正濃」一句，鎔鑄李流謙〈水調歌頭〉「水空天靜，高下相應總『團團』」、與郭應祥〈鷓鴣天〉同為

---

133 參考王偉勇：〈綜論兩宋詞人借鑒唐詩之技巧〉，《宋詞與唐詩之對應研究》（臺北：文史哲出版社，2004 年 3 月），頁 23-70。

134 詳見侯淑娟：〈北曲雜劇對宋詞之承傳析論——以篇章借鑒為範圍〉，《戲曲格律與跨文類之承傳、變異》（臺北：國家出版社，2013 年 9 月），頁 217-264。

句首處「瓶裡梅花香『正濃』」而成句。

第七、《龍膏記》第十六齣尾聲上闋末句「繡閣香銷恨不銷」一句，鎔鑄嚴仁〈鷓鴣天〉「憐『繡閣』，對雲岑」與史達祖〈鷓鴣天〉同處「帳角『香銷』月滿樓」而成句。

第八、《題紅記》第三齣尾聲首句「紅淚雙垂入漢宮」，鎔鑄晏幾道〈鷓鴣天〉「盡將『紅淚』濕湘裙」與葛長庚〈鷓鴣天〉「南粵路，『漢宮』牆」而成句。又，該尾聲末兩句「今宵莫把銀釭照，猶恐相逢是夢中。」亦集用晏幾道〈鷓鴣天〉同處「今宵賸把銀釭照，猶恐相逢是夢中。」

第九、《冬青記》第五齣尾聲末句「烏啼怕惹思兒恨，十二危闌不忍憑。」乃是化用韓元吉〈鷓鴣天〉同處「凭君細酌羔兒酒，倚遍瓊樓十二闌」之句意。

　　以本文引用明傳奇一百種所用南曲中的〈鷓鴣天〉詞牌曲牌為例，亦可發現截用詞調字面、化用詞調句意、或是裁集全篇詞調而為曲句的借鑑方法，由於借鑑之詞調字句必須合乎曲律，從格律、內容與創作的角度而言，亦可視為詞曲相涉的現象之一。借鑑不能證明作者必定直取前人某首作品的字面、句意，旨在說明在詩與詞、或是詞與曲之間的聯繫關係，在創作上成為兩者彼此對應、參照乃至於取法的發展過程之一。

　　〈鷓鴣天〉自宋代以來即為詞家愛用，既有詩律之七言聯句，換頭更間以三字句產生長短句的韻致變化，易於填製，不論詞之小令，或是小說之寄生詞曲，或是戲曲之上場詞、引子、尾聲使用頻率都很高，[135]作為同名同調之詞曲相涉研究而言，是相當值得深入析論的對象。據本節考辨〈鷓鴣天〉的所見結果有：

---

135 趙義山：《明代小說寄生詞曲研究》（北京：商務印書館，2013 年 12 月），頁 57 曰：「王兆鵬在《唐宋詞史論》中曾對宋詞中使用頻率最高的詞牌作了統計，依次是〈浣溪沙〉、〈水調歌頭〉、〈鷓鴣天〉、〈菩薩蠻〉、〈滿江紅〉、〈念奴嬌〉、〈西江月〉、〈臨江仙〉、〈減字木蘭花〉、〈沁園春〉。而根據我們的統計，在明代小說中使用詞牌最多者依次為〈西江月〉、〈風入松〉、〈滿庭芳〉、〈臨江仙〉、〈浣溪沙〉、〈如夢令〉、〈菩薩蠻〉、〈踏莎行〉、〈鷓鴣天〉、〈蝶戀花〉。」

　　第一在於詞與曲在創作體製上的差異，亦即換頭的使用與意義，詞調凡雙調者必須包含過片上下兩闋始為一首完整的詞作；但在劇曲當中使用時，上闋、換頭皆可獨立為一支曲子，換頭作「前腔」或「前腔換頭」，亦有僅用換頭作引子、尾聲使用者，但較為罕見。此種體製觀念可在明代《南詞定律》、清代《九宮大成南北詞宮譜》的編譜中將某些曲牌的換頭獨列為「又一體」獲得印證，雖然洛地認為換頭有如「南曲中的雙調」一般*136*，但是在意義上則完全不同，詞之雙調必須包含換頭始為完整的一闋，而曲之換頭、或是不用換頭皆可視為單獨支曲。由此即可見詞與曲之間的分別。

　　第二在於〈鷓鴣天〉反映在詞曲格律上的相涉，最突出者在於換頭第三句首字的平仄，詞律者原作平聲、亦可用仄聲，明傳奇中作為上場詞的〈鷓鴣天〉亦一體遵行；曲律者在明代南曲譜中明定為宜用上聲，對於該處聲律訂譜有所歧異，但在明傳奇中南曲〈鷓鴣天〉有將近一半的比例使用詞調之平聲，而非明代南曲譜統一訂製的上聲。由此不僅可見曲律在平仄上受到詞律之相涉影響，亦可見出戲曲體製中即便是同名同調，〈鷓鴣天〉仍然維持詞曲明確分判的兩種使用情況。

　　第三在於〈鷓鴣天〉借鑒宋詞情況反映詞曲在創作技巧上的相涉，在明傳奇中的南曲〈鷓鴣天〉不論作為引子、尾聲使用，時有截用宋詞字面、熔鑄或化用宋詞之句意的例子，更精緻者，在借鑒字面時亦截用同名詞調的同一字句處——尤其以截用全調末句字面為多見，亦是「南曲多參詞法」的具體映證。

第五節　明代〈霜天曉角〉的詞曲互涉

　　南曲〈霜天曉角〉在明代南曲譜中注為「與詩餘同」之屬，亦即曲律訂

---

136 洛地：〈南曲中的換頭〉，《詞樂曲唱》（北京：人民音樂出版社，1995），頁 295-297。其中頁 296 謂：「這一類『前腔換頭』宜作為『南曲』中『雙調』看待。『南曲』的結構近詞，律化，即實際上成為詞調。」認為南曲換頭形式仍應視為同一個曲牌結構，有如詞調的雙調形式包含上下兩闋。

譜與同名詞調格律相同者，在南曲中作引子使用。本節舉用〈霜天曉角〉之詞牌曲牌之格律及其使用情況，詳細說明〈霜天曉角〉在明代詞曲中的異同與相涉。

一、詞調〈霜天曉角〉概述

詞調〈霜天曉角〉一名〈月當窗〉，語出張輯詞：「一片月，當窗白」句，元代高拭注為越調。[137]清代萬樹《詞律》中載六體，以辛棄疾「吳頭楚尾」詞為正體，四十三字，雙調體製。[138]明代《詩餘譜》列示譜例為：

> ㊉頭㊊尾。一棹人千里。㊙說舊㊀新恨，長亭今㊋此。　　㊐遊吾倦矣。玉人留我醉。㊍日落花寒食，㊌且住為佳耳。[139]

〈霜天曉角〉全篇三言至六言組成，其中三個五言句均可改變句型，押韻亦可改為仄起或平起、過片藏韻或不藏韻，歷來填詞家有各種體式填製；而上下闋的兩處結句以三三句式分句、或稱「六字攔腰逗」的句式，則是〈霜天曉角〉詞調的突出特色。[140]然而明人在〈霜天曉角〉的訂譜上存有重大問題，第一即是上闋末句「長亭今如此」於亭字下脫「樹」字，第二即是在上下闋的結句處沒有注意到句式的分句，兩段結句處均應作為三三分句的六字句。[141]而清代詞譜的〈霜天曉角〉訂律在平仄方面亦與明代詞譜不同，明代

137　閔汝賢：《詞牌彙釋》，頁 720。

138　見（清）萬樹：《詞律》卷三，頁 117-118。四十三字共有四體，與辛棄疾「吳頭楚尾」正體差別在於：趙長卿「雪花飛歇」過片兩字處叶韻，蔣捷「人影窗紗」改為平聲韻、過片兩字處亦叶韻，黃幾「玉粲冰寒」改為平聲韻、過片兩字處不叶韻；四十四字有二體，趙長卿「闌兒幽靜處」首句改為五字句且不叶韻，程垓「幾夜瑣窗揭」首句五字起而叶仄聲韻。

139　（明）程明善：《詩餘譜》，頁 200-201。

140　林克勝：《詞譜律析》，頁 390。

141　（清）萬樹：《詞律》，頁 117 曰：「兩結六字句，定體也。自《嘯餘譜》於亭字下誤落一樹字，《圖譜》等因之注作五字句，毋論將詞注差，但即『長亭今如此』五字，如何解法？蓋此句本用〈枯樹賦〉『樹猶如此』一語也，乃不知而妄注，何哉？而《圖譜》又改調名作〈月當廳〉，吾不知〈霜天曉角〉四字有何不佳，而必改之也？」萬

《詩餘譜》訂「吳、楚、一、休、愁、亭、如、宦、玉、明、得」為可平可仄，清代萬樹《詞律》則刪去「愁」與「如」，增訂「舊、今、途、且、為」五字為可平可仄。142

　　而宋詞以來在上闋結句的句式變化有兩種：一是改變「六字攔腰逗」的三三分句，見元代無名氏「浮生碌碌」，該處作「誰念光陰迅速」；又元代無名氏「世事促促」該處上闋作「蓋個低低茅屋」，下闋作「那管桑田翻覆」，143均改為二二二分句。二是增減字數，有減一字改作五字句者，例如元代無名氏「浮生碌碌」詞該處作「被情愛海沒」作五字句；或如明代黃承聖〈霜天曉角〉「春日小窗獨坐」該處作「衣帶雲英濕」作五字句。

二、南曲〈霜天曉角〉概述

　　南曲〈霜天曉角〉屬越調引子，宋元南戲中已有該曲存在的跡象，144明代南曲譜中皆引《琵琶記》第二十三出引子「難捱怎避」為曲律示例：

> 難捱怎避。災禍重重至。最苦婆婆死矣。公公病又將危。　悄然魂似飛。料應不久矣。縱然擡頭強起。形衰倦，怎支持。145

　　同一處注曰：「此調用換頭正與詩餘相似，不知者將『悄然魂似飛』『魂』

樹稱《詩餘圖譜》改其調名為〈月當廳〉，但本文所據明萬曆二十七年謝天瑞刻本中並無〈月當廳〉、亦無〈霜天曉角〉一詞。

142 (清)萬樹：《詞律》，頁 117 訂譜為：「㊀頭㊁尾(韻)㊂棹人千里(叶)㊃說㊄愁新恨(句)長㊅樹(豆)㊆如此(叶)○㊈途㊉吾倦矣(叶)㊋人留我醉(叶)明日落花寒食(句)㊌㊍住(豆)㊎佳耳(叶)」圈字處為可平可仄。

143 唐圭璋編：《全金元詞》(北京：中華書局，1979 年 10 月)，頁 1284 載元代無名氏「浮生碌碌」詞：「浮生碌碌。盡飄流世態。空惹苦爭活計，被情愛海沒。○夢中競利祿。謾倚機狡，縱有百般榮貴，誰念光陰迅速。」以及元代無名氏「世事促促」詞，全詞為：「世事促促。莫勞心役役。棄塵早歸林下，蓋個低低茅屋。○映窗疏竹。瀟瀟風生玉。萬疊青山為友，那管桑田翻覆。」

144 宋元《錦機亭》輯佚集曲〈霜蕉葉〉，首二句為〈霜天曉角〉：「花箋寫了，不見紅媒到。」見錢南揚著：《宋元戲文輯佚》，頁 281。

145 (明)沈自晉：《南詞新譜(二)》，頁 576。

字作襯字，極可笑。如〈憶秦娥〉亦前後段不同，何足疑也。」指出本調使用換頭正如同詩餘一般、以雙調體裁為完整一首；吳梅《南北詞簡譜》亦同此說，引范文若《鴛鴦棒》第二齣引子「殘羹破稿」為例，並注謂：「此亦詩餘，應作兩疊，諸譜皆混而為一，非。又換頭首二句，不知有叶韻，亦誤。」[146]相較於明代南曲譜將〈霜天曉角〉定義為「與詩餘同」，吳梅則認為〈霜天曉角〉在換頭兩疊並用、又如同詞調過片藏韻的創作格律下，應視為詩餘。事實上，在明傳奇中的引子〈霜天曉角〉甚少用換頭，而換頭兼藏韻者更是少見，詳見後述。

此外，雖然南曲聯套可無引子或尾聲、因此減少了引子作為單支小令創作的頻率，[147]但是〈霜天曉角〉在《全明散曲》中僅見一支無名氏「炎光謝了」之創作。[148]若欲從「與詩餘同」的〈霜天曉角〉討論詞曲相涉的問題，務須從戲曲入手。

三、〈霜天曉角〉的詞曲互涉

欲分析同名同調的詞牌曲牌之間有何相涉的表現，必然先明瞭兩者之間的差異何在，而此一差異如何被衍用至彼調的格律因素或創作體裁之上，始能判明相涉之成因與現象。〈霜天曉角〉在同名詞牌與南曲曲牌之間有三點較為突出的差異：

(一)換頭之有無

前文提及，用於明傳奇中的南曲之換頭，在意義上不同於詞調的雙調分闋，蓋南曲換頭在劇曲體製中可視為單獨隻曲使用，不似詞調須包含換頭始為完整之詞作；因此在劇曲體製下的南曲創作常見僅用上闋成曲、不用換頭

146 吳梅：《南北詞簡譜》（臺北：學海出版社，1997 年 5 月）卷十，頁 662。

147 汪經昌：《曲學例釋》（臺北：臺灣中華書局，1977 年 10 月）卷二，頁 89 曰：「引子與尾聲，例居套數之首尾，然亦有不用引子與尾聲者，在曲劇套中甚屬常見。」

148 無名氏：「炎光謝了。千朵奇峰巧。且喜新秋已到。風光好，暑潛消。」見謝伯陽編：《全明散曲》第四冊，頁 4603。

的情形，或者換頭被視為前腔的支曲使用，也稱「前腔換頭」149。

　　雖然明代南曲譜與吳梅《南北詞簡譜》均注明〈霜天曉角〉應如詩餘一般併填換頭，然而在明傳奇當中實際使用〈霜天曉角〉作引子者，用換頭者已少，如同詞調藏韻者更少——以《古本戲曲叢刊》二集所列明傳奇一百種而計，使用〈霜天曉角〉且換頭者僅有三例，列示如下：

表 4-5-1：明傳奇一百種南曲〈霜天曉角〉換頭三則

劇目	齣數	曲文	備註
鸚鵡墓貞文記	三十二齣	(老旦)愁多病陡。弱骨楞生瘦。便有仙方怎救。看看病勢將休。【換頭】(貼)春愁渾似秋。病殘愁更又。看他芳容改舊。魂將斷，我淚難收。	藏韻
鴛鴦棒	二齣	(外)殘羹破藁，掙出錢和鈔。大抵豐衣足飽。嗟鬢髮甚蕭騷。【換頭】(老旦上)一家天所靠，芝泉當戶遶。看女門楣顯耀。	不藏韻
鸚鵡裘記	寄吟	(旦)含愁忍恨，好夢虛傳信。暢美姻緣已穩，誰知道、竟離羣。(小旦上)【前腔換頭】小窗香細焚。繡幃針緩引。鎮日學嚠強哂。心中事、與誰論。	不藏韻

　　而《全明散曲》中僅見的一支〈霜天曉角〉「炎光謝了」亦無換頭。因此，以〈霜天曉角〉而言，詞牌與南曲曲牌在創作應用的實際情形上，首見差異即是換頭的有無；詞牌創作必有換頭始為一完整詞調，但一般南曲引子甚少

---

149 前腔換頭之使用，早見於南戲之中的「同前換頭」，例如《張協狀元》第十齣〈鎮南枝〉（張協本，是秀才）及其「同前換頭」（因登此山上），而且成為子母調連用之形式；《宦門子弟錯立身》第九齣〈解三酲〉（奈行程路途勞頓）及其「同前換頭」（向村莊上借宿安此身）；《小孫屠》第十齣〈紅芍藥〉（今去東岳）及其「同前換頭」（酌酒東郊已先醉）等等。見錢南揚：《永樂大典戲文三種校注》，頁 57、58、239、296。

使用換頭，換頭藏韻者更是少見。《南曲譜》謂：「此調用換頭正與詩餘相似，不知者將『悄然魂似飛』『魂』字作襯字，極可笑。如〈憶秦娥〉亦前後段不同，何足疑也。」[150]乃是明人創作南曲〈霜天曉角〉因少見換頭創作而產生的誤解，吳梅《南北詞簡譜》謂〈霜天曉角〉「此亦詩餘，應作兩疊，諸譜皆混而為一，非。又換頭首二句，不知有叶韻，亦誤。」實以詞調、曲譜所見而論，不見得是南曲創作的實際情況。

(二)平仄之相異

　　將明代詞曲譜中〈霜天曉角〉的詞律、曲律比較，由於〈霜天曉角〉屬於以詞調成律的「與詩餘同」曲牌，兩者在平仄方面多有不同，可平可仄之聲格亦不同：

第一、平仄不同者，以明代詞譜與南曲譜相比較，在「說/苦、舊/(第一個)婆、新/死、此/危、矣/飛、留/不、日/然、落/攙、為/怎」諸字的平仄訂製不同。

第二、可平可仄聲格僅有一處不同：明代詞譜將上闋末句的「如/將」增定為可平可仄，曲律則無。若考量明代詞譜之誤、而再與清代《詞律》相驗證，則詞律中較曲律增訂的可平可仄聲格有「舊/(第一個)婆、今/又、途(遊)/然、且/衰、為/怎」諸字，而減去「舊/(第二個)婆」之可平可仄。

　　大抵來說，詞調〈霜天曉角〉較南曲同名曲牌的可平可仄聲格更多，更有斡旋的空間；而南曲引子〈霜天曉角〉在曲律的平仄要求之下，與詞律已有相當差異。

(三)句式之異同

　　〈霜天曉角〉自宋詞以來，上下兩闋結句便以三三句式的六句攔腰逗為典範，除元代無名氏「世事促促」於上闋絕句作「蓋個低低茅屋」外，絕少例外；明代南曲譜亦於兩闋結句處注明為三三分句，其中上闋結句六字句雖然在音樂形式上沒有特別分句為三三句式，但南曲譜特別注明「『公公病』及

---

[150] (明)程明善：《南曲譜》，頁432。

『形衰倦』處文法略斷，不可連下。」*151*強調該處句式在意義形式仍應遵循
詞調之三三句式。

　　判明同名同調的詞牌、曲牌之間在格律因素上的差異之後，倘若該差異
被同時衍用至詞牌與曲牌之上，該項差異即成為詞曲之間的相涉因素。前文
已敘述〈霜天曉角〉的詞調與南曲曲牌之間的換頭、平仄與句式的差異，而
在明代詞曲譜、以及明傳奇體製中所見的南曲〈霜天曉角〉，與詞調〈霜天曉
角〉，其平仄聲格相異甚多、變化甚大，僅可作為詞曲之別，而難以作為異中
求同的相涉現象反映；因此，〈霜天曉角〉的詞曲相涉，在格律因素而言，主
要反映於句式之上。

　　〈霜天曉角〉之詞調、曲牌在上下闋結句處句式相異，前者以三三句式
「攔腰六句逗」為通例，而罕用二二二分句；但後者反而以二二二分句為通
例，是〈霜天曉角〉的詞曲之別之一。　然而在明代的詞曲創作當中，卻在
這項句式因素上產生了詞曲互相沿用的相涉現象。

　　第一種現象便是詞律結句三三句式、曲律結句二二二句式的詞曲互涉，
分析如下：

第一、以詞調而言，《全明詞》中的〈霜天曉角〉共有 25 首*152*，使用曲律之
　　　二二二分句者有：徐媛〈石湖弔古〉其二：「念歸舟遊子，一片鄉心撩
　　　亂。」及其下闋「對旅雁沙町，盼殺白蘋秋苑。」彭孫貽〈寒夜怨〉：
　　　「暗想桃花人面，炙手金猊香畔。」及其下闋「聽到玉鑪三澗。又被
　　　峭寒吹斷。」

---

151 (明)程明善：《南曲譜》，頁 432。

152 計有：郭子直〈沙嶼晚渡〉，查應光〈感懷〉與〈登落石〉，陳繼儒〈山中，次玄宰先
　　　生韻〉，范允臨〈題蛾眉壁，用壁間韻〉，徐媛〈過采石磯，題蛾眉亭〉2 首、〈石湖弔
　　　古〉2 首、〈九日泊舟豫章道中〉2 首，吳奕〈蛾眉亭，和徐媛〉2 首，彭孫貽〈賣花，
　　　用蔣竹山折花韻〉、〈寒夜怨〉，徐士俊〈悼殤女〉，金堡〈寄木公禪師〉、〈和棲賢夏日
　　　鄉思韻〉，胡介「孤煙直處」，王夫之〈懷舊〉2 首，方以智〈翠雲怪樹〉，陳孝逸〈宮
　　　詞〉，陸宏定〈聞雁〉，曹元方〈與客圍棋〉等 25 首。其中有查應光「暑雨初收」一
　　　例應為調名誤植，刪去不計。

第二、以曲調而言，《古本戲曲叢刊》二集明傳奇一百種中的南曲引子〈霜天
曉角〉使用詞律之三三分句者有：《四艷記》第七齣引子：「可奈婚期
漸近，無人處、暗銷魂。」《灑雪堂》第三十折引子「打聽鱗鴻變否，
將書寄、慢遲留。」《鸚鵡墓貞文記》第三十二齣引子換頭：「看他芳
容改舊。魂將斷，我淚難收。」《萬事足》第二十折引子：「一段相思
就裡，難提放、好遲疑。」《鴛鴦棒》第二齣引子：「大抵豐衣足飽。
嗟鬢髮、甚蕭騷。」及其換頭：「看女門楣顯耀，蓬蓽長、鳳凰巢。」
《鸕鶿裘記・寄吟》引子：「暢美姻緣已穩，誰知道、竟離羣。」及其
前腔換頭：「鎮日學鼙強唡。心中事、與誰論。」《三報恩》第二十五
齣引子：「猙狂如何是了。胸中恨、怎能消。」

　　從宋詞〈霜天曉角〉的詞作中可以得知：上下闋結句處作三三作分句之
六字攔腰逗句式為其詞調通用形式153，而自元代無名氏「世事促促」詞作「蓋
個低低茅屋」始，及至《全明詞》中的〈霜天曉角〉詞作才漸漸出現二二二
句式，但從比例來看仍屬少數。而今見明傳奇中的南曲引子〈霜天曉角〉之
中，從曲作比例亦可得知：結句處作二二二分句，方為劇套中南曲〈霜天曉
角〉之通例。154而在明代詞曲作品中結句的句式漸見詞律用曲律之二二二分
句、曲律用詞律之三三分句之法，成為詞曲相涉的現象反映。

　　另外須要提出的是，在同一齣明傳奇之中、同樣使用〈霜天曉角〉之詞
牌或引子，亦可從其結句分句上發現詞、曲明確分判的情形，例如《花筵賺》
同時使用〈霜天曉角〉詞牌與南曲引子：

　　　　（末）登樓吟賦，卻廁蓮花府。遠樹尋枝有主，登鱗附羽前驅。（第五

---

153 今《全宋詞》載98例〈霜天曉角〉，其中僅有趙希彯「姮娥戲劇」於上闋結句處作「寶
　　干婆娑千古，飄芳吹滿虛碧。」華岳「裙兒六幅」下闋結句「線幕黃簾風露。那堪人
　　在天北。」趙希蓬「枕痕如矺」下闋結句「字在那人何在，淚珠飛下斬斬。」以上三
　　例，可將其結句之句式解為二二二句式。

154 《全明散曲》中唯一一支〈霜天曉角〉「炎光謝了」，則作三三分句：「且喜新秋已到。
　　風光好，暑潛消。」見謝伯陽編：《全明散曲》第四冊，頁4603。

齣引子）

（外）倚天絕壁，直下江千尺。天際兩蛾橫黛，愁與恨，幾時極。（第七齣上場詞）*155*

明代萬曆富春堂刊本《劉智遠白兔記》中的〈霜天曉角〉兩支，同時呈現了兩種不同的結句句式，見其第二十七折引子：

（丑唱）勞籠圈套。設就多奇妙。汲水又還挨磨，這苦又經多少。

（旦）（前腔）魃煩受惱。苦向誰人告。恨殺無情兄嫂。這磨難、何時了。*156*

而《鸚鵡墓貞文記》則是在併用換頭〈霜天曉角〉的例子中，在一闋之中同時呈現詞律、曲律的分句方式——上闋使用詞律、但換頭使用曲律結句的形式，見其第三十二齣引子：

（老旦唱）愁多病陡。弱骨楞生瘦。便有仙方怎救。看看病勢將休。（換頭）（貼）春愁渾似秋。病殘愁更又。看他芳容改舊。魂將斷，我淚難收。*157*

在上述三則明傳奇使用〈霜天曉角〉詞曲的例子中，從其詞牌用詞律分句、南曲用曲律分句的判然分立的現象，並且在一闋曲中同時使用兩種句式，也是〈霜天曉角〉在句式上詞曲相涉的明證之一。

第二種現象則是南曲結句處用詞律偶見之五字句，例如：《雙鳳齊鳴記》第十三折引子：「月落烏啼夢驚。舒皓腕攛身。」以及《偷桃記》第十二齣引子：「寂寞重門靜掩。誰教蝶蜂喧。」可見明代南曲作〈霜天曉角〉時除了少用換頭，在上闋結句處亦未必全作詞律與曲律的既有句式。

而其他明傳奇中填製南曲〈霜天曉角〉、但是上闋結句均作詞譜的二二

---

155 （明）范文若：《花筵賺》，《古本戲曲叢刊》二集 82 冊，頁 10、17。

156 即《新刊出像音註增補劉智遠白兔記》，林佑蒔編：《全明傳奇》第 177 冊卷上，頁 1。

157 （明）孟稱舜：《張玉娘三清鸚鵡墓貞文記》，《古本戲曲叢刊》二集 65 冊，頁 70。

二分句的例子尚有 25 首*158*，例如《春燈謎》第十三齣引子，上闋結句作「悵望玉關人至，徘徊金屋粧成。」從其句面文字明顯是作二二二分句；又如《芙蓉影》第七齣引子，上闋結句作「籬畔黃花如笑。孤身一任蓬飄。」其分句當為「籬畔／黃花／如笑」「孤身／一任／蓬飄」始契合意義形式；又如《旗亭記》第三十九齣引子，上闋結句作「人意天心乍送。梅梢積雪新融。」亦顯然作二二二分句；其中《花筵賺》同時使用〈霜天曉角〉的詞牌與曲牌，第五齣引子〈霜天曉角〉上闋結句作「遶樹尋枝有主，登鱗附羽前驅。」而第七齣外腳使用同名上場詞時，上闋結句作「天際兩蛾橫黛，愁與恨、幾時極。」可見明傳奇中的南曲引子〈霜天曉角〉在上闋與換頭結句處，詞調、曲牌使用的句式明顯有別、而作為詞曲差異的判別，但是更多的卻是曲律使用詞律分句的例子，成為詞曲相涉的現象之一。

(四)宋詞之借鑒

　　明傳奇南曲〈霜天曉角〉如同〈鷓鴣天〉一般，也存在借鑒宋詞字面的創作相涉現象，例如：

第一、《芙蓉影》第七齣引子：「籬畔黃花如笑。孤身一任蓬飄。」字面截用
　　　宋詞蔣捷〈行香子〉：「送春歸、客尚蓬飄。」
第二、《張子房赤松記》第十六齣引子：「秉燭且觀趙舞，開樽還聽齊謳。」

---

158 計有：《春燈謎》第十三齣引子「門楣新整」，《花筵賺》第五齣引子「登樓吟賦」，《芙蓉影》第七齣引子「秋來懷抱」，《鳳求凰》第七齣引子「客星臨照」，《東郭記》第十二齣引子「齊中衣錦」，《小青娘風流院傳奇》第十六齣引子「雄威鎮重」，《鸚鵡墓貞文記》第三十二齣引子「愁多病陡」，《西湖記》第二十一齣引子「奇峰永畫」，《旗亭記》第三十九齣引子「東風拂動」，《張子房赤松記》第十六齣引子「身親甲冑」，《青衫記》第三齣引子「重門靜悄」，《玉鏡臺記》第二十五齣引子「西風荐爽」與第三十七齣引子「登山渡水」，《雙鳳齊鳴記》第十三折引子「平將營隔」，《四喜記》第十八齣引子「雙親衰老」，《龍膏記》第二十一齣引子「丈人皇帝」，《題紅記》第三齣引子「一封丹詔」，《量江記》第十六齣引子「長江天塹」，《七勝記》第二十齣引子「終日流漣」，《雙烈記》第八齣引子「路貧囊罄」與第十三齣引子「吾家愛女」，《異夢記》第二十九齣引子「豸冠衣繡」，《琴心記》第八齣引子「珊瑚鈎蕩」，《三桂聯芳記》第三齣引子「花香入袖」與第三十齣引子「攀龍附鳳」。

　　兩句字面截用黃庭堅〈千秋歲〉：「齊歌雲繞扇，趙舞風回帶。」

第三、《青衫記》第三齣引子：「暮雨朝雲怎了。迎新送舊徒勞。」字面截用
　　黃庭堅〈減字木蘭花〉：「暮雨朝雲幾許愁。」

第四、《玉鏡臺記》第二十五齣引子：「辜負姮娥獨宿，寥寥此夜偏長。」兩句鎔
　　鑄於盧炳〈鵲橋仙〉：「細思怎得似嫦娥，解獨宿、廣寒宮闕。」*159*

第五、《異夢記》第二十九齣引子：「豸冠衣繡，拜命君恩厚。」首句鎔鑄辛
　　棄疾〈鵲橋仙〉：「豸冠風采，繡衣聲價，曾把經綸少試。」

第六、《三桂聯芳記》第三齣引子：「花香入袖。簾幙東風透。」兩句化用自
　　趙必〈齊天樂〉：「紅紛綠鬧東風透，暖得枳花香也。」

　　綜上可知，明代〈霜天曉角〉的詞曲相涉情況，具體反映在上下闋結句
的句式，詞與曲彼此互相取法而影響，以及來自宋詞的字面借鑒現象。

　　透過異同比較的研究方法，分析〈霜天曉角〉在格律因素反映而出的詞
曲相涉——平仄、句式上的比對，以及借鑒於詞調的字句尋析，可得以下幾
點要論：

　　第一點，以「異同顯著」的研究方式可知，〈霜天曉角〉之同名詞調、南
曲的平仄彼此間變異處太多，實難以透過異中求同、同中並存的比較來討論
詞曲相涉的現象。蓋〈霜天曉角〉詞調諸體，主要差異僅在於前後押韻與藏
韻部分，但是與南曲相比，平仄變化、可平可仄聲格不同之處太多，而且明
代《詩餘圖譜》無載、《詩餘譜》又有所缺漏，使得譜式產生變異，無法從明
代詞曲譜的平仄訂譜分析詞曲相涉的可能性，應從實際的創作與應用情況著
手，發掘真正的詞曲面貌。

　　第二點，〈霜天曉角〉詞曲相涉最為顯著之部分，在於上下闋結句的句式。

---

159 「姮娥」、「嫦娥」之異乃因避諱而起，西漢時為避漢文帝劉恆之音，改「姮娥」為「嫦
　　娥」。東漢高誘注《淮南子》謂：「譬若羿請不死之藥於西王母，姮娥竊以奔月。」見
　　何志華、朱國藩編：《唐宋類書徵引《淮南子》資料彙編》（香港：香港中文大學，2005
　　年9月），頁92引。後人著詩詞有沿用嫦娥者，例如唐李商隱〈嫦娥〉詩：「嫦娥應
　　悔偷靈藥，碧海青天夜夜心。」亦有復用古名姮娥者，例如宋蘇軾〈少年遊〉詞曰：
　　「恰似姮娥憐雙燕，分明照、畫梁斜。」

此乃〈霜天曉角〉之詞律、曲律截然相異之處，句式不同即意謂語言節奏與音樂形式的不同；詞律自宋詞以來的通例為三三分句之六句攔腰逗句式，而曲律為二二二分句之短柱體句式，在詞曲相別的格律訂譜下，明代詞調與劇曲的創作卻有著詞調用曲律的二二二分句、曲牌用詞律的三三分句形式，可從此處發現明顯的「明詞曲化」、「曲的詞化」之詞曲相涉現象。而明代散曲僅見一例〈霜天曉角〉的創作，且用詞律的三三分句形式，即代表散曲受詞調的影響更大，或是曲牌格律初始即參考詞調而訂，然而散曲資料不足、無法反映其他的詞曲互動狀況；但是劇曲如明傳奇當中的創作現象則有顯著的相涉反映可見，更能從〈霜天曉角〉在「與詩餘同」的淵源關係上分析詞曲的異同相涉。因此，從劇曲來析論詞曲相涉現象、補益明代詞曲的併同研究顯然有其必要性。

第三點，借鑒不僅是唐詩與宋詞之間的對應關係，在宋詞與明代南曲中更有著重要的相涉關係反映，透過平仄、句式等格律因素的相涉，以及借鑒的字句化用，即可證實所謂「南曲多參詞法」的具體情形，在明代〈霜天曉角〉中同樣顯著可見。而藉由詞曲相涉的分析亦可得知，「明詞曲化」或是「曲的詞化」並非可藉風格來概括論之，在格律因素或是字句借鑒上有著更具體的反映。

第六節　明代〈西江月〉的詞曲互涉

前述章節以「異同顯著」的方式比對各個同名詞牌曲牌的格律和創作情形，證明了明代詞曲有異有同、也有相涉的現象，更呈現了詞、曲在發展過程中必然不可或缺的互動影響。而透過詞曲相涉的研究，亦可進一步處理詞曲發展史上還懸而未解的疑問。〈西江月〉在明代的南曲譜中並沒有記載，並不屬於「此係詩餘」、「與詩餘同」的範疇，但是透過考辨〈西江月〉在明代詞體與曲體的變化脈絡，便能發現詞曲相涉與發展過程的問題，因此本章節將藉〈西江月〉同名詞調與南曲引子的使用情況，分析南曲〈西江月〉與詞調的淵源關係及其來源，並說明問題所在。

一、詞調〈西江月〉概述

　　〈西江月〉源出唐教坊曲名，《樂章集》列為中呂宮，其名出於李白〈蘇臺覽古〉詩：「只今唯有西江月，曾照吳王宮裡人。」以及張佑〈道中作〉三首之二：「西江江上月，遠遠照征衣。」又名〈白蘋香〉、〈步虛詞〉、〈江月令〉等。160 明代《詩餘圖譜》未載〈西江月〉格律，僅見於《詩餘譜》，收錄蘇軾〈春夜〉詞為第一體詞例：

　　　　㊉野㊉瀰瀰淺浪，㊉空曖曖微霄。㊉泥㊉解玉驄驕。我欲㊉眠芳草。　　㊉惜一溪㊉月，㊉教踏碎瓊瑤。㊉鞍㊉枕綠楊橋。㊉宇㊉聲㊉曉。161

　　在句式方面，〈西江月〉詞調上下闋皆相同，皆是六、六、七、六字句，在規律的六字句中間存七字句作長短句的變化，易於對仗，也是容易填製上手的詞牌。而在聲韻方面，〈西江月〉詞較為特別的是由平聲韻轉仄聲韻，清代《御定詞譜》引宋代沈義父《樂府指迷》謂：「〈西江月〉第二句平聲韻，第四句就平聲切去押仄聲韻，如平聲押『東』字，仄聲須押『董』字、『凍』字韻，不可隨意押入他韻。」162而成為〈西江月〉的聲韻通例。然而，《詩餘譜》第二體選黃廷堅〈勸酒〉詞為例，與第一體字句相同，僅在上闋第二句改押仄聲韻，讓詞調增添聲韻的跌宕變化。

　　清代萬樹《詞律》載〈西江月〉詞譜，選史達祖詞為例：

　　　　㊉摺㊉羅芳草，㊉梁㊉玉芙蓉。㊉公㊉上見山公。㊉綬㊉銜雙鳳。　　㊉向㊉奩㊉月，更來㊉界乘風。㊉波㊉冷一尊同。

160　此說見《白香詞譜題考》，另一說出於衛萬〈吳宮怨〉詩：「只今惟有西江月，曾照吳王宮裡人。」見《填詞名解》。詳見聞汝賢：《詞牌彙釋》，頁 140-141。

161　(明)程明善：《詩餘譜》，頁 184。

162　(清)王奕清編：《御定詞譜》，《文津閣四庫全書》(北京：商務印書館，2005)第 500 冊，卷八，頁 344 引。

㋙負㋵舟㋷夢。*163*

　　與明代詞譜相較，最大的差異在於可平可仄聲格的更替，與《詩餘譜》第一體互相參照，其中「摺/野、向/惜」原先於明詞作為可平可仄之處，《詞律》將其刪去，但《詞律》增加「白/(第一個)暖、(第二個)玉/踏」作為可平可仄，更改聲律變化的韻律。在押韻、字句上則完全相同，仍然保留六、六、七、六之句式以及平聲韻轉仄聲韻的形式。

　　清代《御定詞譜》整理詞律時，則選柳永詞為正體並標示其體例：

㋙額㋷簾高卷，㋙環㋙戶頻搖。㋙竿㋵日上花梢，㋙睡厭厭㋙覺。　　好夢㋙隨飛絮，㋙愁㋙勝香醪。㋙成㋶暮與雲朝，㋙是韶光㋙了。*164*

　　和萬樹《詞律》所訂譜律比較，《御定詞譜》刪去「(第一個)厭/欲、韶/彩」兩處的可平可仄聲格，使得結句第三字的平仄聲格固定下來，令全闋詞調的聲律變化在結句處更加穩固。而《御定詞譜》之所以選柳永詞為正體，在於柳永詞合乎沈義父《樂府指迷》所說的聲韻平仄變化，而從現存詞調追溯，當是〈西江月〉創調以來最早確立的法式。

　　自宋人填詞以來，〈西江月〉的創作即已十分盛行。宋人除蘇軾、辛棄疾以外，尚有許多詞家填製〈西江月〉——《御定詞譜》謂除了蘇東坡、辛棄疾以外絕少填〈西江月〉*165*，其說言過其實。據《御定詞譜》自身所錄，宋人填〈西江月〉共163人，除了蘇東坡15首、辛棄疾11首以外，其他尚有郭應祥17首、薛式9首、蕭廷之12首、張掄11首、張伯端25首、夏元鼎12首、謝逸9首、朱敦儒8首、張孝祥14首、無名氏45首等例，甚至位居宋代詞牌創作量

---

163 (清)萬樹：《詞律》卷六，頁160-161。另有兩體：吳文英「枝裊一痕雪在」五十字體，押韻平仄不同，以及趙以仁「夜半沙痕依約」五十六字體。

164 (清)王奕清編：《御定詞譜》，《文津閣四庫全書》第500冊，卷八，頁344。

165 (清)王奕清編：《御定詞譜》，《文津閣四庫全書》第500冊，卷八，頁344謂：「此調始于南唐歐陽炯，前後段兩起句，俱叶仄韻，自宋蘇軾、辛棄疾外，填者絕少，故此詞必以柳詞為正體。」

第七位*166*，絕非蘇、辛以外填者絕少。而明代詞家填製〈西江月〉雖不若〈鷓鴣天〉、〈浣溪沙〉等詞調普遍，但是創作〈西江月〉的作家不在少數，《全明詞》中收錄〈西江月〉的作者，如瞿佑、王九思、陳霆、韓邦奇、楊慎、高濂、汪廷訥、湯顯祖、施紹莘等等共有106人。

　　總括來說，詞調〈西江月〉於宋代相當普遍，到了明代也仍有相當數量的創作；事實上，明代的〈西江月〉詞調創作與宋代相比可說是有過之而無不及，因為明代〈西江月〉詞調已不再只是用於一般的小令創作，而是進入小說戲曲的體裁之中被大量使用。

二、小說戲曲中的詞調〈西江月〉

　　在明代興盛的小說、戲曲，除了故事敘述、曲文唱腔的編寫以外，往往會在劇情行進之間，加上詩、詞於其中，作為凝鍊故事主旨、影射議論、或是代為序敘述補充等等。現存可見最早的小說話本集《清平山堂話本》之中，已可見到〈西江月〉、〈鷓鴣天〉等共38首詞調的使用，*167*可知宋代起已有詞調用於小說話本中的使用情況；而在明傳奇之中，以比例來看，《古本戲曲叢刊》二集100種中，就使用〈西江月〉詞調共32首。

　　而〈西江月〉詞調使用在小說戲曲中的情況，大致可分為下列四種：

(一)用作開頭引詞

　　「評書及章回體小說開編，多有『一首〈西江月〉罷』之語，用為引詞，可見此調流傳之廣。」*168*便是說明明代小說故事以詞調〈西江月〉作為開頭引詞之用的普遍情況。在戲曲當中也是如此，前述清代李漁《閒情偶寄》謂：

---

166 王兆鵬：《唐宋詞史論》（北京：人民文學出版社，2000 年 1 月），頁 107。其創作頻率依序為：〈浣溪沙〉、〈水調歌頭〉、〈鷓鴣天〉、〈菩薩蠻〉、〈滿江紅〉、〈念奴嬌〉、〈西江月〉、〈臨江仙〉、〈減字木蘭花〉、〈沁園春〉。

167 見鄭永曉：〈從宋元話本看詞在民間之創作與傳播——以《清平山堂話本》和《熊龍峰四種小說》為例〉，收錄於潘碧華、陳水雲主編：《2012 詞學國際學術研究會論文集‧金元明清卷》，《馬來亞大學華人研究叢書》(Kuala Lumpur：馬來亞大學，2012 年 8 月) 第 2 集，頁 37。

168 林克勝：《詞譜律析》，頁 884。

未說「家門」，先有一上場小曲，如〈西江月〉、〈蝶戀花〉之類，總無成格，聽人拈取。此曲向來不切本題，止是勸人對酒忘憂，逢場作戲諸套語。予謂詞曲中開場一折，即古文之冒頭，時文之破題，務使開門見山，不當借帽覆頂。即將本傳中立言大意，包括成文，與後所說「家門」一詞，相為表裡。前是暗說，後是明說，暗說似破題，明說似承題。如此立格，始為有根有據之文。*169*

在明代以來傳奇開演前，先有一段「家門開場」，例常使用一至二支、多至三支詞調，作為說明故事情節大意與作者的創作主旨，常用詞調有〈沁園春〉、〈滿庭芳〉、〈西江月〉、〈臨江仙〉等等，此法早見於南戲之中，而在明傳奇當中〈西江月〉便是家門開場的常用詞牌之一。除了南戲《拜月亭》與《琵琶記》皆用〈西江月〉為開場詞外，《古本戲曲叢刊》二集一百種中有16種明傳奇以〈西江月〉作開場詞。*170*例如《拜月亭》開場用〈西江月〉詞謂：

> 金主遷都汴地，大軍北犯邊庭。英雄緝探虎狼軍，子母妹兄逐散。　曠野凰求鳳侶，招敵拆散恩情。一朝文武並名成，夫婦重圓歡慶。*171*

此處即是由付末上場，念誦〈西江月〉詞說明大概的故事情節發展，令觀眾、讀者隱然對故事有所認知。又如《酒家傭》傳奇，亦以一首〈西江月〉詞調開場：

> 公論定歸忠義，天心不佑權奸。一時顛倒費周旋。人事天心越顯。　古往今來變態，離悲合喜因緣。謾將舊記纂新編，好倩知音搬演。*172*

此闋則用以說明劇本作者的創作主旨與精神核心，一般明傳奇多以兩支

169 (清)李漁：《閒情偶寄》，《中國古典戲曲論著集成》第 7 冊，頁 66。

170 計有《范睢綈袍記》、《錦箋記》、《四喜記》、《偷桃記》、《四美記》、《三桂聯芳記》、《麒麟記》、《酒家傭傳奇》、《鴛鴦塚嬌紅記》、《東郭記》、《鴛鴦縧》、《花筵賺》、《燕子箋》、《春燈謎》、《金榜記》、《元宵鬧》。

171 (元)施惠：《拜月亭記》，林侑蒔：《全明傳奇》178 冊，頁 1。

172 (明)陸無從：《酒家傭傳奇》，《古本戲曲叢刊》二集 60 冊，頁 1。

詞調作為開場，分別說明故事大意與主旨精神，也有像《雙紅記》使用三支
詞調的情形。*173*

(二)用作敘述輔證

　　在小說故事的敘述行進間時常添入「有詩為證」、「有詞為證」，以詩、詞
為故事情節段落的凝鍊敘述，並且發以警策警語。詞調進入話本小說體裁中
使用的例子早見於宋代話本小說中，例如宋話本《趙伯升茶肆遇仁宗》即引
〈鷓鴣天〉詞為證：

> 出了朝門之外，逕往御街並各處巷陌遊行。將及半晌，見座酒樓，好不高
> 峻！乃是有名的樊樓。有《鷓鴣天》詞為證：「城中酒樓高入天，烹龍煮
> 鳳味肥鮮。公孫下馬聞香醉，一飲不惜費萬錢。　招貴客，引高賢，樓上
> 笙歌列管絃。百般美物珍羞味，四面欄杆彩畫簷。」*174*

　　此闋〈鷓鴣天〉旨在借故事主角宋仁宗的角度，描述京城街景的繁華盛
景。而在明傳奇當中的詞調亦有相同作用，例如《偷桃記》第十三齣〈西江
月〉詞曰：

> 金壁半垂綉幕，畫簷重揭珠簾。錦屏高障玉堂前。梁棟雲霞爛熳。　綺
> 座紅綃裀褥，天街白玉欄杆。寶猊香噴九鸞烟。貴戚人家庭院。*175*

　　此闋〈西江月〉乃是故事中家院的上場詞，以該詞說明富貴家庭中的華
麗擺設後，家院再行簡述自己的身分與情節梗概。在小說話本、或是戲曲的
故事進行之中，於念白、唱詞之間以詞調穿插來輔以敘述，改變非韻文與韻
之轉換之間的語言文字節奏，增添變化，同時也藉著文字的凝鍊而聚焦於敘
述對象之上，更潤飾小說話本與戲曲的文體體裁。

---

173 (明)更生子：《劍俠傳雙紅記》使用〈西江雙月〉、亦即兩支〈西江月〉詞牌，以及〈漢
　　宮春〉共三闋詞作為家門開場，見《古本戲曲叢刊》二集52冊，頁1。

174 見劉世德、陳慶浩、石昌渝主編：《古本小說叢刊》(北京：中華書局，1991年10月)
　　第三十一輯第2冊，頁509。

175 (明)吳德修：《東方朔偷桃記》，《古本戲曲叢刊》二集42冊下卷，頁6。

(三)用作人物上場

在故事中的人物初登場時，必然要為該人物作一番描述，以俾讀者留心，此時在故事敘述中替換白話文、改用凝鍊聚焦又具備韻文節奏的詞調進行人物描述，便可透過語言文字節奏的轉換而停頓、留有仔細打量玩味的空間，同時藉由韻文的凝鍊精簡減少對故事正文的妨礙，不僅是中國古典小說沿用自說話藝術的特殊形制，也有畫龍點睛的作用。例如《水滸傳》第三十八回，對於首次在故事中登場的神行太保戴宗與黑旋風李逵，分別以詞調作了一番描述：

> 原來這戴院長有一等驚人的道術，但出路時，齎書飛報緊急軍情事，把兩箇甲馬拴在兩隻腿上，作起神行法來，一日能行五百里。把四箇甲馬拴在腿上，便一日能行八百里。因此人都稱做神行太保戴宗。更看他生的如何？但見：「面闊唇方神眼突，瘦長清秀身材，皂紗巾畔翠花開。黃旗書令字，紅串映宣牌。兩隻腳行千里路，羅衫常惹塵埃，程途八百去還來。神行真太保，院長戴宗才。」……戴宗便起身下去。不多時，引的那箇人上樓來。宋江看見了，喫一驚。看那人生得如何？但見：「黑熊般一身龐肉，鐵牛似遍體頑皮。交加一字赤黃眉，雙眼赤絲亂繫。怒髮渾如鐵刷，猙獰好似猀猊。天蓬惡殺下雲梯。李逵真勇悍，人號鐵牛兒。」[176]

透過詞調長短句的節奏變化、以及凝鍊精簡的文字敘述，反而更凸顯人物的外在特徵；其中尤以李逵的外在描述更為活靈活現，讓聽者、讀者更能藉詞調的韻文特長而加強李逵的印象，也因此話本小說中與人物相關的詞作，已然內化為小說描述人物時不可或缺的形式。

在明傳奇之中，重要人物在前十齣的上場詞更是必不可少的沿用定例，例如生腳在沖場處例必以〈鷓鴣天〉作上場詞，表述身分志向等語；而在其

---

[176] (元)羅貫中、(明)施耐庵著，王利器校訂：《插圖水滸全傳校訂本》(臺北：貫雅文化，1991 年 7 月)，頁 598-599。

他關目情節處如有必要，也會令其他腳色念誦上場詞，同樣有簡約凝鍊、又不妨礙整體劇情發展的效用。但是戲曲更強調「代言扮飾」的戲劇性，因此在使用上場詞來延續話本小說使用詞調描述人物的傳統之餘，更要做其聲情、肖其口吻，即便是用於同一齣戲劇中的同一首詞調，也會因為使用在不同的腳色、情境場合而有不同的風格聲情呈現。例如《狄梁公返周望雲忠孝記》第三十四齣的生腳狄仁傑上場詞〈西江月〉：

> 世態變如棋局，人情薄似浮雲。頂冠曳履立乾坤。安得引裾補袞。*177*

本處乃是描述唐代徐敬業上討武曌檄、朝臣狄仁傑憂心唐祚大損之事，本齣初始先由狄仁傑念誦〈西江月〉詞隱約破題、敘說故事氛圍，爾後再以念白、唱腔敷演故事一番，頗有配合曲文引子先引人入勝之效果。

又如《雙鳳齊鳴記》第二十一齣的丑腳上場詞，一樣使用〈西江月〉，但是文字風格便與前例不同：

> 嘆當初兩國交兵一處，三軍力弱難支。四下逃走急奔馳。五方旌旗矮氣。　他猛似六丁神將，兵屯九里山餘。俺軍七零八落帶傷痍。又恐南軍走出。*178*

此處乃是描述趙范、趙葵兄弟抗金，而金國番將慶壽上場敘說金兵潰敗之狀。同樣是藉〈西江月〉詞調作為故事曲文的輔佐敘述，但是不同的腳色、不同的情境下，其詞調文句風格便和前例生腳所述不同，與話本小說中講求俚俗淺白的通俗風格有所差異。此處引用明傳奇中的兩例〈西江月〉都受到曲律的影響——不用換頭而成闋，或是添加襯字。

(四)其他

除了開場入話、人物上場、輔助正文敘述之外，在小說戲曲的其他場合中也常常使用詞調入體。譬如為因應故事情節的需要，人物在小說戲曲中有各種場合的題詞，例如前述《趙伯升茶肆遇仁宗》，故事中的趙旭在流落東京、

---

177 （明）金懷玉：《狄梁公返周望雲忠孝記》，《古本戲曲叢刊》二集34冊，頁24。
178 （明）陸華甫：《雙鳳齊鳴記》，《古本戲曲叢刊》二集35冊，《雙鳳齊鳴記》，頁41。

靠著作文寫字謀生時，即題寫一首〈鷓鴣天〉來敘述己身勉強餬口的慘淡遭遇：

> 趙旭孤身旅邸，又無盤纏，每日上街與人作文寫字。爭奈身上衣衫藍縷，著一領黃草布衫，被西風一吹，趙旭心中苦悶，作詞一首，詞名〈鷓鴣天〉，道：「黃草遮寒最不宜，況兼久敝色如灰，肩穿袖破花成縷，可奈金風早晚吹。纔掛體，淚沾衣，出門羞見舊相知。鄰家女子低聲問，覓與奴糊隔帛兒？」[179]

此首〈鷓鴣天〉與故事正文並無相關，僅是依人物在故事中的需要而設計題詞的情節，其用意與輔助正文敘述大致相同。又如《水滸傳》第三十九回，宋江於潯陽樓上吃醉、一時尋意抒懷，趁意寫下〈西江月〉一詞：

> 宋江看罷潯陽樓，喝采不已。……臨風觸目，感恨傷懷。忽然做了一首〈西江月〉詞調，便喚酒保，索借筆硯。起身觀翫，見白粉壁上，多有先人題詠。宋江尋思道：『何不就書於此？倘若他日身榮，再來經過，重　一番，以記歲月，想今日之苦。』乘其酒興，磨得墨濃，蘸得筆飽，去那白粉壁上，揮毫便寫道：「自幼曾攻經史，長成亦有權謀。恰如猛虎臥荒丘，潛伏爪牙忍受。不幸刺文雙頰，那堪配在江州。他年若得報冤讎，血染潯陽江口。」[180]

故事中宋江因為題寫這首〈西江月〉以及反詩，而遭人舉發、惹禍上身，成為宋江投身梁山泊的導火線之一；此處〈西江月〉除了輔助正文敘述之外，兼有推動劇情、成為故事重要高潮與衝突的作用。

而在明傳奇當中使用詞調來潤飾整體故事的例子也不少，豐富程度不亞於小說話本。例如《雙烈記》第二十六齣在故事中即穿插了四首〈西江月〉來描述承應宴席的富貴華麗：

---

179 劉世德、陳慶浩、石昌渝主編：《古本小說叢刊》第三十一輯第 2 冊，頁 507。
180 （元）羅貫中、（明）施耐庵著，王利器校訂：《插圖水滸全傳校訂本》，頁 619。

（校尉）鹵簿駕頭先設，五門五岳儀鎗。荷刀班劍與旌常。白鷺綉鸞馴象。
玉兔龍旂雉扇，負圖金節煇煌。鳴鞭響處見君王。端拱九重天上。

（廚子）廚子世間都有，似咱天下無雙。擘麟炙鹿與蒸羊，炮鳳烹龍異樣。
徹卓鋪牲小割，五薀七醢非常。駝峰虯舖膾絲湯。縱有易牙不讓。

（監酒）白玉紅盛琥珀，紫檀乍滴瓊漿。蘭陵美酒鬱金香。西域蒲萄佳
釀。　見說新豐味好，麻姑仙醞非常。玉膏桂髓世無雙，端的是杜康
不讓。

（教坊）十棒輕敲畫皷，六么慢奏笙簧。翠盤舞罷紫霓裳。小玉伊川齊
唱。　院本內家粧束，清平翰苑新腔。梨園雜劇擅當場。便是李龜年
不讓。*181*

　　本例後兩首〈西江月〉亦有襯字的使用，此處乃是在長篇念白之中穿插
的詞調，透過語言文字節奏的變化而藉詞調精簡扼要描述情節內容，也不妨
礙正曲曲文的鋪排，更饒富趣味、表現作者的文采。

　　在話本小說之中穿插詞調自宋代以來即已蔚成風氣，張仲謀論其成因有
三：其一是在話本小說發展之初，詞正是流行於民間的音樂文學形式，在小
說中穿插詞成為一種追求新奇的時髦行為；其二是此乃宋代話本小說穿插詞
作以來的自然延續之傳統；其三是在小說中穿插詩、詞、曲、民歌等韻文，
既構成小說形體上豐富的裝飾性，同時也符合表現話本小說作者與說話藝人
之才學的需要。*182*而〈西江月〉是明代小說中使用最為頻繁的詞調*183*，更是

---

181 （明）張四維：《雙烈記》，《古本戲曲叢刊》44 冊卷下，頁 9-10。

182 張仲謀：〈明代話本小說中的詞作考論〉，《明清小說研究》第 87 期，2008 年，頁 205。

183 趙義山：《明代小說寄生詞曲研究》（北京：商務印書館，2013 年 12 月），頁 57 曰：「王兆
　　鵬在《唐宋詞史論》中曾對宋詞中使用頻率最高的詞牌作了統計，⋯⋯而根據我們的統計，
　　在明代小說中使用詞牌最多者依次為〈西江月〉、〈風入松〉、〈滿庭芳〉、〈臨江仙〉、〈浣溪
　　沙〉、〈如夢令〉、〈菩薩蠻〉、〈踏莎行〉、〈鷓鴣天〉、〈蝶戀花〉。」

《三言二拍》之中作者特別偏愛使用的詞調*184*；同時在明傳奇之中也有相當的使用比例，位居常用詞牌第三種。*185*為何〈西江月〉詞調會如此頻繁的被引入小說話本戲曲中使用？原因在於〈西江月〉的句式表現利於寫景敘事，以六、六、七、六的句式維持穩定的規律，又間有長短句變化，*186*就有如使用頻率最高的〈鷓鴣天〉一般。因此不論是文雅或通俗，像〈西江月〉此種維持詩律穩定結構又可寓有字句長短變化的詞牌都適宜發揮，從〈西江月〉常用於典雅風流的宋詞、又被大量用於通俗淺顯的明代通俗文本之中，即可知〈西江月〉的詞牌格律在雅、俗兩方面的表現。*187*

---

184 張仲謀：〈明代話本小說中的詞作考論〉，《明清小說研究》第 87 期，頁 205。

185 汪超：〈明代戲曲中的詞作初探——以毛晉《六十種曲》所收傳奇為中心〉，其謂：以《六十種曲》統計，其中使用率最的詞調為〈鷓鴣天〉、〈西江月〉、〈浣溪沙〉，見頁 88 統計。

186 林克勝：《詞譜律析》，頁 884 曰：「因此調明快，表現力強，既可用於寫景敘事，又可用來發抒感慨，詞家多喜用之。評書及章回體小說開編，多有『一首〈西江月〉罷』之語，用為引詞，可見此調流傳之廣。」

187 祝東：〈《三言二拍》多用〈西江月〉詞原因探析〉，《內蒙古大學學報(哲學社會科學版)》第 41 卷第 2 期，2009 年 3 月，頁 109 曰：「〈西江月〉這類的詞牌在格式聲情上本身就帶有俚俗化的傾向，其體式內容也易流於淺俗一類，正好與《三言二拍》俚俗化的審美取向相合；其二，〈西江月〉在詞學創作批評上形成的警世傳統，也是小說樂於選取的一個重要原因；其三，在《草堂詩餘》等一類通俗詞學選本與小說的互動關係中，俗中之俗的《西江月》容易成為首選之詞。」其說正是倒果為因，俚俗化是〈西江月〉進入通俗話本體裁後的結果，原先宋人作〈西江月〉詞，並不以俚俗風格為主導，除了蘇軾、辛棄疾以外，如周密、晏幾道、王安石、賀鑄、范成大、黃庭堅的〈西江月〉詞作，可謂其俚俗手？如此豈可謂「〈西江月〉這類的詞牌格式聲情上本身就帶有俚俗化的傾向」？同樣地，清代吳衡照《蓮子居詞話》謂：「〈西江月〉、〈一剪梅〉二調易致庸俗，詞人不多作。」吳衡照所見當是〈西江月〉於明代被引入傳奇、小說等體裁中，配合人物聲情口吻、情節關目所需而產生的風格變化之結果，並不代表〈西江月〉本身的句式聲情就是俚俗、庸俗的取向。吳衡照之語，見(清)萬樹：《詞律》，頁 161 引。

三、南曲〈西江月〉概述

　　相較於〈西江月〉詞調的大量創作，南曲〈西江月〉如何成形反而是個值得探析的問題。從曲論與曲譜來看，王驥德專論南曲牌調來源名稱時曾提及〈西江月〉，*188*但是明代南曲譜與今見南曲戲文中皆無〈西江月〉，*189*直至清代周鈺祥、鄒金生編《九宮大成南北詞宮譜》始收入南詞中呂引子，以工尺譜形式載柳永詞「鳳額繡簾高捲」為曲例。*190*

　　從散曲創作來看，《全明散曲》中亦僅收一首蘭陵笑笑生所作的〈西江月〉「牛膝蟹爪甘逐」，但是細究之下，該首〈西江月〉實是用於《金瓶梅詞話》第八十五回的詞調，並非散曲。*191*

　　而從戲曲創作來看，《古本戲曲叢刊》二集一百種明傳奇中僅有《孔夫子周遊列國大成麒麟記》第二十七齣、《鴛鴦縧》第十二齣以及《竹葉舟》第十五折三處使用〈西江月〉引子；其他尚有《祝髮記》第十七折、《鳴鳳記》第三十三齣、《灌園記》第八齣與《破窰記》第十六齣，在比例上來說屬於罕用曲牌。

　　因此，明代南曲〈西江月〉並不似同名詞調一般的普遍，其創作實屬罕見；或者說，南曲〈西江月〉在明代仍處於逐漸成形的過程之中。〈西江月〉詞調創作極為盛行，相較之下，南曲〈西江月〉在明代則屬於罕見，直至清代《九宮大成南北詞宮譜》始見其定譜。如果從詞曲相涉的研究角度來看，〈西江月〉在明代後期正好處於詞曲相涉、由詞到曲的過程。

---

188 （明）王驥德：《曲律・論調名第三》，《中國古典戲曲論著集成》第4冊，頁57-58曰：「曲之調名，今俗曰『牌名』，……。（以下專論南曲）其義則有取古人詩詞句中語而名者，如〈滿庭芳〉則取吳融『滿庭芳草易黃昏』，〈點絳唇〉則取江淹『明珠點絳唇』，〈鷓鴣天〉則取鄭嵎『家在鷓鴣天』，〈西江月〉則取衛萬『只今惟有西江月，曾照見吳王宮裡人』，……。」

189 錢南揚校注：《永樂大典戲文三種校注》，以及《宋元戲文輯佚》所載曲文均無〈西江月〉曲牌，而程明善《南曲譜》、沈璟《南曲全譜》與沈自晉《南詞新譜》均無載。

190 王秋桂主編：《善本戲曲叢刊》（臺北：臺灣學生書局，1987年11月）第六輯，頁1205-1206。

191 見《全明散曲》第二卷，頁2351記：「牛膝蟹爪甘逐。定磁大戟芫花。斑毛赭石與硇砂。水銀與芒硝研化。又加桃仁通草。麝香文帶凌花。更燕醋煮好紅花。管取孩兒落下。」

四、〈西江月〉的詞曲互涉

(一)詞調襯字的使用

宋詞以來罕用襯字，而在明傳奇中的詞調〈西江月〉則有使用襯字的現象，例如《玉鏡臺記》第八齣使用〈西江月〉詞調：

> 但見翠幃金屏燦爛，寶瑁玉珮鏗鏘。珊瑚枕上綉鴛鴦。花底香風蕩漾。　玉瑣平鋪紈綺，青墀鼎沸絲簧。洞房花燭夜燦煌。爭看神仙儀仗。[192]

該則〈西江月〉詞調為劇中末腳的上場詞，其中於上闋使用「但、見、上」之襯字。又如前引《雙烈記》第二十六齣，用於故事中詞調敘說宴席之華美的四首〈西江月〉詞調，其中有二首含有襯字——監酒詞之「的」，以及教坊詞之「是」。

除了故事曲文中的人物上場詞以及補充敘述的詞調以外，在明傳奇的家門開場詞調中同樣有襯字的使用，例如《燕子箋》的開場〈西江月〉詞：

> 老卸名韁拘管，閒充詞苑平章。春來秋去酒醇香。爛醉莫愁湖上。　燕尾雙叉如剪，鶯歌全副偷簧。曉風殘月按新腔。依舊是張緒當年情況。[193]

該詞下闋使用「依舊是」三個襯字。又如《金榜記》開場〈西江月〉詞：

> 人事桑田都改，天年櫟社堪終。且單衫小馬踏春風。笑看盤伶撮弄。　繡嶺宮中殘碧，沉香亭畔餘紅。怎如青谿明月一漁翁，玉遂梅花三弄。[194]

其詞調分別於上闋使用「且」、下闋使用「怎如」之襯字。從襯字的使用便可發現，明傳奇體製中使用的〈西江月〉詞調明顯與宋詞不同。

(二)詞調換頭的獨用

詞調的分闋與曲牌的換頭雖為相近的體製，但在文體意義上實有出入——

---

192 (明)朱鼎：《玉鏡臺記》，《古本戲曲叢刊》31冊卷上，頁19。

193 (明)阮大鋮：《懷遠堂批點燕子箋》，《古本戲曲叢刊》二集85冊卷上，頁1。

194 (明)阮大鋮：《懷詠堂新編勘蝴蝶雙金榜記》，《古本戲曲叢刊》二集87冊卷上，頁1。

一詞調不論二闋、三闋或多至四闋，皆視為一首完整詞作；曲牌則常見不用換頭、或是不用上闋而獨用換頭的「前腔換頭」創作方式，但都可獨立視為一支曲子。用於明傳奇中的〈西江月〉詞調也出現了如同曲牌一般的換頭使用現象，例如前引《忠孝記》第三十四齣的生腳上場詞：「世態變如棋局，人情薄似浮雲。頂冠曳履立乾坤。安得引裾補袞。」此處介於引子〈高陽臺〉與念白之間的〈西江月〉詞調僅使用上闋，如同曲牌不用換頭即可成曲一般。此例即是詞調在使用體製受到曲律影響的反映，但此種詞調換頭獨用的現象，在明傳奇中實屬罕見，同時也說明了在傳奇作家的認知中，詞調、曲牌實有一定程度的差別。

(三)平仄聲律的相近

明傳奇中南曲〈西江月〉的聲律平仄，幾全合於明代《詩餘譜》所記，因此從創作情形的反映——詞調的普遍，南曲的罕用，以及聲律平仄的相近，可推定南曲〈西江月〉沿用詞律之平仄而成體式。例如《破窰記》第十六齣，末唱〈西江月〉：

> 一段翰林風月，幾多吏部文章。天教付與少年郎。筆掃虹霓萬丈。　此去應無阻滯，今年管取翺翔。衣襟尤帶桂花香。萬里雲霄直上。[195]

引文圈字處為《詩餘譜》中標注為可平可仄之聲格，方框字為清代萬樹《詞律》所定可平可仄之聲格。除此之外，在本文所引之明傳奇中使用〈西江月〉者，平仄聲律大抵皆合乎詞律所定。[196]

上述三點〈西江月〉的詞曲互涉現象，南曲之例均見於明代後期甚至是晚明的傳奇作品之中，[197]因此推證：南曲〈西江月〉至明代後期始見於傳奇

---

195 （佚）《李九我批評破窰記》，林侑蒔編：《全明傳奇》182 冊卷下，頁2。

196 僅有《麒麟記》第二十七齣引子一字平仄不合，其詞曰：「金殿鴛鴦深鎖，玉樓翡翠和鳴。高岡丹鳳杳無聞。那有卷阿賡咏。　鴛鴛齊齊排整，虎賁肅肅『列』陳。安排牙爪好驚人，待詔金門肅靜。」其下闋「列」字應作平聲。

197 《破窰記》與《麒麟記》成書年代不詳，本文所見均為萬曆富春堂刻本，《玉釵記》數

作品之中，其曲律參考當時創作普遍的詞調〈西江月〉而來，因此在格律上大柢合乎詞調，成為明詞曲化的結果；而且可從詞調〈西江月〉的襯字、換頭使用之情況反映其詞曲相涉並進而成為南曲的現象。

第七節　小　結

　　明傳奇開場詞是一種在劇曲體製下的詞調創作，有其常例與規律，而在其與劇曲體製的互動之下，格律上確實可見來自曲律的曲化影響，而改變其詞調的平仄、句式。在明傳奇體製的劇曲套式中，南曲套式分為引子、過曲、尾聲三種，即有與詞牌關係密切的同名曲牌，在南曲譜中注明為「此即詩餘」或「與詩餘同」，格律上有所因襲，而且幾全為引子，例如〈二郎神慢〉、〈沁園春〉、以及也用於尾聲的〈鷓鴣天〉等等。而引子的牌名、句法等均出於詩餘，[198]在明代南曲譜中即有許多標注為「此係詩餘」、「與詩餘同」的引子，可知南曲引子實與詞調有所淵源，在討論由詞入曲、或是詞曲相涉的關聯，不容忽視此點。南曲引子之中部分格律雖然參考詞調而來，但在轉化為曲律使用時，格律有部分與詞調有所差異，這些差異在詞曲互動密切的情形之下——例如明傳奇體製之內的南曲與詞調，則可能產生格律因素彼此影響、詞調用曲律或是曲牌用詞律填製的現象。在本章節以明傳奇中的詞調、南曲引子為例，析論明傳奇中南曲受詞化影響、產生詞曲相涉的創作現象——平仄與句式、換頭體製等等，考察〈滿庭芳〉、〈沁園春〉、〈鷓鴣天〉、〈霜天曉角〉、

演嘉靖年間事，均數明代後期之作。而根據郭英德搜考，《祝髮記》成於萬曆十四年，《鳴鳳記》成於萬曆元年以後，《灌園記》成書於萬曆十六年，《鴛鴦縧》成書於崇禎八年，《竹葉舟》應為作者畢魏（天啟三年[1623]—？）晚年，均為明代後晚期之作。參考郭英德：《明清傳奇綜錄》（石家庄：河北教育出版社，1997年7月）頁65、頁127、頁71、頁448、頁623。

[198] 陳多、葉長海等主編：《中國曲學大辭典》（杭州：浙江教育出版社，1997年12月），頁698「引子」條曰：「『引子』古稱『慢詞』。南曲引子的牌名和句法，本法詩餘，或半或全，不同舊譜。」

〈西江月〉同名詞牌曲牌在明傳奇中的詞曲互涉之反映，可得以下結論：

一、字數增減變化：增字、減字、襯字

　　字數的變化有時代表音樂形式上唱腔的伸縮，或是音節板式的疏密性，如果詞、曲彼此在同樣的牌調格律處有共同的字數增減變化，即代表兩者的音節形式彼此相近，在〈滿庭芳〉的分析中，南曲與開場詞牌均於下闋第二、三句減字，使得兩句四字句合為一句，影響牌調的句數；而詞調、南曲和開場詞均於下闋第四、五句添加襯減變化，從這些共同變化可知南曲〈滿庭芳〉與開場詞在字句、音節的觀念上較為相近。

　　而〈沁園春〉的南曲創作極為罕見，《全明散曲》僅有一支南北合套的引子創作，更不見於明傳奇一百種劇本之中，因此難以得知在詞調、南曲與開場詞之間共同的增減襯字變化。而詞調自元詞以來即有各種字數增減的現象，而開場詞的變化現象更為劇烈；但是詞調與開場詞之間以上下闋結句處的五字句減字為其較常見的共同變化。

二、平仄聲韻變化

　　在明代詞譜與南曲譜之間時有改訂可平可仄聲格、或是修改詞律為合乎曲律平仄的現象，在較為細緻的共同聲格變化上即可反映出詞曲相涉的影響。例如〈滿庭芳〉詞律與曲律中上闋的「自落/舊事/漸遠」、「映柳/數點/杜宇」，以及下闋的「舊恨/見也/近也」、「屈指/空染/幾座」，原本在詞律中只要求平仄吻合、或是改為可平可仄，但到了曲律訂譜時，則被要求為上聲去聲、去聲上聲的搭配；而明傳奇的開場詞〈滿庭芳〉於該處亦有和曲律相同的聲格變化，一改詞律而就曲律之上聲去聲搭配，是〈滿庭芳〉開場詞在平仄聲律上的詞曲相涉現象之一。

　　〈沁園春〉在明代詞譜、南曲譜的平仄變化上，曲律要求較詞律更為精致，差異也較大，在開場詞中的平仄格律上較無顯著的相涉現象。但是南曲中吸收了元代詞中的押韻變化——增加上下闋結句處的三字句句尾為押韻，在曲譜中訂為韻位，而在明傳奇開場詞中受到曲韻的影響，在該處押韻的比例頻率高出詞調許多，而成為押韻曲化的詞曲相涉現象。

引子〈鷓鴣天〉曲律的平仄受到詞調的影響，下闋第三句首字詞譜多注可平可仄，而南曲譜明注宜作上聲，但是在明傳奇中的南曲〈鷓鴣天〉創作，有近乎一半的比例皆同詞調作平聲或去聲，採用詞調的可平可仄而非南曲曲律的上聲。例如《金蓮記》三十齣尾聲「『人』生聚散渾蜉蝣」、《龍膏記》十六齣尾聲「『侯』門一入粉容憔」、《三桂聯芳記》二十七齣「『莫』把泥金報喜遲」、《箜篌記》第十一齣尾聲的「『一』朝西去一朝東」、《麒麟記》第八齣引子「『惟』清惟靜樂天真」、《酒家傭》第十九折尾聲「『除』非再世得相逢」等等。

三、句式音節變化

句式代表文字意義形式和音節形式的搭配，詞與曲在句式的安排上會因為詞調的文字押韻句讀、曲牌的音樂板眼而有所差異，而詞調若與曲牌採用相同的分句句式，即代表兩者在文字意義形式與音樂形式上搭配的相涉，亦可藉其使用句式的不同而判斷兩者的分別。

在句式變化上，開場詞有與詞調相同者，例如〈滿庭芳〉明詞與開場詞均在過片採用領調字一/四句式，而非宋詞與南曲採用的上二下三句式，即是開場詞近於明代詞律而異於曲律的詞曲相別反映，也反映了〈滿庭芳〉宋詞的發展變化，以及南曲受宋詞詞律影響的相涉。

開場詞也有可能發展出與詞調、南曲都不相同的句式變化，例如〈沁園春〉詞調與南曲譜均在上下闋結句處作「三、五、四」句式，但是〈沁園春〉開場詞卻作「三、四、五」的句式變化，雖然韻段與總字數並未改變，但是在文字意義與音樂的搭配意義上已然產生變化。

然而詞曲相涉從牌調、詞曲譜的格律因素來說，雖然不出平仄、句式等因素，但是從創作實例來分析，其現象非常細緻、也可能非常複雜，例如前述〈沁園春〉結句處的分句，開場詞作「三、四、五」句式與詞調、南曲均不同，但是在其中的五字句句式上，卻不作詞調的領調字一/四句式、而與南曲的上二下三句式相同，同時呈現了與曲體相異而別、卻又相同而涉的格律變化。以往學者論「明詞曲化」或是「曲的詞化」之現象，多從文字風格、

雅俗趣致著手，而未論格律；但是包含詞調、曲牌在內，中國古典韻文學的
聲情特質由格律因素——字數、句數、句式、韻位等因素而決定，*199*〈滿庭
芳〉與〈沁園春〉之所以成為開場詞最常用的詞調，即在於兩者的格律特質
適於家門大意之用：〈沁園春〉以四言句式為基調、間雜三言、五言、七言、
八言的長短句變化鋪排敘述，而〈滿庭芳〉原本亦屬搖曳變化、抒發纏綿別
情之調，但是在開場詞中反而藉其行文格局描述跌宕起伏的家門大意，在句
式、平仄上也有因應的調整。如此一來，詞曲相涉在宏觀的詞調、散曲與劇
曲三者之間的互動與參照下，便不僅僅是風格、雅俗矣矣，在劇曲體製之下
使用的詞調、與劇曲內涵多有相繫的開場詞之中，即可見出詞曲相涉的深入
內涵。

　　〈霜天曉角〉在格律上的詞曲相涉也反映在句式上，在上、下闋結句處
的六字句，詞調例作三三攔腰分句，而南曲譜雖然明定為三三攔腰分句，但
是在實際的創作中卻多作二二二短柱分句；在明傳奇中的詞調與南曲則產生
了句式互涉的現象，在同一闋〈霜天曉角〉即可能同時出現詞調、曲牌的句
式，例如明代萬曆富春堂刊本《劉智遠白兔記》第二十七折引子〈霜天曉角〉
兩支，同時呈現了兩種不同的結句句式：「(丑唱)勞籠圈套。設就多奇妙。汲
水又還挨磨，這苦文經多少。」「(旦)(前腔)覩煩受惱。苦向誰人告。恨殺
無情兄嫂。這磨難、何時了。」又如《鸚鵡墓貞文記》第三十二齣引子，在
併用換頭的〈霜天曉角〉中同時呈現詞律、曲律的句式：「(老旦唱)愁多病陡。

---

199 見曾永義：〈中國詩歌中的語言旋律〉，《曾永義學術論文自選集》(北京：中華書局，
　　2008 年 7 月)甲編，頁 37-38 舉王之渙〈出塞〉詩為例，其曰：「由於〈出塞〉這首
　　詩句中藏韻，所以可以改成這種讀法：『黃河遠上，白雲間一片，孤城萬仞山。羌笛
　　何須怨，楊柳春風，不度玉門關。』將這種讀法和原來讀法作比較，很顯然的，其間
　　的『聲情』有很大的不同。為什麼呢？其字數、平仄、對偶雖然不變，但是句數由四
　　句變為六句，句長由整齊的七言變為四五雜言，句式由純單式音節變為單雙式間錯的
　　音節，韻協由三韻變為四韻且平仄通押；可見其間『聲情』之所以不同，乃是因為構
　　成體製規律的因素本身起了變化。明白了這種現象，那麼唐詩宋詞元曲之遞變，就『聲
　　情』而言，也就可以舉一反三了；那麼傳達聲情的『語言旋律』其最主要而可完全掌
　　握的也就依存在這體製規律之中了。」

弱骨楞生瘦。便有仙方怎救。看看病勢將休。」「（換頭）（貼）春愁渾似秋。病殘愁更又。看他芳容改舊。魂將斷，我淚難收。」等例。

由於南曲之平仄代表「依字傳腔」、決定四聲腔格的音樂要素，因此嚴審音律的曲家極為重視，甚有「寧聲叶而辭不工」[200]之說，平仄不容妄動；句式則代表音樂節奏形式與文字意義形式的結合，在格律因素上不可輕忽，而詞律與曲律的平仄、句式之異即代表詞與曲在音樂形式上的差異。然而，在明傳奇中大量創作的詞調，以及南曲的互相影響下，詞與曲在格律因素上逐漸相傾，而構成詞調用曲牌、或是曲牌用詞調的平仄暨句式，即成為詞曲互涉的現象。

而在格律形式上的詞曲互涉影響尚有襯字。詞在唐代創作之初即有襯字的使用，始自敦煌曲、下迄南宋吳文英，在詞樂未亡以前皆有之，乃因配樂而生之自然現象，但是宋詞創作絕少有襯字；而元代以來的北曲、南曲創作，則可在音樂緩急、板眼緊湊緩和之間加入襯字。在明傳奇中使用的〈西江月〉詞調，不論是開場詞、人物上場詞、或是在念白之間插入潤色的詞調，皆產生了使用襯字的現象；而南曲〈西江月〉不見於《全明散曲》和明代南曲譜記載，除了明傳奇中少數幾齣如《麒麟記》、《祝髮記》等後期劇本使用之外，可知南曲〈西江月〉在明代尚處於發展階段，直至清代《九宮大成南北詞宮譜》始正式成為體例而收入南曲之中，也可知南曲〈西江月〉實是同名詞調在平仄、句式、襯字等格律因素曲化而來。

四、體製形式變化

詞調的分闋與曲牌的換頭雖然形式看似相近，但在文體而言卻是不同的意義：詞調雙調者為兩闋、至多有四闋，但皆視為一首完整的詞作；曲牌不用換頭、或是僅用換頭皆可獨立視為一支曲子，在南戲中便已有「前腔換頭」作獨立引子或支曲使用的先例。此乃詞調、曲牌判然分立的標準之一，在明傳奇之中亦明確有別。

---

[200] （明）何良俊：《曲論》，其謂：「寧聲叶而辭不工，無寧辭工而聲不叶。」見《中國古典戲曲論著集成》第四冊，頁12。

　　然而，在詞調〈西江月〉逐漸轉化為南曲的過程中，原先的詞調亦發生變化，出現獨用上闋而不用換頭的現象，例如《狄梁公返周望雲忠孝記》第三十四齣的生腳狄仁傑上場詞〈西江月〉：「世態變如棋局，人情薄似浮雲。頂冠曳履立乾坤。安得引裾補袞。」便僅使用上闋。透過〈西江月〉的詞曲相涉過程——格律與體製形式的互涉，正好反映了明詞曲化、甚至轉變為曲牌的過程。

　　綜要言之，明詞在曲體興盛之後，一則文壇主從地位互易201，從明詞、南曲、明傳奇開場詞牌三者的互見，既可見出直承沿襲之變化，其間則有直依詞調填製譜律者，因此在字句的增襯減省、句式的音節表現上保有共同的變化；亦有詞曲之間相異不易的句式變化；更有改變其功用目的、衍入曲體體裁而用的性質變化。二則兩種文體在創作上彼此影響，既有明詞曲化、亦有以詞入曲者，但自〈滿庭芳〉而視，明詞明顯受南曲影響較大，尤其開場詞牌更是介於詞、曲之間的中介變化。透過明傳奇之中的南曲引子〈鷓鴣天〉、〈霜天曉角〉以及〈西江月〉的詞曲相涉分析，可證明明代劇曲體製中南曲與詞調的詞曲互動關聯，以及由詞入曲的實際過程；同時，也證明了劇曲體製之下的詞曲使用，在格律因素上確實產生了彼此影響的現象，雖然不同的詞牌曲牌可能有不同程度的詞曲相涉變化，最顯著者不外平仄、句式、體製形式三者。然而，藉由〈霜天曉角〉與〈西江月〉的析例亦可證實相對於散曲的資料，研究詞曲相涉絕對不能忽視劇曲的範疇。明析這些異同問題，方能明瞭詞曲發展之間的真正分際，以及明代詞曲之間互相牽涉、影響的問題。

201　黃天驥、李恒義：〈元明詞平議〉，《文學遺產》（北京：中國社會科學院文學研究所，1994 年）第 4 期，頁 70 曰：「如眾所周知，在宋以前，作家們主要從事抒情文體的創作。而在宋以後，敘事文體勃興，有才能的作家，往往把精力投置於戲曲、小說方面的創作。……在詞這種體裁不居於創作主流位置的情況下，其總的成就遜於其他文體，也是不難理解的。所以，元代的白樸、盧摯諸人，雖然寫過不少水平較高的詞作，而他們的主要成就，確也在於戲曲或散曲。至於明代的湯顯祖，才情絕代，但著力於戲曲創作，作詞反成為餘事，甚至受到『纖靡傷格』之譏。」

第五章 結 論

　　前人任中敏意識到詞、曲合併研究的重要性，提出「異同顯著」的比較分析，可在詞、曲的發展流變及其創作實例上發現兩者之間何以相近的原因——尤其在經歷過宋詞、元曲的發展沉澱之後，民間文學與曲學皆大為興盛的明代，對於詞與曲的流變發展、創作形式大多認為相近甚至相通，詞體與曲體的互動在傳奇的戲曲體製中也格外顯著；然而明人如王世貞、王驥德等人對於詞和曲仍有明確區分的概念，詞與曲既然劃分為二，兩者之間必然有其相異的標準與特質存在，但是詞曲之別的論見直至明末清初才蘊釀而成，成為清代詞家提出詞應「尊體」的先聲。

　　本書從考察明代詞話曲話中的「詞」「曲」相關名義開始，說明明代詞曲在理論與觀念上混同進而互涉的情況，進而從明代詞譜與南曲譜中的「此係詩餘」、「與詩餘同」之同名詞牌曲牌尋溯兩者的淵源與格律異同，再從明傳奇中開場詞與引子的創作分析詞與曲在戲曲體製內的互涉，而證實了「明詞曲化」和「曲的詞化」在格律上的反映和具體現象。在「異同顯著」的比較分析之下，明代詞與南曲之間最顯著的聯繫在於「此係詩餘」和「與詩餘同」類的同名詞牌曲牌，此類曲牌僅見於南曲之中的引子、慢詞，亦即南曲的引子和慢詞實係參考宋詞格律而成。而藉由明代詞譜、曲譜的比對參照，得以發現詞牌與南曲曲牌在平仄、句式等格律因素上存有相近與相異的現象，相近者在於平仄的調整，由詞律調整為合乎曲律；相異者在於句式，詞與曲的音樂形式和意義形式的搭配明顯有別，其次則在於換頭體製的有無。瞭解明代的詞牌、南曲曲牌格律的同異之處，便可在創作的實務上探析詞曲互涉的實際情況——詞、曲之間是否存在使用彼此之格律因素創作的互涉現象，以證明「南曲多參詞法」之說。

　　明代的詞曲互涉現象，或稱明代詞與曲的互動與影響，並不僅限於詞調與散曲，在明傳奇劇曲體製中亦能見到詞曲的互涉——如家門大意的開場詞、人物的上場詞，以及使用於南曲曲套中的詞調或是來自於詞調的引子等等。然而，至今學界所論詞之互涉——例如明詞曲化、曲的詞化等，皆以散曲為主，卻甚少論及劇曲與詞調的互涉。主因可能出於：在明人而言，南曲之譜曲在形式上與詞調之填詞相當接近，尤其是小令，在宋代詞樂不傳的背景下，南曲的散曲小令在酬宴的場合、個人的抒懷更取代了詞調的吟詠誦唱，而詞與曲在明代的論述中往往相提並論、界線愈趨模糊，在詞譜、南曲譜的格律上更有互涉的現象；在明傳奇劇曲體製中使用的開場詞調，格律也發生互涉的變化，這是在以往對於散曲與詞調的比對研究中難以發現的現象。透過對於開場詞的代表性詞調〈滿庭芳〉與〈沁園春〉的分析，以及引子〈鷓鴣天〉、〈霜天曉角〉與在明代發展中的南曲〈西江月〉，比對這些同名同調的創作實務與其分析，可知因詞曲互動影響形成的互涉，或是因詞曲本質相異的比對皆極相當顯著、更有具體實例可循，而不外乎在格律變化、句式異動、體製差異的顯現上。

　　除了明詞曲化的個例，劇曲中的南曲亦有明顯的詞曲互涉現象，即如後世學者所觀察的「明詞曲化」與「曲的詞化」，在格律、體製以及創作技巧等方面受到詞的影響，或是源自詞調而保留至曲律使用。可得知在這些頗具淵源關係的同名詞牌與南曲曲牌之間，確實存在格律因素上的互涉。

　　本書所見對於明代「詞曲互涉」的研究成果與貢獻，或是以及研究未盡之處，茲此綜述總結如下：

一、補闕明代的詞、曲互動發展

　　其一在於從戲曲補闕研究的不足。歷來論究明詞曲化、曲的詞化等明代詞曲互動影響諸家，如張仲謀、張世斌、鄭海濤、胡元翎等學者，皆以詞與散曲為研究範疇；但在實際創作的反映之下，則可證實詞曲的影響在戲曲中反而更顯而易見——戲曲體製中的開場詞、人物上場詞以及使用於故事中的詞調，除了詞曲創作的風格因素，在格律因素的互涉影響更為顯見。而從散

曲論明詞曲化或是曲的詞化，實有文本資料上的限制，例如與詞調格律頗具
淵源的南曲引子，某些曲牌在今見《全明散曲》中並不多見，甚至是罕見、
未見，例如〈霜天曉角〉、〈沁園春〉、〈青玉案〉、〈西江月〉等詞牌在明代仍
屬常見創作，在南曲中的同名曲牌亦歸屬於和詞調頗有淵源關係的「此係詩
餘」、「與詩餘同」，但是以上同名曲牌在《全明散曲》中均僅見一支，其中〈西
江月〉更非散曲而是用於小說話本中的詞調，而事實上與詞調頗有淵源的南
曲引子在散曲的創作中也相當少見[1]；因此，論詞、曲之互涉發展，僅從詞與
散曲的視野著手是明顯不足的。相對的，在戲曲體製的明傳奇當中則有相當
豐富的詞調、南曲互涉的例子，而從「此係詩餘」、「與詩餘同」此類與詞調
頗有淵源關係的曲牌(全為引子、慢詞)著手，更可得知詞、曲在文體上的顯
著影響。

其二在於發展流變觀念的補益，明代詞、散曲與劇曲的創作興盛年代幾
乎同時並進，在文體發展上支持了詞曲互涉的合理背景條件。在散曲與詞的
發展部分，左芝蘭謂明代嘉靖以後的南曲詞化現象格外顯著[2]王國瓔更稱明
代隆慶、萬曆以至崇禎末年，是南曲詞化顯著、散曲婉麗成風的時期，並舉
梁辰魚為晚明散曲全然詞化的範例。[3]因此嘉靖年間實為明詞與散曲彼此影響

1　據林照蘭所統計，南曲各宮調引子的創作在《全明散曲》實為少見，仙呂宮十四調僅
　　見五種、正宮三種、大石調一種、中呂宮四種、南呂宮六種、黃鐘宮二種、越調二種、
　　商調二種、雙調三種、仙呂入雙調引子二種、雜調引子二種，而羽調、般涉調、道宮、
　　小石調、高大石調、高平調則無創作，詳見林照蘭：〈南曲散曲概況〉，《《全明散曲》
　　中的南曲體製研究(上)》(新北：花木蘭出版社，2011 年 9 月)，頁 145-183。本論文
　　分析的仙呂引子〈鷓鴣天〉僅有十二首、越調引子〈霜天曉角〉僅有一例，南呂〈西
　　江月〉則無。

2　左芝蘭：〈論楊升庵曲與明曲詞化現象〉，《四川戲劇》，2010 年第 2 期，頁 82 曰：「當
　　曲發展到南曲階段以後，曲的詞化現象便更為顯著。……『南人之曲，實近於詞』、『若
　　將南曲易為詞，則亦異常貼切。』這在嘉靖明代以後的散曲創作中表現尤其明顯。」

3　王國瓔：《中國文學史新講(下)》(臺北：聯經出版社，2006 年 9 月)，〈散曲詞化與婉
　　麗成風──晚明曲壇〉，頁 932-934，並評述梁辰魚南正宮〈錦纏道〉「九日」一作云：
　　「整篇作品，均顯得文辭精美，描寫細膩，風格婉麗，加上寓情於景的旨趣，儼然是
　　唐宋人填詞的再現，可視為晚明散曲已全然詞化的典型例子。」

的開始。

而在戲曲與詞的發展部分，嘉靖以後至萬曆是明代詞人創作、詞譜編訂、詞集刊刻與點評大量出現的時期，4亦是明代詞學發展後期的再度開創，5同時更是明傳奇完成《浣紗記》、體製成熟且進入大量創作的時期，6許多曲學論著也在此時期開始著述問世，由此可知明詞與明傳奇戲曲體製的成熟發展實為同一時期。至於散曲與戲曲從明初就已開始密切相關，從成化、弘治年間的南曲復興起，至嘉靖年間即已進入鼎盛發展的階段。7

從以上諸論可知，明代詞、散曲、戲曲的成熟發展與大量的創作、論著都在同一時期蓬勃興盛，時間皆在嘉靖年間以後，三者的發展彼此緊密相繫，為明代詞曲互涉提供彼此建立交流的背景。

二、「明詞曲化」或「曲的詞化」的具體反映

至今為止，談論「明詞曲化」或是「曲的詞化」的議題多從風格而論，或是在討論詞曲關係時提及詞調和南曲之間的相似之處，而未能從文體的內蘊再作更深入的分析。明代是詞調、散曲、劇曲各自成熟而又一同並進發展

---

4 鄭海濤：《明代詞風嬗變研究》（北京：中國社會科學出版社，2014 年 8 月），頁 22 曰：「嘉靖(1522-1566)、隆慶(1567-1572)、萬曆(1644)三朝為明詞全面繁榮的時期。無論是詞學理論、創作實踐，還是詞集刊刻都處於極盛時代。」

5 陳水雲：《明清詞研究史》（武漢：武漢大學出版社，2006 年 9 月），頁 10 曰：「弘治以後，明詞由前一時期的衰轉而有復興的跡象，湧現出楊慎、陳霆、陳鐸、張綖、夏言等在明代詞壇上甚有影響的詞人。不過詞學批評要晚於創作一步，當時較有影響的兩部詞話，《渚山堂詞話》(陳霆)陳稿於嘉靖九年庚寅(1530)，《詞品》(楊慎)成稿於嘉靖三十年辛亥(1551)，據有的學者統計，大量有理論價值的明代詞集序跋皆作於嘉靖以後，以嘉靖年間作為後期詞學發展的起點是比較合理的。」

6 郭英德：《明清傳奇綜錄》（石家庄：河北教育出版社，1997 年 7 月），頁 4 曰：「從明成化初年至萬曆十四年(1465-1586)，共 122 年，是傳奇的生長期。……這時期的傳奇作家從整理、改編宋元和明初的戲文入手，吸收北雜劇的優點，探索、總結和建立了規範化的傳奇文學體制。」其中嘉靖十四年(1535)梁辰魚《浣紗記》的完成更是促進其體製成熟的重要象徵。

7 趙義山：〈明代成化、弘治年間南曲之盛行與曲文學創作之復興〉，《文藝研究》12 期，2005 年，頁 100。

的年代，因此以明代作為詞曲互涉研究的時間主體最具備跨詞曲研究的意義；而格律因素是決定中國古典韻文學聲情與特性的重要因素，所以本書以格律因素作為詞曲互涉的研究關鍵，期望能藉此瞭解詞曲互涉除了風格文字之外，是否具有格律的深層內涵之聯結。

　　而透過「此係詩餘」和「與詩餘同」的異同顯著比較，證實明代詞曲在格律上的格律因素之影響──曲牌的平仄參考詞調而沿續使用，或是修改詞律以符合曲律的訂譜；由音樂形式而產生的句式差異，在詞調與曲牌之間互相取用創作；以及詞調仿效曲牌的換頭體製而不用下闋、產生襯字增字等等現象。這些詞調、曲牌彼此影響而實踐的格律變化，可說是「南曲多參詞法」或是明詞曲化在文字風格之外最具體的反映。

三、明辨詞、曲真正的本質和創作

　　承上，格律的異同顯著比較，證實了詞與曲以取用對方格律上的異處，而成為彼此之間產生共同格律因素的現象；而在探析詞與曲的「異」而促成彼此之間取用的「同」的過程中，更能清楚瞭解詞與曲的差異與本質何在。

　　例如平仄，曲牌在「依字定腔」的觀念下，有沿用詞律平仄、亦有改換詞律而符合曲律者，所以詞與曲在平仄聲律的搭配上除了沿用而產生相近之餘，在聲律上的差異便明白呈現了詞與曲之間的相別，清人黃周星謂「詩律寬而詞律嚴，若曲，則倍嚴矣」、「三仄更須分上去，兩平還要辨陰陽」，[8]從辨明詞譜與南曲譜之間的平仄異同即可證實。也因此才有融通詞律而改就曲律、詞律與曲律彼此參考訂譜的互涉現象產生。

　　再論句式，句式的相異即代表音樂形式的不同，進而影響文字意義形式的搭配，反映了詞樂與曲樂、或是詞調文字與曲牌唱腔之間的不同音樂性質，例如〈沁園春〉詞調中的領調字，在南曲中多不用；〈霜天曉角〉中的攔腰句式多用於詞，短柱句式則多用於曲等等。而從整體現象來看，南曲在講究四聲起伏的搭配優劣更甚於文字意義的形式，即是何良俊所謂的「南曲寧聲叶

8　(清)黃周星：《製曲枝語》，《中國古典戲曲論著集成》(北京：中國戲劇出版社，1959年7月)第7冊，頁119。

而辭不工」，因而影響詞體與曲體的創作考量，成為句式差異的重要原因。

　　而換頭亦是詞曲之間的顯著差異。在體製上，詞體除了單調、雙調，甚至多至三疊或四疊的完整形式皆視為一闋詞作，單獨填製上闋或下闋、或是三疊四疊均不為一首詞；曲亦有換頭之體製形式，如同詞之下闋或三疊，但是曲之換頭可以獨用，不用換頭而僅有上闋、或是只用換頭而僅有下闋都可視為完整的之曲，在明傳奇中相當常見，甚至南曲譜中許多沿用詞調訂律的曲牌都注明少用換頭或是不用換頭，或是在清代南曲譜中出現了換頭另立為又一體的現象。這即說明了換頭的獨立成律意義，而與詞的體製意義不同。

四、詞曲研究的新見

　　透過明代詞曲互涉的研究，可為詞學、曲學的既有問題提出新的見解，而有益於瞭解詞曲在文學史上發展的互動關係。

　　例如明清詞學的問題，張宏生嘗就明、清詞譜的比較而論明人詞譜之誤，大致有分類不倫、分體序次無據、辨析調式有誤、斷句錯誤、失校而致調舛、隨意標注平仄、任意命名詞牌等七點，[9]然而透過詞律、曲律的比較，尤其是對程明善《嘯餘譜》中《詩餘譜》與《南曲譜》的比對，可發現《詩餘譜》實有相當部分受到《南曲譜》之平仄、句式的影響，以致平仄、斷句皆有出入；而在相異之餘，更有部分的詞律經過融通後而與曲律相合，成為互涉現象之一。透過對明代劇曲體製中的曲與詞調之詞曲互涉，以及在創作結果的反映上證實了詞律、曲律彼此影響的現象，因此，明代詞譜產生的問題，除了所謂明人功力不足等弊病以外，更有觀念上與創作上的詞曲互涉、互相影響的成因在內，而造成明詞與宋詞、清詞相左之處。

　　再論詞調與南曲的淵源，從明代詞曲互涉的研究中可以得由詞調發展、轉變為曲牌的具體過程。例如本書所舉的〈西江月〉，從宋代以來即是在詞調、話本、小說乃至於明傳奇中大量創作的詞牌，但是相較於其他同名的詞牌曲牌，〈西江月〉在明代並未正式成為南曲曲牌使用，南曲譜未訂律、散曲僅見

9　張宏生：《清詞探微》（上海：上海古籍出版社，2008 年 5 月），頁 85-95。

的一支其實是話本中的詞調，明傳奇中也甚少見到南曲〈西江月〉的創作，直到清代《南北詞九宮大成》中才見到南曲〈西江月〉的正式訂譜；而從詞曲互涉的研究角度來分析明傳奇中僅見的幾支南曲〈西江月〉，以及同名詞牌的格律因素，則可明確反映詞調轉變為南曲的變化過程——平仄的沿續、句式的改變、不用換頭以及襯字的使用等等變化。詞曲互涉研究可助於解析由詞到曲的演變與發展。

本書已證明戲曲中實有不下於散曲的詞曲互涉現象之反映，尤其在格律因素方面，戲曲所見的變化過程便不一定與散曲相似；而連繫詞曲互動影響的關鍵之一在於淵源自宋詞的引子，但是南曲散套多不作引子，便必須從劇曲套數中的引子著手探究。

五、詞曲互涉的系譜建立

透過詞曲互涉的研究有助於瞭解由詞到曲的具體變化過程，但是格律因素千變萬化、在音樂的搭配意義上可有無窮變化發揮，各個同名詞牌曲牌的詞曲互涉亦有各自不同的現象，例如〈沁園春〉的一/四領調字句式曲化後不用、〈鷓鴣天〉南曲過片後的七字句首字使用詞律的可平可仄等等。這些細致的變化都可能會影響詞調、曲牌的聲情特質。

因此，藉由詞曲互涉的異同顯著分析，瞭解詞調、曲牌的互涉與相異，更可進一步透過由詞到曲的變化而建立詞曲流變的生命史——由詞調、說唱、小說而至散曲劇曲，在各種場合、文體的演變過程中，產生了何種格律變化、聲情特質有無轉變、創作是否更為興盛普遍等等的關注——其中表現在格律的內在變化上，不外乎為平仄、襯字、句式與體製，並由各種個例分析之間的異同比對，漸漸地建構明代前後的詞曲演變與生成的完整系譜。如此，探究各個跨文體之間的特色與轉變、應用和傳播，也更能體會詞與曲的本質、流變的全貌。然而本書所論以體製發展完備的明傳奇南曲劇套為主，始得具體而明確的剖析南戲以降的南曲和詞調之間的關連及影響，而不論體製變化大、嘗試跳脫規範框架的明雜劇，宜另行著文詳論。

本書藉由明代詞、散曲、劇曲一同並進發展的時代文學背景，從詞話曲

話的「詞」「曲」觀念發展、詞譜與南曲譜的格律比對、劇曲體製中同名詞調與南曲的創作比對等三大層面著手，以「異同顯著」之研究方法從理論、格律、實際創作分析明代的詞曲互涉，瞭解「明詞曲化」、「曲的詞化」在風格之外更有細緻的格律內涵之聯繫，而定其聲情特質；並且在「異同顯著」的分析過程中，既瞭解互涉的異中存同，也藉著相異之處而反映詞與曲在體製形式的本質，更助益於了解詞曲發展史上由詞入曲、詞曲互動的具體過程。並且藉此研究成果，開啟詞曲研究的新見解，以及上承宋元、下啟清初的詞曲發展之內涵，再由點而成線、由線而成面的逐步建構詞曲的演變系譜，以掌握詞曲的真正本質暨內涵，進而處理詞曲研究尚待懸解之問題，藉以繼往開來、開啟詞曲研究新視野的期待。

附錄：明代「此係詩餘」、「與詩餘同」詞曲格律參照表

凡例

1. 《嘯餘譜・詩餘譜》與《嘯餘譜・南曲譜》同正文，此處一律稱《詩餘譜》與《南曲譜》；沈璟《增定南九宮曲譜》同正文，此處一律稱《南曲全譜》。

2. 本書正文的南曲譜例以《南曲譜》為主，本附錄中的南曲譜例若為《南曲譜》、《南曲全譜》、《南詞新譜》所共取，則以《南詞新譜》為依歸。

3. 圖例說明：

   ㉕字：圈字處代表該譜所定之可平可仄聲格；而南曲譜之圈字，代表《詩餘圖譜》之可平可仄聲格，以作詞體、曲體以及《詩餘譜》之間的比對。

   囗字：《南曲譜》中的方框字，代表該譜訂製之可平可仄聲格。

   字：《南曲譜》中的灰底字，代表平仄異於《詩餘譜》之聲格。

   此外，每首排調并附《詩餘圖譜》詞譜以供參照，以下作其圖例說明：

   ○：平聲。

   ●：仄聲。

   ◎：可平可仄。

4. 詞牌、曲牌之字句與句讀，一律依照原譜訂定引用而原貌呈現。

5. 譜中引用的作者一律統一以名稱，不以字號、別號稱；原出處列示作者如有誤，另以括號注文改正。

6. 原譜中的注文另以楷體字引述於表格中。

仙呂引子				
	詩餘圖譜	詩餘譜	南曲譜	南曲全譜	南詞新譜

| 卜算子 | 秦湛
春透水波明，寒峭花枝瘦。極目煙中百尺樓，人在樓中否。　四和裊金凫，雙陸思纖手。撚倩東風浣此情，情更濃如酒。

前段五句二韻二十二字
◎●●○○首句五字◎●○○●二句五字仄韻起◎●○ | 秦湛（春情）
㊋透㊌波明，寒峭花枝瘦。㊙目煙中百尺樓，㊄在樓中否。　四和裊金凫，雙陸思纖手。撚倩東風浣此情，情更濃於酒。

第二體
徐俯（春怨）
前段與第一體同，後段詞首句末用仄字不叶韻，末句作六字。 | 《拜月亭》
㊟㊐㊱著地，㊖咽魂離體。㊎散鴛鴦兩處㊜。㊌㊛銜冤氣。

字句與詩餘同。體字少字上聲，兩處二字上去聲相連，俱妙。病字氣字拆字可用平聲，多字可用仄聲，首句不用韻乃是。首句用仄仄仄平平亦可。 | 宋人蘇軾
缺月掛疏桐，漏斷人初靜。誰見幽人獨往來，縹緲孤鴻影。

此係詩餘，與引子同。換頭同前。此調原載拜月亭曲，因句字不美，錄此詞易之。 | |

	○●●● 三句七字 ◎○○○ ●四句五 字仄叶 後段同前			
鵲仙橋	秦觀(七夕) 織雲弄 巧，飛星 傳恨，銀 漢迢迢暗 度。金風 玉露一相 逢，便勝 卻人間無 數。　柔 情似水， 佳期如 夢，忍顧 鵲橋歸 路。兩情 若是久長 時，又豈 在朝朝暮 暮。 前段五句	秦觀(七夕) 織雲弄 巧，飛星 傳恨，銀 漢迢迢暗 度。金風 玉露一相 逢，便勝 卻人間無 數。　柔 情似水，佳 期如夢，忍 顧鵲橋歸 路。兩情若 是久長時， 又豈在朝朝 暮暮。 雙調小令後 段同。	《琵琶記》 披香隨 宴。上林 遊晌。醉 後人扶馬 上。金蓮 花炬照迴 廊。正院宇 梅梢月 上。 字句與詩餘 同。首句不 用韻。隨字 平聲妙，或 作侍，非 也。照字去 聲妙，月字 不可認作仄 聲，院宇二 字去上聲	《琵琶記》 披香隨宴。上林遊晌。 醉後人扶馬上。金蓮花 炬照迴廊。正院宇梅梢 月上。 字句與詩餘同。

	二韻二十八字 ◎◎◎● 首句四字 ◎◎◎◎ 二句四字 ◎●◎◎ ◎●三句 六字仄叶 ◎◎◎● ●◎◎四 句七字◎ ●●◎◎ ◎●五句 七字仄叶 後段同前		妙。	
糖多令	宋劉過 （重過武昌） 蘆葉滿汀洲。寒沙帶淺流。二十年重過南樓。柳下繫舟猶未穩，能幾日又中秋。	宋劉過 （重過武昌） 蘆葉滿汀洲。寒沙帶淺流。二十年重過南樓。柳下繫舟猶未穩，能幾日又中秋。	宋人張孝祥（注：元張翥）花下鈿箜篌。樽前白雪謳。記懷中朱李曾投。鏡約釵盟心已許，詩寫在小紅樓。	宋人張于湖作(注：元張翥) 花下鈿箜篌。樽前白雪謳。記懷中朱李曾投。鏡約釵盟。心已許，詩寫在小樓。 **此係詩餘，與引子同。**

黃鶴斷磯頭。故人今在不。舊江山、渾是新愁。欲買桂花同載酒，終不是、少年游。 前段五句四韻三十字 ◎●●○○首句五字平韻起 ○○●●○二句五字平叶◎ ◎○○●○○三句七字平叶 ◎●○○○●●四句七字● ●●●●○	黃鶴斷磯頭。故人今在不。舊江山、渾是新愁。欲買桂花同載酒，終不是、少年游。 後段同。	此係詩餘，與引子同。花字朱字可用仄聲，鏡字可用平聲，已字換去聲字尤妙。第四句不用韻，寫在小三字用上去上妙。	

	○五句六字平叶 後段同前			
鷓鴣天	宋秦觀 枝上流鶯 和淚聞， 新啼痕間 舊啼痕。 一春魚鳥 無消息， 千里關山 勞夢魂。 無一語， 對芳樽， ㉿排㉿斷 到黃昏。 ㉿能㉿得 燈兒了， ㉿打梨花 深閉門。 前段四句 三韻二十 八字 ◎●○○ ◎●○首 句七字平	宋秦觀 ㉿上流鶯 ㉿淚聞， ㉿啼㉿間 舊啼痕。 ㉿春㉿鳥 無消息， ㉿里關山 ㉿夢魂。 無一語，對 芳樽。 ㉿排㉿斷 到黃昏。 ㉿能㉿得 燈兒了， ㉿打梨花 ㉿閉門。 春閨雙調小 令前段即七 言絕句，首 句末用平 韻。	《琵琶記》 ㉿里關山 萬里愁。 ㉿般㉿事 一般憂。 ㉿㉿㉿景 應難保， ㉿館風光 ㉿久留。 他那裡、漫 凝睇。正是 馬行㉿步 九回頭。 ㉿家只恐 傷親意， ㉿淚汪汪 ㉿敢流。 字句與詩餘 同。第一箇 萬字、第一 箇一字、暮 字客字、怎 字、十字、	《琵琶記》 萬里關山萬里愁。一般 心事一般憂。親闈暮景 應難保，客館風光怎久 留。　他那裡、漫凝 睇。正是馬行十步九回 頭。歸家只恐傷親意， 閣淚汪汪不敢流。 **與詩餘同。**

韻起◎◎ ◎●●◎ ○二句七 字平叶◎ ○◎◎◎ ○●三句 七字◎● ◎○○◎● ○四句七 字平叶 後段五句 三韻二十 七字 ○●●起 句三字● ○○二句 三字平叶 ◎○○◎● ●○○三 句七字平 叶◎○○ ●○○◎ 四句七字 ◎●○○ ●●○五 句七字平 叶		閣字、不字 可用平聲， 歸字可用仄 聲，保字里 字意字不必 用韻。萬 里、暮景、 那裡俱去上 聲，久字、 馬字、九 字、恐字、 敢字，五箇 上聲俱妙。	

仙呂慢詞				
	詩餘圖譜	詩餘譜	南曲譜	南曲全譜	南詞新譜

聲聲慢

詩餘圖譜： 辛棄疾 開元盛日，天上栽花，月殿桂影重重。十裏芬芳，一枝金粟玲瓏。管弦凝碧池上，記當時，風月愁儂。翠華遠，但江南草木，煙鎖深宮。隻為天姿冷淡，被西風醞釀，徹骨香濃。枉學丹蕉，葉展偷染嬌紅。道

詩餘譜： 第一體辛棄疾 開元盛日，天上栽花，月殿桂影重重。十里芬芳，一枝金粟玲瓏。管弦凝碧池上，記當時風月愁儂。翠華遠，但江南草木，煙鎖深宮。只為天姿冷淡，被西風醞釀徹骨香濃。枉學丹蕉葉底，偷染妖紅。

南曲譜： 宋人康與之作 尋尋覓覓，冷冷清清，淒淒慘慘戚戚。乍暖還寒時候，最難將息。三杯兩盞淡酒，怎敵他晚來風急？雁過也，正傷心，卻是舊時相識。滿地黃花堆積。憔悴損，如今有誰堪摘？守著窗兒，自怎生得黑？梧桐更兼細雨，到黃昏點點滴滴。這次第，怎一個、愁字了得。

南曲全譜： 宋人康與之作 尋尋覓覓，冷冷清清，淒淒慘慘戚戚。乍暖還寒時候，最難將息。三杯兩盞淡酒，怎敵他、晚來風急？雁過也，正傷心，卻是舊時相識。滿地黃花堆積。憔悴損，如今有誰堪摘？守著窗兒，獨自怎生得黑？梧桐更兼細雨，到黃昏、點點滴滴。這次第，怎一個、愁字了得！

此係詩餘，與引子同。

南詞新譜：

人取次裝束，是自家，香底家風。又怕是為淒涼，長在醉中。 ◎○○● 首句四字 ◎●○○ 二句四字	道人取次裝束，是自家香底家風。又怕是，為淒涼長在醉中。 （共五體）	此係詩餘與引子同。此用入聲韻此詞妙甚。歡希兼切。意所欲也。末一句略拗些。		
◎●○● ○○三句 六字平韻 起◎●○ ○四句四 字◎○○ ●○○五 句六字平 叶◎○○ ●○●六 句六字◎ ○○○● ○○七句 七字平叶 ○○●八 句三字◎	第二體 前段與第一體同，後段亦與第一體同，惟有義二句分作一句三字、一句六字，眼義三句作四字、四句作六字。	又一體 只將非雨，誰擬真晴，天教好事從人。為你薄情，幾渡淚彈珠粉。被伊懊告煞多。好教人落魄消魂。便為着，牡丹花下死，也甘心。 南西廂記古曲。比前但	又一體 只將非雨，誰擬真晴。天教好事從人。為你薄情。幾渡淚彈珠粉。被伊懊告煞。好教人落魄消魂。便為着牡丹花下死也甘心。 南西廂記	無

○○◎● 九句五字 ◎●○○ 十句四字 平叶 後段九句 四韻四十 八字 ◎●○○ ◎●起句 六字◎◎ ○●●二 句五字◎ ●○○三 句四字平 叶◎●○ ○○●四 句六字◎ ●○○五 句四字平 叶◎○○ ●○○六 句六字◎ ◎○○● ○○七句 七字平叶 ◎●●●		不用換頭。此用平聲韻，兩字雙關與字，晴字雙關情字，妙甚。但此曲用平韻太雜不可學耳，兩字多字不用韻。	古曲比前但不用換頭。	

	○○八句六字◎●●○九句四字平叶				
八聲甘州	蘇軾 （寄參寥） 有情風萬里，卷潮來，無情送潮歸。問錢塘江上，西興浦口，幾度斜暉。不用思量今古，俯仰昔人非。誰似東坡老，白首忘機。記取西湖西畔，正春山好處，空翠煙霏。算詩人相	蘇軾 （送參寥子） 有情風萬里卷潮來，無情送潮歸。問錢塘江上，西河浦口，幾度斜暉。不用思量今古，俯仰昔人非。誰似東坡老，白首忘機。記取西湖西畔，正暮山好處，空翠煙霏。算詩人相	宋人柳永作 對瀟瀟暮雨，灑江天一番洗清秋。漸霜風淒緊，關河冷落，殘照當樓。是處紅衰翠減，苒苒物華休。惟有長江水，無語東流。不忍登高臨遠，望故鄉渺邈，歸思難收。歎年來蹤跡，何事苦淹留。想佳人妝樓凝望，誤幾回	宋人柳永作 對瀟瀟暮雨灑江天，一番洗清秋。漸霜風凄緊，關河冷落，殘照當樓。是處紅衰翠減，苒苒物華休。惟有長江水，無語東流。（換頭）不忍登高臨遠，望故鄉渺邈，歸思難收。歎年來蹤跡，何事苦淹留。想佳人、妝樓凝望，誤幾回、天際識歸舟。爭知我倚欄杆處，正恁凝眸。 **此係詩餘，與引子同。**	

天際識歸舟。爭知我，倚欄杆處正恁凝眸。 此係詩餘與引子同。邈音莫，暮雨、事苦、誤幾俱去上聲，俱妙。是字、第一箇冉字、不字、正字俱可用平聲。惟字、何字、粧字俱可用仄聲。雨字、繁字、落字、減字、水字、遠字、邈字、跡字、望字、處字俱不用韻。	得，如我與君稀。約他年東還海道，願謝公雅志莫相違。西州路不應回首，為我沾衣。	得，如我與君稀。約他年東還海道，願謝公雅志莫相違。西州路不應回首，為我沾衣。 前段十句四韻四十六字 ●○○● ●首句五字●○○ 二句三字 ○◎●● ○三句五字平韻起 ●○○◎ ●四句五字○○● ●五句四字◎●○

○六句四字平叶◎●○○○●七句六字◎●●○○八句五字平叶◎●○○●九句五字◎●○○十句四字平叶

後段九句四韻五十一字◎●○○○●起句六字◎●○○●二句五字◎●○○三句四字平叶●○○◎●四句五字◎●●○○五句五字平

	叶●○○ ○○○● 六句七字 ●○○○ ◎●●○ ○七句八 字平叶◎ ●○○○ ◎●八句 七字◎● ○●九句 四字平叶			
桂枝香	王安石 （金陵懷古） 登臨送目，正故國晚秋，天氣初肅。千里澄江似練，翠峰如簇。征帆去棹殘陽裡，背西風酒旗斜矗。彩舟雲淡，	宋張輯 第一體 梧桐雨細。漸滴作秋聲，被風驚碎。潤逼衣簟線裊，蕙爐沉水。悠悠歲月天涯醉。一分秋一分憔悴。紫簫吹斷，	宋人張輯作 梧桐雨細。漸滴作秋聲，被風驚碎。潤逼衣簟，線裊蕙爐沉水。悠悠歲月天涯醉一分秋一分憔悴。紫簫吹斷，素箋恨	宋人張輯作 梧桐雨細。漸滴作秋聲，被風驚碎。潤逼衣簟，線裊蕙爐沈水。悠悠歲月天涯醉。一分秋、一分憔悴。紫簫吟斷，素箋恨切，夜寒鴻起。〇又何苦、淒涼客裡。負草堂春綠，竹溪空翠。落葉西風，吹老幾番塵世。從前諳盡江湖味。聽商歌、歸興千里。露侵宿酒，疏簾淡月，照人無寐。

星河鷺起，畫圖難足。念往昔繁華競逐，歎門外樓頭，悲恨相續。千古憑高對此，謾嗟榮辱。六朝舊事隨流水，但寒煙衰草凝綠。至今商女，時時猶唱，後庭遺曲。 前段十句五韻四十久字 ◎○●●首句四字 ◎○●●○二句五	素篋恨切，夜寒鴻起。又問苦凄涼客裡。草堂春綠，竹溪空翠。落葉西風吹老，幾番塵世。從前諳盡江湖味。聽商歌歸興千里。露侵宿酒，疏簾淡月，照人無寐。 （按：原譜作張宗端，應為張宗瑞） 一名〈疎簾淡月〉，凡	切，夜寒鴻起。　又問苦凄涼客裡草堂春綠，竹溪空翠。落葉西風，吹老幾番塵世。從前諳盡江湖味。聽商歌歸興千里。露侵宿酒，疏簾淡月，照人無寐。 此係詩餘，一名〈疎簾淡月〉。細雨上去聲，線裊去上聲俱妙。篝字斷字切字綠字風字酒字月字俱不用韻。	此係詩餘，一名〈疎簾淡月〉。

字○●○ ●三句四	二體並雙調長調。		
字仄叶◎ ●○○○ ●四句六 字○○○ ●五句四 字仄叶◎ ○○●○ ○●六句 七字◎○ ○○○○ ●七句七 字仄叶◎ ○○○●八 句四字◎ ○○●○九 句四字◎ ○○○●十 句四字仄 叶 後段十句 五韻五十 二字 ●○○●○ ○●●起 句七字仄	第二體 王安石 （金陵懷古） 前段與第一體同，後段亦與第一體同唯第三句作五字。	又一體 《一夜鬧》傳奇 停杯注目。正秋高夜凝，寒氣肅肅。虹散雲收，霧斂遠山鳴瀑。玉律酉中回南呂，見征鴻數點相逐。好風時送，輕舟浪穩片帆高矗。 比前曲，但不用換頭，此曲用入聲韻。玉律二字，入聲作平，妙甚。數點二字、浪穩二字，俱去上聲俱	《一夜鬧》傳奇 停杯注目。正秋高夜凝寒氣肅肅。虹散雲收，霧斂遠山鳴瀑。玉律酉中回南呂，見征鴻數點相逐。好風時送，輕舟浪穩，片帆高矗。 此用入聲韻，但不用換頭。

		妙。收字呂字送字穩字不用韻，瀑作濮。	
叶◎○●			
○○二句			
五字○●			
○●三句			
四字仄叶			
○●○○			
◎●四句			
六字◎○			
○●五句			
四字仄叶			
◎○○●			
○○●六			
句七字◎			
○○○●			
○●七句			
六字仄叶			
◎○○●			
八句四字			
○○○◎			
九句四字			
◎○○●			
十句四字			
仄叶			

正宮引子				
	詩餘圖譜	詩餘譜	南曲譜	南曲全譜	南詞新譜
燕歸	柳永織錦裁篇	柳永㉂錦裁篇	無名氏⊕載圜扉	無名氏十載圜扉	柳永作織錦裁篇

梁					
	寫意深。字值千金。一回披玩一愁吟。腸成結淚盈襟。幽歡已散前期遠。無聊賴是而今。密憑歸燕寄芳音。恐冷落舊時心。 前段五句四韻二十四字 ◎●○○ ◎●○首句七字平韻起◎● ○○二句四字平叶 ◎○○● ●○○三	寫意深。字值千金。一回披玩一愁吟。腸成結，淚盈襟。幽歡已散前期遠。無聊賴是而今。密憑歸燕寄芳音。恐冷落舊時心。	信未通。今日裡，謝恩隆。若蒙哀念賜寬容。當結草，報無窮。 與詩餘同但少換頭。換頭第一句當用平平上去平平上，餘三句同前。十字若字可用平聲，哀字可用仄聲，裏字草字不用韻。	信未通。今日裡謝恩隆。若蒙哀念賜寬容。當結草，報無窮。 與詩餘同但少換頭。	寫意深。算一字、值千金。一回批翫一愁吟。腸成結，淚盈襟。幽歡已散前期遠，無聊賴，是而今。密憑歸燕寄芳音。恐冷落，舊時心。 此係詩餘與引子同。此詞系先詞隱《詞林辨體》所載，與原曲體同，因併載換頭，故錄之。

	句七字平叶○○● ●○○四句六字平叶 後段四句三韻二十六字 ◎○○● ○○●起句七字◎ ○○◎●●二句六字平叶◎ ○○◎●●○○三句七字平叶◎●●●○○四句六字平叶				
破陣子	晏殊 海上蟠桃易熟，人間好月長圓。惟有掰釵分鈿侶，離別	辛棄疾 ⑩麥畦中⑩鵲，桑⑩陌上蠶生。⑩火須防花月暗，⑩睡	《賈雲華傳奇》 ⑧道⑪和⑪暖。⑩風⑩密花繁。⑩向⑩塘江上舉，⑩在王	《賈雲華》 客道天和日暖。東風柳密花繁。棹向錢塘江上舉，如在王維畫裡看。何愁行路難。 **與詩餘同。此調第三句**

常多會面難。此情須問天。蠟燭到明垂淚，熏爐盡日生煙。一點淒涼愁絕意，謾道秦箏有剩弦。何曾為細傳。 前段五句三韻三十二字 ◎●○○ ◎●首句六字○○ ◎●○○ 二句六字平韻起○ ●○○○ ●●三句七字○● ○○●● ○四句七	長攜彩筆行。隔牆人笑聲。莫說弓刀事業，依然詩酒功名。千載圖中今古事，萬石溪頭長短亭。小塘風浪平。 （峽石道中有懷吳子似縣尉）	維畫裡看。何愁行路難。 與詩餘同。首句如不用韻更妙。此調第三句若用平平仄仄平平仄，即謬矣。上舉、畫裡俱去上聲，妙。	若用平平仄仄平平仄，即謬矣。上舉、畫裡俱去上聲，妙。

	字平叶◎ ○○●○ 五句五字 平叶 後段同前			
齊天樂	詩餘 （端午） 疏疏數點 黃梅雨。 殊方又 逢重五。 角黍包 金，草蒲 泛玉，風 物依然荊 楚。衫裁 艾虎。更 釵鳧朱 符，臂纏 紅縷。撲 粉香綿， 喚風綾扇 小窗午。 沈湘人去 已遠，勸 君休對 酒，感時	撰人闕 （端午） ⓢ疏ⓢ點 黃梅雨。 ⓕ時ⓨ 逢重午。 ⓐ黍包 金，ⓗ蒲 切玉，ⓕ 物ⓘ然荊 楚。ⓢ裁 艾虎。更 釵ⓢ朱 符，ⓣ纏 ⓡ縷。撲 粉香綿， ⓗ風ⓛ扇 ⓢ窗午。 沈湘人去 已遠，勸 君休對 酒，感時	《琵琶記》 ▣鳳凰▣池上 歸環珮。 ▣袞袖▣御 香猶在。 ▣縈戟門 前，▣平沙 堤上，▣何 事▣車填馬 隘。▣星霜 ▣鬢改。▣怕 ▣玉▣鉉無 功，▣赤鳥 ▣非才。▣回 首庭前， ▣淒涼▣丹桂 ▣好傷懷。 **新增。與詩餘同但少換頭。鳳字、**	《琵琶記》 鳳凰池上歸環珮。袞袖御香猶在，縈戟門前，平沙堤上。何事車填馬隘，星霜鬢改，怕玉鉉無功。赤鳥非才，回首庭前。淒涼丹桂好傷懷。 **與詩餘同但少換頭。珮字借韻，袞袖、馬隘上去聲；鬢改、桂好，去上聲俱妙。**

懷古。慢 囀鶯喉， 輕敲象 板，勝讀 離騷章 句。荷香 暗度。漸 引入陶 陶，醉鄉 深處。臥 聽江頭， 畫船喧疊 鼓。	懷古。慢 囀鶯喉， 輕敲象 板，勝讀 離騷章 句。荷香 暗度。漸 引入陶 陶，醉鄉 深處。臥 聽江頭，畫 船喧疊 鼓。	**哀字、玉 字、赤字俱 可用平聲， 回字、淒字 俱可用仄 聲，哀袖、 馬隘俱上去 聲，鬢改、 桂好俱去上 聲，俱妙。 前字、上 字、功字不 用韻。**	
前段十句 六韻五十 一字 ◎◎◎● ◎◎●首 句七字仄 韻起◎◎ ◎◎◎● 二句六字 仄叶◎● ◎◎三句 四字◎◎ ●●四句		又一體 《江流傳奇》 榮膺丹詔 瓜期逼。 只得暫離 京國。泛 水殘英， 隨風飛 絮，添我 離情堆 積。三年 任滿，便 回故里， 淚珠偷	又一體 《江流傳奇》 榮膺丹詔 瓜期逼。 只得暫離 京國。泛 水殘英， 隨風飛 絮。添我 離情堆 積。三年 任滿，便 回故里， 淚珠偷
			無

| | 四字◎●
◎○○●
五句六字
仄叶○○
●●六句
四字仄叶
●◎●◎
○七句五
字◎○○
●八句四
字仄叶◎
●○○九
句四字◎
○○●◎
○●十句
七字仄叶
後段十句
五韻五十
一字
◎○○●
●●起句
六字●◎
○●○◎
○◎○●二
句九字仄
叶◎●◎
○三句四 | | 滴。疊疊
陽關，好
教高唱助
行色。

此曲用入聲
韻，英字、
絮字、滿
字、里字、
關字不用
韻，淚珠偷
低用仄平平
仄，與前調
不同。 | 滴。疊疊
陽關，好
教高唱助
行色。

淚珠偷滴
用仄平平
仄，與前
調不同。 | |

	字◎○●●四句四字◎●◎○○●五句六字仄叶○○●●六句四字仄叶●◎●○○七句五字◎○○●八句四字仄叶◎●○○九句四字◎○○●●十句五字仄叶			
喜遷鶯	胡浩然（立春）譙門殘月。正畫角曉寒，梅花吹徹。瑞日烘雲，和風解凍，	長調（端午）梅霖初歇。正絳色海榴爭開佳節。角黍包金，香蒲切玉，	《拜月亭》紗窗清曉，睡覺起傷心有恨無言。淚眼空懸。愁眉難展。	《拜月亭》紗窗清曉，睡覺起傷心有恨無言。淚眼空懸。愁眉難展。還又度日如年。他那裡相思無限。我這裡煩惱無邊。是怎生、夢魂中欲見無由得見。

青帝乍臨東闕。暖響土牛簫鼓，夾路珠簾高揭。最好是，看彩幡金勝，釵頭雙結。　奇絕。開宴處，珠履玳簪，俎豆爭羅列。舞袖翩翩，歌聲縹緲，壓倒柳腰鶯舌。勸我應時納祜，還把金爐香蓺。願歲歲，這一卮春酒，長陪佳節。	是處玳筵羅列。鬥巧盡輸年少，玉腕彩絲雙結。纈彩舫，見龍舟兩兩，波心齊發。　奇絕。難處激起浪花，翻作湖間雪。畫鼓轟雷，紅旗掣電，奪罷錦標方徹。望中水天日暮，猶自珠簾高揭。棹歸晚，載荷香十里，一鉤新月。	還又度日如年。他那裡相思無限。我這裡煩惱無邊。是怎生，夢魂中欲見無由得見。 **與詩餘同但少換頭。曉字、限字、生字不用韻，覺起、淚眼、那裡、這里、是怎俱去上聲，有恨上去聲俱妙。**	**與詩餘同但少換頭。**

前段十一句五韻五十一字 ◎○○○● 首句四字仄韻起○ ◎●●○○	（第三體撰人闕。凡三體並雙調，第一體唐薛昭蘊，第二體唐毛文錫）		
二句五字●○○○● 三句四字仄叶○○ ○○四句四字○○ ◎●五句四字○● ●○○○● 六句六字仄叶◎● ◎○○○● 七句六字◎●●○○ ○●八句六字仄叶 ◎●●○九句三字● ◎○○●	無	又一體 《琵琶記》 ㊘朝思想。但㊙在㊤頭，人在心上。㊩侶添愁，㊛書㊓寄，㊗勞兩處相望。青鏡瘦顏羞炤，寶瑟清音絕響。㊤夢杳，繞屏山烟樹那是家鄉。 愁字、寄字、照字、	又一體 《琵琶記》 終朝思想，但恨在眉頭人在心上。鳳侶添愁，魚書絕寄，空勞兩處相望。青鏡瘦顏羞炤，寶瑟清音絕響。歸夢杳、繞屏山烟樹那是家鄉。

十句五字 ◎○○● 十一句四字仄叶 後段十一句五韻五十二字 ○●起句二字仄叶 ◎●●○ ●◎○二句七字◎ ●○○● 三句五字仄叶◎● ○○四句四字◎○ ◎●五句四字◎● ●○○● 六句六字仄叶◎● ◎○○● 七句六字◎●●○ ○●八句六字仄叶		杳字俱不用韻，兩處、那是俱上去聲，鳳侶、夢杳俱去上聲，俱妙。	

◎●●九 句三字● ◎○○● 十句五字 ◎○○● 十一句四 字仄叶				

正宮慢詞				
	詩餘圖譜	詩餘譜	南曲譜	南曲全譜	南詞新譜
公安子	無	無	柳永 長川波瀲灩。楚鄉淮岸沼遞，一霎烟汀雨過，芳草青如染。驅馳攜書劍。當此好天好景，自覺多愁多病，行役心情厭。(換頭)望處曠野沉沉，暮雲黯黯。行侵夜色，又是急槳投村店。認去程將近，舟子相呼，遙指漁燈一點。 *此係詩餘亦可唱。遞字、過字、景字、病字、沉字、色字、近字、呼字俱不用韻。*		

大石引子				
	詩餘圖譜	詩餘譜	南曲譜	南曲全譜	南詞新譜
東風第一	瞿佑 (官人折梅圖) 寶髻蟠鴉，金釵	無	《拜月亭》 宮日添長，壺冰結滿，	《拜月亭》 宮日添長，壺冰結滿，仲冬天氣嚴寒。繡工閑	

枝	舞鳳，粧梳渾是官樣。乘閒偷步瑤堦，愛他早梅開放。重重門戶，春色任教遮障。想舊家茅舍疏籬，應是別來無恙。風過處粉香輕颺，人靜時翠禽低唱。殷勤手弄芳枝，為誰含情凝望。插花人遠，獨立翻成惆悵。只除是夢裡相逢，各自		仲冬⊤天⊤氣嚴寒繡工⊕閒⊕卻金針，紅⊕爐⊕畫閣人閒。金爐香裊，麗曲稱舞袖弓彎。錦帳中褥隱芙蓉，肯教鸚鵡杯乾。 與詩餘同但韻腳平仄異。仲字、曲字可用平聲；天字、鵡字可用仄聲；長字、滿字、針字、裊字、蓉字俱不必用韻。	卻金針，紅爐畫閣人閒。金爐香裊，麗曲稱舞袖弓彎。錦帳中褥隱芙蓉，肯教鸚鵡杯乾。 與詩餘同。《南曲全譜》眉批：「仲字、曲字可用平聲；天字、鵡字可用仄聲；長字、滿字、針字、裊字、蓉字俱不必用韻。」

人間天上。 前段九句四韻四十九字 ●●○○ 首句四字 ○○●● 二句四字 ○○◎● ○●三句 六字平起 ○○◎● ○○四句 六字●◎ ●○○● 五句六字 仄叶○○ ○●六句 四字○● ●○○● 七句六字 仄叶●● ○○●○ ○八句七 字○●●			

○○●九句六字仄叶 後段八句四韻四十九字 ○●●◎ ○○●首句七字○ ●◎●○ ○●二句七字仄叶 ○○●● ○○三句六字●◎ ○○○● 四句六字仄叶●○ ○●五句四字●● ○○○● 六句六字仄叶●○ ●●●○ ○七句七字◎●○ ○○●八			

	句八字仄叶			
少年遊	晏幾道綠勾欄畔，黃昏淡月，攜手對殘紅。紗窗影裡，朦朧春睡，繁杏小屏風。須愁別後，天高海闊，何處更相逢。幸有花前，一杯芳酒，歸計莫匆匆。 前段六句二韻二十六字 ◎◎◎● 首句四字	第一體宋林仰「霽霞散曉月猶明」又宋張先〈詠井桃〉「碎霞浮動曉朦朧」（此與全宋詞同）第二體宋蘇軾「去年相送」第三體宋晏幾道「雕梁燕去」（**前段與第二體同**）第四體宋晏幾道「綠句欄畔」（**前段與第二體同後段同**）	《陳巡檢》常學無違。奈此心與天地合異。能書符善會呪水。遣陰兵百萬，英靈猛將。斷人間興妖鬼魅。 **與詩餘不同。奈字、合字文理欠順，萬字、將字不必用韻，會字改作平聲乃叶，斷音短。**	《三生傳》[笑]臉[開]花，[聲]眉[鎖]柳，[聲]笑豈無緣。[且]學[倚]門，[休]教[剌]繡，[又]上晚粧樓。 **馬姬湘蘭作。與詩餘同但無換頭。眉批：「原曲與詩餘不同，因中多訛字，故易之。」**

	◎◎◎● 二句四字 ◎●●◎ ○三句五 字平起◎ ●◎●四 句四字◎ ○◎●五 句四字◎ ●●○○ 六句五字 平叶 後段同前		
念奴嬌	辛棄疾 野塘花落，又匆匆、過了清明時節。剗地東風欺客夢，一枕雲屏寒怯。曲岸持觴，垂楊繫馬，此地曾輕別。樓空	第八體 ⊛棠⊛落，又匆⊛⊛了清明時節。⊛地東風欺客夢，○枕⊛屏⊛怯。⊛岸持觴，垂楊⊛馬，⊛地曾輕別。⊛空	《琵琶記》 楚天過雨，正波澄木落秋容光淨。誰駕玉輪來海底，碾破琉璃千頃。環珮風清。笙歌露冷。人在清虛境。真珠簾捲，小樓無限佳興。 與詩餘同但不用換頭。楚字可用平聲，誰字、琉字、環字可用仄聲，雨字、底字、捲字俱不必用韻。	《琵琶記》 楚天過雨，正波澄木落秋容光淨。誰駕玉輪來海底，碾破琉璃千頃。環珮風清。笙歌露冷。人在清虛境。真珠簾

人去，舊游飛燕能說。 　聞道綺陌東頭，行人長見，簾底纖纖月。舊恨春江流不斷，新恨雲山千疊。料得明朝，尊前重見，鏡裡花難折。也應驚問，近來多少華髮？ 前段十句四韻四十九字 ●○○● 首句四字 ●○◎二 句三字◎	人去，舊游飛燕能說。 　聞道綺陌東頭，行人長見，簾底纖纖月。舊恨春江流不斷，新恨雲山千疊。料得明朝，尊前重見，鏡裡花難折。也應驚問，近來多少華髮？ 「銀」一作雲。「棠」一作塘。前段與第三體同。		捲，小樓無限佳興。 **與詩餘同但少換頭。** 李清照 樓上幾日春寒，簾垂四面，玉欄杆傭倚。被冷香銷新夢覺，不許愁人不起。清露晨流，新桐初引，多少傷春意。日高烟斂，更看今日晴未。

●○○○●三句六字仄韻起◎●○○○●●四句七字◎●○○○◎●五句六字仄叶●●○○六句四字○○●●七句四字◎●○○●八句五字仄叶◎○○●九句四字◎○◎●○●十句六字仄叶後段十句四韻五十一字◎●○●○○起句六字◎○			

	○●二句 四字◎● ○○●三 句五字仄 叶◎●○ ○○●● 四句七字 ◎●○○ ○●五句 六字仄叶 ●●○○ 六句四字 ○○◎● 七句四字 ◎●○○ ●八句五 字仄叶◎ ○○●九 句四字◎ ○◎●○ ●十句六 字仄叶				
燭影搖紅	宋張掄 雙闕中 天，鳳樓 十二春寒 淺。去年	宋張掄 ㊀闕中 天，㊀樓 ㊉二春寒 淺。㊀年	王煥 ㊀日尋 芳，㊀知 ㊀邐歸來 晚。㊀山	王煥 終日尋 芳，怎知 迤邐歸來 晚。遠山	孫道絢 乳燕穿 簾，亂鶯 唬樹清明 近。隔簾

元夜奉宸遊，曾侍瑤池宴。玉殿珠簾盡卷。擁群仙蓬壺閬苑。五雲深處，萬燭光中，揭天絲管。馳隙流年，恍如一瞬星霜換。今宵誰念泣孤臣，回首長安遠。可是塵緣未斷。謾惆悵，華胥夢短。滿懷幽恨，數點寒燈，幾聲歸雁。	元夜奉宸遊，曾侍瑤池宴。玉殿珠簾盡卷。擁群仙蓬壺閬苑。五雲深處，萬燭光中，揭天絲管。馳隙流年，恍如一瞬星霜換。今宵誰念泣孤臣，回首長安遠。可是塵緣未斷。謾惆悵，華胥夢短。滿懷幽恨，數點寒燈，幾聲歸雁。	低處夕陽斜，郊外遊人散。恐遇風流俏臉。向花前頻頻顧盼。口中不道，心下思量，何時得見。 與詩餘同。用韻甚雜，終字、郊字、心字俱可用仄聲，恐字、俏字俱可用平聲。臉音斂。（按：《全宋詞》無此詞。）	低處夕陽斜，郊外遊人散。恐遇風流俏臉。向花前頻頻顧盼。口中不道，心下思量，何時得見。 與詩餘同。用韻甚雜。（按：《全宋詞》無此詞。）	時見柳花飛，猶覺寒成陣。長記眉峰偷隱。臉桃紅難藏酒暈。背人微笑，半彈鸞釵，輕籠蟬鬢。 此係詩餘。原曲用韻甚雜，故易之。（按：《全宋詞》無此詞。）

前段九句 五韻四十 八字 ◎●○○ 首句四字 ◎○○● ○○●二 句七字仄 韻起◎○ ◎●●○ ○三句七 字◎●○ ○●四句 五字仄叶 ◎●●○ ○●五句 六字仄叶 ◎◎○○ ○●●六 句七字仄 叶◎○○ ●七句四 字◎●○ ○八句四 字◎○○ ●九句四				

	詩餘圖譜	詩餘譜	南曲譜	南曲全譜	南詞新譜
	字仄叶 後段同前				
	大石慢詞				

	詩餘圖譜	詩餘譜	南曲譜	南曲全譜	南詞新譜
醜奴兒	康與之 馮夷剪碎 澄溪練， 飛下同 雲。著地 無痕。柳 絮梅花處 處春。 山陰此夜 明如晝。 月滿前 村。莫掩 溪門。恐 有扁舟乘 興人。 ◎◎◎● ◎◎首句 七字◎● ◎◎二句 四字平韻 起◎●◎ ◎三句四 字平叶◎	康與之 ㉑夷㉑碎 澄溪練， ㉑下同 雲。㉑地 無痕。㉑ 絮梅花㉑ 處春。　山 陰此夜明如 晝。月滿前 村。莫掩溪 門。恐有扁 舟乘興人。 （按：原作 石晉和凝）	康與之 ㉑夷㉑碎澄溪練，㉑下同雲。㉑ 地無痕。㉑絮梅花㉑處春。　山陰 此夜明如晝。月滿前村。莫掩溪門。恐 有扁舟乘興人。 **此係詩餘亦可唱。馮音憑。**		

●○○○◎ ●○四句 七字平叶 後段同前				

中呂引子

	詩餘圖譜	詩餘譜	南曲譜	南曲全譜	南詞新譜
行香子	張先 （閒情） 舞雪歌雲。閑淡妝勻。藍溪水深染輕裙。酒香醺臉，粉色生春。更巧談話，美情性，好精神。 江空無畔，凌波何處，月橋邊青柳朱門。斷鐘殘角，又送黃昏。奈心	宋蘇軾 ⊞望平川。⊞水荒灣。⊞尋⊞⊞步屛顔。⊞風⊞袖，⊞霧縈鬟。正⊞酣時，人語笑，白雲間。 飛鴻落照，相將歸去，淡娟娟，玉宇清閑。何人無事，宴坐空山。望長	宋人蘇軾作 ⊞夜無塵。⊞色如銀。⊞斟⊞⊞滿十分。⊞名浮利，⊞苦勞神。似⊞中駒，⊞中火，夢中身。 **此係詩餘亦可唱。換頭字句皆同，利字、駒字、火字俱不用韻，月字可用平聲，須字、浮名、浮字、休字俱可用仄聲。**		

	中事，眼中淚，意中人。	橋上，燈火亂，使君還。	
	◎●○○首句四字平韻起◎●○○二句四字平叶○○◎●○○三句七字平叶○○○●四句四字◎●○○五句四字平叶●◎○●六句四字◎○●七句三字●○○八句三字平叶後段同前	（與白守過南山晚歸作）後段同唯首句及第二句無韻。亦有有韻同前者。	
青玉案	賀鑄凌波不過	宋賀鑄（春景）凌波不過	宋人賀鑄作凌波不過橫塘路。但目送芳塵去。

橫塘路。但目送芳塵去。錦瑟華年誰與度。月樓花院，綺窗朱戶，唯有春知處。碧雲冉冉蘅皋暮。彩筆新題斷腸句。試問閑愁都幾許。一川煙雨，滿城風絮，梅子黃時雨。	橫塘路。⓪但目送芳塵去。⓪錦瑟⓪華年誰與度。⓪月樓花院，綺窗朱戶，⓪唯有春知處。碧雲冉冉蘅皋暮。彩筆新題斷腸句。試問閑愁都幾許。一川煙雨，滿城風絮，梅子黃時雨。	⓪錦瑟⓪年華誰與度。⓪月樓花院，⓪綺窗⓪朱戶。⓪惟有春知處。　碧雲冉冉蘅皋暮。綵筆空題斷腸句。試問閒愁知幾許。一川煙草，滿城風絮。梅子黃時雨。 此係詩餘亦可唱。不字、但字、錦字、月字、碧字、試字、一字俱可用平聲，惟字可用仄聲，院字、草字不必用韻。
前段六句四韻三十三字○○○●○○●首句七字仄	第一體。後段同唯第二句作七字。第二體宋陳瓘	

	韻起◎● ●○○● 二句六字 仄叶◎● ◎○○● ●三句七 字仄叶◎ ○○●四 句四字● ○○●五 句四字◎ ●○○● 六句五字 仄叶 後段同 前，第二 句多一字	碧空黯淡同 雲繞。漸枕 上風聲峭。 明透紗窗天 欲曉。珠簾 才卷，美人 驚報，一夜 青山老。 使君留客金 尊倒。正千 里瓊瑤未經 掃。欺壓梅 花春信早。 十分農事， 滿城和氣， 管取明年 好。 **後段亦與第 一體同，唯 第二句作八 字。**	
尾 犯	柳永 （秋懷） 夜雨滴空 堦，孤館 夢回，情	（秋懷） ⊙夜雨滴空 堦，⊙孤館 ⊙夢回，⊙情	宋人柳永作 ⊙夜雨滴空堦，⊙孤館⊙夢回⊙情緒蕭 索。⊙一片閒愁，⊙想⊙丹青難貌音莫。 ⊙秋⊙漸老⊙蛩聲⊙正苦，⊙夜將闌⊙燈花

緒蕭索。一片閒愁,想丹青難貌音莫。秋漸老蛩聲正苦,夜將闌燈花旋落。最無端處,總把良宵,祇恁孤眠卻。佳人應怪我,別後寡信輕諾。記得當初,翦香雲為約。甚時向深閨幽處,按新詞流霞共酌。再同歡笑,肯把金玉珠珍博。	緒蕭索。⃝一片閒愁,⃝想⃝丹青難貌叶未詳。⃝秋⃝漸老⃝蛩聲⃝正苦,⃝夜將闌⃝燈花⃝旋落。⃝最無⃝端處,⃝總把良宵,⃝祇恁孤眠卻。⃝佳人應怪我,⃝別⃝後⃝寡信輕諾。⃝記得當初,⃝翦⃝香雲為約。⃝甚⃝時向⃝深閨幽處,⃝按⃝新詞⃝流霞⃝共酌。⃝再⃝同⃝歡笑,⃝肯⃝把⃝金玉珠⃝珍博。	⃝旋落。⃝最無⃝端處,⃝總把良宵,⃝祇恁孤眠卻。　佳人應怪我,別後寡信輕諾。記得當初,翦香雲為約。⃝甚⃝時向幽閨⃝深處按⃝新詞流霞⃝共酌。⃝再同⃝歡笑,⃝肯把⃝金玉珠珍博。

此係詩餘亦可唱。堦字、愁字、苦字、處字、宵字、我字、初字、處字、笑字俱不必用韻,一字、後字、記字、我字、初字、處字、笑字俱不必用韻。一字、後字、記字、甚字俱可用平聲,孤字、時字、幽字俱可用仄聲,館夢、寡信俱上去聲,夜雨、漸老、正苦、怪我、後寡俱去上聲俱妙。

又一體「懊恨別離輕」。
(按:《琵琶記》第五齣:「懊恨別離輕,悲豈斷弦,愁非分鏡。只慮高堂,風燭不定。〔生〕腸已斷,欲離未忍,淚難收,無言自零。〔合〕空留戀,天涯海角,只在須臾頃。」

前段十句四韻四十九字◎●●○○首句五字◎●○○二句四字◎●●●三句四字仄韻起◎●○○四句四字◎◎○○●五句五字仄叶◎◎●○○◎●六句七字◎○○○○●七句七字仄叶◎○○◎●八句四字◎●○○九句四字◎●○○●	一名〈碧芙蓉〉。「詳」疑從上各反。	

十句五字 仄叶 後段八句 四韻四十 五字 ◎○○● ●起句五 字○○○ ●○●二 句六字仄 叶◎●○ ○三句四 字○○○ ○●四句 五字仄叶 ◎○●○ ○●五句 七字○○ ○◎○● ●六句七 字仄叶◎ ○◎●七 句四字◎ ●◎●○ ○●八句 七字仄叶			
剔	柳永作	宋柳永	柳永作

| 銀燈（引） | 何事春工用意。繡畫出萬紅千翠。艷杏夭桃，垂楊芳草，各鬪雨膏烟膩。如斯佳致。早晚是讀書天氣。漸漸園林明媚。便好安排歡計。論檻買花，盈車載酒，百琲千金邀妓。何妨沈醉。有人伴日高春睡。

前段七句五韻三十 | （春景）
何事春工用意。繡畫出萬紅千翠。艷杏夭桃，垂楊芳草，各鬪雨膏烟膩。如斯佳致。早晚是讀書天氣。漸漸園林明媚。便好安排歡計。論檻買花，盈車載酒，百琲千金邀妓。何妨沈醉。有人伴，日高春睡。

後段同惟第二句作六 | 何事春工用意。繡畫出萬紅千翠。艷杏夭桃，垂楊芳草，各鬪雨膏烟膩。如斯佳致。早晚是讀書天氣。　漸漸園林明媚。便好安排歡計。論檻買花，盈車載酒，百琲千金邀妓。何妨沈醉。有人伴，日高春睡。

此係詩餘亦可唱。舊譜較《琵琶記》一曲全似過曲，使人難辨，今特錄此調。換頭字句同故不錄。桃字、草字俱不用韻，用字、繡字、艷字、各字、早字俱可用平聲，何字、垂字、如字俱可用仄聲。 |

八字	字。	
○●○○		
○●首句		
六字仄韻		
起●●●		
◎○○●		
二句七字		
仄叶◎●		
○○三句		
四字◎○		
○●四句		
四字◎●		
◎○○●		
五句六字		
仄叶◎○		
○●六句		
四字仄叶		
◎◎●○		
○○●七		
句七字仄		
叶		
後段同前		

中呂慢詞				
詩餘圖譜	詩餘譜	南曲譜	南曲全譜	南詞新譜

	詩餘圖譜	詩餘譜	南曲譜	南曲全譜	南詞新譜
醉春風	朱敦儒 （夢仙） 夜飲西真	無名氏作 陌上清明	宋人趙德仁作 陌上清明近。行人難借問。風流		

洞。群仙驚戲弄。素娥傳酒袖凌風，送送送。吸盡金波，醉朝天闕，鬥班星拱。碧簡承新寵。紫微恩露重。忽然推枕草堂空。夢夢夢。帳冷衾寒，月斜燈暗，畫樓鐘動。	近。行人難借問。風流何處不歸來，悶悶悶。回鴈峰前，戲魚波上，試尋芳信。夜永蘭膏爐音晉又音信。春睡何曾穩。枕邊珠淚幾時乾，恨恨恨。惟有窗前，過來明月，照人方寸。	何處不歸來，悶悶悶。回鴈峰前，戲魚波上，試尋芳信。　夜永蘭膏爐音晉又音信。春睡何曾穩。枕邊珠淚幾時乾，恨恨恨。惟有窗前，過來明月，照人方寸。
前段七句四韻三十二字◎●○○●首句五字仄韻起◎○○●	（按：原譜作者記為趙德仁，《全宋詞》作無名氏，《類編草堂詩餘》誤選）	此係詩餘亦可唱。陌字、枕字、夜字俱可用平聲，風字、何字、珠字俱可用仄聲，來字、前字、上字、乾字、月字俱不用韻。

	●二句五字仄叶◎ ○◎●● ○○三句七字●● ●四句疊叶三字◎ ●○○五句四字● ○○●六句四字◎ ○○●七句四字仄叶 後段同前		
賀聖朝	葉清臣 滿斟綠醑留君住。 莫匆匆歸去。三分春色，二分愁悶，一分風雨。 花開花謝都來幾， 日且高歌	宋葉清臣 ⊕斟⊖醑留君住。 ⊗⊘匆⊕去。⊖分⊕色，⊖分愁悶，⊖分風雨。 花開花謝都來幾， 日且高歌	宋人葉清臣作 ⊕斟⊖醑留君住。⊗匆匆⊕去，三分⊕色⊖分愁悶，⊖分風雨。　⊕開⊕謝都來幾日，且高歌休訴。⊕他來歲，牡丹時候，⊕逢何處。 *此係詩餘亦可唱。此調與雙調不同。綠字、一字俱可用平聲，花開花字可用仄聲，色字、悶字、謝字、月字、歲字、候字俱不用韻。*

	休訴。知他來歲，牡丹時候，相逢何處。 前段五句三韻二十四字 ◎◎◎●○○●首句七字仄韻起○○○◎●二句五字仄叶○○○●三句四字○○○●四句四字○○○五句四字仄叶 後段同前	休訴。知他來歲，牡丹時候，相逢何處。	
沁園春	辛棄疾三徑初成，鶴怨猿驚，稼	宋辛棄疾（三）徑初成，（鶴）（怨）猿驚，（稼）	宋人黃庭堅作 （把）我身心，（爲）（伊）煩惱，（算）天（便）知。恨一回（相）見，（百）方做計，（未）能偎倚，（早）覓東西。鏡裏拈花，（水）（中）（捉）月，

軒未來。 甚雲山自 許，平 生意氣， 衣冠人 笑，牴死 塵埃。意 倦須還， 身閑貴 早，豈為 蒪羹鱸膾 哉。秋江 上，看驚 弦雁避， 駭浪船 回。 　東岡更 葺茅齋。 好都把軒 窗臨水 開。要小 舟行釣， 先應種 柳，疏籬 護竹，莫 礙觀梅。 秋菊堪	軒未來。 甚雲山 自許，平 生意氣， 衣冠人 笑，牴死 塵埃。意 倦須還， 身閑貴 早，豈為 蒪羹鱸膾 哉。秋江 上，看驚 弦雁避， 駭浪船 回。 　東岡更 葺茅齋。 好都把軒 窗臨水 開。要小 舟行釣， 先應種 柳，疏籬 護竹，莫 礙觀梅。 秋菊堪	覷著無由得近伊。添憔悴。鎮花銷 翠減，玉瘦香肌。　奴兒。又有行 期。你去即無妨我共誰。向眼前常 見，心猶未足，怎生禁得，真個分 離。地角天涯，我隨君去，掘井爲 盟無改移。君須是。做些兒相度， 莫待臨時。 此係詩餘亦可唱。心字、惱字、見字、 計字、倚字、花字、月字、減字、足 字、得字、涯字、去字、度字俱不必用 韻。兒字借韻。 （按：與《詩餘譜》第一體同）

餐，春蘭可佩，留待先生手自栽。沈吟久，怕君恩未許，此意徘徊。	餐，春蘭可佩，留待先生手自栽。沈吟久，怕君恩未許，此意徘徊。
前段十三句四韻五十六字 ◎●○○ 首句四字 ◎●○○ 二句四字 ◎○○○ 三句四字 平韻起● ○○●● 四句五字 ○○●● 五句四字 ◎○○● 六句四字 ◎●○○ 七句四字	第一體 (帶湖新居將成) 第二體 秦觀(春思) **前段與第一體同唯第八句作七字、九句作八字。**

平叶●●○○八句四字●○●●九句四字◎●○○◎●○十句七字平叶○○●十一句三字◎○○●●十二句五字◎●○○十三句四字平叶後段十二句五韻五十八字◎○●●○○起句六字平叶●◎●○○○◎●○二句八字平叶●○○○●三句五字●		

	○●●四句四字● ○●●五句四字◎ ●○○六句四字平叶◎●○ ○七句四字◎○● ●八句四字●●○ ○◎●○ 九句七字平叶○○ ●十句三字◎○○ ●●十一句五字◎ ●○○十二句四字平叶		
柳稍青	仲殊詩餘 岸草平沙。吳王故苑，柳裊煙斜。雨後寒	仲殊 岸草平沙。吳王故苑柳裊煙斜。雨後輕	宋人僧仲殊 岸草平沙。吳王故苑，柳裊煙斜。雨後輕寒，風前香軟，春在梨花。　行人一棹天涯。酒醒處殘陽亂鴉。門外秋千，牆頭紅粉，深院誰家。

輕，風前香軟，春在梨花。　行人一棹天涯。酒醒處殘陽亂鴉。門外秋千，牆頭紅粉，深院誰家。	寒，⑲前⑳軟，㉑在梨花。　⑳人⑳棹天涯。⑳⑳處殘陽亂鴉。⑳外秋千，⑳頭⑳粉，⑳院誰家。	此係詩餘亦可唱。岸字、柳字、雨字、一字、酒字俱可用平聲，苑字、輕字、軟字、韃字、粉字俱不用韻。	
		又一體　宋人謝逸作 香肩輕拍。尊前忍聽，一聲將息。昨夜濃歡，今朝別酒，明日行客。　後回來則須來，便去也、如何去得。無限離情，無窮江水，無邊山色。 此係詩餘，用入聲韻。	
前段六句三韻二十四字 ◎●○○ 首句四字平韻起◎○○●二句四字◎●○○三句四字平叶○●○○四句四字◎○○●五句四字○○○	（按：原作秦觀）	無	又一體 《想當然》傳奇盧楠作 何曾親近。弔起閒愁悶。難合難分。只在我心頭作印。 與前二曲絕不同，不之何所本，姑附於此。

	○六句四字平叶 後段五句二韻二十五字 ◎○◎● ○○起句六字平叶 ◎◎●○ ○●○二句七字平叶◎●○ ○三句四字◎○○ ●四句四字◎●○ ○五句四字平叶			
漁家傲	王安石 （春景） 平岸小橋千嶂抱， 揉藍一水縈花草。 茅屋數間窗窈窕。 塵不到，	王安石 （春景） ㊉岸㊉橋千嶂抱。 ㊉藍㊀水縈花草。 ㊉屋㊉間窗窈窕。塵不到。	無	無	歐陽修作 楚國纖腰元自瘦。 文君膩臉誰描就。 日夜鼓聲催箭漏。 昏復晝。

時時自有春風掃。午枕覺來聞語鳥，歌眠似聽朝雞早。忽憶故人今總老。貪夢好，茫茫忘卻邯鄲道。前段五句五韻三十一字◎●○○○●●首句七字仄韻起○○◎●○○●二句七字仄叶◎●○○○●●三句七字仄叶○●●四句三字仄叶◎○●	㉘時㉙有春風掃。午枕覺來聞語鳥，歌眠似聽朝雞早。忽憶故人今總老。貪夢好。茫茫忘卻邯鄲道。*即〈憶王孫〉改用仄韻後加一疊。後段同。*			紅顏豈得長如舊。 *此係詩餘，《詞林辨體》所載，故錄之，與引子同。換頭字句皆同。*

	●○○● 五句七字 仄叶 後段五句 五韻三十 一字 ◎●○● ○○●七 字仄叶○ ○●●○ ○●二句 七字仄叶 ◎●◎○ ○●●三 句七字仄 叶○●● 四句三字 仄叶○○ ●●○○ ●五句七 字仄叶 （按：原題 作〈閒 居〉）				
般涉慢詞					
	詩餘圖譜	詩餘譜	南曲譜	南曲全譜	南詞新譜

哨遍	蘇軾（春情）	蘇軾	蘇軾	無	宋人蘇軾作
	睡起畫堂，銀蒜押簾，珠幕雲垂地。初雨歇，洗出碧羅天，正溶溶養花天氣。一霎晴風，回芳草榮光浮動，掩皺銀塘水。方杏靨勻酥，花鬚吐繡，園林排比紅翠。見乳燕捎蝶過繁枝。忽一線爐香遊絲。畫永人閑，獨立斜	為米折腰，因酒棄家，口體交相累。歸去來誰不遣君歸。覺從前皆非今是。露未晞征夫指予歸路，門前笑語喧童稚。嗟舊菊都荒，新松暗老，吾年今已如此。但小窗容膝閉柴扉。策杖看孤雲暮鴻飛。雲出無心，鳥倦	睡起畫堂，銀蒜押簾，珠幕雲垂地。初雨歇洗出碧羅天，正溶溶養花天氣。一霎晴風迴芳草，榮光浮動，卷皺銀塘水。方杏靨勻酥，花鬚吐繡，園林翠紅排比。見乳燕捎蝶過繁枝。忽一線爐香，遊絲畫永人閑，獨立斜		睡起畫堂，銀蒜押簾，珠幕雲垂地。初雨歇，洗出碧羅天，正溶溶養花天氣。一霎暖風回芳草，榮光浮動，掩皺銀塘水。方杏靨勻酥，花鬚吐繡，園林排比紅翠。見乳燕捎蝶過繁枝。忽一線爐香逐遊絲。畫永人閑，獨立

斜陽，晚來情味。○便乘興攜將佳麗。深入芳菲裏。撥胡琴語，輕攏慢拈總伶俐。看緊約羅裙，急趣檀板，霓裳入破驚鴻起。覷月臨眉，醉霞橫臉，歌聲悠揚雲際。任滿頭紅雨落花飛。漸鳩鵲樓西玉蟾低。尚徘徊，未盡歡意。君看今古悠		陽晚來情味。便乘興攜將佳麗。深入芳菲裏。撥胡琴語，輕攏慢拈總伶俐。看緊約羅裙，急趣檀板，霓裳入破驚鴻起。覷月臨眉，醉霞橫臉，歌聲悠揚雲際。任滿頭紅雨落花飛墜漸鳩鵲樓西玉蟾低。尚徘徊未盡歡意。君今古悠	知還，本非有意。噫歸去來兮，我今忘我兼忘世。親戚無浪語，琴書中有真味。步翠麓崎嶇，泛溪窈窕，涓涓暗谷流春水，觀草木欣榮，幽人自感，吾生行且休矣，念寓形宇內復幾時。不自覺皇皇欲何之？委吾心去留惟計。神仙知在何	陽，晚來情味。便乘興攜將佳麗，深入芳菲裏。撥胡琴語。輕攏慢拈總伶俐。看緊約羅裙，急趣檀板，霓裳入破驚鴻起。覷月臨眉，醉霞橫臉，歌聲悠揚雲際。任滿頭紅雨落花飛墜。漸鳩鵲樓西玉蟾低。尚徘徊未盡歡意。君看今古悠

悠，浮宦人間世，這些百歲，光陰幾日，三萬六千而已。醉鄉路穩不妨行，但人生要適情耳。	處，富貴非吾願，但知臨水登山嘯詠，自引壺觴自醉。此生天命更何疑，且乘流遇坎還止。	悠，浮幻人間世。這些百歲光陰幾日。三萬六千而已。醉鄉路穩不妨行，但人生要適情耳。		悠，浮宦人間世。這些百歲，光陰幾日，三萬六千而已。醉鄉路穩不妨行，但人生，要適情耳。
前段十七句六韻八十六字 ◎●●○ 首句四字 ○●●○ 二句四字 ●三句五字仄韻起 ○●●●四句三字◎ ●●●○○ 五句五字 ●○○○●	第一體（歸去來）第二體辛棄疾 前段與第一體同，惟第六句作八字。後段亦與第一體同，惟首句至第六句用平韻，又第十三句至第十七句改作第十三句十	此係詩餘亦可唱。堂字、簾字、天字、草字、動字、酥字、綉字、香字、閑字、語字、裙字、板字、煤字、臉字、古字、日字、行字俱不用韻。		此係詩餘亦可唱。

●○○八句四字◎○○●九句四字○◎○○○●十句六字仄叶●●○○○●○○○十一句九字●○○○○●○○十二句八字●○○●◎○●十三句七字仄叶○◎○○○○十四句六字○●○○●十五句五字●○○●十六句四字○○●●十七句四字●				

●●○○ ●十八句 六字仄叶 ●○●● ●○○十 九句七字 ●○○● ●○二 十句七字 仄叶					

南呂引子					
	詩餘圖譜	詩餘譜	南曲譜	南曲全譜	南詞新譜
戀芳春	無	無	《荊釵記》 寶篆香消，繡窗日永，又還節近清明。暗裡時更月換，老逼親庭。旦晚雖能定省。遇含暑怡加溫輕。清和景。惟願雙親福壽康寧。 與詩餘同但無換頭。消字、永字、換字俱不用韻，永字或用韻亦可，保篆二字、永又二字俱上去聲，案裏二字、換老二字、旦晚二字、定省二字俱去上聲，俱妙。		
意難忘	周邦彥 衣染鶯黃。愛停歌駐拍。	周邦彥 鶯染衣黃。愛停歌駐拍，	《琵琶記》 綠鬢仙郎。懶拈花弄柳，勸酒持觴。長嘆知有恨，何事苦思量。些箇事，惱人腸。試說與何妨。只恐伊		

勸酒持觴。低鬟蟬影動。私語口脂香。簷露滴。竹風涼。拚劇飲淋浪。夜漸深籠燈就月。子細端相。　知音見說無雙。解移宮換羽。未怕周郎。長顰知有恨。貪要不成妝。些個事。惱人腸。試說與何妨。又恐伊尋消問息，瘦減容光。	ⓟ酒持觴。ⓑ鬟蟬影動，ⓟ語口脂香。蓮露滴，風竹涼。ⓟ劇飲淋浪。ⓟ漸深ⓛ籠ⓙ月，仔細端相。　ⓙ音見說無雙。ⓙ移宮ⓗ羽，ⓥ怕周郎。ⓒ顰知有恨，ⓣ要不成妝。些個事，惱人腸。ⓣ說與何妨。ⓨ恐ⓘⓢ消ⓦ息，ⓢ減容光。	ⓢ消ⓦ息，ⓣ我恓惶。 **與詩餘同但無換頭。柳字、恨字、事字俱不用韻，綠字可用平聲，何事、何字、添字可用仄聲。弄柳、勸酒、事苦俱用上聲，有恨上去聲，俱妙。**

前段十句六韻四十五字 ●●○○ 首句四字平韻起◎ ◎○●● 二句五字 ◎●○○ 三句四字平叶◎○ ○●●四句五字◎ ●●○○ 五句五字平叶○● ●六句三字●○○ 七句三字平叶◎● ●○○八句五字平叶◎●○○ ●●○●● 九句七字◎●○○	〈贈妓〉雙調長調。	

十句四字平叶 後段十句六韻四十七字 ◎○○● ○○起句六字平叶 ◎○○● ●二句五字◎●○ ○三句四字平叶◎ ○○●● 四句五字◎●●○ ○五句五字平叶○ ●●六句三字●○ ○七句三字平叶◎ ●●○○ 八句五字平叶◎● ○◎○● ●九句七		

	字◎●○○十句四字平叶		
步蟾宮	汪存玉京此去春猶淺。正雪絮馬頭零亂。姮娥剪就綠雲裳，待來步蟾宮與換。明年二月桃花岸。棹雙槳，浪平煙暖。揚州十裡小紅樓，盡卷上珠簾一半。 （冬日送姪赴省）前段四句三韻二十八字	無	《荊釵記》 ㉧中⑱氣衝牛斗。更㉤下⑲蛇⑳走。管㉓雄㉔我步瀛洲。一舉高攀龍首。 **與詩餘同但無換頭。豪字可用仄聲，筆字、一字俱可用平聲。（按：第三句管字應為襯字）**

	◎○○● ○○●首 句七字仄 韻起●◎ ●◎○○ ●二句七 字仄叶○ ○◎●● ○○三句 七字◎◎ ●◎○○ ●四句七 字仄叶 後段四句 三韻同前		
滿江紅	蘇軾 東武南城，新堤固漣漪初溢。隱隱遍長林高阜，臥紅堆碧。枝上殘花吹盡也，與君更向江頭覓。問	康與之 惱殺行人，東風裏為誰啼血。正青春未老流鶯方歇。蝴蝶枕前顛倒夢，杏花枝上朦朧月。問天涯	《琵琶記》 嫩綠池塘，梅雨歇薰風乍轉。瞥然見清涼華屋，巳飛乳燕。簟展湘波紈扇冷，歌傳金縷瓊巵煖。是炎蒸不到水亭中，珠簾捲。 與詩餘同但無換頭。或於歇字下作一句，非也。塘字、冷字、中字俱不用韻，嫩字、乍字、瞥字、乳字、簟字俱可用平聲。乍轉、簟展、扇冷、到水俱去上聲，乳燕上去聲俱妙。（按：與詩餘體第二體同）

向前猶有幾多春，三之一。官裏事，何時畢。風雨外，無多日。相將泛曲水，滿城爭出。君不見蘭亭修禊事，當時坐上皆豪逸。到如今，修竹滿山陰，空陳跡。	◯何事苦關情，思離別。◯聲◯一喚，◯腸◯千結。◯閩◯嶺外，◯江◯南陌。◯正◯長◯堤◯楊柳，◯翠條◯堪折。◯鎮日◯叮嚀千百遍，◯只將◯一句頻頻說。◯道◯不◯如◯歸去不如歸，傷情切。	
（東武會流杯亭）◎●○○首句四字◎○●○○○●二句七字仄韻起○○	第一體（杜鵑）第二體周邦彥（春閨）**後段與第一體同**「晝日移	

●◎○○	陰」	
●三句七		
字◎○○	第三體	
●四句四	趙元積	
字仄叶◎	（秋望）	
●◎○○	「慘結秋	
●●五句	陰」	
七字◎○		
◎●○○		
●六句七		
字仄叶◎		
◎○○●		
●○○七		
句八字○		
○●八句		
三字仄叶		
後段十句		
五韻四十		
六字		
◎◎●起		
句三字◎		
◎●二句		
三字仄叶		
◎◎●三		
句三字◎		
◎●四句		
三字仄叶		

	◎◎◎◎ ●五句五 字◎◎◎ ●六句四 字仄叶◎ ●◎◎◎ ●●七句 七字◎◎ ◎●◎◎ ●八句七 字仄叶◎ ◎◎◎● ●◎◎九 句八字◎ ◎●十句 三字仄叶		
一剪梅	虞集 荳蔻稍頭春色闌。風滿前山。雨滿前山。杜鵑啼血五更殘。花不禁寒。人不禁寒。　離	宋婦李清照 紅藕香殘玉簟秋。輕解羅裳，獨上蘭舟。雲中誰寄錦書來，雁字回時，月滿西樓。　花	蔣捷 一片春愁帶酒澆。江上舟搖。樓上帘招。秋娘容與泰娘嬌。風又飄飄。雨又蕭蕭。 　何日雲帆卸浦橋。銀字箏調。心字香燒。流光容易把人拋。紅了櫻桃。綠了芭蕉。 此係詩餘與今引子同。上字、雨字俱可用平聲，江字、樓字、秋字俱可用仄聲，但第一句不可用平平仄仄仄平平，

合悲歡事幾般。離有悲歡。合有悲歡。別時容易見時難。怕唱陽關。莫唱陽關。 （嬌紅） 前段六句六韻三十字 ◎●○○◎●○首句七字平韻起◎●○○二句四字平叶◎●○○三句四字平叶○○◎●●○○四句七字平叶◎●○○五	自飄零水自流，一種相思，兩處閒愁。此情無計可消除，纔下眉頭，卻上心頭。 （離別） 後段同。	第四句不可用仄仄平平仄仄平耳。換頭亦同。今人多混用者，不可不辨。換頭字句與前皆同，以其詞佳，故備錄之。

	句四字平叶◎●○○六句四字平韻後段同前			
虞美人	李煜 春花秋月何時了。往事知多少。小樓昨夜又東風。故國不堪回首月明中。　雕欄玉砌應猶在，只是朱顏改。問君能有幾多愁。恰似一江春水向東流。 ◎○○● ○○●首句七字仄	李煜 春花秋月何時了。往事知多少。小樓昨夜又東風。故國不堪回首，月明中。　雕欄玉砌應猶在，只是朱顏改。問君能有幾多愁。恰似一江春水向東流。 第二體 **前後段並與第一體同唯**	《琵琶記》 青山今古何時了。斷送人多少孤墳誰與掃蒼苔。鄰塚陰風時送紙錢來。 與詩餘同。孤字鄰字俱可用仄聲，了與少是一韻，苔與來是一韻，一調二韻，引子中之最有古意者。	南唐李煜作 春花秋月何時了。往事知多少。小樓昨夜又東風。故國不堪回首月明中。雕欄玉砌應猶在，只是朱顏改。問君能有幾多愁。恰似一江春水向東流。 **新換。此係詩餘與引子同。**

	韻起◎●○○●二句五字仄叶○○●●○○三句七字平韻換◎●○○○●●○○四句九字平叶後段同前	第四句皆作七字又叶平韻。		此與琵琶記曲同調，取其末句九字句法不同，故錄之。一調二韻，引子中之最有古意者。
生查子	張先 含羞整翠鬟，得意頻相顧。雁柱十三弦，一一春鶯語。 　嬌雲容易飛，夢斷知何處。深院鎖黃昏，陣陣芭蕉雨。	魏承斑 煙雨晚晴天，零落花無語。難話此時心，梁燕雙來去。 　琴韻對薰風，有恨和情撫。腸斷斷弦頻，淚滴黃金縷。	宋人作 新月曲如眉。未有團圓意。紅豆不堪看，滿眼相思淚。 **此係詩餘與引子同。換頭字句皆與此同，看字不用韻，未字可用平聲，第一句用平平平去平亦可，淚字改用上聲尤妙。（按：應為趙彥端作，同《詩餘譜》第一體）**	

前段四句二韻二十字◎○○●○首句五字◎●○○●二句五字仄韻起◎●●○○三句五字◎●○○●四句五字仄叶後段同前	第一體第二體牛希濟「春山煙欲收」（按：下闋句式三三五五五。）第三體孫光憲「暖日策花驄」（按：下闋句式七五五五。）第四體張泌「相見稀」（按：上闋句式三三五五五，後段同。）（按：《詩餘		

			譜》四體字句皆有所不同，第一體同《詩餘圖譜》。）	

南呂慢詞				
	詩餘圖譜	詩餘譜	南曲譜	南曲全譜	南詞新譜

	詩餘圖譜	詩餘譜	南曲譜	南曲全譜	南詞新譜
賀新郎	劉克莊 深院榴花吐。畫簾開練衣紈扇，午風清暑。兒女紛紛誇結束，新樣釵符艾虎。早已有，遊人觀渡。老大逢場慵作戲，任陌頭年少爭旗鼓。溪雨急，浪花舞。靈均標致高如許。	蘇軾 ◯乳燕飛華屋。◯悄無人◯槐陰◯轉午，◯晚涼新浴。◯手弄生綃◯白◯團扇，◯扇手◯一時◯似玉。◯漸◯困倚◯孤眠清熟。◯簾外◯誰來推繡戶，◯枉教人◯夢◯斷瑤台曲。◯又◯卻是，◯風敲竹。◯石榴◯半吐紅巾蹙，	辛棄疾作 ◯瑞氣籠清曉。◯捲珠簾◯次第◯笙歌◯一時齊鬧。◯無限神仙◯離◯逢島。◯鳳駕◯鸞車◯初到。見◯擁箇◯仙娥窈窕。◯玉珮◯丁當風縹緲。望◯嬌姿◯一似垂楊裊。◯天上有，◯世間少。 **此係詩餘亦可唱。鳳字、玉字、一似一字俱可用平聲，無字、縹字俱可用仄聲。有字不用韻。換頭不錄。**		

憶生平，既紉蘭佩，更懷椒糈。誰信騷魂千載後，波底垂涎角黍。又說是，蛟饞龍怒。把似而今醒到了，料當年，醉死差無苦。聊一笑，吊千古。	待浮花浪蕊都盡，伴君幽獨。黦一枝，細看取，芳心千重似束。又恐被秋風驚綠。若待得君來向此，花前對酒不忍觸。共粉淚，兩簌簌。	
（端午）前段十句六韻五十七字◎●○○●首句五字仄韻起◎○○○○○●二	第一體（夏景）第二體李玉（春情）「篆縷銷金鼎」前段與第一體同，後段亦與第一體	

句七字◎○○●三句四字仄叶◎●○○○●●四句七字◎●○○●●五句六字仄叶●◎○◎○○●六句七字仄叶◎●○○○●●七句七字●○○○●○○●八句八字仄叶○●●九句三字◎○○●十句三字仄叶後段十句六韻五十九字◎○○●	同，唯第九句作八字。 第三體 宋劉克莊 （端午） 前段亦與第一體同，後段亦與第一體同，唯第四句作七字、八句作八字、末句作五字。	

○○●起句七字仄叶●○○○◎◎○●二句七字◎○○●三句四字仄叶◎●◎○○●●四句七字◎○○○●●五句六字仄叶●●●○○○●六句七字仄叶◎●◎○○●●七句七字●◎○◎●○○●八句八字仄叶○●●九句三字●○●十句三字仄叶		

黃鐘引子				
	詩餘圖譜	詩餘譜	南曲譜	南曲全譜	南詞新譜

	詩餘圖譜	詩餘譜	南曲譜
絳都春	丁仙現 融和又報。乍瑞靄霽色皇州春早。翠幰競飛，玉勒爭馳都門道。鰲山彩結蓬萊島。向晚色雙龍銜照。絳綃樓上彤芝蓋底，仰瞻天表。縹緲。風傳帝樂，慶三殿共賞，群仙同到。迤邐禦香，飄滿人間聞嬉	丁仙現 融和又報。乍瑞靄霽色皇州春早。翠幰競飛，玉勒爭馳，都門道。鰲山彩結蓬萊島。向晚色雙龍銜照。絳綃樓上，彤芝蓋底，仰瞻天表。縹緲。風傳帝樂，慶三殿共賞群仙同到。迤邐禦香，飄滿人間聞嬉	《拜月亭》 擔煩受惱。豈容易共伊得到今朝。有分憂愁，無緣恩愛，何時了。他那裡長吁短嘆我也心自曉。你有甚真情深奧。只為這禮法所制，人非土木待說來難道。 與詩餘同俱無換頭。得到今朝（平去平平）四字用平平平去亦可。自字、所字俱改平聲乃叶，愁字、制字俱不用韻。

笑。須臾一點星毬小。漸隱隱，鳴梢聲杳。遊人月下歸來，洞天未曉。 （上元）前段八句五韻五十字 ○○●● 首句四字仄韻起● ◎○●○ ○○○二句九字仄叶●●● ○三句四字◎●○ ○○○● 四句七字仄叶◎○ ●●○○ ●五句七	笑。須臾一點星毬小。漸隱隱鳴梢聲杳。遊人月下歸來，洞天未曉。 （上元）	

字仄叶●

●●○○

○●六句

七字仄叶

◎○○●

○○●●

七句八字

●○○○

八句四字

仄叶

後段八句

五韻五十

字

○●首句

二字仄叶

○○●●

◎○●二

句七字●

●○○○

●三句六

字仄叶●

●◎○○四

句四字◎

●○○○

◎●五句

七字◎○

○●○○

	●六句七字仄叶● ●●◎○○ ○●七句七字仄叶 ●○●● ○○●○ ◎●八句十字仄叶		
點絳脣	無名氏 春雨濛濛，淡煙深鎖垂楊院。暖風輕扇。落盡桃花片。　薄幸不來，前事思量遍。無由見。淚痕如線。界破殘妝面。 前段四句三韻二十	林逋 ㊎谷年年，㊈生㊍樹誰為主。㊄花落處。㊐地和煙雨。　㊇是㊀歌，㊀闋長亭暮。王孫去。㊈㊈無數。㊖北東西路。 （詠草）	《琵琶記》 ㊊淡星稀，㊀章㊀裏，千門曉。㊀爐烟裊。㊀隱鳴梢杳。　㊀憶年時，㊀寢高堂早。雞鳴了。㊀縈懷抱。㊀際愁多少。 與詩餘同。稀字、裏字、時字俱不必用韻，此三字似同一韻而實不拘也。此調乃南引子，不可作北調唱，北調第四句平仄平平，南曲第四句仄平平仄；北無換頭，南有換頭；北第一第二句皆用韻，南直至第三句方用韻。今人凡唱此調及粉蝶兒，俱作北腔，竟不知有南點絳脣及南粉蝶兒也，可笑，況北點絳脣就用在此調之前，有何難辨也。

字 ◎●○○ 首句四字 ◎○○● ○○●二 句七字仄 韻起◎○ ○●三句 四字仄叶 ◎●○○ ●四句五 字仄叶 後段五句 四韻二十 一字 ◎●○○ 起句四字 ◎●○○ ●二句五 字仄叶○ ○●三句 三字仄叶 ◎○○● 四句四字 仄叶◎● ○○●五 句五字仄		

	叶		
天仙子	張先 水調數聲持酒聽。午醉醒來愁未醒。送春春去幾時回，臨晚鏡。傷流景。往事後期空記省。　沙上並禽池上暝。雲破月來花弄影。重重翠幕密遮燈。風不定。人初靜。明日落紅應滿徑。 前段六句五韻三十四字	張先 水調數聲持酒聽。午醉醒來愁未醒。送春去幾時回，臨晚鏡。傷流景。往事後期空記省。　沙上並禽池上暝。雲破月來花弄影。重重翠幕密遮燈。風不定。人初靜。明日落紅應滿徑。 第二體 第一體 皇甫松(送春)	宋人張先作 水調數聲持酒聽。午醉醒來愁未醒。送春春去幾時回。臨晚鏡。傷流景。往事後期空記省。　沙上並禽池上暝。雲破月來花弄影。重重翠幕密遮燈。風不定。人初靜。明日落紅應滿徑。 **此係詩餘。回字用韻亦可。此詞本載《草堂集》，但諸詞皆只可作引子唱，而舊譜(按：沈璟《南曲全譜》)獨收此於過曲中，恐是誤耳，還當引子。** (按：《南曲全譜》原收錄於黃鐘調過曲之中，《南詞新譜》改正為引子)

◎●○○○●●首句七字仄韻起◎●◎○○●●二句七字仄叶◎○◎●●○○三句七字○○●四句三字仄叶○○●五句三字仄叶◎●●○○○●●六句七字仄叶後段同前	「晴野鷺鷥飛一隻」**前段與第一體同。後段同。**			
越調引子				
詩餘圖譜	詩餘譜	南曲譜	南曲全譜	南詞新譜
浪淘沙 李煜 簾外雨潺潺，春意闌珊。羅衾不耐五更寒。夢	康與之 蹙損遠山眉。幽怨誰知。羅衾滴盡淚胭脂。夜	《江流記》 鳥兔走如飛。寒暑相催。浮生能有幾閒時。綠鬢朱顏應不再，悟今是昨非。		王九思作 秋意晚侵尋。庭院深深。嫩涼偷入藕花心。團

裏不知身是客，一晌貪歡。獨自莫憑欄，無限江山，別時容易見時難。流水落花春去也，天上人間。 (春暮)前段五句四韻二十四字 ◎●●○○首句五字平韻起 ◎●●○○二句四字平叶◎○ ◎●●○○三句七字平叶◎●○○○●●四句	過(春)寒愁未起。(門)外鴉啼。惆悵阻歸期。人在天涯。清風頻動小桃枝。正是消魂時候也。撩亂花飛。 第二體一名〈賣花聲〉，後段同。 第一體唐皇甫松灘頭細草接疎林，浪惡罾船半欲沈。宿鷺眠洲非舊浦，去年沙觜是江心。	與詩餘同但無換頭，與仙呂不同。昨字非老於詞者不敢用。時字借韻，再字不必用韻。(按：同詩餘譜第二體)	扇西風容易老，此恨難禁。 與詩餘同但無換頭，與仙呂不同。原載《江流》一曲，因渼陂(按：王九思)詞佳韻嚴，故錄之。此調又入過曲。

	七字◎●◯◯五句 四字平叶 後段同前	即七言絕句，首句末用平韻。	
霜天曉角	無	辛棄疾 吳頭楚尾。一棹人千里。休說舊新恨，長亭今如此。宦遊吾倦矣。玉人留我醉。明日落花寒食，得且住為佳耳。（旅興）	《琵琶記》 難捱怎避。災禍重重至。最苦婆婆死矣。公公病又將危。　悄然魂似飛。料應不久矣。縱然擡頭強起。形衰倦，怎支持。 與詩餘同。此詞用換頭正與詩餘相似，不知者將悄然魂似飛「魂」字作襯字，極可笑。如〈憶秦娥〉亦前後段不同，何足疑也。 沈璟注：「公公病」及「形衰倦」處文法略斷，不可連下。
祝英臺近	辛棄疾 寶釵分，桃葉渡，煙柳暗南浦。怕上	辛棄疾 寶釵分，桃葉渡，煙柳暗南浦。陌上	《琵琶記》 綠成陰，紅似雨，春事已無有。聞說西郊，車馬尚馳驟。怎如柳絮簾櫳，梨花庭院，好天氣清明時候。

層樓，十 日九風 雨。斷腸 點點飛 紅，都無 人管，更 誰勸、流 鶯聲住。 鬢邊覷。 試把花卜 歸期，纔 簪又重 數。羅帳 燈昏，哽 咽夢中 語。是他 春帶愁 來，春歸 何處，又 不解、帶 將愁去。 （春曉） 前段八句 四韻三十 七字 ◎◎◎首	層樓，⑪ 日⑨風 雨。㉄腸 ㉄點飛 紅，㉄無 人管，㉄ 誰勸㉄ 鶯聲住。 ㉄邊覷。 ㉄把㉄卜 歸期，㉄ 簪又重 數。㉄帳 燈昏，㉄ 咽㉄中 語。㉄他 ㉄帶愁 來，㉄歸 ㉄處，㊕ 不解帶 將愁去。 （晚春） （按：「勸」 一作喚）	與詩餘同。凡引子皆曰慢詞，凡過曲皆 曰近詞，此當作〈祝英臺慢〉，但此調 出自詩餘，原作〈祝英臺近〉，不敢改 也。聞字、車字俱可用仄聲，雨字、郊 字、攏字、院字俱不用韻，舊譜尚字下 增一然字，今人於氣字下增正是二字， 皆非也。

句三字○ ●●二句 三字仄韻 起○●● ○●三句 五字仄叶 ◎○●○ 四句四字 ●●◎○ ●五句五 字仄叶◎ ○◎●○ ○六句六 字○○○ ●七句四 字◎○● ●○○● 八句七字 仄叶 後段八句 四韻四十 字 ●○●首 句三字仄 叶●●◎ ●○○二 句六字○	

	○●○● 三句五字 仄叶○● ○○四句 四字◎● ●○●五 句五字仄 叶◎○● ●○○六 句六字○ ○●●七 句四字● ●●◎○ ○●八句 七字仄叶				
			商調引子		
	詩餘圖譜	詩餘譜	南曲譜	南曲全譜	南詞新譜
高陽臺	宋王觀 紅入桃腮，青回柳眼，韶華已破三分。人不歸來，空教草怨王孫。平明幾點催花	王觀 (紅)入桃腮，(青)回(柳)眼，(韶)華(已)破三分。(人)不歸來，(空)教(草)怨王孫。(平)明(幾)點催花	王觀 (紅)入桃腮，青回柳眼，(韶)華(已)破三分。(人)不歸來，(空)教(草)怨王孫。(平)明(幾)點催花雨，夢半闌欹枕初聞。問東君。因甚將春，(老)卻閒人。　(東)郊(十)里香塵。旋(安)排(玉)勒，(整)頓雕輪。(趁)取芳時，(共)尋島上紅雲。(朱)衣(引)馬黃金帶，(算)到頭(總)是虛名。莫閒愁，(一)半悲秋，(一)半傷春。		

雨，夢半闌欹枕初聞。問東君因甚將春，老卻閒人。東郊十里香塵。旋安排玉勒，整頓雕輪。趁取芳時，去尋島上紅雲。朱衣引馬黃金帶，算到頭總是虛名。莫閒愁一半悲秋，一半傷春。

◎●○○
首句四字
○○●●
二句四字
◎○○●

雨，⓪夢半闌欹枕初聞。問東君因甚，將春老卻閒人。東郊十里香塵。旋安排玉勒，整頓雕輪。趁取芳時，共尋島上紅雲。朱衣引馬黃金帶，算到頭總是虛名。莫閒愁一半悲秋，一半傷春。

〈春思〉
(注：原作僧如晦)

一名慶青春，此係詩餘，與引子同。腮字、眼字、來字、雨字、勤字、時字、帶字、愁字俱不用韻。君字不用韻亦可。名字借韻。紅字、空字、平字、朱字俱可用仄聲。換頭不用亦可。旋字去聲，詩詞中常用之。(按：原作僧仲晦，《南曲全譜》注「不用換頭亦可。」)

又一體　《琵琶記》
夢遠親闈，愁深旅邸，那更音信遼絕。悽楚情懷，怕逢悽楚時節。重門半掩黃昏雨，奈寸腸此際千結。守寒窗，原無頓句一點原頓句孤燈，照人明滅。
　當時輕散輕別。歎玉簫聲杳，小樓明月。一段愁煩，番成兩下悲切。忱邊萬點思親淚，伴漏聲到曉方徹。鎖愁眉慵臨青鏡，頓添華髮。

此用入聲韻。古本及舊譜俱作夢遠，怨字正與深字相對，崑山本以為不如遠字，非也。那更更字若改作平聲尤妙。玉簫句乃用「小樓吹徹玉笙寒」之意，或作「庾樓無謂」。「慵臨青鏡」用平平平去與上闋「一點孤燈」用入上平平皆可互用。

○○三句 六字平韻 起◎●○ ○四句四 字◎○○ ●○○五 句六字平 叶◎○○ ○○○● 六句七字 ○●○○ ●○○七 句七字平 叶●○○ ◎●○○ 八句七字 ◎●○○ 九句四字 平叶 後段九句 五韻五十 字 ◎○○● ○○起句 六字平叶 ●○○○ ●二句五		

	字◎●○ ○三句四 字平叶◎ ●○○四 句四字◎ ○●●○ ○五句六 字平叶◎ ○◎●○ ○●六句 七字◎● ○○◎● ○七句七 字平叶● ○○○◎● ○○八句 七字◎● ○○九句 四字平叶		
憶秦娥	李白 簫聲咽， 秦娥夢斷 秦樓月。 秦樓月， 年年柳 色，灞陵 傷別。	李白 簫聲咽， 秦娥夢斷 秦樓月。 秦樓月。 年年柳 色，灞陵 傷別。	《琵琶記》 長吁氣。自憐奪命相遭際。相遭際。暮年姑舅，薄情夫壻。　孩兒一去無消息。雙親老景難存濟難存濟。不思前日，強教孩兒出去。 與詩餘同。自字、暮字、老字、不字俱可用平聲，兩箇薄字、姑字、一字、前

樂游原上清秋節，咸陽古道音塵絕。音塵絕，西風殘照，漢家陵闕。 （樂遊原）一名〈秦樓月〉。前段五句三韻二十一字●○●首句三字仄韻起○○◎●○○●二句七字仄叶○○●三句疊上三字◎○○●四句四字◎○○●五句四字	⊛游⊙上清秋節。⊛陽⊙道音塵絕。音塵絕。⊛風⊛照，⊛家陵闕。 一名〈秦樓月〉，亦有用平韻。	字俱可用仄聲，用韻亦雜。		
		無	無	又簫聲咽。秦娥夢斷秦樓月。秦樓月。年年柳色，灞陵傷別。　樂遊原上清秋節。咸陽古道音塵絕。音塵絕。西風殘照，漢家陵闕。 用入聲韻，新入。此係《詞林辨體》所載，與今引子同，其源遠

	仄叶 後段五句 三韻二十 五字 ◎◎◎● ○○●起 句七字仄 叶◎◎○ ●○○● 二句七字 仄叶○○ ●三句疊 上三字◎ ○◎●四 句四字◎ ○○●五 句四字仄 叶			矢。
二郎神慢	徐幹臣 悶來彈鵲，又攬碎、一簾花影。謾試著春衫，還思纖手，薰徹金虬爐	徐幹臣 悶來彈鵲，又攬碎一簾花影。謾試著春衫，還思纖手薰徹金虬爐	柳永 炎光謝。過暮雨、芳塵輕灑。乍露冷風清庭戶爽，天如水、玉鉤遙掛。應是星娥嗟久阻，敘舊約、飆輪欲駕。極目處、微雲暗度，耿耿銀河高瀉。閒雅。須知此景，古今無價。運巧思穿針樓上女，抬粉面、雲鬟相亞。鈿合金釵私語處，算誰在、回廊影下。願天上人間，占得歡娛，年年今夜。	

冷。動是愁端如何向，更怔得、新來多病。嗟舊日沈腰，如今潘鬢，怎堪臨鏡？　重省。別時淚漬，羅衣猶凝。料為我厭厭，日高慵起，長託春酲未醒。雁足不來，馬蹄難駐，門掩一庭芳景。空佇立，盡日闌干倚遍，晝長人靜。	冷。動是愁端如問向，更怪得新來多病。嗟舊日沈腰，而今潘鬢怎堪臨鏡。　重省。別時淚漬羅襟猶凝。料為我厭厭日高慵起，長託春酲未醒。雁足不來，馬蹄難駐，門掩一庭芳景。空佇立，盡日闌干遍倚，晝長人靜。

此係詩餘亦可唱。爽字、阻字、處字、女字、處字、閒字俱不必用韻，暮雨、露冷、戶爽、運巧、上女俱去上聲。巧思、粉面、語處、影下俱上去聲俱妙。但家麻、車遮二韻混用，詞則可、曲則不可耳。此調或無慢字，然凡詩餘，皆可作引子唱，即所謂慢詞也。與《拜月亭》引子皆同，但多換頭耳，錄此以證《拜月亭》一曲，確乎亦引子也。

又一體　《拜月亭》
拜星月。寶鼎中名香滿爇。願拋閃下男兒疾較些。得在覿同歡同悅。悄悄輕將衣袂拽。卻不道小鬼頭春心動也。那喬怯。只見他無言俛首（疑缺）紅滿腮頰。

此調本引子，故多一慢字，凡有慢字者，皆引子也，況舊譜亦取於引子內矣，今人強謂其非引子，獨不思舊版《周羽》戲文內，亦有〈二郎神慢〉是引子乎？況今人唱到悄悄輕一句，又不免作引子唱，況古人〈二郎神〉，未有只作一曲者，此套〈鶯集御林春〉尚有四曲，豈於〈二郎神〉而止一曲乎？況〈二郎神〉過曲，如《琵琶記》云「誰知他去後釵荊裙布無些」共十一字，而

（春怨） 前段十句 四韻五十 三字 ●○○● 首句四字 ◎●●○ ○●二句 六字仄韻 起●○○ ○○三句 五字○○ ◎●四句 四字○● ○○●● 五句六仄 叶●●○ ○○○◎● 六句七字 ◎●●●七 句七字仄 叶○●● ◎○八句 五字○○ ○●九句 四字●○	第二體 （按：「凝」 作去聲） 第一體 柳永 炎光謝 過，暮雨 芳塵輕 灑。乍露 冷風清， 庭戶爽天 如水玉鉤 遙掛。應 是星娥嗟 久阻，敘 舊約飆輪 欲駕。極 目處微雲 暗度，耿 耿銀河高 瀉。 　閒雅。 須知此景 古今無價。 運巧思穿 針樓上女， 擡粉面雲	此處止有「得再覯同歡同悅七字」，甚不同也。若曰《拜月亭》與《琵琶》諸記不同，何為與詩餘又相同也？若曰前已有〈青衲襖〉諸曲，不可又用引子，則《琵琶》諸記之「撇呆打墮」、「嫩綠池塘」等引子，及《拜月亭》之「淒涼逆旅」、「久阻尊顏」等引子，皆過曲後另起者也，況〈高陽臺〉、〈祝英臺〉、〈桂枝香〉、〈五供養〉等諸曲，皆有引子、又有過曲，何獨於〈二郎神〉而疑之，斷乎必為引子矣。

○●十句 四字仄叶 後段十一 句四韻五 十二字 ○●●○ 起句四字 ●●○○ ○●二句 六字仄叶 ●◎●○ ○三句五 字●○○ ●四句四 字○●○ ○●●五 句六字仄 叶●●◎ ○六句四 字●○○ ●七句四 字○●● ○○●八 句六字仄 叶○●● 九句三字 ○●○○	鬟相亞。 鈿合金釵 私語處， 算誰在回 廊影下。 願天上人 間占得歡 娛，年年 今夜。	

	●●七句六字●○○●十一句四字仄叶				

	商調慢詞				
	詩餘圖譜	詩餘譜	南曲譜	南曲全譜	南詞新譜
集賢賓	無	無	柳永作 小樓深巷狂游徧，羅綺成叢。就中堪人屬意，最是蟲蟲。有畫難描雅態，無花可比芳容。幾回飲散良宵永，鴛衾暖、鳳枕香濃。算得人間天上，惟有兩心同。 **此係詩餘亦可唱。屬音燭，徧字、意字、態字、上字俱不用韻。永字不用韻，亦可、就裏、鳳枕俱去上聲，有畫、雅態、飲散俱上去聲，妙甚。** （按：此後尚有換頭）		
永遇樂	解昉 風暖鶯嬌，露濃花重，天氣和煦。院落煙收，垂楊舞困，無	解昉 ⟨風⟩暖鶯嬌，⟨露⟩濃花重，⟨天⟩氣和煦。⟨院⟩落煙收，⟨垂⟩楊⟨舞⟩困，⟨無⟩	宋人解昉作 ⟨風⟩暖鶯嬌，⟨露⟩濃花重，天氣和煦。⟨院⟩落煙收，⟨垂⟩楊⟨舞⟩困，⟨無⟩奈堆金縷。⟨誰⟩家⟨巧⟩縱，⟨青⟩樓弦管，⟨惹⟩起夢雲情緒。憶當時⟨紋⟩衾粲枕，⟨未⟩嘗⟨暫⟩孤鴛侶。 **此係詩餘亦可唱。嬌字、重字、收字、**		

| | 奈堆金縷。誰家巧縱，青樓弦管，惹起夢雲情緒。憶當時紋衾粲枕，未嘗暫孤鴛侶。芳菲易老，故人難聚，到此翻成輕誤。閬苑仙遙，鸞箋縱寫，何計傳深訴。青山綠水，古今長在，惟有舊歡何處。空贏得斜陽暮草，淡煙細雨。 | 奈堆金縷。㊀家㊀縱，㊀樓弦管，㊀起㊀雲情緒。㊀當時㊀衾㊀枕，㊀嘗㊀孤㊀侶。㊀菲㊀老，㊀人㊀聚，㊀此㊀成輕誤。㊀苑仙遙，㊀箋㊀寫，㊀計傳深訴。㊀山㊀水，㊀今長在，㊀有㊀歡何處。㊀㊀得㊀陽暮草，㊀煙㊀雨。 | 困字、縱字、管字、時字、枕字俱不必用韻，舞困、巧縱、起夢俱上去聲，俱妙。（按：此後尚有換頭） |

〈憶舊〉 前段十一句五韻五十二字 ◎●○○首句四字 ◎○○●二句四字 ○●○●三句四字仄韻起◎ ●○○四句四字◎ ○◎●五句四字◎ ●○○○六句五字仄叶◎○ ◎●七句四字◎○ ○●八句四字◎● ○○○●九句六字平叶●○ ○◎○●●十句七		

字◯◯◯ ◯◯●十 一句六字 仄叶 後段十一 句五韻五 十二字 ◯◯●● 起句四字 ◎◯◯● 二句四字 ◎●◯◯ ◯●三句 六字仄叶 ◎●◯◯ 四句四字 ◯◯●◎ 五句四字 ◯●◯◯ ●六句五 字仄叶◎ ◯◯●七 句四字◎ ◯◯●八 句四字◎ ●◯◯◯ ●九句六		

	字仄叶◎ ○●○○ ◎●十句 七字		
解 連 環	黃水村鳳樓倚倦。正海棠睡足，錦香衾軟。似不似、霧閣雲窗，擁絕妙靈君，霎時曾見。屏裡吳山，又依約、獸環半掩。到教人覷了，非假非真，一種春怨。遊絲落花滿院。料當時錯怪，杏梁	周邦彥 怨懷難托。嗟情人斷絕，信音遼邈。信妙手能解連環，似風散雨收，霧輕雲薄。燕子樓空，暗塵鎖一床弦索。想移根換葉，盡是舊時手種紅藥。汀洲漸生杜若。料舟移岸曲，人在	周邦彥作 怨懷無托。嗟情人斷絕，信音遼邈。縱妙手能解連環，似風散雨收，霧輕雲薄。燕子樓空，暗塵鎖一床弦索。想移根換葉，盡是舊時手種紅藥。 此係詩餘亦可唱。邈音莫，絕字、環字、收字、空字、葉字、時字俱不必用韻，妙手、散語、燕子去上聲，手種上去聲，俱妙。此用入聲韻。此後尚有換頭，因太長不錄。此詞即用解連環三字在內，妙甚。

歸燕。記得栩栩多情，似蝴蝶飛來，撲翻輕扇。偷眼簾帷，早不見畫眉人面。但凝佇，紅生半臉，枕痕一線。 〈春夢〉 前段十一句五韻五十三字 ●○◎● 首句四字仄韻起● ◎○●● 二句五字 ●○○○● 三句四字仄叶○● ●○◎○	天角。㊙得㊜日音書，㊕㊝語閑言㊘㊜燒卻。㊌驛春回，㊏㊐我㊑南梅萼。㊒今生㊓花對酒，㊔伊㊕落。

○四句七
字●◎●
◎○五句
五字●○
○●六句
四字仄叶
◎●○○
七句四字
●○●●
○◎●八
句七字仄
叶●○○
●●九句
五字◎●
◎○十句
四字●●
○●十一
句四字仄
叶
後段十一
句五韻五
十二字
○○●○
●●起句
六字仄叶
●○○●
●二句五

	字◎◎◎●三句四字仄叶●●◎●○○四句六字●○○○○五句五字●◎○●六句四字仄叶◎●○○七句四字●●●◎○○●八句七字仄叶●○◎九句三字○●●●十句四字●○●●十一句四字仄叶				
双調引子					
	詩餘圖譜	詩餘譜	南曲譜	南曲全譜	南詞新譜
風入松	康與之一宵風雨送春歸。	康與之◯宵㋪雨送春歸。	《臥冰記》深沉庭院度年華。詩禮傳家。日長鎮把珠簾掛。愛		《墜釵記》博陵族望著中原。

| 慢 | 綠暗紅稀。畫樓整日無人到，與誰同撚花枝。門外薔薇開也，枝頭梅子酸時。　玉人應是數歸期。翠斂愁眉。塞鴻不到雙魚遠，歎樓前、流水難西。新恨欲題紅葉，東風滿院花飛。

（春恨）
前段六句四韻三十八字 | ⓮暗紅稀。ⓒ樓ⓔ日無人到。ⓦ誰ⓣ撚花枝。ⓜ外ⓢ薇開也。ⓩ頭ⓜ子酸時。　玉人應是數歸期。翠斂愁眉。塞鴻不到雙魚遠，嘆樓前，流水難西。新恨欲題紅葉，東風滿院花飛。

（春晚）
後段同惟第四句作七字。 | 清幽樂事桑麻。⬚雅意觀書⬚覽史，嬌容閉月羞花。

與詩餘同。深字、庭字俱可用仄聲，雅字、覽字俱可用平聲。史字不必用韻。今人不知此調為引子，皆以「不須提起蔡伯喈」音調唱之，謬甚矣。及《還帶》、《寶劍》生沖場引子〈風入松〉，何獨以引子唱之耶？非知其為引子也，特以生初上場，不敢不以引子唱之耳。識曲者能幾人哉。 | 七姓誰先。滿牀牙笏今不見。飄蓬隻影風前。漫說當年舞綵，愁聞永夜啼鵑。

與詩餘同。今人不知此調為引子，皆以「不須提起蔡伯喈」音調唱之，謬甚矣。及《還帶》、《寶劍》生沖場引子〈風入松〉，何獨以引子 |

格律	第二體		說明
◎○○● ●○○首 句七字平 韻起◎● ●○○二 句五字平 叶◎○○ ●○○● 三句七字 ○○●◎ ●○○四 句七字平 叶◎●○ ○○●五 句六字◎ ○○●● ○六句六 字平叶 後段同前 【又】 虞集 畫堂紅袖 倚清酣， 華髮不勝 簪。幾回 晚值金鑾	第二體 虞集 〈寄柯敬 仲〉 後段同 畫堂紅袖 倚清酣。 華髮不勝 簪。幾回 晚直金鑾 殿，東風 軟花裏停 驂。書詔 許傳宮 燭，輕羅 初試朝 衫。　御溝 冰泮水拖 藍，紫燕語 呢喃。重重 簾幕寒猶 在，憑誰 寄，錦字泥 緘。報道先 生歸也，杏 花春雨江		唱之耶？ 非知其為 引子也， 特以生初 上場，不 敢不以引 子唱之 耳。識曲 者能幾人 哉。此先 詞隱 （按：沈 璟）筆 也，特錄 之，與原 本《臥冰 記》調 同。

又一體　俞國寶

東風巷陌暮寒驕。燈火鬧湖橋。勝
游憶徧錢塘夜，青鷰遠信斷難招。
蕙草情隨雪盡，梨花夢與雲銷。

**此係詩餘亦可唱。夜字、盡字俱不必用
韻。第二句、第四句各比前曲多一字，
「青鷰」句唱者當於散字下略斷，不可**

	殿，東風軟，花裏停驂。書詔許傳宮燭，香羅初試朝衫。○禦溝冰泮水拖藍，紫燕語呢喃。重重簾幕寒猶在，憑誰寄，錦字泥緘。報道先生歸也，杏花春雨江南。 〈寄柯敬仲〉 (注：此詞符合圖譜，當在前)	南。	唱作「青鸞遠信」也。換頭字句皆同。（按：原譜誤載為張先作）
謁	馮延巳	韋莊	《琵琶記》

| 金門 | 風乍起。吹皺一池春水。 閑引鴛鴦香徑裡。 手挼紅杏蕊。 鬥鴨闌干獨倚。碧玉搔頭斜墜。 終日望君君不至。舉頭聞鵲喜。

前段四句四韻二十二字
○●●首句三字仄韻起○●
◎●●○○二句六字仄叶◎●
◎○○●●三句七字仄叶◎ | 空相憶。無計得一作與傳消息。天上嫦娥人不識。寄書何處覓。 春睡覺來無力。不忍把伊書跡。滿院落花春寂寂。斷腸芳草碧。 | 春夢斷。臨鏡綠雲撩亂。聞道才郎遊上苑。又添離別歡。 苦被爹行逼遣。脉脉此情無限。骨肉一朝成拆散。可憐難捨拚。

與詩餘同。綠字、此字、骨字俱可用平聲，斷字、亂字、拚字用桓歡韻，苑字、遣字用先天韻，嘆字、限字、散字用寒山韻，此高先生(按：高明)痼疾。 |

	○○●● 四句五字 仄叶 後段四句 四韻二十 四字 ◎●●○ ◎●起句 六字仄叶 ◎●○○ ◎●二句 六字仄叶 ◎●○○ ○●●三 句七字仄 叶◎○○ ●●四句 五字仄叶		
惜奴嬌	無	無	《江流記》 老子淒涼，歎門楣猶不在。病懨懨愁腸似海。事到頭來。且宜寬解。無奈。怎挅得形衰力敗。 **與詩餘同但無換頭。涼字不用韻，楣字可用自仄聲，來字不用韻亦可。**
寶鼎	康與之 夕陽西	康與之 ⊙陽西	《琵琶記》 小門深巷，春到芳草人間清晝。人

| 現 | 下，暮靄紅隘，香風羅綺。乘麗景華燈爭放，濃焰燒空連錦砌。睹皓月浸嚴城如畫，花影寒籠絳蕊。漸掩映芙蓉萬頃，逶邐齊開秋水。太守無限行歌意。擁麾幢光動珠翠。傾萬井歌台舞樹。瞻望朱輪駢鼓吹。控寶馬，耀貔貅千騎。 | 下暮靄，紅隘春風羅綺。乘麗景華燈爭放，濃焰燒空連錦砌。觀皓月浸嚴城如畫，花影寒籠絳蕊。漸掩映芙蓉萬頃，逶邐齊開秋水。太守無限行歌意。擁麾幢光動珠翠。傾萬井歌台舞樹，瞻望朱輪駢鼓吹。控寶馬，耀貔貅千騎。 | 老去星星非故，春又來年年依舊。幸喜得今朝新酒熟，滿目花開似繡。願歲歲年年，人在花下常酌春酒。

與詩餘同但詩餘多換頭二段。巷字、故字、熟字、年字俱不用韻，坊本於巷字下增裡字、幸喜下去了得字，似綉改作如綉，即非〈寶鼎現〉音調矣，〈寶鼎現〉原是詩餘之名，今人多作寶鼎兒，誤矣。（按：「常」一作「嘗」） |

| | 銀燭交光數里。似亂簇、寒星萬點，擁入蓬壺影裡。　宴閣多才，環豔粉瑤簪珠履。恐看看丹詔，催奉宸游燕侍。　便趁早占通宵醉，緩引笙歌妓。　任畫角吹老寒梅，月滿西樓十二。

〈上元〉
（按：一說為范周作） | 銀燭交光數里。似亂簇寒星萬點，擁入蓬壺影裡。　宴閣多才，環豔粉瑤簪珠履。恐看看丹詔，催奉宸游燕侍。便趁早占通宵醉。緩引笙歌妓。任畫角吹老寒梅，月滿西樓十二。

〈上元〉
（按：一說為范周作） | |

前段九句 四韻五十 三字 ●○○● 首句四字 ●◎○○ 二句四字 ○○◎● 三句四字 仄韻起○ ●●○○ ○●四句 七字○● ◎○○● ●五句七 字仄叶● ◎●●○ ○○●六 句八字○ ●○○◎ ●七句六 字仄叶● ●●○○ ●●八句 七字◎● ◎○○● 九句六字		

仄叶 中段九句 六韻五十 五字 ●◎○● ○○●起 句七字● ○○○◎ ○●二句 七字仄叶 ○●●○ ○●●三 句七字仄 叶○○● ○○◎●● 四句七字 仄叶◎● ●五句三 字●○○ ◎●六句 五字仄叶 ○○●○○ ●●七句 六字仄叶 ●●●●○ ○●●八 句七字●		

●○○● ●九句六字仄叶 後段八句四韻四十七字 ●●○○起句四字 ○●●○ ○◎●二句七字仄叶●○○ ○●三句五字○● ○○◎●四句六字仄叶●◎ ●●○○五句七字 ●●○○ ●六句五字仄叶● ◎●●○ ○○七句七字●● ○○●●八句六字		

	仄叶		
搗練子	秦觀 心耿耿， 淚雙雙。 皓月清風 冷透窗。 人去秋來 宮漏永， 夜深無語 對銀缸。 〈閨思〉 首尾五句 三韻二十 七字 ○●●首 句三字● ○○二句 三字平韻 起●●●○ ○◎●● 三句七字 平叶○●● ○○◎● ●四句七 字●○○ ●●○○	秦觀 心耿耿， 淚雙雙。 ㉒月清風 冷透窗。 ㉒去秋來 宮漏永， ㉒深㉒語 對銀缸。 〈秋閨〉	李煜作 深院靜，小庭空。斷續寒砧㊀續風。㊀是夜長㊀不寢，㊀聲和㊀到簾櫳。 此係詩餘亦可唱。新增。靜字寢字俱不用韻，此即以〈搗練子〉詠搗練之事，甚妙。沈璟《南曲全譜》另有〈胡搗練〉，其謂「此曲與《琵琶》之辭別去，俱刻作〈胡搗練〉，然俱與詩餘不差一字，恐二曲總是一調，但當名曰〈搗練子〉，或誤刻〈胡搗練〉。」其辭為：「傷風化，亂綱常。萱親逼嫁㊀家郎。㊀把身名㊀汙了，㊀如一㊀喪長江。」（按：原譜誤作馮延巳作）

	五句七字平叶		
海棠春	秦觀 流鶯窗外啼聲巧。睡未足把人驚覺。翠被曉寒輕，寶篆沈煙裊。宿酲未解宮娥报，道別院、笙歌宴早。試問海棠花，昨夜開多少。 前段四句三韻二十四字 ◎◎◎● ◎◎●首句七字仄韻起◎● ●◎◎◎	秦觀 ⬚鶯⬚外啼聲巧。⬚未足⬚人驚覺。⬚被曉寒輕，⬚篆沈煙裊。宿酲未解宮娥報，道別院、笙歌宴早。試問海棠花，昨夜開多少。 〈春曉〉。 **後段同。**	宋秦觀 ⬚鶯⬚外啼聲巧。⬚未足⬚人驚覺。⬚被曉寒輕，⬚篆沈煙裊。 **此係詩餘亦可唱。換頭不錄。覺音叫，輕字不用韻，流字、鶯字俱可用仄聲，把字可用平聲，寶篆上去聲，被曉去上聲。**

	●二句七字仄叶◎ ●●○○ 三句五字 ◎●○○ ●四句五字仄叶 後段同前		
梅花引	万俟雅言 曉風酸。 曉霜乾。 一雁南飛人度關。 客衣單。 客衣單。 千里斷魂，空歌行路難。 寒梅驚破前村雪。 寒雞啼破西樓月。 酒腸寬。 酒腸寬。 家在日邊，不堪頻倚闌。	万俟雅言 曉風酸。 曉霜乾。 ⊖雁南飛 ⊗度關。 客衣單。 客衣單。 千里斷魂，空歌行路難。 ⊗梅驚破前村雪。 寒雞啼破西樓月。 酒腸寬。 酒腸寬。 家在日邊，不堪頻倚闌。	《琵琶記》 傷心滿目故人疎。看郊墟。盡荒蕪。惟有青山添得箇墳墓。慟哭無由長夜曉，問泉下有人還聽得無。 **與詩餘同但無換頭。曉字、下字俱不用韻。墓字若改作平聲，問泉下三字改作平上去尤妙。墟字正是用韻處，高則誠慣於借韻，此調守之惟謹，正自可喜，而舊譜又改郊墟為郊野，是使則誠必每曲不韻而後已也。然則琵琶記之多不韻者，豈皆高則誠之過哉。** （按：此例詞與曲彼此相異甚大）

| | 〈冬景〉
前段七句六韻二十八字
●○○首句三字平韻起●○○二句三字平叶◎●○○◎●○三句七字平叶●○○○四句三字平叶●○○五句三字平叶◎●◎○六句四字◎○○●○七句五字平叶
後段六句二換韻二十九字◎○○● | 〈冬景〉 | |

○○●首句七字仄韻◎○○●○○●二句七字仄叶●○○三句三字平換●○○四句三字平叶○●◎○五句四字◎○○●○六句五字平叶		

參考研究文獻

一、原典專書

(宋)劉斧:《青瑣高議》(臺北:河洛圖書出版社,1977 年 4 月)。

(宋)沈括:《夢溪筆談》。收錄於《四部叢刊續編・子部》(上海:上海書店,1984 年 12 月)。

(宋)張炎:《詞源・謳曲要旨》(臺北:新文豐出版社,1988 年 2 月)。

(宋)龔明之:《中吳紀聞》(臺北:廣文書局,1986 年 3 月)。

(元)羅貫中、(明)施耐庵著,王利器校訂:《插圖水滸全傳校訂本》(臺北:貫雅文化,1991 年 7 月)。

(明)徐師曾:《文體明辨序說・詩餘》(臺北:長安出版社,1978 年 12 月)。

(明)陳子龍:《雲間三子新詩合稿・幽蘭草・倡和詩餘》(瀋陽:遼寧教育出版社,2000 年 1 月)。

(明)楊慎:《百琲明珠》,《楊升菴叢書》(成都:天地出版社,2002 年 12 月)。

(明)周玄暐《涇林續記》。收錄於《叢書集成初編》(北京:中華書局,1985 年)。

(清)雷應元纂修:《揚州府志》。收錄於《四庫全書存目叢書・史部》(臺南:莊嚴文化,1996 年 8 月)。

(清)紀昀總纂:《集部詞曲類・東坡詞提要》。收錄於《四庫全書提要》(石家庄:河北人民出版社,2000 年 3 月)。

(清)吳衡照:《蓮子居詞話》,《續修四庫全書》編輯委員會:《續修四庫全書》(上海:上海古籍出版社,2002 年 3 月)第 1734 冊。

(清)戈載:《詞林正韻》(臺北:文史哲出版社,1980 年 12 月)。

(清)朱彝尊著,周毅龍、王遠生主編:《詞綜》(呼和浩特:遠方出版社,1998 年 2 月)。

(清)萬樹:《詞律》(上海:上海古籍出版社,1984 年 2 月)。

(清)王奕清編:《御定詞譜》,《文津閣四庫全書》(北京:商務印書館,2005)第 500 冊。

(元)楊維楨：《東維子集》。

(元)顧瑛：《製曲十六觀》。

以上收錄於俞為民、孫蓉蓉編：《歷代曲話彙編：新編中國古典戲曲論著集成‧唐宋元編》（合肥：黃山書社，2006 年 1 月）。

(明)魏良輔：《南詞引正》，見俞為民、孫蓉蓉編：《歷代曲話彙編‧明代編》（合肥：黃山書社，2009 年 3 月）第一集。

(清)焦循《劇說》。見俞為民、孫蓉蓉編：《歷代曲話彙編：新編中國古典戲曲論著集成‧清代編》（合肥：黃山書社，2008 年 8 月）。

(明)馮夢龍：《太霞新奏》。

(明)陳霆：《渚山堂詞話》。

(明)沈德符《野獲編》卷二十五，《續修四庫全書》影印清道光七年刻同治八年重校刊補本。

(明)胡震亨：《唐音癸籤》。

(明)胡應麟：《少室山房筆叢》。

(明)陳繼儒：《晚香堂集》。

(明)王世貞：《曲律》。

(明)王世貞：《弇州山人四部稿》。

(明)王世貞：《弇州山人續稿》。

(明)王世貞：《藝苑巵言》。

(明)李開先：《李中麓閒居集》。

(明)張鳳翼：《處實堂集續集》。

(明)陳繼儒：《陳眉公集》。

(明)王維楨：《槐野先生存笥稿》。

(明)何良俊：《四友齋叢說》。

(明)顧起元：《客座贅語》。

(明)何良俊：《四友齋叢說》。

(明)曹安：《讕言長語》。

(明)蘇祐：《逌旃瑣言》。

(明)蔣一葵：《堯山堂外紀》。

(明)凌迪知：《萬姓統譜》。

(明)楊儀：《猥談》。

(明)李春熙：《道聽錄》。

(明)詹景鳳：《詹氏性理小辨》。

(明)陸深：《儼山外集》。

(明)陳霆：《渚山堂詞話》。

(明)楊慎：《詞品》。

(明)袁宏道：《錦帆集》。

(明)于慎行：《穀山筆塵》。

(明)吳訥：《文章辨體》。

(明)茹天成：《重刻絕妙詞選引》。

(明)汪惟穌：《詞府全集》。

(明)唐順之：《稗編》。

(明)王文祿：《詩的》。

(明)彭大翼：《山堂肆考》。

(明)郎瑛：《七修類藁》。

(明藍田：《藍侍御集》。

(明)徐復祚：《花當閣叢談》。

(明)李維楨：《大泌山房集》。

(明)熊明遇：《文直行書文》。

(明)梅鼎祚：《青泥蓮花記》。

(明)袁宏道：《袁中郎觸政》。

(明)湯顯祖評：《花間集》，內閣文庫藏明刊朱墨套印本湯顯祖評。

(明)朱權：《西江詩法》。

(明)劉鳳：《劉子威集》。

(明)胡應麟：《詩藪》。

(明)王圻：《稗史彙編》。

(明)李蓘：《黃谷讞談》。

(明)顧梧芳：《尊前集》。

(明)臧懋循：《負苞堂文選》。

(明)程涓：《千一疏》。

以上收錄於鄧子勉編：《明詞話全編》（南京：鳳凰出版社，2012 年 12 月）。

(宋)沈義父：《樂府指迷》。

(明)俞彥：《爰園詞話》。

(清)李漁：《窺詞管見》。

(清)謝元淮：《填詞淺說》。

(清)彭孫遹：《金粟詞話》。

(清)江順詒：《詞學集成》。

以上收錄於唐圭璋編：《詞話叢編》（臺北：新文豐出版社，1988 年 2 月）。

(元)周德清：《中原音韻》。

(明)徐渭：《南詞敘錄》。

(明)呂天成：《曲品》。

(明)王驥德：《曲律》。

(明)何良俊：《曲論》。

(明)祁彪佳：《遠山堂曲品》。

(明)沈寵綏：《度曲須知》。

(清)徐大椿：《樂府傳聲》。

(清)毛先舒：《南曲入聲客問》。

(清)李漁：《閒情偶寄》。

(清)黃周星：《製曲枝語》。

以上收錄於《中國古典戲曲論著集成》（北京：中國戲劇出版社，1959 年 7 月）。

(明)沈璟：《增定南九宮曲譜》。

(明)沈自晉：《南詞新譜》。

以上收錄於王秋桂主編：《善本戲曲叢刊》（臺北：臺灣學生書局，1984 年 8 月）。

(清)周祥鈺、鄒金生編：《九宮大成南北詞宮譜》影印清乾隆內府本。見王秋桂

主編：《善本戲曲叢刊》（臺北：臺灣學生書局，1987 年 11 月）。

(明)張綖：《詩餘圖譜》，《續修四庫全書》（上海：上海古籍出版社，2002 年 4 月)1735 冊。

(明)程明善：《嘯餘譜》，《續修四庫全書》（上海：上海古籍出版社，2002 年 4 月，明萬曆年間刊本)1736 冊。

(明)錢允治輯：《類編箋釋國朝詩餘》，《續修四庫全書》編輯委員會：《續修四庫全書》（上海：上海古籍出版社，2002 年 3 月)第 1728 冊。

(清)萬樹：《詞律》（上海：上海古籍出版社，1984 年 2 月，清光緒二年本影印）。

(清)錢謙益撰、錢陸燦編：《列朝詩集小傳》，見周駿富輯：《明代傳記叢刊》（臺北：明文書局，1991 年 10 月)第 11 冊。

丁放、甘松、曹秀蘭著：《宋元明詞選研究》（北京：商務印書館，2012 年 12 月）。

《古本戲曲叢刊》編輯委員會：《古本戲曲叢刊》二集(上海：上海商務印書館，1955 年 7 月）。

《古本戲曲叢刊》編輯委員會：《古本戲曲叢刊》三集(上海：上海商務印書館，1957 年 2 月）。

上海崑劇團編：《振飛曲譜》（上海：上海音樂出版社，2002 年 8 月）。

中華書局編輯部：《全元散曲》（臺北：臺灣中華書局，1986 年 9 月）。

王兆鵬：《唐宋詞史論》（北京：人民文學出版社，2000 年 1 月）。

王季烈、劉富樑編：《集成曲譜》（臺北：進學書局，1969 年 1 月）。

王易：《詞曲史》（臺北：五南圖書公司，2013 年 10 月）。

王偉勇：《詞學專題研究》（臺北：文史哲出版社，2003 年 4 月）。

王國維：《人間詞話》（臺南：南台圖書公司，1984 年 9 月）。

王國維：《宋元戲曲考》（臺北：里仁書局，1993 年 9 月）。

王國維著、施議對譯注：《人間詞話譯注》（臺北：貫雅文化，1991 年 5 月）。

王國瓔：《中國文學史新講》（臺北：聯經出版社，2006 年 9 月）。

田玉琪：《詞調史研究》（北京：人民出版社，2012 年 11 月）。

任中敏著、金溪輯校：《散曲研究》（南京：鳳凰出版社，2013 年 10 月）。

任訥(任中敏)：《散曲叢刊》（臺北：臺灣中華書局，1984 年 6 月）。

何志華、朱國藩編：《唐宋類書徵引《淮南子》資料彙編》（香港：香港中文大學，2005 年 9 月）。

吳梅：《南北詞簡譜》（臺北：學海出版社，1997 年 5 月）。

吳梅：《詞餘講義》（臺北：廣文書局，1979 年 4 月）。

吳梅：《詞學通論》（臺北：臺灣商務印書館，1988 年 4 月）。

吳梅著、王衛民編校：《吳梅全集》（石家庄：河北教育出版社，2002 年 7 月）。

吳新雷：《中國崑劇大辭典》（南京：南京大學出版社，2002 年 5 月）。

吳熊和：《唐宋詞通論》（杭州：浙江古籍出版社，1985 年）。

李冬紅：《詞體詩化、曲化的批評解讀與詞史進程》（上海：上海古籍出版社，2016 年 12 月）。

李惠綿：《王驥德曲論研究》（臺北：國立臺灣大學出版委員會，1992 年 12 月）。

李惠綿：《戲曲批評概念史考論(增訂本)》（臺北：國家出版社，2009 年 10 月）。

汪經昌：《曲學例釋》（臺北：臺灣中華書局，1977 年 10 月）。

周維培：《曲譜研究》（南京：江蘇古籍出版社，1999 年 9 月）。

岳淑珍：《明代詞學批評史》（北京：社會科學文獻出版社，2014 年 9 月）。

林克勝：《詞譜律析》（北京：商務印書館，2013 年 4 月）。

林佳儀：《曲譜編訂與牌套變遷》（臺北：政大出版社，2016 年 5 月）。

林侑蒔編：《全明傳奇》（臺北：天一出版社，1983 年）。

林玫儀：《詞學考詮》（臺北：聯經出版社，1987 年 12 月）。

林照蘭：《《全明散曲》中的南曲體製研究》（新北：花木蘭出版社，2011 年 9 月）。

侯淑娟：《戲曲格律與跨文類之承傳、變異》（臺北：國家出版社，2013 年 9 月）。

俞為民：《中國古代曲體文學格律研究》（北京：中華書局，2012 年 3 月）。

俞為民：《曲體研究》（北京：中華書局，2005 年 6 月）。

俞為民：《宋元考南戲論》（臺北：臺灣商務印書館，1994 年 9 月）。

俞平伯：《俞平伯詩詞曲雜著》（臺北：大安出版社，1988 年 11 月）。

施蟄存、馬興榮等編：《詞學》第 10 輯(上海：華東師範大學出版社，1992 年 12 月)。

洛地：《詞樂曲唱》（北京：人民音樂出版社，2001 年 3 月）。

洪惟助：《崑曲宮調與曲牌》（臺北：國家出版社，2010 年 6 月）。

洪惟助：《詞曲四論》（臺北：華正書局，1993 年 1 月）。

唐圭璋：《詞學論叢》（上海：上海古籍出版社，1986 年 6 月）。

唐圭璋編：《新校標點全宋詞》（臺北：文光出版社，1983 年 1 月）。

唐圭璋編：《全金元詞》（北京：中華書局，1979 年 10 月）。

徐子方：《明雜劇研究》（臺北：文津出版社，1998 年 1 月）。

張世斌《明末清初詞風研究》（天津：天津古籍出版社，2008 年 4 月）。

張仲謀、王靖懿：《明代詞學編年史》（北京：高等教育出版社，2015 年 1 月）。

張仲謀：《明代詞學通論》（北京：中華書局，2013 年 3 月）。

張仲謀：《明詞史》（北京：人民文學出版社，2002 年 2 月）。

張宏生：《清詞探微》（上海：上海古籍出版社，2008 年 5 月）。

許守白(許之衡)：《曲律易知》（臺北：郁氏印獎會，1979 年 7 月）。

郭英德：《明清傳奇綜錄》（石家庄：河北教育出版社，1997 年 7 月）

陳萬鼐編：《全明雜劇》（臺北：鼎文書局，1979 年 6 月）。

陳水雲：《明清詞研究史》（武漢：武漢大學出版社，2006 年 9 月）。

陳多、葉長海注釋：《曲律注釋》（上海：上海古籍出版社，2012 年 9 月）。

陳多、葉長海等主編：《中國曲學大辭典》（杭州：浙江教育出版社，1997 年 12 月）。

陳寧：《明清曲韻書研究》（武漢：華中師範大學出版社，2013 年 5 月）。

陶子珍：《明代詞選研究》（臺北：秀威資訊科技，2003 年 7 月）。

陸萼庭：《崑劇演出史稿》（上海：上海教育出版社，2005 年 11 月）。

曾永義：《戲曲學(四)「戲曲歌樂基礎」之建構》（臺北：三民書局，2017 年 8 月）。

曾永義：《曾永義學術論文自選集》（北京：中華書局，2008 年 7 月）。

曾永義：《戲曲源流新論(增訂本)》（北京：中華書局，2008 年 7 月）。

曾永義：《明雜劇概論》（臺北：學海出版社，1979 年 4 月）。

曾昭岷、王兆鵬等編：《全唐五代詞》（北京：中華書局，1999 年）。

曾德珪編：《粵西詞載》（桂林：灕江出版社，1993 年 7 月）。

黃文吉主編：《詞學研究書目(1912-1992)》（臺北：文津出版社，1993 年 4 月）。

黃振林：《明清傳奇與地方聲腔關係考論》（上海：上海人民出版社，2014 年 11 月）。

聞汝賢：《詞牌彙釋》（臺北：聞汝賢，1963 年 5 月）。

趙山林：《詩詞曲論稿》（北京：中華書局，2006 年 12 月）。

趙義山：《明代小說寄生詞曲研究》（北京：商務印書館，2013 年 12 月）。

劉子庚：《詞史》（臺北：臺灣學生書局，1973 年 9 月）。

劉世德、陳慶浩、石昌渝主編：《古本小說叢刊》（北京：中華書局，1991 年 10 月）第三十一輯。

鄧廣銘箋注：《稼軒詞編年箋注》（臺北：華正書局，1982 年 8 月）。

鄭海濤：《明代詞風嬗變研究》（北京：中國社會科學出版社，2014 年 8 月）。

鄭騫：《鄭騫戲曲論集》（臺北：國家出版社，2012 年 7 月）。

鄭騫：《北曲新譜》（臺北：藝文印書館，1973 年 4 月初版）。

鄭騫：《景午叢編》（臺北：臺灣中華書局，1972 年 3 月）。

盧元駿：《曲學》（臺北：黎明文化，1980 年 11 月）。

盧前：《詞曲研究》（臺北：臺灣中華書局，1979 年 5 月）。

錢南揚：《宋元戲文輯佚》（北京：中華書局，2009 年 11 月）。

錢南揚校注：《永樂大典戲文三種校注》（臺北：華正書局，1985 年 3 月）。

龍沐勛：《唐宋詞格律》（臺北：里仁書局，1995 年 8 月）。

龍榆生：《詞學十講》（北京：北京出版社，2005 年 5 月）。

謝伯陽編：《全明散曲》（濟南：齊魯書社，1994 年 3 月）。

藍立蓂校注：《劉知遠諸宮調校注》（成都：巴蜀書社，1989 年 3 月）。

饒宗頤初纂、張璋總纂：《全明詞》（北京：中華書局，2004 年 1 月）。

顧兆琪：《兆琪曲譜》（蘇州：古吳軒出版社，2002 年 8 月）。

二、學位論文

李冠然：《沈璟《南曲全譜》研究》，河北師範大學中國古代文學碩士論文，2011 年 4 月。

林惠美：〈楊慎論詞的特色與創作實踐〉，《楊慎及其詞學研究》（國立高雄師範大學國文學系博士論文，2003 年）。

武藝：《晚明曲家沈自晉研究》，蘇州大學戲劇戲曲學碩士論文，2008 年。

范俊敏：《《張協狀元》韻部研究》，寧波大學漢語言文字學碩士論文，2011 年 1 月。

趙義山：《明散曲史研究》，四川大學中國文學與新聞學院博士論文，2004 年 9 月。

劉單單：《楊慎詞曲用韻考》，吉林大學文學院碩士論文，2011 年 4 月。

劉穎：《沈自晉研究》，西北師範大學中國古代文學碩士論文，2006 年 11 月。

三、期刊論文

(明)高明原著、錢南揚校注、李殿魁補注：《琵琶記》（臺北：里仁書局，1998 年 1 月）。

元鵬飛：〈明清傳奇開場考源〉，《中華戲曲》，2005 年第 2 期，頁 162-183。

王昭洲：〈《南詞新譜》刻本問題初探〉，《西北大學學報》哲學社會科學版，1989 年第 1 期，頁 91-93。

丘海洲：〈〈沁園春〉形式要點淺談〉，《長白山詩詞》，2005 年第 4 期，

左芝蘭：〈論楊升庵曲與明曲詞化現象〉，《四川戲劇》第 134 期，2010 年 3 月，頁 81-83。

田玉琪：〈三聲通協與詞曲之辨〉，《上饒師範學院學報》第 31 卷第 1 期，2011 年 2 月，頁 6-10。

吳萍：〈南戲《小孫屠》用韻考〉，《徐州工程學院學報(社會科學版)》第 27 卷第 1 期，2012 年 1 月，頁 73-78。

呂薇芬：〈從北曲格律看詞曲淵源〉，《文學遺產》（北京：中國社會科學院文學研究所），2011 年第 2 期，頁 70-81。

李真瑜〈清初曲學典籍《南詞新譜》的家族文化元素〉，《廈門廣播電視大學學報》，2012 年第 4 期，頁 51-55；68。

李惠綿：〈從音韻學角度論述王驥德南曲度曲論之建構〉，《戲劇研究》創刊號，

2008 年 1 月，頁 131-178。

汪超：〈明代戲曲中的詞作初探──以毛晉《六十種曲》所收傳奇為中心〉，《中國石油大學學報(社會科學版)》第 27 卷第 5 期，2011 年 10 月，頁 87-91。

林和君：〈論《瓊林雅韻》於南北曲的應用意義〉，《戲曲研究通訊》第八期，2012 年 3 月，頁 61-90。

林深：〈論崑曲吳江派〉，《蘇州科技學院學報（社會科學版）》第 23 卷第 2 期，2006 年 5 月，頁 77-81。

林逢源：〈同名詞牌、曲牌初論〉，《彰化師大國文學誌》第 12 期，2006 年 6 月，頁 43-79。

俞為民：〈沈璟《南九宮十三調曲譜》對南曲曲律的規範〉，《文化遺產》，2013 年 1 月第 1 期，頁 13-25。

俞為民：〈沈璟對崑曲曲體的律化〉，《東南大學學報（社會科學版）》第 10 卷第 6 期，2008 年 11 月，頁 110-115。

胡元翎、張笑雷：〈論楊慎詞曲的「互融」、「互異」兼及「明詞曲化」的研究理路〉，《文學評論》，2011 年第 5 期，頁 64-74。

胡元翎：〈依時曲入歌──「明詞曲化」的表現方式之一〉，《吉林大學社會科學學報》第 52 卷第 6 期，2012 年 11 月，頁 107-112。

胡元翎：〈明代分類本《草堂詩餘》與「明詞曲化」之發生〉，《黑龍江社會科學學報》，2010 年第 5 期，頁 83-87。

孫彥忠：〈詞調《采桑子》從唐到元的傳承流變情況〉，《讀與寫(教育教學刊)》(南充：四川省南充市文聯，2007 年 5 月)第 4 卷第 5 期，頁 6+5。

祝東：〈《三言二拍》多用〈西江月〉詞原因探析〉，《內蒙古大學學報(哲學社會科學版)》第 41 卷第 2 期，2009 年 3 月，頁 105-110。

張仲謀：〈明代話本小說中的詞作考論〉，《明清小說研究》第 87 期，2008 年，頁 202-216。

張敬：〈南曲聯套述例〉，《文史哲學報》第 15 期，1966 年 8 月，頁 345-395。

陳水雲：〈明詞研究二十年〉，《明代研究通訊》(臺北：中國明代研究學會，2003 年 12 月)第 6 期，頁 83-113。

陳富容：〈元雜劇上場詩之階段性差異研究〉，《國文學報》第 18 期，2013 年 6
月，頁 105-130。

陶子珍：〈明代兼具選詞與訂譜作用之譜體詞選——《詩餘圖譜》、《詩餘》、《嘯
餘譜》試論〉，《中國古典文學研究》第 6 期，2001 年 12 月，頁 55-78。

曾永義：〈永樂大典戲文三種述評〉，《臺灣戲專學刊》第 12 期，2006 年 1 月，
頁 3-17。

黃天驥、李恒義：〈元明詞平議〉，《文學遺產》(北京：中國社會科學院文學研究
所，1994 年)第 4 期，頁 69-76。

黃思超：〈沈自晉《南詞新譜》集曲增訂論析——「備於今」的做法與價值〉，《中
央大學人文學報》第 46 期，2011 年 4 月，頁 145-184。

黃思超：〈論沈璟《增定南九宮曲譜》的集曲收錄及其集曲觀〉，《戲曲學報》第
6 期，2009 年 12 月，頁 63-99。

黃慧玲：〈論析崑曲曲牌音樂之體製規律及其變異——以《牡丹亭‧遊園》為例〉，
《音樂研究》第 17 期，2012 年 12 月，頁 23-50。

楊釗：〈楊慎「以曲入詞」辨〉，《四川師範大學學報(社會科學版)，第 37 卷第 3
期，2010 年 5 月，頁 62-67。

廖奔：〈南戲體制變化二例〉，《周口師範高等專科學校學報》，2001 年 1 月，第
18 卷第 1 期，頁 22-25。

廖藤葉：〈論「副末開場」與「開場詞」〉，《國文學報》第 6 期，2007 年 6 月，
頁 35-75。

趙義山：〈明代成化、弘治年間南曲之盛行與曲文學創作之復興〉，《文藝研究》
12 期，2005 年，頁 92-100。

歐陽代發：《南詞新譜》的初刻時間，《讀書》，1987 年第 7 期，頁 116。

蔣星煜：〈南戲、傳奇的演出與「副末開場」〉，《杭州師範學報》，1996 年 7 月第
4 期，頁 1-7。

鄭永曉：〈從宋元話本看詞在民間之創作與傳播——以《清平山堂話本》和《熊
龍峰四種小說》為例〉，收錄於潘碧華、陳水雲主編：《2012 詞學國際學術研究
會論文集‧金元明清卷》，《馬來亞大學華人研究叢書》(Kuala Lumpur：馬來亞

大學，2012 年 8 月)第 2 集。

鄭海濤、趙義山：〈寄生詞曲與明代中篇傳奇小說的文體變遷〉，《浙江學刊》(杭州：浙江省社會科學院，2013 年)第 5 期，頁 73-79。

鄭海濤、霍有明：〈論明詞曲化的表現和成因——兼談對明詞曲化的評價〉，《長江學術》，2010 年 1 期，頁 25-30。

鮑曉東、陳志勇：〈「白蘋體」與梁辰魚的散曲創作〉，《湖北民族學院學報(哲學社會科學版)》第 25 卷第 5 期，2007 年，頁 52-55。

謝桃坊：〈《詞譜》誤收之元曲考辨〉，《東南大學學報(哲學社會科學版)》第 11 卷第 4 期，2009 年 7 月，頁 87-92。

謝桃坊：〈宋金諸宮調與戲文使用之詞調考略〉，《東南大學學報》哲學社會科學版第 7 卷第 4 期，2005 年 7 月，頁 95-101。

羅麗容：〈宋詞元曲之音樂與文學承傳疑義辨析〉，《彰師大國文學誌》第 17 期，2008 年 12 月，頁 1-37。

四、其他

劉有恒：《集粹曲譜》(2011 年，臺北出版)版權聲明於網路公開流通。

http://phuluong.wordpress.com/2011/07/26/%e5%b4%91%e6%9b%b2%e9%9b%86%e7%b2%b9%e6%9b%b2%e8%ad%9c-%e5%a4%9c%e5%ae%b4%e9%9c%b8%e7%8e%8b%e5%a4%9c%e5%ae%b4%e5%8d%83%e9%87%91%e8%a8%98%e6%98%8e%e6%b2%88%e9%87%87/

國家圖書館出版品預行編目資料

明代詞曲互涉現象論述：研究、理論、格律與實務

林和君著. – 初版. – 臺北市：臺灣學生，2018.12
面；公分

ISBN 978-957-15-1782-7 (平裝)

1. 明代詞 2. 明代戲曲 3. 詞評 4. 戲曲評論

820.9306　　　　　　　　　　　　　　107018480

明代詞曲互涉現象論述：研究、理論、格律與實務

著　作　者　林和君
出　版　者　臺灣學生書局有限公司
發　行　人　楊雲龍
發　行　所　臺灣學生書局有限公司
地　　　址　臺北市和平東路一段 75 巷 11 號
劃　撥　帳　號　00024668
電　　　話　(02)23928185
傳　　　眞　(02)23928105
E - m a i l　student.book@msa.hinet.net
網　　　址　www.studentbook.com.tw
登記證字號　行政院新聞局局版北市業字第玖捌壹號
定　　　價　新臺幣六五〇元
出 版 日 期　二〇一八年十二月初版
I　S　B　N　978-957-15-1782-7